Andreas Izquierdo
SCHATTEN DER WELT

ANDREAS
IZQUIERDO
SCHATTEN
DER WELT

Roman

DUMONT

Für Luis

Der Geburtstag

I

Auf den Tod angesprochen, pflegte mein Vater zu sagen, dass alles bloß halb so schlimm sei, wenn man ihm denn nur in einem schönen Anzug entgegentrete. Natürlich, er war Schneider, und seine Einschätzung zeugte von einem gewissen Geschäftssinn, auch wenn er so etwas selbstredend nie vor Kunden gesagt hätte. Dennoch wusste er, dass es wahr war, und ich wusste es auch, weil er es mir auf unzähligen Beisetzungen bewiesen hatte.

Tatsächlich war ich in meiner Kindheit öfter auf Beerdigungen als auf Hochzeiten, Erntedankfesten, Gemeindefeiern oder Geburtstagen zusammen. Keiner von uns beiden mochte den Tod, obwohl er uns in gewisser Weise über Wasser hielt, aber zum großen Verdruss meines Vaters zog sich unsere Kundschaft eben nur zweimal im Leben gut an: bei ihrer Hochzeit und bei ihrem Begräbnis. Und da Hochzeitskleider in aller Regel weitervererbt wurden, blieben meistens nur die Beerdigungen.

Warum mir ausgerechnet die vom 23. Januar 1910 in besonderer Erinnerung geblieben ist, weiß ich nicht, vielleicht, weil der Kaiser ein paar Tage später Geburtstag hatte und Artur anlässlich dieses Ehrentags den übelsten Streich aushackte, den Thorn in seiner Geschichte je über sich ergehen lassen musste. Was für Artur und mich der Anfang von allem war.

An diesem Sonntag jedenfalls war es bitterkalt.

Schnee stob in pudrigen, eisigen Wolken durch die Straßen, und lediglich die Frommsten kämpften sich, vermummt gegen den schneidenden Ostwind, dem Geläut der St.-Georgen-Kirche entgegen. Nach der Messe würden sie kommen, um Abschied zu nehmen, jetzt aber stand die Witwe mit ein paar verlorenen Gestalten um den kleinen Kohleofen der guten Stube herum und wärmte sich die Hände. Einfache Leute. Grobe Kleidung, vielfach geflickt, in mehreren Lagen übereinandergetragen, für einige bereits ihre gesamte Garderobe. Die Tür zum einzigen Nebenzimmer war verschlossen. Darin, klamm wie in einer Gruft: der Tote mit gefalteten Händen auf dem Bett.

In der dem Ofen gegenüberliegenden Ecke, im Halblicht eines stürmischen Wintertages: Vater und ich. Wir hatten schöne Anzüge an, mit Weste, Krawatte und Vatermörderkragen, und hielten genügend Abstand zu den anderen, sodass unser Wispern nicht weiter auffiel.

»Schau dir das an, mein Junge«, flüsterte Vater und nickte zu der Gruppe am Ofen hinüber. »Man möchte einen Schneider rufen.«

»Du bist Schneider, Vater!«, antwortete ich leise.

»Niemand hat einen schönen Anzug.«

»Sie sind alle arm, Vater.«

»Wir sind auch arm, mein Junge, und schau nur, wie *wir* aussehen.«

Inmitten des Grauen, Zerrissenen, Geflickten, Ausgeblichenen, Fleckigen und Derben wirkten wir wie Edelleute, die sich ins falsche Viertel verirrt hatten.

»Die Leiche sieht gut aus«, versicherte ich ihm.

»Ganz genau, junger Mann, und warum tut sie das?«

»Weil sie einen schönen Anzug anhat!«

»Der morgen vergraben wird!«, gab Vater zurück, und ich konnte die Kränkung darüber in seiner Stimme hören.

Er seufzte, genauso, wie er es immer tat, wenn die Hinterbliebenen in unsere Schneiderstube eintraten und hektisch ihre Hüte oder Kappen abnahmen. Niemand nahm beim Schneider die Kopfbedeckung ab, es sei denn, jemand war gestorben. Dann drehten sie ihre Hüte verlegen in den Händen und fragten zögerlich, ob Vater nicht mal mitkommen könnte, um Maß zu nehmen.

Später kehrte der dann zurück und klagte, dass diese vermaledeite Stadt die einzige auf der ganzen Welt sei, in der man nach dem Priester gleich den Schneider rufe: Er verstand einfach nicht, warum erst im Tod wichtig wurde, was dem Verblichenen im Leben sehr viel mehr genutzt hätte.

»Gott wird deinen Anzug zu schätzen wissen«, tröstete ich.

»Gott interessiert sich nicht für Anzüge.«

Ich blickte zu der Witwe, die sich gramgebeugt an den einzigen Tisch eines ansonsten überaus kargen, aber sauberen Raumes gesetzt hatte, gestützt von einer Nachbarin, während die anderen vor dem Ofen weiter zusammenrückten. Verhaltenes Flüstern und unterdrückte Schluchzer füllten das Zimmer mit erstickender Andacht, und nur das Geflacker von Kerzen ließ Schatten tanzen in den bleichen Gesichtern, aus denen dann und wann Tränen mit Taschentüchern getupft wurden.

Mein Vater beugte sich zu mir herüber, und noch bevor er etwas sagte, wusste ich, was kommen würde, denn wir führten diese *Beerdigungsgespräche* auf die eine oder andere Art schon seit Jahren.

»Weißt du, wie viele Stiche ich früher geschafft habe?«, fragte er mich.

Natürlich tat ich das, aber ich gab mich ahnungslos und antwortete: »Wie viele?«

»Sechzig Stiche in der Minute!«

»So viele?«

»Nicht einer weniger! Und wie viele Stiche haben die besten Schneiderinnen damals geschafft?«

»Wie viele?« Ich spielte dieses Spiel gern mit.

»Fünfzig Stiche! Bloß fünfzig Stiche!«

»Donnerwetter!«

»Heute habe ich meine kleine Amerikanische. Die schafft dreihundert. Aber mit der Maschine ist das ist nicht mehr dasselbe.«

»Wieso ist es nicht mehr dasselbe?«, fragte ich, wie ich es schon oft getan hatte, und hoffte dabei, aufrichtig neugierig zu klingen.

»Die Liebe!«, rief mein Vater.

Die Leute sahen zu uns herüber, doch als wir beharrlich schwiegen, wandten sie sich wieder dem Ofen zu.

»Die Liebe«, flüsterte mein Vater. »Es gibt keine Liebe mehr. Früher hast du den Stoff gehalten, ihn zwischen den Fingern gefühlt, verstehst du? Heute ist alles anders.«

Die Wohnungstür öffnete sich, zwei graue, schneebedeckte Gestalten strichen herein. Und mit ihnen die eisige Luft des Treppenhauses, noch bevor einer der beiden die Tür wieder schließen konnte. Einen Moment standen sie unschlüssig dort, dann grüßten sie mit einer kleinen Geste in die Runde und kondolierten der Witwe flüsternd. Die nahm die Tröstung mit zusammengepressten Lippen entgegen und blickte ihrerseits zur Tür, hinter der ihr toter Mann lag. Die beiden nahmen die Hüte ab, begannen, sie unschlüssig in ihren Händen zu drehen, und traten schließlich wie auf Zehenspitzen in das Zimmer.

Ich erhaschte einen Blick hinein: Drinnen herrschte Dunkelheit, die Fensterläden waren fest verschlossen, und nur ein kleines Grablicht auf einem schäbigen Nachttisch tanzte im Durchzug undichter Fenster. Ich sah sie an das Bett treten, die Köpfe zum Gebet senken, sich anschließend bekreuzigen und wieder herausschleichen, die Tür hinter sich schließend.

Eine Weile noch starrte Vater sie an, als erwartete er, dass sie etwas sagten, aber sie schwiegen, und nachdem sie sich am Ofen etwas aufgewärmt hatten, verließen sie die Wohnung genauso verstohlen, wie sie gekommen waren.

Vater seufzte erneut.

Er war furchtbar stolz auf sein Handwerk, aber nicht allein deswegen pries er seine Vergangenheit bei jeder Gelegenheit. Er beugte sich erneut herüber und nahm unser leises Gespräch wieder auf: »Die haben jetzt neuerdings Konfektionsware! Hast du das schon gehört?«

»Konfektionsware?«

»In Fabriken gemacht. Ich hörte, dass es da in Berlin ein riesiges Kaufhaus gibt ...«

»Wertheim.«

Er sah mich erstaunt an: »Hatte ich das schon mal erzählt?«

»Was? Nein, also, ich glaube nicht.«

»Jedenfalls gibt es in diesem Kaufhaus Tausende von Anzügen. Und noch mehr Kleider. Ganze Etagen soll es davon geben!«

»Berlin ist weit weg.«

»Gerade mal einen Tag mit der Ostbahn!«

»Aber das ist doch nicht dasselbe wie ein schöner handgemachter Anzug von einem Schneider.«

Vater zückte ein Taschentuch und tupfte sich die Stirn: »Aber wenn so etwas auch bei uns kommt?«

»Hier im Osten zählt Handwerk noch etwas, Vater!«

Er nickte beruhigt und sagte: »Ja, wahrscheinlich hast du recht.«

Plötzlich funkelten seine Augen, und ich atmete tief durch, denn ich wusste, was er im Begriff war, mir ins Ohr zu flüstern: Riga.

»Wenn ich da an Riga denke ...«

»Riga?«

»Ich war der beste Schneider in Riga!«

»Wirklich?«, rief ich scheinbar erstaunt.

»O ja, mein Junge! Gleich am Domplatz hatte ich meine Schneiderei: Friedländer. Alle sind sie zu mir gekommen: Deutsche, Russen, Letten, Juden, Christen. Alle sind sie zum Friedländer.«

»Es war sicher ein sehr großes Geschäft?«, fragte ich pflichtgemäß.

»Sehr groß, mein Junge, ich hatte fünf Untergebene! Fünf! Kannst du dir das vorstellen?«

»Die größte Schneiderei von Riga?«

»Ganz genau!«

Glockenklang kam auf, tanzte gegen Schnee und Wind bis an die Wohnungstür heran. Die Kirche war aus – die braven Thorner würden bald hier sein.

»Die feinen Herren und Damen hättest du sehen sollen!«

»Die waren sicher sehr elegant?«

»Elegant?«, fragte er fast empört zurück. »Herrlich waren die anzuschauen! Herrlich! Und weißt du, wer die Herrlichste von allen war?«

Natürlich wusste ich das, aber ich sah in fragend an: »Wer?«

»Deine Mutter, mein Junge, deine Mutter! Sie sah aus wie eine Romanow! Wie eine Romanow!«

»Sie war sehr schön, nicht wahr?«

Vater schüttelte fast schon verärgert den Kopf: »Ach, Junge, was du wieder redest! Sie war unbeschreiblich schön! Alle haben sie bewundert! Einmal hat ihr ein echter Graf den Hof gemacht! Ein echter Graf! Kannst du dir das vorstellen?«

»Nein!«

»Doch! Sie hatte dieses Kleid an. Oh, was für ein Kleid das war! Meine beste Kreation! Burgundrote Seide, acht Reihen Volants. Und das Mieder! Man konnte ihre Taille mit bloßen Händen umgreifen, dazu dieser kecke *Cul de Paris*. Die Männer waren verrückt nach ihr! Und dieser Graf erst! Er wollte sie vom Fleck weg heiraten!«

»Aber sie hätte dich doch niemals verlassen?«

Vater lächelte versonnen: »Natürlich nicht.«

Einen Augenblick lang war ich guter Hoffnung, dass ihn die Erinnerungen nicht wieder in den düsteren Keller der Schwermut sperren würden, aber schon in der nächsten Sekunde schimmerten Tränen, und er griff rasch zum Taschentuch, um es sich vor sein Gesicht zu halten.

»Sie hat dich nie kennenlernen dürfen, mein Junge«, schluchzte er bitterlich. »Dein erster Atemzug war ihr letzter.«

Vorsichtig versuchte ich, ihn mit Gesten zu beruhigen, aber ohne Erfolg: Er weinte stumm in sein Taschentuch. Mir blieb nichts weiter, als beschwichtigend seinen Rücken zu streicheln. Doch je länger ich ihn zu trösten versuchte, desto heftiger bewegten sich die Schultern unter meinen Fingern, bis ich aus den Augenwinkeln sah, dass die Witwe auf uns aufmerksam wurde, vom Tisch aufstand und zu uns herüberkam. Im nächsten Moment stand sie neben uns und berührte vorsichtig Vaters Arm.

»Mein lieber Friedländer«, sagte sie gerührt.

Doch dann übermannte auch sie die Trauer, und mit gütigen Augen und überlaufendem Herzen nahm sie ihn in den Arm, ihn, der immer noch das Taschentuch vor sein Gesicht gepresst hielt, als ob er sich seiner Tränen schämte.

So standen die beiden zusammen und weinten.

Nickten wissend und hielten sich.

Dann löste sie sich wieder, strich ihm mütterlich über die Wange und brachte dann halb lächelnd, halb weinend hervor: »Dass Sie mein Verlust so mitnimmt, ist mir so ein großer Trost. Ich danke Ihnen dafür.«

Mein Vater nickte erneut, die Lippen aufeinandergepresst.

Ein letzter anerkennender Blick, dann kehrte sie um und wärmte sich am Ofen.

Vater trocknete seine Tränen, raffte sich wieder zusammen und raunte mir schließlich zu: »Da siehst du, was für eine Heilige deine Mutter war! Selbst im Tod tröstet sie die Untröstlichen.«

Ich schluckte und antwortete: »Ja, es ist ganz erstaunlich.«

Wenig später flog die Wohnungstür auf. Ein Pulk Kirchgänger drängte hinein, ähnlich grau und vermummt wie die anderen auch. Obwohl sich alle bemühten, gedämpft zu sprechen, kam große Unruhe auf, die Witwe verschwand hinter ihren Rücken, und die Luft im Zimmer kühlte merklich ab von den eisigen Mänteln und Jacken.

Wieder wurde die Tür zum Schlafzimmer geöffnet, nacheinander verschwanden die Besucher darin, kamen wieder heraus und ließen die nächsten eintreten, bis irgendwann jeder dem Toten seine letzte Aufwartung gemacht hatte. Jetzt verließen auch wir unsere Ecke und drängten uns zwischen die Trauernden.

Und endlich geschah das, weswegen wir überhaupt hier waren.

Wir standen neben einer Frau und hörten sie leise sagen: »Sieht er nicht gut aus?«

Da blickte mich mein Vater mit stillem Lächeln an, und ohne Mühe konnte ich in seinem Gesicht lesen, was er mir in Gedanken zurief: *Siehst du? Siehst du?* Denn alle um uns herum stimmten ihr zu, dass er noch nie so gut ausgesehen habe, gerade so, als ob er schliefe. Und die Art, wie sie es sagten, verwandelte ihre sorgenvollen Gesichter in friedvolle.

Mein Vater nahm das alles mit stiller Genugtuung auf, denn mochten sie seine Kreationen auch vergraben, so freute er sich doch über die Anerkennung. Aber vor allem war er zufrieden, weil er mir mal wieder bewiesen hatte, dass der Tod bloß halb so schlimm war, wenn man ihm nur in einem schönen Anzug entgegentrat.

2

Der Wind schlug mir förmlich ins Gesicht, als wir aus der grauen Mietskaserne nach draußen traten und uns auf den Heimweg machten. So ungemütlich, ärmlich und klamm die Wohnung im dritten Stock auch gewesen sein mochte, verglichen mit dem, was uns vor der Tür erwartete, war sie so behaglich wie ein Platz vor einem knisternden Kamin. Es gab weder Straßenbeleuchtung noch befestigte Wege noch Bürgersteige, und die einzigen Geräusche, die wir vernahmen, waren das Geklapper morscher Läden und Türen und das eisige Pfeifen der Böen. So klappten wir unsere Mantelkragen hoch, rafften mit der einen Hand die Revers vor der Brust zusammen und hielten mit der anderen unsere Hüte auf dem Kopf. Vornübergebeugt kämpften wir uns knapp drei Kilometer die Graudenzer hinab Richtung Culmer Tor, während unsere Finger in den Minusgraden langsam taub wurden.

Schneider froren oft.

Das galt nicht nur für den Winter, sondern auch für Herbst und Frühjahr mit ihrem unsteten, oft stürmischen Wetter. Saß man an der Arbeit, fühlte man die Kälte unter dem Türspalt oder durch die Fensterrahmen hereinkriechen und war ihr dann in der beinahe bewegungslosen Konzentration des Nähens oder Absteckens ausgeliefert, bis sie langsam, aber sicher vollkommen Besitz von einem ergriff.

Wir erreichten den kleinen Viktoriapark, an dem sich mehrere Straßen kreuzten und hübsche Fassaden von gutbürgerlichem Wohlstand kündeten. Wir dagegen bogen in den Hinterhof des unscheinbarsten Hauses, das mit der Nummer 24, über dessen fensterlosem Erdgeschoss *Friedländer & Sohn, Schneiderei* auf den Putz gemalt worden war.

Mit blauen Händen und steif gefrorenem Gesicht suchte mein Vater nach den Schlüsseln. Ob er auch an Riga dachte, während er die morsche Eingangstür aufschloss? An die Altstadt mit ihren Prachtbauten, den Schützengarten und den Domplatz, an dem sein Geschäft gestanden hatte? Das große Schaufenster, auf dem sein Name in goldenen Buchstaben gestrahlt hatte, und die fünf Angestellten, die im Laden bedient oder mit gekreuzten Beinen Kleidung genäht hatten? An meine Mutter in ihren prächtigen, von ihm selbst entworfenen Kleidern?

Die Wahrheit war, dass er oft betrachtete, was aus den Tiefen seiner Erinnerungen zu ihm auftrieb und an die Oberfläche stieß. Immer wieder fuhr er dabei förmlich zusammen und hatte diesen kurzsichtig anmutenden Ausdruck im Gesicht, den er sonst nur bekam, wenn er konzentriert auf die dahinfliegende Naht unter seiner Amerikanischen starrte. Dann begann er mit einer seiner Episoden von damals. Aus einer Zeit, als seine Welt noch in Ordnung war und Mutter noch lebte. Und in gewisser Weise auch er selbst. Und es war nicht allein das, was er erzählte, was es so amüsant machte, sondern auch, wie er dabei aussah.

Wir traten ein, entzündeten drei Petroleumlampen, deren gelblicher Schein viele Schatten warf und die über die Jahre die Wände so verrußt hatten, dass selbst an schönen Sommertagen das Licht diffus blieb. Der einzige Platz mit guter Sicht war der vor den Seitenfenstern mit Blick in den Park. Dort stand auch Vaters geliebte Nähmaschine: eine etwas in die Jahre gekommene schwarze *Singer* mit Fußantrieb, die tadellos funktionierte und von der er immer behauptete, heutzutage würde solche Qualität gar nicht mehr gebaut.

Im hinteren Teil der Stube gab es noch eine kleine Küche mit einem Tisch, einem Stuhl und einer Bank, auf der ich nachts schlief. Die Kochstelle war auch gleichzeitig unser Ofen, sodass es lange dauerte, bis die Wärme den Schneiderraum erreicht hatte. Und raus aufs Klo zu müssen, quer über den Hof, in einem Winter wie diesem, vor allem nachts ... Wie gesagt: Wir froren oft.

An diesem Tag jedenfalls assistierte ich ihm bei einem Kleid, bei Weitem nicht so prachtvoll wie jenes, das er einst für meine Mutter gemacht hatte, aber deutlich herrschaftlicher als das, was üblicherweise geordert wurde: ein hübsches Empirekleid mit freundlichen Blauverläufen. Noch wusste ich nicht, welche Rolle dieses Kleid spielen würde, noch war es nur ein wichtiger Auftrag, der endlich wieder einmal etwas einbringen sollte.

Wir arbeiteten bis zur Dämmerung, dann packten wir alles zusammen, und während ich Ordnung schuf in der Schneiderstube, bereitete mein Vater das Abendessen zu: Kartoffeln.

Es gab immer Kartoffeln.

Kartoffeln mit Sauerrahm, Kartoffeln ohne Sauerrahm, Bratkartoffeln mit und ohne Zwiebeln, Bouillonkartoffeln, Kartoffelpüree, Kartoffelpuffer, Kartoffeln mit Essiggurken und am Schabbes Kartoffeln mit Fisch. Wenn ich denn in der Weichsel einen fing, was im Winter selten genug vorkam. Ansonsten eben Kartoffeln. So viele, dass ich als Kind eine unbestimmte Furcht vor Kartoffelkäfern entwickelte und die Felder während der Blüte- und Erntezeit mied.

Wir saßen in der Küche und aßen bedächtig, als Vater plötzlich aufsah und fragte: »Was macht die Schule? Sie ist bald vorbei, nicht?«

»Ja, nach den Osterferien, 6. April.«

»Ach, mein Junge«, seufzte er, wobei sein Ausdruck sentimental wurde und seine Augen verdächtig zu schimmern begannen. »Eben hab ich dich noch auf dem Arm, und im nächsten Moment bist du schon ein Mann.«

»Ich bin dreizehn.«

»Im März wirst du vierzehn! Du beginnst zu arbeiten, heiratest, gründest eine Familie ...«

»Ich bin dreizehn, Vater!«

»Poussierst du schon mit einem Mädchen?«

»Vater, bitte!«
»Was denn? Als ich vierzehn war, war ich ständig verliebt.«
»Ich bin nicht verliebt!«
»Warum nicht? Immerhin wirst du bald heiraten und eine Familie gründen!«
Ich schwieg lieber.
Eine Weile kauten wir auf unseren Kartoffeln herum, dann beschloss mein Vater: »Am Mittwoch wird es auf dem Artillerie-Schießplatz eine große Feier zu Ehren des Kaisers geben. Dort wirst du hingehen und ein Mädchen kennenlernen, in Ordnung?«
Ich nickte: »In Ordnung.«
»Muss auch keine Jüdin sein. Deine Mutter war auch keine Jüdin.«
»In Ordnung.«
Mein Vater atmete zufrieden durch: »Ach, das wird herrlich werden! Du, ich und deine wunderschöne Verlobte.«
Und ich sagte nur: »In Ordnung.«
Vielleicht wusste Artur Rat.

3

Im Gegensatz zu Artur liebte ich die Schule, selbst wenn dorthin zu gehen bedeutete, jeden Morgen mit gut fünfzig weiteren Kindern der Jahrgänge 1896 bis 1904 in einen kahlen Raum mit einer großen Schiefertafel und vielen engen Holzbänken eingezwängt zu werden. Morgens um acht trat Lehrer Bruchsal ein, befahl: *Setzen!*, und wir setzten uns, er befahl: *Auf!*, und wir sprangen auf, grüßten ihn und wandten uns dann dem Bildnis des Kaisers zu, das von seinem Platz über der Tafel aus auf den ganzen Raum herabsah.
Bruchsal rief: *Ein Lied!,* und schon sangen alle aus voller Kehle: *Der Kaiser ist ein lieber Mann, er wohnt in Berlin.* Wilhelm II., unser Schutzpatron, nahm die Huldigung wie jeden Morgen mit steil

aufstehenden Bartenden und blitzendem Blick entgegen, die singenden Kleinen standen vorne mit Schiefertafel und Schwämmchen, die knatternden Großen hinten mit Stahlfeder und Tintenfass.

Nach der Würdigung dann die Inspektion.

Bruchsal kontrollierte, ob alle gewaschen, ordentlich gekämmt und sauber gekleidet waren, und in aller Regel erhielt Artur um zehn Minuten nach acht seinen ersten Verweis. Meist waren es die Fingernägel, oft die Haare, aber es lag auch mal am schmutzigen Hemdkragen oder seinen löchrigen Hosen – ich glaube, er sammelte mehr Tadel als alle anderen Schüler zusammen, und er nahm sie ebenso gelangweilt entgegen, wie unser Lehrer sie aussprach. Bruchsal, sonst von akribischer, aber keineswegs boshafter Natur, war mittlerweile deutlich anzumerken, dass er heimlich dafür betete, Artur möge doch nur endlich die Schule abschließen. Bei mir hingegen bedauerte er es außerordentlich, dass ich nicht die Möglichkeit hatte, auf das Realgymnasium zu gehen, weil ich meinem Vater helfen musste.

Aber Artur brach nicht nur bei Tadeln alle Rekorde, er war auch unerreicht im Kassieren von Strafen. Das lag zum einen an seinem unbeugsamen, rebellischen Charakter, zum anderen an seinem Temperament, das ihn förmlich dazu zwang, keinem Händel aus dem Weg zu gehen. So erlebte er die ersten Schuljahre weitestgehend mit dem Rücken zum Lehrerpult, den Blick stur auf die Wand des Klassenraums gerichtet, später dann oft über das Lehrerpult gebeugt, während der Rohrstock über seinem Hosenboden tanzte. Bei jedem anderen hätte das früher oder später zu größerer Vorsicht geführt, bei Artur hingehen waren alle Strafen sinnlos.

Möglicherweise hatte Bruchsal sie deswegen in unserem letzten Schuljahr eingestellt, möglicherweise aber auch, weil er beschlossen hatte, Artur einfach zu ignorieren, um seine eigenen Nerven zu schonen. Doch obwohl Bruchsal beileibe kein Feigling war, beschlich mich der Verdacht, er könnte die Strafen aus einem dritten Grund aufgegeben haben: Artur war mit seinen vierzehn Jahren bereits über einen Meter achtzig groß, hatte Schultern wie ein Hufschmied und Handgelenke, die nicht einmal mehr er selbst umfassen konnte. Gut möglich, dass Bruchsal zu der Überzeugung gekommen war, Artur werde ihm diese Strafen, so verdient sie auch gewesen sein mochten, eines Tages nachtragen. Unschöne Gedanken, die selbst einen kräftigen Erwachsenen beunruhigen konnten. Einmal sah ich Artur zwei massive Holzstühle an deren Füßen mit ausgestreckten Armen waagerecht in der Luft halten. Später versuchte ich diesen kleinen Trick ebenfalls und stellte fest, dass ich bereits größte Schwierigkeiten hatte, *einen* Stuhl mit *beiden* Armen länger als eine Sekunde ausgestreckt vor die Brust zu heben.

Vom ersten Moment an waren Artur und ich beste Freunde, obwohl wir kaum hätten verschiedener sein können: ich, der schmächtige Jude, argwöhnisch betrachtet von den Konfessionellen, und er, der grobe Klotz, der Konflikte gerne mit einem Schwinger löste. In jedem Fall ergänzten wir uns perfekt, denn Artur wachte über mich, und ich half ihm beim Rechnen, Schreiben, Lesen und ließ ihn großzügig bei allen Prüfungen abschreiben.

Doch damit nicht genug. Artur war auch der Liebling aller Mädchen, sie himmelten ihn förmlich an. Groß, stark und unbeugsam, wie er war, erkannten sie in ihm das Idealbild eines Ehemannes. Nicht nur weil er optisch so viel hermachte, sondern auch weil sie in ihm jemanden sahen, der sie in ihrem zukünftigen Leben, das wie ihr bisheriges auch vom täglichen Überlebenskampf geprägt sein würde, beschützen konnte. Artur würde ein Mann sein, der dafür sorgen würde, dass es einem Mädchen, dessen kühnste Lebensfantasie es war, bis zu ihrer Heirat als Dienstmagd gearbeitet zu haben, an nichts mangeln würde.

Da ich mir mit Artur eine Bank teilte, spürte ich jeden Tag die heimlichen Blicke von der linken Seite des Klassenraumes. Rechts saßen wir, die Jungs, weil sich dort die Fenster befanden und damit die Lichtverhältnisse zum Schreiben und Rechnen deutlich besser waren. Im Allgemeinen hielt man wenig von der Ausbildung eines Mädchens, aber es war des Kaisers Befehl, alle Armen zu unterrichten, und das schloss den weiblichen Teil der Bevölkerung mit ein. Im Gegenzug dafür bekamen sie die schlechteren Plätze im Klassenraum.

Ich gebe zu, ich wünschte mir schon, dass vielleicht eines von ihnen auch einmal meinetwegen herüberschielte, aber so war es leider nicht. Wer wollte schon mit einem Judenbengel zusammen sein? Schneiderssohn noch dazu! So tröstete ich mich damit, dass Artur mir von seinen Abenteuern erzählte und mich so wenigstens theoretisch teilhaben ließ an seinen Erfahrungen mit dem anderen Geschlecht.

So war ein Schultag wie jeder andere, sogar als der Kaiser Geburtstag hatte, seinen einundfünfzigsten, um genau zu sein. Niemand hatte eine Ahnung, was Artur ausgeheckt hatte, selbst ich nicht. Auch später hat er mir nie verraten, wie er auf die Idee gekommen war. Möglicherweise hatte ihn der fünfzigste Geburtstag Seiner Majestät im Jahr zuvor inspiriert, der mit großem Getöse und komplettem Aufmarsch aller Kasernen vollzogen worden war: Ulanen, Infanterie, Artillerie, Pioniere. Alle präsentierten sich zu Ehren Seiner Majestät im vollen Wichs, und die Salutschüsse aller Waffengattungen ließen Thorn förmlich erzittern.

Möglicherweise war es aber auch doch nur eine spontane Eingebung Arturs. Es wäre nicht seine erste gewesen, aber keine davon hatte Thorn je so in Aufruhr versetzt.

In jedem Fall spielte ihm das Wetter an diesem 27. Januar in die Karten.

Der schneidende Ostwind war abgeflaut, aber seit Tagen schneite es wie verrückt. Menschen verschwanden schon nach wenigen Metern im Schneegestöber, sodass man auf den Straßen höllisch aufpassen musste, nicht von einem Fuhrwerk oder gar der Elektrischen überfahren zu werden. Die war Thorns ganzer Stolz. Keine Pferdewagen mehr, sondern eine richtige Straßenbahn! Genau genommen waren es mittlerweile drei Straßenbahnlinien, die durch unsere schöne Stadt schaukelten.

Wie an vielen anderen Tagen auch lauerten wir an einem der hübschen Unterstände, geformt wie ein übergroßer verzierter Sonnenschirm. Ein dumpfes Rumpeln verriet uns das Herannahen der Linie drei, die die Culmer Vorstadt mit dem Altstädtischen Markt verband. Schon durchbrach sie die Flockenwand, hielt und fuhr dann erneut los. Doch dieses Mal mit uns beiden als blinde Passagiere. Zu dieser Zeit gab es noch keine Schaffner, und so hielt uns auch keiner davon ab, die gut zwei Kilometer ins Zentrum Thorns zu fahren, auf der prächtigen Breiten Straße mit ihren barocken Häuserfronten der Linie eins aufzulauern und mit ihr durch die Altstadt bis zur Endstation Stadtbahnhof zu fahren, an den die gewaltige Eisenbahnbrücke reichte. Sie spannte sich von dort in mehreren erhabenen Stahlbögen über die Weichsel zum gegenüberliegenden Flussufer, wo sie an zwei Wachtürmen vorbei den Hauptbahnhof erreichte. Dort überquerten wir den Fluss, vorbei an der Rudakerkaserne, Richtung Barackenlager, wo die Feierlichkeiten stattfinden sollten.

»Ich glaube, die Grete hat ein Auge auf dich geworfen«, begann Artur.

»Woher willst du das wissen?«, fragte ich zurück. »Grete schielt.«

»Bin mir ganz sicher. Soll ich ein gutes Wort für dich einlegen?«

»Nein danke.«

»Sie ist die einzige Tochter von Maurer Drechsel. Das gibt bestimmt eine schöne Mitgift.«

»Was?«

»Ist nie verkehrt, einen Maurer in der Familie zu haben!«

»Hör bloß auf damit. Mein Vater sitzt mir auch schon im Nacken.«

Artur nickte zufrieden: »Na, dann passt es ja.«

»Passt was?«

»Ich habe ihr gesagt, dass du heute auf sie wartest«, antwortete Artur unschuldig. »Du bist ja zu schüchtern dazu.«

»Bist du verrückt geworden? Du kannst doch nicht einfach hinter meinem Rücken ein Rendezvous einfädeln. Und dann auch noch mit der Grete! Sonst ist dir keine eingefallen?«

»Doch«, gab Artur ungerührt zurück. »Frieda, Erna, Trudi, Wilhelmine, Käthe, Agnes …«

Ich schluckte entsetzt: »Jetzt sag nicht, dass du die alle gefragt hast?!«

Artur zuckte gelangweilt mit den Schultern: »Ich dachte, ich helf dir mal ein bisschen. Schadet ja nicht.«

Hoffnung flackerte auf, es schien, als hätte Artur gute Nachrichten für mich. Also fragte ich vorsichtig: »Was haben sie denn gesagt?«

»Also, die Trudi hat gelacht …«

»Und die anderen?«

»Die anderen waren nicht so gut gelaunt.«

Ich starrte ihn an.

»Schadet ja nicht?«, wiederholte ich fassungslos.

Artur sah mir ganz ungerührt ins Gesicht, so als hätte er gerade vom Wetter gesprochen und nicht von der größten Demütigung meiner Schulzeit: »Totales Desaster, wenn du mich fragst. Aber das Gute ist, dass du dir jetzt über die blöden Puten keine Gedanken mehr machen musst. Und die Grete ist kein schlechter Fang. Hat ganz schön was zu bieten, wenn du verstehst, was ich meine.«

»Lass mich in Ruhe!«

Mürrisch steckte ich die Hände in die Hosentaschen und stapfte weiter durch den knirschenden Schnee.

Wir erreichten das Gelände des Lagers.

In einem rot-weiß gestreiften winzigen Wachhäuschen stand ein zitternder feldgrauer Rekrut, um den ebenfalls rot-weiß gestreiften Schlagbaum hoch- und runterzudrücken. Vor uns lag das Barackenlager, einfache Langhäuser aus Holz in Reih und Glied, jedes mit Zuwegung zur befestigten Teerstraße, die geradewegs zum Schießplatz führte. Mit uns kamen noch eine ganze Reihe Thorner Bürger, nicht allein, um den Kaiser zu feiern, vielmehr lockte auch ein reichhaltiges Büfett.

Artur redete noch den ganzen Weg über auf mich ein. Ihm, dem weder die Sinnhaftigkeit von Diplomatie einleuchtete noch deren

Nutzen, weil er zutiefst davon überzeugt war, wenn man schlicht sagte, was man meinte, würde es auch keine mäandernden Erklärungen darüber geben, dass man eigentlich etwas ganz anderes gewollt hatte. Dementsprechend war ihm auch nicht beizubringen, dass zwischen *gut gemeint* und *gut gemacht* in aller Regel ein unüberbrückbarer Abgrund klaffte.

Dunkelgrau, fast schwarz verdunkelten weitere Wolkenwände Thorn, und die Sicht wurde so schlecht, dass man selbst aus nächster Nähe nur noch vage die zu Pferde sitzende Haubitzenbatterie in Paradeaufstellung sehen konnte, während die Karren, auf denen die Geschütze von den Tieren hergezogen worden waren, losgemacht und in Position gerollt wurden.

Irgendwo vorne hatte man eine kleine Bühne aufgebaut, gleich daneben ein Zelt, in dem das Festessen hergerichtet worden war. Wie schon im letzten Jahr waren die ersten Reihen ganz dem Militär vorbehalten. Stramm standen sie dort im dichter werdenden Schneegewitter, die stolzgeschwellten Brüste eingepudert, die Gewehre geschultert, die Pickelhauben spitz gen Himmel zeigend.

Dahinter zunächst die Höhergestellten, dann das einfache Volk, geduldig auf die Festrede des Bürgermeisters wartend, die, so die Hoffnung aller, kürzer ausfallen würde als im letzten Jahr.

Fast schon wie durch ein Wunder fand Artur in der Menge Grete, die mich scheu anlächelte und hallo sagte. Ich seufzte und grüßte knapp zurück, verweigerte aber jede weitere Unterhaltung: Nicht nur, weil ich schüchtern war, sondern auch, weil ich meinen Stolz hatte. Ich wollte weder bedürftig wirken noch den Eindruck erwecken, in irgendeiner Form dankbar zu sein, dass sich wenigstens die schielende Grete für mich interessierte. Grete dagegen war wohl eher praktischer Natur, denn als sie bemerkte, dass es mir an rechter Begeisterung mangelte, wandte sie sich Artur zu und hielt ihm die offene Hand unter die Nase. Artur griff in die Hosentasche und gab ihr einen Groschen. Zufrieden tapste sie davon und ließ mich mit der Erkenntnis zurück, dass meine Demütigung erst jetzt vollendet worden war.

Endlich betrat Bürgermeister Reschke das Podium, der Applaus der ersten Reihen verriet es, denn zu sehen war er nicht, aber eine Sprachtrompete sorgte dafür, dass seine Rede bis in die letzte Reihe schallte. Es folgten Begrüßung und ein kurzer Abriss des Lebens Seiner Majestät, die jedem aufrechten Deutschen leuchtendes Vorbild sein musste, weil sie ein ganzes Volk aus den Niederungen humanitärer Bildung und zuchtloser Weltanschauungen emporgeführt habe an die Spitze Europas, ja an die Spitze der ganzen Welt! Die Freude und Bewunderung in seiner Stimme waren nicht gespielt: Reschke war ein glühender Verehrer des Hohenzollern, und seine Bemühungen, es ihm in Ausdruck und Gesten gleichzutun, nahmen zuweilen unfreiwillig komische Züge an.

»Er hat uns erweckt!«, rief Reschke, und ohne ihn sehen zu können, ahnte man, wie sehr seine hochgewichsten Bartenden dabei freudig zitterten. »Was Seine Majestät beschließt, dem wollen wir jubelnd folgen! Ihre Majestät: HURRA!«

Aus dem Schneegestöber erscholl die etwas lustlose Antwort: »Hurra!«

Artur packte mich am Ärmel und zog mich unauffällig weg von den Zuhörern. Schon ein paar Schritte weiter war vor lauter Schneegestöber nichts mehr zu erkennen, und ich wäre mit Sicherheit gegen eines der wartenden Pferde gelaufen, wenn Artur mich nicht rechtzeitig festgehalten hätte.

Reschkes Stimme war noch dumpf zu hören, undeutlich verfluchte er gerade England und den französischen Erbfeind. Dabei überschlug sich seine Stimme vor Begeisterung, und es brauchte wenig Fantasie, um sich vorzustellen, wie seine Augen dabei nach Kaiserart blitzten, wenn es bei diesem Wetter auch niemand sehen konnte, nicht einmal die Ulanen in der ersten Reihe.

»Ihre Majestät: HURRA!«, rief er verzückt.

Es folgte ein halb erfrorenes: »Hurra!«

Wir erreichten die drei Haubitzen, deren eingeschneite Rohre ins Schussfeld ragten. Die Soldaten waren in dem Gestöber nicht zu sehen, weit weg konnten sie aber nicht sein.

»Was hast du vor?«, fragte ich leise.

»Hilf mir mal gerade!«, antwortete er flüsternd.

Noch ehe ich begriff, was wir da gerade anstellten, hatten wir auch schon die erste Haubitze um etwa neunzig Grad gedreht.

»Artur!«, rief ich entsetzt.

Doch der war schon beim zweiten Geschütz angelangt: Abermals half ich, es zu drehen. Und auch die dritte Haubitze folgte, bevor wir wieder wie Geister im Schnee verschwanden und uns unauffällig unters Volk mischten.

Während alle um mich herum froren, brach mir der Schweiß aus. Ich rupfte an meinem Kragen und rang nach Luft: Was hatte ich nur getan? Wieso hatte ich Artur auch noch geholfen? Die Mündungen zielten jetzt ins Barackenlager, das zwar menschenleer war, weil alle zum Schießfeld befohlen worden waren, aber man musste kein militärisches Genie sein, um zu erahnen, was geschehen würde, wenn zu Ehren Seiner Majestät die Kanonen donnerten.

Was, wenn sie unsere Fußspuren entdeckten? Allerdings ließ der mittlerweile absurd dichte Schneefall weder Orientierung zu, noch würde binnen kürzester Zeit irgendetwas zu sehen sein, was auf uns hätte zurückfallen können.

Reschke redete. Und redete. Und redete.

Er sprach vom Deutschsein, von Ehre, Treue und rief: »Zerschmettern!«

Und meinte damit nicht nur England, sondern selbstredend auch Frankreich und alle anderen, die sich Deutschlands Größe nicht unterwerfen wollten. Offenbar gefiel ihm die lustvolle Ausgestaltung des Wortes mit seinem rollenden *R* und dem peitschenden *T*, denn er wiederholte es noch fünfmal, mal mit dem Kaiser als Zerschmetterer, mal mit seinen Untertanen als Zerschmetterer, mal als ein ganz allgemeines Zerschmettern. Und die ganze Zeit wusste ich, das Einzige, was hier gleich zerschmettert werden würde, waren nicht des Kaisers Feinde.

Während Bürgermeister Reschke also Worte blitzend wie Schmiedehämmer auf rot glühenden Patriotismus sausen ließ, stand Artur in diesem nationalen Funkenregen einfach da, die Hände tief in den Hosentaschen versenkt, auf den Lippen ein rätselhaftes Lächeln. Ich konnte gar nicht anders, als seine Haltung zu bewundern. So sehr, dass ich darüber sogar meine eigene Furcht vergaß und um ein Haar das Ende der Rede verpasste.

»So will ich schließen mit den allerherzlichsten Glückwünschen an Unsere Majestät und der Versicherung, dass gerade hier des Kaisers treueste Untertanen auch weiterhin hoffen, an seiner Persönlichkeit emporranken zu dürfen wie Efeu an einem Turm. Und so bitte ich nun Major von Brock, unserem geliebten Kaiser Salut zu entbieten. Möge das Donnern der Kanonen den glutvollen Schlägen unserer Herzen gleichkommen! Ihre Majestät: HURRA!«

Die erste Haubitze rummste im Hintergrund.

»Ihre Majestät: HURRA!«

Die zweite Haubitze ging los.

Plötzlich kam Unruhe auf, denn schon dem ersten Schuss war, wie dem zweiten auch, eine verdächtig laute Explosion gefolgt. Im nächsten Moment schimmerte plötzlich ein gelblich flackerndes Licht im Grau und Weiß der vor uns liegenden Schneewand.

Bürgermeister Reschke war allerdings nicht zu bremsen – ebenso wenig wie der Geschützmeister –, und bevor er davon abgehalten werden konnte, rief er ein drittes Mal: »Ihre Majestät: HURRA!«

Auch die dritte Granate verließ die Haubitze, eine dritte Detonation antwortete Unheil verkündend. Jetzt war das gelblich flackernde Licht sehr deutlich zu sehen. Das frierende Volk wandte sich murmelnd und rufend den Geschützen zu, als ein junger Leutnant seinem Major atemlos Meldung machte: »Herr Major, melde gehorsamst: Es brennt!«

Augenblicklich löste sich die gesamte Gesellschaft auf. Soldaten wurden zum Löschzug befohlen, das Volk lief neugierig zu den brennenden Baracken, nur Artur und ich nutzten die Gunst der Stunde, schlichen dem Zelt entgegen, das – völlig verwaist – mit herrlichen Würsten, Käse und Lebkuchen, den guten *Thorner Kathrinchen*, lockte.

Blitzschnell stopften wir uns Jacken und Hemden voll.

Dann liefen wir unerkannt davon.

Erst viel später machten wir Pause – das Feuer und die große Aufregung hatten wir weit hinter uns gelassen. Da nahm sich Artur eine Wurst aus der Tasche, biss herzhaft hinein und murmelte zufrieden: »Ihre Majestät: Hurra!«

Halley

4

Wochenlang beherrschte ein einziges Thema die Debatten und Artikel unserer Stadt: der Thorner Baracken-Bumms. Eine Wortschöpfung der *Gazeta Toruńska*, der Zeitung der polnischen Einwohner Thorns. Es schien, als hätten sie nur auf einen Vorfall wie diesen gewartet, der ihnen unter vielen anderen Dingen als Beweis dafür diente, dass der berühmteste Sohn der Stadt, Nikolaus Kopernikus, natürlich Pole und kein Deutscher gewesen sein musste. Genau wie die Deutschen darauf bestanden, dass er selbstredend Deutscher und kein Pole war. Ein Streit, der jedes Jahr dazu führte, dass beide Volksgruppen unabhängig voneinander im Februar seinen Geburtstag feierten und ihn in Festreden als Musterbeispiel für den Fleiß, die Intelligenz und den Forschergeist der jeweils eigenen Nation hochleben ließen. Ich muss wohl nicht weiter betonen, wie schnell dieser Streit nach unserem Streich wieder aufflammte.

Die *Thorner Zeitung* wütete gegen die Urheber des feigen Anschlags und fragte beinahe täglich nach den Schuldigen, was Polizei, Militär und Bürgermeister gleichermaßen unter Druck setzte. Dabei war es weniger der angerichtete Schaden (es hatten gerade mal zwei Langhäuser Feuer gefangen und waren zügig wieder gelöscht worden), der Verantwortliche wie Patrioten so aufbrachte, die Verletzung reichte viel tiefer: Das Bombardement hatte die deutsche Seele verwundet. Ausgerechnet Preußens Stolz, das Militär, sonst präzise, effizient und unbesiegbar, hatte einen himmelweiten Schießplatz verfehlt und praktisch das eigene Heim in Schutt und Asche gelegt. Die Sieger von Sedan hatten sich zum Gespött gemacht. Sicher war die Geschichte schon längst über die nahe Grenze von Russisch-Polen bis nach Petrograd gedrungen und sorgte im Winterpalast gerade für große Heiterkeit.

Dazu kamen natürlich die unerträgliche Beleidigung Ihrer Majestät sowie die satte Blamage aller beteiligten Würdenträger, über die sich vor allem die *Gazeta* mit ihrem boshaften Gestichel lustig machte. Das alles zusammen führte dann betrüblicherweise doch noch zu einem Todesopfer, sodass aus einem üblen Streich eine echte Tragödie wurde.

Es traf den bedauernswerten Major von Brock, den leitenden Offizier der Geburtstagsfeier, ein Mann von deutschnationaler Gesinnung und stolzer westpreußischer Aristokratie. Er hegte Ambitionen auf eine große Militärkarriere, und die Chancen dafür standen gar nicht schlecht: Er war nicht bloß adliger Herkunft, seine Familie besaß zudem genügend Geld und Ländereien, und es gab weit und breit kein jüdisches Blut in der Ahnenfolge der von Brocks.

Nicht nur für ihn selbst, sondern auch für seine gesamte Familie, stellte der hinterhältige Anschlag eine grobe Kränkung dar, und obwohl er die Vorfälle mit standesgemäßer Grandezza zu ertragen versuchte, brachte ihn doch die Bemerkung eines Thorner Polen völlig aus der Fassung. Dieser fragte sich nämlich, wie zwei runtergebrannte Baracken eine Beleidigung Ihrer Majestät darstellen könnten, es sei denn, jemand erhöbe sie ernsthaft zum Sinnbild der Regentschaft. Diese geschickte Formulierung schrammte nicht nur an einer Majestätsbeleidigung vorbei, sondern kehrte diesen Vorwurf auch gegen alle, die in dem Vorfall eine sahen.

Major von Brock jedenfalls fühlte sich zum Majestätsbeleidiger degradiert und in seiner Ehre verletzt. Also forderte er den Polen, einen Mann namens Piotr Zielínsky, zum Duell. Ein solches war auch damals schon verboten, aber es wurde selten verfolgt, und einer Fehde aus dem Weg zu gehen galt als unehrenhaft und bedeutete für jede Offizierskarriere ein vorzeitiges Ende. Als von Brock die Aufforderung aussprach, tat er das jedoch in der Annahme, dass Zielínsky ohnehin nicht satisfaktionsfähig sei, was die Angelegenheit elegant gelöst hätte. Unglücklicherweise konnte Zielínsky aber ebenfalls auf eine lange Ahnenreihe zurückblicken und war damit sehr wohl satisfaktionsfähig. Und er nahm die Herausforderung an.

Noch bevor Sekundanten bestellt werden konnten, erfuhr von Brock, dass Zielínsky als grandioser Schütze galt, und da er als Beleidigter die Waffe wählen konnte, entschied er sich lieber für den Säbel.

Sie trafen sich im Morgengrauen in der idyllischen Bazar-Kämpe links der Weichsel, ganz in der Nähe der Badeanstalt, aber dank der dichten Auwälder vor neugierigen Blicken geschützt.

Es wurde ein sehr kurzer Kampf.

Denn Zielínsky war nicht nur ein grandioser Schütze, er war ein noch besserer Fechter. Nach ein paar Hieben flog von Brocks Säbel durch die Luft, und im nächsten Moment fügte ihm Zielínsky eine Wunde am Arm zu. Keine große Verletzung, aber ausreichend, dass von Brock die Segel streichen und die Niederlage eingestehen musste.

Damit hätte die Affäre beendet sein können – aber das war sie nicht.

Denn der Ausgang des Duells sprach sich herum und mit ihm der Umstand, dass der wackere Major weder die Ehre des Hohenzollern noch die der von Brocks gegen einen Polen hatte verteidigen können. Und es war auch wenig hilfreich, dass die Thorner Polen und die den Vorfall genüsslich ausschlachtende *Gazeta Toruńska* neben Nikolaus Kopernikus nun einen zweiten Helden feierten: Piotr Zielínsky. Auch wenn der gar keinen Wert darauf legte, denn Zielínsky war ein besonnener Mann, der für von Brock mittlerweile sogar Mitleid empfand.

Schließlich hielt Major von Brock dem Druck nicht mehr stand und wählte den einzigen Weg, den ein deutscher Offizier in dieser Situation noch gehen konnte, um seine Ehre zu retten: Er setzte sich seine Pistole an die Schläfe und drückte ab.

All das geschah innerhalb von zwei Wochen, und gerade weil die Sache so verhängnisvoll ausging, rückte es die gesamte öffentliche Diskussion auf das Feld schwelender deutschnationaler und polnischer Animositäten, sodass sich niemand mehr für den eigentlichen Ursprung des Thorner Baracken-Bumms interessierte – und auch

nicht für die gestohlenen Lebensmittel, die eine kurze Zeit lang ebenfalls Gegenstand polemischer Auseinandersetzungen gewesen waren.
Kurz gesagt: Wir kamen davon.
Der bedauernswerte von Brock wurde beerdigt.
Die Debatte verlor an Fahrt.
Und es war Artur, natürlich Artur, der die Aufmerksamkeit auf ein neues Thema lenkte: Ein paar Tage nach von Brocks Beerdigung lief er durch die Straßen Thorns und verkündete lauthals den Untergang der Menschheit.

5

Eine der Eigenheiten meines Vaters, und er hatte so einige, war seine morgendliche Routine, die mich jedes Mal kalt erwischte, obwohl sie immer ganz genau gleich ablief.

Für gewöhnlich wurde ich vom Duft eines Kaffees geweckt, dem einzigen Luxus, auf den mein Vater nicht verzichten konnte, ganz gleich, wie knapp wir bei Kasse waren. Je ein Tässchen für uns beide, ordentlich gezuckert, nahmen wir ihn im Schlafanzug und stehend zu uns, bis meinem Vater plötzlich eine Geschichte von früher einfiel. Dann begann er, mit leicht zusammengekniffenen Augen zu erzählen. Ich hörte, still amüsiert über seinen Gesichtsausdruck, zu und stellte an den richtigen Stellen die Fragen, die die Handlung vorantrieben. So tranken und schwatzten wir, bis der Kaffee seine Wirkung tat, ich altes Zeitungspapier nahm, mir einen Mantel überwarf und raus in den Hof huschte, auf den Abort.

Und ganz gleich, wie lange ich dort verweilte, im Sommer deutlich länger als im Winter, bot sich mir bei meiner Rückkehr immer dasselbe Bild: Ich sah auf den entblößten Hintern meines Vaters. Er stand nackt in der Küche, tauchte einen Schwamm in eine vom Ofen vorgewärmte Schüssel Wasser, seifte sich pfeifend ein und spülte gewissenhaft alles ab. Dann drehte er sich zu mir um und sagte: »Gibst du mir mal das Handtuch?«

Als Kind schenkt man einem solchen Ritual keinerlei Beachtung, als Heranwachsender mit all den aufblühenden Schamhaftigkeiten jedoch entfuhr mir jedes Mal ein schwacher Seufzer, und ich suchte Trost in der vagen Hoffnung, dass unser Geschäft eines Tages zu alter Größe finden würde, und sei es auch nur, damit wir uns eine Wohnung mit einem separaten Badezimmer leisten könnten.

Während ich mich dann für die Schule fertig machte, schloss mein Vater den Laden auf, obwohl wir in den frühen Morgenstunden selten Kundschaft hatten. Jeder Tag begann so, auch sonntags oder am Schabbes, denn wir konnten es uns schlicht nicht leisten, auszuruhen oder gar Ferien zu machen. Und da weder mein Vater noch ich besonders gläubig waren, demzufolge selten in der Synagoge auftauchten und nur sehr schlampig die jüdischen Gebräuche pflegten, blieben wir oft für uns, gemieden von den Christen und skeptisch beäugt von den Juden, deren Inbrunst wir nicht teilten.

Auch in der Schule war ich auf mich gestellt. Im Unterricht fehlte Artur in letzter Zeit immer öfter, was Lehrer Bruchsal kein bisschen kümmerte: Er trug es nicht einmal mehr ins Klassenbuch ein. Meine Vormittage waren langweilig geworden, niemand, der sehnsüchtig zu unserer Bank herüberschielte, nicht einmal Grete aus Versehen. Am schlimmsten waren die Tage, an denen auch noch das Fach auf dem Plan stand, das mir am verhasstesten war: Exerzieren auf dem Hof. So auch heute. Denn des Kaisers Wille war nicht so uneigennützig, als dass er nicht dazu gedient hätte, schon früh aus braven Schülern gehorsame Soldaten zu machen.

Endlich schrillte die Klingel, und kaum hatte ich das Schulgelände verlassen und war auf die Straße gelaufen, hörte ich Artur, noch bevor ich ihn sah: »Extrablatt! Extrablatt! Menschheit steht vor ihrem Ende!«

Ein paar Schritte weiter, ein wenig verdeckt von den vorspringenden Grundmauern von St. Georgen, stand er und sortierte einige Neugierige in eine lange Reihe. Dem Ersten nahm er einen Groschen ab, übergab ihm dann eine Zeitung, blieb jedoch an seiner Seite stehen.

»Extrablatt! Erde vor dem Untergang!«, rief er erneut und zog damit weitere interessierte Blicke auf sich.

Mittlerweile hatte ich ihn erreicht.

»Schule aus?«, fragte er.

»Ja. Und du?«

»Arbeite.«

»Was arbeitest du denn?«

»Ich vermiete.«

Mein Gesichtsausdruck schien ihn sehr zu amüsieren, aber er erklärte nichts, sondern gab mir mit einer Geste zu verstehen, dass ich einfach weiter beobachten sollte. Nach zwei Minuten reichte ihm der Mann, der fertig gelesen hatte, die Zeitung zurück, trat – vom Inhalt sichtlich erschüttert – aus der Reihe heraus und machte dem nächsten Platz. Artur hielt ihm die offene Hand hin, ein Groschen ward hineingelegt, die Zeitung wechselte für die Dauer der Lektüre den Besitzer.

»Das Geschäft läuft gut, was?«, fragte ich erstaunt und blickte die Reihe derer entlang, die anstanden, um zu erfahren, was sich hinter der Schlagzeile verbarg.

»Bin zufrieden«, antwortete Artur knapp.

»Und warum werden wir alle sterben?«, fragte ich neugierig.

Artur hielt mir die offene Hand entgegen.

»Spinnst du?«, empörte ich mich. »Ich darf doch wohl erfahren, warum wir alle sterben müssen?!«

Artur grinste: »Du bist ganz nahe dran, das Geschäftsprinzip zu verstehen.«

Seufzend gab ich mich geschlagen.

»Was ist denn das für eine Zeitung?«, fragte ich. »Die ist nicht von hier.«

Artur winkte ab: »Als ob in unserem Käseblatt so was stehen würde. Ist die *Neue Berliner*.«

»Und woher hast du die?«

»Von einem aus Berlin.«

»Wer hätte das gedacht …«

Artur flüsterte: »Handelsreisender. Hab ich gestern zufällig am Stadtbahnhof getroffen. Er hat sie mir geschenkt.«

Wieder wechselte die Zeitung die Hände, diesmal ging sie an jemanden, an dessen malmendem Kiefer und suchendem Zeigfinger man schon sah, dass es eine Weile dauern würde, bis er den Artikel zu Ende gelesen hatte. Artur zog mich ein, zwei Meter zur Seite und flüsterte: »Schon mal vom Halleyschen Kometen gehört?«

»Ja.«

»Wirklich?«, rief Artur erstaunt.

»Wenn du öfter mal in der Schule vorbeischauen würdest … Wir haben in der letzten Woche drüber gesprochen.«

»Der Komet taucht alle 75 Jahre auf«, belehrte Artur mich ungerührt.

»Weiß ich.«

»Wenn du schon alles weißt, du Klugscheißer, dann muss ich dir ja auch nichts mehr erzählen.«

»Jetzt sag schon!«

»In diesem Artikel hier steht, Wissenschaftler haben errechnet, dass der Komet der Erde diesmal sehr nahe kommen wird.«

»Jetzt sag nicht, er trifft uns!«, rief ich erschrocken.

Artur machte *Shhhh!* und zog mich einen weiteren Meter fort. Es war den Wartenden anzusehen, dass sie gerade die Ohren spitzten. Er zischte: »Würdest du bitte ein bisschen Rücksicht auf mein Geschäft nehmen?«

»Tut mir leid«, antwortete ich leise.

Er sah sich um, dann flüsterte er: »Nein, er trifft uns nicht! Man hat aber Blausäure in seinem Schweif entdeckt, wenn auch sehr wenig. Also, für die Trottel hier heißt es: Entweder gehen wir alle in einer gewaltigen Explosion drauf, die man noch am Ende des Universums sieht, oder wir fliegen durch den Schweif des Kometen und ersticken elendig.«

Ich starrte ihn entgeistert an.

Da raunte er mir zu: »Du musst jetzt ganz laut ›O nein!‹ rufen.«

»O NEIN!«

Artur wandte sich kurz der überaus neugierigen Schlange zu, nahm mich dann in den Arm, klopfte mir tröstend auf den Rücken: »Jetzt beruhige dich! Noch ist ja etwas Zeit!« Ich fühlte seinen Mund ganz nah an meinem Ohr: »Jetzt mal: ›O Gott!‹«

»O GOTT!«

Artur drückte mich noch fester an sich: »Schon gut, mein Kleiner. Das wird schon wieder!«

In den Blicken wandelte sich Neugier zu Entsetzen: Uns beide so verzweifelt zu sehen ließ niemand in der Reihe kalt.

»BITTE NICHT!«, rief ich. »ICH BIN DOCH NOCH SO JUNG!«

Artur lächelte gequält und drückte mich so fest, dass mir die Luft wegblieb.

»Nicht so übertreiben!«, zischte Artur durch die Zähne.

Dann stellte er mich vor sich hin und sagte ruhig: »Du solltest jetzt zu deiner Familie gehen.«

Ich nickte traurig, umarmte ihn erneut, so als ob es unser letztes Mal sein würde.

»Wir gehen aber bestimmt nicht drauf, oder?«, fragte ich leise.

»Ne«, antwortete Artur. »Aber selbst wenn, würde ich den Leuten vorher noch ihre Penunze abknöpfen.«

Endlich war der Mann mit der Zeitung fertig, der Nächste in der Reihe, deutlich besser gekleidet, hielt den Groschen bereits in der Hand, als Artur ihn anblaffte: »Sie nicht!«

»Was? Warum denn nicht?«

»Sie sind doch von der *Thorner Zeitung*?«

»Ich?«

»Wiedersehen!«

»Die Presse hat ein Recht zu erfahren, was gespielt wird!«, empörte sich der Mann.

Artur schob den Redakteur der *Thorner Zeitung* einfach zur Seite: »Nächster!«

Ich schlich mit hängendem Kopf davon.

Grinste.

Und hörte die beiden in meinem Rücken über *Pressefreiheit* und *Geschäftsprinzip* debattieren. Ein paar Meter weiter hörte ich wieder Arturs Stimme das Ende der Welt ankündigen.

Die Pressefreiheit hatte verloren. Wie üblich.

6

Bei meiner Rückkehr traf ich meinen Vater in Verhandlungen mit einem alten Russen namens Wassili, den er gestenreich beschuldigte, ihn mit dem, was er zu bezahlen gedachte, ruinieren zu wollen. Die Debatte eskalierte schnell mit wüsten Beschimpfungen, die auf Russisch, Polnisch und Deutsch hin und her flogen, bis man sich auf einen Preis geeinigt hatte und sich daraufhin freundlich die Hände schüttelte.

»Er zahlt doch immer dasselbe?«, fragte ich meinen Vater.

»Ja, stimmt.«

»Und jedes Mal schreit ihr euch vorher an?«

»Ja.«

»Und warum einigt ihr euch nicht gleich auf das, was er zahlen kann?«

»Das ist eine Frage des Respekts«, behauptete mein Vater.

»Wenn er dich also einen alten Esel nennt und du ihn einen geizigen Halsabschneider, dann ist das eure Art, Respekt füreinander auszudrücken?«

»Genauso ist es, mein Sohn.«

»Aha.«

»Eines Tages wirst du das verstehen«, antwortete er, drehte sich um, nahm das blaue Empirekleid von einer Schneiderpuppe, faltete es sorgfältig und schlug es in auffallend schönes Papier ein.

»Das hier wirst du jetzt zu Frau Direktor Lauterbach bringen.«

»Der Frau vom Saatgutgroßhändler?«, fragte ich.

»Ja, aber nicht ins Kontor. Du gehst zu ihr nach Hause. In die Gerberstraße 17. Gleich bei der Höheren Mädchenschule.«

»In Ordnung.«

»Aber vorher ziehst du noch den guten Anzug an.«

Ich seufzte: »Wirklich?«

»Ja, wirklich. Sie ist eine neue Kundin. Und mit etwas Glück wird sie uns in der besseren Gesellschaft empfehlen. Es ist wichtig, mein Junge.«

Ich verzog mich hinter den Paravent, wo mein Vater nachts schlief, um mich kurze Zeit darauf gestriegelt und geschniegelt auf den Weg zu machen.

Die eisige Kälte hatte nachgelassen, und trotz der Schneemassen lag bereits eine leise Ahnung von Frühling in der Luft. Bald würde es tauen, und Thorn würde aus dem Winterschlaf erwachen. Noch mühten sich die wenigen Gespanne über die ungeräumten Straßen, halfen vereinzelt Offiziere Damen galant über Verwehungen hinweg, stapften einsame Knechte und Arbeiter mit ihren Gerätschaften knirschend über Trampelpfade. Doch bald schon würden die Äcker wieder bestellt werden, und die Wege wären frei für Wirtschaft und Handel.

Am Kriegerdenkmal nahm ich einen kleinen Umweg, bummelte am neuen schneeweißen Stadttheater mit seinen schönen Jugendstilrundungen und der hochaufschießenden neogotischen Reichsbank vorbei durch die Altstadt. Von oben hätte man den Festungscharakter Thorns noch deutlicher sehen können: Die Altstadt war fast vollständig umringt von freundlichen Grünflächen, die großen Straßen führten wie Brücken hinein in die ehemalige Wehranlage, die, trotz ihrer wunderschönen Gebäude und der malerischen Straßen und Gassen, ihren militärischen Charakter nie verloren hatte. Fünf Kasernen, dazu Proviantämter, Depots und Garnisonslazarette, sorgten dafür, dass es vor Soldaten nur so wimmelte, die sich an ihren freien Tagen gerne hinter der mittelalterlichen Ringmauer der Altstadt die Zeit vertrieben.

Bald schon erreichte ich den Ort, der unfreiwillig zu einer Berühmtheit geworden war: der schiefe Turm von Thorn. Eine fünfzehn Meter hohe Bastei als Teil der mittelalterlichen Stadtmauer, die im Abendlicht einer untergehenden Sonne vom gegenüberliegenden Ufer der Weichsel herrlich rot aufflammen konnte. Jedes Kind kannte den Grund, warum der Turm schief stand: ein Bodenbruch unterhalb des Fundamentes.

Mein Vater jedoch hatte mir eine andere Geschichte erzählt, an die ich, seit ich sie das erste Mal gehört hatte, glaubte: Einst verliebte sich ein edler Kreuzritter in die wunderschöne Tochter eines Thorner Stadtvaters. Eine verbotene Liebe, die schnell aufflog. Während die Tochter dafür ausgepeitscht wurde, musste der Ritter einen schiefen Turm bauen. Als Sinnbild seines Fehlverhaltens.

Er tat es, und seitdem konnte man an diesem Ort testen, ob man selbst noch auf dem rechten Weg war. Dazu stellte man sich mit dem Rücken an den Turm, sodass der Körper von der Ferse bis zum Hinterkopf das Mauerwerk berührte. Streckte man dann die Arme vor und verlor dabei das Gleichgewicht, war man als Sünder entlarvt. Und ich gestehe, dass ich der Versuchung nie widerstehen konnte, es auszuprobieren, jedes Mal wenn ich an dem Turm vorbeikam.

Ich lehnte mich also an und bestand die Prüfung.

Eine Weile genoss ich noch die kostbare Zeit, die ich weder in der Schule noch in der Schneiderei verbringen musste, aber das schwindende Licht erinnerte mich daran, mein Paket abzuliefern und noch vor Einbruch der Dunkelheit wieder nach Hause zurückzukehren. Über die Breite Straße an all den wunderbaren Geschäften vorbei, den eleganten Damen mit ihren gewaltigen Federhüten und ihren Ehemännern, fast immer ganz klassisch mit Zylinder, Gehstock und Pelzkragen. Dazwischen die Dienstmädchen und Boten auf den Bürgersteigen und in den Geschäften die buckelnden Angestellten und herrischen Inhaber. In Thorn lief die Zeit langsamer, alles, was in Berlin modern wurde, brauchte lange, ehe es zu uns in den Osten fand.

Wir hinkten in allem hinterher.

Endlich erreichte ich die Gerberstraße 17, ein schönes mittelalterliches Gebäude, schlank und herrschaftlich, mit einer Treppe, die hinauf zur Eingangstür führte. Dort stand ein junges Mädchen, gelangweilt wartend, und musterte mich ungeniert, als ich näher kam und schließlich an ihr vorbei die Stufen hinaufwollte.

»Na, na, na!«, rief sie keck. »Wohin so eilig?«

Sie hielt mich am Arm fest, sodass ich gar keine Wahl hatte, als mich ihr zuzuwenden und ein wenig die Luft anzuhalten, denn sie war das hübscheste Mädchen, das ich je gesehen hatte. Augenblicklich verschlug es mir die Sprache.

»Ein Botenjunge, nehme ich an?«, schloss sie erstaunlich arrogant, was mich so sehr verunsicherte, dass ich tatsächlich meine Mütze abnahm und mich vorstellte: »Carl Friedländer. Sohn von Schneider Carl Friedländer.«

»Du heißt wie dein Vater?«

»Ja, irgendwie schon.«

Sie lächelte: »Irgendwie schon?«

»Ich ... ich ...«

»Schon gut, Schneiderssohn Carl. Wohin des Wegs?«

Die Kappe wieder aufsetzend antwortete ich: »Zu Frau Direktor Lauterbach.«

»Und was willst du von Frau Direktor Lauterbach?«

»Ich habe ein Kleid für sie.«

Ihr Blick senkte sich auf das Paket, das ich unter dem Arm trug.

»Du kannst es mir geben«, antwortete sie kühl und hielt fordernd die Hände vor.

»Dir? Nein, das geht nicht.«

»Natürlich geht das! Ich bin ihre Tochter!«

»Du ... Sie sind ihre Tochter?«

Jetzt war es an mir, sie zu mustern: Ihr Wintermantel war solide, aber weder besonders elegant noch neu, der Saum ihres Kleides, den ich darunter erkennen konnte, ließ auf ein Alltagskleid von passabler Qualität schließen. Ihre Schuhe schienen mir arg strapaziert, aber gut gepflegt. Und auf dem Kopf trug sie einen einfachen Hut, Alltagsware.

»Nun, was ist?«

»Ich ... es ist besser, ich gebe es Frau Direktor persönlich.«

Bevor ich an ihr vorbei die Stufen hinaufspringen konnte, hatte sie mich wieder am Arm gepackt und antwortete bestimmt: »Meine Mutter ist nicht da! Entweder du gibst es mir, oder du kommst noch einmal wieder!«

»Aber ... sie erwartet doch das Kleid!«, protestierte ich.

»Das Kleid, ja. Aber sicher nicht dich.«

Wieder dieser ungeduldige Ton.

Ich wusste nicht, wie die Tochter einer Frau Direktor aussah, ich war noch nie einer begegnet, aber ich war mir ziemlich sicher, dass sie genauso klingen musste wie das Mädchen hier vor mir. Kurz und gut: Ihr Auftreten schüchterte mich ein.

»Soll ich meiner Mutter sagen, dass sie ihr Kleid heute nicht bekommt, weil der Schneidersjunge zu faul war, es zu bringen?«, fauchte sie.

»Aber ich habe es doch bei mir!«

»Ja, aber sie ist nicht hier. Und wenn sie wiederkommt, wird das Kleid nicht da sein. Kennst du meine Mutter?«

Ich schüttelte den Kopf.

»Möchtest du sie kennenlernen?«

Die Warnung war unüberhörbar.

Für einen Moment stand ich unentschlossen da. Dann gab ich nach und überreichte ihr das Paket: »Mit freundlichen Empfehlungen meines Vaters.«

»Dem anderen Carl Friedländer«, stichelte sie.

»Du ... Sie werden es Ihrer Mutter geben?«, fragte ich vorsichtig.

Sie lächelte nur: »Auf Wiedersehen, Carl Schneiderssohn.«

Ich verzog mich schnell: Dieses Mädchen war mir über, und ich wollte mich keine weitere Sekunde ihrem Spott aussetzen.

7

Knapp drei Wochen waren seit dem Thorner Baracken-Bumms vergangen, dennoch hatte ich nicht gewagt, die erbeuteten Leckereien zu essen. Die ganze Zeit dachte ich angestrengt darüber nach, ob ich meinem Vater erklären sollte, wie ich an die guten Sachen gekommen war. Glücklicherweise hatte es seitdem durchgehend gefroren, obwohl es langsam wärmer wurde. Lange konnte ich die Lebensmittel jedenfalls nicht mehr im Hinterhof verstecken, ohne fürchten zu müssen, dass sie beim ersten Tauwetter verschimmelten.

Eine Weile hatte ich sogar mit dem Gedanken gespielt, sie einfach heimlich zu essen, aber ich wäre mir schäbig vorgekommen, sie ohne meinen Vater auch nur anzurühren. Selbst Artur teilte mit seiner Familie, wenn auch nicht mit seinem Vater. Er hatte weder ein gutes Verhältnis zu ihm, noch war er damit einverstanden, wie er die übrige Familie behandelte und sein Geschäft führte. Nach dem Abendessen, wenn Arturs Vater noch auf einen Schluck im Wirtshaus vorbeischaute, steckte Artur seinen drei kleinen Schwestern sowie seiner Mutter Wurst und Käse zu und nahm ihnen das Versprechen ab, eisern darüber zu schweigen.

An dem Tag, an dem ich das Kleid ausgeliefert hatte, dachte ich, die Gelegenheit könnte günstig sein, aus unserem obligatorischen Kartoffelmahl ein Festessen zu machen. Der Auftrag hatte Vater sicher gutes Geld gebracht, und vielleicht würde er sich mit der halb garen Erklärung zufriedengeben, dass ich mir mit Artur etwas nebenbei verdient und in Essen investiert hätte. Wobei ich geradezu betete, mein Vater würde nicht nachbohren, welcher Art dieser Nebenverdienst gewesen war, denn ich war wahrlich kein guter Lügner.

Während er also mit dem Kochen beschäftigt war, holte ich schnell eine ordentliche Portion aus meinem Versteck. Und als er sich dann endlich umdrehte und eine Schüssel dampfender Kartoffeln auf den Tisch stellte, fiel sein Blick auf eine Wurst und ein Stück Käse auf unseren Tellern, die derart hart gefroren waren, dass sie beim Aufsetzen der Kartoffelschüssel klapperten, auf der Keramik entlangschlitterten und drohten, über den Tellerrand auf die Tischdecke zu purzeln.

Nervös lächelnd bereitete ich mich darauf vor, mein kleines Märchen möglichst natürlich vorzutragen, aber Vater war wie gesagt ein

Mann mit vielen Eigenheiten, einige berechenbar wie ein Schweizer Uhrwerk, andere vollkommen überraschend. Statt zu fragen, nahm er unsere Teller auf, stellte sie auf die heiße Kochplatte des Herdes, deckte den Kartoffeltopf mit einem Handtuch ab und setzte sich an den Tisch.

Nichts an seiner Miene verriet Verblüffung, er saß einfach nur da, trommelte dazu mit den Fingern auf dem Tisch herum und sah aus wie ein Mann, der gut gelaunt auf einen verspäteten Zug wartete. Dann und wann blickte er zu mir herüber und lächelte freundlich. Und jedes Mal wenn ich dachte, dass er anheben würde, mich zu fragen, woher das alles kam, sah er wieder gedankenverloren zum Fenster hinaus. Minutenlang ging das so. Während ich dasaß und mir Antworten auf Fragen überlegte, die überhaupt nicht gestellt worden waren.

Nach einer Weile waren Wurst und Käse aufgetaut. Vater schnitt alles in kleine Stücke und mischte es unter die noch warmen Kartoffeln. Ich weiß nicht, wann ich ihn das letzte Mal so schwelgen gesehen habe, aber wir aßen so lange, bis wir glaubten, platzen zu müssen. Dann stand er auf, kramte in der kleinen Speisekammer herum, zückte eine halb volle Flasche Cognac, aus der er sich nur zu Festtagen ein Schlückchen gönnte, und schenkte uns beiden ein.

»Zum Wohl!«

Wir tranken beide in kleinen genießerischen Schlucken.

Es war mittlerweile dunkel geworden, und ich dachte darüber nach, ob ich ihm im Schutze der Dunkelheit beichten sollte, wie ich zu Wurst und Käse gekommen war. Dann aber sagte ich mir, dass ich diesen schönen Abend nicht mit übertriebener Ehrlichkeit ruinieren wollte. Warum sollte ich meinem Vater gestehen, was er offenkundig nicht wissen wollte? Vielleicht hatte ihn das blaue Kleid heute aber auch so glücklich gemacht, dass ihm gar nicht klar war, dass wir etwas gegessen hatten, was wir gar nicht hätten besitzen dürfen? Und je länger ich darüber nachdachte, desto sicherer war ich mir: Er hatte keine Ahnung, und ich wollte ihn nicht mit der Wahrheit behelligen.

Als er schließlich aufstand, wähnte ich mich in vollkommener Sicherheit. Da steckte er zufrieden die Hände in die Hosentaschen und begann, ein Lied zu pfeifen ... augenblicklich krampften sich meine Finger um das kleine Cognac-Glas.

Ich kannte das Lied.

Jeder kannte das Lied.

Es war: *Der Kaiser ist ein lieber Mann, er wohnet in Berlin.*

Verschmitzt lächelnd drehte er sich zu mir um und sagte: »Komm, spielen wir etwas!«

8

Zu den wenigen Vergnügungen in jener Zeit gehörte für mich das abendliche Musizieren mit meinem Vater, soweit uns keine dringenden Aufträge zur Arbeit zwangen. Er beherrschte virtuos die Fiedel, während ich ihn mit einer kleinen Ziehharmonika begleitete. Und so saßen wir oft im gelblichen Flackerlicht der Petroleumlampen inmitten von halb fertigen Kleidern, Anzügen und Stoffen auf zwei kleinen Hockern und spielten, was uns in den Sinn kam: Klassik, Gassenhauer oder Volkslieder. Und manchmal, wenn Vater wirklich gut gelaunt war, improvisierten wir so lange, bis wir uns derart im Dickicht dahinfliegender Noten und Harmonien verirrt hatten, dass wir lachend aufgeben mussten.

An Abenden wie diesen fragte ich mich, was wohl Mutter zu unseren Einlagen gesagt hätte. Sicher hätte sie applaudierend mehr gefordert und uns beiden einen Kuss gegeben.

Wie sie wohl ausgesehen hatte?

Es gab kein Bild von ihr, und das, was ich mir von ihr machte, war romantisch verklärt durch die liebevollen Umschreibungen meines Vaters, aber in letzter Zeit fragte ich mich immer öfter, wie sie *wirklich* ausgesehen hatte. Nicht nur als Summe bewundernswerter Details, die mir mein Vater immer wieder lebhaft veranschaulichte, wie die Farbe ihrer Augen und ihres Haares, die Form ihrer Nase, den Schwung ihrer Lippen, sondern auch als lebendes, atmendes, liebendes Wesen. Nichts hätte ich mir mehr gewünscht, als ein Mal ihr Lächeln sehen zu können. Der Moment, der für alle Ewigkeit festhielt, wer Amelie Friedländer war, bevor der Tod alle Bilder mit sich gerissen hatte und nichts mehr an sie erinnerte als die Worte meines Vaters.

Genau wie all die anderen Geschichten, die er immer wieder erzählte: von seinem Geschäft, seinen Angestellten, den Kunden … Mir war, als kannte ich Riga, als wäre ich dort groß geworden, aber nur mein Vater hatte es wirklich *gesehen*. Würde ich anders empfinden, wenn ich meine Mutter und all das, was mein Vater gekannt hatte, selbst wahrgenommen hätte? Wäre ich enttäuscht oder entzückt darüber?

Damals erwachte in mir das unstillbare Verlangen, mir immer ein eigenes Bild zu machen. Ich wollte selbst beobachten, wollte wissen, wie sich die Dinge *wirklich* verhielten, und nicht von Beschreibungen anderer abhängig sein.

Und ausgerechnet das blaue Kleid half mir, meinen Weg zu finden.

Nur zwei Tage nach seiner Auslieferung lernte ich Frau Direktor Lauterbach tatsächlich kennen, und es wurde genauso unangenehm, wie es ihre *Tochter* vorausgesagt hatte. Die Tür zu unserer Schneiderei flog auf, und schon stand sie dort: eine schmale, kleine wutschnaubende Person mit einem gewaltigen Hut, der aussah, als hätte sich dort ein Strauß ein Nest gebaut. Gereizt zupfte sie sich ihre ungefütterten Lederhandschuhe von den Fingern.

»Wo ist mein Kleid?«, fauchte sie, noch bevor Vater sie hatte begrüßen können.

»Wie meinen, gnädige Frau?«, fragte mein Vater erstaunt.

»Das Kleid, Friedländer! Wo ist es?«

Vater drehte sich zu mir um und antwortete: »Mein Sohn hat es Ihnen vorgestern gebracht, Gnädigste.«

»Hat er nicht!«

»Hat er nicht?«

Wieder drehte sich Vater zu mir herum und sah mich fragend an. Frau Direktor dagegen spießte mich mit Blicken auf wie Neuntöter ihre Beute auf Dornen. Ich fühlte, wie meine Wangen plötzlich brannten und mir vor lauter Schreck die Stimme wegblieb.

»Carl?«, fragte Vater.

»Ich ... ich habe es Ihrer Tochter gegeben, Frau Direktor«, antwortete ich schüchtern.

Vater drehte sich lächelnd um: »Na, dann hat es sich ja geklärt, Gnädigste! Sie müssen nur noch mit dem Fräulein Tochter ...«

»Was für eine Tochter?«, fauchte Frau Direktor.

»Was für eine Tochter?«, fragte Vater verwirrt zurück. »Na, Ihre!«

»Wollen Sie sich über mich lustig machen?«

»Grundgütiger, bewahre!«

Schon zückte sie ein Taschentuch und tupfte eine herabrollende Träne von ihrer Wange: »Unverschämter Kerl! Ich habe keine Kinder! Wir ... unsere Ehe ... es war uns nicht vergönnt, welche zu bekommen!«

Vater schluckte: »Ich hatte ja keine Ahnung!«

»Das ist offenkundig!«, schnappte sie zurück und steckte das Taschentuch in den Ärmel ihres Mantels. Trotz meines Schreckens wunderte ich mich darüber, dass ihre Tränen wie auf Kommando ebenso fließen wie versiegen konnten.

Vater winkte mich zu sich heran: »Was hast du angestellt, Carl?«

»Da war ein Mädchen vor Ihrer Haustür«, stammelte ich.

»Was für ein Mädchen?«, fragte sie barsch.

»Ich ... sie sagte, sie würde Ihnen das Kleid geben.«

Sie starrte mich an.

Dann wandte sie sich Vater zu.

»Ich will mein Kleid!«

Mein Vater schwieg.

»Nun?«, drängte sie.

Vater straffte sich und antwortete: »So, wie es aussieht, werden wir ein neues fertigen müssen, Frau Direktor.«

»Ein neues? Heute Abend ist Theaterpremiere! Was soll ich denn da tragen? Sie wissen natürlich nicht, wie das ist in der feinen Gesellschaft, aber wegen Ihnen bin ich jetzt in höchsten Kalamitäten!«

»Ich bin untröstlich!«

»Das nützt mir nichts! Sagen Sie mir lieber, wie Sie das wiedergutzumachen gedenken!«

Dem Gesicht meines Vaters sah ich an, dass er wusste, welchen Verlauf dieses Gespräch fortan nehmen würde. So antwortete er beschwichtigend: »Wir werden ein neues machen. Schöner noch als das verlorene!«

»Zum selben Preis, Friedländer, zum selben Preis!«

»Sehr wohl.«

»Zeigen Sie mir Ihre Stoffe!«, befahl sie.

Vater wandte sich um und brachte ein paar Stoffe zur Auswahl.

»Nein!«, befand sie. »Nicht diese. Die da drüben!«

Sie zeigte in den Raum, und ohne ihrem Finger folgen zu müssen, wusste ich, dass sie auf die teuerste Seide zeigte, die wir führten. Als Vater sie ihr gebracht hatte, tippte sie mit einem zufriedenen Lächeln auf einen roten Ballen.

»Der!«

Vater presste die Lippen aufeinander, dann nickte er schwach: »Sehr wohl, Frau Direktor!«

»Sie haben wohl gedacht, Sie führen mich hinters Licht und bieten mir Ihre Lumpen an? Aber nicht mit mir, mein lieber Friedländer, nicht mit mir!«

Vater schwieg.

Mit einem theatralischen Seufzen schob sie wieder ihre Hände in die Handschuhe: »Und jetzt geben Sie mir mein Geld zurück!«

»Gnädigste?«, fragte Vater verwirrt.

»Kein Kleid, kein Geld! Und glauben Sie ja nicht, ich lasse Ihnen auch nur einen Heller hier, *bevor* ich das neue Kleid habe! Also dann: das Geld! Na wirds bald!«

Vater schluckte und öffnete eine Schublade.

Während er verzweifelt versuchte, die Summe zusammenzutragen, blickte Frau Direktor über den Tresen neugierig in die Kasse.

Ein boshaftes Lächeln umspielte ihren Mund, als sie erkannte, dass Vater niemals auf den geforderten Betrag kommen würde.

»Ich fürchte, es ist im Moment nicht möglich.«

Vater war ganz grau geworden.

Sie nickte: »Geben Sie mir das, was Sie haben!«

Frau Direktor öffnete ihre Handtasche und hielt sie ihm hin: »Herrgott, Friedländer, Sie sind wirklich der einzige Jude, der kein Geld hat. Ein Trauerspiel ist das mit Ihnen!«

Klimpernd verschwand das wenige, was wir hatten, in ihrer Handtasche.

»Wenn ich das richtig gezählt habe, fehlen noch achtzehn Mark und fünfzig Pfennige!«, sagte sie unbarmherzig. »Die schulden Sie mir, Friedländer. Nur damit das klar ist.«

Vater schwieg.

»So, dann wäre das geklärt. Wann wird das Kleid fertig sein?«

»Ich denke, in zwei Wochen.«

»Nun denn: ein neues Kleid. Und dieser Stoff! Oder ich werde jeden in Thorn wissen lassen, was für ein Spitzbube Sie sind, verstanden?«

»Jawohl, Frau Direktor!«

Sie hob das Kinn und rauschte hinaus.

Wir standen nur da.

Und keiner wagte, den anderen anzusehen.

9

Ich erinnere mich noch, dass ich förmlich aus der Schneiderei floh. Ich wollte Frau Direktor nachlaufen, sie anhalten und ohrfeigen. Ihr ins Gesicht sagen, dass Vaters kleiner Zeh mehr moralische Integrität besaß als ihre komplette Familie. Dass sie nichts weiter war als jemand, der das Benehmen und die Intelligenz eines galoppierenden Ochsen hatte. Ich wollte ihr nachlaufen und sie in ihren dürren Hintern treten, aber die Wahrheit war, dass ich nichts von all dem tat.

Ich verließ die Schneiderei, weil ich die Demütigung meines Vaters durch meine bloße Anwesenheit nicht noch vergrößern wollte. Und gleichzeitig fühlte ich verzweifelte Wut, dass jemand so mit einem Mann umspringen konnte, den ich dermaßen verehrte.

Und obwohl viele in diesen Zeiten etwas Ähnliches empfanden und sich sogar hier im Osten zarter politischer Widerstand gegen die Verhältnisse regte, waren Preußens Strukturen durch und durch erstarrt: Großbürgertum, Adel und Militär bildeten undurchdringliche Kasten, und das Dreiklassenwahlrecht sorgte dafür, dass sich das niemals ändern würde. Fesseln aus Stahl, die nichts zu sprengen vermochte, außer vielleicht die Kollision mit einem Kometen, die ich mir manchmal geradezu herbeisehnte: eine Supernova, die alles durcheinanderwirbeln würde, sodass sich in ihrem Schatten die Dinge neu ordnen konnten, um Gerechtigkeit für jedermann auszubilden.

Instinktiv suchte ich Artur, lief die Graudenzer hinauf zum Alten Wollmarkt, wo das schiefe Haus des Wagners Burwitz stand, mit seiner ständig unaufgeräumten Werkstatt gleich nebenan. Jetzt im Schnee schien es einsam und verlassen, zu allen anderen Jahreszeiten jedoch fuhren viele Hofgänger und Instmänner vor, um den Aufträgen ihrer Herren nachzukommen. August Burwitz besaß das Vertrauen der Bauern und Großgrundbesitzer, weniger weil er ein genialer Handwerker, sondern weil er ein schlechter Geschäftsmann war. Er verkaufte sich unter Wert und war starrsinnig genug zu behaupten, das Geschäft würde sonst nicht laufen. Artur dagegen hielt die Kundschaft seines Vaters für hinterhältig und gierig, weil sie jeden Pfennig, den sie auf Kosten anderer einsparen konnten, als Aufforderung interpretierten, in Zukunft noch mehr aus ihnen herauspressen zu können. Und je mittelloser jemand war, desto unbarmherziger wurden sie.

Ich öffnete das Holztor zur Werkstatt und fand Artur und dessen Vater August an der Nabenbohrmaschine – eine schwierige, alle Konzentration erfordernde Arbeit, bei der Artur das hölzerne Schwungrad bediente und August versuchte, ein konisch gebohrtes Loch absolut zentriert und im rechten Winkel zur Geometrie des fertigen Rades in die Nabe zu drehen. Später würde dort die Achse des Fuhrwerks sitzen, und war sie nicht absolut passgenau, hüpfte das Rad entweder oder schwänzelte. Und gab damit den Bauern genügend Gründe, ihr Geld zurückzufordern. Was sie oft genug taten, selbst nach langer Zeit, wenn die Eichennaben durch bloßen Gebrauch ausgeschlagen waren.

»WAS?!«, schrie August, den Blick auf die Nabe gerichtet, durch die sich der Bohrer gerade fraß.

»Ich warte, bis Sie fertig sind!«, rief ich zurück.

Auch ohne die anstrengende Arbeit wäre der Ton von August Burwitz kaum freundlicher gewesen. Wobei ich mich immer mal wieder fragte, ob ihn der Umgang mit seiner Kundschaft so grob hatte werden lassen oder es einfach seine Natur war, jedermann ständig spüren zu lassen, dass mit ihm nicht zu spaßen war. Ähnlich wie Artur hatte er eine einschüchternde Physis, mächtige Arme und harte blaue Augen. Es schien ihm nie kalt zu sein, denn selbst im Winter trug er nur ein langärmeliges Hemd und eine dünne Arbeitsjacke, und wenn man sein Alter hätte schätzen müssen, hätte man auf sechzig getippt, dabei war er gerade mal vierzig. Es war, als brannte in ihm das Leben schneller ab als in anderen, aber selbst wenn das vielleicht einen frühen Tod bedeutete, führte er im Hier und Jetzt ein ungebändigtes Dasein. Besser, man stellte sich ihm nicht in den Weg.

Eine halbe Stunde stand ich still und spürte die Kälte von den Füßen aufsteigen, bis mir schließlich die Zähne klapperten. Dann endlich zog August den Bohrer aus der Nabe und suchte das Loch nach Ungenauigkeiten ab. Artur ließ das Schwungrad los.

Zusammen verließen wir die Werkstatt und gingen nach draußen. Dort berichtete ich ihm, was geschehen war, doch statt etwas Trost und Aufmunterung zu spenden, fand Artur den Umstand, dass ich mich von einem Mädchen hatte austricksen lassen, ziemlich komisch. Es dauerte eine Weile, bis das spöttische Grinsen endlich aus seinem Gesicht verschwand.

»Und jetzt?«, fragte er schließlich.

»Ich muss dieses Mädchen finden!«, antwortete ich.

»Dann viel Glück. Thorn hat um die 50 000 Einwohner. Und möglicherweise war sie gar nicht von hier? Sie könnte auch aus Podgorz sein. Oder Culmsee. Da kannst du lange suchen!«

»Ich dachte, du hättest vielleicht eine Idee?«

Artur zuckte mit den Schultern: »Ich würde in der Gerberstraße anfangen.«

»Bei dieser Hexe Lauterbach? Da bringen mich keine zehn Pferde mehr hin!«

»Dann vielleicht die Bahnhöfe. Oder Straßenbahnen.«

»Hast du noch dein Zeitungsgeschäft?«

»Klar.«

»Kannst du die Augen für mich aufhalten?«

Artur runzelte die Stirn: »Soll ich jetzt jedes hübsche Mädchen fragen, ob sie dich vielleicht übers Ohr gehauen hat?«

Ich seufzte, denn langsam wurde mir klar, wie vertrackt die Situation war. Hätte ich wenigstens einen Namen! So aber war das Unternehmen schon zum Scheitern verurteilt, bevor es überhaupt angefangen hatte.

»Vergiss mal das Kleid!«, sagte Artur und senkte etwas die Stimme. »Ich hatte da einen Geistesblitz und wollte wissen, was du davon hältst.«

»Artur! Mein Vater und ich stecken tief in der Scheiße!«

»Und willst du da wieder raus oder nicht?«

»Natürlich will ich da wieder raus!«

Artur nickte zufrieden: »Dann hör zu!«

Und je länger ich zuhörte, desto entsetzter starrte ich ihn an.

Artur dagegen war Feuer und Flamme, und was immer er in meinem Gesicht gelesen haben mochte, es schien ihm klare Bestätigung seines eigenen Genies zu sein, denn als er schließlich schwieg, sah er mich triumphierend an.

»Na, was sagst du jetzt?«

Ich zögerte mit der Antwort.

»Ehrlich?«

»Natürlich ehrlich!«

Ich nickte, dann sagte ich fest: »Du hast sie nicht mehr alle!«

10

Ohne jeden Zweifel war Arturs geniale Geschäftsidee vor allem eines: ein Erste-Klasse-Ticket ins Gefängnis. Verglichen mit ihm war ich ein ängstlicher Mensch, wobei man zu meiner Ehrenrettung sagen muss, dass verglichen mit Artur jeder Mensch ein ängstlicher Mensch war, weil Artur schlicht und ergreifend weder Furcht noch Zögern kannte, wenn er sich erst mal etwas in den Kopf gesetzt hatte. Trotzdem oder gerade deswegen hatte ich ihm oft vertraut und war tatsächlich nie schlecht damit gefahren.

Doch jetzt lagen die Dinge anders: Obwohl ich wusste, dass, wenn es einen Menschen auf dieser Erde gab, der mit dieser Sache tatsächlich durchkommen könnte, es Artur sein würde, schien mir sein Plan einfach zu verrückt, als dass man ihm auch nur eine Sekunde des Nachdenkens über seine Umsetzbarkeit hätte schenken sollen. Der zumindest für uns glimpfliche Ausgang des Thorner Baracken-Bumms war mir im wahrsten Sinne des Wortes Warnschuss genug, unser Glück nicht überzustrapazieren, und gleichzeitig ahnte ich, dass alles Flehen vergebens sein würde: Artur hatte sich bereits entschieden, und niemand würde ihn aufhalten können. Nicht einmal ich.

Einstweilen machte ich mich auf die Suche nach dem Mädchen.

Die nächsten Tage verbrachte ich jede freie Minute auf den Straßen Thorns und hielt Ausschau nach ihr. Ich war mir ziemlich sicher, dass, wenn sie in der Culmer Vorstadt oder in Mocker wohnen würde, ich sie wohl gekannt hätte. Daher beschränkte ich mich zunächst auf die Altstadt, die Jakobvorstadt und sogar die Bromberger Vorstadt mit ihrer schachbrettartigen Häuserplanung, obwohl dort hauptsächlich Militär wohnte und ich mir eingestehen musste, dass wer hier nach einem jungen Mädchen suchte, schon sehr verzweifelt sein musste.

Anfangs zuckte ich beim Anblick jeder weiblichen Person zusammen, die dem Mädchen auch nur entfernt ähnlich sah. Innerlich vorbereitet, sie am Arm zu packen und ihr triumphierend die Leviten zu lesen, schritt ich ihr entgegen, merkte aber jedes Mal schnell, dass sie es nicht war, die ich suchte. Verärgert wandte ich mich dann ab und malte mir in Gedanken aus, wie arg ich mit ihr ins Gericht gehen würde, sodass sie mir anschließend kleinlaut das Kleid geben und um Verzeihung bitten würde.

Doch je länger ich nach ihr fahndete, desto mehr verfestigte sich die Ahnung, dass sie nicht aus Thorn war. Hatte sie ihre kleine Scharade vielleicht aufgeführt, weil sie sich sicher sein konnte, kurz danach mit dem Kleid auf Nimmerwiedersehen verschwinden zu können? War es nicht sogar sehr wahrscheinlich, dass es sich so verhielt? Wäre sie wirklich das Risiko eingegangen, dass ich sie finden und des Diebstahls bezichtigen konnte?

So begann ich, mich auf die Bahnhöfe zu konzentrieren, vor allem den Stadt- und den Hauptbahnhof. Die Haltestellen Mocker, Nord und Schulstraße ließ ich nach ersten Besuchen aus, denn hier war derart wenig Verkehr, dass ich glaubte, die Wölfe aus dem nahen Russisch-Polen könnten mich in einem unbewachten Moment packen und verschleppen.

Tagelang schlich ich um den Stadtbahnhof herum, ein paarmal kreuzte ich auch die große Eisenbahnbrücke, die zum Hauptbahnhof führte. Ich sah viele Reisende, Geschäftsleute, die mit der Ostbahn aus Berlin kamen, sie aber entdeckte ich nicht. So kam es, dass ich mit jedem Tag hoffnungsloser wurde und schließlich meinen absoluten Tiefpunkt erreichte, als mich ein uniformierter Bahnangestellter aus der Vorhalle jagte, weil er mich für einen Vagabunden hielt.

Deprimiert ging ich nach Hause.

Ich würde dieses Mädchen niemals wiederfinden.

Mit tief in den Hosentaschen vergrabenen Händen stapfte ich

über den Neustädtischen Markt an der Kirche vorbei und warf lustlose Blicke auf Geschäfte, in denen ich niemals würde einkaufen können. Eine knappe Woche war es jetzt her, dass ich das Kleid verloren hatte, und seitdem fragte ich mich, wie ich es wiedergutmachen konnte. Vater hatte von all dem nichts hören wollen und behauptete, dass es nicht meine Schuld gewesen wäre, betrogen worden zu sein, und dass er gerade gestern einen schönen neuen Auftrag für eine Ulanen-Uniform bekommen habe, die richtig was einbringen würde. Trost war mir das nicht, aber ich begann, mich damit abzufinden.

Und dann entdeckte ich dieses neue Geschäft.

Ich war mir sicher, dass es vor ein paar Tagen, als ich das letzte Mal hier vorbeigekommen war, noch nicht existiert hatte, aber jetzt war es da. Wie aus dem Nichts. Ganz klein und schmal, als ob es sich vor all den Prachtfassaden und dem Markt selbst verstecken wollte. Vielleicht lockte es mich deswegen, weil es so bescheiden daherkam, aber wahrscheinlich hatte ich aus den Augenwinkeln die frische Aufschrift bemerkt, die über dem Eingang auf den Putz gemalt worden war: Atelier Lemmle.

Neugierig schlich ich mich ans Schaufenster, und schon mit dem ersten Blick hinein war es, als hätte sich für mich die Tür zu einer Welt geöffnet, deren Teil ich für immer sein wollte.

Ich stand vor dem Schaufenster eines Fotografen.

Dem ersten in Thorn.

Dem ersten in meinem Leben.

Es hingen nur drei Bilder in einer mit schwarzem Samt abgedeckten Auslage: ernste Gesichter, mal würdevoll, mal skeptisch blickend, Menschen in ihren besten Kleidern. Niemand, den ich kannte, niemand, der auf irgendeine Weise besonders aussah oder gar berühmt war. Doch war es genau dieser Umstand, der mich so faszinierte, denn in dieser Sekunde wurde mir bewusst, dass es etwas gab, das die Zeit anhalten konnte. Denn ganz gleich, was mit den Menschen passieren würde, auf diesen Bildern wären sie immer jung. Und blickten sie eines Tages, alt und gebrechlich, auf ihre eigenen

Fotografien, würden sie sich immer an diejenigen erinnern, die sie mal gewesen waren. Selbst nach ihrem Tod würden sie immer noch da sein. Man würde sich ihrer erinnern, und jemand würde sagen: Sieh mal, das ist dein Vater, dein Großvater, dein Urgroßvater.

Deine Mutter.

Ja, so war es.

Ich hätte sagen können: Sieh mal, das ist meine Mutter! So hat sie ausgesehen. Ich hätte ihre Fotografie in den Händen halten und sagen können: Hallo, Mama, siehst du mich? Denn ich sehe dich!

II

Wie lange ich dort vor der Auslage stand, weiß ich nicht mehr, aber als ich das nächste Mal aufsah, war es bereits dunkel, die Gaslaternen tauchten die Straßen in weiches Licht, und meine Zehen fühlten sich an, als könnten sie bei der geringsten Berührung abbrechen.

Natürlich war die Fotografie 1910 nichts Neues mehr, aber hier in Ostelbien, also den Gebieten östlich der Elbe, auf die vor allem Berlin herabschaute, als wären wir ein Teil des deutschen Kolonialreichs, behinderte die Tradition den Fortschritt und machte es neuen Errungenschaften schwerer als in anderen Gegenden. Diese Skepsis färbte einfach auf jedermann ab, und so hatte auch ich zwar vom fotografischen Verfahren gehört, aber da weder mein Vater je Fotografien hatte machen lassen noch sonst jemand in meinem näheren Umfeld, kannte ich in meinem knapp vierzehnjährigen Leben nur das, was mich umgab: die Schneiderstube, die Schule und Thorn. Und hätte es ein besseres Sinnbild meiner Welt geben können als die Festungsanlage meiner Heimatstadt mit den mächtigen Mauern, die sie von allem anderen trennte?

Nicht einmal das Bild des Kaisers in der Klasse war eine Fotografie, sondern nur ein Gemälde, und so traf mich die Begegnung mit dem Atelier Lemmle wie ein Blitz: Ich war binnen einer Sekunde in die Moderne gestoßen worden.

Als ich in die Schneiderstube zurückkehrte, sah mich mein Vater mit einem Haufen Stecknadeln im Mund an, sodass ich dachte: Hätte ich jetzt doch nur einen Fotoapparat, dann könnte ich dieses Bild für immer festhalten! Und später, wenn ich mal erwachsen wäre und vielleicht Familie hätte, würde ich meinen Kindern die Fotografie zeigen und ihnen sagen, dass das der Tag gewesen war, der mein Leben für immer verändert hatte.

»In da Küffe fteht dein Effen!«, sagte mein Vater vorwurfsvoll, weil ich so spät nach Hause gekommen war.

»Keinen Hunger!«, antwortete ich beschwingt.

»Kain'n Hunga?«

»Nein.«

Ich nahm ihm die Stecknadeln aus dem Mund, legte sie beiseite und grinste: »Spielen wir?«

Vater runzelte die Stirn, aber mich so gut gelaunt zu sehen, heiterte auch ihn auf. Er packte den groben Zuschnitt der Ulanen-Uniform zur Seite.

»Ist etwas passiert?«, fragte er neugierig.

»Nein«, log ich grinsend und stellte unsere Hocker bereit. »Ich will nur spielen!«

»Was wollen wir spielen?«

Ich zuckte mit den Schultern: »Erfinden wir etwas!«

Er nickte.

Und damit begannen wir zu spielen und improvisierten den ganzen Abend.

Drei Tage schwebte ich wie auf Wolken.

In der Schule nicht in der Lage dem Unterricht zu folgen beobachtete ich heimlich meine Schulkameraden, um dann, in bestimmten Momenten, im Geist eine Fotografie von ihnen zu machen. Zu meinem großen Bedauern musste ich all diese Bilder wieder ziehen lassen, tröstete mich mit neuen, die dann wieder aus meinem Gedächtnis verschwanden. Wie herrlich musste es sein, alles zu fotografieren und für die Nachwelt festzuhalten! Momente des Leids, der Freude, der Wut, der Schönheit oder des Umbruchs zu konservieren, um sie den folgenden Generationen noch zeigen zu können: Eine Fotografie bedeutete, das Leben zu sehen, wie es war. Und je länger ich mich meinen wilden Fantasien hingab, desto größer wurde in mir der Wunsch, alles zu sehen und festzuhalten.

Ich wollte das Auge der Welt sein!

So oft ich konnte, ging ich zum Neustädtischen Markt und stromerte um das Atelier herum, ohne dass ich wusste, was ich mir dort eigentlich erhoffte. Manchmal beobachtete ich, wie ein eleganter Herr oder ein Paar hineinging, und ich fragte mich, was jetzt wohl darin passieren würde. Was tat ein Fotograf eigentlich? Wie entstand eine Fotografie? Wie lange dauerte es, bis man sie in den Händen hielt? Und was würde so etwas kosten? Hätte ich mich hineingewagt und gefragt, hätte man mir sicher Antwort gegeben, aber ich traute mich nicht. Und so schlich ich herum und stand immer wieder vor dem Schaufenster und starrte hinein.

Als ich am vierten Tag nach meiner Entdeckung aus der Schule kam und schon im Türeingang Vater zurufen wollte, dass ich gern noch in die Stadt wollte, fand ich ihn mit einem jungen Mann vor, der sich, auf einem Hocker stehend, im Spiegel betrachtete, während mein Vater letzte Korrekturen an seiner Uniform vornahm. Obwohl ich wahrlich kein Freund des Militärs war, bewunderte ich doch das herrliche Tiefblau des Stoffes mit gelbroter Gardelitze, den gold-roten Epauletten eines Leutnants und den goldenen Knöpfen der Eskadron. Dazu die dunkelblaue Feldmütze mit rotem Besatzstreifen. Hier stand ein Offizier der Ulanen, und alles an ihm verriet seinen Stolz darüber.

»Carl!«, befahl mein Vater. »Ich brauche dich hier!«

Ich eilte an seine Seite und half beim Abstecken der Änderungen.

»Sie sehen sehr gut aus!«, sagte ich freundlich.

Der Mann auf dem Hocker, der höchstens ein paar Jahre älter sein konnte als ich, sah auf mich herab und lächelte überheblich: »Das weiß ich, Junge.«

»Weißt du, wer der Herr ist?«, fragte mein Vater.

Ich schüttelte den Kopf.

»Das ist Falk Boysen. Der Sohn von Wilhelm Boysen.«

Jeder in Thorn wusste, wer Wilhelm Boysen war: der reichste wie mächtigste Gutsherr weit und breit, auch wenn er kein politisches Amt bekleidete.

»Ist mir eine Ehre!«, antwortete ich pflichtschuldig und erntete wieder ein arrogantes Lächeln.

»Mach es recht eng!«, befahl Boysen. »Ich will, dass es schneidig aussieht!«

»Sehr wohl, mein Herr!«

»Auch als Leutnant der Reserve repräsentiere ich Preußen und den Kaiser!«

»Natürlich!«

»Und ich will keinen Pfusch, Schneider!«

»Sehr wohl!«

Er blickte auf ihn herab: »Ich bin keine Saatguthändlerin. Mit mir machen Sie keine Sperenzien. Kapiert?«

Vater nickte schluckend: »Natürlich.«

Dann widmete Falk Boysen sich wieder seinem Spiegelbild, und seiner Mimik entnahm man deutlich, dass ihm gefiel, was er darin sah. Vater warf mir einen warnenden Blick zu, was wohl bedeutete, dass ich mich mit der Äußerung meiner Meinung, und wäre es auch nur durch eine hochgezogene Braue, zurückzuhalten hatte. Dann nahm er noch einmal Maß, prüfte Bund und Saumweite und strich anschließend den Stoff einmal glatt.

»Was denken Sie, mein Herr?«, fragte Vater.

Boysen besah sich im Spiegel und nickte: »Ausgezeichnet! Hoffen wir, dass es auch so wird.«

»Seien Sie unbesorgt. Es wird die schönste Ulanka, die je diese Stube verlassen hat!«

Boysen stieg vom Hocker herab und zog sich hinter den Paravent zurück, um sich umzuziehen.

»Schneider?«, rief Boysen.

»Ja, mein Herr?«

»Ist das deine Geige?«

»Jawohl, mein Herr!«

Eine Weile hörten wir nur ein Rascheln, dann trat Boysen wieder hinter dem Paravent hervor und hielt Vaters Fiedel in der Hand.

»Spielst du gut?«, fragte er.

»Jawohl, mein Herr!«

Er drückte ihm die Fiedel in die Hand und befahl: »Beweisen!«

Vater nahm die Geige und begann zu spielen.

Für ein paar Sekunden sah Boysen wie ein ganz normaler junger Bursche aus, der verzückt einem ausgezeichneten Musikanten lauschte, dann aber hob er die Hand und gebot Vater, mit dem Spiel aufzuhören.

»Ganz passabel«, sagte er knapp. »Nächste Woche geben wir eine Gesellschaft auf Gut Boysen. Ein wenig Musik könnte da nicht schaden. Spielt dein Sohn auch?«

»Jawohl«, antwortete mein Vater.

»Gut, dann ist es abgemacht. Sieben Uhr. Pünktlich. Aber vorher wird mir der Junge meine Uniform bringen.«

»Selbstverständlich.«

Er nickte zufrieden, setzte sich seinen Hut auf, verließ die Schneiderstube, ohne die Tür zu schließen, und einige Augenblicke später sahen wir ihn erhaben auf einem Rappen durch den Schnee davonreiten. Ich war mir sicher, dass er sie, sobald er die Uniform hatte, auf diese Art und Weise in der ganzen Stadt präsentieren würde.

»Blöder Arsch«, murmelte ich leise und schloss die Tür, durch die ein kalter Wind fegte.

Vater seufzte nur.

12

Endlich schmolz der Schnee, der Frühling war über Nacht gekommen und blieb dauerhaft. Mit den steigenden Temperaturen erwachte auch Thorn: Soldaten, Bauern, Geschäftsleute, Flaneure, Fuhrwerke, Karren. Die Kinder kamen wieder barfuß zur Schule.

Die guten Winterstiefel waren weggepackt worden, und andere Schuhe hatten die meisten nicht. Zumindest nicht die Armen.

Nur einer fiel auf unter all denen, die jetzt ihren Angelegenheiten nachgingen: Artur. Denn er lief immer noch durch die Straßen und rief den Weltuntergang aus. Die meisten hatten sich mittlerweile an seinen Anblick und an das, was er ihnen prophezeite, gewöhnt, sodass man nur noch sehr selten jemanden anhalten sah, um einen Blick in die Zeitung zu werfen. Artur schien das wenig zu kümmern. Bei einem seiner Rundgänge fragte ich ihn, warum er immer noch versuchte, den Artikel zu vermieten, schließlich war es doch offenkundig, dass alle ihn kannten oder zumindest ihr Interesse daran verloren hatten. Da zuckte Artur nur mit den Schultern und antwortete, dass, wenn sein neues Geschäft funktionieren sollte, er mit seinem alten noch etwas Werbung dafür machen müsse. Die dahinterstehende Logik erschloss sich mir nicht sofort, aber ich war um jeden Tag froh, der Arturs Verrücktheit nach hinten verschob, denn es war ein weiterer Tag, an dem er mich nicht bitten würde, ihm dabei behilflich zu sein.

In der Zwischenzeit machte ich etwas, was ich noch nie zuvor gewagt hatte: Ich schwänzte die Schule. Zu meinem großen Erstaunen stellte ich fest, dass absolut nichts passierte. Es war Lehrer Bruchsal weder eine Erwähnung wert, noch trug er es in das Klassenbuch ein. Vermutlich ging er davon aus, dass ich meinem Vater zu helfen hatte, oder es war ihm schlicht und einfach egal. So bedauerte ich, nicht schon viel früher freigemacht zu haben, genau wie Artur es ständig getan hatte, denn es fühlte sich frech an, wild gar, und ich kam mir ein wenig wie ein Rebell vor, was ich in Wirklichkeit gar nicht war.

Meinen freien Tag verbrachte ich am Neustädtischen Markt.

Nachdem ich eine Weile Kunden nachgeschlichen war, um herauszufinden, was im Atelier so alles passierte, beschloss ich, meinen ganzen neu gewonnenen Rebellenmut zusammenzunehmen und einzutreten. Obwohl es ganz offensichtlich ein Geschäft für Wohlhabende war.

Eine kleine Klingel oberhalb der Eingangstür verriet mich als neuen Kunden. Nervös rupfte ich meine Kappe vom Kopf, als ich die ersten scheuen Schritte hineinwagte. Ein Mann mittleren Alters, mit einem gewaltigen Backenbart, dunklem, vollem Haar und einem eleganten Anzug inklusive Weste, kam mir entgegen, und an seinem irritierten Blick war deutlich abzulesen, dass er sich gerade fragte, ob ich mich wohl verlaufen hatte.

»Ja, bitte?«, fragte er freundlich.

»Ich … ich habe Ihr Atelier gesehen, und ich … ich war einfach neugierig.«

Mein Gesicht brannte, und es hätte nur eines Räusperns bedurft, und ich wäre Hals über Kopf aus dem Geschäft geflohen. Aber der Mann räusperte sich nicht, sondern bot mir die Hand: »Ein guter Grund einzutreten, junger Mann. Der beste, möchte ich meinen. Wie ist denn der werte Name?«

»Friedländer, Carl.«

Der Mann nickte amüsiert und antwortete: »Lemmle, Gustav. Sehr erfreut.«

Wir schüttelten einander die Hand.

»Nun, mein lieber Carl: Was kann ich denn für dich tun?«

Nervös knetete ich die Kappe in meinen Händen, schielte vorwitzig an seiner Schulter vorbei, sah im hinteren Teil des Geschäfts eine Leinwand und davor eine auf einem Stativ stehende Kamera – viel kleiner, als ich gedacht hatte. In meiner naiven Vorstellung hatte ich angenommen, es würde eine riesige, furchtbar komplizierte Maschine brauchen, um etwas herzustellen, das die Zeit anhalten konnte.

Mit einem Räuspern wandte ich mich wieder Herrn Lemmle zu: »Ich wollte nur wissen, was so eine Fotografie kostet.«

»Das ist alles?«

»Irgendwie schon …«

Herr Lemmle nickte und steckte beide Daumen in die kleinen Taschen seiner Weste: »Ich frage mich das nur, weil du schon seit Tagen um mein Atelier herumschleichst.«

Ich schluckte, und es hätte nicht viel gefehlt, dass ich vor lauter Verlegenheit meine Kappe in zwei Stücke gerissen hätte.

»Sie haben das bemerkt?«

»Man kann von drinnen nach draußen sehen, weißt du?«

Er war sichtlich erheitert, und ich widerstand der Versuchung, mich zur gläsernen Eingangstür umzudrehen, die zur Hälfte mit hübschen Jugendstilelementen verziert war.

»Die Tür. Natürlich …«

»Also, eine Fotografie. Nur für dich?«

»Für meinen Vater und mich.«

»Verstehe. Und dein Vater weiß von deinem Besuch hier?«

»N-nein.«

Herr Lemmle musterte mich von oben bis unten.

»Dein Vater ist wohl kein sehr vermögender Mann?«

Ich schüttelte den Kopf: »Er ist Schneider.«

»Hm«, machte Herr Lemmle.

Dann sagte er ruhig: »Es kostet dreißig Reichsmark.«

Er hatte es nicht gemein gesagt und amüsierte sich auch nicht über meine erschrockene Miene, da war sogar ein Ausdruck des Bedauerns in seinen Augen.

»Oh«, brachte ich schließlich heraus und wandte mich bereits ab.

»Carl?«

Ich drehte mich wieder um.

»Fünfundzwanzig ginge auch. Aber sag's niemandem.«

»Ich danke Ihnen, Herr Lemmle, aber … es geht nicht!«

Da spürte ich einen Kloß im Hals und auch, wie sich Tränen in meinen Augen sammelten. Und während ich rasch kehrtmachte, um nach Hause zu rennen, schwor ich mir, dort nie wieder einzutreten.

13

Eine ganze Weile spürte ich noch die Scham darüber, dass wir nicht in der Lage waren, eine Fotografie von uns zu bezahlen, dass wir im Prinzip zu gar nichts in der Lage waren und dass sich das auch niemals ändern würde. In ein paar Tagen würden die Osterferien beginnen, meine Schulzeit wäre dann zu Ende. Aber alles, was sich dadurch wandeln würde, wäre, dass ich nur noch mehr Zeit in der Schneiderstube verbringen würde. Dass ich in die Fußstapfen meines Vaters treten würde und mich meiner Kundschaft dienernd mit *Sehr wohl, mein Herr* oder *Selbstverständlich, Gnädigste* zu nähern hätte. Ich würde mich mit den Wassilis von Thorn um Preise streiten und so viel Geld verdienen, dass es gerade so reichte. Und selbst wenn es mir gelingen würde, ein Geschäft aufzubauen wie mein Vater einst in Riga, würde ich doch für viele nur ein weiterer Jude sein, der sich auf Kosten anderer bereicherte.

Das Buch meines Lebens war bereits geschrieben worden, und das Einzige, was ich mir tröstend einreden konnte, war, dass man etwas so Langweiliges nicht auch noch mit Fotografien schmücken musste.

Deprimiert kehrte ich zurück in die Schneiderstube.

Zu allem Überfluss wartete dort bereits Vater mit einem geschnürten Paket auf mich und drückte es mir in die Hände.

»Die Uniform, mein Junge.«

Frustriert machte ich mich auf den Weg.

Wenigstens eine Stunde Fußmarsch lag vor mir, denn Gut Boysen lag auf der anderen Seite der Weichsel, entrückt von der Stadt und in gewisser Weise auch vom Rest der Welt.

An der Haltestelle der Elektrischen lauerte ich der Linie drei auf, fuhr heimlich mit bis zum Altstädtischen Markt und wechselte dort in gleicher Weise in die Eins bis zum Stadtbahnhof. Dort trat ich mit allerlei düsteren Gedanken beschäftigt in die Vorhalle und sah: sie.

Um ein Haar hätte ich sie nicht wiedererkannt, herausgeputzt wirkte sie wie siebzehn oder achtzehn, aber das blaue Kleid meines Vaters hätte ich unter Millionen ausfindig gemacht. Sekundenlang war ich so perplex, dass ich mich nicht rühren konnte, doch dann spürte ich, wie in meinem Bauch Wut zu einem heißen Klumpen zusammenlief, und ehe ich mich besinnen konnte, marschierte ich auf sie los, bereit, ihr das Paket mit der Uniform über den Kopf zu hauen.

Erst ein paar Meter von ihr entfernt sah ich, dass sie sich schon die ganze Zeit mit jemandem unterhielt. Und dieser Jemand war niemand anderes als Falk Boysen, dessen Uniform ich bereits über den Kopf gehoben hatte. Im letzten Moment bog ich unbemerkt ab, lief an beiden vorbei und blieb ganz in der Nähe mit dem Rücken zu ihnen stehen.

Da hörte ich sie sagen: »Leutnant! Wie interessant!«

Und Boysen antwortete: »Und Sie, Fräulein?«

»Sie gehen ja ganz schön ran!«

»Hab ich eine Wahl? Bezaubernd, wie Sie sind!«

»Wie galant! Ich freue mich, dass unsere Offiziere immer noch denselben Schneid haben wie zu meines Vaters Zeiten.«

»Ihr Vater ist auch Offizier?«

»Er war es. Vierundsechzig, Sechsundsechzig und Einundsiebzig. Jetzt ist er Regierungsrat in Berlin.«

Kurz stockte das Gespräch, ich spürte förmlich, wie beeindruckt Boysen war.

»Und was machen Sie hier?«, fragte er schließlich.

Sie seufzte theatralisch: »Sie würden es nicht glauben …«

»Ich bin ganz Ohr«, lockte Boysen.

»Ich wurde beraubt!«, empörte sie sich.

»Unerhört!«, rief Boysen entsetzt.

»Im Zug!«, rief sie. »Stellen Sie sich das einmal vor!«

»Ungeheuerlich!«, pflichtete Boysen bei.

»Meine Handtasche – weg! Und nun bin ich hier gestrandet, völlig mittellos, und weiß nicht mehr weiter!«

Da stand ich nun, und je länger ich zuhörte, desto fassungsloser wurde ich. Wie hatte ich je auf sie hereinfallen können? Sie log, dass sich die Balken bogen. Hörte man nur zu, ohne ihr dabei in die Augen zu sehen, erkannte man ihr Schauspiel sofort als reinstes Bauerntheater. Ich war mir sicher, dass Boysen niemals darauf hereinfallen könnte.

Aber er konnte.

Und wie er konnte.

»Haben Sie keine Angst, junges Fräulein. Rettung naht!«

»Wie ritterlich Sie sind! Aber ich habe es nicht verdient, dass Sie mir helfen. Ich bin so eine dumme Gans!«

»Es wird mir eine Ehre sein. Als deutscher Mann und als deutscher Offizier!«

»Ich weiß nicht, wie ich Ihnen das je danken kann!«

»Zu wissen, dass Sie gesund in den Schoß der Familie zurückkehren, wird mir Dank genug sein!«

»Sie würden meinem Vater kolossal gefallen!«

»Vielleicht lerne ich ihn ja mal kennen?«

Boysens Geschäftssinn war hörbar geweckt: Ein Regierungsrat und ehemaliger Offizier in Berlin konnte viele Türen öffnen. Karrieren ebnen!

»Vielleicht …«, gurrte sie.

»Bitte verfügen Sie über mich!«

Sie zögerte mit der Antwort, sagte dann aber fest: »Wenn Sie mir mit ein wenig Geld aushelfen könnten? Für eine neue Fahrkarte?«

»Es wird mir die reinste Freude sein!«, rief Boysen, und ich konnte hören, wie er seine Brieftasche zückte. »Ich denke, einhundert Goldmark werden ausreichend sein?«

Mir klappte das Kinn herunter.

Nicht nur dass es jemanden gab, der einfach so einhundert Mark bei sich trug, sondern dass er sie auch, ohne mit der Wimper zu zucken, auslegen konnte.

»Ich werde meinen Vater wissen lassen, aus welchem Holz die Offiziere hier im Osten geschnitzt sind! Haben Sie eine Karte?«

»Aber natürlich!«

»Ich werde Ihnen die Summe gleich nach meiner Ankunft avisieren lassen!«

»Es hat keine Eile, Fräulein.«

»Es ist das Mindeste!«, rief sie und warf offenbar einen Blick auf die Visitenkarte: »Leutnant Boysen. Ich werde das Gefühl nicht los, mein lieber Leutnant, dass Sie jemand sind, der auf dem Weg nach ganz oben ist.«

»Gnädiges Fräulein …«

Aus den Augenwinkeln sah ich ihn dienernd die Hand des Mädchens küssen.

Es schüttelte mich am ganzen Körper: dieser Widerling.

Vater und mich hatte er wie Leibeigene behandelt, und hier gebar er sich als schleimender Don Juan. Jeden anderen hätte ich vor diesem Aas gerettet, aber nicht Boysen. So vertrat ich mir während der wortreichen Verabschiedung etwas die Beine, behielt die beiden unauffällig im Blick und sah dann, wie Boysen sich hackenknallend empfahl. Das Mädchen, ganz keusche Maid, kicherte verlegen und rauschte dann Richtung Bahnsteig davon, während Boysen den Weg zum Haupteingang wählte.

Als er verschwunden war, kehrte sie mit einem selbstzufriedenen Lächeln im Gesicht zurück: Sie hatte es tatsächlich fertiggebracht, Falk Boysen um einhundert Mark zu betrügen, und das nötigte mir so viel Respekt ab, dass ich ganz vergaß, weiter mit ihr böse zu sein. Anstatt also einen Skandal im Bahnhof heraufzubeschwören, folgte ich ihr neugierig und mit genügend Abstand in die Stadt.

Wir bogen gerade von der Karlstraße in die Brauerstraße, da überkam mich eine erste Ahnung, wo sie möglicherweise wohnte. Und tatsächlich führte ihr Weg als Nächstes in die Gerberstraße. Bei der Höheren Mädchenschule schob sie eine kleine hölzerne Seitentür auf, die in eine schmale Gasse entlang der Schule führte und an deren Ende offenbar ein abschließbarer Schuppen stand, für den sie den Schlüssel besaß. Dorthin verschwand sie für eine Viertelstunde, dann kam sie heraus und war vollkommen verwandelt: Abgeschminkt und mit gewöhnlichen Kleidern verschloss sie die Schuppentür hinter sich und huschte dann durch den hinteren Einlass ins Schulgebäude.

Jetzt durchschritt auch ich die enge Gasse, bis ich schließlich etwas ratlos vor einer Haustür stand. Sollte ich klopfen? Wer würde öffnen? Was könnte ich sagen? Ich entschied vorerst, auf den Schuppen zu klettern, um von dort einen Blick in die Wohnung zu werfen. Ich sah sie in der guten Stube stehen, mit zwei älteren Mädchen, offensichtlich ihren Schwestern. Wie die Orgelpfeifen präsentierten sie sich neben ihrer Mutter einem strengen Mann mit runden Brillengläsern und pomadig gescheiteltem Kopf, der die Hände und den Sitz ihrer Kleidung kontrollierte. Schließlich blieb er vor der Kleidräuberin stehen und starrte sie an.

Furchtsam, ganz im Gegensatz zu ihrem öffentlichen Auftreten, senkte sie den Blick, bevor sie im nächsten Moment eine solche Ohrfeige bekam, dass es sie von den Füßen riss. Noch von meiner Warte aus konnte ich hören, wie der Mann schrie, dass ihre Hände dreckig wie die einer Dirne wären und sie selbst eine Schande für seine Familie sei. Da stürzte auch schon die Mutter dazwischen und verhinderte, dass der Mann, der bereits den Gürtel aus den Hosenschleifen gelöst hatte, seiner Tochter eine weitere, noch viel härtere Abreibung verpassen konnte.

Sie bat ihren Mann offenbar um Nachsicht – und wider Erwarten gewährte er sie.

Dann verließ er den Raum.

Erst danach wagten sich die beiden älteren Schwestern aus ihrer Erstarrung und kauerten sich tröstend neben ihre Mutter und das Mädchen.

Ich stieg wieder vom Schuppen und schlich zurück zur Eingangstür: Gottlieb Beese stand dort. Ohne jemand fragen zu müssen, wusste ich, wer er war, denn im Schulgebäude konnte nur einer wohnen: der Lehrer. Mietfreie Dienstwohnungen waren Teil der Verträge, ansonsten war die Arbeit in aller Regel äußerst schlecht vergütet. Beese unterrichtete also in der Höheren Mädchenschule, und seine Töchter waren dort ohne Zweifel seine Schülerinnen.

Seufzend musste ich mir meine eigene Dummheit eingestehen: Zwar hatte ich die ganze verdammte Stadt nach dem Mädchen abgesucht, aber anstatt – wie von Artur empfohlen – in der Gerberstraße damit anzufangen, hatte ich vor lauter Angst vor Frau Direktor Lauterbach das Naheliegende übersehen.

Wie dem auch war: Meine Nachforschungen waren beendet. Ich hatte sie gefunden.

14

Für gewöhnlich waren Geburtstage Anlässe für vergnügliche Stunden, ich dagegen feierte meinen vierzehnten auf dem Friedhof. Wobei ich zur Ehrenrettung meines Vaters erwähnen sollte, dass wir Mutter wenigstens zweimal die Woche besuchten, sodass es nur ein Zufall war, dass wir an diesem Tag vor ihrem Grab standen. Oder sagen wir: fast ein Zufall.

Mein Vater hatte mir am Morgen gratuliert, mich in den Arm genommen, geküsst und mir dann sein Geschenk überreicht: einen neuen Anzug. Ein bemerkenswertes Stück, fantastische Qualität, dazu ein eleganter Schnitt. Vater kniff mich in die Wange und sagte mit bebender Stimme, dass ich jetzt ein Mann sei. Dann brach er in Tränen aus und schluchzte, er wünschte sich nichts sehnlicher, als dass Mutter mich darin sehen könnte. Da hellte sich plötzlich seine Miene auf, und mit leicht zusammengekniffenen Augen rief er: »Los, komm, wir zeigen ihn ihr!«

Und so war mein erster Weg an diesem Tag der zum Friedhof. Und während mein Vater von seinem Anzug schwärmte und mir versicherte, dass ein solches Gewand mir alle Türen würde öffnen können, war die erste Tür, die ich damit öffnete, das Schmiedegitter des St.-Marien-Friedhofs, des kleinsten von vieren, die sich ein großes Areal teilten. Je nach Kirchengemeinde lag man entweder hier oder auf St. Georgen, St. Johannis oder dem Altstädter Friedhof, optisch durch einen Fußweg getrennt.

Obwohl St. Marien nicht einmal vierhundert Meter von unserem Geschäft entfernt lag, spürte ich jedes Mal, wie die Schritte meines Vaters immer bleierner wurden, je näher wir der letzten Ruhestätte meiner Mutter kamen. Dabei war es nicht nur das Angedenken, das ihn schwer atmen ließ, sondern auch die Vorstellung, nicht bei ihr sein zu können, wenn ihm eines Tages die Stunde geschlagen haben würde. Denn er würde niemals neben ihr liegen können, sein Platz würde auf dem jüdischen Friedhof in der Jakobsvorstadt sein, zwei Kilometer entfernt. Und sosehr er sich wünschte, meine Mutter eines Tages wiederzusehen, so sehr fürchtete er sich doch davor. Denn er wusste, dass er nie wieder ganz bei ihr sein konnte, dass sie im Tod genauso getrennt sein würden wie jetzt auch.

Normalerweise sprach er nur in Gedanken mit ihr, während wir vor ihrem Grabstein innehielten. Diesmal jedoch plauderte er laut drauflos, wobei nicht immer ganz klar war, wen er gerade meinte: mich oder Mutter. In jedem Fall heiterte es ihn mächtig auf, und ihn lächeln zu sehen machte auch mir gute Laune. Ich konnte mich nicht erinnern, wann wir je so frohgemut vom Friedhof wieder in die Schneiderstube zurückgekehrt waren.

Dort stand Artur und wartete.

»Herzlichen Glückwunsch zum Geburtstag!«, rief er und klopfte mir fest auf die Schultern. »Toller Anzug!«

Vater lächelte selig.

Artur wandte sich ihm zu: »Machen Sie mir auch so einen?«

»Wenn du willst«, nickte Vater.

»Und ob! Legen wir gleich los!«

»Wirklich?«, fragte ich Artur stirnrunzelnd.

»Ein Mann braucht einen guten Anzug, nicht wahr, Herr Friedländer?«

Gab es etwas, womit man Vaters Herz schneller gewinnen konnte, als einen Anzug in Auftrag zu geben, ohne dass man vorhatte zu heiraten oder zu sterben?

»Artur!«, rief mein Vater erfreut. »Du bist ein Ehrenmann!«

Wir traten in die Schneiderstube, und ich verkniff mir eine Bemerkung zu Vaters Einschätzung.

Drinnen machte er sich gleich daran, Maß zu nehmen, und Artur ließ ihn geduldig um sich herumwuseln. Dann entschwand Vater zu den Regalen, in denen wir unsere Stoffe lagerten, und versprach, den einen, den einzig richtigen für Artur zu finden.

Artur zog mich daraufhin ein Stück zur Seite und überreichte mir mein Geschenk: »Für dich!«

Er grinste frech. Ich hatte bereits eine Ahnung, dass er etwas im Schilde führte, aber in meiner Hand lag nur ein kleines Döschen, umwunden mit einer Schleife aus einer einfachen Kordel.

Ich löste die Schnur und öffnete die kleine Kiste.

»Was ist das?«, fragte ich ratlos.

Ich blickte auf einen Haufen weißer Kügelchen im Innern, etwa doppelt so groß wie Stecknadelköpfe.

Artur sah sich um, fand Vater an den Regalen, Stoffe zwischen seinen Fingern prüfend. Da wandte er sich wieder mir zu und sagte leise: »Kometenpillen!«

»O Gott, nein!«, presste ich hervor. »Du hast das wirklich gemacht?«

»Was soll denn das schon wieder heißen?«

»Ich hatte gehofft, du verarschst mich!«

Artur seufzte.

»Friedländer, dir fehlt wirklich die Vision zu etwas Großem.«

»Artur! Komm zu dir! Du kannst den Leuten doch keine Kometenpillen verkaufen!«

»Warum nicht?«

»Weil … weil … es so was nicht gibt!«

Artur nahm eine Pille aus der Dose und hielt sie mir vor die Augen: »Ach ja? Und was ist das hier?«

»Du weißt genau, was ich meine!«

»Es ist völlig egal, was du meinst. Es ist auch völlig egal, was ich meine. Es zählt nur, was andere glauben.«

»Und was sollen die glauben?«, fragte ich zurück.

»Dass sie den Kometen überleben werden, wenn sie meine Pillen schlucken.«

Einen Moment sah ich ihn an.

Dann fragte ich: »Und was ist da drin?«

»Ist geheim.«

»Quatsch!«

Artur räusperte sich. »Na ja, gut, dir kann ich es ja sagen. Also, da ist drin: Zucker ... Mehl ... Wasser ...«

»Zucker, Mehl, Wasser. Und was noch?«

»Liebe?«

Ich schielte an Arturs Schulter vorbei, doch Vater war immer noch in die Auswahl seines Stoffes vertieft.

»Spinnst du? Das ist Betrug, Artur!«

Der schüttelte den Kopf: »Also, ich sehe die Sache so: Entweder wir alle überleben, dann habe ich nichts Falsches versprochen. Oder wir überleben nicht, dann wird keiner mehr da sein, der mich verklagen könnte.«

»Ich hoffe, wir überleben nicht.«

Artur nickte zufrieden: »Gut, dann sind wir uns ja einig. Ich dachte, wir machen das so: drei Pillen für eine Mark.«

»Drei?«

»Die erste nimmst du einen Tag vor dem Durchzug des Kometen, eine am Tag selbst und eine danach. Klingt schön wissenschaftlich, oder?«

»Klingt nach Zuchthaus.«

»Das ist ein todsicheres Geschäft, Carl!«

»Aus deinem Mund hört sich todsicher ganz, ganz komisch an.«

»Willst du jetzt raus aus diesem Elend oder nicht?«

Wieder warf ich einen kurzen Blick zu meinem Vater, dann flüsterte ich: »Ich hab das Kleid gefunden!«

»Na und?«

»Das heißt, wir kriegen es zurück!«

»Das ist ja großartig!«, zischte Artur sarkastisch. »Dann kann ja gleich die nächste Frau Direktor kommen und euch als Fußabtreter benutzen. Oder warte, vielleicht wird es nicht mal Frau Direktor sein, sondern nur ihre Dienstmagd. Oder Wassili!«

Er starrte mir in die Augen, bis ich seinem Blick auswich.

Hatte ich nicht erst gestern damit gehadert, dass das Buch meines Lebens eine öde Kurzgeschichte werden würde? Hatte ich nicht erst gestern im Atelier den sauren Geschmack der Demütigung auf der Zunge verspürt? Und hatte ich nicht erst gestern miterlebt, wie ein Mädchen mit Mut und Selbstvertrauen ein reiches Scheusal um hundert Reichsmark erleichtert hatte? Wollte ich wirklich für den Rest meines Lebens ein ängstlicher Schneider sein?

»Was jetzt?«, drängte Artur.

Da nickte ich und flüsterte leise: »In Ordnung. Wir riskieren es!«

Artur strahlte und haute mir heftig gegen die Schulter: »Das ist mein Mann!«

Vater kehrte mit einem Stoff zurück und präsentierte ihn Artur: »Der hier! Und kein anderer!«

Artur sah kaum hin und nickte zustimmend: »Ich vertraue Ihnen voll und ganz, Herr Friedländer!«

Vater strahlte: »Du wirst fantastisch darin aussehen! Darf ich fragen, ob es einen bestimmten Anlass für diesen Anzug gibt?«

»Geschäfte.«

Vater nickte: »Ausgezeichnet! Mit diesem Anzug wird man dich für den seriösesten Geschäftsmann Thorns halten.«

Artur lächelte zufrieden: »Genau deswegen bin ich hier.«

Er sah zu mir herüber und zwinkerte mir frech zu.

15

Die Ferien hatten begonnen, unsere Schulzeit war vorbei, und Vater gewährte mir zwei Wochen Freizeit, bevor ich endgültig in unser Geschäft einsteigen würde. Seit ich das Atelier Lemmle kannte, träumte ich zwar heimlich davon, den Beruf des Fotografen zu erlernen, aber ein einziger Blick in unsere Schneiderstube genügte, um mich in die Realität zurückzuwerfen: Vater und ich würden nur zusammen überleben können. Jeder für sich war bei den bestehenden Verhältnissen verloren. Das schmerzte, aber ich wusste, dass ich mich eines Tages damit würde abfinden können.

Zuvor jedoch hatte ich noch eine Sache zu erledigen, und die wollte ich mutig angehen, nicht Vater zuliebe, sondern um meiner selbst willen: Ich würde mir das Kleid zurückholen! Das schuldete ich mir und allen anderen armen Teufeln, für die ich stellvertretend das Gesicht wahren wollte.

Also begann ich, mich in der Nähe der Höheren Mädchenschule herumzutreiben, der Annahme gewiss, dass sie irgendwann herauskommen musste. Zweimal sah ich sie in Begleitung ihrer Schwestern, das dritte Mal endlich allein. Ich folgte ihr auf die belebte Breite Straße, schloss rasch auf und packte sie am Arm.

»Hab ich dich!«, rief ich triumphierend.

Sie war erschrocken herumgewirbelt, dann jedoch entspannten sich ihre Gesichtszüge: Ein spöttisches Lächeln umspielte ihren Mund.

»Sieh mal einer an: Carl Schneiderssohn.«

»Ja, genau der!«

»Was kann ich für dich tun, Carl Schneiderssohn?«

Zunächst sprachlos über so viel Dreistigkeit zischte ich dann: »Das weißt du genau! Das Kleid!«

»Ja?«

»Gib es zurück. Aber schnell!«

»Ich weiß nicht, was du meinst. Was für ein Kleid?«

»Wir können auch zusammen zur Polizei, wenn dir das lieber ist!«

Sie zuckte achtlos mit den Schultern: »Um was zu tun?«

»Dich anzuzeigen. Du hast das Kleid gestohlen!«

»Ich? Aber Carl! Wie kommst du nur darauf? Oder hast du einen Zeugen für diese scheußliche Tat? Wenn nicht, wäre es nämlich eine gemeine Verleumdung, weißt du?«

Ungeduldig zog ich sie am Oberarm: »Bitte! Du hast es nicht anders gewollt!«

Sie blieb stehen und zischte: »Wenn du mich nicht sofort loslässt, schreie ich wie am Spieß!«

Unsicher blickte ich mich kurz um: Die ersten Passanten sahen bereits neugierig zu uns herüber. Da ließ ich sie los.

»Na, bitte, Carl Schneiderssohn. Das ist doch viel vernünftiger so. Hab einen schönen Tag!«

Sie wandte sich ab, bereit weiterzugehen, als ich den Trumpf ausspielte, den ich eigentlich nicht hatte ziehen wollen: »Du hast recht. Lass uns nicht zur Polizei, lass uns zu deinem Vater gehen: Gottlieb Beese. Wir fragen ihn, ob er das Kleid, das du im Schuppen versteckst, kennt. Dann klärt sich sicher alles schnell auf.«

Zum ersten Mal spürte ich bei ihr so etwas wie Verunsicherung: Es war, als hätte ich an den Gittern ihres Selbstvertrauens gerüttelt. Sie brauchte ein paar Sekunden, in denen sie mir den Rücken kehrte, um sich wieder zu sammeln.

Dann aber drehte sie sich langsam zu mir um.

Diesmal war ich es, der süffisant lächelte, der sie selbstsicher ansah und sogar eine gewisse Freude empfand, sie wie einen Fisch am Haken zappeln zu lassen, um sie in aller Seelenruhe an Land zu ziehen und auszunehmen. Sie wusste ja nicht, dass ich sie nicht an ihren Vater verraten würde. Aber sollte sie tatsächlich versuchen, mich mit Tränen der Verzweiflung oder koketten Versprechen einzuwickeln, so würde sie feststellen, dass Carl Schneiderssohn gegen ihr ausgesprochen hübsches Gesicht vollkommen immun war und zudem all ihre Listen bereits kannte. Nichts auf der Welt würde sie jetzt noch retten, und ich überlegte bereits, meinen Anteil an ihren von Boysen ergaunerten einhundert Reichsmark einzufordern. Ein Schweigegeld hatte ich mir doch wohl redlich verdient. Und dann würde sie endlich begreifen, dass man sich mit mir nicht anlegte.

Mit mir nicht!

Sie machte einen Schritt auf mich zu und kippte mir plötzlich in die Arme. Reflexartig fing ich sie auf, sah mich ebenso überrascht wie Hilfe suchend um, während sie halb in meinen Armen hing und halb mit den Fußspitzen über das Trottoir schleifte.

»Äh ... was ... hallo ...«

Mehr brachte ich nicht heraus. Die ersten Herren eilten bereits herbei, um mir zu helfen. Prompt umringten uns Männer wie Frauen, während ich immer noch wie ein Trottel dastand im Versuch, ein scheinbar ohnmächtiges Mädchen nicht auf den Boden fallen zu lassen.

»Glaub ja nicht, dass du damit durchkommst!«, zischte ich ihr leise ins Ohr.

Da erbot sich ein feiner Herr, mir zu helfen, und hob die Dahingesunkene auf seine Arme, während gleichzeitig der Besitzer des Modewarenladens Seelig, vor dem wir standen, die Tür seines Geschäfts aufriss, um ihn mit hektischen Handbewegungen herbeizuwinken. Da offenbar alle neugierig waren, wie das Drama wohl ausgehen würde, gedachte niemand, auf der Straße zu bleiben, und so folgten wir alle den beiden prozessionshaft hinein.

Drinnen legte der Herr das Mädchen vorsichtig auf die Ladentheke und hob ihren Kopf leicht an, um ihr ein schnell dargereichtes Glas Wasser an die Lippen zu führen.

Da erwachte sie.

Blinzelte.

Sah in teils besorgte, teils sich aufhellende Gesichter.

Sah mich, der ich sie wütend und mit verschränkten Armen anblitzte.

Aber bevor ich vordrängen und sie eine Betrügerin und viertklassige Schauspielerin nennen konnte, schrie sie erschrocken auf.

Fragende Gesichter, von einem zum anderen.

»Ich kann sehen!«

Noch mehr Irritation.

»ICH KANN SEHEN!«

Sie griff sich dramatisch an die Augen, blickte von einem zum anderen, voll der Freude und des süßen Schocks.

Dieses durchtriebene Ding! Die war wirklich mit allen Wassern gewaschen.

Tumultartiges Getuschel, alle drängten an sie heran, und ehe ich michs versah, stand ich in der letzten Reihe, vor mir ein traubenartiger Pulk Menschen, der auf das Mädchen einredete.

»Ein Wunder! Es ist ein Wunder!«, hörte ich sie hinter den Rücken rufen.

Mich beschlich das unheilvolle Gefühl, nicht einmal ansatzweise all ihre Tricks zu kennen. Ich überlegte fieberhaft, wie ich diesen Quatsch auflösen konnte, als plötzlich Artur neben mir stand und mich anstupste.

»Was ist denn da los?«, fragte er neugierig und wies mit der Zeitung auf die Menschen vor uns.

»Das Mädchen …«, brachte ich heraus.

»Ah, die mit dem Kleid. Und wie ist sie so?«

»Sie ist der Teufel!«, antwortete ich düster.

Wieder hörte ich ihre Stimme hinter den Schaulustigen: »Wo ist er? Wo ist mein Erlöser?«

Artur sah mich verwundert an: »Ich dachte immer, ihr Juden glaubt nicht an den Teufel?«

Im nächsten Moment öffnete sich ein Spalier vor mir, und an seinem Ende stand sie, tränenüberströmt, schwer atmend vor lauter Glück.

»Jetzt schon!«, murmelte ich erschrocken.

Da stürzte sie auch schon heran und fiel vor mir auf die Knie: »Danke! Danke! Wie kann ich dir nur danken!«

»Also, mir gefällt sie«, grinste Artur amüsiert.

Um uns schloss sich rasch ein Kreis von Neugierigen: Ich stand wie vom Donner gerührt da, vor mir das kniende, meine Hände küssende Mädchen, neben mir Artur, dem die Freude über dieses Schauspiel förmlich ins Gesicht gemalt war.

Sie sprang auf und rief zu den Umstehenden. »Er hat mich geheilt! Er hat mich geheilt!«

Bewundernde Blicke ruhten plötzlich auf mir.

Da trat eine Frau auf mich zu, nahm meine Hand und führte sie zu ihrer Wange: »Heile auch mich! Bitte!«

»I-ich …«

»Wer bist du?«, fragte jemand und berührte meine Schulter.

Artur riss geistesgegenwärtig meinen Arm in die Höhe und rief: »Er ist auserwählt! Gott ist mein Zeuge!«

Innerhalb kürzester Zeit legten alle ihre Hände auf mich.

Jeder, so schien mir, war hier krank oder kannte jemanden, der krank war, oder wollte einfach Teil dieser Sensation sein. Artur schirmte mich schnell ab und führte mich langsam nach draußen.

»Carl Friedländer!«, rief Artur. »Merkt euch diesen Namen! Er wird eure Rettung sein!«

Draußen auf der Straße trieb Artur mich an, zügig zu verschwinden. Erst nach einiger Zeit hatten wir das Gefühl, dass uns niemand mehr folgte. Wir hielten an und wandten uns um: Hier, am anderen Ende der Breiten Straße, bot sich wieder ein Bild des ganz normalen Geschäftsbetriebs.

»Das war einfach großartig!«, rief Artur zufrieden.

»Mir reichts. Ich geh jetzt zu ihrem Vater!«

»Einen Scheiß wirst du!«, befahl Artur.

»Ich will das Kleid!«, beharrte ich.

»Das hat sie doch längst entsorgt. Und was willst du ihrem Vater dann sagen?«

Für einen Augenblick rang ich mit mir, gestand mir schließlich aber ein, dass Artur wohl recht hatte. Zweimal hatte sie mich schon angeschmiert, ohne das Kleid als Beweis würde sie es noch ein drittes Mal tun. Und so viel Selbstachtung war mir zum Glück geblieben, dass ich nicht zulassen konnte, dass sie sich mit meinem bisschen verbliebenen Stolz auch noch die Schuhe abputzte.

Artur nickte mir zu, als hätte er meine Gedanken gelesen: »Also, lass sie in Ruhe und denk dran: Sie hat uns einen riesigen Gefallen getan!«

»Wieso?«, fragte ich stirnrunzelnd.

»Warte ein paar Tage ab und jeder in Thorn wird wissen, wer Carl Friedländer, der Auserwählte, ist.«

»Und?«

Artur seufzte: »Dafür, dass du so schlau bist, hast du 'ne verdammt lange Leitung, was das Praktische im Leben betrifft. Sobald der Anzug fertig ist, mein kleiner Heiliger, schlägt unsere große Stunde!«

16

Selbst in der herabsinkenden Dämmerung einer rasch aufziehenden Nacht war Gut Boysen ein beeindruckender Anblick. Inmitten nicht enden wollender, frisch gepflügter und nach dunkler, fruchtbarer Erde riechender Getreidefelder erhob es sich weiß und majestätisch über das Land, und jeder, der sich ihm näherte, hatte genügend Zeit, es demütig zu bewundern, denn nur ein einziger kilometerlanger Weg führte in gerader Linie dorthin. Und je länger man darauf zulief, desto größer wurde das Gut. Und man selbst immer kleiner.

Dort angekommen, öffnete sich ein gewaltiges, zweiflügeliges schmiedeeisernes Tor und gab den Weg frei zu einem gepflasterten Hof, an dessen Flanken Scheunen, Gesindehäuser und das Haus des Insten standen. Das Zentrum jedoch beherrschte das weiße, elegante Gründerzeitschloss der Boysens, drei Stockwerke hoch, rot bedacht und zuoberst für jeden weithin sichtbar die wehende schwarz-weiß-rote Flagge des Reiches.

Vater und ich waren auf dem Weg von einigen Kutschen überholt worden, deren Insassen uns keines Blickes gewürdigt hatten. Nun waren wir, kurz vor der vereinbarten Zeit, auf dem Gut angekommen. Eine Weile standen wir unschlüssig mit unseren Instrumenten herum, beobachteten die Knechte beim Abschirren der Gespanne und die Dienstmädchen, die die eleganten Gäste zum Eingang brachten, wo Wilhelm Boysen nebst Gattin sie in Empfang nahmen. Boysen im weißen Anzug mit Weste lüftete zur Begrüßung kurz den Hut. Seine Frau dagegen nahm mit einem huldvollen Nicken Komplimente entgegen, viele davon wohl ihr elfenbeinfarbenes Brokatkleid betreffend. Man musste kein Schneider sein, um schon von Weitem zu erkennen, dass es mehr gekostet haben musste als alles, was wir besaßen. Den Schmuck, den sie trug, gar nicht einberechnet. Sie war damit behangen wie ein Christbaum.

Gaslichter und ein paar Fackeln leuchteten den Innenhof aus, dennoch waren die Nächte hier draußen von so durchdringender Schwärze, dass selbst das Haupthaus bald nur noch schemenhaft zu erkennen sein würde. Da aber rief der Gutsherr seinen Gästen etwas zu, klatschte in die Hände, und plötzlich flammte wie von Zauberhand in jedem Raum helles Licht auf: Gut Boysen strahlte wie ein funkelnder Stern am dunklen Firmament.

Es gab Applaus und bewundernde Ausrufe, die Boysen großzügig entgegennahm, bevor er seine Gäste mit einer Geste hineinbat.

»Die haben elektrisches Licht!«, staunte Vater.

»Die haben alles«, antwortete ich finster.

Jemand hatte sich von hinten genähert und fragte jetzt: »Die Musiker, nehme ich an?«

Wir drehten uns um: Vor uns stand ein Mann unbestimmten Alters, mit glattem Gesicht und grauen Haaren. Er trug geflickte, aber saubere Kleidung, wirkte verbraucht von harter Arbeit, doch seine Augen waren wach und listig.

»Heinrich Sobotta. Ich bin der Instmann auf Gut Boysen.«

Wir schüttelten Hände und stellten uns vor.

»Wenn ich unseren Herrn richtig verstanden habe, spielen Sie nach dem Abendessen auf?«

Vater nickte: »Der Herr Sohn sagte uns, wir sollten um sieben Uhr hier sein.«

»Schon recht. Aber vor zehn Uhr werden Sie nicht spielen.«

Verärgert ballte ich die Fäuste.

Einen Moment sagte niemand etwas.

Dann fragte Sobotta: »Haben Sie Hunger?«

Man sah ihm an, dass er sich verpflichtet fühlte, uns zu fragen, dass er hoffte, wir würden ablehnen. Aber bevor Vater ihm diesen Gefallen tun konnte, antwortete ich schnell: »Der Abend ist lang, Instmann. Ein bisschen was könnten wir schon vertragen.«

Heinrich nickte kurz, dann bat er uns mit einer Geste, ihm zu folgen. Wir traten in sein Haus, wurden dort von seiner rundlichen Frau begrüßt und in die Küche geführt. Alles machte einen einfachen, aber reinlichen Eindruck, und auch die Kinder, zwei Buben, ein Mädchen und ein vielleicht zwanzigjähriger Sohn, die alle bereits am Tisch saßen, waren gepflegt.

Heinrich stellte uns vor, aber nur der Älteste erhob sich und gab uns die Hand: »Ich bin Max.«

Heinrich nickte uns zu: »Er ist hier der Hofgänger.«

Frau Sobotta tischte auf.

Vater und ich staunten, wie gut das Essen war: Es gab gebratenes Huhn, Gemüse, natürlich Kartoffeln, aber auch Wurst, Käse, eine kräftige Soße und Bier. Frau Sobotta musste mir meine freudige Verwunderung angesehen haben. Sie nickte mir zu: »Es geht uns gut hier beim Herrn.«

Hungrig hatte ich mich bereits über das Huhn hergemacht und antwortete kauend: »Das sieht man nicht oft.«

»Der Herr ist sehr großzügig. Wir halten zwei Kühe, vier Schweine, vier Gänse, zwei Dutzend Hühner. Das ist doppelt so viel wie sonst bei Insten üblich. Dasselbe gilt für unseren Garten und die Deputate bei den Ernten. Auch beim Dreschrecht springt mehr als üblich raus.«

»Dafür gehören wir ihm auch!«, maulte Max. »Mit Leib und Seele.«

»Halt den Mund!«, knurrte Heinrich.

Frau Sobotta lächelte entschuldigend: »Diese Jugend …«

Vater nickte ihr freundlich zu: »Die Rebellion ist das Vorrecht der Jugend. Der Verstand reift erst später.«

»Wir essen jetzt!«, ordnete Heinrich an und beendete damit jedes weitere Gespräch.

Niemand sprach mehr.

17

Endlich, nach drei Stunden öden Wartens in Sobottas Küche, trat ein vielleicht sechzehnjähriges Dienstmädchen in das Haus des Insten und forderte uns auf, ihr zu folgen. Sie war hübsch, mit allerlei Rundungen, fraulich gewachsen, und ich erwischte mich selbst dabei, wie ich sie heimlich musterte. Ob sie meine Blicke gespürt hatte, konnte ich nicht sagen, aber kurz vor der Eingangstür zum Gut drehte sie sich um und lächelte mich an: »Ich bin übrigens Anna.«

»Carl«, antwortete ich erfreut.

»Bitte spielen Sie nichts Ausländisches«, bat Anna. »Es trifft nicht den Geschmack der Herrschaften.«

Wir nickten.

Sie hatte es so eigentümlich betont, dass klar war, es handelte sich um eine direkte Order von Boysen. Anna lächelte mir noch einmal zu, und sogleich überkam mich die Fantasie, dass dahinter mehr steckte als bloße Freundlichkeit.

Doch mit Eintreten in den großen Salon der Boysens schenkte sie mir keine weitere Beachtung mehr und verschwand in eine der Ecken, in denen bereits andere Diener warteten, um den Herrschaften die Wünsche von den Lippen abzulesen. Ein elektrischer Kronleuchter beherrschte die Raummitte, riesig und funkelnd. Um eine frei gelassene Tanzfläche herum standen weiß gedeckte Tische mit Kerzenlicht und Kristallgläsern, dahinter gemütliche Ohrensessel mit Beistelltischen, auf denen Aschenbecher thronten. Am Ende des Salons dann zwei Stühle für die Musiker.

Im Raum waren vielleicht dreißig Gäste, die Herren bis auf Wilhelm und Falk Boysen alle im Frack, die Damen in rauschenden Abendkleidern. Es waren alle gekommen, die in Thorn Rang und Namen hatten, ich erkannte Bürgermeister Reschke nebst Gattin, den Leiter der Thorner Polizei Tessmann, aber auch Herrn Direktor Lauterbach und seine Frau, die das rote Seidenkleid trug, das Vater ihr als Ersatz für das blaue geschneidert hatte. Es stand ihr vorzüglich, doch als Vater ihr freundlich zunickte, gab sie vor, keinen von uns beiden zu sehen.

Man trank Kaffee und Cognac, rauchte Zigarren, während die Damen sich mit Sektflöten zuprosteten und dabei albern kicherten. Offenbar hatte es auch zum Abendessen reichlich Wein gegeben, sodass die Stimmung bereits recht gelöst war.

Wir setzten uns am Ende des Raumes auf zwei Stühle und stimmten kurz darauf die ersten Lieder an. Falk Boysen, im leuchtenden

Blau seiner neuen Ulanka, stand auf und forderte hackenknallend eine der Damen zum Tanz auf, die ebenso geschmeichelt wie beeindruckt von seiner Schneidigkeit Frau Boysen zunickte, die wiederum stolz zurücklächelte. Dann griff sie ihren Mann bei der Hand, und zusammen folgten sie ihrem Sohn auf die Tanzfläche. Einige andere kamen hinzu.

Wir spielten Walzer und sahen den Herrschaften zu, wie sie sich auf der Tanzfläche drehten. Die Herren, die nicht tanzten, fläzten sich in ihren Sesseln, die Damen dagegen saßen an Tischen und gängelten das Personal: Sie schnippten mit den Fingern, ließen sich die Gläser füllen oder verlangten Süßes oder Likör zum Nachtisch. Kehrten die Mädchen mit dem Gewünschten zurück, fiel ihnen gerne mal eine weitere Sache ein, sodass die Mägde unentwegt unterwegs waren. Und ging es nicht schnell genug, fuhren die Damen die Krallen aus.

So war es dann auch wenig verwunderlich, dass mit jedem weiteren Schnaps, Likör oder Sekt die Stimmung immer ausgelassener wurde. Die Gespräche und das immer wieder aufbrandende Gelächter wurden so laut, dass wir dagegen anspielten wie Seeleute gegen einen Sturm. Niemand beachtete uns, wir waren anwesend, wurden aber von niemandem bemerkt.

Ich kam mir vor wie jemand, der in aller Heimlichkeit durch ein Fenster in eine andere Welt blickte: Da waren die Herren, die mit wichtigtuerischen Mienen zusammenstanden und über Politik diskutierten. Später würden sie sich dann hinter vorgehaltenen Händen mit amourösen Abenteuern brüsten, während sie sich gleichzeitig versicherten, dass ihre besseren Hälften außer Hörweite waren. Die Damen kaum besser: überschminkte, in die Jahre gekommene Gesichter, Köpfe, die sich albern lachend in Nacken bogen, gelbe Zähne und wedelnde Fächer, die verzweifelt gegen die von Fischbeinkorsetts verursachte Atemnot anwehten. Und manchmal, wenn sie sich unbeobachtet fühlten, nahmen sie lüstern den einzigen Mann ins Visier, der im Gegensatz zu ihren eigenen Männern rank und schlank und blühend schön zu sein schien: Falk Boysen.

Der spielte den Mittler zwischen den Geschlechtern: mal auf der einen Seite scherzend charmant, mal auf der anderen Seite militärisch stramm. Und beide Parteien hielten offenbar große Stücke auf ihn. Da waren der Stolz der Mutter, das Wohlwollen des Vaters und die Ehrerbietung des ganzen Rests. Noch war Wilhelm der Grandseigneur des Boysen-Universums, aber hinter ihm war sein Sohn bereits herangewachsen, um die Linie der Väter fortzuführen.

Nach zwei Stunden machten wir die erste Pause, weil ich austreten musste. Mittlerweile waren die Gruppen in eigene Gespräche vertieft, und niemand schien zu bemerken, dass gar keine Musik mehr spielte. In den Ecken des Salons standen still und müde die Dienstmädchen, auch Anna, die erschöpft ihre Hände betrachtete.

Ich passierte den Tisch, an dem auch Frau Direktor Lauterbach saß und Sekt trank, als ich eine der Damen fragen hörte, von wem denn ihr zauberhaftes Kleid sei. Denn so etwas, versicherte sie, sehe man nicht oft, und sie musste einfach auch so ein Kleid haben. Ich hielt einen Moment inne, lächelte still, ihre Antwort abwartend. Da hatte sich der ganze Ärger doch noch gelohnt! Es war nicht unwahrscheinlich, dass Vater nach diesem Abend eine ganze Reihe sehr einträgliche Aufträge ernten würde. Und es wäre weniger das Geld, was ihn beglücken würde, als vielmehr das Gefühl, immer noch der beste Schneider Rigas zu sein.

»Tja, das wüsstest du jetzt gerne, meine Liebe!«, hörte ich Frau Direktor Lauterbach rufen. Sie gluckste albern.

»Bitte!«, bettelte ihre Freundin kichernd.

Und Frau Direktor antwortete: »So etwas bekommst du nur in Berlin!«

»Nein!«, rief die andere.

»So etwas gibt es hier nicht!«, bestätigte Frau Direktor, bevor eine Dritte ein neues Thema in die Runde einbrachte.

Ich schaute mich um und fand meinen Vater immer noch auf seinem Stuhl sitzend und unbestimmt den Saal betrachtend. Bis sich unsere Blicke trafen und er mir zulächelte.

Da wandte ich mich schnell um und verschwand nach draußen.

18

Der Abend wollte einfach nicht vorübergehen.

Lustlos fiedelten wir vor uns hin.

Niemand tanzte oder hörte auch nur zu. In Gedanken malte ich mir aus, Frau Direktor Lauterbach umzubringen, auf die langsamste und gemeinste Art und Weise. Wobei ich eine stille Freude entwickelte, mir immer neue Qualen für sie auszudenken. Aber auch diese Fantasie verlor ihren Reiz, und ich versank in defätistischer Schwermut. Wenigstens würden wir irgendwann nach Hause gehen und uns ein wenig ausschlafen können. Für die Dienstmädchen dagegen begann um halb sechs Uhr in der Früh der Arbeitstag, ganz gleich, wie lange sie am Abend zuvor gearbeitet hatten. Mit etwas Glück bekamen sie noch zwei Stunden Schlaf, wenn nicht, startete schlicht ein neuer Arbeitstag mit weiteren sechzehn Stunden Dienst, während die Herrschaften bis mittags ihren Rausch ausschlafen konnten.

Plötzlich sah ich Falk Boysen neben Anna stehen.

Von den Gästen war keiner mehr nüchtern, sie waren alle in Gespräche vertieft, sodass nur ich, weiterhin mein Instrument spielend, beobachtete, wie Boysen der Magd immer näher kam, während sie scheu versuchte, sich seinen Avancen zu entziehen.

Schließlich fasste er ihr hart an die Brust.

Entsetzt blickte ich erst zu meinem Vater, der mechanisch das Stück herunterspielte und dabei geistesabwesend aus dem Fenster sah, dann zu den anderen, die sich aber alle ihren Gesprächspartnern zugewandt hatten. Allein Wilhelm Boysen beobachtete, wie sein Sohn zudringlich wurde, aber statt dazwischenzugehen, lächelte er nur.

Anna hatte mittlerweile versucht, Boysens Hände von sich zu streifen, aber der dachte nicht daran, von ihr abzulassen, sondern griff ihr jetzt von oben in die Bluse ihres Arbeitskleides. Schon wollte Anna aufschreien, aber blitzschnell hielt Falk ihr den Mund zu und ließ seine Hand dabei abwärtswandern. Auch die anderen Mägde hatten die beiden mittlerweile entdeckt, aber keine von ihnen wagte, sich zu rühren. Ob aus Angst um ihre Stellung oder weil ihnen Falks Annäherungen sehr wohl bekannt waren, ließ sich ihren Gesichtern nicht entnehmen.

Empört fuhr ich hoch und entlockte meiner Ziehharmonika eine solche Dissonanz, dass sich alle fragend zu uns umdrehten. Die Gespräche waren schlagartig verstummt, auch Vater schien irritiert.

Anna dagegen hatte den günstigen Moment genutzt, um sich von Falk zu lösen und aus dem Salon zu eilen.

»Hab ich gesagt, dass du aufhören darfst?«, rief Wilhelm Boysen erbost.

»Setz dich, mein Junge!«, flüsterte Vater schnell.

Ich spürte die Blicke.

Erwiderte aber nur trotzig den von Frau Direktor Lauterbach, bis sie sich unsicher von mir abwandte. Zufrieden setzte ich mich wieder und begann erneut ein Lied. Stimmen wurden wieder laut, und ein paar Sekunden später war es, als wäre nichts geschehen. Wir spielten weiter, die Gesellschaft war wieder mit sich selbst beschäftigt.

Falk Boysen sah mich ungerührt an.

Dann grinste er arrogant und verließ ebenfalls den Salon.

Gegen vier Uhr in der Früh riss jemand die Tür zum Salon auf: Instmann Heinrich stand im Raum. Sein Gesichtsausdruck schien so alarmiert, dass Vater und ich die Instrumente absetzten. Da erst schauten einige der mittlerweile sturzbetrunkenen Gäste auf und machten Wilhelm Boysen auf die Störung aufmerksam. Der löste sich aus seiner Gruppe und ging Heinrich mit finsterer Miene entgegen.

»Was soll das, Heinrich?«, fragte er streng.

»Sie müssen kommen, Herr! Es ist etwas passiert!«

Jetzt waren alle aufmerksam geworden.

Die Ersten erhoben sich.

»Was ist passiert?«, donnerte Boysen ungeduldig.

»Bitte kommen Sie!«

Boysen drehte sich zu seinen Gästen und machte eine unbestimmte Geste: Auf einem großen Gut hatte man nie seine Ruhe. Ein paar der Gäste pflichteten ihm mit einem wissenden Lächeln bei.

»Dann mal los!«, seufzte Boysen.

»Vielleicht …«, begann Heinrich vorsichtig.

»Was?«

»Vielleicht könnte auch der Herr Gendarmeriekommandant … ?«

Boysen sah ihn verwundert an, dann blickte er sich um und rief: »Adolf? Würdest du mir die Freude machen und mich begleiten?«

Der nickte: »Selbstredend.«

Da lösten sich auch noch andere Herren und boten an, sich anzuschließen. Und da es ihnen gewährt wurde, bestanden jetzt auch die Damen darauf, dem Ganzen beizuwohnen, denn das wäre ja noch schöner, wenn sie nicht Teil dieser geheimnisvollen Aufregung sein dürften. Und so setzte sich der ganze Tross in Bewegung.

Vater schüttelte den Kopf, als ich ihn auffordernd ansah, doch nach diesem entsetzlichen Abend fand ich, es stand mir zu, auch neugierig zu sein, und bevor er protestieren konnte, zog ich ihn einfach am Arm hinter mir her. Wir folgten der Gruppe hinaus in den Hof.

Heinrich führte uns in eine der Scheunen.

Das Licht des Herrenhauses hinter uns fiel schnell in sich zusammen, sodass nach ein paar Schritten nur noch Heinrichs Laterne wie ein kleines Irrlicht in der Dunkelheit tanzte. Rechts und links schälten sich Karren, Dreschen und Strohballen aus der Nacht, um sich im nächsten Moment wieder in die Schatten zurückzuziehen. Es war kalt hier drin, totenstill, während aus allen Münden rhythmisch Atemwölkchen aufstieben.

Dann erreichten wir einen Winkel der Scheune, in dem jemand auf ein paar Strohballen lag. Heinrich hob das Licht an und gab den Blick auf eine spärlich bekleidete, bewusstlose Anna frei. Ihr Kleid war zerrissen, ihr Mieder lag in Fetzen, was bei den anwesenden Damen für empörtes Einatmen sorgte, während die anwesenden Herren durchaus neugierig auf das Mädchen herabsahen.

»Das ist ja unerhört!«, schrie Boysen wütend.

»Wie kann sie es wagen …«, stammelte Frau Boysen angewidert.

Boysen wandte sich Heinrich zu: »Wecken!«

Heinrich kniete sich zu Anna herab und schlug sie gegen die Wangen: »Anna?«

Er versuchte es wieder, bis Boysen ihn herrisch zur Seite schob und Anna so hart ohrfeigte, dass ihr Kopf zur anderen Seite herumflog. Blinzelnd, vollkommen benommen, kam sie zu sich und blickte desorientiert in das Licht der Laterne. Es war ihr anzusehen, dass sie überhaupt nicht wusste, was hier gerade vor sich ging.

»Bedecke deine Blöße!«, fuhr Boysen sie an.

Anna versuchte, sich aufzurichten, knickte ein, versuchte es ein weiteres Mal. Immer noch schien ihr nicht klar zu sein, dass sie vollkommen würdelos mit gespreizten Beinen und kaum verhülltem Oberkörper dalag, auf den die Herren der feinen Gesellschaft angeregt starrten. Weil keiner Anstalten machte, ihr zu helfen, ging ich vor und legte ihr meine Jacke über das Dekolleté. Sie sah mich dankbar lächelnd an, während ich ihr half, sich aufzusetzen.

»W-was … ich verstehe nicht …«, stammelte sie wirr.

Doch da hatte Boysen sie schon am Zopf gepackt und nach hinten gerissen: »Sittenloses Weib! Pack deinen Kram und verschwinde von meinem Hof!«

»Was sollen wir jetzt mit ihr tun?«, fragte der Instmann.

»WAS WIR MIT IHR TUN?!«

Boysen explodierte förmlich, während Heinrich vor Schreck einen Schritt zurücktrat.

»Soll ich ihr etwa einen Arzt bezahlen, nur weil sie ihre wollüstige Natur nicht in den Griff kriegt? Sie hat hier zu verschwinden! Wenn sie in einer Stunde nicht vom Hof ist, dann kannst du sie begleiten. Und deine Familie gleich mit. Haben wir uns da verstanden?«

»Ja, Herr«, gab Heinrich kleinlaut zurück.

Er wandte sich wieder Anna zu und sagte in aller gegebener feudaler Verachtung: »Geh mir aus den Augen!«

Erst jetzt schien Anna bewusst zu werden, in welcher Lage sie sich befand: Sie brach in Tränen aus.

Boysen wandte sich seinen Gästen zu: »Ich bedaure sehr, dass Sie das alles mit ansehen mussten. Ich wünschte, unser schöner Abend hätte nicht in einem solchen Missklang geendet.«

»Aber nicht doch!«, versicherte eine der Damen. »Es war ein wunderbarer Abend. Diese kleine Episode ändert nichts daran.«

»So ist es!«, pflichtete ein anderer bei.

Und Frau Direktor Lauterbach sagte: »Es kommt darauf an, wie man mit solchen Situationen umgeht. Und Sie haben sich verhalten wie ein Ehrenmann, Herr Boysen.«

Boysen machte eine einladende Geste mit den Armen und schob uns auf diese Art und Weise in Richtung Scheunentor: »Zu liebenswürdig. Man sieht, es ist nicht immer leicht mit dem Gesinde!«

Die Gruppe machte sich wieder auf den Weg nach draußen, während Boysen Polizeikommandat Tessmann zunickte: »Du kümmerst dich um den Rest?«

Der nickte: »Verlass dich auf mich!«

Adolf Tessmann nahm Anna meine Jacke ab und warf sie mir achtlos zu. Dann wurde auch ich von den anderen zum Ausgang gedrängt, wandte mich aber noch mal um, sah dabei im Licht von Heinrichs Laterne Tessmann Anna wie eine Katze am Genick packen und zu sich hochziehen: Er zischte ihr etwas ins Ohr.

Dann stand ich plötzlich draußen. Heinrich schloss das Tor – und alles, was sich drinnen abgespielt hatte, gab es nicht mehr. Da war nur noch die Scheune. Sonst nichts.

19

Im Salon wurden wir barsch aufgefordert, wieder zu spielen, während auf den Schreck noch einmal ordentlich eingeschenkt wurde.

Ich hörte jemand sagen: »Die sind wie die Tiere!«

Dafür gab es viel Zustimmung.

Wilhelm Boysen brachte einen Toast aus, in dem er seinen Gästen für ihr Feingefühl im Umgang mit diesem Vorfall dankte. Denn vor allem Frau Boysen war völlig außer sich und musste, ob der grauenvollen Blamage durch dieses Straßenmädchen, von den anderen Damen getröstet werden. Ein paarmal schien sie einer Ohnmacht nahe, dann jedoch fasste sie sich und versicherte allen, dass das Ganze halb so schlimm wäre, wenn man solche Freundinnen hätte wie sie. Der Stimmung zum Trotz wurde wieder getanzt, man wollte der Obszönität entgegentreten und allen zeigen, dass man sich von so etwas nicht unterkriegen ließ.

Jeder hatte gesehen, dass man der Magd Gewalt angetan hatte, jeder wusste, dass es nicht ihre Schuld gewesen war. Für einen Moment war ich festen Willens vorzutreten und meinen Verdacht zu äußern, aber ich spürte Vaters Hand auf meinem Arm. Das brachte mich zur Besinnung, denn es gab nichts, was ich hätte tun können: Boysen war schon ohne Tessmann unberührbar. Mit Tessmann dagegen würde er mich zerquetschen. An Annas Schicksal hätte ein solcher Aufstand selbstredend nichts geändert, allein Vater und mich hätte er ins Unglück gestürzt.

Darum schwieg ich.

Saß da.

Spielte.

Und kämpfte mit meiner Scham darüber.

Im Morgengrauen wurden wir dann endlich entlassen.

Vaters vorsichtigen Hinweis, dass noch ein Lohn ausstehe, konterte Boysen mit einer knappen wegwerfenden Bewegung: Er solle gefälligst nächste Woche kommen. Er, der Hausherr, sei müde, und Vater solle seine jüdische Gier nach dem Geld zügeln.

Das Licht eines neuen Tages dämmerte, als wir endlich den Heimweg antraten, und kaum hatten wir Gut Boysen verlassen, begann ich, aus Wut und aus Hilflosigkeit zu weinen.

Schließlich schluchzte ich: »Ich weiß, wer das getan hat!«

Vater nickte und antwortete: »Das weiß ich auch.«

Überrascht sah ich ihn an, doch er hob nur seine Hand an meine Wange und streichelte sie väterlich: »Wenn man aus einem hell erleuchteten Raum aus dem Fenster sieht, sieht man nichts, was draußen, aber alles, was drinnen passiert.«

»Das Spiegelbild?«

»Ja.«

Ich wischte mir mit dem Ärmel übers Gesicht: »Ihre Schande ist auch unsere.«

Vater schwieg.

Dann sagte er: »Gott wird ihn bestrafen.«

Ich sah ihn wütend an: »Gott? Ich dachte, seit Mutters Tod glaubst du nicht mehr an Gott!«

Er schüttelte leicht den Kopf: »Das ist nicht richtig, mein Junge. Ich bin nur wütend auf ihn.«

»Es reicht nicht, wütend zu sein!«

Sein Lächeln war gequält: »Aber wir haben nur das.«

Vermutlich hatte er recht, auch wenn ich das nicht wahrhaben wollte.

Ich stapfte davon.

Vater versuchte nicht, mich einzuholen.

20

So herzlos es klingen mag, aber Annas Unglück begann schon nach einer unruhigen Nacht und einem flauen Gefühl der Übelkeit am Morgen zu verblassen. Es war, als führe ich in einer Kutsche davon, und blickte man zurück, sah man sie immer kleiner werden, bis sie schließlich am Horizont verschwand.

In jenen Zeiten waren Skandale wie dieser für die meisten Leute nur relevant, wenn sie jemandem widerfuhren, der auch eine gewisse gesellschaftliche Stellung genoss. So war der Selbstmord des Majors von Brock eine große Tragödie, die Unzucht – und als nichts anderes wurde es angesehen – des Dienstmädchens Anna gerade mal Klatsch, den man sich in den Treppenhäusern oder beim Krämer zuraunte.

Etwas mehr als sechzig Jahre waren erst vergangen, dass Gutsherren in Preußen Patrimonialgerichte abhalten durften, aber nicht nur in den Köpfen der Herrscher war die Aufhebung von 1849 immer noch nicht angekommen: Männer wie Wilhelm Boysen regelten ihre Angelegenheiten selbst. Und es gab niemanden, der sie daran hinderte oder sie in Zweifel zog.

Auch in Annas Fall wurde selbstverständlich keine Anklage gegen Falk Boysen erhoben. Was immer ihr Tessmann auch ins Ohr geflüstert haben mochte, es war mit Sicherheit so eindrücklich gewesen, dass sie es vorgezogen hatte, ihre Sachen zu packen.

Das machte sie noch in derselben Nacht.

Sie verließ das Gut ohne Ziel, denn zu ihrer Familie konnte sie nach dieser Schande nicht. So blieb ihr wohl nichts anderes übrig, als irgendwo von vorn anzufangen und darauf zu hoffen, dass sich niemand mehr an diese Affäre erinnerte. Sie trat einfach aus dem Blickfeld einer Gesellschaft, die ihr die Schuld für das an ihr begangene Unrecht gab, und versuchte, in Vergessenheit zu geraten.

Denn das war unsere Welt.

Das war Preußen.

Das war Thorn.

Ein paar Tage nach dem Fest bei Boysens kam Artur zur Anprobe, und obwohl es so gut wie nichts an seinem maßgeschneiderten neuen Anzug zu ändern gab, sah er wie jemand aus, der sich verkleidet hatte. Ein Umstand, der noch verstärkt wurde, wenn man dabei einen Blick auf seine ausgetretenen Latschen warf. Ich war sicher, jeder, der ihn so sehen würde, musste annehmen, dass er den Anzug gestohlen hatte. So antwortete ich auch nicht, als er mich fragte, wie er denn aussehen würde, sondern stierte auf seine Füße.

»Ah, verstehe«, murmelte er an sich herabblickend.

Am nächsten Tag hämmerte er in aller Früh an die Tür unserer Schneiderei und stürmte herein, als ich ihm mit fragendem Gesicht öffnete. Diesmal sah er genau umgekehrt aus: funkelnagelneue Schuhe, darüber eine verschlissene Hose, ein ausgeblichenes Arbeitshemd, unter dem ein fleckiges langes Unterhemd hervorblitzte.

»Alles klar!«, rief er und rieb sich zufrieden die Hände. »Wo ist er?«

Ich nickte zu einer Kleiderstange, an dem der Anzug an einem Bügel hing. Artur schnappte sich ihn und marschierte schnurstracks nach hinten, doch ehe ich ihn warnen konnte, war er auch schon in die Küche gerauscht.

»O Gott, Herr Friedländer!«

»Gibst du mir mal das Handtuch?«

Vater klang vollkommen ungerührt, was mich kichern ließ.

Dann sah ich Artur aus der Küche stolpern.

»Und?«, fragte ich. »Wie wars?«

»Idiot!«, grinste er und zog sich hinter den Paravent zurück.

Zwei Minuten später präsentierte er Anzug und Schuhe.

»Wie sehe ich aus?«, fragte er gut gelaunt.

»Wie ein Betrüger«, gab ich zurück.

»Miesepeter! Bereit für unseren ersten Tag?«

»Nein.«

»Egal. Zieh dich um. Heute ist Tag eins unseres unaufhaltsamen Aufstiegs an Thorns Spitze. In ein paar Wochen sind wir reich!«

Es wäre auch sonst schwer gewesen, sich ihm zu widersetzen, diesmal jedoch war nicht nur er felsenfest entschlossen, sondern auch ich war in aller Heimlichkeit neugierig, ob das, was er sich da ausgedacht hatte, tatsächlich funktionieren konnte. So bot ich zwar etwas Gegenwehr, aber eigentlich nur, weil das Zaudern so tief in mir verwurzelt war, dass ich mir gar nicht hätte vorstellen können, etwas in Angriff zu nehmen, ohne mir vorher alle möglichen Katastrophen auszumalen.

Noch bevor Vater zurück war, verließen wir die Schneiderwerkstatt: zwei junge Burschen in guten Anzügen und polierten Schuhen.

»Wo gehts hin?«, fragte ich ihn.

»Stadtbahnhof.«

Ich schluckte: »Wirklich? Sind da nicht ein bisschen zu viele Leute?«

»Ehrlich, Friedländer, du kannst einen manchmal wirklich wahnsinnig machen. Natürlich sind da viele Leute! Glaubst du, ich stell mich mit meinen Pillen auf den Kosakenberg?«

»Na ja, ich dachte nur, wir tasten uns erst mal ein bisschen an die Sache ran?«

»Das Einzige, an das wir uns herantasten werden, sind die Brieftaschen unserer lieben Mitbürger«, gab er zurück und marschierte los.

Unsicher stiefelte ich ihm nach und versuchte, mir auf dem Weg in die Innenstadt selbst Mut zu machen. Was konnte schon schiefgehen? Außer dass wir von Gendarmeriekommandant Tessmann festgenommen und ins Zuchthaus gebracht wurden?

Wir erreichten die Bahnstraße: vor uns der Stadtbahnhof, hinter uns die Mauern der Artilleriekaserne. Selbst zu dieser frühen Stunde wuselten eine ganze Menge Menschen durch den Haupteingang, eilten entweder nach rechts zum Leibitscher Torplatz oder nach links zum Hermannsplatz. Während Artur mit Feldherrenblick den günstigsten Standort für uns suchte, gab ich mir größte Mühe, in seinem Rücken unsichtbar zu werden. Noch beachtete uns niemand, und insgeheim betete ich, dass es auch so bleiben würde, denn mittlerweile war mir mein bisschen Mut in die Hose gerutscht.

Ich fragte mich, wie wir die Menschen am besten ansprechen konnten. Es müsste etwas sein, das ihnen sofort einleuchtete, sie aber nicht schockierte. Etwas, das Vertrauen auf der einen Seite und Dringlichkeit auf der anderen Seite heraufbeschwor. Etwas, das uns in den Mittelpunkt des Interesses lockte und trotzdem … subtil war! Ja, das wäre es doch! Es müsste etwas Subtiles sein!

»SCHÜTZEN SIE SICH VOR EINEM GRAUSAMEN ERSTICKUNGSTOD UND ÜBERLEBEN SIE HALLEY! KOMETENPILLEN EXKLUSIV BEI FRIEDLÄNDER & BURWITZ!«

Artur hatte es über den ganzen Vorplatz geschrien, und zwar so laut, dass sich alle zu uns umdrehten: Schweiß lief mir plötzlich sturzbachartig den Rücken herunter.

»RETTEN SIE SICH UND IHRE FAMILIE VOR DEM SICHEREN ENDE!«

Wir starrten uns gegenseitig an: Die Menschen vor dem Bahnhof und die Burschen im Anzug, von denen einer gerade versuchte, im Erdboden zu versinken.

»HE, SIE!«, rief Artur plötzlich.

Jemand tippte sich mit dem Zeigefinger an die Brust.

»JA, GENAU! KOMMEN SIE DOCH MAL!«

Artur ließ ihm überhaupt nicht die Wahl, sich seiner Aufforderung durch Flucht zu entziehen, sondern ging ein paar Schritte auf ihn zu.

»Ich kenne Sie doch?«, fragte Artur, als der Mann vor uns stand. »Waren Sie nicht letztens im Mode- und Seidenwarenladen Seelig?«

Der Mann schüttelte den Kopf.

»Aber Sie haben doch von der Wunderheilung des blinden Mädchens gehört?«

Jetzt nickte der Mann.

»Darf ich vorstellen?«, fragte Artur daraufhin, packte mich am Arm und schob mich vor ihn: »Carl Friedländer, das ist der Bursche, der das Mädchen geheilt hat!«

»Wirklich?«, staunte der Mann.

»Nun … ja …«, stammelte ich verlegen.

»Er ist so bescheiden!«, ging Artur dazwischen. »Aber Gott ist mein Zeuge: Er ist ein Erwählter!«

Der Mann schien sich nicht sicher, ob er das glauben sollte. Doch da kam uns der Zufall zu Hilfe, denn plötzlich stand eine Frau bei uns, an die ich mich sehr gut erinnerte. Und sie sich an mich. Denn sie war es, die mir vor ein paar Tagen die Hand an die Wange gehalten und gefragt hatte, ob ich sie nicht auch heilen könnte.

»Das ist er!«, rief sie. »Das ist der Junge, der das Mädchen geheilt hat!«

»Sehen Sie!«, rief Artur erfreut. »Und jetzt verrate ich Ihnen ein Geheimnis: Dieser Junge hier hatte eine Vision. Eine schreckliche Vision. Der Komet …« Er zögerte dramatisch, dann schüttelte er deprimiert den Kopf: »Es ist einfach zu grauenvoll … Aber: Er wird uns retten, genau wie er dieses arme Mädchen gerettet hat!«

Die beiden blickten mich neugierig an.

Artur dagegen griff rasch in die Hosentasche und öffnete das kleine Döschen: »Nehmen Sie drei von denen. Eine vor dem Durchzug, eine während und eine danach. Dann wird Ihnen nichts passieren!«

Die Frau sah auf die Pillen, dann auf mich: »Ist das wahr?«

»Ja«, antwortete ich. »Es wird absolut nichts passieren. Ich schwöre es!«

Das schien beide zu überzeugen, sie griffen nach ihren Brieftaschen.

»Eine Mark!«, sagte Artur, fischte insgesamt sechs Pillen aus dem Döschen und kassierte das Geld. Dankend nahmen Mann wie Frau sie entgegen und machten sich wieder auf den Weg.

Wir hatten tatsächlich unsere ersten Pillen verkauft.

Nicht zu fassen.

21

So rasant unser Geschäft gestartet war, so rasant ebbte es auch wieder ab. Zwar kannte Artur keinerlei Scham im Ansprechen von Passanten, doch der erste Erfolg wollte sich einfach nicht wiederholen. Den ganzen Tag standen wir vor dem Stadtbahnhof, priesen unser Wundermittel an, aber so gut wie alle liefen achtlos an uns vorbei, und selbst die, die Artur am Ärmel hielt, um ihnen die Dringlichkeit unseres Anliegens noch einmal in blutroten und erstickungsblauen Farben auszuflaggen, hörten zwar höflich zu, winkten dann aber ab. So leichtgläubig oder schreckhaft schien dann doch keiner zu sein, als dass er der Wirkung unserer Kometenpillen vertraute.

Erst am Abend verkauften wir wieder drei Pillen an eine gutmütige Alte, von der ich annahm, dass sie uns auch die Fingerknochen des ungläubigen Thomas abgekauft hätte.

Wir waren beide frustriert.

Nach anfänglicher Euphorie, die sogar mich, den ewigen Skeptiker befallen hatte, rätselten wir darüber, was wir falsch gemacht hatten. Hatte Artur das Potenzial seines Geschäfts tatsächlich überschätzt? Warum gab es bei Kometenpillen ein Glaubwürdigkeitsproblem, wenn sich eine Kometenzeitung spielend vermieten ließ? Hatten wir die Menschen verschreckt? Oder, ganz im Gegenteil: viel zu wenig? Hatte sich möglicherweise nach der anfänglichen Aufregung um Halley, die Artur ja auch weidlich geschürt hatte, eine gewisse Gleichgültigkeit ob der Bedrohung aus dem All eingestellt? All dies schwirrte in unseren Köpfen, doch je länger wir uns diese Fragen stellten, desto weniger kamen wir einer Lösung näher.

»Weißt du, was wir machen?«, fragte Artur plötzlich, als wäre ihm eine neue, gute Idee gekommen.

»Nach Hause gehen?«

»Nein. Wir besorgen uns eine Bibel!«

»Aha. Und dann?«

»Dann stellen wir uns vor St. Georgen und warten, bis die ganzen alten Leutchen aus der Abendmesse kommen.«

Ich runzelte die Stirn: »Und dann?«

»Und dann, und dann«, äffte Artur mich nach. »Man sollte echt nicht meinen, dass du von uns beiden der Schlaukopf bist.«

Ich seufzte.

»Also, wir fangen die Alten ab, und dann prophezeien wir ihnen das Ende der Welt. Die Apokalypse!«

»Spinnst du?«

»Du hast doch eben gesehen, wie abergläubisch die sind. Und sieh uns an: Wir sehen fast aus wie Priester. Ich würde uns glauben!«

»Das machen wir auf keinen Fall! Die sind alle bettelarm!«

»Vor Gott ist das nicht das Schlechteste, wenn der Komet einschlägt!«

»Das wird aber nicht passieren!«

»Kann man nicht wissen!«

Ich schüttelte den Kopf: »Du weißt doch, dass es nicht so ist.«

Artur verschränkte die Arme vor der Brust: »Dann schlag du zur Abwechslung mal was vor!«

»Wie wäre es … wir könnten vielleicht …«

»Ja?«

»Ich habe keine Ahnung, Artur! Das war von Anfang an eine Schnapsidee!«, schimpfte ich.

»War es nicht!«, schimpfte Artur zurück.

»War es doch!«, beharrte ich.

»War es nicht«, hörten wir in unserem Rücken.

Wir drehten uns um.

Und da stand sie dann, sah uns spöttisch an und sagte: »Die Idee ist gut. Nur ihr beiden seid halt Idioten.«

Obwohl sie kleiner und schmächtiger war als wir, wirkte sie in ihrer selbstbewussten, herausfordernden Art älter und klüger und größer. Heute weiß ich, dass sie uns schon damals um Jahre voraus war, jetzt aber stand dort ein dreizehnjähriges Gör, das uns ansah, als wären wir Äffchen auf einem Leierkasten.

»Ach ja?«, fragte Artur und klang dabei recht amüsiert.

Es hatte immer mal wieder Burschen in unserer Schule oder Nachbarschaft gegeben, die ihm gegenüber eine dicke Lippe riskiert hatten. Es war keinem gut bekommen. Dieses Mädchen dagegen schien er einfach nicht ernst zu nehmen.

»Ja«, bestätigte sie knapp.

»Und was würdest du tun?«, fragte er dann.

»Ich hätte schon eine Idee.«

Da sie keine Anstalten machte, diese auch preiszugeben, hakte Artur wieder nach: »Und die wäre?«

»Was ist für mich drin?«, fragte sie fordernd.

»Auf keinen Fall!«, protestierte ich. »Mit der nicht!«

Sie grinste mich an und zwickte mich in die Wange: »Och, armer schwarzer Kater! Immer noch sauer? Dabei müsstest du mir dankbar sein!«

»Wie bitte?«

»Wegen mir bist du jetzt ein Auserwählter! Vorher warst du nur Carl Schneiderssohn!«

Ich drehte mich hilflos zu Artur um.

Doch der nickte ihr zu und fragte: »Was willst du?«

»Wir teilen.«

Artur musterte sie ruhig.

Dann nickte er: »Einverstanden. Aber nur, wenn deine Idee gut ist.«

»Ist sie.«

»Sie ist der Teufel, Artur!«, behauptete ich.

Der seufzte und sagte zu ihr: »Er ist einverstanden. Also: Wie ist jetzt deine Idee?«

»Ich bräuchte wohl etwas Startkapital!«

Glücklicherweise war ich immer noch empört darüber, dass Artur einfach über meinen Kopf hinweg für mich abgestimmt hatte, so musste ich gar nicht erst einen anderen Gesichtsausdruck aufsetzen. Artur dagegen antwortete kühl: »Ich schlage vor, du nimmst es von dem, was du Boysen abgeknöpft hast.«

Sie konnte ihre Überraschung über seine Worte nicht verbergen, fasste sich aber schnell und sagte: »Na gut.«

Sie hielt uns ihre kleine Hand hin.

»Partner?«

Artur schlug ein und antwortete: »Partner!«

Und als ich zögerte, nahm er meine Hand und hielt sie ihr ebenfalls hin: »Er auch!«

So gab ich ihr – unfreiwillig zwar – ebenfalls die Hand.

»Wie heißt du eigentlich?«, fragte Artur.

Sie sah uns mit blitzenden Augen an: »Luise. Aber alle nennen mich Isi.«

22

Eine Bedingung hatte sie dann doch: Sie wollte ihre Idee nicht am Stadtbahnhof in die Tat umsetzen, und ohne es anzusprechen, wusste ich natürlich, warum. Es war ihr zu nahe an ihrem Zuhause. Und damit viel zu nahe an ihrem Vater. Der Hauptbahnhof schien ihr passend, und sie machte keinen Hehl aus ihrer Überzeugung, dass sich die Geschäfte dank ihrer Mithilfe explosionsartig entwickeln würden.

Ich zweifelte keine Sekunde daran.

Und genau das bereitete mir die größten Sorgen: Artur alleine war in seinem unverfrorenen Aktionismus schon einschüchternd genug, doch jetzt war Isi an seiner Seite: Isi, die hinlänglich bewiesen hatte, dass sie ihm nicht nur in puncto Geschäftstüchtigkeit in nichts nachstand, sondern ihn auch an Kaltschnäuzigkeit und Dreistigkeit übertraf. Ich zitterte vor den Konsequenzen ihrer Idee und dieser Allianz.

Eine Weile dachte ich ernsthaft darüber nach, Vater einzuweihen, aber was er von der ganzen Chose halten würde, war nicht schwer zu erraten. Zum anderen hätte es Artur sicher als Treulosigkeit empfunden, und so feige war ich dann doch nicht, dass ich wegen dieser Sache meinen einzigen Freund hintergangen hätte.

So schlief ich schlecht und ging Artur mit meiner Bedenkenträgerei so lange auf die Nerven, bis er mich irgendwann hochhob und wie einen Pflaumenbaum schüttelte.

»Besser?«, fragte er, als er mich wieder auf dem Boden absetzte.

Mir war noch ganz schummrig, und zu meinem Bedauern war meine Schiebermütze in einer Pfütze gelandet.

Aber ich antwortete: »Ja.«

Und – so seltsam es klingen mag – mir war wirklich besser. Als ob Artur all die skeptischen Gedanken aus mir herausgeschüttelt hätte. Was blieb, waren ein vorsichtiger Optimismus und die vage Vorstellung, dass uns Artur aus jeder Schwierigkeit wieder rausbringen würde. Schließlich hatte er schon oft bewiesen, dass er mit allem Möglichen durchkam, und Isi war diesbezüglich sowieso alles zuzutrauen.

Ein innerer Frieden erfüllte mich plötzlich, das warme Gefühl, auf jemandes Fähigkeiten zu vertrauen. Und so nahm ich mir vor, fortan eine gewisse Kühnheit zuzulassen, die mir erlaubte, nicht nur gut zu schlafen, sondern auch wieder zu träumen: Ich sah mich mit dem verdienten Geld einen Fotoapparat erwerben. Ich sah mich bei Herrn Lemmle lernen, wie man die Zeit anhielt. Wie man Bilder für die Ewigkeit schuf.

Ich sah mich als jemand anderen.

Vor mir breitete sich plötzlich eine Zukunft aus, die so vielversprechend und fruchtbar schien wie die endlosen Weizenfelder, die Thorn umgaben.

Nach ein paar Tagen bekamen wir Nachricht von Isi: Sie hatte alle Vorbereitungen getroffen und würde uns morgen früh am Hauptbahnhof erwarten. In dieser Nacht schlief ich erneut schlecht, diesmal aber aus freudiger Aufregung, weil ich mir sicher war, dass wir zu dritt alles erreichen konnten.

Am frühen Morgen holte Artur mich ab.

Wir sprangen auf die Elektrische, erreichten bald schon den Stadtbahnhof und querten dann die Weichsel über die große Eisenbahnbrücke.

»Hat sie dir gesagt, was sie vorhat?«, fragte ich Artur.

»Nein.«

»Vertraust du ihr?«

»Ja.«

Ich sah ihn erstaunt an: Artur war nun wirklich nicht der Mensch, der anderen übermäßiges Vertrauen entgegenbrachte, schon gar nicht, wenn er sie kaum kannte. Selbst seinen Schwestern verriet er nur so viel, wie unbedingt nötig war, weil er nicht sicher sein konnte, dass sie sich vor lauter Furcht vor dem Vater nicht doch verplappern würden. Es gab eigentlich nur einen einzigen Menschen, dem er wirklich vertraute, und der war ich.

»Warum?«, fragte ich ihn.

Er zuckte mit den Schultern und antwortete beiläufig: »Weil ich sie mal heiraten werde. Und seiner zukünftigen Frau sollte man schon trauen, oder?«

Bei jedem anderen hätte ich über den kleinen Scherz gelacht, bei Artur nicht, denn ich fühlte, dass er jedes Wort exakt so gemeint hatte. Weil es für ihn daran überhaupt keinen Zweifel gab. Weil er es so wollte. Und so schien er eine Antwort auf seine Ankündigung gar nicht erst zu erwarten, sondern nahm mein staunendes Schweigen einfach als die Zustimmung eines Freundes, für den die Umstände genauso klar waren wie für ihn.

Schon von Weitem sahen wir Isi vor dem Hauptbahnhof stehen.

Sie hatte einen kleinen Stand errichtet, einen selbst gebauten Tisch, an dessen Längsseite ein Plakat genagelt war, auf dem etwas stand, was wir nicht lesen konnten, weil sie eine Tischdecke darüber hängen ließ. Und sie trug – ein wenig befremdlich für uns – einen weißen Kittel.

Als wir dann endlich vor ihr standen, kramte sie unter dem Tisch zwei weitere weiße Kittel hervor und gab sie uns.

»Anziehen!«, befahl sie knapp.

»Was wird denn das?«, fragte ich ein wenig misstrauisch.

»Das Geschäft unseres Lebens!«, antwortete sie und zog die Tischdecke zurück. Jetzt konnten wir lesen, was vorne stand: *Halleysche Gasmasken! Empfohlen von der Charité.*

»Gasmasken?«, fragte ich verwirrt.

»Gut, nicht? Das Wort hab ich erfunden!«, freute sie sich.

»Und das mit der Charité?«

»Ist das berühmteste Krankenhaus der Welt!«

»Das weiß ich«, antwortete ich verärgert. »Ich meine: Wissen die davon?«

Ihre Augen schlitzten sich wie die einer wütenden Katze: »Warum fährst du nicht hin und fragst sie?«

Artur klatschte in die Hände und rief: »Genial! Isi: Du bist genial!«

Sie schenkte ihm ein breites Lächeln, während sie mich noch einmal kurz anblitzte. Dann zog sie unter dem Tisch einen großen Korb hervor und präsentierte uns Gesichtsmasken, wie sie bei Ärzten üblich waren: sicher um die hundert Stück. Artur beugte sich staunend herab, zog eine heraus, stutzte und roch schließlich daran.

»Kampfer!«, sagte Isi. »Hab welchen in der Apotheke gekauft und auf jede was drauf geträufelt. Ich dachte, das kommt ein bisschen medizinischer daher.«

»Du hast meinen ganzen Respekt, du gerissenes Aas!«, grinste Artur. »Woher hast du die Masken?«

»Aus dem Garnisonslazarett vor der Wilhelmskaserne. Da gibt es viele einsame Rekruten …«

Artur schnalzte genießerisch.

»Ich dachte an zwei Mark das Stück?«

Artur schüttelte den Kopf: »Fünf. Das sollte einem das eigene Leben schon wert sein.«

Artur warf mir ein paar Masken zu, zog sich in Windeseile den weißen Kittel an, der ihm auf groteske Weise zu eng und zu klein war, nahm sich ein paar Masken und sprang damit förmlich vor den Stand.

»HALLEYSCHE GASMASKEN! DIE NEUESTE ERFINDUNG DER BERÜHMTEN CHARITÉ! GARANTIERT BLAUSÄUREFEST! NUR HIER: GASMAKEN DER BERLINER CHARITÉ!«

Und schon hielten die Leute bei ihm an.

Nahmen die Gasmasken in die Hand.

Rochen an ihnen.

Und zückten schließlich ihre Geldbörsen.

Isi schubste mich auffordernd, dann trat auch sie mit Masken vor und pries die neueste Erfindung der Berliner Charité an. Endlich löste ich mich aus meiner Erstarrung und tat es ihnen nach. Zunächst etwas zaghaft, dann aber, nach meinem ersten Verkauf, voller Überzeugung.

Der Erfolg war überwältigend.

Nach zwei Stunden hatten wir alle Masken verkauft.

Und über fünfhundert Goldmark verdient.

Mehr Geld, als Artur und ich je gesehen hatten.

23

Wir waren jeder mit hundertsiebzig Mark nach Hause gegangen.
Vollkommen verzückt.

Aber während ich vor allem überlegte, wie viel wohl eine Kamera kosten könnte, schmiedeten Artur und Isi bereits andere Pläne: Keiner von beiden dachte daran, jetzt mit diesem Geschäft aufzuhören. Sie waren sprichwörtlich auf Gold gestoßen und wild entschlossen, jedes Gramm zu schürfen, das sie aus den Tiefen diverser Geldbeutel ans Licht sieben konnten. Und nachdem auch ich dann endlich begriffen hatte, wie viel plötzlich möglich war, stimmte ich den beiden zu: Wir mussten unbedingt weitermachen!

Es waren noch gut sechs Wochen bis zum 19. Mai, dem Tag des Kometendurchzugs.

Isi versprach, die diversen Lazarette der verschiedenen Kasernen abzuklappern, um die einsamen Herzen der jungen Soldaten zu erobern, die sich darum schlugen, einem hübschen Fräulein einen kleinen Gefallen zu tun: Sie würden so viele Gesichtsmasken besorgen, wie sie mit schmachtenden Wimpernschlägen bei ihnen bestellte. Wie genau sie das herbeizuführen oder was sie darüber hinaus in Aussicht zu stellen gedachte, verriet sie uns nicht, allein dass sie dazu das blaue Kleid nutzen wollte, das sie immer noch besaß. Wenn auch an einem anderen Ort versteckt.

»Behalt es!«, sagte ich großzügig.

Sie runzelte irritiert die Stirn: »Natürlich behalte ich es! Es gehört mir schließlich. Du bist manchmal wirklich komisch, Carl Schneiderssohn.«

Damit waren die Besitzverhältnisse wohl endgültig geklärt.

Einen Umstand aber hatten wir in unserer Jubelstimmung vollkommen übersehen: Die Ferien waren zu Ende gegangen. Und mit dem neuen Schuljahr bäumte sich für Isi ein gewaltiges Problem auf, denn sie würde sich nur unter größten Mühen von Zuhause davonschleichen können und hätte dann keine Zeit, von Lazarett zu Lazarett zu ziehen, um unseren Nachschub zu sichern.

Ähnlich schwierig gestaltete sich die Situation für Artur, denn das Frühjahr hatte das Land nicht nur von Schnee und Eis befreit, sondern auch das Geschäft im wahrsten Sinn des Wortes wieder ins Rollen gebracht. Die Wagnerei Burwitz hatte alle Hände voll zu tun, und Arturs Vater würde ihn nicht ohne Weiteres gehen lassen. Und da Artur seinem Vater nicht traute, wollte er das Geschäft in jedem Fall vor ihm geheim halten.

So war jeder vergehende Tag plötzlich wie ein überreifer Apfel, der von einem Ast zu Boden sauste, um dort zu verfaulen, während wir, die Hungrigen, die Früchte zwar sahen, aber nicht einsammeln konnten. Da hatten wir die Geschäftsidee unseres Lebens und waren kaum in der Lage zu ernten, was uns so reich dargeboten wurde.

Der Einzige, der uns in dieser Situation retten konnte, war ausgerechnet ich.

Als schon nach ein paar Tagen klar wurde, dass Isi die diversen Kasernen und Medizindepots eben nicht würde abklappern können, um mal hier, mal dort hundert Masken zu ergaunern, sondern sich komplett darauf konzentrieren musste, den einen zu finden, der ihr alle Masken auf einmal besorgte, nahmen die beiden mich zur Seite und verlangten, dass ich diese Masken weitestgehend alleine verkaufte.

Ich, der Zauderer.

Der Bedenkenträger.

Selbstredend versprach ich zunächst, sie nicht im Stich zu lassen, und genoss auch ihren Dank und ihre Wertschätzung. Aber als Isi dann knapp drei Wochen später tatsächlich an unsere Schneiderstube klopfte und mich mit Verschwörermiene und den linkischen Bewegungen eines gehetzten Spiones in den Hinterhof führte, wo sie mir eine großen Holzkiste zeigte, auf der das Eiserne Kreuz samt

Adler und Inschrift *Gott mit uns* prangte, da wurde mir ganz anders zumute.

»O Gott, Isi!«, rief ich erschrocken.

Vor meinem geistigen Auge sah ich das Schulporträt des Kaisers auf mich herabblitzen, dem als Oberbefehlshaber aller Streitkräfte diese Kiste quasi gehörte. Dem Mann, an dem sich das deutsche Volk efeugleich emporranken sollte und der alle seine Feinde zerschmetterte. Jedenfalls, wenn es nach Bürgermeister Reschke ging. Was würden Gendarmeriekommandant Tessmann und er mit mir anstellen, wenn sie das hier auch nur ahnen würden? Wie viele Masken es wohl sein mochten?

»Knapp zweitausend«, antwortete Isi, als hätte sie meine Gedanken gelesen. Und wahrscheinlich hatte sie das auch, denn ich war nicht besonders gut darin, meine Gefühle zu verbergen.

»Zweitausend?!«

»Mehr war nicht drin. Die Zeit war einfach zu kurz. Und Artur muss mir diesen Soldatenburschen vom Hals halten.«

»Was für einen ...? Egal. Aber zweitausend: Das schaffe ich nie!«

Sie fuhr mich an: »Du wirst jetzt keinen Rückzieher machen, Carl Schneiderssohn! Ich habe Kopf und Kragen riskiert! Ist das klar?«

Ich nickte scheu.

»Das ist mein Ernst! Das hier ist vielleicht die einzige Chance in meinem Leben, jemals aus diesem Provinznest herauszukommen.«

»W-wo willst du denn hin? Du bist gerade mal dreizehn!«, fragte ich verdattert.

»Na und? In acht Jahren bin ich volljährig, und spätestens dann gehe ich weg von hier. Aber ich gehe nicht als Bettlerin. Hast du verstanden?«

»Ja, nur ...«

»Ich warne dich: Wenn du das versaust, rede ich nie wieder ein Wort mit dir. Und ich sorge dafür, dass Artur es auch nicht mehr tut.«

»Schon gut!«

»Du lässt uns nicht im Stich!«, warnte sie.

Ich schüttelte geschlagen den Kopf: »In Ordnung.«
Sie streckte mir die Rechte entgegen: »Partner?«
Ich schlug seufzend ein und wunderte mich, dass ihre Hand ganz in meiner verschwand. Man vergaß ständig, wie schmächtig sie war, wenn man mit ihr redete.
»Partner«, bestätigte ich.
Jetzt lächelte sie sogar ein wenig und sagte: »Geh zum Stadtbahnhof. Da ist am meisten los.«
Und ich dachte nur: Jetzt musst du beweisen, dass du mehr sein kannst, als nur ein Carl Schneiderssohn zu sein.

24

An diesem Vorabend meiner neuen Ich-Werdung saß ich, innerlich aufgewühlt von der Vorstellung, ab dem morgigen Tag völlig auf mich allein gestellt zu sein, Kartoffeln und Zwiebeln schälend in der Küche, während Vater durch die Schneiderstube geisterte, in Stoffen wühlte, verglich, maß und dabei der Welt derart entrückt schien, als wüsste er nicht einmal, in welcher Stadt er lebte oder in welchem Jahrhundert oder warum ihn das alles interessieren sollte. Er war ein Mann, der sich unmöglich mit den Details des täglichen Daseins herumschlagen konnte, weil er gerade an etwas arbeitete, das einmal das Beste werden sollte, das er je gemacht hatte. Dabei war alles, was er je begann, makellos, aber sein Ehrgeiz verbot es ihm, einen beliebigen Auftrag auch als beliebig anzusehen.
Das war das, was man sah.
Darunter jedoch war das, was man nicht sah.
Was ihn wirklich beschäftigte.
In Momenten wie diesen wühlte er in seiner inneren Schneiderstube, in den Schnittmustern des Lebens herum. Seiner Meinung nach brauchte jeder, der im Leben fiel, und das war unvermeidbar, wenn man daran teilnahm, einen Schneider, der Zerrissenes glättete, um es anschließend wieder miteinander zu verbinden. Dabei gab

es für ihn Risse, die man flicken konnte. Und Risse, die man nicht flicken konnte. Konnte man sie aber flicken, so war eine schlechte Naht durch nichts zu entschuldigen.

Hätte man irgendjemanden nach dem Charakter meines Vaters gefragt, hätte derjenige geantwortet, dass er ein netter, manchmal auch melancholischer, zuweilen abwesender, aber ansonsten vollkommen argloser Zeitgenosse war. Was er ja auch war. Aber eben nicht nur. Was wirklich in ihm vorging, war zuweilen rätselhaft wie bei einer Sphinx. Und obwohl ich all dies wusste, brachte er es doch jedes Mal fertig, mich kalt zu erwischen.

Ich kochte für uns beide und rief ihn, als das Essen fertig war, rief ihn noch ein zweites Mal, bis er sich endlich an den Tisch setzte. Ich erinnere mich noch, dass ich über irgendetwas Harmloses plauderte, auch um meine innere Unruhe zu verbergen, als er mich plötzlich mit leicht zusammengekniffenen Augen ansah und fragte: »Was ist das eigentlich für eine Kiste im Kohlenkeller?«

»W-was für ein Kiste?«

»Na, die der Armee.«

Am Nachmittag hatten Isi und ich alles in den Kohlenkeller geschafft. Vor November würde aus Kostengründen nicht mehr geheizt werden. Wir hielten den Keller daher für ein wirklich gutes Versteck, denn es gab darüber hinaus kaum Gründe, dorthin hinabzusteigen. Warum mein Vater ganz offensichtlich trotzdem da gewesen war, konnte ich mir nicht erklären, ich war überzeugt, dass er uns nicht gesehen haben konnte. Aber glaubten nicht alle, dass der Schneider Friedländer nie etwas mitbekam?

»Ich ... da sind ... weißt du ... also ...«

»Ja?«, fragte er freundlich.

Da gab ich auf und erzählte ihm alles.

Wirklich alles.

Selbst das mit dem Atelier Lemmle und meinem heimlichen Traum, Fotograf zu werden. Lügen oder etwas verschweigen wollte ich nicht mehr, er hätte es nicht nur sofort durchschaut, sondern ich wäre mir auch umso schäbiger dabei vorgekommen.

Er hörte zu, und als ich endlich schwieg, nickte er eine Weile vor sich hin, putzte sich dann mit der Serviette den Mund ab, stand auf und machte sich wieder auf den Weg in die Schneiderei. So unbeteiligt, dass ich fast glaubte, er hätte nichts von dem verstanden, was ich ihm gebeichtet hatte. Oder schlimmer noch: dass er sich von mir verraten fühlte, weil ich nicht sein Geschäft fortführen wollte.

Im Türrahmen drehte er sich jedoch um und lächelte: »Die Schneiderei ist wirklich nichts für dich.«

Erstaunt sah ich ihn an: »Tatsächlich?«

»Ja, ich zerbreche mir schon seit einiger Zeit den Kopf darüber, ob ich dich nicht auf das Realgymnasium schicken kann. Ich habe sogar mit der Reichsbank über einen Kredit gesprochen.«

»Du hast was?«, brachte ich fassungslos hervor. »Aber wann hast du denn …?«

Er schien recht amüsiert über meinen fassungslosen Gesichtsausdruck und antwortete ruhig: »Nun, da der junge Herr in letzter Zeit viel unterwegs war, habe ich mir erlaubt, der Bank einen Besuch abzustatten. Ich dachte, ich könnte dich damit überraschen.«

»Ist dir gelungen«, nickte ich.

»Aber, mein Junge, die Wahrheit ist, dass ich nicht kreditwürdig bin.«

»Das tut mir leid«, antwortete ich.

»Das muss es nicht. Es war letztlich nur die Bestätigung dessen, was ich sowieso schon wusste: Du darfst nicht in meine Fußstapfen treten, Carl. Du bist kein Schneider. Und du darfst auch keiner werden.«

»Aber was wird dann aus deinem Geschäft?«, fragte ich.

»Es wird mit mir sterben, Carl. Aber du nicht! Verstehst du? Du sollst leben! Werde Fotograf, wenn das dein Wunsch ist. Ich bin damit sehr einverstanden.«

Erleichtert und gerührt schossen mir die Tränen in die Augen. Eine Weile kämpfte ich mit einem dicken Kloß im Hals, dann würgte ich endlich ein Danke hervor.

»Nichts zu danken, mein Sohn. Lass dich nicht erwischen bei dem, was ihr da vorhabt. Du weißt, dass man einem Juden hier wenig Verständnis entgegenbringt.«

»Sollte ich das lieber nicht machen?«, fragte ich und wischte mir die Tränen von der Wange.

»Es ist, wie ich es dir schon vor ein paar Wochen gesagt habe: Du bist jetzt erwachsen und musst deinen eigenen Weg gehen. Ich kann das, was ihr da vorhabt, nicht gutheißen. Es ist nicht ehrlich. Aber was in dieser Stadt ist schon ehrlich? Ist Gott ehrlich? Sieh zu, dass Artur an deiner Seite ist. Dieser Bursche findet immer einen Weg.«

»Ist gut, Vater.«

Er nickte mir freundlich zu: »Dann komm! Spielen wir was, ja?«

Ich stand auf und ging ihm nach in die Stube.

Dort packten wir uns unsere Instrumente und improvisierten von der ersten Sekunde an.

25

Isi hatte mir den Schlüssel für den kleinen Schuppen neben der Schule anvertraut, wo sie unter alten Kartoffelsäcken den Tisch mit der angenagelten Charité-Werbung versteckt hatte. Schon in aller Früh war ich von zu Hause los und hatte alles zusammengepackt, was ich für diesen ersten Tag brauchen würde.

So schleppte ich zuerst den Verkaufstisch zum Stadtbahnhof, der so unfassbar schwer war, dass ich mir nicht vorstellen konnte, wie die zierliche Isi ihn an unserem ersten Tag bis zum Hauptbahnhof hatte tragen können. Was nur einen Schluss zuließ: Sie hatte jemanden überzeugt, es für sie zu tun. Mir jedenfalls half niemand, und als ich dann endlich alles aufgebaut hatte, war ich schweißgebadet und so nervös, dass mir die Hände zitterten. Vor mir huschten Reisende und Einheimische über das Bahnhofsgelände, kaum jemand beachtete mich, was aus meiner Sicht gerne so bleiben durfte.

Dann jedoch nahm ich meinen ganzen Mut zusammen, trat vor den Tisch und verkündete lauthals das Ende der Welt, wobei ich gleichzeitig die segensreiche Erfindung der Berliner Charité als einzige Rettung vor einem ansonsten unausweichlichen Schicksalsschlag anbot.

Schon blieben die Ersten irritiert stehen.

Man sah ihnen an, dass sie nicht wussten, ob sie dem einsamen weiß bekittelten Burschen trauen sollten, aber da ich weiter standhaft die Gasmasken anpries, kamen sie näher und umringten mich schließlich. Ich war wie ein weißer Punkt inmitten einer Herde grauer Hüte und Mäntel, ein Schaf unter Wölfen. Überall brannten ihre misstrauischen Blicke auf mir, während sich der Kreis um mich immer weiter schloss. Von außen war ich nicht mehr zu sehen, allein meine Stimme sprang aus dem Pulk in den Himmel hinauf, und für einen Moment war mir, als würde ich gleich begraben werden und für immer verschwinden.

Dann jedoch zückte der Erste seine Geldbörse.

Der Bann war gebrochen.

Ich kam kaum mehr dazu, weiter die Masken anzubieten, so sehr war ich damit beschäftigt, sie herauszugeben und zu kassieren.

Wie im Rausch verkaufte ich und hörte mich dabei plötzlich selbst von der Charité plappern, von neuesten wissenschaftlichen Erkenntnissen, die ich wie ein Florist zu bunten Sträußen blanken Unsinns band, und je mehr ich davon meinem staunenden Publikum überreichte, desto waghalsiger wurden meine Ausführungen, die dennoch niemand in Zweifel zog.

Ein Gefühl sprang in meinem Innersten auf, das ich nicht für möglich gehalten hatte: Macht. Ich sah in ihre Augen und spürte, dass ich sie leiten konnte. Dass sie mir folgen und an mich glauben wollten – und an jedes einzelne Detail, das ich ihnen auftischte. Nicht ich war das Schaf, sondern sie waren es. Nicht ich war allein, sondern sie. Und sie suchten Schutz bei mir, dem Wolf.

Ich scherzte, tröstete, warnte, pflichtete bei, lachte und beschwor, fühlte weder Hunger noch Durst, sondern nur den unstillbaren

Drang, den Menschen das zu geben, was sie am meisten wollten: Lügen.

Denn ich war Carl Friedländer, der Schneiderssohn, der alles erreichen konnte.

Später dann, als ich wieder einmal in den Stoffbeutel mit den Masken griff, musste ich feststellen, dass es keine mehr gab. Stattdessen klimperten und raschelten darin geradezu unvorstellbare zweitausend Märker. Ich konnte nicht glauben, wie leicht es gewesen war, vierhundert Masken zu verkaufen, ich war ein gemachter Mann.

Bepackt wie ein Esel schleppte ich meinen Stand und das Geld in den Schuppen, nahm jedoch, aus einem Impuls heraus, den Wäschebeutel wieder an mich: Isi hatte mich zweimal geleimt. Ein drittes Mal wollte ich ihr die Gelegenheit dazu nicht geben.

Als ich nach Hause kam, sah mich Vater mit leicht zusammengekniffenen Augen an und fragte irritiert, was passiert sei, doch ich antwortete nicht, gab mich verschlossen und geheimnisvoll, denn ich fühlte mich wie der Kapitän eines Piratenschiffs, das auf dem Kamm einer Springflut tanzte, während ich gleichzeitig am Horizont Ausschau nach dem Hafen hielt, an dem ich meine Beute in Sicherheit bringen wollte. Ausgerechnet ich, der sonst beim geringsten Nachhaken sofort mit der kompletten Wahrheit herausgerückt war, lachte plötzlich den Gefahren der Sieben Meere todesverachtend ins Gesicht.

Artur klopfte am nächsten Tag an die Tür unserer Schneiderei, neugierig, wie der erste Tag gelaufen war. Da nickte ich ihm ruhig zu und raunte mit kratziger Seemannsstimme: »Es ist hart da draußen, Artur. Verdammt hart! Aber ich bringe unser Schiff nach Hause.«

Er starrte mich an und fragte dann: »Hattest du einen Schlaganfall oder so etwas?«

»Nein, warum?«

»Weil unsere Nachbarin mal einen hatte und seitdem wirres Zeug redet.«

»Ich bin gesund, Artur.«

»Sicher?«

»Ja, und jetzt muss ich Vater helfen.«

»Aber wie war es denn jetzt?«

»Bin zufrieden«, antwortete ich und schloss grinsend die Tür.

Ich wollte die beiden überraschen, alles verkaufen und ihnen dann lässig ihren Anteil überreichen, um mich anschließend in ihrer Bewunderung zu sonnen.

Ich wollte meinen ganz großen Auftritt.

Das war mein Plan.

Ich hätte wissen müssen, dass er nicht funktionieren würde.

26

Auch die nächsten beiden Male liefen wie am Schnürchen, und mein Selbstbewusstsein nahm Ausmaße an, die mich selbst erschreckten. Obwohl ich zwischen meinen Auftritten eine Woche verstreichen lassen musste, weil in der Schneiderei einfach zu viel zu tun war, schien es mir, als würden die Menschen am Stadtbahnhof schon auf mich warten. Offenbar hatte sich mein Stand herumgesprochen, sodass ich meine Ware gar nicht erst groß anpreisen musste: Sie kamen von selbst, vollkommen überzeugt vom Nutzen der halleyschen Gasmasken. Es war daher gar nicht mehr nötig, ihnen wilde wissenschaftliche Geschichten zu erzählen.

Ich tat es trotzdem.

Aus Lust an der Erfindung, aber vor allem, weil ich es liebte, wie ich sie durch ihre eigenen Emotionen lotsen konnte, um sie anschließend mit einem guten Gefühl nach Hause zu entlassen. Nichts würde ihnen passieren, weil ich es ihnen versprochen hatte, und die Zuversicht auf ein glückliches Leben nach dem 19. Mai stimmte nicht nur sie selbst fröhlich, sie ließ auch meine Laune steigen. Denn, so wurde mir schon sehr bald klar, sie bezahlten in Wirklichkeit nicht für eine nutzlose Maske, sondern für eine Perspektive. Für die

Aussicht, nach dem Durchzug des Kometen ihrem Schicksal zu entfliehen. Den preußischen Stahl zu zerschlagen und frei zu werden. Ich schenkte ihnen allen einen neuen Geburtstag. Und das für gerade mal fünf Reichsmark! So gesehen fand ich mich sogar dramatisch unterbezahlt.

Selbstredend würde später niemand sein Leben ändern, ja, sie würden nicht einmal die Möglichkeit dazu erkennen, so erleichtert wären sie, dass sie ihr Leben in Knechtschaft behalten durften. Und das war dann wohl die wahre Tragik dieses sich alle fünfundsiebzig Jahre wiederholenden Ereignisses. Meiner Geschäftstüchtigkeit jedenfalls tat es keinen Abbruch, denn gegen Ignoranz war sogar der liebe Gott machtlos.

Dann allerdings, nur ein paar Tage vor dem großen Durchzug des Kometen, riss meine Glückssträhne. Gerade noch hatte ich mich gebückt, um ein paar neue Masken aus meinem Beutel zu zücken, als ich im nächsten Moment schon in das Gesicht von Gendarmeriekommandant Adolf Tessmann starrte. In blauer Uniform, schwarzem Gurt mit Koppel und Pickelhaube, auf der der Reichsadler und ein verziertes »W« für Wilhelm prangten, blickte er mit lauerndem Blick auf mich herab und ließ seine Rechte lässig auf dem Griff des Säbels ruhen, der an seinem Gurt hing.

»Was machst du denn da, Junge?«

»Ich?«

Seine Blicke durchbohrten mich, und ich nahm aus den Augenwinkeln wahr, wie die Leute, die ich eben noch bedienen wollte, ein wenig von mir wegrückten.

»Na?«, hakte er nach.

»Ich verkaufe Gasmasken, Herr Kommandant.«

»Hab ich bemerkt. Ich frage mich nur, woher du sie hast?«

»Von der Charité«, behauptete ich fest.

»Aha. Und die geben einem Naseweis wie dir diese Masken?«

Vermutlich war ich nach meinen Auftritten noch voller Selbstvertrauen, sodass ich nicht wankte, sondern ganz im Gegenteil: wütend wurde. Warum glaubte er eigentlich, alle und jeden herumschubsen zu können? Buckelnd vor den Reichen, die Armen tretend. Plötzlich sah ich ihn wieder in der Scheune vor Anna stehen, ihr Leben ruinieren, weil der alte Boysen es ihm befohlen hatte. Dieser Scheißkerl!

»Warum fragen Sie nicht einfach nach?«, blaffte ich und erschrak über den Ton, den ich angeschlagen hatte.

Tessmann schien irritiert, in seinen Augen las ich förmlich die Frage, ob nicht jemand, der sich eine solche Respektlosigkeit gegenüber einer Amtsperson leistete, dies nur mit der Gewissheit tun konnte, die Wahrheit zu sagen.

»Kennen wir uns nicht irgendwoher?«, fragte er schließlich lauernd.

»Nein, Herr Kommandant!«

»Ich bin sicher, dass wir uns kennen«, grübelte er. »Wie heißt du?«

»Friedländer, Herr Kommandant.«

»Hm …«

Eine kurze Pause entstand, und ich nutzte die Gelegenheit, ihn auf ein anderes Feld zu locken.

»Möchten Sie vielleicht eine haben, Herr Kommandant? Geht auf mich!«

Ich hielt ihm eine Maske hin, und für einen Moment schien mir, dass ihn meine Keckheit ebenso überraschte wie amüsierte. Jedenfalls entspannten sich seine Gesichtszüge, und er hielt mir fordernd seine Hand hin.

»Gib mir zwei.«

»Gern, Herr Kommandant.«

Er nahm beide entgegen, dann starrte er mich noch einmal durchdringend an.

»Ich werde nach Berlin telegrafieren«, sagte er schließlich und wandte sich um. »Und eines sage ich dir: Die sollten besser von der Sache hier wissen, mein Junge.«

Er verschwand genauso schnell, wie er aufgetaucht war.

Eine Weile verkaufte ich noch Masken, aber ich spürte, wie fahrig, wie unkonzentriert ich war. Was immer ich an neuem Selbstbewusstsein aufgebaut hatte, strudelte davon wie Wasser aus einem Ausguss. Die Angst begrüßte mich wieder mit kalter Hand, und viel früher als an den Tagen zuvor packte ich meinen Stand zusammen und verfrachtete ihn zurück in den Schuppen.

Am Abend war ich so fertig mit den Nerven, dass ich zu Artur lief, der mit seiner Familie beim Abendbrot saß. Sein Vater August fuhr mich an, ich solle gefälligst draußen warten, doch Artur störte sich nicht weiter daran und stand auf, obwohl ihm sein Vater ein paar Ohrfeigen ankündigte, wenn er es wagen würde, den Tisch vorzeitig zu verlassen. Es kümmerte ihn wenig.

Draußen fragte ich: »Hast du keine Angst vor deinem Alten?«

Er winkte ab: »Ein paar Schellen … wen interessiert das? Also, was ist passiert?«

Ich berichtete ihm von Tessmann und seiner Drohung, während Artur aufmerksam zuhörte.

»Wir sind erledigt, Artur!«, rief ich schließlich panisch.

»Hm«, machte Artur nachdenklich, bevor er fragte: »Und er wollte wirklich zwei Masken?«

»Was hat das denn damit zu tun? Hast du nicht gehört, was ich gesagt habe?«

Artur nickte: »Hab ich. Ich frage mich nur, warum er zwei Masken will. Der hat weder Frau noch Familie.«

»Na ja, für irgendwen halt. Vielleicht für einen Freund?«

»Tessmann hat keine Freunde.«

»Artur!«, begann ich. Ich wurde zunehmend sauer. »Es ist mir scheißegal, ob der Freunde hat oder nicht. Wenn die Charité ihm sagt, dass die Masken nicht von ihnen sind, und vor allem, dass sie nichts mit dem Verkauf zu tun haben, dann nimmt er mich fest. Wegen Betrugs! Verstehst du?«

»Wie viele Masken hast du denn verkauft?«, fragte Artur.

»Artur!«

»Wie viele?«

Ich zuckte mit den Schultern: »Ich weiß nicht. Vielleicht 1800.«

Artur verzog beeindruckt den Mund: »Ja, leck mich: du Teufelskerl! Das sind ja neuntausend Mark! Dann sind nur noch zweihundert übrig?«

»Du willst doch wohl nicht weitermachen?!«

»Sind immerhin tausend Mark!«

»Artur! Ich komme ins Gefängnis!«

»Nicht so schnell! Wir verkaufen jetzt erst einmal den Rest, und im Notfall nehmen wir uns einen Anwalt. Aber mit ein bisschen Glück brauchen wir keinen. Wirst schon sehen.«

Er rieb sich zufrieden die Hände. Mein Gejammer schien ihn nicht besonders zu rühren. Er klopfte mir auf die Schultern und versprach, auf mich aufzupassen, und für ein paar Momente glaubte ich es ihm. Lange genug jedenfalls, bis er sich wieder umdrehte, hineinging und ich seinen Vater wütend schreien hören konnte. Es folgte das saftige Klatschen einer Backpfeife. Dann kehrte wieder Ruhe ein, und ich ging deprimiert nach Hause.

In drei Tagen würde der Halleysche Komet vorüberziehen.

Und mich mitnehmen.

Direkt ins Gefängnis.

27

Fast schon überflüssig zu erwähnen, dass Isi ebenfalls der Meinung war, man könnte sich auf keinen Fall die verbleibenden tausend Mark durch die Lappen gehen lassen, wenn es ihr auch nicht möglich war, beim Verkauf zu helfen. Sie hatte den halben Tag Schule, die andere Hälfte verbrachte sie mit Lernen und Hausarbeiten. Alles unter den tyrannischen Augen ihres Vaters, der geradezu darauf wartete, dass eine seiner Töchter einen Fehler machte. Wobei ihre älteren Schwestern Eva und Gerda nur noch an ihren wenigen freien Tagen zu Hause waren, weil sie als Dienstmädchen in guten Häusern angefangen hatten. Dennoch hatten sie Monat für Monat große Teile ihres Lohnes bei ihrem Vater abzugeben. Gottlieb Beese fürchtete die Aussteuer und ließ die beiden für den Fall einer Hochzeit die Kosten dafür selbst ansparen.

Wir wählten den Neustädtischen Markt, um einer Konfrontation mit Tessmann am Stadtbahnhof aus dem Weg zu gehen, wobei Artur sich weder von den wüstesten Beschimpfungen noch von den Drohungen seines Vaters beeindrucken ließ und mich begleitete. Die Tracht Prügel, die ihm deswegen drohte, kommentierte Artur lapidar mit der Bemerkung, dass er seinem Vater den Spaß lassen würde, denn spätestens in zwei Jahren würde der es nicht mehr wagen, Artur auch nur schief anzusehen. Er sollte wie so oft recht behalten.

Einstweilen verkauften wir unsere Restbestände, bis plötzlich Gustav Lemmle vor uns stand und uns halb skeptisch, halb belustigt betrachtete.

»Sieh mal einer an, wenn das nicht Friedländer, Carl ist!«

»Guten Tag, Herr Lemmle«, rief ich ihm gut gelaunt zu.

»Das Ende der Welt ist also nahe?«

Er hatte die Hände in den Hosentaschen vergraben und gab wie immer eine ebenso elegante wie lässige Erscheinung ab. Ich sah mich verstohlen um, doch es standen nur zwei weitere Gestalten an unserem Stand, denen Artur gerade sehr plastisch beschrieb, wie so ein Blausäuretod eigentlich genau aussah, während sie bereits hektisch in ihren Jacken nach Geld suchten.

»Ich denke, Sie müssen sich keine Sorgen machen«, flüsterte ich vertraulich.

Gustav Lemmle lächelte: »Ja, dachte ich mir schon. Warte einen Moment: Mir kommt da eine Idee!«

Er wandte sich um und kehrte in sein Atelier zurück, um kurz darauf mit einer recht schmalen, beinahe rechteckigen Kamera auf einem Stativ zurückzukehren.

»Stellt euch mal zusammen!«, befahl er freundlich.

Dann klappte er den Apparat auf, zog das Objektiv vor, das ziehharmonikagleich auf der Spitze eines Lederbeutels saß, und beugte sich hinunter, um uns durch einen Sucher anzuvisieren.

Ich starrte auf die Kamera.

Gleichermaßen ehrfürchtig wie neugierig.

Bis Gustav Lemmle sich wieder aufrichtete und rief: »Carl, entspann dich bitte!«

Ich tat nichts dergleichen, sondern starrte auch weiterhin fasziniert auf das Objektiv, auf dessen waagerecht stehender Schutzklappe ich den Namen Agfa lesen konnte. Was das wohl heißen mochte? Von dieser Marke hatte ich nie zuvor gehört.

Da spürte ich, wie mich Artur in den Arm nahm. Irritiert schaute ich ihn an. Und das Nächste, was ich hörte, war Gustav Lemmle, der zufrieden rief: »Danke! Ich denke, das wird eine sehr schöne Fotografie!«

Entsetzt wandte ich mich ihm zu: Ich hatte gar nicht hingesehen! Die erste Fotografie meines Lebens, und ich hatte sie verpasst! Herr Lemmle versprach, in den nächsten Tagen einen Abzug zu machen, und der Gedanke an Artur und mich, vereint auf einer Fotografie, für ewig jung, vor einem selbst gebauten Stand für halleysche Gasmasken posierend, machte mich trotz allem froh. Für den Rest des Tages vergaß ich, mich ständig heimlich nach allen Seiten umzusehen, ob nicht vielleicht ein Gendarm auftauchen könnte, im schlimmsten Fall Tessmann.

Am Abend hatten wir endlich alle Masken verkauft. Kein Polizist hatte uns entdeckt, kein Zivilist den Wahrheitsgehalt unserer Behauptungen hinterfragt und kein Soldat die Masken als Heereseigentum wiedererkannt.

Der Rest war Warten.

Auf das Ende der Welt.

Und meine Festnahme.

Vater erlebte mich an diesen beiden Tagen so nervös, dass er mir vorschlug, zum Apotheker zu gehen, damit er mir ein Mittel zur Beruhigung mischte, aber ich wollte davon nichts wissen. Stattdessen saß ich den ganzen Tag in der Schneiderei und zuckte jedes Mal zusammen, wenn jemand eintrat. Blickte mit klopfendem Herzen auf und atmete erleichtert aus, weil es nie Tessmann war.

Dann endlich kam der Abend des Durchzugs des Kometen.

Und jemand, der herrisch gegen die Tür unseres Geschäfts hämmerte.

Totenbleich öffnete ich einen Spalt: Artur.

Ebenso erleichtert wie wütend fauchte ich ihn an, dass er es offensichtlich darauf angelegt habe, mich in ein frühes Grab zu bringen, aber er grinste nur und hielt einen Feldstecher in die Höhe.

»Bereit für Halley?«

Ich sah ihn verständnislos an.

»Es ist total bewölkt, man kann den Kometen nicht sehen.«

»Egal. Du kommst mit. Los!«

Es hätte wenig Sinn gehabt, sich ihm zu widersetzen, also versuchte ich es erst gar nicht. Mit Einsetzen der Nacht liefen wir die Culmer Chaussee hinab, vorbei am Kriegerdenkmal, hinüber zum Altstädtischen Markt. Mir war nicht klar, wohin Artur eigentlich wollte, also fragte ich ihn, doch er winkte ab und brummte: »Abwarten!«

Wir erreichten den barockroten Backsteinbau des Rathauses mit den vier spitzen, zierlichen Ecktürmchen, schlichen unter dem Portiersfenster hindurch und stiegen dann hinauf auf den Turm, der seitlich aus dem Geviert in den Himmel herauszuwachsen schien. Dort oben hatte man auf einer Plattform einen herrlichen Blick über den Markt und die Altstadt.

»Wir hätten auch den Jakobsdom nehmen können, der ist noch höher«, sagte ich. »Und vor allem lungert da kein Wachmann herum.«

»Nein«, antwortete Artur. »Der Rathausturm ist genau richtig.«

Ich blickte in den mittlerweile dunklen Nachthimmel.

Wie nahe würde der Komet uns kommen? Würde man ihn durch die Wolkendecke erkennen können? Musste ich mir doch Sorgen machen? Und was war mit dem Schweif? Wäre der auch zu sehen? Oder würden wir gleich mit heraustretenden Augen und blauer Zunge auf dem Boden liegen und nach Luft ringen? So betrachtete ich den Himmel und stellte mir bange Fragen, während Artur durch das Fernglas alles Mögliche absuchte – nur nicht das Firmament.

»Wenn du den Kometen suchst«, sagte ich, »dann würde ich mal nach oben schauen!«

Artur schüttelte den Kopf und murmelte nur: »Es geht mir nicht um den Kometen.«

»Nein?«

»Nein.«

Da er offenbar beschlossen hatte, sein Vorhaben nicht weiter zu erläutern, fragte ich: »Was suchst du dann?«

»Einen Weg, dich aus dem Gefängnis rauszuhalten.«

»Da unten?«

»Ganz genau.«

Ich beugte mich über die Brüstung und sah auf den Altstädtischen Markt mit seinen wunderbaren barocken Häusern, dem sanften gelblichen Licht der Gaslaternen, das auf grauschwarzes Pflaster schien. Niemand war jetzt noch unterwegs, alles lag friedlich da. Allein der Schein hinter den Fenstern verriet, dass die meisten nicht ins Bett gegangen waren, sondern den Durchzug des Kometen erwarteten.

»Und was genau suchst du?«

»Ich suche nach einem Gerücht.«

Einen Moment schwieg ich, dann sagte ich verärgert: »Du gehst mir auf die Nerven mit deiner Geheimniskrämerei, Artur.«

Da sah ich ihn grinsen, während er konzentriert durch das Fernglas starrte.

»Was?«, rief ich.

Er reichte mir den Feldstecher: »Zweiter Stock.«

Ich visierte das Gebäude gegenüber an, hatte freien Blick in ein hell erleuchtetes Zimmer.

»Guter Gott!«, entfuhr es mir.

Artur nickte und antwortete: »Gelobt sei Halley!«

28

Die Erde explodierte nicht in jener Nacht.

Es erstickte auch niemand. Nicht einmal, wer keine Masken getragen hatte.

Tatsächlich passierte absolut gar nichts.

Und als sich am nächsten Morgen nicht wenige mit dem beschämten Lächeln derjenigen ansahen, die im schadenfrohen Hochgefühl des Tugendhaften das Jüngste Gericht für die Ungläubigen erwartet und sich dann durch das Ausbleiben des Armageddon ziemlich blamiert hatten, fiel ihnen ganz irdisch wieder ein, dass sie ja fünf Mark für eine Gasmaske bezahlt hatten, die vollkommen unnütz gewesen war. Mit ein wenig Humor hätte man dies als wahre Strafe Gottes durchgehen lassen können, doch Humor war keine preußische Tugend, zudem religiöse Eiferer ohnehin die Schande der Bloßstellung nicht ertrugen und in solchen Fällen schnell einen Weg suchten, um davon abzulenken.

Sie mussten nicht lange warten.

Gendarmeriekommandant Adolf Tessmann hatte zwar kein Telegramm aus Berlin erreicht, aber er brauchte es auch nicht mehr, denn jetzt war er, als Vertreter des Kaisers, Bewahrer der Ordnung und Verteidiger des Vaterlandes, herausgefordert, einem heimtückischen Halunken das Handwerk zu legen: nämlich mir.

Gegen Mittag flog die Tür zu unserer Schneiderei auf, und Tessmann stand mit zwei weiteren Pickelhauben als Begleitschutz im Raum und zeigte mit dem Finger auf mich.

»DU!«, schrie er.

Vater fuhr von seiner Amerikanischen hoch und stellte sich mit leichenblasser Miene schützend vor mich, doch bevor Tessmann ihn niederschlagen konnte – ausgeholt hatte er bereits –, sprang ich vor und ließ mich verhaften.

»Schon gut, mach dir keine Sorgen!«, versuchte ich ihn zu beschwichtigen, aber meine Stimme zitterte und trug nicht gerade zu seiner Beruhigung bei.

»Das sehe ich anders!«, fuhr Tessmann mich an und packte mich hart am Oberarm.

Er schob mich zur Tür, während ich mich umdrehte und krächzte: »Ruf Artur!«

Vater nickte, dann stieß mich Tessmann so heftig aus der Tür, dass ich der Länge nach im Hinterhof landete, wo mich seine beiden Adjutanten wieder hochzerrten.

Auf gings zum Revier. Sie waren zu Fuß gekommen, was meine Verhaftung zu einem Spießrutenlauf durch Thorn machte: Tessmann vorneweg, dann ich in Handschellen, dahinter die beiden Polizisten. Ich spürte die Blicke, sah das Kopfschütteln und hier und da auch unverhohlene Häme: Der tüchtige Geschäftsmann war nichts weiter als ein weiterer betrügerischer Jude, dem die Obrigkeit gerade die Grenzen aufzeigte.

In seiner ganzen Überlegenheit ließ Tessmann es sich nicht nehmen, mich mitten durch Thorn zu führen. Nicht über die Wallstraße an der Peripherie der Altstadt entlang, sondern in einem Umweg geradewegs über die Breite Straße, damit auch jeder mitbekam, wie zupackend und entschlossen er gegen das Verbrechen vorging.

So kam es, dass auch Isi mich vom Bürgersteig aus entdeckte, und ausgerechnet sie so blass zu sehen, so hoffnungslos, ließ mir allen Mut sinken. Was, wenn Tessmann sich von Artur nicht beeindrucken ließ? Wenn er über Gerüchte nur lachte und sie beiseitewischte wie lästige Fliegen? Wenn er *uns* beiseitewischte? Ich war vierzehn Jahre alt! Wie könnte ich mich jemandem wie ihm auf Dauer in den Weg stellen? Wie könnte ich meine Freunde nicht verraten?

Ziemlich unsanft ging es auf die Wache, und im nächsten Moment schon befand ich mich vor Tessmanns Schreibtisch, mittlerweile so kleinlaut, dass ich kaum aufzusehen wagte. Da saß ich, Carl Schneiderssohn, und zitterte – aber nicht, weil mir kalt war.

Tessmann nahm die Personalien auf und begann, Fragen zu stellen, die ich nicht beantworten wollte. Fragen nach Komplizen, nach der Herkunft der Masken, dem Gewinn. Vor allem Letzterer interessierte ihn brennend, und man musste kein Genie sein, um zu ahnen, in wessen Taschen dieses Geld wandern würde, sobald er dessen habhaft geworden wäre.

Etwa eine Stunde durchbohrte er mich mit Fragen, drohte, schrie, schlug mit der Hand auf den Schreibtisch, doch ich schwieg eisern. Da sprang er auf, packte mich am Schlafittchen und zerrte mich hoch, direkt vor sein Gesicht.

»Vielleicht ist dir egal, was mit dir geschieht, mein Junge, aber eines kann ich dir sagen. Wenn du jetzt nicht dein Maul aufmachst, dann nehm ich mir deinen Vater vor. Und glaub mir: Ich finde etwas. Und wenn da nichts ist, dann sorge ich dafür, dass dort etwas sein wird. Dann teilt ihr euch eine Zelle. Und wenn ihr wieder rauskommt, ist da nichts mehr, was euch gehört. Gar nichts! Hast du mich jetzt endlich verstanden?«

Ich schluckte und nickte.

»Und jetzt will ich die Namen! Wer waren deine Kompagnons? Wie viel habt ihr ergaunert? Und wo ist das Geld?«

Ich zögerte kurz, dann gab ich auf: Das konnte ich Vater nicht antun. Ich hatte ihm sowieso schon Schande bereitet, ihn zu ruinieren, das konnte ich nicht verantworten. Schon öffnete ich meinen Mund, als es laut gegen die Tür klopfte. Im nächsten Moment trat Artur ein, geradeso, als wäre er in den Kolonialwarenladen getreten, um Tabak zu kaufen.

»HAU AB!«, schrie Tessmann wütend.

Aber Artur setzte sich in aller Ruhe auf den Stuhl vor seinen Schreibtisch und schlug die Beine übereinander: »Ich möchte eine Aussage machen, Herr Kommandant.«

Tessmann war fassungslos ob dieser Dreistigkeit, dann aber siegte seine Neugier: Er ließ mich los.

»Was willst du, Rotznase?«, fauchte er, erhob sich, ging um den Tisch herum und stellte sich dicht vor Artur.

Artur stand auf.

Er überragte Tessmann um fast einen Kopf, und obwohl der Gendarm ziemlich kräftig war, verschwand er fast hinter Arturs Schultern.

»Ich will mit Ihnen über ein Gerücht sprechen, Herr Kommandant.«

Tessmann presste die Lippen aufeinander, dann tobte er: »Raus hier! Bevor ich dich einsperren lasse!«

Artur zuckte gleichgültig mit den Schultern: »Wie Sie meinen, aber es wäre besser, Sie hören mir erst mal zu.«

»Tatsächlich? WACHE!«

Sekunden später flog die Tür auf, und zwei weitere Schutzmänner standen im Türrahmen.

»Festnehmen!«

Sie sprangen vor und packten Artur links und rechts am Oberarm, wobei sie ihm gleichzeitig die Unterarme auf den Rücken drehten.

»Einsperren!«, befahl Tessmann und zeigte dann auf mich: »Und dieses Früchtchen gleich dazu!«

Wenig später saßen wir in einer Zelle ohne Fenster und starrten gegen eine massive Eichenholztür, deren Beschläge und Angeln mit Stahl verstärkt worden waren. Es gab ein Bett und einen Metalleimer für die Notdurft in dem Raum. Sonst nichts.

»Und jetzt?«, fragte ich.

»Der beruhigt sich schon wieder«, antwortete Artur.

»Und dann?«

Artur lächelte schwach: »Dann werde ich dafür sorgen, dass er sich so richtig aufregt!«

»Artur ...«, jammerte ich verzweifelt.

»Lass mal, Carl. Ich weiß, was ich tue.«

Wie lange wir dort saßen, ließ sich schwer schätzen: Ich dachte an Isi und hoffte auf Artur.

Endlich wurde die Tür wieder aufgeschlossen und geöffnet. Tessmann trat ein, die Daumen unters Koppel gesteckt, und blickte grinsend auf uns herab: »Ich habe einen Vorschlag für euch. Wer als Erster auspackt, kann gehen. Den anderen beißen die Hunde.«

Artur stand vom Bett auf – Tessmann nickte.

»Sehr vernünftig. Dann also der Judenbengel. Ist mir sehr recht.«

Artur strich sich sein verknittertes Hemd glatt und sagte beiläufig: »Wissen Sie, Herr Kommandant, bei Weltuntergängen kann man sich irgendwie nie sicher sein, nicht wahr?«

»Was redest du denn da?«

»Na, ob die jetzt stattfinden oder nicht. Kann man nicht wissen.«

»Jetzt wissen wir's!«

Artur nickte: »Stimmt. Gestern aber noch nicht. Und wenn man sich nicht sicher ist, dann macht man noch schnell die Dinge, die man schon immer machen wollte. Oder die, die einem Spaß machen. Da muss man Prioritäten setzen, nicht wahr?«

Tessmann starrte ihn feindselig an: »Willst du jetzt aussagen oder nicht?«

Artur nickte: »Jawohl, Herr Kommandant.«

»Dann los: Mitkommen!«

»Aber vorher müssen wir über ein Gerücht sprechen!«

Tessmann schwollen die Halsadern: »Jetzt reicht es aber!«

Artur fuhr ganz ungerührt fort: »Dieses Gesinde! Dauernd klatschen sie. Ich meine, man deckt sie mit Arbeit ein, manchmal sechzehn, siebzehn Stunden am Tag, und trotzdem finden sie noch Zeit zu tratschen. Natürlich nur ganz leise, aber wenn dann so was kommt wie ein Weltuntergang, dann reden sie auch schon mal etwas lauter. Wie zum Beispiel über das Gerücht vom Altstädtischen Markt 4.«

Für einen Moment zuckte Tessmann zusammen, dann reckte er sich drohend auf: »Was hast du da gerade gesagt?«

Artur machte eine wegwerfende Bewegung: »Ach, na ja, Sie kennen das ja. Klatsch eben.«

Tessmann machte zwei schnelle Schritte auf Artur zu und packte ihn am Kragen: »Du solltest jetzt besser deine Fresse halten!«

Artur starrte ihm in die Augen.

»Was glauben Sie, Herr Kommandant, könnte man sehen, wenn man am Abend des Weltuntergangs auf dem Rathausturm steht und in den zweiten Stock des Hauses mit der Nummer 4 sieht? Ein Gerücht oder die Wahrheit?«

Tessmann zögerte.

»Loslassen!«, befahl Artur.

Und er gehorchte tatsächlich.

»Ich frage mich, Herr Kommandant: Warum haben Sie nicht ein Dienstmädchen genommen? Irgendeine Kleine, die nichts wert ist. Der niemand glaubt. Die Sie davonjagen können wie diese bedauernswerte Magd vom Boysen-Hof?«

Tessmann funkelte ihn feindselig an.

»Aber nicht Sie, nicht wahr? Denn Sie sind ein Mann von Format. Da muss es schon die Frau Bürgermeister sein.«

Es war, als ob jemand eine riesige wertvolle Vase auf den Boden hätte fallen lassen. Stille. Dazu Zeugen, die wie gelähmt auf die Scherben starrten, unfähig, sich zu rühren oder einen Laut von sich zu geben.

Artur lächelte plötzlich: »Was solls. Das Herz will, was das Herz will! Und glücklicherweise tratsche ich nicht. Genau wie mein Freund hier.«

Plötzlich blickten sie mich beide an, und alles, was ich machen konnte, war hektisch zu nicken. Ich tratschte nicht. Ganz sicher.

Tessmann wirkte konfus, in seinen Augen sah man, wie er nach einem Ausweg suchte und plötzlich einen fand: »Es spielt keine Rolle, was du gesehen hast oder nicht. Du kannst es nicht beweisen. Dein Wort steht gegen meines. Und rate mal, wem sie glauben werden?«

Artur nickte: »Ihnen natürlich. Das weiß ich doch.«

»Dann weißt du auch, dass ich dir jetzt das Leben zur Hölle machen werde!«

»Ja, das weiß ich. Wenn da nicht diese eine kleine Sache wäre ...«

»Welche Sache?«

»Das Feuermal.«

»Was für ein Feuermal?«, fragte Tessmann misstrauisch.

»Frau Bürgermeister hat so ein entzückendes Feuermal auf dem Po. Wenn ich es nicht besser wüsste, würde ich sagen, es sieht aus wie ein Schmetterling.«

Tessmann packte Artur wieder am Kragen und zog ihn zu sich

heran: »Erzähl, was du willst: Es ist nur Klatsch! Aber das, was ich mit dir machen werde, wird ganz real sein!«

»Ich verstehe, Herr Kommandant. Niemand kennt dieses Mal. Also kann niemand das Gerücht bestätigen. Wobei, so ganz stimmt das nicht, oder? Denn einer kennt dieses Feuermal sehr wohl. Und der wird sich fragen, woher ich es kenne.«

Diesmal war die Verunsicherung in Tessmanns Blick offenkundig – er lockerte sogar den Griff um Arturs Kragen.

»Und wissen Sie, was noch viel schlimmer als dieses Feuermal ist?«

Artur kostete den Moment redlich aus, während Tessmann sich ebenso wütend wie verzweifelt auf die Lippe biss.

»Dieses Bild! Die Frau Bürgermeister: nackt. Der Herr Kommandant: nackt. Und beide haben sie unsere halleyschen Gasmasken auf! Nur für den Fall, dass an dieser Weltuntergangsgeschichte doch was dran ist. Weil man sich ja nie sicher sein kann mit diesen verdammten Weltuntergängen, nicht? Was glauben Sie, Herr Tessmann: Wäre das ein Bild, über das Thorn reden würde?«

»Du widerliche kleine Ratte!«, schrie Tessmann.

»Wie lange würde es dauern, bis Bürgermeister Reschke von der Sache erführe? Ausgerechnet Reschke, der so gern Sachen zerschmettert! Was wäre wohl das Nächste, was er zerschmettern würde?«

Stille.

Artur starrte Tessmann so lange an, bis der seinen Blick nicht mehr ertrug und sich abwandte.

Er ließ Artur los, räusperte sich und fragte tonlos: »Was willst du?«

Artur zuckte mit den Schultern: »Nichts, Herr Kommandant. Nur Ihr Wohlwollen.«

Tessmann sah ihn misstrauisch an: »Das ist alles?«

»Das ist viel!«

»Und nichts von dem, was hier besprochen wurde, wird diese Zelle je verlassen?«

»So ist es. Es bleibt unter uns beiden und meinem Freund Carl hier.«

Tessmann zögerte, dann nickte er.

Artur nickte ebenfalls und lächelte gewinnend: »Nehmen Sie es nicht so schwer. Sie waren nicht der Einzige gestern.«

Tessmann sah ihn überrascht an: »Wer noch?«

»Ah!«, rief Artur erfreut. »Ein kleiner Test meiner Diskretion, Herr Kommandant? Aber keine Sorge: Ich tratsche nicht! Ich bin sicher, wenn Herr Kommandant einfach neun Monate wartet, dann findet er es auch so heraus.« Dann schlug er ihm kumpelhaft auf die Schulter und streckte ihm die Hand hin: »Also dann, schlagen Sie ein!«

Tessmann blitzte ihn wütend an, dann aber sackte er in sich zusammen und gab Artur zähneknirschend die Hand. Es wurde zwar nicht gerade der Beginn einer Freundschaft, aber doch das Fundament einer ganz und gar erstaunlichen Entwicklung, gegen die sich die Gaunerei mit dem Halleyschen Kometen wie eine Kinderei ausnahm.

Erwachen

29

Manchmal frage ich mich, was Menschen eigentlich in größere Aufruhr versetzt: die Angst zu sterben oder die Freude überlebt zu haben? 1910 war das Jahrhundert noch jung, und ich hatte noch keinerlei Erfahrungen mit dem Tod gemacht, aber auch später, als das Morden und Töten allgegenwärtig war, fand ich auf diese Frage keine abschließende Antwort.

Mark Twain schrieb kurz vor seinem Tod, dass er auf das Bitterste enttäuscht wäre, wenn ihn Halley nicht mitnehmen würde. Er war 1835 im Jahr des Kometen geboren worden und verlangte nun, dass der ihn auch gefälligst wieder mitnehmen sollte. Und es funktionierte! Noch heute stelle ich ihn mir mit einem schelmischen Grinsen vor, wie er im Frühjahr 1910, im Anflug des Kometen, seinen letzten Atemzug tut.

In Thorn dagegen starb in diesem Jahr so gut wie niemand und gleich gar keiner in jener Mainacht, als sich die meisten unter Bettdecken verkrochen hatten – viele von ihnen nicht unter ihren eigenen. Sie alle einte das Bedauern, im Leben nicht alles erreicht, erlebt oder gesagt zu haben. Was dazu führte, dass sie noch mal fünfe gerade sein lassen wollten, bevor sie von einem kalten, lautlos durchs All taumelnden Felsen mitgerissen wurden.

So gesehen freute sich nur Twain über den Kometen, in Thorn dagegen erwachte man am Morgen nach dem großen Durchzug entweder mit den Gewissensbissen des Ehebrechers, der Schande des Bankrotteurs oder der Scham des Heuchlers, der endlich mal ausgesprochen hatte, was er von seinen Mitmenschen wirklich hielt.

Und so kam es, dass das Überleben keine rechte Freude entfachen wollte, denn nach der Angst um das eigene, meist sehr bescheidene Dasein blieben plötzlich nur noch die Erinnerung an die begangenen Verfehlungen und der Blick in den Spiegel. Keine sehr angenehme Situation. Oder anders gesagt: Es brauchte dringend einen Sündenbock.

Als Tessmann uns dann aus dem Gewahrsam entließ und auch sonst keine Anstalten machte, uns zur Rechenschaft zu ziehen, liefen die braven Bürger Thorns Sturm: Artur und ich hatten sie betrogen! Und hier und da wusste jemand zu berichten, dass da auch so kleines Luder mit von der Partie gewesen sei, die schnell als Luise Beese identifiziert wurde. Sie bedrängten unseren wackeren Kommandanten, erinnerten ihn an seine Pflichten als Polizist und ehemaligen Offizier. Sie fuhren so ziemlich alles auf, was einen Mann jener Zeit in seiner Ehre kränken konnte, und waren sich sicher, dass ihn das wieder auf den Pfad des tugendhaften preußischen Beamten zurückführte.

Doch Tessmann war schnell wieder zu alter Form aufgelaufen: Wassili, der sich mit meinem Vater immer über dessen Rechnungen stritt, bevor sie sich nach einer ganzen Reihe von Beleidigungen lächelnd die Hand gaben und sich auf den Preis einigten, der von Anfang an im Raum gestanden hatte, erzählte es mir mit einem wunderbaren zahnlosen Grinsen: Tessmann hatte die ganze Bande derart zusammengeschrien, dass alle einen Schritt vor ihm zurückgewichen waren. Dazu hatte er jedem einzelnen noch eine Tracht Prügel wegen fortgeschrittener Dummheit angeboten.

Gedemütigt und kleinlaut waren sie davongeschlichen.

Niemand hätte gewagt, sich über ihn zu beschweren, denn bei aller Empörung waren sie vor allem eines: Untertanen. Und Tessmann vertrat Ihre Majestät, auch wenn der Hohenzoller selbstredend die schöneren Uniformen trug. Aber eine Uniform war eine Uniform, und vor der ließ man nicht nur gedanklich die Hacken knallen.

Jedenfalls sprach sich schnell herum, was einem drohte, wenn man Tessmann an seine Pflichten erinnerte. So war es dann auch wenig überraschend, dass die Beschwerden schneller verschwanden als auslaufende Wellen im Ufersand der Weichsel. Zu unserem Glück interessierte sich im Gegensatz zum Thorner Baracken-

Bumms auch keine Zeitung, weder die *Gazeta* noch die *Thorner*, für den Vorfall. Es gab keine Duelle, keinen Selbstmord, nur ein paar verletzte Eitelkeiten. Sonst nichts. Alles sah danach aus, als könnte uns nichts passieren.

Aber dann kam die Sache mit dem Hund.

Und die Erkenntnis, dass die Fallstricke des Lebens immer dort lauerten, wo man sie am wenigsten erwartete.

30

Das erste Mal, dass er mir auffiel, war am Altstädtischen Markt.

Ich hatte gerade das Atelier Lemmle verlassen. Grinsend wie ein Schwachsinniger hielt ich meine erste Fotografie in den Händen. Sie war klein und schwarz-weiß, aber mich und Artur darauf zu sehen kam mir wie ein Wunder vor.

Dabei gaben wir ein wirklich ulkiges Pärchen ab.

Artur, eingezwängt in einen viel zu kleinen weißen Kittel, wirkte so seriös wie ein Schausteller, der seinem Publikum eine Tinktur versprach, die gleichermaßen gegen Zahnweh, Cholera und Haarausfall half. Daneben ich, nicht minder komisch, wie ein Kind, das Arzt spielt und dem man die Ärmel seines zu großen Kittels hochgekrempelt hatte. Artur grinste breit, man sah ihm die Freude an, mit der er seinen Mitmenschen das Geld aus der Tasche gezogen hatte, während ich ein wenig skeptisch, aber vor allem bewundernd zu ihm aufsah: Artur gehörte ohne jeden Zweifel zu den Menschen, denen alles gelingen konnte.

So betrachtete ich das Bild mit einem stillen Lächeln, und je länger ich das tat, desto unglaublicher fand ich es, dass uns irgendjemand irgendetwas abgekauft hatte. Aber sie hatten. Sie waren in Scharen gekommen und hatten uns die halleyschen Gasmasken förmlich aus den Händen gerissen, und es war ihnen nicht seltsam vorgekommen, dass die Verkäufer dabei wie zwei Hanswurste ausgesehen hatten.

Das nächste Mal, als ich aufblickte, fand ich mich vor dem Kopernikus-Denkmal wieder, gleich vor dem Thorner Rathaus. Auch in diesem Jahr hatte es wieder zwei Gedenkfeiern zu Ehren des berühmtesten Einwohners der Stadt gegeben, bei der, wie üblich, Deutsche und Polen darüber gestritten hatten, zu wem er denn jetzt gehörte. Vor allem Isis Vater hatte mit einer üblen nationalistischen Rede auf sich aufmerksam gemacht, für die es von deutscher Seite großen Applaus gegeben hatte, von polnischer Seite nichts als Verwünschungen und Drohungen. Tatsächlich hatte diese Rede, so dumm sie auch gewesen war, Gottlieb Beese einen kleinen Prominentenstatus eingebracht, der sich zwar nicht in gesellschaftlichen Einladungen niedergeschlagen, ihn aber immerhin über die Mitstreiter seiner Zunft hinausgehoben hatte: Er war jetzt *der Lehrer*. Und im Gegensatz zu anderen Pädagogen erkannte man ihn sofort.

Da stand also Kopernikus in Bronze gegossen, eine Armillarsphäre zur Darstellung der Himmelskörper in der Hand, auf einem Sockel mit der Inschrift: »Nicolaus Thorunensis terrae motor solis caelique stato« – *Nikolaus aus Thorn, der die Erde in Bewegung setzte und Sonne und Himmel anhielt.* Hätte sich ein solches Genie wirklich für Nationalitäten interessiert? Oder diente sein Licht allein dem Heiligenschein derer, die niemals etwas Besonderes würden leisten können?

Jedenfalls setzte ich mich zu seinen Füßen, fuhr mit dem Finger über mein kleines Foto mit den beiden Jungs und dem leider abwesenden Mädchen, die mit einem albernen selbst gebauten Stand an Thorns Gittern gerüttelt hatten. Selbst Herr Lemmle war über diesen Coup entzückt gewesen, und je länger ich darüber nachdachte, war das vermutlich der Hauptgrund dafür gewesen, dass er mir ein unglaubliches Angebot gemacht hatte: Ich konnte eine Lehre bei ihm beginnen. Seinem Wesen folgend pflegte er keinen engeren Kontakt zu anderen, obwohl er tagtäglich mit Empathie und Einfühlungsvermögen versuchte, das, was die Menschen ausmachte, in seinen Fotos einzufangen. Möglicherweise erschöpfte ihn dieser Umstand zu sehr, als dass er darüber hinaus noch freundschaftliche Beziehungen zu irgendwem gepflegt hätte. Aber vielleicht würde es mit mir anders sein.

Im Grunde schien mir Herr Lemmle damals schon ein rechter Einzelgänger zu sein, trotz oder sogar gerade wegen seiner eleganten Erscheinung. Denn im Gegensatz zu den wenigen Wohlhabenden, die sich ausgesuchte Kleidung leisten konnten, waren seine Kombinationen in Farben und Stoffen gewagt – zumindest für Thorner Verhältnisse, die für Männer ausschließlich gedeckte Farben vorsahen.

Herr Lemmle trug bunt, nicht himmelschreiend, sondern ebenso geschickt wie akzentuiert eingesetzt: mal eine Krawatte, mal eine Weste, mal Strümpfe. Dazu mehrere Ringe und außerdem – ein wenig altmodisch – eine goldene Taschenuhr, deren Kette stets aus seiner Weste baumelte. Niemand in Thorn war wie er, und ich fühlte großen Stolz darüber, dass er in mir jemanden sah, aus dem einmal ein Fotograf werden konnte. Denn auch das ist wahr: Er hatte vor mir nie einen Lehrjungen. Und nach mir auch keinen mehr.

Unser Streich jedenfalls hatte ihn so amüsiert, dass er mir die Fotografie sogar geschenkt hatte. Mit einer Verbeugung und gleichzeitigem ironischen Pathos, mit dem er die Förmlichkeit wieder aufhob.

Ich mochte seinen Sinn für Humor sehr.

Während ich so vor mich hingrübelte, stand da plötzlich dieser Hund vor mir und riss mich aus meinen Gedanken.

Kein Welpe mehr, aber ein sehr junges Tier.

Eine Promenadenmischung mit scheckigem Fell und großen dunklen Augen. Ein wenig verlottert, aber zutraulich und mit einem Gesicht, das jeden lächeln ließ, der hineinsah. Es gab wenige Hunde in Thorn. Einige Reiche, Offiziere und Großbürgerliche besaßen Rassetiere, ansonsten gab es Hunde eigentlich nur als Wachtiere auf den Höfen der Bauern und Großgrundbesitzer. Hunde mussten gefüttert werden. Und wer konnte sich schon einen Hund leisten, wenn er noch diverse andere Mäuler zu stopfen hatte? Wo dieser hier herkam, war mir daher ein Rätsel. Möglicherweise war er von einem Hof ausgebüxt und hatte sich auf der Suche nach Futter in die Stadt gewagt.

Ich konnte gar nicht anders und hielt ihm meine Hand entgegen, die er erst beschnupperte, dann ableckte. Eine Weile strich ich ihm übers Fell und sprach mit freundlicher Kinderstimme zu ihm.

Dann aber erhob ich mich und rief: »So! Lauf! Geh zu deinem Herrchen!«

Er hatte sich vor mich gesetzt und sah mich fragend an.

»Husch!«, rief ich und machte scheuchende Bewegungen.

Widerwillig sprang er auf und verschwand hinter dem Denkmal.

Ich machte mich auf den Weg nach Hause und hatte plötzlich eine Idee: ein Festmahl! Mit Isi, Artur und meinem Vater. Schnell kehrte ich um und lief in die Strobandstraße, wo ich in Thorns teuerster Metzgerei einen herrlichen Braten kaufen wollte.

Den Hund hatte ich da schon wieder vergessen.

31

Es war das erste Mal in meinem Leben, dass ich die Metzgerei Gödecke betrat, die größte in Thorn, an deren Schaufenster ich schon oft sehnsüchtig vorbeigegangen war. Würste hingen dort an Haken von den Decken hinab bis ans Fensterglas, während der dahinterliegende holzgetäfelte Verkaufsraum förmlich überbarst von dem, was vor allem Schwein und Rind hergaben. Die Metzgerei Gödecke war für jemanden, der hauptsächlich von Kartoffeln lebte, wie die Fantasie eines Schlaraffenlandes.

Ich trat also ein, wobei mir ein massiver Geruch von Fleisch, Wurst und Gewürzen in die Nase stieg und mir den Magen knurren ließ, obwohl ich bis dahin nicht hungrig gewesen war. Es standen ein paar Dienstmädchen und Mamsells vor mir in der Reihe, die mich verwundert ansahen: Niemand von ihnen hatte wohl je einen Mann einkaufen sehen, aber das war nicht der Grund, warum ich mich schnell unwohl zu fühlen begann.

Die Gespräche verstummten schlagartig.

Dann drehten sich alle demonstrativ um.

An ihren gespannten Rücken bemerkte ich, dass sie in den Raum hineinhorchten, ob ich mich wohl hinter ihnen rühren würde. Ich wusste gleich, dass sie mich erkannt hatten und jetzt versuchten, mich mit Missachtung zu strafen. Endlose Sekunden rührte sich niemand, bis mich eine der weiß bekittelten Verkäuferinnen hinter der Theke ins Visier nahm und anblaffte: »Was willst du?«

»Ein Kilo Rindsbraten!«, rief ich standhaft, mich nicht um die Reihenfolge der Bestellungen kümmernd.

Blicke wanderten von einer zur anderen.

»Dir gehts wohl zu gut?!«, ranzte die Verkäuferin schließlich.

»Vom Besten!«, fügte ich an, ohne auch nur eine Ahnung zu haben, was gut war und was nicht.

»Verschwinde! Wir haben alle zu tun!«

Ich schritt bis an die Theke heran und legte zwanzig Mark auf die Glasscheibe.

Wieder Blicke.

Diesmal jedoch fassungslose.

Die beiden Verkäuferinnen nickten einander schweigend zu, dann huschte eine von ihnen durch eine Tür in den hinteren Teil der Metzgerei, und einige Momente später, in denen mir die stummen Verurteilungen der anderen Löcher in den Nacken gebrannt hatten, trat August Gödecke ein. Er wäre auch so schon eine furchterregende Person gewesen, groß, mit groben Gesichtszügen, Knollennase, fleischigen Pranken und gewaltigem Bauch. Ihn aber in einer wasserdichten, ehemals weißen Schürze zu sehen, rot bespritzt vom Walrossbart bis hinunter zu den Stiefeln, hätte sicher auch Artur nicht kaltgelassen. Augenblicklich stieg mir der metallische Geruch von Blut in die Nase, während Gödecke sich mit dem Handrücken über die Stirn wischte, was nur eine weitere Blutspur zur Folge hatte.

Während Bürgermeister Reschke allzu gerne von Wilhelm, dem Zerschmetterer, fantasierte, hätte diese Beschreibung auf niemanden besser passen können als auf Gödecke, dessen Ruf als bester und vor allem schnellster Metzger der Stadt ihm weit vorauseilte. Man erzählte sich, dass, noch während das ahnungslose Vieh an einer Leine auf den Hinterhof der Metzgerei geführt wurde, er mit den Besitzern scherzte, dem Tier sogar die Ohren kraulte, bevor er wie aus dem Nichts einen riesigen Vorschlaghammer packte und ihm den Schädel einschlug. Anschließend zog er es an den Hinterbeinen über einen Galgen in die Höhe, schlitzte ihm die Kehle auf und ließ das warme Blut in einen Bottich laufen. Den Rest zerlegte er mit Axt, Säge und Messer in einer Dynamik, dass selbst hartgesottene Bauern oder Knechte lieber in der Schankstube Bier tranken und warteten, bis er mit seiner Arbeit fertig war.

So also stand Gödecke vor mir und fragte: »Rindsbraten?«

Und ich antwortete: »Ja.« Und schob schnell nach: »Bitte ein Kilo Rindsbraten.«

Er warf einen Blick auf den Schein auf der Theke und öffnete dann einen hölzernen Eisschrank, der etwas abseits stand und in dem wohl das Fleisch lagerte, das nicht an Durchschnittskunden verkauft wurde. Er nahm ein Stück und warf es auf die große weiße Waage, an der die Verkäuferinnen abrechneten. Es war fast genau ein Kilo.

»Recht so?«, fragte er.

»Hm«, machte ich.

Er nickte einer seiner Verkäuferinnen zu, kam dann zur Theke und gab mir seine blutverschmierte Hand: »Komm gern wieder. Dienstags und freitags schlachte ich. Dann kriegst du's ganz frisch. Praktisch noch warm. Wenn du willst, leg ich dir die besten Stücke zur Seite, in Ordnung?«

Ich schluckte und unterdrückte den Impuls, meine Hand an der Hose abzuwischen. Dann verschwand er wieder nach hinten, während die Verkäuferin das Fleisch in Zeitungspapier einschlug und mir über die Theke reichte.

»Nächstes Mal bringst du eine Tasche mit!«, maulte sie und gab mir mein Wechselgeld. Viel war nicht mehr übrig.

Ich nahm alles an mich und verließ den Laden.

Noch im Türeingang hörte ich das Getuschel: Die Worte *Masken* und *Jude* stachen wie Klingen daraus hervor. Dann endlich fiel die Tür ins Schloss, und die Stimmen drinnen wurden gleichsam dumpf und laut. Ich hatte meinem Vater und meinen Freunden nur eine Freude bereiten wollen, aber schon nach ein paar Schritten und dem abklingenden empörten Geschnatter in meinem Rücken wusste ich, dass ich einen Fehler gemacht hatte: August Gödecke hatte einen guten Kunden gewittert. Alle anderen aber einen Betrüger, der sich jetzt mit ihrem Geld ein schönes Leben machte.

Das Einzige, was mich tröstete, war der Hund, der plötzlich wieder vor mir stand und aufgeregt mit dem Schwanz wedelte. Ob ich oder der Rindsbraten gemeint war, ließ sich nicht genau sagen, aber er sprang an mir hoch und kläffte freudig.

»Gehst du wohl!«, schimpfte ich, hielt das Fleisch mit einer Hand hoch, strich mit der anderen aber dann doch über seinen Kopf: Er war wirklich ein hübscher Hund! Ich spürte den Impuls, ihn einfach mitzunehmen, aber weder Vater noch ich konnten uns um ihn kümmern.

»Husch!«, rief ich wieder. »Los! Verschwinde! Husch!«

Er ließ sich nicht beirren, aber ich packte ihn am Genick und schob ihn in eine Gasse. Dort befahl ich ihm zu bleiben.

Was er auch tat.

Unauffällig zog ich mich zurück und lief dann so schnell ich konnte nach Hause.

32

Vater hatte seinen großen Zuschneidetisch abgeräumt, einen alten Stoff darüber geworfen und so festlich geschmückt, wie es mit unseren bescheidenen Mitteln eben möglich war. Dennoch mussten wir uns von unseren Nachbarn noch zwei Stühle, drei Weingläser und zwei Kerzenständer leihen, damit auch jeder seinen gedeckten Platz an der Tafel fand.

Isi war im blauen Kleid gekommen. Vater überschüttete sie mit Komplimenten und versicherte ihr, wie glücklich er darüber sei, dass sein Sohn, in seiner grenzenlosen Naivität, sich diese Kreation von ihr habe abluchsen lassen. So habe der Stoff seine wahre Besitzerin gefunden und mache sie jetzt zu dem, was sie ohne Zweifel sei: eine Prinzessin. Und weil mein Vater in seiner Überschwänglichkeit keine Peinlichkeit ausließ, schob er mich an ihre Seite und klatschte vergnügt in die Hände: »Und da ist auch schon der Prinz!«

Es war das einzige Mal in meinem Leben, dass ich Isi erröten sah.

»Dann werde ich mal nach dem Braten sehen!«, sagte er nach einem längeren Schweigen und zwinkerte mir dabei derart *unauffällig* zu, dass ich Isi lieber schnell zu ihrem Stuhl führte und sie platzierte, bevor wir beide vor Verlegenheit im Boden versinken konnten.

»Immerhin hat er uns nicht miteinander verlobt«, grinste Isi.

»Gib ihm noch ein paar Minuten ...«, antwortete ich lakonisch.

Artur trat ein und winkte mit drei Flaschen Wein.

»Französisch!«, rief er. »Wir werden trinken wie die Könige!«

In Ermangelung eines Korkenziehers drückte er den Pfropfen mit dem Daumen so tief in den Flaschenhals, dass er mit einem kleinen Plopp in die Flasche fiel und munter auf dem darin schwappenden Burgunder tanzte. Dann goss er uns allen ein und hob – genau wie wir – das Glas in die Mitte: Rubinroter Wein funkelte im Licht rauchender Petroleumlampen, und fein angezogen, wie wir waren, fühlten wir uns plötzlich wie im Separee eines exklusiven Restaurants.

»Auf uns!«, rief Artur.

»Auf uns!«, wiederholten Isi und ich.

Wir stießen an.

Und es war, als hätten wir einen Pakt geschlossen, der uns für immer miteinander verbinden würde.

Heute kann ich sagen, dass wir genau von dieser Sekunde an wussten, dass wir immer Freunde sein würden und was für ein Glück es war, die jeweils anderen in unseren Herzen zu tragen. Und es war genau dieser Moment, der uns, als sich später unsere Wege trennten, selbst in den Phasen tiefster Verzweiflung und Hoffnungslosigkeit, Leuchtfeuer und Orientierung war, weil er uns wie ein Komet den Weg zurück in die Zeit wies, als wir noch Könige gewesen waren.

So tranken und lachten wir.

Verbrachten einen vergnüglichen Abend, bei dem Vater ein so stillvergnügter Beobachter war, dass wir ihn kaum bemerkten.

Beim Kaffee holte ich dann aus der hintersten Ecke der Schneiderstube den Wäschebeutel hervor und schüttete den Inhalt auf den Tisch: Scheine flatterten herab, hier und da klimperte Hartgeld auf dem Tisch, und eine Mark rollte bis vor Vaters Hände, der sie ebenso kurzsichtig wie verwundert anstarrte.

»W-wie viel ist denn das?«, stotterte er geradezu geschockt.

»Über zehntausend!«, rief Artur erfreut.

»Du meine Güte!«

Ich begann mit großer Lust, Schein um Schein, Münze um Münze aufzuhäufen. Bis nach einer Ewigkeit jeder einen prächtigen Haufen vor sich liegen hatte. Stolz blickten wir auf unsere Reichtümer herab, jeder in Gedanken mit dem beschäftigt, wofür man das Geld vielleicht ausgeben wollte.

»Vielleicht sollten wir es auf die Bank bringen?«, fragte ich halblaut.

Die Gesichter der beiden anderen ließen keinen Zweifel daran, dass das keine Option war. Keiner von uns war geschäftsfähig, und weder Isi noch Artur würden das Geld ihren Vätern anvertrauen.

Ich wandte mich an Vater: »Vielleicht könntest du?«

Bevor er dazu kam zu antworten, ging Artur dazwischen: »Das kommt nicht infrage!«

Und als er sah, dass seine Schroffheit die Gefühle meines Vaters verletzt hatte, fügte er an: »Herr Friedländer, ich will Ihnen nicht zu nahe treten, aber Sie wären so ziemlich die letzte Person in Thorn, der man zutrauen würde, eine solche Summe einzuzahlen.«

»Natürlich könnte er das!«, verteidigte ich empört meinen Vater.

»Nein, kann er nicht. Man würde ihn direkt durchschauen, und das könnte uns gefährlich werden. Niemand hat eine Ahnung, wie viel wir mit diesen Masken verdient haben. Wenn dein Vater jetzt hingeht und diese Summe einzahlt, dann wird es jeder wissen, weil diese Typen da einfach nicht ihr Maul halten werden. Ein Schneider besitzt zehntausend Goldmark? Lächerlich. Carl, du hast doch selbst erzählt, was in der Metzgerei los war. Und das waren nur zwanzig Mark. Was, wenn herauskommt, dass dieser Rekrut Isi die Masken besorgt hat? Der Junge wird lange wegen Diebstahl sitzen, aber was noch schlimmer wäre: Das Militär wird sich in diese Sache einmischen! Und ich schwöre euch, die werden Leute schicken, die weit über Tessmann stehen!«

Weder Isi noch mich begeisterte diese Vorstellung.

»Das Ende vom Lied wird sein, dass wir alles verlieren. Und vielleicht noch ins Gefängnis gehen. Das Beste, was wir machen können, ist, den Mund zu halten und Gras über die Sache wachsen zu lassen. Auf den Augenblick warten, wo wir das Geld unauffällig ausgeben oder investieren können. Aber vorher darf einfach niemand wissen, was wir mit den Masken verdient haben!«

Eine Weile schwiegen alle, dann nickte Vater und sagte: »Er hat recht. Ich kann euch nicht helfen. Tut mir leid.«

»Vielleicht doch«, antwortete Artur.

Vater sah ihn aufmerksam an.

»Ich würde das Geld gerne bei Ihnen deponieren. Hier ist es sicher.«

»Bei uns?«, rief ich erschrocken.

»Niemand würde eine solche Summe hier erwarten«, schloss Artur und fügte mit Blick auf meinen Vater an: »Nichts für ungut, Herr Friedländer.«

Isi nickte: »Einverstanden.«

Ich blickte von den beiden zu meinem Vater: »Was denkst du?«

Einen Moment zögerte er mit der Antwort, doch dann nickte auch er: »Einverstanden.«

»Sie sind ein Ehrenmann, Herr Friedländer!«, rief Artur erfreut und streckte ihm die Hand entgegen.

Vater nahm sie und lächelte: »Und du ein Halunke, Artur.«

»Ich weiß!«, rief der gut gelaunt zurück und blickte uns auffordernd an: »Los! Hand drauf!«

Isi und ich legten die Hände auf die Arturs und meines Vaters.

»Sie sind jetzt Bankier, Herr Friedländer! Gratuliere!«

Vater seufzte, stand auf, ging zur Eingangstür, öffnete und schloss sie vorsichtig, als ob er sie einem Eignungstest unterziehen wollte. Nachdenklich sagte er: »Ich schätze, wir brauchen ein besseres Schloss.«

Und wie zur Bestätigung schlüpfte der Hund durch die angelehnte Tür, lief freudig in die Stube und sprang an mir hoch. Isi quietschte entzückt und hatte den Kleinen Sekunden später schon auf ihren Schoß gehoben.

Als ich allen erklärt hatte, dass er mir heimlich nachgelaufen sein musste, entschied Isi, den Hund zu behalten.

»Das ist ein Zeichen!«, sagte sie.

»Für was?«, fragte Artur erstaunt.

»Dafür, dass er zu uns gehört.«

»Seit wann glaubst du an Zeichen?«, fragte ich.

Isi hielt dem Hund die Ohren zu: »Hör nicht hin – die sind doof.«

»Isi«, sagte ich vorsichtig. »Das geht nicht!«

»Das geht!«, beschied sie.

»Sei vernünftig!«, begann Artur.

»Bin ich!«, antwortete sie.

Wir redeten noch eine Weile auf sie ein, doch je mehr wir gegen den Hund argumentierten, desto stärker verteidigte sie ihn. Ausgerechnet sie, die über religiösen oder gar esoterischen Eifer lachte, die schlau, weitsichtig, aber auch kaltblütig sein konnte, war nun bereit, jede noch so krude Rechtfertigung ins Feld zu führen, um den kleinen Hund zu behalten. Es hätte nicht viel gefehlt, und sie hätte behauptet, dass es Gottes Wille gewesen wäre, dass der Hund jetzt bei ihr war. Selbst die Warnung, dass ihr Vater dieses Tier nie akzeptieren würde, konterte sie mit dem Argument, dass sie ihn im Schuppen neben der Schule halten und nach dem Unterricht jede freie Minute mit ihm verbringen würde.

»Er soll es gut bei mir haben«, sagte sie.

Schließlich startete Artur einen letzten Versuch, in dem er anbot, den Hund mit zu sich nach Hause zu nehmen, um ihm dem Vater als Wachhund unterzujubeln.

Da zog sie den Kleinen ganz fest an ihre Brust und rief: »Wachhund für was? In Thorn gibt es kein Verbrechen!«

Vater räusperte sich und nickte zu den drei Geldhaufen auf unserem Tisch, worauf Isi den Kopf schüttelte: »Das war kein Verbrechen! Jedenfalls keines, das ein Hund hätte verhindern können!«

In einem Punkt hatte sie recht: In Thorn gab es wirklich kein Verbrechen. Keinen Einbruch, keine Körperverletzung, keinen Mord. Nur Ungerechtigkeit. Ausbeutung. Oder Willkür. Aber das galt gemeinhin nicht als sanktionswürdig.

Jedenfalls stand sie auf, verfütterte die Bratenreste an den Kleinen und gewann damit – wenig überraschend – in Windeseile sein Herz. Mich würdigte dieses Aas keines Blickes mehr, sondern konzentrierte sich jetzt ganz auf seine neue Herrin.

Vater nähte aus Stoffresten ein Halsband und flocht dazu eine kleine Leine, dann spazierte Isi mit dem Hund hinaus in die Nacht.

Artur und ich sahen ihr nach.

»Na ja«, sagte ich. »Es ist nur ein Hund. Was kann schon passieren?«

Artur dagegen nickte nachdenklich.

Ihm schwante wohl nichts Gutes.

Und er sollte recht behalten.

33

Eine ganze Weile schien Isis Plan mit dem Hund aufzugehen. Zu unser aller Überraschung verhielt sich das Tier im Schuppen sehr ruhig, wartete Tag für Tag geduldig auf Isi, die ihr letztes Schuljahr absolvierte, bevor sie, im Gegensatz zu ihren Schwestern, das Abitur machen wollte.

Zwar war ihr Vater von dieser Idee alles andere als begeistert, aber die anstehende Heirat der Erstgeborenen ließ ihn ganz praktisch rechnen: Ehrgeizig und eitel, wie er war, wollte er seine Töchter in bessere Kreise verheiraten, was automatisch eine größere Aussteuer bedeutete. Allein die Mitgift für seine Älteste zehrte so nicht nur alle Ersparnisse auf, sondern erforderte außerdem einen hohen Kredit. Den nahm er dann auch auf – aber nicht weil er ein guter Vater war, sondern weil er überaus daran interessiert war, dass seine Tochter Teil der großbürgerlichen Gesellschaft wurde. Auf diese Weise plante er, sich vom Joch des unterbezahlten, gesellschaftlich schlecht angesehenen Pädagogen zu befreien. Hatte er mit seiner viel beachteten Rede nicht bewiesen, dass er zu Höherem berufen war? Somit war die entbehrungsreiche Mitgabe für seine Älteste nichts als die Investition in sein eigenes Fortkommen, denn in Zukunft wollte er von den neuen Kontakten profitieren und sich auf die eine oder andere Weise das Geld zurückholen.

Aber vor allem: jemand sein!

Für mich dagegen begann meine Lehrzeit.

Im Gegensatz zum restlichen Preußen war Herr Lemmle, was die Möglichkeiten und die technischen Neuerungen der Fotografie betraf, auf der Höhe der Zeit. Aber darum allein ging es nicht. Wenn nur die Abläufe im Atelier wichtig gewesen wären, hätte ich wohl nach wenigen Tagen alles gewusst, was es über Fotografie zu wissen gab, und wäre darüber in Enttäuschung versunken, denn der größte Teil des Tages bestand aus Warten.

Dabei gab es sogar Zeiten, in denen zwei oder drei Tage hintereinander niemand eintrat, um eine Fotografie von sich machen zu lassen. Doch dann kamen sie wieder: Verheiratete Paare oder ganze Familien, allesamt im besten Sonntagsanzug oder im teuersten Kleid, wurden von Herrn Lemmle begrüßt, der ihnen dann auf seine eigene elegante, aber nie dienernde Art erklärte, was er zu tun gedachte und wie teuer es werden würde. Währenddessen stand ich daneben, nahm Stock und Hut des Herrn, manchmal auch die Handtasche der Dame entgegen und verhielt mich ruhig.

Dann nahmen sie Platz, setzten so ernste Mienen auf, dass man glaubte, sie hätten in ihrem Leben noch nie gelacht, und wenige Momente später hatte Herr Lemmle sie auch schon fotografiert. Ich übergab dann mit einer kleinen Verbeugung Stock, Hut oder Handtasche, öffnete die Tür und verabschiedete die Kunden.

»Die sind alle so langweilig«, seufzte Herr Lemmle dann.

Und er hatte damit recht.

Die Fotos, die so entstanden, sahen alle gleich aus: strenge Mienen, um Würde bemüht. Bei Paaren saß sie in aller Regel vor ihm, während seine Hand gütig auf ihrer Schulter ruhte. Bei frisch Verheirateten kam es auch vor, dass beide standen und sie sich bei ihm untergehakt hatte. Bei lang Verheirateten dagegen gab es keinen körperlichen Kontakt. Der Bildaufbau bei Familien war fast immer pyramidisch mit der sitzenden, nachsichtigen Mutter, dem stolz stehenden Vater (hier gab es zuweilen auch die Variante, dass er vorne saß und sie hinter oder scheu neben ihm) und den vielen um sie herum drapierten Kindern bis hin zum Säugling, der in ihrem Arm schlief.

Es waren preußische Bilder.

Spiegel unserer Zeit.

Aber es gab auch Ausnahmen.

Ich war noch keine drei Wochen in Ausbildung, als ich das Ehepaar Hopp kennenlernen durfte. Seit knapp vierzig Jahren verheiratet, hemdsärmelig, laut und durch gute Geschäfte zu bürgerlichem Wohlstand gekommen, der sich äußerlich vor allem in ihrer enormen Leibesfülle ausdrückte.

Schon das Eintreten in das Atelier war eine Schau, weil sie es gleichzeitig versuchten und gar nicht daran dachten, dem jeweils anderen den Vortritt zu lassen. So steckten sie dann im Rahmen der zarten Jugendstiltür fest, schimpften wie die Kesselflicker, während Herr Hopp mit seinem Zylinder, Frau Hopp mit ihrem Handtäschchen um sich schlug, bis ich die beiden mit Mühe aus ihrer Not befreit hatte.

Daraufhin stürmten beide auf Herrn Lemmle zu.

»Ich möchte ein Foto mit mir und meiner Frau. Ich stehe!«, rief Herr Hopp und versuchte, Herrn Lemmle gleich zur Kamera zu ziehen.

»Ich möchte ein Foto von mir und meinem Mann. Ich stehe!«, rief Frau Hopp und griff ebenfalls Herrn Lemmles Hand.

»Das kommt überhaupt nicht infrage, Erna! Der Mann steht! Der Mann steht immer, nicht wahr, Herr Fotograf?«

Herr Lemmle, der mal zu der einen, mal zur anderen Seite gezogen wurde, versuchte eine erste Antwort: »Ich ...«

»Der Mann steht?! Dass ich nicht lache!« Sie wandte sich Herrn Lemmle zu und zischte: »Den lieben langen Tag liegt der auf dem Sofa! Aber jetzt will der Herr plötzlich stehen!«

»Ja, weil ich der Mann bin!«

»Nein, du bist *mein* Mann, Otto. Das ist ein Unterschied!«

Sie hatte ihre Fäuste in ihre gewaltigen Hüften gestemmt und wirkte schon aufgrund ihrer bloßen Ausmaße bedrohlich. Herr Hopp, einen guten Kopf kleiner als seine Frau, streckte sich zu voller Größe, sackte dann aber unter ihrem Blick in sich zusammen und wandte sich flehentlich an Herrn Lemmle.

»Herr Fotograf! Jetzt sagen Sie doch auch mal was!«

»Ich ...«

»Papperlapapp! Ich stehe!«, beschied Erna, stellte sich prompt vor die Kamera und reckte ihr Kinn Richtung Objektiv.

In der Zwischenzeit hatte sich Herr Hopp wieder gesammelt und eine Visitenkarte aus einem kleinen silbernen Döschen gezückt: »Darf ich mich vorstellen? Otto Hopp, Steinkohle Hopp. Kennen Sie sicher?«

»Natürlich kennt er das!«, rief Frau Hopp. »Jeder kennt Steinkohle Hopp, nicht wahr, Herr Fotograf?«

»Ich …«

»Siehst du: kennt er!«, ging Frau Hopp dazwischen.

Herr Hopp nickte triumphierend: »Dann verstehen Sie sicher auch, dass ich stehen muss! Denn der Herr Direktor steht immer!«

»Pfft, der Herr Direktor!«, spottete Frau Hopp. »Ich würde ja Frühstücksdirektor sagen, wenn der werte Herr nicht bis zehne im Bett liegen würde!«

»Du weißt genau, dass ich mich bis spät in die Nacht um unsere Kundschaft kümmere, Erna!«

»Ja, im *Culmer Bierkrug*! Da hockt der Herr Direktor und säuft!«

»Ich saufe nicht – ich mache Geschäfte!«

»Ja, aber ich mache die Arbeit!«

»Die ich akquiriert habe!«

»Ich habs!«, frohlockte da Frau Hopp. »Haben wir ein Sofa? Da legen wir den kleinen Dicken drauf, und dann schreiben wir darunter: Der Herr Direktor bei der Arbeit!«

»Herrschaften!«, rief Herr Lemmle sanft. »Nur die Ruhe, wir finden sicher eine Lösung. Vielleicht ist das mit dem Sofa gar keine so schlechte Idee? Sie setzen sich beide darauf. Das wäre doch ein schönes Bild?«

Frau Hopp schien nicht abgeneigt, aber Herr Hopp sah plötzlich trübselig aus und setzte sich langsam auf einen Stuhl.

»Herr Hopp?«, fragte Herr Lemmle. »Was halten Sie davon?«

Doch Otto Hopp winkte ab und sagte deprimiert: »Meinetwegen soll sie stehen. Ist mir egal.«

Das wiederum schien Erna Hopp nun doch zu wundern. Sie ging auf ihn zu und legte ihm eine Hand auf die Schulter: »Was ist denn los, Ottochen?«

»Du hast klein gesagt!«, antwortete Herr Hopp beleidigt.

Einen Moment schwieg Frau Hopp.

Dann sagte sie sanft: »Das hab ich doch nicht so gemeint. Du bist doch nicht klein. Der da ist klein!«

Sie zeigte auf mich.

Ich presste verdrossen die Lippen aufeinander: Immer schön, wenn man anderen als abschreckendes Beispiel dienen konnte.

Dann kniff sie ihrem Mann in die speckigen Wangen: »Du bist doch ein richtiges Mannsbild!«

»Das sagst du doch jetzt nur so …«

»Also, bitte! Was sagen Sie, Herr Fotograf: Ist mein Mann nicht stattlich?«

»Ich …«

»Siehst du: Otto! Der Herr Fotograf ist auch meiner Meinung. Du bist genau richtig. Da sieht jede Frau hin!«

»Wirklich?«

»Aber natürlich, Ottochen. Was sollte denn eine richtige Frau mit so einem Hänfling wie dem da?«

Sie zeigte schon wieder auf mich.

Herrgott!

»Siehst du!«, rief sie zufrieden. »Alle sind meiner Meinung! Na komm, wir machen eine schöne Fotografie. Du darfst auch stehen, Herr Direktor.«

Da lächelte er sie an und erhob sich: »Danke, Frau Direktor. Aber wenn du willst, dann darfst du stehen.«

»Nein, du!«

»Nein, du!«

»Halt!«, ging Herr Lemmle dazwischen, der bereits einen neuen Streit, nur unter umgekehrten Vorzeichen, witterte. »Ich habe eine bessere Idee.«

Die hatte er tatsächlich.

Und es wurde die lustigste Fotografie, die je im Atelier Lemmle gemacht wurde. Und die treffendste. Aber vor allem wurde sie die für mich lehrreichste, denn sie zeigte mir, dass eine Fotografie alles über Menschen ausdrücken konnte, wenn man die richtige Idee für ihre Ausgestaltung hatte.

Am Ende standen sie beide.

Voreinander.

Bauch gegen Bauch.

Die Gesichter mit einem schelmischen Lächeln der Kamera zugewandt.

Der Herr Direktor und die Frau Direktor.

34

Viele dieser Situationen gab es leider nicht, zu starr waren die Wünsche unserer Kunden. So blieb zwischen den einzelnen Aufträgen viel Zeit, die Herr Lemmle nutzte, mich mit allem vertraut zu machen, was die Fotografie bis dahin vorangebracht hatte.

Von den Anfängen der Camera Obscura zu den Erfindern Niépce, Daguerre oder Steinheil. Ich lernte zu unterscheiden zwischen Daguerreotypie, Ferrotypie, Heliografie oder Kalotypie. Negativ- und Positivverfahren. Nass- und Trockenplatten.

Chemie, die mir bis dahin vollkommen fremd war, wurde plötzlich mein täglicher Begleiter, sodass ich bald alles wusste über Silbernitrat, Kaliumiodid, Bromid oder Kollodium. Dazu kamen Belichtungszeiten, Verschlüsse, Objektive.

Platten- oder Balgenkameras.

Plan- oder Rollfilm.

Ich war erstaunt, was es schon alles gab und wie groß die Fortschritte in den letzten Jahren gewesen waren, wobei meine Lehre die Plattenkamera bestimmte, mit den Glasplattennegativen, die schlicht und ergreifend die schärferen Fotografien möglich machten. Ideal für ein Atelier. Ideal für Porträts auch in größeren Formaten. Alles andere als ideal, wenn man vorhatte, seine Ausrüstung mit nach draußen zu nehmen, um irgendwo auf ein besonderes Bild zu hoffen. Das Gewicht und die Gefahr der Beschädigung waren erheblich, sodass mich bald schon der Rollfilm faszinierte: die Kamera als stabile Box, Zelluloid statt Glasplatten und eine ungeahnte Beweglichkeit, was Motive und Situationen betraf. Der Nachteil: Nur die Firma Kodak stellte diese Boxen her, und wenn der

Film belichtet war, musste man alles in die USA schicken und bekam erst nach vielen Wochen, um nicht zu sagen: Monaten, die Negative und die Kamera mit einem neuen Film darin zurück.

Es blieb daher für mich vorerst bei Glasplatten und Balgenkameras.

Und dem Wunsch, bald gut genug zu sein, um die vielen Ideen, an denen ich bereits seit geraumer Zeit herumspann, mit einer eigenen Ausrüstung in die Tat umzusetzen. Geld war ja genügend da. Das war übrigens unter Vaters geliebter Amerikanischen versteckt. Die Bodendielen hatten wir dazu aufgesägt und in einem Hohlraum darunter eine große Blechdose voll mit Geld platziert. Selbst wenn man wusste, wo es versteckt war, war es so unauffällig, dass man es nicht sah. Mal davon abgesehen, dass Vater die meiste Zeit des Tages schlicht darauf saß.

Ihn selbst erlebte ich in dieser Zeit stiller als sonst.

Ich war sicher, dass ihm unsere gemeinsame Zeit in der Schneiderstube fehlte, genauso, wie sie mir fehlte. Die wiederkehrenden Unterhaltungen über Mutter, Riga oder die Schneiderei im Wandel der Zeit. Das waren schöne Routinen, und auch wenn sie von Zeit zu Zeit anstrengend sein konnten, hatten sie doch in ihrer Wiederholung etwas Beruhigendes an sich.

Daher half ich ihm gern nach meinem Tag im Atelier, amüsierte mich über seinen kurzsichtigen Anblick oder seufzte tief, wenn ich morgens vom Klo auf dem Hof kam und ihm ein Handtuch reichen musste. Fragte ich ihn, warum er schweigsamer war als sonst, wehrte er stets ab und antwortete, dass mir das nur so vorkommen würde.

»Es ist alles bestens, mein Junge!«, sagte er dann mit einem Lächeln.

Aber ich wusste, dass er Schwierigkeiten hatte, mich in mein zukünftiges Leben zu entlassen, auch wenn er sich dabei die größte Mühe gab. Mutter war fort, und lange würde es sicher nicht dauern, da würde auch ich fortgehen. Was bliebe ihm da noch? Ich versicherte ihm zwar immer wieder, dass ich ihn niemals verlassen würde, doch dann lächelte er nur, streichelte dabei meine Wangen und sagte: »Das geht schon in Ordnung so.«

Am Nachmittag kam Artur vorbei.

Eine Weile beschwerte er sich über die Wagnerei im Allgemeinen und seinen Vater im Besonderen, über die dumpfe Rückständigkeit der Bauern und Instleute, über das Gefühl, in einer Stadt wie Thorn versauern zu müssen, während die Welt sicher jede Menge Abenteuer zu bieten hatte.

»Seit wann interessierst du dich für die Welt da draußen?«, fragte ich ihn.

Er zuckte mit den Schultern.

»Isi interessiert sich für die Welt da draußen«, entgegnete ich daraufhin betont bedeutsam.

Artur konnte sich ein Grinsen nicht verkneifen.

»Wie läuft es denn mit euch beiden?«

»Ganz gut.«

»Und was bedeutet das?«, fragte ich neugierig.

»Das bedeutet, dass sie im Moment noch nichts mit Jungs anfangen kann«, schloss Artur.

Ich nickte, wobei ich mir da nicht so sicher war. Ich hatte noch sehr gut in Erinnerung, wie kokett sie Falk Boysen um den Finger gewickelt hatte. Wie sollte man das anstellen, wenn man sich grundsätzlich noch nicht für das andere Geschlecht interessierte?

»Wie gehts dem Hund?«, fragte ich.

Artur nickte: »Rat mal, wie er heißt!«

Diesmal zuckte ich mit den Schultern.

»Kopernikus!«

Ich lächelte: »Sehr gut. Das passt. Ist er Pole oder Deutscher?«

»Idiot.«

»Hätte nicht gedacht, dass das klappt. Und ihr Vater hat es immer noch nicht herausgefunden?«

»Meines Wissens nicht.«

Jemand klopfte laut gegen die Tür – Artur und ich öffneten. Vor uns stand Isi. Tränenüberströmt.

35

Natürlich ging es um den Hund, und soweit wir Isis schluchzendem Bericht entnehmen konnten, hatte ihr Vater Kopernikus gefunden und erst sie, dann das Tier mit dem Rohrstock verprügelt. Isi kümmerte nicht der Schmerz eines mit Striemen übersäten Rückens, sie wollte den Hund retten, denn ihr Vater hatte vor, ihn dem Abdecker zu übergeben.

»Bitte, Artur, bitte!«, flehte Isi. »Du musst Kopernikus da rausholen. Bitte!«

»Schon gut. Keine Bange!«

Isi warf sich ihm um den Hals und küsste ihn auf die Wangen, was sich Artur gerne gefallen ließ. Eine Weile gingen die beiden sogar Hand in Hand, bis wir das Kriegerdenkmal erreichten und damit auch die ersten Passanten der Altstadt. Da ließ sie ihn los, und zusammen marschierten wir zur Gerberstraße, wo Artur an die Seitentür der Schule klopfte, während wir gleichzeitig Kopernikus im Schuppen heulen hörten. Ein mächtiges Vorhängeschloss machte deutlich, dass es Isis Vater ernst war und niemand mehr den Hund anrühren durfte.

Gottlieb Beese öffnete die Tür und blitzte Artur wütend an: »Was willst du?«

»Guten Tag, Herr Beese. Ich habe gehört, Sie haben einen Hund abzugeben. Ich interessiere mich dafür.«

Gottlieb sah zu seiner Tochter, die hinter Artur stand. Mich dagegen beachtete er kaum.

»Der Hund wird morgen abgeholt.«

»Nicht nötig«, antwortete Artur. »Ich nehme ihn gleich mit. Wir brauchen noch ein Wachttier.«

Gottlieb machte einen kurzen Schritt auf Artur zu und zischte: »Er kommt zum Abdecker, du Rotznase!«

Als er merkte, dass Artur weder beeindruckt war noch seinem Blick auswich, machte er denselben Schritt wieder zurück und sagte dann deutlich höflicher: »Tut mir leid. Das Tier ist möglicherweise gefährlich. Ich kann nicht verantworten, dass noch jemand von ihm gebissen wird.«

»Ich kaufe ihn«, bot Artur daraufhin an. »Sagen Sie mir einen Preis!«

»Das ist keine Frage des Preises, sondern des Prinzips!«

Diesmal machte Artur einen Schritt auf ihn zu und durchbohrte Gottlieb mit Blicken: »Ich will diesen Hund, verstanden?«

Der schien eingeschüchtert, dann jedoch fasste er sich und schrie: »Verschwinde, bevor ich die Polizei rufe!« Und auf Isi zeigend: »Du! Reinkommen! Sofort! Wir erwarten Besuch!«

Er packte sie am Handgelenk, zerrte sie ins Haus und schlug die Tür hinter sich zu.

Einen Moment standen wir unschlüssig da, während im Schuppen Kopernikus zu kläffen begonnen hatte und mit den Pfoten an der Tür scharrte.

»Schätze, jetzt müssen wir ihn klauen.«

Artur sah mich überrascht an und lächelte: »Jetzt sieh mal einer an: Du entwickelst ja ganz neue Qualitäten!«

Ich war selbst überrascht von meiner Idee, sie war mir über die Lippen gegangen, bevor ich überhaupt nachdenken konnte.

»Wir sind Freunde«, antwortete ich. »Und Freunde stehen sich bei, oder?«

Artur nickte.

Dann aber seufzte er und sagte: »Ich fürchte nur, das Ganze wird nicht so leicht. Ihr Vater wird mich anzeigen.«

»Tessmann hast du doch in der Tasche!«

»Vielleicht. Aber du hast ihn gehört: Der Hund ist ›gefährlich‹. Er wird Tessmann sagen, dass Kopernikus tollwütig ist. Die würden ihn noch an Ort und Stelle erschießen.«

»Und jetzt?«, fragte ich ratlos.

»Lass mich drüber nachdenken. Vielleicht finden wir noch eine andere Lösung.«

Die fand sich dann auch.

Aber sie machte alles nur noch schlimmer.

Denn während Artur und ich überlegten, wem wir Kopernikus geben konnten, ohne dass Tessmann oder sonst ein Polizist ihn fand, erwartete Familie Beese an diesem Sonntag wichtigen Besuch.

Zu den Vorteilen einer Höheren Mädchenschule gehörte, jedenfalls, wenn man sich wie Gottlieb Beese dringend für die bessere Gesellschaft interessierte, dass auch die wohlhabenden Familien ihre Töchter dorthin schickten, einige tatsächlich mit dem Willen, die Mädchen Abitur machen zu lassen, andere dagegen, um die jungen Damen sinnvoll zu parken, bis sich eine gute Partie gefunden hatte.

In der Mädchenschule lernten die Kinder – wie in anderen Schulen auch – jahrgangsübergreifend, und es gab die Tradition, den neuen Schülerinnen Paten aus der Abschlussklasse zuzuteilen, um ihnen den Einstieg ins Schulleben zu erleichtern, aber auch, um sie rasch in ein dichtes Geflecht aus Pflichten einzuweben, das ihre gesamte Schulzeit prägen würde. Dabei bestimmte Gottlieb die Paten, und selbstredend waren alle seine Töchter den jeweils bekanntesten Sprösslingen zugesprochen worden, was ihm zuweilen Einladungen zum Kaffee oder gar zu einem Familienfest eingebracht hatte.

Zu seinem großen Missfallen hatte sich dennoch keine stabile Beziehung zwischen ihm und einer dieser Familien bilden können, wofür er seinen Töchtern die Schuld gab. Er warf ihnen vor, sich nicht ausreichend um die Mädchen zu kümmern, und setzte sie derart unter Druck, dass sie aus Angst vor ihrem Vater begannen, übermäßig um die Gunst der verwöhnten Kleinen zu werben. Anbiederung jedoch waren diese Mädchen von Haus aus gewohnt, und die Folge für Gottliebs Töchter war ebenso fatal wie demütigend: Die Gören machten sich einen Spaß daraus, die Großen nach ihrer Pfeife tanzen zu lassen.

Dass seine Älteste Eva nach ihrer Schulzeit doch noch eine gute Familie gefunden hatte, war einem glücklichen Zufall geschuldet: Liebe. Der zukünftige Bräutigam hatte sich tatsächlich in das dürre Dummchen, wie Gottlieb sie nannte, verliebt – so unglaublich sich das für ihn auch ausnahm. Dennoch hielt ihn die neue Verwandtschaft auf Abstand, und er wurde das ungute Gefühl nicht los, dass Eva daran nicht unschuldig war.

Isi jedenfalls wurde ebenfalls ein Patenkind zugewiesen, aber sie war nicht wie ihre Schwestern Eva und Gerda. Sie behandelte ihren Schützling an guten Tagen kühl, an schlechten geradezu abweisend. Nicht aus Trotz, um ihrem Vater eins auszuwischen, sondern weil sie die Kleine für ein vollkommen verzogenes, egomanisches Aas hielt. Und so kam es, dass das Mädchen begann, um Isis Gunst zu werben, was Isi nicht nur vollkommen gleichgültig war, sondern auch dazu führte, dass es sich nur umso mehr wünschte, Isi würde eines Tages seine Freundin werden.

Als Gottlieb bemerkte, dass ausgerechnet seine ungezogene, vorlaute und ungebändigte Tochter Luise von ihrem Zögling angehimmelt wurde, witterte er Morgenluft. Und so ließ er ihr in aller Heimlichkeit mehr Freiheiten als ihren Schwestern, schwieg zu vielen ihrer Frechheiten oder seltsamen Unternehmungen, wie dieser Sache mit den Gasmasken, in die sie scheinbar verwickelt gewesen war, weil er genau wusste, dass Isi, wenn er zu streng mit ihre wäre, einen Weg finden würde, die Beziehung zu dem kleinen Mädchen aus bestem Hause zu ruinieren.

Dann fand er den Hund und entdeckte endlich auch eine Schwäche bei seiner Jüngsten! Sie, die immun gegen Gewalt und Drohungen zu sein schien, wurde endlich lenkbar. Wegen eines dummen Hundes! Wer hätte das gedacht? Solange er diesen Hund als Geisel halten würde, solange konnte er Isi seinen Willen aufzwingen.

Endlich kam das Mädchen mit ihrer Gouvernante.

Schon an der Tür buckelte Gottlieb Beese vor beiden und freute sich über alle Maßen über den Besuch. Gleichzeitig machte Kopernikus im Schuppen einen solchen Radau, dass das Mädchen darauf aufmerksam wurde und fragte: »Was ist denn da drin?«

Isi trat hinter dem Rücken ihres Vaters hervor und antwortete: »Das ist mein Hund. Kopernikus!«

»Du hast einen Hund?«
Die Kleine schien interessiert.
Gottlieb zögerte mit eingefrorenem Lächeln – das Treffen lief jetzt schon anders als geplant. Aber er hatte keine Wahl, sondern dienerte: »Aber natürlich, Fräulein Helene!«
Er schloss den Schuppen auf und Kopernikus bestürmte Isi. Die umarmte und streichelte ihn, bis sich auch Helene neben ihr hinkniete und Kopernikus streichelte.
»Na, der ist ja ganz reizend!«, rief sie.
Gottlieb stand da und sagte nichts.
Selbst die Gouvernante, sonst Inbild der Frömmigkeit und Askese, rang sich ein amüsiertes Lächeln über die beiden Mädchen ab, die mit diesem freundlichen Hund spielten.
»Können wir mit ihm spazieren gehen?«, fragte Helene.
»Das weiß ich nicht«, antwortete die Gouvernante zögernd.
»Was weißt du denn?«, gab Helene spitz zurück.
Die Wangen des Kindermädchens röteten sich, dann wandte sie sich eilig Gottlieb zu: »Haben Sie etwas dagegen?«
Doch bevor der antworten konnte, sagte Isi: »Er soll morgen zum Abdecker.«
Der Satz explodierte geradezu zwischen allen Beteiligten, und in seinem Schatten breitete sich sekundenlang Totenstille aus. Selbst Kopernikus verhielt sich ruhig und blickte mit großen dunklen Augen von einem zum anderen.
Helene war aufgestanden und pustete sich eine ihrer vielen prächtigen Korkenzieherlocken aus der Stirn. Überhaupt nestelte sie ständig an ihrem Haar herum, wie um sich selbst zu versichern, dass es das schönste weit und breit war. Ihre Stimme aber, eben noch glockenhell und warm, wurde so kalt, dass man das Gefühl hatte, Reif davon kratzen zu müssen: »Was?«
»Man kann ihm nicht trauen!«, beschied Gottlieb bedauernd.
»Kann man Ihnen denn trauen?«
Sie sah Gottlieb herausfordernd an.
»Wie bitte?«, empörte sich Gottlieb.

Jedem anderen Kind hätte er an dieser Stelle ein paar Ohrfeigen verpasst, in Helenes Fall unterdrückte er jedoch den Impuls mit aller Macht. Isi kam nicht umhin, Freude an Helenes Dreistigkeit zu finden: Sie führte ihren Vater mit einer Respektlosigkeit vor, die sich nur ein Mädchen leisten konnte, das genau wusste, dass es mit allem durchkam.

»Wir machen es so!«, beschloss Helene. »Der Hund kommt zu mir!«

»Zu dir?«, rief Isi geschockt.

Helene knipste ihr charmantestes Lächeln an: »Er hätte es sehr gut bei uns, Isi!«

Sie konnte innerhalb eines Wimpernschlages zwischen Herzenswärme und eiskalter Bosheit hin und her springen. Gottliebs Gesicht leuchtete auf, und schnell ergriff er seine Chance: »Aber das ist ja eine ganz hervorragende Idee! Ich schenke dir den Hund sehr gerne. Aber werden es deine Eltern auch erlauben?«

Die Gouvernante schüttelte skeptisch den Kopf: »Helene, sei vernünftig!«

Das Mädchen beachtete seine Gouvernante nicht weiter: »Wie wäre es, wenn Sie uns morgen besuchen kommen?«

Gottlieb strahlte: »Aber natürlich. Sehr gerne sogar!«

»Bringen Sie den Hund mit.«

Er verbeugte sich, als hätte er die Anweisung von einem Vorgesetzten bekommen, und antwortete: »Es wird mir eine Freude sein!«

Da lief Helene zu Isi und umfasste ihre Hände. »Alles wird gut! Du kannst jeden Tag kommen und mit ihm spielen. Wir spielen beide mit ihm, ja?«

»Abgemacht!«, rief Gottlieb sichtlich angetan. »Luise und ich kommen morgen vorbei. Und jetzt, nach der ganzen Aufregung: Wie wäre es mit etwas Torte?«

Mit einer Handbewegung lud er ins Haus ein, während er den Hund zurück in den Schuppen sperrte: Das war alles viel besser gelaufen als gedacht. Und mit etwas Glück würde sich über den blöden Köter eine dauerhafte Verbindung zu Thorns mächtigster und reichster Familie bilden: den Boysens.

Denn das war der Name des Mädchens: Boysen.

Helene Boysen.

36

Die Ähren wogten voll und reif im sanften Wind, während inmitten der sattgelben Pracht Tagelöhner unter Aufsicht ihrer Vorarbeiter mit der Ernte beschäftigt waren.

So herrlich der Anblick der gesunden Felder um Gut Boysen, ihr Rauschen in der Bö, die Spannkraft ihrer Halme, so hart war die Arbeit auf dem Feld. Dann und wann trug die Brise die Geräusche der Sensen und Sicheln heran, das Wiehern der Pferde vor der Mähmaschine, aber auch das Fluchen und Rufen in einer Sprache, die in Preußen kaum verstanden und noch weniger geachtet wurde: Russisch.

Gutsbesitzer und Bauern hatten wenig für die ausländischen Tagelöhner übrig, aber sie behandelten auch die deutschen schlecht, sodass sie unter den eigenen Leuten niemanden mehr fanden, der sich diese Arbeit noch zumuten wollte. Wer konnte, war in den Westen geflohen, in der Hoffnung auf mehr Wertschätzung und besseren Verdienst. Die Gutsbesitzer mussten die nehmen, die sie noch kriegen konnten.

Während die Männer mähten, banden die Frauen die Halme zu Garben zusammen und türmten sie anschließend zu Puppen auf dem Feld. Andere wieder sammelten die Puppen und brachten alles mit Gespannen in Scheunen unter oder zum Hof, wo das Korn mit einer Maschine oder Flegeln ausgedroschen wurde.

Während Instmann Sobotta die Felder überwachte, war der Hof das Reich seines Sohnes Max. Er beaufsichtigte das Einsammeln und Verfüllen des Korns, und erwischte er einmal eines der Tagelöhnerkinder, wie es sich eine Handvoll in die Hosentasche steckte, setzte es ein paar Ohrfeigen, dass den Kleinen den ganzen Tag noch die Wangen davon brannten. Nichts ging Boysen verloren – die Sobottas sorgten dafür.

Als Isi, ihr Vater und Kopernikus sich dem Gut näherten, war es bereits später Nachmittag. Die Arbeit auf den Feldern endete erst mit Sonnenuntergang, so wie sie mit Sonnenaufgang begann. An einem heißen Tag wie diesem waren die Mühen unbeschreiblich, aber auch Regen oder Wind setzten den Leuten zu.

Gottlieb öffnete die Gittertore zum Hof und erschauderte förmlich vor der Eleganz und Macht, die das Gebäude ausstrahlte. Im Eingang wartete bereits Wilhelm Boysen im weißen Anzug und Hut, neben ihm seine jüngste Tochter Helene, ein ebenso unverhoffter wie unerwarteter Nachzügler einer mit nur zwei Kindern gesegneten Ehe. Helene war absoluter Favorit ihres Vaters, es gab nichts, was er ihr hätte abschlagen können, so vernarrt war er in das Mädchen. Und Helene hatte schnell gelernt, diese Gunst für sich zu nutzen.

Dass der Patriarch sie persönlich empfing, empfand Gottlieb als günstiges Zeichen, wenn er auch intelligent genug war zu wissen, dass Boysen nicht wegen ihm dort auf ihn wartete, sondern wegen des verdammten Hundes, den er vor dem Tee mit der kleinen Prinzessin am liebsten tot in einen Brunnen geworfen hätte.

Helene stürmte, ohne Isi eines Blickes zu würdigen, vor und umarmte Kopernikus: »Da bist du ja!«

Isi tat es einen Stich in der Brust, denn schon in diesen ersten Sekunden ahnte sie, dass der Hund verloren war und Helenes großzügiges Angebot, ihn täglich zu besuchen, nicht nur wegen der langen Anreise nicht aufgehen würde. Helene führte sich auf, als hätte sie ein neues Spielzeug bekommen, das sie wie ihre anderen Spielzeuge nicht zu teilen gedachte.

Mit niemandem.

Gottlieb trat vor Boysen, ließ die Hacken knallen und verbeugte sich mit einem Handschlag: »Es ist mir die größte Ehre, Herr Gutsherr!«

Boysen erwiderte kurz den Handschlag und nickte dann: »Na, dann treten Sie mal ein.«

Isi und Helene folgten in die erfrischende Kühle des Salons, wo bereits ein Tisch eingedeckt worden war und zwei Dienstmädchen darauf warteten, die Wünsche der Gäste zu erfüllen. Es gab Kaffee für Boysen und Beese, die Mädchen bestellten kalte Getränke, die eigens aus einem tiefen Keller heraufgeholt wurden und die selbst der skeptischen Isi eine Ahnung davon gaben, dass Reichtum so seine Vorteile hatte.

»Wie es scheint, ist meine kleine Tochter ganz vernarrt in dieses Tier!«, begann Boysen.

»Ich versichere Ihnen, Herr Gutsbesitzer: Dieser Hund ist ein Seelchen. Ein so braves Tier habe ich noch nie gesehen! Ihre Tochter wird sehr glücklich mit ihm sein.«

Isi presste die Lippen aufeinander.

»Freut mich zu hören, Beese. Was wollen Sie denn für ihn haben?«

Eine rein rhetorische Frage, aber Gottlieb beeilte sich dennoch zu antworten: »Ich bitte Sie, Herr Gutsbesitzer! Natürlich nichts! Es freut mich nur, dass er mit Helene eine neue Herrin bekommt.«

Boysen nickte zufrieden.

Dann wandte er sich seiner Tochter zu: »Und du, Lenchen? Sicher, dass du den Hund willst?«

Helene sprang von ihrem Stuhl und warf sich ihrem Vater dramatisch in den Arm: »Du bist der allerbeste Papi der ganzen Welt!«

Gerührt lächelte Boysen und streichelte seiner Tochter über die Locken.

Sie kletterte wieder herab und beugte sich zu Kopernikus, den sie eifrig hinter den Ohren kraulte.

»Dann ist ja alles geklärt!«, sagte Boysen, und seinem Tonfall war anzuhören, dass er keine weitere Zeit mit dem Lehrer und seiner Tochter zu verschwenden gedachte.

An diesem Punkt hätte die ganze Geschichte noch glimpflich ausgehen können, aber Gottlieb überhörte die unausgesprochene

Ausladung und verwickelte Boysen in ein Gespräch über Landwirtschaft, um am Beispiel der unehrlichen russischen Tagelöhner schnell zur Politik überzugehen. Er hoffte, Boysen mit seinen reaktionären Überzeugungen auf sich aufmerksam zu machen. Anfänglich antwortete Boysen widerwillig, später dann lebhafter. Beese freute sich darüber: Er hatte offenbar den richtigen Ton angeschlagen. Boysen ließ sich sogar dazu herab zu erwähnen, dass er schon gehört habe, dass der Lehrer Beese ein guter Redner sei.

Die Tür zum Salon öffnete sich, Isi konnte sehen, wie sich Boysens Gesicht zu einem Lächeln durchrang. Er stand auf und sagte: »Komm rein! Wie du siehst, haben wir Besuch!«

Auch Isi erhob sich, drehte sich um und blickte in das Gesicht von Falk Boysen.

Überraschung auf beiden Seiten.

Sie erkannten einander sofort, aber wahrten die Form.

Falk setzte sich, ohne Gottlieb weiter zu beachten, an den Tisch und ließ sich Kaffee einschenken. Er musterte Isi, starrte sie direkt an, was Isis Vater zunächst erstaunte, dann aber entzückte, denn er deutete diesen langen Blick als Interesse.

Möglicherweise sogar mehr als das.

Wilhelm Boysen stellte erst Isis Vater vor, der sich auch vor Falk hackenknallend erhob und dienerte, dann Isi, die keinerlei Anstalten machte, sich ehrerbietend zu verhalten. Sehr zum Missfallen des alten, aber zum stillen Amüsement des jungen Boysen. Man sah Falk deutlich an, dass er die Situation noch ein wenig auskosten wollte.

Isis Herz klopfte bis zum Hals, aber als sie sah, wie sich Falk vor ihr im Stuhl flegelte und sie mit spöttischen Blicken versuchte, aus der Fassung zu bringen, fasste sie Selbstvertrauen und beschloss, dass es gegen Menschen wie die Boysens nur ein Mittel gab: Angriff.

Helene indes war mittlerweile ebenfalls aufgesprungen und umarmte ihren Bruder.

Sie zeigte auf Kopernikus und rief: »Sieh mal!«

»Was ist denn das?«, fragte der mit angewidertem Unterton.

»Mein neuer Hund!«

Falk wandte sich an seinen Vater: »Gab es kein Rassetier?«

Der zuckte mit den Schultern und seufzte: »Sie wollte den da.«

Helene wischte sich eine Locke aus dem Gesicht und sah ihren Bruder mit ihren klaren, kalten Augen an: »Du bist ein solcher Schnösel!«

Damit wandte sie sich Isi zu und spottete: »Seit er Offizier ist, ist ihm nichts mehr gut genug!«

»Sie sind Offizier?«, fragte Isi höflich.

»Leutnant. Bei den Ulanen.«

»Ulane …«, wiederholte Isi, und es klang geradezu ehrfürchtig.

Falk grinste sie an.

»Ich habe da letztens eine ganz und gar unglaubliche Geschichte über einen Ulanen gehört!«

All drei sahen sie neugierig an.

»Stellen Sie sich vor: Ein junges Mädchen, kaum älter als ich, hat einem Ulanen doch tatsächlich hundert Reichsmark abgeknöpft! Einfach so!«

»Unsinn!«, wetterte der alte Boysen.

Falk Boysens hämisches Grinsen erlosch.

»Es ist aber wahr. Die ganze Stadt hat über diese Geschichte gelacht! Sie hat ihm irgendein Märchen aufgetischt, und der Ulane, ein Offizier, das muss man sich mal vorstellen, hat alles geglaubt und ihr einhundert Mark geschenkt.«

»Niemals!«, rief der alte Boysen mittlerweile ungehalten. »So etwas passiert einem deutschen Offizier nicht! Und schon gar keinem Ulanen!«

»Nun ja«, antwortete Isi ungerührt. »Das ist, was die Leute so erzählen.«

»Die Leute! Die Leute!«, äffte Wilhelm Boysen sie nach. »Die Leute sind allesamt dumme Schafe! Nenn Ross und Reiter oder halt den Mund!«

»Ross und Reiter …«, begann Isi, und jetzt war sie es, die Falk

Boysen mit tiefen Blicken beschenkte und es genoss, wie er sich wand.

»Aha! Dachte ich es mir doch!«, rief der Alte erzürnt.

»Nichts als dummer Klatsch!«, bestätigte Falk schnell.

»So ist es!«, antwortete daraufhin sein Vater.

Beese beugte sich zu seiner Tochter herüber und zischte leise: »Halt endlich den Mund!«

Dann wandte er sich den Boysens zu und entschuldigte sich in aller Form für seine vorlaute Tochter.

»Das wird«, versicherte er den beiden, »Konsequenzen haben, meine Herren!«

Der alte Boysen nickte zufrieden.

In Falks Gesicht dagegen kehrte allmählich wieder Farbe zurück.

Beese stand auf und ließ wieder die Hacken knallen.

»Ich möchte mich jetzt verabschieden und mich noch einmal für die Gastfreundschaft bedanken!«

Der alte Boysen blieb sitzen und winkte abfällig: Gottlieb schluckte und nahm es mit einem enttäuschten Nicken hin. Falk dagegen stand auf, gab erst ihm, dann Isi die Hand. Sie aber setzte den Schlusspunkt, knickste aufreizend tief und lächelte ihn dabei frech an. Die Provokation war für alle gut sichtbar, auch dieser Punkt ging an sie, während Falk nichts zu erwidern wusste und die beiden ziehen ließ.

Sie hätte es dabei belassen sollen.

37

Wie hätte man Isi deutlich machen können, dass sie ihren kleinen Sieg über Falk Boysen einfach nur hätte genießen, nicht aber versuchen sollen, einen totalen Triumph herbeizuführen? Wie hätte man ihren rebellischen Freigeist von den Vorzügen eines Etappenerfolges überzeugen können, wenn sie einem in ihrer unnachahmlichen Weise klarmachte, was sie von so etwas hielt?

»Weißt du, Carl«, hatte sie frech gegrinst. »Etappenerfolge sind wie Stotterer beim Vorlesewettbewerb. Jeder gratuliert ihnen zu ihrem Mut, den Preis aber bekommt ein anderer.«

An jenem Abend jedenfalls, gleich nach dem Abendessen, nachdem ihr Vater noch eine Zigarre geraucht und sich dann den Gürtel ausgezogen hatte, um seine Tochter, trotz der Beschwichtigungsversuche seiner Frau, daran zu erinnern, wer Herr im Hause Beese war, fand er nur ein leeres Kinderzimmer vor. Wütend lief er durchs Haus und rief nach seiner garstigen Tochter, aber Isi war nicht da.

So setzte er sich in ihr Zimmer und wartete.

Und während er so in der Dunkelheit wartete, schlief er schließlich ein.

Isi dagegen hatte sich auf den Weg zu Gut Boysen gemacht.

Sie fand schnell heraus, dass Kopernikus nicht ins Haus gedurft hatte, sondern in die Scheune gesperrt worden war. Dort wartete sie geduldig, bis endlich alle Lichter im Haus erloschen waren, schlich sich hinein, begrüßte den fröhlichen Kopernikus und verschwand mit ihm vom Gut. Mochte die kleine Helene auch sonst alles bekommen, auf das sie zeigte, diesen Hund bekam sie nicht.

Etwa eine Stunde später weckte sie Artur, indem sie kleine Steine gegen sein Fenster warf, und gab ihm den Hund.

»Du musst eine Weile auf ihn aufpassen, Artur!«

»O bitte, Isi, sag jetzt nicht, dass du ihn geklaut hast!«

»Geklaut? Ich?«

Artur seufzte.

»Und wie lange soll er hierbleiben? Mein Alter dreht durch, wenn er ihn sieht!«

»Nicht so lange. Ich werde eine Lösung finden, versprochen!«

Artur nickte und sperrte Kopernikus in die Werkstatt.

»Eine Woche! Höchstens!«

Isi umarmte ihn und gab ihm einen kurzen Kuss auf den Mund: »Bist ein Ehrenmann, Artur!«

»Jaja«, antwortet er grinsend. »Zisch bloß ab!«

Am nächsten Morgen erwachte Gottlieb in Isis Zimmer und fand seine Tochter schlafend im Bett vor. Den ganzen Morgen wütete er darüber, dass sie ihm nicht verriet, wo sie gesteckt hatte und nicht einmal der Gürtel half der Wahrheit ans Licht.

In der Schule dann erfuhr er recht schnell, wo seine Tochter gewesen sein musste. Eine äußerst misslaunige Helene hatte Isi bereits vor dem Unterricht zur Rede gestellt und sie angegiftet, wo denn ihr Hund sei. Woraufhin Isi geantwortet hatte, sie hätte nicht den Hauch einer Ahnung, wovon Helene da spräche.

»Du bist eine gemeine Diebin!«, schrie Helene wütend.

Isi tat, was längst jemand hätte tun sollen, und sie tat es mit Überzeugung: Die Ohrfeige ließ Helenes Kopf herumwirbeln, als ob sie dem lauten Klatschen nachsähe, das von ihrer Wange bis auf den Flur hinausgesprungen war.

Heulend lief sie zu Lehrer Beese und beschwerte sich.

Der schlug Isi daraufhin mit dem Lineal so ziemlich alle Fingerkuppen blutig und ließ sie für den Rest des Tages in der Ecke stehen.

Isi trug es mit Fassung.

Am Ende des Schultages war Helene erhobenen Hauptes an ihr vorbeistolziert und hatte gezischt: »Du wirst schon sehen, was du davon hast!«

Isi hatte nur mit den Schultern gezuckt und ihr noch eine Ohrfeige angeboten. Helene war schnell weitergelaufen, aber erledigt war die Sache damit nicht, denn schon am nächsten Tag kündigte ein Telegramm Falk Boysens Besuch bei den Beeses an.

Gottlieb war ein Nervenwrack.

Erst hatte er noch gehofft, die Gutsherren könnten den unverschämten Auftritt seiner Tochter irgendwann vergessen, wobei ihm tief im Inneren klar war, dass Wilhelm Boysen kein Mann war, der vergaß. Und Falk Boysen auch nicht. Aber jetzt kamen ein gestohlener Hund und eine Ohrfeige dazu – einen solchen Affront würden sich die Boysens sicher nicht bieten lassen.

Stundenlang hatte er seiner Frau zu erklären versucht, welche Chance ihnen da durch die Lappen gegangen war. Aber obwohl sie allen seinen Klagen stumm beipflichtete, hatte er zunehmend das Gefühl, dass sie weder das rechte Einfühlungsvermögen für seine Nöte noch den Intellekt hatte, auch nur zu erahnen, was dies alles für ihn bedeutet hätte. Das brachte ihn so auf, dass er sie schlug, bis sie sich um seine Füße warf und um Verzeihung bat – ohne zu wissen, wofür eigentlich.

Letztlich musste er mit großer Bitterkeit feststellen, dass sie und seine Töchter ausschließlich an sich selbst dachten.

Die Älteste, kaum verheiratet, fand keine Zeit mehr für einen Besuch, und auch Einladungen in ihr Haus blieben aus. Die Mittlere lieferte zwar noch große Teile ihres kargen Lohnes ab, aber es bestand wenig Hoffnung, sie günstig zu verheirateten: Sie war ohne jeden Liebreiz, ohne Esprit und würde, wenn überhaupt, irgendwann einen Knecht oder Handwerker heiraten. Mit anderen Worten: Sie kostete nur, brachte aber nichts ein.

Und jetzt dieses Desaster mit seiner Jüngsten.

Gottlieb stellte sich vor, wie die kleine Helene tränenüberströmt in den Armen ihres Vaters weinte, was den sicher nur noch wütender machen würde: Er schickte seinen Sohn, ihn zu richten.

Sie alle zu richten!

Er würde seine Stellung verlieren. Und damit auch automatisch die Wohnung. Und für welche Arbeit sollte er nach seiner Entlassung taugen? Er war von zu großer körperlicher Empfindsamkeit und zu großer Intellektualität für das Jammertal des Arbeiters, taugte erst recht nicht für die Anstrengung auf dem Feld. Ob er in der Verwaltung unterkommen konnte, nachdem die Boysens für seine Demission gesorgt hatten? Undenkbar. Und gab es da nicht noch den Kredit, den er wegen seiner Ältesten hatte aufnehmen müssen?

Endstation Elend.

Am Abend betrank sich Gottlieb.

Dann schlug er Isis Mutter.

Und anschließend auch Isi.

Aufgelöst und erschöpft sank er im Schlafzimmer zusammen und kramte eine geladene Pistole aus der obersten Schublade der

Kommode: Voller Pathos schwor er sich, dass er lieber den Weg des Ehrenmanns gehen wollte, als tatenlos dem eigenen Ruin entgegenzusehen. Einzig unentschlossen, ob er dabei seine Familie mitnehmen oder sie lieber zurücklassen sollte, damit sie alle am eigenen Leib erfuhren, was Luise in ihrer Unbelehrbarkeit angerichtet hatte. Beides erschien ihm reizvoll, es würde nicht leicht werden, sich für das Richtige zu entscheiden. Dann wieder durchschüttelten ihn Wellen der Schmach, und Tränen des Selbstmitleids brannten auf seinen Wangen.

Schließlich schlief er mit allerlei düsteren Gedanken ein.

Erwachte am Morgen mit einem gemeinen Kater.

Und legte die Pistole mit spitzen Fingern zurück in die Kommode.

Gegen drei Uhr am Nachmittag klopfte Falk Boysen im leuchtenden Blau der Ulanen an die Tür. Beese hatte ihm selbst geöffnet und beim Anblick der Uniform noch heftiger als sonst mit den Hacken geknallt. Ihn ins Wohnzimmer geleitet, wo seine Frau den Kaffee serviert und sich anschließend leise zurückgezogen hatte.

Falk nahm einen Schluck.

»Sie fragen sich sicher, warum ich hier bin?«

Beese antwortete schnell: »Ich kann Ihnen gar nicht sagen, wie leid mir alles tut, Herr Leutnant.«

»Ja, das ist alles sehr bedauerlich.«

Gottlieb schluckte.

Falk stellte die Tasse wieder auf den Tisch: »Lassen Sie uns einen Moment über Würde sprechen.«

Ein Satz so unheilvoll blitzend wie die Klinge eines Richtbeils. Sich räuspernd rutschte Gottlieb nervös auf seinem Sessel hin und her.

»Würde ist das, was uns von den Tieren unterscheidet«, begann Falk. »Würde bewahrt uns davor, mit den Händen zu essen, auf der Straße zu kopulieren oder uns im Dreck zu suhlen wie die Schweine. Da stimmen Sie mir doch sicher zu?«

»Aber natürlich, Herr Leutnant!«

»Dann ist Ihnen sicher nicht entgangen, dass es Menschen gibt, in denen größere Würde blüht als in anderen. Menschen, zu denen wir aufschauen, die uns Leuchtfeuer und Ansporn sind. Wertvolle Menschen. Die den Rest weit überstrahlen! Wie unser geliebter Kaiser, zum Beispiel!«

»Das stimme ich voll und ganz zu!«, antwortete Gottlieb diensteifrig.

»Mein Vater ist auch so ein Mensch. Genau wie ich. Meine Mutter, meine kleine Schwester. Wir sind die Boysens! Unsere Familie war schon immer hier. Seit vielen Generationen stehen wir für Preußen. Für Thorn. Für den Stolz und die Würde unseres großen Volkes! So wie unser geliebter Kaiser, dessen Frau Auguste eine treue Freundin meines Vaters ist.«

Gottliebs Augen wurden groß und rund: »Das ist ja ... die Kaiserin? Wie außerordentlich ... welche Ehre ...«

»Ehre!«, rief Falk Boysen. »Ein gutes Stichwort. Denn so exponiert zu sein bedeutet auch, verletzbar zu sein. Je höher man steht, desto leichter kann man in seiner Ehre befleckt werden. Von Menschen, die die Last der Würde nicht tragen müssen. Verstehen Sie mich?«

»Selbstredend, Herr Leutnant!«

»Dann verstehen Sie auch, dass eine Ohrfeige nicht einfach nur eine Ohrfeige ist? Und ein Diebstahl nicht nur ein Diebstahl?«

Gottlieb sackte in sich zusammen und nickte beschämt: »Natürlich verstehe ich das.«

»Meine Schwester kann recht eigenwillig sein. Und wahrscheinlich hat mein Vater sie auch zu sehr verwöhnt, aber dennoch: Sie ist eine Boysen.«

»Natürlich«, nickte Gottlieb.

Falk nahm wieder einen Schluck Kaffee und gab Gottlieb Zeit, über seine Ansprache nachzudenken.

Dann sagte er: »Wäre Luise ein Mann, würden Sie die Konsequenzen kennen. Aber sie ist nur ein Mädchen und allein damit nicht satisfaktionsfähig. Dennoch können wir die Demütigung nicht auf sich beruhen lassen.«

Gottlieb nickte: »Was soll ich tun, Herr Leutnant?«

»Das ist bei einer wie Luise nicht so leicht! Mit welcher Art der Bestrafung würden wir bei ihr den gewünschten Lerneffekt erreichen? Sie weiß nichts von Würde und Ehre. Sie nähme beinahe jede Form der Bestrafung mit einem Schulterzucken hin. Und was für einen Sinn hat eine Bestrafung, wenn sie zu keiner Läuterung führt? Wenn sie nicht schmerzt?«

Gottlieb nickte stumm.

»Nun, ich denke, vielleicht habe ich doch etwas, was bei ihr Wirkung erzielen könnte ...«

»Nur heraus damit, Herr Leutnant!«

»Es ist etwas unkonventionell, aber, denke ich, eine gute Lektion, die ihr hilft, sich wieder auf dem Platz einzufinden, der ihr zusteht.«

Falk betrachtete Gottlieb lange, schien in Gedanken abzuwägen, was er ihm vorzuschlagen gedachte.

Dann aber sagte er: »Ich hörte, Sie wären ein begabter Redner, Beese?«

Überrascht über den unerwarteten Themenwechsel gab Gottlieb sich bescheiden: »Nun ja, ich denke, ich spreche aus, was viele Menschen denken.«

Falk nickte bedächtig.

»Vielleicht habe ich da etwas für Sie!«

Gottlieb rückte auf seinem Sessel vor und war ganz Ohr.

»Otto Spree ist Ihnen ein Begriff?«

»Selbstverständlich. Mitglied der Nationalliberalen Partei im Thorner Stadtrat.«

»Dann wissen Sie auch, dass es gesundheitlich sehr schlecht um ihn bestellt ist?«

»Sehr bedauerlich. Ein guter Mann!«

Falk nickte: »Ja, bedauerlich, aber die NLP kann sich nicht mit Sentimentalitäten aufhalten. Vater legt großen Wert darauf, dass die Politik der letzten Jahre fortgeführt wird und die Sozialisten hier nicht alles durcheinanderbringen. Wir brauchen also einen Ersatz und dachten dabei an Sie!«

Beese sog überrascht Luft ein.

»An mich?«

»Ja, an Sie.«

»Und das ist kein grausamer Scherz von Ihnen?«

»Absolut nicht.«

Gottliebs Herz raste vor Freude. Dennoch zwang er sich zur Ruhe und antwortete: »Es wäre mir die allergrößte Ehre!«

»Umso mehr müssen wir sichergehen, dass Sie unser Mann sind.«

»Ich verspreche Ihnen, dass ich der Familie Boysen immer treu ergeben sein werde!«

Zufrieden lehnte Falk sich im Sessel zurück: »Ausgezeichnet. Loyalität ist die Währung, in der Ehrenmänner ihre Schulden zu zahlen pflegen. Daher gebe ich Ihnen jetzt eine erste Gelegenheit, Ihre Treue zu beweisen.«

»Ihr Wunsch wird mir Befehl sein!«

»Aber das weiß ich doch!«, grinste Falk zufrieden. »Wir Boysens bekommen immer, was wir wollen.«

Und dann sagte er ihm, was er wollte.

38

Isi steckte in der Klemme.

Artur bedrängte sie schon seit Tagen, den Hund anderswo als bei ihm in der Werkstatt unterzubringen. Sein Vater hatte schon mehrere Tobsuchtsanfälle wegen des Tiers gehabt. Erfolglos versuchte sie, Kopernikus ihrer ältesten Schwester Eva aufzuschwatzen, aber die weigerte sich, weil ihr Ehemann allergisch gegen Hunde war. Als Gottlieb dann entschied, dass sie den Hund behalten durfte, war es für sie wie ein völlig unerwartetes Geschenk. Von einem Mann, der keine Geschenke verteilte – es hätte sie misstrauisch machen sollen. Aber sie war einfach zu glücklich über die günstige Entwicklung. »Siehst du, Carl!«, hatte sie gestrahlt. »Etappensiege sind etwas für Stotterer!«

Und ich hatte mich für sie gefreut und dachte ernsthaft darüber nach, wie ich meine Zauderei besser in den Griff bekommen könnte. Artur und Isi lebten mir Tag für Tag vor, dass man alles erreichen konnte, selbst wenn man nur ein kleiner Schneider war, ein Wagner oder die Tochter des Lehrers.

Kopernikus zog also wieder in den Schuppen, und die nächsten Tage sah man Isi oft lange Spaziergänge mit ihm machen, bei denen wir sie dann und wann begleiteten. Bei einem dieser Spaziergänge klagte ich den beiden mein Leid, dass die Arbeit im Atelier bisweilen eintöniger war, als ich es mir vorgestellt hatte. Das Ehepaar Hopp mit seinem unvergesslichen Auftritt schien ganz offensichtlich der vorgezogene Höhepunkt meiner Ausbildung gewesen zu sein, denn es kam niemand mehr ins Atelier, der auch nur ähnlich lustig, ähnlich lebendig gewesen wäre und dessen Foto auch nur annähernd so viel Kreativität erfordert hätte. Die Wünsche und Bedürfnisse unserer Kunden waren schlicht fantasielos, eintönig und grau.

Die beiden wussten um meinen brennenden Ehrgeiz, mehr aus der Fotografie herauszuholen, als von mir gefordert war, aber sie sahen auch, dass sich diese Lust an der Gestaltung im Mühlwerk des Alltags zu Staub zerrieb.

Artur nickte nachdenklich, dann aber hellte sich seine Miene auf: »Ich finde, du solltest deine eigene Kamera haben.«

»Ja, vielleicht. Aber hier gibt es so was nicht zu kaufen.«

»Dann musst du dahin, wo es so was gibt.«

»Ja, vielleicht«, antwortete ich lustlos.

»Carl Schneiderssohn!«, rief Isi. »Wie willst du ein berühmter Fotograf werden, wenn du keine eigene Kamera hast?«

»Ich will gar nicht berühmt werden«, antwortete ich lahm.

»Also, ich werde dich bestimmt nicht zum nächsten Kamerageschäft tragen«, sagte Artur.

»Schon gut, ich denk drüber nach.«
»Schön, wenn du damit fertig bist, sag ich dir, wo du deine Fotografien machen kannst! Die Fotografien, die sonst keiner hat!«
Ich sah zu ihm herüber: »Das kannst du mir auch jetzt schon sagen.«
»Pfft! Zeig erst mal, dass ein richtiger Fotograf in dir steckt!«
Ich seufzte.
»Ich möchte auch mal fotografiert werden!«, lockte Isi. »Aber nur von dir!«
»Jahaaa, ich habs begriffen!«
Artur und Isi grinsten sich an.
Was würde ich nur ohne sie tun?

Der darauffolgende Sonntag war ein herrlicher Sommertag, wie gemacht für ein großes Stadtfest, und es schienen auch wirklich alle gekommen zu sein, um sich zwischen den Buden und Ständen zu amüsieren. Der Wilhelmsplatz war voller Menschen, überall gab es etwas zu sehen oder zu kaufen, und aus den beiden großen Kasernen davor strömten immer mehr Soldaten in den großen Trubel. Zwischen all den Uniformen, Anzügen, Zylindern, üppigen Kleidern und federgeschmückten Hüten sprangen Kinder um die Beine der Herrschaften, die sich lächelnd über die Lauser beschwerten.
Über die breite Moltkestraße zur Linken trafen immer mehr Droschken und Kutschen ein, entließen ihre Fahrgäste und kehrten wieder um, während zur Rechten über die durch einen Grünstreifen geteilte Wilhelmstraße meist Paare flanierten, die sich im Gewühl des Festes nicht so recht wohlfühlten.
Es war ein Summen und Brummen über dem Platz, ein großes Stimmengewirr, vermischt mit den Klängen eines Leierkastens, den vor allem die Kleinen umschwirrten, weil an ihm ein Äffchen angebunden war.
Ich stand mit Vater an der Ecke Friedrichstraße, die Wilhelmskirche auf der Platzmitte im Blick und die Erinnerung an unseren

ersten Gasmaskentag im Kopf, den wir gerade mal zweihundert Meter von hier vor dem Stadtbahnhof veranstaltet hatten.

Vater hatte solche Festivitäten früher stets gemieden, vielleicht auch, um mir und sich selbst die Enttäuschung zu ersparen, dass er mir nicht einmal einen Groschen für Süßes oder ein Spielzeug geben konnte. Doch diesmal hatte *ich* eingeladen und führte ihn mit Stolz an einen der Weinstände, an dem ich ihm und mir ein schönes Glas spendierte.

»Nicht zu glauben!«, lächelte er und trank einen Schluck. »Mein großer Sohn lädt seinen alten Vater ein! Wo ist nur die Zeit geblieben?«

Schon wieder schimmerten Tränen verdächtig in seinen Augen, und ich legte ihm aufmunternd die Hand auf die Schulter, in der Hoffnung, dass er an einem solch schönen Tag nicht in Melancholie versank.

Leute spazierten an uns vorbei, darunter auch Frau Direktor Lauterbach am Arm ihres Mannes, die zu uns rübersah, dann aber den Blick abwandte und so tat, als hätte sie uns nicht bemerkt.

Plötzlich entdeckte ich Kopernikus, der Isi an einer Leine hinter sich herzerrte, gleich dahinter Artur. Vater nickte mir lächelnd zu, dass ich mit meinen Freunden losziehen sollte, und so drängten wir uns ins Getümmel, hielten an jeder Bude, tranken Bier, und schließlich kaufte Artur Isi Blumen, die sie strahlend annahm und mit einem keuschen Kuss auf seine Wange belohnte.

»LUISE!«, zischte eine Stimme hinter uns.

Wir drehten uns um und sahen in das erboste Gesicht ihres Vaters. An diesem Punkt dachte ich noch, was für ein unwahrscheinlicher Zufall es doch war, dass er ausgerechnet hier, zwischen Hunderten von Menschen, herumgestanden hatte.

»Komm mit!«

Schon hatte er sie an der Hand gepackt und weitergezogen, während Artur und ich noch ein wenig betreten dastanden und ihr nachsahen. In jenen Zeiten waren öffentlich bekundete Zärtlichkeiten vollkommen unüblich, vor allem natürlich zwischen Unverheirateten, und so dachten wir, dass Isis Vater zur Abwechslung einmal nicht im Unrecht war, mit seiner Tochter zu zürnen.

Dann aber liefen Artur und ich ihm doch nach. Artur zischte: »Wenn er ihr eine knallt, knall ich ihm auch eine!«

Gottlieb führte seine Tochter über den Wilhelmsplatz zur Ecke Moltkestraße. Wir waren im Begriff, die beiden einzuholen, sahen dann aber, dass Isis Vater seine Tochter einem Herrn mit Frack und Zylinder vorstellte, vor dem Isi, hinterrücks von ihrem Vater angestupst, einen Knicks machte. Er nahm ihr den Hund ab, während sie ein paar freundliche Worte mit dem Mann plauderte. Artur und ich warteten darauf, dass die Konversation ein Ende fand, um mit Isi in einem unbewachten Moment abzuhauen.

Eine Weile standen wir herum.

Dann, plötzlich, hörten wir das spitze Schmerzensgeheul eines Hundes.

Stimmen wurden laut.

Eine Frau schrie, Menschen stoben auseinander.

Ich sah, wie Isi an sich herabblickte und feststellte, dass sie Kopernikus nicht mehr an der Leine führte. Dann lief sie los, ohne sich von dem Herrn zu verabschieden, geradewegs dem Tumult entgegen, wir gleich hinter ihr.

Da sahen wir es.

Kopernikus lag leblos auf dem Boden.

Daneben eine Kutsche.

Isi schrie entsetzt auf, stürzte zu ihm herunter und nahm ihn hoch, aber sein Kopf baumelte so kraftlos herab, dass man es schon von Weitem sehen konnte: Er war tot.

Isi streichelte ihn, weinte, rief seinen Namen, aber es war zu spät.

Zwei Personen stiegen aus der Kutsche, die den Hund überfahren hatte.

Und als Isi aufblickte, den toten Kopernikus in den Armen, sah sie in das Gesicht von Helene Boysen. An der Hand ihres Bruders Falk.

Sie blickte kalt auf Isi herab, und da wussten wir alle, dass dies kein Zufall gewesen war. Dass die Boysens allen zeigen wollten, was passieren würde, wenn man sie lächerlich machte. Dass sie lieber etwas zerstörten, als es jemand anderem zu überlassen. Und sei es auch nur ein Hund.

Zu spät bemerkte ich, dass Artur bereits auf Falk Boysen zugestürmt war und ihn am Revers packte.

In letzter Sekunde ging ich dazwischen: »Artur, nicht. Nicht!«

»Was?«, zischte Falk überrascht.

In seinen Augen flackerte die nackte Angst. Er war geradezu geschockt über die Tatsache, dass sein höherer Stand ihn in diesem Moment nicht davor bewahrt hätte, möglicherweise die nächsten Wochen im Krankenhaus zu verbringen.

»Artur! Komm! Er ist es nicht wert!«

Artur starrte Falk an.

Endlose Sekunden.

Dann aber ließ er ihn los.

»Ich möchte gehen!«, sagte Helene. »Mir ist langweilig.«

Falk nickte erleichtert: »Natürlich.«

Sie stiegen ein, die Kutsche fuhr davon und gab den Blick frei auf Gottlieb Beese. Isi und Artur sahen ihn nicht.

Aber ich.

Er mied meinen Blick und suchte schnell das Weite.

39

Wir begruben Kopernikus in allen Ehren in einem Wäldchen vor den Stadtmauern Thorns mit Blick auf den v-förmigen Grützmühlenteich, weil Kopernikus das Wasser in seinem kurzen Leben sehr geliebt hatte. Isi wirkte gefasst, doch mittlerweile kannte ich sie gut genug, um zu wissen, dass sie diesen Anschlag nicht einfach so hinnehmen würde.

Sie wartete auf ihre Chance, sich zu rächen.

An Helene.

Und an ihrem Vater.

Einstweilen setzte ich meine Lehre bei Herrn Lemmle fort, der mich am nächsten Morgen mit einer Ankündigung überraschte. Er eröffnete mir, dass er ein paar Tage zu verreisen habe, und fragte mich, ob ich es mir zutraute, den Laden solange alleine zu führen.

»Selbstverständlich, Herr Lemmle!«, rief ich erfreut.

Die Aussicht auf etwas mehr Eigenständigkeit stimmte mich froh, dennoch schien es, als hätte ich in den letzten Wochen meine innersten Gefühle nicht so gut vor Herrn Lemmle verbergen können, wie ich gedacht hatte, denn er sah mich lange an und fragte dann: »Gefällt es dir hier noch, Carl?«

»Aber ... natürlich!«

»Ich weiß, dass die Arbeit hier nicht besonders anspruchsvoll ist.«

»Ich bin sehr dankbar für die Chance, die Sie mir gegeben haben, Herr Lemmle!«

Er lächelte: »Du bist so ein redlicher Bursche, Carl. Aber ich weiß, dass du dich manchmal langweilst.«

Ich schluckte und brachte kein Wort heraus.

»Ist schon in Ordnung. Unser Tagesgeschäft ist leider nicht so spannend, wie ich es gern selbst hätte. Daher habe ich einen Vorschlag für dich!«

Ich sah ihn fragend an.

Er überreichte mir fünf beschichtete Glasplatten und sagte: »Mach daraus fünf Fotografien. So, wie du sie gerne machen würdest. Ohne Einschränkungen.«

»Wirklich?«

»Ja. Zeig mir, was in deinem Kopf so vorgeht.«

»Und die Kosten?«, fragte ich.

»Trage ich, wenn sie gut sind. Trägst du, wenn sie schlecht sind.«

Wir schüttelten einander die Hände.

Dann hatte ich den Laden für mich alleine.

Am Abend kam überraschend Isi in der Schneiderei vorbei und hielt einen Anzug ihres Vaters in den Händen.

»Der müsste ausgebessert werden. Er hat einen Riss unter dem rechten Arm.«

Ich besah mir den Schaden und seufzte: Jemand hatte dort absichtlich die Nähte aufgetrennt. Und dieser Jemand stand gerade vor mir und grinste mich unschuldig an.

Ich ging nicht weiter darauf ein und sagte stattdessen: »Herr Lemmle hat mir fünf Glasplatten geschenkt, mit denen ich fotografieren kann, was ich will!«

»Wunderbar! Fotografier mich!«

»Jetzt?«

Sie sah sich um und schüttelte den Kopf: »Nein, hier ist es zu langweilig. Es muss eine besondere Fotografie werden! Wir fragen Artur: Der hatte doch eine Idee, oder?«

»Ja, aber er hat nicht gesagt, was.«

»Das macht er nie, der Geheimniskrämer.«

»Wohl wahr. Wann soll der Anzug fertig sein?«

»Übermorgen Vormittag.«

»Vormittag?«, runzelte ich die Stirn. »Da bist du doch in der Schule?«

»Ja, du wirst heimlich kommen und ihn mir bringen. In Ordnung?«

»Sollte ich irgendetwas wissen?«, fragte ich besorgt.

»Nur, dass ich bei dir war und den Anzug abgeholt habe.«

»Du verwirrst mich!«

Sie lachte, legte mir die Handfläche auf die Wange und kokettierte: »Tu ich das nicht immer?«

Ihre Augen blitzten vor lauter Angriffslust. Wenn sie so war wie jetzt, wie das Mädchen, das mir das blaue Kleid abgeschwatzt oder in einem Modeladen ein Spektakel zelebriert hatte, erinnerte sie mich an die Jagdgöttin Diana: schön und unwiderstehlich.

»Also dann. Übermorgen zur Mittagspause. Pünktlich!«

Sie führte eindeutig etwas im Schilde.

Die nächsten beiden Tage verhielt sie sich völlig unauffällig. Nicht einmal auf das provozierende Grinsen Helenes während des Unterrichts ging sie ein, sondern gab vor, sie nicht zu sehen, bis die Kleine schließlich resignierte und versuchte, der Stunde zu folgen. Was ihr selten gelang. Sie fand Gottliebs Lehren berechtigterweise langweilig, aber im Gegensatz zu anderen Kindern konnte sie sich den Luxus leisten, unaufmerksam zu sein, ohne dass es dafür eine Tracht Prügel setzte. So malte sie, wenn ihr langweilig war, starrte zum Fenster hinaus, wenn die Aufgaben zu schwierig wurden, oder schlief einfach ein, wenn sie die Müdigkeit überkam. Und die überkam sie oft, denn sie hatte den weitesten Schulweg und musste daher von allen Kindern am frühesten aufstehen.

Selbstredend konnte Isi nicht darauf hoffen, dass sie auch an dem Tag, an dem ich den Anzug bringen sollte, einschlafen würde, und so half sie in der ersten Pause nach, indem sie ihr ein leichtes Schlafmittel in die Milch kippte. So musste sie nur noch geduldig bis zur Mittagspause warten, und während alle anderen auf den Schulhof stürmten und sie selbst vorgab, den Anzug ihres Vaters vom Schneider abzuholen, schlief Helene über dem Pult zusammengesunken den Schlaf der Gerechten. Isi jedoch schlich in das Klassenzimmer, öffnete die Klappe des Lehrerpults und fischte eine darin liegende Schere heraus.

Als die Kinder dreißig Minuten später wieder in das Klassenzimmer traten, fanden sie dort die immer noch schlafende Helene vor. Nur dass ihre schönen langen Locken jetzt um sie herumlagen.

Alles war ab.

Es klafften sogar Löcher in dem wenigen, das ihr noch geblieben war.

Sie erwachte vom Gelächter der anderen.

Irritiert sah sie sich um und fand sich inmitten einer Traube von Schülerinnen, die kreischend mit dem Finger auf sie zeigten und sich vor Vergnügen bogen. Da bemerkte sie ihre Haare auf dem Pult und begann zu schreien. Sie schrie wie am Spieß, bis Gottlieb sich durch die Mädchen hindurchdrängte und entsetzt auf das kahle Mädchen herabblickte. Instinktiv schaute er sich nach seiner Tochter um, die gerade wieder in den Raum trat, den geflickten Anzug in der Hand.

Helene saß immer noch auf ihrem Platz und schrie.

Und sie schrie auch noch, als die Kutsche sie am Nachmittag abholte und nach Hause brachte.

40

Alle ahnten, dass es Isi gewesen war, aber niemand konnte es ihr beweisen. Die Boysens tobten, aber Gottlieb versicherte Falk, dass Isi seinen Anzug aus der Schneiderei geholt habe, und da mein Vater und ich diese Geschichte auch noch bestätigten, war es nicht möglich, sie zu belangen.

Natürlich hatte Isi inständig gehofft, dass die Boysens ihrem Vater ihre Gunstbezeugungen entzögen, aber sie hielten an ihm fest. Offenbar glaubten sie auch weiterhin an seine untertänige Treue, und der Platz des kranken Otto Spree im Stadtrat musste mit jemandem besetzt werden, der die Dinge in ihrem Sinne ausführte.

Für Helene hatte der Vorfall massive Konsequenzen.

Um zu ermessen, wie hart sie Isis Streich getroffen hatte, muss man wissen, welch große Bedeutung in jenen Zeiten lange Haare als Inbegriff der Weiblichkeit für Frauen im Allgemeinen und Helene im Besonderen hatten. Ja, sie war furchtbar stolz auf ihre Goldlöckchen gewesen. Und zu allem Unglück hatten sie ihr tatsächlich eine Glatze rasieren müssen, da die vielen kahlen Stellen auf ihrem Kopf aussahen, als hätte sie einen furchtbaren Zwischenfall mit einem Specht gehabt. Helene indes weigerte sich, wieder zur Schule zu gehen. Und dabei blieb es dann auch: Ihr mit ihr leidender Vater bezahlte ihr fortan einen Privatlehrer.

Helene kehrte nicht mehr zurück.

Zu mir sagte Isi nur: »Weißt du, Carl, vielleicht hattest du recht: Etappensiege sind gar nicht so übel. Eines Tages erwische ich auch noch meinen Vater. Meine Zeit wird kommen.«

Das alles machte den armen Hund nicht mehr lebendig, seinen Tod aber wenigstens erträglich. Und Isi behauptete steif und fest, Kopernikus hätte die Rache sehr gefallen.

Am späten Nachmittag nach dem großen Skandal machte ich meine erste von fünf Fotografien: Artur hatte sich von der Arbeit fortgeschlichen, bereute seinen Entschluss jedoch bald, weil ich Ewigkeiten brauchte, um das nötige Licht zu setzen, um ihn in eine bestimmte Position zu bringen, wieder und wieder mit Blende, Objektiv und Verschluss hantierte, um dann endlich, nach vielleicht einer Stunde Vorbereitung, ein einziges Foto von ihm zu schießen.

»Ich hoffe, du hast nicht vor, davon zu leben!«, maulte er.

»Ich krieg schon noch mehr Routine«, antwortete ich.

»Wirklich, Carl, wenn dieses Foto keine Sensation ist, dann komme ich zurück und leite die Prügel, die ich gleich von meinem Alten bekomme, an dich weiter. Verstanden?«

Damit marschierte er schnurstracks zur Tür hinaus.

»Warte, du wolltest mir doch noch sagen, wo man die besten Fotografien machen kann!«, rief ich ihm nach.

»Morgen Abend! Und wehe, du beherrschst bis dahin nicht deine Kamera!«

Damit verließ er das Atelier.

Später, als die untergehende Sonne bereits lange Schatten warf, trat ich in unsere Schneiderstube ein und fand Vater an seiner Amerikanischen vor. Verwirrt sah er auf, musterte mich mit diesem kurzsichtigen Blick, als ob er gerade darüber nachdachte, woher er mich wohl kennen würde, dann beugte er sich wieder über den Stoff und trat das Pedal der *Singer*.

»Kartoffeln sind in der Küche«, sagte er und führte die Naht voran.

Erst jetzt bemerkte ich, dass ich unser gemeinsames Abendessen verpasst hatte. Schließlich entzündete ich die Petroleumlampen.

»Ich hab noch genug Sicht«, rief Vater arbeitend.

»Ich brauche Licht für eine Fotografie!«, erwiderte ich.

Er sah auf: »Hier?«

Ich nickte: »Ich möchte dich fotografieren!«

Er runzelte die Stirn: »Mich? Aber ich bin doch nur der Schneider?«

»Und?«

»Willst du nicht lieber etwas Bedeutenderes fotografieren?«

»Ich wüsste niemanden, der bedeutender wäre als du.«

Er sah mich erst verblüfft, dann gerührt an: »Wenn Mutter dich sehen könnte! Sie wäre so stolz auf dich!«

Schon liefen ihm Tränen über die Wangen.

»Vater! Bitte! Nicht weinen! Es soll doch eine schöne Fotografie werden!«

Er wischte sich übers Gesicht: »Gut, gut! Warte! Ich ziehe mir meinen besten Anzug an!«

»Nein, so, wie du bist! Genau so. Menschen in ihren besten Kleidern habe ich jeden Tag!«

Dann begann ich, eine geeignete Position zu suchen.

Das Licht zu setzen, was ewig dauerte, weil die Stube mittlerweile sehr dunkel war und ich die Petroleumlampen verschieben musste.

An Blende und Objektiv herumzuschustern.

Und als ich endlich fertig war, sah ich, dass Vater über seiner geliebten Amerikanischen eingeschlafen war.

Ich seufzte.

Er lag ganz friedlich auf der Arbeitsfläche, die Arme um die Maschine gelegt, als liebkoste er ein Haustier. Ich betrachtete ihn mitfühlend, und je länger ich das tat, desto besser gefiel er mir. Wann hatte er jemals so friedlich ausgesehen wie jetzt? Ich konnte mich nicht daran erinnern. Es war, als wäre alle Last von ihm abgefallen, als gäbe es nichts mehr zu erledigen, nichts mehr zu bedenken, nichts mehr zu wünschen. Erlöst von des Tages Not hatte er sich offenbar in einen süßen Traum geflüchtet.

Schnell rückte ich meine Kamera zurecht und drückte auf den Auslöser.

41

Thorn war in vielerlei Hinsicht ein Sonderfall: der Festungscharakter, die Lage an der Grenze zu Russland, die vielen Kasernen und Soldaten. In einer Sache war Thorn jedoch wie alle anderen Städte auch, die ich in meinem Leben kennenlernen durfte: Wo viele Soldaten ihren Dienst taten, war auch das Vergnügen nicht weit. Nicht gelitten von der Öffentlichkeit, aber doch geduldet.

Denn so ein Soldatenleben war hart, und die Männer, die es lebten, waren jung. Selbst die Puritaner brachten trotz des öffentlich beklagten Verlusts an Moral und Anstand ein gewisses heimliches Verständnis dafür auf, dass der einsame Landser in den wenigen freien Momenten, die ihm blieben, ein wenig weibliche Gesellschaft suchte. Und so fanden sich in Thorn dann ganz automatisch, wie in anderen Garnisonstädten auch, Lokale wie der *Rote Hahn*. Es gab auch noch andere, die ich vom Hörensagen kannte, kleine Kaschemmen fernab der Altstadt, aber der *Hahn* war das bekannteste und wahrscheinlich auch das größte.

Das Haus, das die Gaststätte im Erdgeschoss beherbergte, wirkte, verglichen mit den schönen Bauten der Altstadt, heruntergekommen, war ungepflegt und seit Jahrzehnten nicht mehr gestrichen worden. Es stand in der Fischerei-Vorstadt, zwischen Botanischem Garten und Winterhafen, mit Blick aufs Hafenbecken und die dahinter fließende Weichsel. Allein der mittlerweile verblichene Name, auf Putz gemalt, verriet, dass sich hier ein Lokal verbarg. Heruntergelassene Jalousien vor den Kneipenfenstern und verschlossene Gardinen in den Zimmern des zweiten und dritten Stocks erweckten den Eindruck, dass die Spelunke schon vor Jahren aufgegeben worden war. Nur der erste Stock sah bewohnt aus – hier lebte der Wirt.

Eine kleine Gaslaterne am Ende der Straße ließ die vielen Schatten bedrohlich wirken. Artur und ich standen vor dem Eingang und hörten aus dem Inneren dumpfes Gelächter, Geschrei und Klaviermusik. Ab und an schlich sich ein Uniformierter hinein. Dann schoss ein Licht hinaus auf die Pflastersteine bis fast vor unsere

Füße, während das Gejohle drinnen sprunghaft anschwoll und erstickte, als die Tür wieder ins Schloss fiel.

»Soll ich da wirklich rein?«, fragte ich unsicher.

Artur stand neben mir und antwortete: »Du kannst gerne weiter Porträts im Atelier machen. Aber wenn du richtige Menschen sehen willst, dann hier!«

Wieder blickte ich zum Eingang, hielt mich am Stativ meiner Kamera fest, als klammerte ich mich um die Hüfte meiner Mutter. Dann aber gab ich mir einen Ruck, nahm das Köfferchen mit Kamera und Glasplatten auf und sagte: »Du hast recht!«

Mit reichlich mulmigem Gefühl und hinter Arturs breiten Schultern trat ich ein. Da war zuerst der Lärm von einigen Dutzend Männern, aber dazwischen auch das Gekreische der Damen, die ich auf den ersten Blick allerdings gar nicht ausmachen konnte. Dann atmete ich dicken blauen Rauch von etlichen Zigaretten und Pfeifen ein, bevor ich mich endlich orientieren konnte: Ich sah zumeist auf graue Rücken und leere wie volle Biergläser auf Tischen.

Irgendjemand klimperte immer noch auf dem Klavier herum, das wir schon draußen gehört hatten.

Plötzlich stand ein Kerl vor uns, genauso groß wie Artur, mit Bauch und gewaltigem Schnauzbart. Er zeigte auf mich: »He, Kleiner! Raus hier!«

Artur nickte ihm zu und rief: »Geht in Ordnung! Er ist mit mir hier!«

»Ich will hier keine Pickelhauben, klar?«

»Geht klar! Wir machen keinen Ärger!«

»Wie alt bist du denn, hä?!«

Artur ging zwei Schritte auf ihn zu, und ich sah, wie er ihm einen bläulichen Schein in die Jacke steckte: »Zwanzig. Steht doch drauf!«

Erst starrte er Artur nur an, dann lachte er aus vollem Hals: »Du bist richtig! Also gut, wenn hier Gendarmen auftauchen, dann verschwindet ihr aber durch den Hinterausgang! MINNA! Mach den Burschen doch mal zwei Bier!«

Ich wehrte ab: »Danke, aber lieber nicht!«
»MINNA? Milch!«
Plötzlich verstummten die Männer und wandten sich uns zu. Einige von ihnen erstaunt, andere grinsend. Am liebsten wäre ich vor Scham im Boden versunken.
»Vielleicht doch lieber ein Bier?«, fragte ich schnell.
»MINNA? Bier!«
Der Mann vor mir hatte sichtlich seinen Spaß, aber wenigstens verloren die meisten anderen um uns herum ihr Interesse an mir. Sie drehten sich wieder um und setzten ihre Gespräche fort.
»Ich bin Otto. Wenn was ist, kommste zu mir. Wenn du Ärger machst, komm ich zu dir. Klar so weit?«
»Absolut klar«, antwortete ich schnell.
Damit verschwand er zwischen den Gästen, während ich noch einen Moment dastand und mich umsah: Überall tobte das Leben, überall Bewegung und gelbes Licht. Ich würde nirgendwo die Kamera aufstellen können, ohne dass jemand gegen sie stoßen oder, schlimmer noch, sie umreißen und zerstören würde.

Wir zwängten uns an Soldaten vorbei, zwischen denen hier und da auch Zivilisten und einige Frauen standen, von deren Käuflichkeit man allein deshalb wusste, weil sie sich in einem Lokal wie diesem aufhielten. Ihrer Kleidung sah man es nicht an, allein die Lippen waren geschminkt und auch ein wenig die Augen. Sie lachten laut über die Witzchen der Männer, ließen sich zu Getränken einladen oder forderten andere auf, eine Runde zu spendieren.

Das hier war das andere Thorn.

Nicht die Festungsmauern, das Rathaus, das Theater, die Breite Straße, die Kirchen und die schneidigen Offiziere, sondern die Schneider, die Wagner, die Freier und Huren. Und plötzlich war ich erfüllt von der Vorstellung, genau diesen Menschen ein Gesicht zu geben. Wollte zeigen, dass sie da waren und dass sie ein Recht hatten, wahrgenommen zu werden. Ihnen ein Dasein geben, auch wenn niemand sonst etwas von ihnen wissen wollte. Ich wollte sie *sehen*, weil sie sonst niemand sehen wollte.

Mit einem Bild unsterblich machen.

Der einzige Ort, an dem etwas Platz zu sein schien, war neben der Theke, wo sowohl ein Flur zur Hintertür und den Aborten als auch eine Treppe in die oberen Stockwerke führte. Ich taumelte mit meinem Gepäck zwischen den Betrunkenen hindurch, entschuldigte mich dabei unentwegt, erntete gleichgültige Blicke. Petroleumlampen warfen ein gnädiges Licht auf verbrauchte Gesichter.

Dann endlich ploppte ich förmlich aus einem Pulk hinaus in den Flur und stand neben der Theke. Artur war mir gefolgt, und ich war froh, dass dieser Hüne mich wie ein stiller Schutzengel begleitete und mich im Auge behielt. Eine Weile sah ich einfach nur in den Schankraum, sah die Männer und die Huren bei Bier und Schnaps lachen, bis sich ein Paar aus dem Gewühl löste, an mir vorbeidrängte, die Treppe hinauf. Begleitet vom Gejohle der Kameraden.

Jemand tippte auf meine Schulter.

Ich drehte mich um: Isi.

Vor lauter Überraschung machte ich ein seltsames Geräusch, einem blökenden Schaf nicht unähnlich. Auch Artur starrte sie erschrocken an.

»Habt ihr mich etwa vergessen?!«, fragte sie spitz.

»Was zum Teufel machst du hier?«, fragte Artur zurück.

»Was macht ihr denn hier?«

Artur versuchte, sie gleich zum Hinterausgang hinauszuschieben: »Du musst hier weg! Sofort!«

Aber Isi machte sich schnell von ihm los und rief: »Ich denke ja gar nicht daran!«

»Wie bist du überhaupt reingekommen?«, fragte ich endlich.

»Durch den Eingang.«

»Aber ...«

»Du meinst Otto? Furchtbar lieber Kerl. Ich hab ihm gesagt, dass ich Vatern suche und dass er schnell nach Hause kommen muss. Ich hab sogar ganz doll geweint!«

Ich musste nur ihr freches Grinsen ansehen, um zu wissen, was für eine Schau sie vor Otto abgezogen hatte.

»Also, meine Herren!« Sie klatschte vergnügt in die Hände. »Was trinken wir?«

Wir wussten beide: Der bloße Versuch, sie jetzt noch aus diesem Etablissement hinauszubugsieren, würde zu einem solchen Aufruhr führen, dass wir alle drei Lokalverbot auf Lebenszeit bekämen.

Artur und ich sahen sie an.

Dann gab Artur ihr sein Bier, und ich bat, dass sie bitte mucksmäuschenstill sein sollte, damit ich die Möglichkeit hatte, hier meine Bilder zu machen. Sie blieb an Arturs Seite, und ich ließ die beiden allein.

Nicht weit von mir saß eine gemischte Gruppe an einem Tisch, direkt unter einer der Lampen, und ich schätzte, dass das Licht ausreichend für eine Fotografie sein könnte, wenn ich einen Augenblick abpasste, in dem sich alle nicht zu sehr bewegten. Da ich nicht wollte, dass sie in irgendeiner Form posierten, richtete ich heimlich die Kamera aus und wartete lauernd auf die eine Sekunde, in der sie sich unbeobachtet vorkamen.

Natürlich entdeckten sie mich.

Machten Faxen, schnitten Grimassen, eine der Damen zeigte mir sogar ihre Brust – übrigens die erste in meinem Leben. Ich hatte mir diesen Moment irgendwie romantischer vorgestellt.

Nach einer Weile erlahmte ihr Interesse, da ich keine Anstalten machte zu fotografieren, und so gingen sie ihren Gesprächen nach, bis sich irgendwann ein Pärchen von diesem Tisch erhob und nach oben ging.

Sie nahmen mich nicht einmal mehr wahr, sodass ich blitzschnell meine Kamera wendete und die Treppe hinaufzielte, wo die beiden schweren Schrittes und reichlich angeschickert die Stufen hinaufstolperten und kurz innehielten: Der Mann legte seine Hand auf ihren Hintern, sie bog lachend den Hals in den Nacken. Die Treppe war aus guten Gründen hell ausgeleuchtet, und ohne weiter darüber nachzudenken, drückte ich auf den Auslöser.

Danach verhielt ich mich wieder ruhig.

Wie unsichtbar.

Beobachtete das Treiben.
Sah Gesichter, sah Schatten, sah Licht.
Sah alles.
An der Theke ging es hoch her.
Menschen umringten den Tresen, riefen Bestellungen, fuchtelten mit den Armen und nahmen die Getränke entgegen, die ein schmaler Wirt mit tückischen Augen und dem Gesicht einer Ratte ausgab. Es schien, als duckte er sich gegen einen Ansturm von Amüsiersüchtigen. Für einen Moment stand er einfach nur da und blickte hinaus in den feindlichen Schankraum. Da richtete ich das Objektiv und drückte wieder auf den Auslöser.
Eine Fotografie blieb mir noch.
Ich suchte, fand Isi und winkte sie zu mir.
»Darf ich dich fotografieren?«, fragte ich sie.
»Hier?«
»Ja.«
»Das ist eine tolle Idee, Carl! Was soll ich tun?«, fragte sie unsicher.
Und ich sagte nur: »Vergessen, wo du bist. Und an das denken, was du liebst.«

42

Es waren nur Minuten, aber sie beseelten mich noch den ganzen Heimweg. Minuten, in denen wir alles hatten ausblenden können, was um uns herum passierte, weder das Gegröle der Betrunkenen hörten noch die schmutzigen Kommentare der Freier, die uns beobachteten.

Isi hatte mich angesehen, und ich hatte den Atem angehalten, um auf diesen einen Moment zu warten, der sie beschrieb. Obwohl wir begafft worden waren wie die Zirkustiere, waren wir doch für einen kurzen, intimen selbstvergessenen Augenblick mit uns allein.

Vor den Augen aller.

Danach hatte ich meine Sachen gepackt, und wir verließen den *Hahn* durch den Hinterausgang. Isi ging an Arturs Arm und war fast schon euphorisch. Und ich dachte allein an sie.

Ob sie genauso empfunden hatte?

Jedenfalls konnte ich es kaum erwarten, die Fotografien zu entwickeln und Kontaktabzüge davon zu machen. Die Kamera gehörte zu den größten, die für die Personenfotografie eingesetzt wurden, sodass die Glasplattennegative, die immer dasselbe Format hatten wie die späteren Abzüge, vergleichsweise große Bilder erlaubten. Und wenn man keine Fehler gemacht hatte, waren sie gestochen scharf. Als ich dann die fünf Fotografien in den Händen hielt, fragte ich mich, was Herr Lemmle dazu sagen würde, denn keines war annähernd so geworden wie die Bilder, die wir in seinem Atelier täglich herstellten.

Zwei Tage später kehrte er endlich zurück, und nach ein wenig Geplauder und ein paar Fragen, ob es alles glatt gelaufen sei oder es Probleme gegeben habe, kam er schließlich selbst auf das Thema.

»Nun, Carl?«, fragte er. »Wir hatten eine kleine Abmachung. Hast du deine Fotografien gemacht?«

Ich nickte und holte die fünf Bilder.

Er hatte sich hingesetzt, während ich neben ihm stand und über seine Schulter hinweg beobachtete, wie er die erste Fotografie ansah. Irritiert die Stirn runzelte, dann anhob, etwas zu sagen, doch den Mund wieder schloss und erneut auf das Gesicht in seinen Händen starrte. Vielmehr: das halbe Gesicht.

Es war Artur.

Ich hatte nur die linke Gesichtshälfte fotografiert.

Warum, wusste ich selbst nicht, es erschien mir die einzige Möglichkeit, alles herauszuholen, was ich in ihm sah. Ich halbierte das schwarz-weiße Gesicht und verdoppelte den Ausdruck darin: Durch harte Kontraste blickte Artur einen mit wachem, hellem Auge und unendlichem Selbstvertrauen an. Es war, als würde er hinter einer

Ecke stehen und in das Bild hineinsehen, während sich der Betrachter diesem Blick schutzlos ausgeliefert fühlte.

Herr Lemmle schaute lange darauf.

Wie hypnotisiert.

Aber er sagte nichts, was mich verunsicherte: Gefiel es ihm nicht?

Dann nahm er die zweite Fotografie: der Freier mit der Hure auf der Treppe. Herr Lemmle wirkte erst überrascht, dann erstaunt. Plötzlich aber sah ich ihn schmunzeln, als er die Hand des Freiers auf dem Hintern der Hure entdeckte.

Sie johlte vor Vergnügen, aber wenn man genau hinsah, bemerkte man, dass die Augen nicht mitlachten: Sie spielte das Vergnügen nur, während der Freier tatsächlich glaubte, einen originellen Scherz gemacht zu haben.

»Wo hast du das her?«, fragte Herr Lemmle.

»Aus dem *Roten Hahn*«, antwortete ich.

Er drehte sich zu mir und sah mich verblüfft an: »Wie bitte?«

»Ich ... ich ...«

Ich spürte, wie mir das Blut ins Gesicht schoss. Bis zu diesem Augenblick hatte ich mir keine Gedanken darüber gemacht, dass diese Fotos auf mich zurückfallen würden.

Herr Lemmle lächelte: »Gut. Sehr gut!«

Erleichtert atmete ich auf.

Das nächste Bild zeigte meinen Vater.

Und Herr Lemmle sagte nur: »Wie sehr du ihn liebst.«

Ich spürte einen Kloß im Hals und sagte nur: »Das können Sie auf dem Bild sehen?«

»Ja.«

Er blickte auf meinen schlafenden Vater, und ich sah, wie ihm eine Träne über die Wange rollte, die er verstohlen wegwischte. Erst da wurde mir gewahr, dass ich ihn nie über seine Familie hatte sprechen hören. Ich wusste nicht, ob er eine Frau gehabt hatte. Oder gar Kinder. Er sprach nie über seine Eltern. Hatte er Geschwister? Wenn ja, waren sie auch in künstlerischen Berufen tätig? Oder arbeiteten sie mit den Händen wie mein Vater?

Herr Lemmle mied dieses Thema, und ich wagte nicht zu fragen.

Als Nächstes war da Isi.

Ein bildfüllendes Porträt.

Da war Traurigkeit, aber auch ein schalkhaftes angedeutetes Lächeln. Sie wirkte ebenso keck wie verletzlich, und ihre Augen waren so, dass man sich in ihnen verlor.

»Ein hübsches Mädchen!«, rief Herr Lemmle. »Eines mit Seele. Ist sie deine Freundin?«

»Nein.«

»Nein? Ich hätte schwören können, dass da etwas zwischen euch ist.«

Ich schüttelte schnell den Kopf: Wie hatte er das sehen können? Oder hatte er geraten?

Die fünfte und letzte Fotografie war die Szene an der Theke mit dem Rattenwirt und den vielen Gesichtern davor: betrunken, lachend, leer. Einige der Köpfe und Körper waren bewegungsunscharf, nur der Wirt schien reglos, fast geduckt. Er starrte auf die Meute, die aussah, als wäre sie im Begriff, über den Tresen zu springen und sich auf ihn, den Mann mit der Schürze, zu stürzen.

Ich seufzte: »Tut mir leid, aber das ist leider unscharf.«

Herr Lemmle schüttelte den Kopf: »Aber gerade das macht es doch aus! Sieh doch diese Dynamik! Der Wirt als ruhender Pol. Und davor die wilden Tiere!«

Ich betrachtete mein Foto, und erst jetzt fiel mir auf, dass man es auch auf diese Weise deuten konnte.

Herr Lemmle stand auf und gab mir meine Fotografien zurück.

»Komm, ich möchte dir etwas zeigen!«

Ich folgte ihm zum Eingang, wo seine beiden Koffer standen. Es hatte mich schon beim Eintreten verwundert, dass er mit zwei großen Koffern unterwegs gewesen war. Aber er war ein eleganter Mann, und möglicherweise hatte er ja große Freude daran, sich auf Reisen mehrmals am Tag umzuziehen.

Da öffnete er den einen und entnahm ihm eine Kamera.

»Bitte! Das ist deine!«

»Meine?!«, rief ich überrascht.

Ich nahm sie ehrfürchtig an mich, während er noch ein gepolstertes Holzköfferchen mit hundert beschichteten Glasplatten hervorholte und es auf den Boden stellte.

»Das sollte für den Anfang reichen«, sagte er verschmitzt.

»Wo ...?«

Mehr brachte ich nicht heraus.

»Ich war in Berlin. Und du schuldest mir hundertzwanzig Mark.«

»Die hole ich gleich!«, rief ich aufgeregt, aber Herr Lemmle hob abwehrend die Hände und sagte: »Das hat Zeit bis morgen.«

Ich konnte nicht anders und umarmte ihn.

Dann ließ ich ihn los und fragte: »Und wenn ich den Test nicht bestanden hätte?«

Da lächelte er und antwortete: »Du hast eine Gabe, Carl. Du *siehst* die Menschen, nicht das Bild, das du von ihnen machst. Du erzählst mit einer einzigen Fotografie eine ganze Geschichte – das kann man nicht lernen, das ist gottgegeben.«

Ich umarmte ihn wieder.

»Danke.«

Herr Lemmle tätschelte mir den Rücken: »Nein, Carl. Ich danke dir.«

43

Ich nahm mir fest vor, an meinen Unzulänglichkeiten zu arbeiten.

Jeden Morgen sah ich die Sonne aufgehen, aber verstand nicht ihr Licht. Und jeden Abend senkte sich die Nacht auf Thorn, aber ich verstand nicht ihre Dunkelheit. Ich verstand nicht den Wind, der das Getreide bog, das Spiegeln von Fensterglas, die Hitze einer Flamme oder die Frische eines Bachlaufs. Ich sah all diese Dinge jeden Tag, aber ich wusste nicht, wie man das, was sie in einem auslösten, in einem Bild festhielt.

Wie man diese Dinge lebendig machte.

Spürbar.
Fühlbar.
Menschen waren mit ihrer Welt verbunden. Wie sollte ich ihnen gerecht werden, wenn ich nur sie zeigte, nicht aber das, was sie umgab? Um sie wirklich zu verstehen, musste man verstehen, wo und wie sie lebten.
Als Teil eines Ganzen.
Von fünf Fotografien war mir das einmal gelungen: der Wirt und die Gäste. Und um ehrlich zu sein, war es Zufall gewesen. Ein Schnappschuss. Die anderen Fotos waren Porträts oder Aufnahmen, die zwar Menschen zeigten, nicht aber die Sphäre, in der sie lebten. Sie hätten überall entstanden sein können. Ich wollte nicht nur ein Auge für die Wesenszüge der Menschen haben, sondern auch eins für Räume und Milieus entwickeln.

Also fotografierte ich.
Artur in der Werkstatt.
Er hasste die Arbeit in der Wagnerei, und er hasste es, mit seinem Vater arbeiten zu müssen. Manchmal waren die Spannungen zwischen den beiden so groß, dass es gar nicht möglich war, daran vorbeizufotografieren.
An einem Sonntag im September gerieten die beiden in Streit, und kurz sah es so aus, als würden sie sich tatsächlich prügeln. Die Erntezeit war fast vorbei, die Wanderarbeiter und Hilfskräfte hatten das Getreide und die Kartoffeln eingebracht, viele waren bereits entlassen worden. Der Moment war gekommen, um eine weitere Nabenbohrmaschine zu erwerben, die Artur im kommenden Frühjahr dann alleine bedienen könnte. Zwei Maschinen, doppelte Einkünfte. So die Rechnung.
Doch allein der Gedanke, das Geschäft seines Vaters eines Tages übernehmen zu müssen, brachte Artur schon so in Rage, dass er sich schlicht weigerte, den Vater auf seiner Geschäftsreise zu begleiten. Er wusste nur, dass er etwas Eigenes gründen, etwas nach eigenen Ideen gestalten wollte. Etwas ohne seinen Vater. Ohne die

Bauern, die sie in ihrer dumpfen Rückständigkeit schlecht behandelten. Frei vom Hochmut der Großgrundbesitzer, dem Dünkel der Großbürgerlichen und der Arroganz der Offiziere.

An jenem Sonntag wurde Arturs Vater klar, dass er nicht mehr auf seinen Sohn würde bauen können. Das machte auch ihn rasend. So standen sich die beiden wie wütende Bullen gegenüber und drohten einander mit Fäusten. Ich machte davon eine Fotografie und dankte Gott, dass keiner von den beiden das leise Klicken meiner Kamera gehört hatte.

Meistens jedoch fotografierte ich Isi.

Sie liebte es, für die Kamera zu posieren.

Kokettierte, wie nur sie es konnte.

Lockte.

Lächelte.

Ich betrachtete sie durch den Sucher, während sie mich durch das Objektiv zu sehen schien. Und ohne es wirklich zu bemerken, wurden wir immer vertrauter miteinander. Wussten, was der andere dachte, ohne dass ein Wort fallen musste.

Ich fühlte mich ihr nah, aber allmählich baute sich in mir ein schlechtes Gewissen auf, denn war sie nicht Arturs Mädchen? Er hatte sich ihr noch nicht offenbart, auch wenn ich mir sicher war, dass sie längst wusste, dass er in sie verliebt war. Es war übrigens das einzige Mal, dass ich ihn zögerlich erlebte. So entschlossen er sich sonst gegen alles und jeden durchsetzen konnte, so zurückhaltend war er bei Isi. Ich glaube, diese Sache mit der Liebe war ihm nicht ganz geheuer, er wusste schlicht nicht, wie man mit ihr umging, außer dass seine gewohnten Methoden hier wohl nicht angebracht waren.

An einem herrlichen Herbsttag im Oktober hatten Isi und ich uns verabredet, um zu fotografieren, irgendwo auf dem Land. Artur musste an diesem Tag seinem Vater helfen, war aber auch nicht völlig unglücklich darüber, nicht dabei zu sein, da ihn meine akribischen Fotografie-Vorbereitungen wahnsinnig machten oder manchmal auch schlicht langweilten.

Wir trafen uns am Fuß des Kosackenberges in Mocker.
Begrüßten uns.
Sahen uns an und wurden uns bewusst, dass wir alleine waren.
Es war nicht das erste Mal, dass ich eine andere als rein freundschaftliche Stimmung zwischen uns fühlte, aber diesmal schienen wir beide etwas befangen zu sein. Nicht weit von uns stand eine alte Scheune, und ich schlug vor, vielleicht dort nach einem schönen Motiv zu suchen.
Dort postierte ich Isi mal hierhin, mal dorthin, immer unzufrieden mit dem Bildausschnitt. Sie jedoch spielte stets aufs Neue mit der Kamera: albern, herausfordernd oder liebevoll – ganz, wie es ihr in den Sinn kam.
Immer dem Objektiv zugewandt.
Aber war dieses Objektiv nicht ich?
Mein Auge, dem sie sich heimlich und doch in aller Öffentlichkeit offenbarte? Auch wenn ich es nicht wahrhaben wollte, wusste ich es doch längst: Wir hatten eine Verbindung, konnten alleine miteinander sein, selbst wenn wir uns in einem rammelvollen Saal mit lauter Betrunkenen befanden.
Hatte sie die ganze Zeit *mich* angesehen?
»Komm!«, rief Isi und stieg auf eine Leiter, die hinaufführte zu einem offenen Dachboden, in dessen Spitzgiebel ein kleines Fenster eingelassen war. Dort schoss das Sonnenlicht hindurch und malte auf den schweren Dielen ein gleißendes Geviert.
Wir kletterten hinauf.
Während ich die Kamera in Position brachte, tauchte Isi die Hand in das Licht, beobachtete die Schatten oder schob den aufgewirbelten Staub durch den Strahl.
»Ich sehe schrecklich aus!«, seufzte sie plötzlich.
Sie kokettierte.
»Du siehst nie schrecklich aus«, antwortete ich.
»Sieh mal an, du Charmeur! Findest du mich hübsch?«
Verlegen grinste ich.
Sie lachte: »Nur Mut, Carl Schneiderssohn!«

Verärgert zog ich die Brauen zusammen: Sie hatte mich lange nicht mehr so genannt.

»Du bist hübsch!«, antwortete ich fest.

Sie näherte sich mir: »Wie hübsch?«

Sie schaffte es mühelos, mich aus der Fassung zu bringen. Und zu meinem noch größeren Ärger spürte ich, wie mir plötzlich das Gesicht brannte. So wie ihres gebrannt hatte, als Vater sie zur Prinzessin erhob und mich zum Prinzen.

»Setz dich doch bitte mal!«, sagte ich schnell.

Sie tauchte ein in die Sonnenstrahlen, während ich fasziniert den Schatten hinter ihr sah, der ihre Linien nachzeichnete. Mit geschlossenen Augen wandte sie sich dem Fenster zu. Sie war so weiß, dass weder Mund noch Augenbrauen dem Gesicht nennenswerte Konturen gaben: ein ätherisches Wesen, geboren im Licht.

Bewundernd löste ich mich vom Sucher und starrte sie über die Kamera hinweg an. Vielleicht hatte sie mein Zögern wahrgenommen oder sie fühlte, dass keine Kamera mehr zwischen uns stand: Jedenfalls öffnete sie plötzlich die Augen. Ihre Pupillen zogen sich blitzartig zusammen, sodass das Blau ihrer Iris umso größer wirkte.

Ich drückte den Auslöser.

Und doch konnte ich nicht aufhören, sie anzusehen. Ohne Kamera, hinter der ich mich sonst versteckte.

Da erhob sie sich und stieg aus der Helligkeit in die Schatten. Mit einem Schritt stand sie vor mir.

»Warum bist du hier, Carl?«, fragte sie.

»Wollen wir nicht lieber noch ein Foto machen?«

»Lieber als was, Carl?«

Sie rückte noch näher an mich heran, so nah, dass ich sie fühlen konnte, ohne dass wir uns in irgendeiner Weise berührten. Und obwohl ich in diesem Moment nur sie sah und es sonst nichts mehr auf der Welt gab, dass ich sehen wollte, sagte ich leise: »Bitte geh zurück ins Licht.«

Artur war mein Freund, sie das Mädchen, das er mal heiraten wollte. Allein, dass ich mich zu ihr hingezogen fühlte, empfand ich bereits als Verrat. Ich war fest entschlossen, eine Situation wie diese nicht mehr zuzulassen.

Nie wieder zuzulassen.

44

Wir sprachen an diesem Nachmittag nicht mehr darüber.
Und auch danach nicht mehr.
Wir machten einfach weiter.
Sie hatte sich mir gezeigt, ich hatte sie gesehen, aber es war unmöglich, und das wussten wir beide. Ich fragte mich, wie es mir nur gelungen war, mich in ihre Gedanken, in ihr Herz zu schleichen, da nichts, aber wirklich gar nichts, für die Theorie sprach, dass in mir so etwas wie ein Casanova schlummerte, den ich versehentlich geweckt haben könnte.

Später wurde mir klar, dass das Fotografieren selbst eine Verbindung zwischen uns geschaffen hatte, die über das Freundschaftliche hinausging: Das Klicken des Auslösers war wie das Öffnen eines Schlosses, es ließ die Tür aufspringen, und man blickte hinein in das Innerste eines Menschen. Und ob ich nun eintrat oder nicht, ich würde lernen müssen, mit dieser Verantwortung sorgsam umzugehen.

Einstweilen kam der Winter, und in gewisser Weise fror er alles Leben ein.

Nach den Aufregungen und Umwälzungen, die das Jahr bis dahin für uns gebracht hatte, standen plötzlich alle Räder still. Und auch das darauffolgende Jahr 1911 verging ohne nennenswerte Veränderungen, was mir erst am Silvesterabend auffiel, als Artur, Isi und ich staunend unser erstes Feuerwerk am Thorner Nachthimmel erblickten.

Für die Unternehmerfamilien war 1911 ausnehmend gut verlaufen, der Handel hatte auch dank der Bedürfnisse des Militärs, der billigen polnischen und russischen Arbeitskräfte sowie der günstigen Lage an der Weichsel noch einmal zugenommen, woraufhin die Idee aufgekommen war, das neue Jahr mit einem schillernden Feuerwerk zu begrüßen.

So standen wir am Ufer der zugefrorenen Weichsel und tranken Schnaps, um uns zu wärmen. Das ganze Land lag unter einer dicken Schneedecke und schimmerte weich und friedlich. Selbst die Festungsmauern waren wie gezuckert, und wenn es nicht so jämmerlich kalt gewesen wäre, hätte man den Anblick ewig genießen können. Am Firmament platzten die Raketen in allen erdenklichen Farben auf und ließen das Weiß auf dem Boden funkeln.

»Ich würde jetzt gerne tanzen!«, sagte Isi.

»Im Theater ist der große Silvesterball«, antwortete ich.

Artur nickte und trank aus der Flasche: »Ist das nicht alles Theater, was die da aufführen?«

Ich dachte an den schneeweißen Jugendstilbau, der erst vor ein paar Jahren eröffnet worden war und achthundert Menschen Platz bot. Stellte mir den Zuschauerraum vor und die Lobby, in denen die stolzierten, die Thorn beherrschen: die Männer im Frack, die Offiziere in ihren ordensbehangenen Uniformen, die Frauen in prunkvollen Abendroben und mit dem funkelnden Geschmeide, mit dem sie einander zu übertrumpfen suchten.

Dazwischen unzählige livrierte Diener, die Champagner und Kanapees reichten oder Aschenbecher leerten. Sicher gab es Musik, vielleicht ein kleines Orchester, das genauso ignoriert wurde wie Vater und ich bei den Boysens. Ich konnte geradezu das Gelächter, den bösartigen Klatsch und die selbstzufriedenen Seufzer hören, und Bürgermeister Reschke würde es sich bestimmt nicht nehmen lassen, ein Hoch auf den Kaiser auszubringen, und es würde keinen geben, der ihm nicht zuprosten würde.

»Dein Vater ist garantiert auch da!«, sagte Artur.

Sie nickte: »Er hat sich dafür extra einen neuen Frack bei Carls Vater schneidern lassen.«

»Ich würde viel darum geben, ihm den Schädel einschlagen zu dürfen.«

Sie seufzte: »Ja, das wäre schön. Nur ist er jetzt unangreifbarer denn je.«

Artur nickte: »Der neue Stern der NLP.«

Gottlieb Beese hatte seine Chance genutzt.

Im Stadtrat zunächst überaus skeptisch beäugt, hatte er bald schon mit schneidigen Reden auf sich aufmerksam gemacht. Da er allzu gut um seine niedere Herkunft wusste, wurde er zum Konvertiten der Konservativen.

Rief Bürgermeister Reschke zum Zerschmettern auf, so schlug Beese vor, die Feinde Deutschlands zu zermalmen, zu Staub zu zerreiben und ihnen die Reste ins Gesicht zu blasen. Forderte ein Mitglied der Deutschkonservativen Partei ein entschiedenes Vorgehen gegen das Gift der Sozialdemokratie, so wollte Beese diese kommunistischen Sektierer mit einem Strick um den Hals an deutschen Eichen baumeln lassen. Und verlangte die Deutsche Reichspartei mehr Kolonien für Deutschland und die Bewahrung des Dreiklassenwahlrechts, so proklamierte er Afrika und Asien bereits als zukünftigen Besitz des Deutschen Reichs. Man müsse nur klugen Menschen die Führung der Nation überlassen.

Er knüpfte Kontakte und pflegte nicht nur ein gutes Verhältnis zum Chefredakteur der *Thorner Zeitung*, sondern zeigte sich ihm gegenüber in Wirtshäusern und – leisen Gerüchten zufolge – auch bei Damen zweifelhaften Rufs überaus spendabel. Selbstredend nicht in Thorn, aber in diesem Punkt bot der komplette Bezirk Marienwerder eine durchaus ansehnliche Auswahl. So konnte Beese jedenfalls sicher sein, dass jede Rede und jedes öffentliche Auftreten wohlwollend in der örtlichen Presse aufgenommen wurde. Bald schon galt er bei den Bürgern als entschlossener, unbestechlicher, frommer und vor allem ehrlicher Volksvertreter.

Als einer von ihnen.

Gottlieb Beese war wie die Leinwand, auf der jeder seine Hoffnungen und Wünsche zeichnen konnte, und die Nationalliberale Partei begriff schnell, dass man mit einem solchen Mann Wahlen gewinnen konnte. Er sammelte Stimmen in allen konservativen Lagern, aber er diente nur einem Herrn: Wilhelm Boysen. Der verachtete Beese zwar immer noch, aber erfreute sich doch an dessen hündischer Ergebenheit. Und er war stolz auf seinen Sohn Falk, dass er in Beese ein Talent entdeckt hatte, das ihm selbst verborgen geblieben war. Und so kam es, wie es kommen musste: Gottlieb Beese wurde Spitzenkandidat der NLP und stand kurz vor der Erfüllung seines kometenhaften Aufstieges: Am 12. Januar 1912 war Reichstagswahl.

In knapp zwei Wochen konnte er Boysens Mann in Berlin sein.

Bei dem Gedanken daran schüttelte es mich. Ich nahm Artur die Schnapsflasche aus der Hand: »Frohes Neues!«

Ich trank und reichte ihm die Flasche zurück.

»Auf 1912!«, nickte Artur.

»Auf uns!«, sagte Isi und gab uns beiden einen Kuss.

Wir starrten alle wieder in den kunterbunten Nachthimmel.

45

Der Tag der Wahl war ein Freitag, und schon am frühen Morgen standen die Menschen bei eisiger Kälte in langen Schlangen vor den Wahllokalen, um ihre Stimme abzugeben. Der Wind wirbelte den Schnee staubfein auf, sodass er sich geradezu in die rot geschwollenen Gesichter der Wartenden verbiss, dennoch wich niemand. Wie im Rest des Reiches auch sollte die Wahlbeteiligung bei über fünfundachtzig Prozent liegen, wie im Rest des Reiches auch würde die SPD die meisten Stimmen bekommen, ohne zu gewinnen.

Ein letztes Mal griff das Klassenwahlrecht Preußens und zerstörte nicht nur im Regierungsbezirk Marienwerder, dem Thorn angehörte, sondern auch in allen anderen Regierungsbezirken West- und Ostpreußens, mit Ausnahme der Stadt Königsberg, die Hoffnungen der Arbeiter.

Nach zwei Tagen stand der Sieger fest: die NLP.

Gottlieb Beese hatte es tatsächlich geschafft und wurde Deputierter des Kreises Thorn, Kulm und Briesen.

Das musste gefeiert werden, schon allein, um seinen Wählern, aber auch den Parteikollegen vollmundige Versprechen kundzutun, was sich mit ihm in Berlin alles ändern sollte. Mit einem Jubelartikel in der *Thorner Zeitung* lud er zu einem Empfang im Rathaus ein, um sich bei allen, die ihn gewählt hatten, zu bedanken. Auch Artur und ich hatten uns vorgenommen, dem Sitzungssaal des Rathauses einen Besuch abzustatten, nicht weil wir ihm hätten gratulieren wollen, sondern weil wir wussten, dass er sich mit seiner ganzen Familie präsentierte, und das schloss Isi mit ein.

So kam der Tag der Feierlichkeiten, und es wurde ein herrlicher Wintertag, einer von der Sorte, der auch dem Kaiser gefallen hätte, so sehr ließ die strahlende, tief stehende Sonne das Land glitzern. Artur und ich schlenderten, die Hände tief in den Hosentaschen vergraben, gerade die Culmer Chaussee entlang, als ein lautes Knattern uns aufhorchen ließ. Wir drehten uns beide um, und das, was wir sahen, sollte Arturs Leben verändern.

Hinter uns ruckelte ein von zwei Gäulen gezogener Wagen, auf dem Kutscherbock ein mürrisch dreinblickender Bauer, der Artur nicht grüßte, obwohl er ihn von der Werkstatt her gut kannte. Viel faszinierender jedoch war das Gefährt, das hinter dem Gespann gerade zum Überholen ansetzte: ein Lastkraftwagen! Es war der erste Lkw, den wir zu Gesicht bekamen, ein Mulag von Mannesmann, mit Ladefläche und Zeltüberdachung. Ein Soldat saß hinter der Windschutzscheibe des ansonsten offenen Fuhrhauses und lenkte ihn, scherte hinter der Kutsche aus und überholte sie trotz der schneeglatten Straße ebenso zügig wie mühelos. Er war laut wie die Hölle, sodass die beiden Gäule scheuten und vom fluchenden Bauern nur schwer wieder unter Kontrolle gebracht werden konnten.

Für Artur war es ein Schlüsselerlebnis.

Wie vom Donner gerührt starrte er den Lkw an: zutiefst fasziniert von seiner Geschwindigkeit und der Mühelosigkeit, mit der er sich trotz seiner Masse bewegte. Und dann, ehe ich michs versah, spurtete er plötzlich los und ließ mich einfach stehen. Schon in diesen allerersten Momenten wusste Artur genau, was zu tun war, und er zögerte keine Sekunde, seinem Glück hinterherzurennen.

»Artur?!«, rief ich. »Was zum Teufel?!«

Artur schrie über die Schulter zurück: »Grüß Isi! Wir sehen uns heute Abend!«

Dann blickte er wieder nach vorne, lief rutschend und schlitternd dem Lkw hinterher, am Kriegerdenkmal nach links in die Wallstraße, Richtung Wilhelms- oder Artilleriekaserne.

Immer dem Lkw hinterher.

Missmutig setzte ich meinen Marsch fort.

Ohne Artur würde dieser Empfang die Erfindung der Ödnis werden.

Vor dem roten Rathaus von Thorn drängten sich Männer in Wintermänteln, und ihre Köpfe wirkten von Weitem wie die Früchte einer prallen Weinrebe, die sich zum Haupteingang hin verjüngte, um dann verpresst zu werden. Frauen dagegen waren keine zu sehen. Ich vermutete, ihre Männer oder Väter sahen keinen Sinn darin, dass sie sich das Programm eines Politikers anhörten, den sie nicht gewählt hatten, weil sie schlicht und ergreifend gar nicht wählen durften. Es gab aus Sicht all dieser Männer ohnehin keinen Grund, warum sich eine Frau überhaupt mit Politik beschäftigen sollte.

Im großen Sitzungssaal herrschte drangvolle Enge, feuchte, modrige Luft ließ in mir den Wunsch aufkommen, möglichst schnell wieder verschwinden zu können. Vorne stand Gottlieb Beese im Frack, neben ihm Wilhelm Boysen, wie üblich mit hellem Anzug und Hut. Sein Sohn Falk leuchtete im Blau der Ulanen, Bürgermeister Reschke war zu sehen und ganz im Hintergrund, wie aufgereiht, Gottliebs Frau und seine drei Töchter. Ich winkte Isi zu und machte Zeichen, sie nach der Rede treffen zu wollen.

Schließlich trat Gottlieb Beese vor, dankte den vielen, die gekommen waren, und wandte sich dann an die Boysens, die er nicht nur gesondert begrüßte, sondern auch mit Lob und Ehrbekundungen überschüttete. Vom dem, was er ansonsten vortrug, blieb mir kaum etwas in Erinnerung, nur den Schluss fand ich bemerkenswert. Denn da bat er seine Familie vorzutreten, pries seine von ihm über alles geliebte Ehefrau und seine drei wohlgeratenen Töchter. Keine der vier Frauen sah ihn an, drei von ihnen blickten zu Boden, während Isi trotzig in die Menge schaute.

Gottlieb rühmte am Beispiel seiner Ehegattin die deutsche Frau, ihre vornehmsten Pflichten im Haus, auch wenn, und hier erlaubte er sich ein keckes Zwinkern in den Saal, eine liebende Mutter in der Erziehung sicher manchmal ein wenig zu nachsichtig war. Dann schlug er den Bogen zurück zu seiner neuen Tätigkeit und schloss mit den Worten: »Wenn ich denn jetzt nach Berlin gehe, dann weiß ich, dass zu Hause alles so bleibt, wie es ist. Und wenn ich zurückkehre, werde ich es vorfinden, wie es immer schon war! Denn das ist Preußen! Das sind wir! Unter Gottes Auge und des Kaisers Hand wollen wir sein. Das will ich bewahren, ich schwöre es euch!«

Es gab donnernden Applaus und auch einige *Vivat!*-Rufe. Gottlieb winkte, gab dann den Boysens dienernd die Hand, ohne dabei, so viel neu gewonnenes Selbstbewusstsein musste dann doch sein, die Hacken zusammenzuschlagen. Väterlich küsste er seine Frau und seine Töchter auf die Stirn, wobei Isi ihn, von den anderen fast unbemerkt, vor die Brust stieß und somit abwehrte. Für einen Moment sah es nach einem kleinen Eklat aus, dann aber wandte sich Gottlieb wieder dem Publikum zu und schüttelte Hände.

Isi zog sich heimlich zurück, und auch ich suchte den Weg zum Ausgang. Auf dem fast leeren Gang vor den Türen des Saals traf ich sie, und wir umarmten uns herzlich. Sie war im vergangenen Jahr gewachsen, fast so groß wie ich, und auch ihr Körper wirkte nicht mehr wie der eines Mädchens, sondern wie der einer jungen Frau.

»Lass uns verschwinden!«, rief sie hastig.

Sie fasste meine Hand und zog mich nach draußen.

Aus den Augenwinkeln bemerkte ich jemanden in einer Türnische, aber Isi eilte so schnell hinaus, dass ich nur eine graue Arbeitsjacke wahrnahm und eine alte Schiebermütze. Dann schon waren wir vorbeigelaufen, und ein paar Augenblicke später standen wir draußen.

»Mein Vater wird nächste Woche nach Berlin fahren und sich dort eine kleine Wohnung suchen. Die Boysens werden ihn begleiten.«

»Gut für dich!«

Sie nickte: »Ja, ein Glück.«

»Und deine Mutter und Schwester?«

Sie zuckte mit den Schultern: »Vater wird ein Haus kaufen. Ein Abgeordneter des Reichstags wohnt nicht mehr in einer Schule.«

»Dann wird er auch kein Lehrer mehr sein?«

»Nein. So etwas kommt für ihn jetzt nicht mehr infrage.«

»Gut für die Schülerinnen der Höheren Mädchenschule.«

Sie nickte wieder.

Aus dem Haupteingang brandeten plötzlich Stimmen, und im nächsten Moment fluteten die Massen nach draußen.

»Wir haben gleich noch ein Essen – ich muss wieder los.«

Sie gab mir schnell einen Kuss auf den Mund.

»Isi!«, warnte ich spielerisch.

Sie grinste: »Leite ihn einfach an Artur weiter, ja?«

Ich musste lächeln, sah mich dann aber doch um: Es hätte kaum etwas Schlimmeres geben können, als wenn Artur uns so beobachtet hätte. Der war zum Glück nirgendwo zu sehen, dafür aber jemand anderes: Max Sobotta, der Hofgänger der Boysens, Sohn des Instmanns. In grauer Arbeiterjacke und alter Schiebermütze scharwenzelte er in der Nähe des Eingangs herum.

Dann schoben sich Passanten vor ihn, und im nächsten Moment war er auch schon verschwunden.

46

Zu den Eigenheiten meines Vaters gehörte, neben seinen vielen Sentimentalitäten, seiner Nacktmarotte am Morgen und seiner Vorliebe für Beerdigungen, auch, dass er immer da war. Seine Welt war die Schneiderei, und diese Welt war ziemlich genau fünfundsechzig Quadratmeter groß. Ich hatte das Gefühl, er verließ sie nie, was natürlich nicht stimmte, denn auch er kaufte mal Lebensmittel ein oder besuchte Mutter auf dem Friedhof. Und doch waren für mich die Schneiderei und er untrennbar miteinander verbunden.

Ist es nicht eigenartig, dass wir mit Menschen immer auch bestimmte Bilder verbinden? Etwas, was so typisch für sie ist, dass ein Gedanke an sie auch immer ein Gedanke an das ist, was wir nicht von ihnen trennen können. Denke ich an meinen Vater, dann sehe ich einen beschäftigten Mann: im Schneidersitz, an seiner Amerikanischen, am Zuschneidetisch. Ich sehe ihn immer im Anzug, immer sorgsam, niemals nachlässig gekleidet. Nicht mal in den heißesten Sommern löste er den obersten Knopf seines Hemdes, genauso wenig, wie er in den härtesten Wintern während der Arbeit eine dicke Jacke überzog. Ich sehe ihn mit stiller Würde seinem Beruf nachgehen, die ihm auch dann zu eigen war, wenn wir unausstehliche Kunden hatten. Und muss immer lächeln, wenn ich an seine Diskussionen mit Wassili denke, dem Einzigen, mit dem er sich nach Lust und Laune zoffte.

An dem Tag, an dem Artur beschloss, einem Lkw nachzujagen, kehrte ich in die Schneiderei zurück, und Vater war nicht da. Draußen hatte es zu schneien begonnen, es war wenigstens zehn Grad unter null, und mir fiel einfach kein Grund ein, warum er jetzt nicht in der Schneiderei sein sollte. Die Petroleumlampen waren entzündet, im Küchenofen brannten die Kohlen, aber gekocht hatte er nicht – die Kartoffeln standen auf dem Küchentisch. Es sah so aus, als wäre er von jetzt auf gleich hinaus, vielleicht zu den Nachbarn, möglicherweise war er auch zu einem Todesfall gerufen worden. Aber hätte er mir dann nicht einen Zettel geschrieben?

Eine Weile wartete ich auf ihn, starrte auf die Tür, aber nichts rührte sich. Dann machte ich mich daran, Kartoffeln zu schälen, spendierte uns ein paar Scheiben Speck, schnitt eine Zwiebel, deckte den Tisch.

Und wartete.

Mittlerweile machte ich mir große Sorgen.

Gerade in dem Moment, als ich mir meine Winterjacke überwerfen und hinausgehen wollte, um ihn zu suchen, trat er ein. Ohne Wintermantel. Ohne Hut. Ohne Handschuhe. Sein korrekt gescheiteltes Haar war unter einem Häubchen Schnee verschwunden, der oberste Knopf seines Hemdes geöffnet, seine Finger und Lippen waren blau. Er sah mich, lächelte, dann rieb er sich die Hände und murmelte: »Ganz schön kalt da draußen!«

»Wo warst du?«

»Jetzt aber schnell Essen machen«, antwortete er und eilte in die Küche.

Ich ging ihm nach.

»Oh, du warst schon fleißig!«

»Ja. Wo warst du?«, fragte ich erneut.

»Wollen wir heute mal einen Wein trinken? Ich hätte Lust!«

Ich zuckte mit den Schultern: »Meinetwegen.«

Er kramte in einem Schrank nach einer Flasche und goss uns beiden ein Glas Weißwein ein. Dann stellte er den Wassertopf auf den Herd und gab Öl in eine Pfanne.

»Gabs einen Todesfall?«, fragte ich.

Während er den Speck ausließ, antwortete er: »Todesfall? Ja … ja, ein Todesfall.«

Er sah mich dabei nicht an.

Dann aber drehte er sich um und fragte: »Wollen wir gleich noch etwas spielen?

Ich nickte und lächelte: »Gern.«

Wir spielten an diesem Abend, und ich fand, er war so virtuos wie lange nicht mehr. Wir spielten und vergaßen die Zeit, gingen ins Bett, erwachten in der Früh, gingen der Morgenroutine nach, was auch bedeutete, dass ich ihm das Handtuch reichte, ganz wie ich es kannte. Es war alles so, wie es immer war, sodass es mir auch in den folgenden Tagen nicht weiter auffiel, dass niemand gestorben war.

47

Artur war Feuer und Flamme.
Er sprach nur noch über Lkws.
Über Motoren. Über Achsen. Über zulässige Beladung. Über Höchstgeschwindigkeit. Er hatte den Fahrer vorgestern tatsächlich noch vor der Kaserne einholen, stoppen und zu seinem Gefährt befragen können. Ich hakte gar nicht erst nach, wie er das geschafft hatte, aber eines war mir vollkommen klar: Der Soldat hatte mehr Angst vor Artur gehabt als vor einer Bestrafung durch einen Vorgesetzten wegen Bummelei.

Zwar hatte ich Artur in puncto Körpergröße fast einholen können, wirkte aber immer noch vergleichsweise zierlich, weil er sicher noch einmal fünfzehn Kilo an Muskulatur drauf gepackt hatte. Selbst sein Vater schlug in der Wagnerei ihm gegenüber mittlerweile moderate Töne an, und die letzte Ohrfeige, die Artur von ihm kassiert hatte, lag über ein Jahr zurück.

Jetzt aber saß er vor mir mit strahlenden Augen wie ein Kind unterm Weihnachtsbaum, dessen sehnlichster Wunsch erfüllt worden war. Und derselbe Kerl, der sich in der Schule nicht mal die einfachsten Dinge hatte merken können, konnte nach einmaligem Zuhören alles rezitieren, was es an einem Lkw Erinnerungswürdiges gab. Ich hatte ihn überhaupt noch nie so begeistert von etwas erlebt.

»Das ist der Wahnsinn, Carl! Du trittst auf ein Pedal, und die Maschine bewegt sich. Du trittst ein anderes Pedal, und sie bremst. Da hält dich nichts und niemand auf! Vierzig PS hat der! Vierzig! Stell dir das mal vor!«

»Was soll das heißen? PS?«

»Pferdestärken!«

»So ein Laster ist so stark wie vierzig Pferde?«

»Mindestens!«

Ich lächelte.

»Ich habe einen Plan!«, sagte er und nickte mir aufmunternd zu.

»Aha.«

Er sah mich irritiert an: »Warum so skeptisch?«

»Bringt es uns ins Gefängnis?«

»Quatsch!«

»Die letzten beiden Male hat nicht viel gefehlt.«

»Willst du ihn jetzt hören oder nicht?«

Ich nickte: »Erzähl!«

»Wir kaufen einen Lkw und eröffnen ein Geschäft!«

Ich sah ihn erstaunt an: Das klang zur Abwechslung einmal nicht nach etwas Illegalem, es sei denn, man legte unser Alter von knapp sechzehn Jahren zugrunde, das eine Geschäftseröffnung unmöglich machte. Aber für Details hatte sich Artur noch nie besonders interessiert.

»Mit dem Kometengeld?«, fragte ich vorsichtig.

»Ganz genau.«

»Haben wir denn genügend Geld für einen Lkw?«

Artur zuckte mit den Schultern: »Keine Ahnung.«

»Und Isi?«, fragte ich. »Ihr gehört ein Drittel!«

»Wir fragen sie natürlich.«

»Und wenn das Geld für einen Lkw nicht reicht?«

»Nehmen wir einen Kredit auf.«

»Wir? Uns gibt keine Bank einen Kredit.«

»Vielleicht deinem Vater?«, wandte Artur ein.

»Hattest du nicht gesagt, dass wir die Bank nicht misstrauisch machen sollten?«

Artur verschränkte die Arme vor der Brust: »Du gehst mir auf die Nerven, Friedländer.«

»Das hör ich öfter.«

»Denk mal drüber nach.«

Einen Moment schwiegen wir beide, wobei ich mir eingestand, dass ich wirklich ein ängstlicher Pessimist war.

»Carl!«, begann Artur von Neuem. »Verstehst du denn nicht, was hier passiert ist?«

»Wir haben einen Lkw gesehen«, antwortete ich ratlos.

»Nein, wir haben die Zukunft gesehen! Und wenn wir jetzt nicht aufspringen, dann haben wir es auch nicht verdient, jemals aus diesem Loch herauszukriechen, in dem die Bonzen uns für immer drin haben wollen!«

Ich sah ihn an und wusste, dass er seinen Plan umsetzen würde, und ich bewunderte ihn dafür. Ein benzingetriebener, kraftstrotzender Lkw, der eine herumzockelnde Pferdekutsche überholte – war das tatsächlich ein Wink des Schicksals? Falls ja, war Artur der perfekte Adressat.

Der Wagner.

Im Bruchteil einer Sekunde hatte er die Möglichkeit erkannt und war bereit, alles dafür aufs Spiel zu setzen. Und je länger ich ihn ansah, desto klarer wurde auch mein Bild: Artur hatte tatsächlich die Zukunft gesehen. Ich hatte nur einen Lkw wahrgenommen, er die Chance seines Lebens. Und hatte er je versagt? Artur war unbesiegbar!

»In Ordnung!«, sagte ich. »Meinen Anteil bekommst du. Und beim nächsten Mal fragen wir Isi.«

Artur klatschte begeistert in die Hände: »Du wirst sehen. Das wird ein ganz großes Ding! Wir schaffen es bis ganz nach oben!«

Ich lächelte.

»Hab nichts dagegen, aber bevor wir loslegen, find doch erst mal raus, was so ein Lkw kostet.«

Er hielt mir die Hand hin.

»Partner?«

Ich schlug ein.

»Natürlich.«

48

Wochenlang hatte Artur Briefe geschrieben, Erkundigungen eingezogen, Fragen gestellt und sich über Genehmigungen informiert, bis er schließlich still lächelnd an die Tür der Schneiderei geklopft hatte, um für den Abend eine Sitzung der zukünftigen Gesellschafter einzuberufen.

Später kehrte er dann mit Isi zurück, Händchen haltend traten sie ein, und zusammen deckten wir den Zuschneidetisch für ein gemeinsames Essen. Knapp zwei Jahre waren vergangen, seit wir das letzte Mal an diesem Tisch gesessen, unseren Kometenerfolg gefeiert und mit Wein auf unsere immerwährende Freundschaft angestoßen hatten.

Wir waren reifer geworden, Artur trug einen gut gestutzten Vollbart, der ihn noch älter erscheinen ließ, aber auch Isi und ich waren der Kindlichkeit entwachsen. Nur Vater war der, der er immer war, außer dass seine Schläfen grau schimmerten, was ihm ein distinguiertes Aussehen gab.

Wir aßen gut gelaunt, gespannt auf das, was Artur zu sagen hatte, der sich aber, trotz aller neugierigen Fragen, nicht in die Karten schauen ließ. So wie es immer schon seine Art gewesen war. Dann, endlich, ließ sich Artur mit einem Lächeln dazu herab, uns mitzuteilen, was er herausgefunden hatte.

»Wie ihr wisst, schwirrt mir seit ein paar Wochen eine Idee im Kopf herum, von der ich glaube, dass sie uns alle reich machen kann.«

»Hört, hört!«, rief ich frech und kassierte einen strafenden Blick.

»Jedenfalls denke ich, ich habe alles beisammen. Die Situation ist folgende: Ein Lkw, wie Carl und ich ihn gesehen haben, kostet sechzehntausend Reichsmark.«

Isi sog geräuschvoll die Luft ein, Artur dagegen hob kurz die Hand als Zeichen dafür, dass er noch nicht fertig war.

»Aber: Das Deutsche Reich subventioniert einen solchen Lkw mit viertausend Reichsmark. Er kostet somit nur noch zwölftausend Reichsmark.«

»›Nur noch‹ ist gut …«, wandte ich ein.

»Warte, mein ewig skeptischer Freund! Der Mulag zum Beispiel hat eine zulässige Gesamtlast von neun Tonnen, das bedeutet, er kann knapp fünf Tonnen Nutzlast transportieren. Das ist das Vier- bis Fünffache eines Pferdefuhrwerks. Mit einer einzigen Fahrt!«

Ich nickte beeindruckt.

»Und er ist schnell! Ich kann also ein Vielfaches an Gütern aufnehmen und es im Nullkommanichts irgendwohin bringen. Und jetzt denkt mal, was sich alles damit machen ließe! Wir haben den Hafen, wo Schiffe entladen werden müssen. Die Eisengießerei, die Dampfsägewerke, Holz, Kohle, Ziegel. Nicht zu vergessen: Futtermittel und Getreide. Und natürlich: das Militär! Fünf Kasernen, die Depots, die Lazarette. Es gibt Arbeit ohne Ende!«

»Wahnsinn!«, rief Isi. »Das müssen wir unbedingt machen!«

»Das ist toll, Artur. Wirklich! Nur: Wir haben nur etwa neuntausendfünfhundert Reichsmark in der Kasse!«

Artur nickte: »Wir müssen einen Kredit aufnehmen!«

»Einen Kredit? Von der Reichsbank? Du bist gerade sechzehn geworden, ich werds erst in zwei Wochen. Wie stellst du dir das vor?«

»Ich habe lange drüber nachgedacht, und mir ist eine Lösung eingefallen …« Er wandte sich meinem Vater zu: »Sie, Herr Friedländer, müssen diesen Kredit aufnehmen!«

Vater war schon den gesamten Abend seltsam abwesend gewesen, so als ob er schönen Gedanken nachlief, ohne zu darauf zu achten, wo er gerade war oder wohin sie ihn führen würde. Jetzt wandte er sich Artur zu mit diesem kurzsichtigen Gesichtsausdruck, als würde er sich an alles Mögliche erinnern, nur nicht an ihn.

»Bitte?«, fragte er verwirrt.

»Sie müssen einen Kredit für uns aufnehmen, Herr Friedländer.«

»Ich? Wie käme ich denn dazu?«

»Für unser Unternehmen!«, wandte Artur ein.

»Was für ein Unternehmen?«, fragte Vater zurück.

»Haben Sie denn überhaupt nicht zugehört?«

»Doch«, antwortete Vater, aber es war ihm anzusehen, dass er keine Ahnung hatte, worum es ging.

Artur erklärte es ihm erneut.

Vater nickte nachdenklich, sagte aber dann: »Artur, ich werde keinen Kredit bekommen. Ich habe nicht einmal für Carl einen bekommen, als ich ihn aufs Realgymnasium schicken wollte. Und da ging es um weitaus weniger Geld.«

»Aber Sie können doch schon fast neuntausendfünfhundert vorweisen!«

»Sie werden wissen wollen, woher ich es habe. Willst du wirklich so unvorsichtig sein?«

»Ja. Für diese Chance würde ich alles auf eine Karte setzen – nur dafür.«

Vater seufzte.

Doch dann schüttelte er den Kopf: »Ich halte wirklich viel von dir, Artur, aber das ist nichts für einen kleinen Schneider wie mich. Tut mir leid.«

Er stand auf, trug seinen Teller in die Küche und kehrte nicht wieder zurück.

»Scheiße!«, zischte Artur.

»Ich kann versuchen, ihn umzustimmen«, bot ich ihm an.

Artur seufzte wieder.

Dann sagte er: »Dann sehe ich nur noch eine Möglichkeit.«

»Die wäre?«, fragte Isi.

»*Mein* Vater«, schloss Artur.

Und diesmal war ich es, der *Scheiße* sagte.

49

Ich glaube, es war das erste Mal in meinem Leben, dass Artur mich um einen Gefallen gebeten hatte. Bisher war ich seinen Ideen mal mehr, mal weniger begeistert gefolgt, aber immer war ich es, der sich ihm angeschlossen hatte. Jetzt musste ich voranschreiten.

August Burwitz war nicht nur ein Trinker und ein Misanthrop vor dem Herrn, er geriet auch ziemlich schnell in Wut, vor allem wenn es um seinen Sohn Artur ging. Und da Artur ihm in puncto Sturheit und Hitzköpfigkeit in nichts nachstand, fand er, dass es taktisch gesehen klüger war, wenn ich die Verhandlungen mit August führen würde. Ich muss wohl kaum betonen, wie wenig angetan ich von dem Vorschlag war, denn ich fürchtete mich vor August und beharrte darauf, dass Artur bei dem Gespräch anwesend zu sein hatte – für den Fall, dass es August in den Sinn käme, mich zu verprügeln.

Schon am nächsten Tag traten wir also in die gute Stube der Burwitz. Auf dem ganzen Weg dorthin hatte ich mir Mut gemacht, mir eingeredet, dass die Zeit für unseren Vorschlag günstig sei, weil das Frühjahr vor der Tür stand und die ganze Arbeit erst noch kommen würde. Aber schon der scharfe Geruch nach Schnaps in August Burwitz' Atem sowie sein von einem offenbar grauenvollen Kater zerfurchtes Gesicht nahmen mir jede Hoffnung auf einen günstigen Ausgang des Gesprächs, noch bevor ein einziges Wort gewechselt worden war.

»Guten Tag, Herr Burwitz!«, grüßte ich.

»Was willst du?«

»Ich glaube, ich habe da etwas, was Sie interessieren könnte!«

»Du?«

»Wir. Artur und ich.«

August hockte auf einem Stuhl am Küchentisch und fuhr sich mit den Händen über das ungewaschene Gesicht. Dann antwortete er unfreundlich: »Verschwindet. Alle beide.«

»Hör erst mal, was er zu sagen hat!«, antwortete Artur scharf.

Ich legte ihm kurz eine Hand auf seinen Arm, damit das Gespräch nicht schon jetzt eskalierte. Dann wandte ich mich wieder seinem Vater zu: »Sicher ist Ihnen schon der eine oder andere Lkw des Militärs aufgefallen?«

»Und?!«

»Nun, Artur und ich hatten die Idee, einen solchen Lkw zu kaufen, um ein Fuhrunternehmen zu gründen.«

August sah belustigt zu uns auf: »Ihr?!«

»Ja.«

»Von was denn?«

»Geld wäre da, Herr Burwitz.«

August sah uns misstrauisch an: »Ihr habt Geld?«

»Es fehlt nur wenig für den Kauf eines Lkw. Deswegen brauchen wir Ihre Hilfe.«

»Woher habt ihr Geld?«, fragte August lauernd.

»Das geht dich einen Scheißdreck an!«, platzte Artur heraus.

Ich schätze, ab diesem Augenblick war endgültig klar, wie dieses Gespräch ausgehen würde, aber ich versuchte mein Bestes, die Situation zu retten.

»Wir haben gespart, Herr Burwitz. Sie müssten für uns nur noch einen kleinen Kredit unterzeichnen. Dann könnten wir loslegen und würden der Bank in kürzester Zeit das Geld wieder zurückzahlen. Und Sie bekommen einen Bonus.«

»*Ihr* zahlt mir einen Bonus?«, höhnte August. »Sieh mal einer an! Und was, wenn ihr pleitegeht?«

»Werden wir nicht!«, antwortete Artur.

»Aha, weil du das so festgelegt hast?«

»Nein, weil das, was wir machen, die Zukunft ist.«

August sprang auf: »Ihr seid die Zukunft? Und was bin ich dann?«

»Wenn du nicht so verdammt blöd wärst, dann wüsstest du selbst, dass die Wagnerei aussterben wird. Maschinen sind die Zukunft.«

»Sieh mal einer an: Mein Sohn ist ein Genie! Aber ich sag dir was, du Genie! Ich scheiß auf deine Idee. Wagner hat es immer gegeben und wird es immer geben. Die Wagnerei hat dir das Essen auf den Tisch gestellt. Die Wagnerei hat diese Familie ernährt! Was hast du schon geleistet?«

Sie waren einander bedrohlich nahe gekommen, also nahm ich meinen ganzen Mut zusammen, stellte mich zwischen sie und schob sie auseinander.

»Vielleicht beruhigen wir uns mal einen Moment?«

Artur zischte: »Ich sag dir, was passieren wird: Jemand wird dieses Fuhrunternehmen gründen. Und er wird dich und alle anderen verdrängen. Und ob du das jetzt kapierst oder nicht: Es wäre besser, wenn *ich* derjenige bin und nicht ein anderer. Ich kann diese Familie vor dem Untergang retten. Du nicht!«

August wischte mich einfach zur Seite und stand Nasenspitze an Nasenspitze vor seinem Sohn. Früher hätte es an dieser Stelle Ohrfeigen gesetzt, ich konnte sehen, wie August diesbezüglich seine Chancen auslotete, aber er beließ es bei bedrohlichen Gebärden.

»Du willst diese Familie retten?! Du bettelst mich um Geld an, aber *du* rettest diese Familie?«

»Ich bettele nicht! Ich will nur, dass du einen Kredit für mich unterschreibst!«

»Und wenn du bankrottgehst? Dann kommt die Bank zu mir. Und was wird dann mit dieser Familie? Wo wirst du dann sein, du großer Held?«

»Ich werde nicht scheitern«, antwortete Artur ruhig.

»Das sehe ich auch so, denn von mir bekommst du nichts!«

Sie blickten sich auf eine Art in die Augen, dass ich das Gefühl hatte, wenn ich jetzt meine Hand dazwischen hielte, würde sie in Flammen aufgehen.

»Herr Burwitz!«, begann ich noch einmal. »Bitte bedenken Sie doch die großen Möglichkeiten …«

Artur wandte sich mir zu: »Wir gehen.«

Das Gespräch war beendet.

50

Tagelang war mit Artur kein Gespräch zu führen, bei dem er nicht binnen Sekunden eine Fluchtirade auf seinen Vater abließ, auf die Wagnerei, die Bauern, auf alle Idioten dieser Welt. Gleichzeitig dachte er verbissen darüber nach, wem er genügend vertrauen konnte, um ihn zu bitten, einen Kredit für uns aufzunehmen. In seiner Not wurde sogar Polizeikommandant Adolf Tessmann ein möglicher Kandidat, was für mich ein sicheres Zeichen dafür war, wie verzweifelt er sein musste. Die Zeit rannte uns davon: Die Idee, ein Fuhrunternehmen mit Lkws zu gründen, lag förmlich in der Luft, und derjenige, der zuerst da war, würde das Rennen machen.

Dann kam der Frühling mit Macht, die gefrorene Erde taute auf, es wurde Zeit für die Aussaat, und vor allem mussten die Fuhrwerke der Bauern wieder instand gesetzt werden.

August Burwitz dachte nicht mehr an die Spinnereien seines Sohnes, und obwohl die beiden kein Wort mehr miteinander wechselten, wähnte er sich als Sieger dieses Konflikts. Er hätte wissen müssen, dass sich sein Sohn nicht so einfach geschlagen geben würde: Gerade als die Wagnerei aus dem Winterschlaf erwachte und die Aufträge nur so hereinpurzelten, legte Artur die Arbeit nieder und trat in den Streik.

August konnte es nicht fassen.

Er wusste, dass sein Sohn ein rebellischer Sturkopf war, und er war darauf gefasst gewesen, dass er ihn noch Monate mit Übellaunigkeit und Renitenz terrorisieren würde, aber ein Streik gefährdete alles.

Das Geschäft.

Ihr ganzes Leben.

Und schnell wurde ihm bewusst, wie wenige Möglichkeiten er jetzt noch hatte. Er hätte Artur vor die Tür setzen können, aber was hätte es an der Situation geändert? Einen zweiten Wagner anzustellen hätte alle Überschüsse aufgefressen, ja sogar ein Minus in die Kasse gerissen, denn August Burwitz war bei den Bauern vor allem deswegen so beliebt, weil er nicht rechnen konnte. Und für seine Töchter war die Arbeit zu hart, mal davon abgesehen, dass sie sie nicht beherrschten.

Er drohte seinem Sohn – ohne Ergebnis.

Er appellierte an seine Vernunft – ohne Ergebnis.

Er bot ihm sogar einen Burgfrieden an – ohne Ergebnis.

Es blieb ihm nichts anderes übrig, als alleine zu arbeiten und sich nicht von Arturs demonstrativem Herumgelungere in der Werkstatt provozieren zu lassen. Und vor allem nicht auf die zweite Nabenbohrmaschine zu schauen, die sie für teures Geld gekauft hatten und die jetzt Spinnweben ansetzte.

Es kam, wie es kommen musste: August musste Aufträge absagen. Auf sich allein gestellt geriet er gewaltig ins Hintertreffen, und das Geranze der Bauern trug nicht gerade zur Besserung seiner ohnehin dauerhaft üblen Laune bei. Aber er war fest entschlossen, sich nicht von seinem Sohn erpressen zu lassen, und kündigte ihm an, dass er nicht nachgeben werde. Und wenn sie alle dabei draufgingen.

Artur zuckte mit den Schultern und antwortete: »Hier geht nur einer drauf, und das bist du! Für die anderen sorge ich schon.«

Das tat er tatsächlich: Er kaufte Essen oder stellte etwas Haushaltsgeld zur Verfügung, wenn August das, was er einnahm, im Wirtshaus versoff. Da unsere Kasse gut gefüllt war und Isi und ich mit seinem Ausstand einverstanden waren, würde er länger durchhalten können als sein Vater.

Viel länger.

Trotzdem suchte auch ich inzwischen nach einer Lösung.

Und die konnte nur mein Vater sein. Zwar wusste ich, dass er, wenn er erst einmal fest entschlossen war, eine Sache nicht zu tun, auch nicht mehr davon abweichen würde, dennoch hoffte ich, dass ich einmal einen günstigen Moment erwischen würde, ihn doch noch umzustimmen. Der kam dann auch, doch vollkommen anders, als ich es für möglich gehalten hätte.

Seit dem Abend, an dem mein Vater erst auf so eigenartige Weise verschwunden und dann ohne weitere Erklärungen wiederaufgetaucht war, lief unser Leben wieder in den üblichen Bahnen und ohne weitere eigenartige Zwischenfälle. Jedenfalls dachte ich das. Aber ich verbrachte meine Tage im Atelier Lemmle und hängte manchmal auch ein paar Stunden dran, um nach meinem Dienst auf eigene Faust auf Motivsuche zu gehen, sodass ich vom Alltag in der Schneiderei nicht viel mitbekam.

Einmal zog mich Wassili zur Seite und fragte mich, ob mein Vater wütend auf ihn sei. Ich fragte, was ihm Anlass zu dieser Vermutung geben würde, und er erläuterte mir in seinem Russisch-Polnisch-Deutsch-Kauderwelsch, dass mein Vater ihn schon seit Wochen nicht mehr beschimpft hätte, obwohl sie sich doch bei jeder Verhandlung beschimpfen würden! Ich beruhigte ihn und antwortete, dass es vielleicht auch sein Gutes habe. Dieses Gefluche war nun doch etwas kindisch, und sie beide waren wirklich erwachsene Männer, aber Wassili schüttelte den Kopf und antwortete, dass Vater sicher böse mit ihm sei und dass er ihn bloß wieder beschimpfen solle, damit er wisse, dass alles in Ordnung sei.

Ich vergaß die Episode bis zu dem Tag, an dem ich schon am Mittag nach Hause gehen wollte, weil im Atelier absolut nichts los war. Herr Lemmle hatte mir empfohlen, das schöne Wetter doch für ein besonderes Foto zu nutzen. Ich wollte also nach Hause zurückkehren, erreichte das Kriegerdenkmal und die Culmer Chaussee. Und wer stand dort am Straßenrand und sah mit in den Hosentaschen vergrabenen Händen zum Culmer Tor herüber?

Mein Vater.

Ich war so irritiert, dass ich ein paar Momente brauchte, um ihn zu erkennen. Um diese Zeit hätte er selbstredend im Geschäft sein müssen.

»Vater?«

Er wandte sich zu mir, blickte mich fragend an. Sein Hemdkragen stand offen, die Haare waren vom Wind durcheinandergeweht.

»Carl?«, fragte er zurück und stutzte verwundert. Er hatte ganz offensichtlich genauso wenig damit gerechnet, mich hier zu treffen, wie ich ihn.

»Müsstest du nicht bei der Arbeit sein?«

Er sah mich wieder ratlos an.

»Na, dann komm. Gehen wir mal lieber heim.«

Ich hakte mich unter, und er ließ sich bereitwillig mitziehen. Er wirkte so melancholisch, dass ich fragte: »Hast du an Mutter gedacht?«

»Ja.«

»Wenn du willst, besuchen wir sie auf dem Friedhof?«

»Ja.«

Auf halbem Weg bogen wir ab und standen kurze Zeit später an ihrem Grab. Die Blumen darauf waren verwelkt. Er bückte sich und zupfte ein paar trockene Blätter heraus, wieder so gedankenverloren, dass ich nicht wusste, wohin mit mir. Schließlich richtete ich die Kamera auf ihn und drückte den Auslöser.

»Carl?«, sagte er da und sah zu mir auf.

»Ja?«

»Möchtest du noch immer, dass ich den Kredit für euch aufnehme?«

Ich nickte.

»In Ordnung.«

Mehr sagte er nicht.

Später gingen wir dann zurück, und als wir die Schneiderei erreichten, bemerkte ich sofort, dass er die Tür nicht abgeschlossen hatte. Erschrocken lief ich zur Kasse: Sie war leer. Wir waren ausgeraubt worden!

Dann sprang ich zur Amerikanischen und hob die Dielen an: Das Kometengeld war noch da.

Gott sei Dank!

Ich sah zu Vater herüber, aber der hatte sich schon wieder über ein Kleid gebeugt und begonnen, den Stoff zuzuschneiden. Ich ahnte, dass etwas nicht stimmte, aber ich wollte es einfach nicht wahrhaben.

51

Weder Artur noch Isi wussten Rat.

Wir hatten uns zur Mittagspause im Atelier Lemmle getroffen, während Herr Lemmle wie üblich auf eine kleine Mahlzeit in ein nahe gelegenes Wirtshaus gegangen war. Sie teilten meine Sorge um Vater, aber sie waren geradezu alarmiert, als sie hörten, dass jemand Geld aus der Kasse in der Schneiderei gestohlen hatte.

»Was machen wir jetzt mit dem Kometengeld?«, fragte Isi. »Wenn dein Vater noch ein paar Ausflüge macht, ist es nur eine Frage der

Zeit, bis es jemand findet. Ich glaube nicht, dass die Leute hier die Sache mit den Gasmasken schon vergessen haben.«

»Das haben die auf keinen Fall vergessen!«, nickte Artur. »Die wissen, dass wir irgendwo Geld gebunkert haben.«

»Dann sollten wir jetzt schnell zur Bank«, antwortete ich. »Vater will den Kredit doch unterschreiben!«

»Wirklich?«, rief Artur erfreut.

»Er hat es mir versprochen.«

»Fantastisch! Warum jetzt doch?«

Ich zuckte mit den Schultern: »Ich weiß es nicht. In letzter Zeit ist er ein bisschen komisch geworden.«

Artur rieb sich die Hände: »Egal, ich mache gleich einen Termin!«

»Und das Geld?«, fragte Isi.

»Müssen wir woanders verstecken, solange die Sache nicht erledigt ist.«

»Wie wäre es bei mir?«, fragte Isi. »Mein Vater ist in Berlin.«

Artur schüttelte den Kopf: »Auf keinen Fall!«

»Und hier?«, fragte ich.

Wieder schüttelte Artur den Kopf: »Carl, wir haben da schon ein paarmal drüber gesprochen. Dein Lehrherr scheint ganz nett zu sein, aber was wissen wir eigentlich über ihn?«

Ich nickte, denn die Wahrheit war, ich wusste tatsächlich nichts über Herrn Lemmle. Niemand tat das. Eines Tages war er einfach in Thorn aufgetaucht und hatte ein Geschäft eröffnet. Wo er geboren war? Wer seine Familie war? Warum es ihn hierhin verschlagen hatte? Niemand konnte dazu etwas sagen, und Herr Lemmle sprach nicht darüber. Ich nahm an, dass er aus dem Westen kommen musste, konnte ihn aber nicht verorten, weil er vollkommen dialektfrei sprach. Auch hörte ich die Leute über ihn tratschen, aber das waren nur wilde Spekulationen, die allerdings eine Gemeinsamkeit besaßen, nämlich die Annahme, dass er nicht bleiben würde. Aus irgendwelchen Gründen rechneten die Thorner damit, dass er eines Tages genauso verschwinden würde, wie er aufgetaucht war.

Ein bisschen so wie der Halleysche Komet: rastlos auf der Suche nach einem Ort, an dem er Ruhe finden würde. Obwohl es den im ganzen Universum nicht gab.

Ich vertraute ihm jedenfalls, Artur nicht.

Er war sicher, dass irgendetwas mit diesem Lemmle nicht stimmte. Viele Jahre später sollte ich herausfinden, dass er recht gehabt hatte, aber zu diesem Zeitpunkt war ich felsenfest davon überzeugt, dass Artur sich täuschte. Wie auch immer, er war dagegen, Herrn Lemmle mit in unser Geschäft einzubeziehen. Und deswegen kam er für ihn natürlich auch nicht als Kreditunterzeichner infrage.

»Aber wenn dein Vater an Bord ist, dann brauchen wir uns ja sowieso keine Gedanken mehr zu machen«, fuhr Artur fort.

Er stand auf und verließ das Atelier.

Auch Isi zog los und sagte: »Mach dir keine Sorgen um deinen Vater. Es wird schon nicht so schlimm sein!«

Ich seufzte: »Wahrscheinlich hast du recht.«

»Natürlich hab ich recht, Carl Schneiderssohn!«

Sie grinste mich frech an.

Zwar mochte ich es immer noch nicht, wenn sie mich so nannte, aber ihre Überzeugung hatte etwas Beruhigendes. Wahrscheinlich machte ich mir wirklich zu viele Gedanken, weil das nun mal meine Art war. Und alles würde sich in Wohlgefallen auflösen.

Das tat es aber nicht.

Und nur zwei Tage später hatte ich Gewissheit.

Die Reichsbank von Thorn war ein einschüchterndes Gebäude: Im neogotischen Stil erbaut, streckte es sich zunächst auf einem schlanken Sockel mehrere Stockwerke in die Höhe, bevor es dann in ein spitzes Satteldach überging, an allen vier Ecken türmchenbewehrt mit unzähligen pyramidisch aufsteigenden Fenstern im Giebel. Alles strebte dem Himmel entgegen, alles an dem Gebäude repräsentierte den Stolz der Stadt.

Punkt zehn Uhr standen Artur, mein Vater und ich vor dem Hauptportal und traten ein. Auch drinnen präsentierten sich die Räume edel, ausgelegter Teppich dämmte die Schritte, und hinter den Schaltern arbeiteten Männer mit Ärmelschonern so leise, dass man sie fast nicht hörte.

Wir hatten unsere besten Anzüge an, vielleicht der Grund dafür, dass uns niemand misstrauisch beobachtete. Der Abteilungsleiter der Bank, mit dem Artur einen Termin vereinbart hatte, entdeckte uns, sprang auf und führte uns in sein Büro. Dort nahmen wir vor einem gewaltigen schnörkelig verzierten Schreibtisch aus dunkel gebeiztem Eichenholz Platz, während ich nervös die Tasche in den Händen hielt, in der unser Kometengeld schlummerte.

Freundlich, aber bestimmt fragte der Bankier: »Herr Burwitz hat mich bereits in Kenntnis gesetzt, dass Sie einen Kredit über zweitausendfünfhundert Reichsmark wünschen. Wenn Sie mich bitte ins Bild setzen wollen, wofür Sie dieses Geld brauchen?«

Artur erläuterte ihm unsere Geschäftsidee.

Als er damit fertig war, sagte eine ganze Weile niemand etwas.

Dabei saß dieser Bankier bequem zurückgelehnt hinter seinem Schreibtisch und maß uns mit Blicken, als würde er abschätzen wollen, ob er uns trauen konnte oder nicht. Mir fiel auf, dass seine Finger maniküurt waren, unsere selbstredend nicht. Auch war sein Bart nach Kaiserart gestutzt, die Enden hochgewichst, und sein Haar wie frisch geschnitten. Wir dagegen waren zwar gewaschen, aber ich war sicher, man sah uns unsere Herkunft an. Trotz der guten Anzüge.

Schließlich sagte er: »Sie wissen, dass wir für einen Kredit Sicherheiten einfordern?«

Artur nickte mir zu, und ich stellte die Tasche auf den Schreibtisch: Er stand auf, blickte hinein und hob überrascht die Augenbrauen.

»Haben Sie etwa eine Bank überfallen?«

Er lachte über seinen Scherz, und wir stimmten pflichtschuldig mit ein.

»Neuntausendfünfhundert«, sagte Artur.

»In Ordnung«, antwortete der Mann und wandte sich Vater zu. »Und Sie werden gegenzeichnen?«

Vater sah mit diesem kurzsichtig wirkenden Blick abwesender aus denn je, dann aber raffte er sich auf und lächelte freundlich: »Sehr wohl, der Herr! Sie werden absolut zufrieden sein!«

Der Bankier schien genau wie wir ein wenig irritiert, aber er nickte und antwortete: »Bitte einen Augenblick Geduld. Ich hole die Papiere.«

Er verließ sein Büro.

»Alles in Ordnung, Vater?«, fragte ich vorsichtig.

»Natürlich.«

Wir schwiegen wieder, bis der Bankier mit den Kreditunterlagen zurückkam und sich an das Ausfüllen des Antrages machte.

»Gut, dann wollen wir mal: Ihr Name ist?«

»Carl Friedländer!«

»Wohnhaft in?«

»Riga.«

»Bitte?«, fragte der Bankier irritiert.

»Vater!«, rief ich besorgt.

»Was denn? Ich bin der beste Schneider in Riga! Gleich am Domplatz habe ich meine Schneiderei: Carl Friedländer. Sie haben sicher von mir gehört?«

»Bedaure, nein.«

»Aber jeder kennt meine Schneiderei! Ich habe fünf Untergebene! Fünf!«

»Nun, Herr Friedländer ...«

Vater lächelte plötzlich und zwinkerte dem Bankier vertraulich zu: »Ich wette, Sie kennen meine Frau!«

»Ihre Frau?!«

»Sie ist wunderschön und elegant wie eine Romanow! Einmal hat ihr ein echter Graf den Hof gemacht! Ein echter Graf! Können Sie sich das vorstellen?«

»Vater! Bitte!«

»Was denn, mein Junge! Das darf man doch sagen?« Er blickte wieder zu dem vollkommen verdutzten Bankier. »Sie hatte dieses Kleid. Oh, was für ein Kleid! Meine beste Kreation! Burgundrote

Seide, acht Reihen Volants. Und das Mieder! Man konnte ihre Taille mit bloßen Händen umgreifen, dazu dieser kecke *Cul de Paris*. Dieser Graf war vollkommen verrückt nach ihr! Er wollte sie vom Fleck weg heiraten!«

Er lachte vergnügt, dann fügte er versonnen hinzu: »Aber sie hätte mich natürlich nie verlassen!«

Schweigen senkte sich über uns.

Ich war wie gelähmt.

Artur schaute meinen Vater entsetzt an.

Der Bankier vor uns verzog keine Miene. Dann aber fragte er: »Sagen Sie, Herr Friedländer: Wissen Sie, wo Sie sind?«

»Hier. Na *hier* eben. Sie dürfen mir nichts übel nehmen.«

Diesmal wandte er sich an uns: »Was ist mit Ihrem Vater?«

»Ich weiß es nicht«, antwortete ich besorgt.

»Herr Friedländer? Geht es Ihnen gut?«, fragte Artur.

»Aber natürlich. Du bist ein guter Junge, Carl.«

»Ich bin Artur, Herr Friedländer.«

»Können wir jetzt etwas essen? Ich habe solchen Hunger.«

Wir sahen beide, wie der Bankier seinem Füllfederhalter wieder die Kappe aufdrehte. Seine Stimme klang plötzlich pikiert: »Meine Herren, es ist offensichtlich, dass wir unter diesen Umständen keinen Vertrag abschließen können. Ich möchte Sie daher bitten zu gehen.«

Artur schien protestieren zu wollen, sagte dann aber nichts. Ich kam mir plötzlich schäbig vor, weil ich glaubte, im Gesicht des Bankiers die Überzeugung lesen zu können, dass wir versucht hätten, ihn auszutricksen. Oder schlimmer noch: meinen Vater.

Stumm wies uns der Mann die Tür.

Wir verließen die Bank.

Ich weinte auf dem ganzen Weg nach Hause.

»Was hat der Junge denn?«, hörte ich Vater Artur fragen.

»Nichts«, antwortete Artur trüb.

52

Wann war er erkrankt?

Wann waren aus den amüsanten Geschichten über seine Jugend Fanale seines Niedergangs geworden? Schon immer hatte er gern in der Vergangenheit gelebt, von Mutter berichtet und den Wundern einer verlorenen Zeit. Wann hatte dieser entzückend sentimentale, zuckrig melancholische Geschichtenerzähler die Grenze überschritten und war in die Schatten getreten?

Wissen Sie, wo Sie sind?

Die Frage hämmert noch heute in meinem Schädel, und ich kann nicht aufhören, mich zu fragen, wie mir diese Entwicklung hatte entgehen können. Wann war aus süßer Wiederholung bittere Verdammnis geworden? Wann war aus seinen Erinnerungen ein Labyrinth geworden, in das ihm niemand mehr folgen konnte und aus dem er selbst niemals wieder herausfinden würde?

An jenem Tag jedenfalls blieb ich bei ihm.

Und auch an allen folgenden.

Ich ließ einen Arzt kommen, der mit blumigen Erklärungen zu kaschieren versuchte, dass er keine Ahnung hatte, was mit Vater passiert war. Danach sprach ich mit Herrn Lemmle und kündigte meine Anstellung, die ja genau genommen gar keine war, jedenfalls keine bezahlte. Herr Lemmle zeigte alles Verständnis der Welt und versicherte mir, dass meine Lehrzeit ohnehin schon vor geraumer Zeit zu Ende gegangen sei, auch wenn ich das gar nicht bemerkt hätte.

»Wenn du willst, kannst du mich jetzt anstellen, Carl!«

Es klang halb nach einem Scherz, halb nach einer Aufforderung. Aber ich freute mich darüber.

Fortan also waren Vater und Sohn wieder in der Schneiderei vereint.

So wie früher.

So wie immer.

Er freute sich sehr darüber, weil er vergessen hatte, dass er sich für mich eigentlich etwas anderes gewünscht hatte. Und ich freute mich, dass ich bei ihm sein und ihm ein wenig von dem zurückgeben konnte, womit er mich so großzügig mein ganzes Leben überschüttet hatte: Liebe.

Was aber jenen Tag in der Reichsbank betraf: Der war nicht nur für mich niederschmetternd gewesen. Auch Artur haderte mit dem Schicksal. Minuten entfernt von der Kreditunterzeichnung hatte er das Gefühl, als hätte man ihm, dem Hungernden, das Festmahl unter der Nase fortgezogen. Obwohl er nicht gerade bekannt dafür war, besonders sensibel auf Situationen zu reagieren, die ihm nicht in den Kram passten, verlor er kein Wort über Vaters Auftritt, sondern zeigte sich besorgt angesichts seines Gesundheitszustands. Auch dann noch, als Vater keine zwei Stunden später in der Schneiderei ganz und gar wieder der Alte zu sein schien, zumindest aber kein wirres Zeug redete oder sich desorientiert benahm.

Arturs Traum schien derweil zerstört.

Ohne diesen Kredit bestand keine Hoffnung, das fehlende Geld in akzeptabler Zeit zusammenzubekommen. Bald schon würde jemand anderes einen Lkw in den Straßen sehen und eins und eins zusammenzählen. Und Artur war sicher, dass das Ergebnis über kurz oder lang bei jemandem landete, der daraus ein großes Geschäft machen würde. Jemand, der jetzt schon wohlhabend war, aber mit dieser Idee ganz nach oben schnellen würde. Jemand, der Artur dann eine schlecht bezahlte Anstellung anbieten würde. Und mit jeder Fuhre würde Artur den Reichtum des Mannes mehren, der er selbst hätte sein können.

Doch dann geschah das Wunder!

Wenigstens sah es nach einem aus. Ein paar Tage später trat Arturs Vater in die Werkstatt. Anstatt mit der Arbeit zu beginnen, baute er sich vor Artur auf und fragte: »Und du bist absolut sicher, dass dieses Geschäft funktioniert?«

Artur, der die Beine demonstrativ auf eine Werkbank gelegt hatte, beachtete ihn kaum und antwortete: »So sicher wie das Amen in der Kirche.«

»Und wie hoch wäre mein Bonus?«
Artur blickte überrascht auf: »Wie viel willst du?«
»Sagen wir zweihundertfünfzig.«
Artur sprang auf und reichte ihm die Hand: »Abgemacht!«
Die beiden gaben sich die Hände.
Artur konnte sein Glück nicht fassen.

53

Ob August nur eingelenkt hatte, um seinen Sohn scheitern zu sehen? Oder weil er insgeheim wusste, dass Artur recht hatte? Wir wussten es nicht, und es war uns auch egal, denn wir bekamen den Kredit.

Und Artur kaufte einen ersten Lastkraftwagen.

Aber es war eine Sache, einen Lkw zu kaufen, eine andere, ihn zu fahren. Artur war der Meinung gewesen, dass es nicht besonders lange dauern konnte, es zu lernen. Was er nicht wusste: Preußens Gesetze hatten sich drei Jahre zuvor geändert. Seit 1909 waren Führerscheinprüfungen obligatorisch geworden, und das brachte unmittelbar eine erste Komplikation mit sich, denn Artur war erst sechzehn Jahre alt. Für die Führerscheinprüfung musste man achtzehn Jahre alt sein.

Artur löste die Sache auf seine Art.

Er marschierte schnurstracks in das Büro von Polizeikommandant Adolf Tessmann, trat ohne anzuklopfen ein und setzte sich direkt vor dessen Schreibtisch. Tessmann, zu überrascht von dieser Unverschämtheit, sah ihn verwundert an, doch bevor er aufstehen und ihn anschreien konnte, hob Artur die Hand und sagte: »Ich bin hier, um einen Freundschaftsdienst einzufordern.«

Tessmann entgleisten förmlich die Gesichtszüge.

»Was willst du?«, fragte Tessmann wütend.

»Haben Sie morgen Zeit? Zehn Uhr?«

»Nein.«

»Jetzt schon!«

Er stand wieder auf und sagte: »Kriegerdenkmal, Culmer Chaussee. Lassen Sie mich besser nicht warten!«

Damit verschwand er genauso schnell, wie er eingetreten war und bevor Tessmann irgendetwas erwidern konnte.

Am nächsten Tag dann, um zehn Uhr, lehnte Artur lässig neben seinem neu erworbenen Lkw am Kriegerdenkmal, rauchte eine Zigarette und begrüßte Tessmann, der ihm mit finsterer Miene entgegenkam.

»Wie finden Sie ihn?«, fragte Artur stolz und klopfte seinem Mulag auf die Kühlerhaube.

»Du gehst mir so was von auf die Nerven!«

»Nur die Ruhe. Ist gleich vorbei.«

Es wurde eine denkwürdige Führerscheinprüfung.

Wenig später tauchte der Prüfer auf, ein Mann namens Schürrmann, der sich als Herr Prüfungsrat Schürrmann vorstellte und in seinen Händen ein Schreibbrett hielt, darauf ein paar Papiere. Herr Schürrmann war klein, drahtig und so akkurat gekleidet, dass er wie die Gussform eines preußischen Beamten wirkte, nach dessen Vorbild die ganze niedere Staatsverwaltung hätte geformt werden können.

Er stellte sich mit durchgedrücktem Rücken vor Artur, war damit aber immer noch zwei Köpfe kleiner und kompensierte diesen Umstand, indem er mit besonders forscher Stimme sprach.

»Alter?«

»Achtzehn!«, antwortete Artur.

»Staatsangehörigkeitsausweis?«

»Gibts nicht.«

»Geburtsurkunde?«

»Gibts nicht.«

»Unsinn!«

»Nein, tut mir leid. In der Kirche hats gebrannt.«

»Gesindebuch?«

»Bin kein Gesinde.«

Herr Schürrmann blickte Artur über seine runde Brille hinweg an und versuchte dabei, strenger auszusehen als der Scheitel auf seinem Kopf, der sein Haupthaar in zwei Hälften teilte.

»Dann können Sie die Prüfung nicht ablegen!«

»Sie sehen doch, dass ich über achtzehn bin?«

»Mag ja sein, aber Ordnung muss sein.«

Artur wandte sich Tessmann zu: »Der Herr Polizeikommandant wird sich für mich verbürgen!«

Widerwillig trat Tessmann vor, stellte sich sehr nah vor den Herrn Prüfungsrat und blitzte ihn an.

»Und Sie sind?«, fuhr Tessmann ihn an.

»I-ich!«

»Ja! Sie!«

»Herr Prüfungsr…«

»Ausweis?«, unterbrach ihn Tessmann.

»I-ich?«

»AUSWEIS!«

Herr Prüfungsrat Schürrmann, im Angesicht von Tessmanns ordensgeschmückter Uniform, nahm sofort Haltung an, schluckte, schüttelte dann aber den Kopf.

»Woher weiß ich denn, dass Sie der Herr Schürrmann sind?«

»Aber das bin ich!«, protestierte Herr Schürrmann kläglich.

Tessmann nickte zu Artur hinüber und sagte: »Das ist Artur Burwitz.«

»Jawohl, Herr Kommandant!«

»Und sein Alter ist?«

»Achtzehn, Herr Kommandant!«

»Und können wir jetzt diese verdammte Prüfung hinter uns bringen? Ich habe zu tun!«

»Jawohl, Herr Kommandant!«

Tessmann trat zwei Schritte zurück, Herr Schürrmann sammelte sich und fragte dann: »Was ist beim Lkw-Fahren im Dunkeln zu tun?«

Artur antwortete: »Karbidlampen anzünden.«

»Gratuliere, bestanden!«

Herr Schürrmann unterschrieb den Führerschein, überreichte ihn Artur, man schüttelte einander die Hände. Dann ging er wieder, und Artur war der erste Lkw-Fuhrunternehmer in der Geschichte Thorns.

54

Schnell stellte sich heraus, dass Artur den richtigen Riecher gehabt hatte: Die Konkurrenz konnte mit dem, was sein Unternehmen bot, bei Weitem nicht mithalten. Er fuhr ohne weitere Umstände die Produktionen Thorns ab, besuchte die Fabrikanten von Maschinen, Spiritus und Tabak. Die Brauereien, die Sägewerke, die Dampfmühlen, die Ziegelbrenner, ja auch die Seifen- und Honigkuchenproduzenten. Und allen sagte er dasselbe: »Sie zahlen das, was Sie den andern zahlen. Aber ich lade das Fünffache und schaffe es in einem Drittel der Zeit!«

Und obwohl die Unternehmerfamilien miteinander bekannt waren und darauf achteten, dass jeder seinen Teil vom Kuchen abbekam, mussten sie nicht lange rechnen, um zu wissen, dass Arturs Angebot unschlagbar war. Die Ersten, die ihn buchten, waren übrigens alte Bekannte, zumindest für mich: das Ehepaar Hopp. Oder sollte ich besser sagen: Frau Direktor und Herr Direktor?

Artur lud ihre Kohlen auf und brachte sie so schnell an ihren Zielort, dass Frau Direktor anschließend sagte: »Ottochen, wir fahren jetzt nur noch mit dem jungen Mann da!«

Ottochen nickte und gab seiner Frau einen Kuss.

Arturs Fuhrunternehmen sprach sich herum, und bald schon war er Wochen im Voraus ausgebucht.

Isi übernahm die Buchhaltung und empfing die Kunden in dem schönen, wenn auch nicht allzu protzigen Haus, das ihr Vater gekauft, aber nur einmal betreten hatte, weil in Berlin furchtbar wichtige Dinge auf ihn warteten.

Gottlieb Beese genoss derweil in jeder Form die Ehrerbietung, die man ihm nun entgegenbrachte, weil er Reichstagsabgeordneter war. Und so sprach ihn auch jeder an: *Herr Reichstagsabgeordneter.* In einer Gesellschaft, die süchtig nach Titeln war – was zu lächerlichen Verrenkungen wie *Herr Hausbesitzer* oder *Fräulein Buchhalterin* führte –, war Deputierter des Deutschen Reichs zu sein von ungeheurem Wert. Es öffnete Türen wie sonst nur Adelstitel oder hohe Offiziers- oder Verwaltungsränge. Aber so befriedigend für Gottlieb Beese ein sonntäglicher Spaziergang durch Thorn war, angesichts der vielen, die jetzt den Hut lüfteten und ihn mit einer knappen Verbeugung grüßten, musste er doch dauernd in Berlin sein.

Natürlich gab er seiner Frau und seinen beiden Töchtern allerlei Anweisungen, wie sie sich zu benehmen hatten, da sie ja nicht nur sich selbst, sondern vor allem ihn repräsentierten, aber er ahnte wohl die ganze Zeit, dass zumindest Isi sich einen feuchten Dreck darum kümmerte.

Womit er recht hatte.

Sie verließ das gerade begonnene Realgymnasium, selbstredend ohne ihren Vater um Erlaubnis zu bitten, und richtete sich im Obergeschoss, in dem normalerweise die Dienstmädchen schliefen, ein kleines Büro ein. Auch das, ohne ihren Vater darüber in Kenntnis zu setzen.

Das Haus in der Hohen Straße 6, oberhalb des Neustädtischen Markts und in unmittelbarer Nähe zu den großen Kasernen und Proviantämtern der Thorner Innenstadt, war jetzt der Stammsitz einer neuen Firma: *ARCASI Transporte.*

Und Isi, ich und Artur waren die neuen Herr und Frau Direktor.

Einer der vielen neuen Kunden, die kamen, um unsere Dienste in Anspruch zu nehmen, war Max Sobotta. Ausgerechnet im Auftrag seines Herrn Wilhelm Boysen, der, wie Isi dachte, keine Ahnung davon haben konnte, dass sie an dem Unternehmen beteiligt war, weil er sonst niemals seine Zustimmung dazu gegeben hätte.

Isi nahm die Order entgegen, auch wenn Sobotta ihr unheimlich war. Unentwegt starrte er sie an, wobei sein Blick, immer wenn er glaubte, sie bemerkte es nicht, ganz ungeniert ihren Köper entlangwanderte. Isi war froh, als er endlich verschwunden war, und erwähnte den Besuch uns gegenüber am Abend.

Mir fiel ein, dass ich ihn bei der Veranstaltung am Abend der Wahlen schon einmal hatte Isi anstarren sehen. Artur knurrte: »Lass ihn nicht mehr rein. Wenn er was will, soll er zu mir oder Carl kommen.«

Isi versprach es.

Nach ein paar Wochen erhöhte Artur die Preise deutlich und blieb dabei immer noch konkurrenzlos. Kurz darauf kam er zu mir in die Schneiderei und sagte: »Carl, wir haben ein Problem!«

Er war spät am Abend.

Vater schlief bereits, und ich räumte noch ein wenig auf, während Artur auf dem Zuschneidetisch lümmelte.

»Was für ein Problem? Ich dachte, es läuft gut?«

»Es läuft nicht gut«, antwortete Artur. »Es läuft überragend. Wir brauchen noch einen Lkw.«

»Noch einen?«, staunte ich. »Jetzt schon?«

»Wir werden viel mehr brauchen, aber jetzt erst mal einen.«

»Haben wir denn das Geld?«

»Der erste Kredit ist abbezahlt. Den zweiten Lkw müssten wir auf Pump kaufen.«

»Was sagt denn Isi?«

Er lächelte – ich hätte mir die Frage auch sparen können. Sie musste Feuer und Flamme sein.

»In Ordnung. Meinen Segen hast du. Was ist mit deinem Vater?«

»Mein Vater ist mit allem einverstanden, solange der Rubel rollt. Ich werde allerdings einen zweiten Fahrer brauchen.«

Ich seufzte: »Nichts lieber als das, nur ...«

Ich brach ab und wandte mich zu dem Paravent, hinter dem mein Vater schlief.

»Ist es so schlimm?«, fragte Artur.

»Im Moment ist er noch ganz in Ordnung. Aber es gibt immer wieder Aussetzer. Ich kann ihn nicht alleine lassen.«

»Verstehe. Was sagen die Ärzte?«

»Niemand weiß etwas.«

Artur nickte: »Kümmer dich um ihn, er hats verdient. Und ich kümmer mich ums Geschäft.«

»Danke.«

»Nicht dafür«, grinste er und verschwand gut gelaunt in die Nacht.

55

Artur kaufte Lkw um Lkw.

Und obwohl ich diesen irren Aufstieg ein wenig ängstlich betrachtete – er schloss Kreditvertrag um Kreditvertrag, sodass wir bald schon sechsstellige Verbindlichkeiten hatten, aber eben auch entsprechende Umsätze –, platzte ich beinahe vor Stolz. Innerhalb kürzester Zeit waren wir das mit Abstand größte Fuhrunternehmen Thorns geworden, und die Hälfte aller bezahlten Fahrten landete bei uns.

Doch so kometenhaft unser Aufstieg auch war, so sehr baute Vater Monat um Monat ab. Bald schon war an einen normalen Schneiderbetrieb nicht mehr zu denken, und ich kann dem Herrgott nur für Freunde wie Isi und Artur danken, die mich weiterhin als vollwertigen Partner im Unternehmen akzeptierten, obwohl ich mich kaum darin einbringen konnte.

Dementsprechend gerieten wir auch nicht in finanzielle Not, sodass die Schneiderei bald schon eher ein Liebhaberprojekt denn der ernsthafte Versuch war, unseren Lebensunterhalt zu verdienen. In dieser Zeit gingen wir oft spazieren, was Vater mochte, und wann immer es ihm in den Sinn kam, begann er, Geschichten von früher zu erzählen, von Riga und von Mutter, von der Schneiderwerkstatt und den Kunden von damals.

Mit der Zeit bemerkte ich zunächst kleine Abwandlungen der immer gleichen Geschichten, bis sie sich irgendwann mit anderen Geschichten vermischten und am Ende keinen Sinn mehr ergaben. Der Verstand meines Vaters verzweigte sich wie seine Geschichten zu immer neuen Wegen, bis sich beides zu Gitterlinien einer gesprungenen, aber nicht zerborstenen Scheibe ausgebreitet hatte. Und genauso wenig, wie man durch das Spinnennetz eines zerrissenen Glases viel sehen konnte, genauso wenig erkannte Vater etwas von der Welt jenseits seiner Fantasien. Nur dann und wann, wenn er an Stellen gelangte, die noch nicht gesplittert waren, konnte er hinausblicken und alles verstehen, doch im nächsten Moment schon verschwand er wieder hinter einem weiteren Sprung.

Ich hätte optimistisch sein müssen angesichts von Arturs Erfolgen, ich freute mich auch, wenn ich mit Vater in Isis Büro spazierte oder wir Artur in einem Lkw trafen und er kurz anhielt, um mit uns zu plaudern. Aber die Wahrheit war: Vaters Geist verfiel so schnell, dass sinnvolle Gespräche immer weniger möglich waren, und ich hatte ihm doch noch so viel zu sagen.

So verging das Jahr 1912.

Auch 1913 setzte unser Geschäft seinen Höhenflug fort, was dazu führte, dass die ersten kleinen Fuhrunternehmer Pleite machten. Artur bot ihnen Anstellungen an, die besser bezahlt waren als überall sonst in Thorn. Wenn es nach ihm gegangen wäre, wären die Fahrer zwar nicht ganz so großzügig entlohnt worden, aber Isi machte ihm eindringlich klar, dass wir besser waren als die Gutsbesitzer und reichen Bauern und unseren Erfolg nicht auf den Knochen und dem Blut der anderen errichten durften. Wir wollten den Triumph, aber auch den Beweis, dass alle teilhaben konnten, ohne irgendjemand mit dem Gesicht in den Staub zu drücken.

Und so war es auch!

Die meisten mochten uns – und die, die uns nicht mochten, hatten zumindest Angst vor Artur. Schnell hatte sich die Erkenntnis breitgemacht, dass es besser war, mit uns zu arbeiten als gegen uns. Was Artur unterstützte, indem er Inhaber bestimmter Positionen mit Spenden bedachte. Mit Einladungen. Mit kostenfreien Sonderfahrten. Und diese Posten waren recht einfach zu benennen und machten in der Bilanz wenig Kummer: Bürgermeister Reschke, Polizeikommandant Tessmann, die Kirchen und Bankdirektor von Betnick. Letzterer betreute uns seit einigen Monaten persönlich und freute sich über jeden abgeschlossenen Kreditvertrag.

Plötzlich waren wir wer!

Und wurden von all denen gegrüßt, die ein Jahr zuvor in mir einen betrügerischen Judenbengel gesehen hatten, in Isi eine vorlaute Göre und in Artur einen schmutzigen Wagner. Ging ich jetzt mit Vater über die Breite Straße, lüfteten sich alle zwanzig Meter die Zylinder oder Hüte, wurde geknickst und mir mitunter sogar wortreich eine Visitenkarte zugesteckt. Und natürlich fragte man Vater nach Abendkleidern, neuen Fracks oder Anzügen. Was Vater sehr freute und er immer mit höflichen Verbeugungen und freundlichen Worten goutierte.

Zu diesen *neuen Freunden*, die ich bei Spaziergängen auf der Straße traf, gehörte auch Frau Direktor Lauterbach, die Frau des Saatguthändlers und neuerdings unsere ergebenste Kundin. Sie stürmte gar auf Vater zu und beschwor ihn, ihr eine neue Kreation zu schneidern.

»Sie müssen, Herr Friedländer! Sie müssen einfach! Der Preis spielt keine Rolle! Setzen Sie an, was Sie für gerechtfertigt halten!«

»Ich glaube«, antwortete ich kalt, »es steht noch die Bezahlung eines Kleides aus?«

»Oh, selbstredend! Wie viel war das noch gleich?«

Ich nahm das Fünffache und versprach ihr ein neues Kleid, das sie niemals bekommen würde.

Tatsächlich konnte Vater zu diesem Zeitpunkt nicht mehr arbeiten, obwohl ich ihm jeden Tag dabei zusah: Seine Nähte waren krumm und schief, Schnittmustern konnte er nicht mehr folgen, und wenn doch, waren die Stoffstücke grotesk miteinander verbunden. Dennoch bewunderte ich überschwänglich jedes beendete Kleidungsstück, versprach, es sogleich zu seinem neuen Besitzer zu bringen, und schenkte es anschließend dem Lumpensammler. Vater dagegen arbeitete weiter und wähnte sich die meiste Zeit in seiner Schneiderei in Riga.

Und doch hatte er seine Momente, in denen er vollkommen klar war.

Und es war wohl einer dieser Momente, der Isi das Leben rettete.

56

An jenem Tag waren wir lange unterwegs gewesen.

Anfangs hatten wir noch über das wunderbare Frühjahrswetter gesprochen, später war Vater dann in ein selbstvergessenes Schweigen verfallen, hatte aber jeden Versuch, ihn auf den Heimweg zu locken, ignoriert und war einfach weitermarschiert. Ich weiß noch, wie sehr mich seine Kondition erstaunte. Am Nachmittag brannten mir dann die Füße, und ich hätte einiges dafür gegeben, in der Schneiderei bei einem guten Kaffee die Beine hochzulegen.

Kurz vor dem Culmer Tor hielt er plötzlich an und beobachtete ein Dienstmädchen auf der gegenüberliegenden Straßenseite, das sich mit einem vollgepackten Weidenkorb mit Einkäufen abmühte.

Da drehte er sich zu mir und fragte: »Weißt du noch? Diese Dienstmagd auf dem Boysenhof?«

Ich sah ihn irritiert an und fragte zurück: »Anna?«

»Ja, die hat dir gefallen, nicht wahr?«

»Ist lange her, Vater.«

Er wandte sich wieder dem Mädchen auf der anderen Seite zu und behauptete: »Sie sieht aus wie sie!«

Ich fand nicht, dass sich die beiden ähnelten. Genau genommen hätten sie unterschiedlicher kaum sein können: Anna war fraulich und dunkel, dieses Mädchen blond und zierlich. Das Einzige, was sie miteinander verband, war ihre Kleidung, die tatsächlich fast identisch war.

»Ich weiß nicht, Vater: Das Mädchen da drüben sieht Anna nicht ähnlich.«

»Sie muss sich in Acht nehmen«, antwortete er.

»Wie meinst du das?«

»Sie muss sich in Acht nehmen. Dieser Junge ist wieder da.«

Es war nicht die erste Konversation, der ich nicht folgen konnte, und normalerweise mündete jeder Versuch, einer solchen Herr zu werden, erst in totaler Verwirrung, bevor sie anschließend wie ein Stein im Wasser versank.

Trotzdem fragte ich: »Welcher Junge?«, ohne mit einer sinnvollen Antwort zu rechnen.

»Dieser Sobotta-Junge.«

Augenblicklich war ich alarmiert.

»Sobotta? Max Sobotta?«

Vater nickte: »Der Hofgänger.«

»Hast du ihn gesehen?«

»Ja. Gerade eben«

»Wo?«

Vater schwieg.

Ich wusste nicht, ob er noch antworten würde, aber als ich wieder auf die andere Straßenseite sah, fiel mir auf, dass das Dienstmädchen zwar nicht Anna, dafür aber Isi ähnlich sah.

Der gleiche Typ.

»Vater!«, mahnte ich eindringlich. »Wo hast du Sobotta gesehen?«

Da zeigte er nach Osten, wo sich auch die Hohe Straße befand, durch die wir vor etwa einer Stunde spaziert waren. Und in der das hübsche neue Haus von Gottlieb Beese mit unserem Büro lag.

Ich wusste, dass Artur heute mehrere Fuhren für die Maschinenfabrik Drewitz übernehmen musste, die ein paar Ecken weiter am Grützmühlenteich ihren Stammsitz hatte, und zog daher Vater mit mir, in der Hoffnung, Artur dort anzutreffen.

Ich hatte Glück und sah einen unserer Lkws dort auf dem Hof stehen. Und gleich neben ihm Artur, auf den ich eilig zulief, um ihm dann in schnellen Worten mitzuteilen, was mein Vater zu sehen geglaubt hatte.

»Bist du sicher?«, fragte Artur.

Ich zuckte mit den Schultern: »Ich weiß es nicht, aber ich habe ein ganz mieses Gefühl.«

Artur nickte mir zu: »Los, einsteigen. Alle beide!«

Wir fuhren los, und keine zehn Minuten später hielten wir vor dem Haus mit der Nummer 6.

Die Tür stand einen Spalt offen.

Artur zögerte keine Sekunde und rannte die Treppen hinauf in den obersten Stock. Riss die Tür zu unserem Büro auf und sah auf Sobottas Rücken. Offenbar hielt er jemandem vor sich den Mund zu und würgte die Person gleichzeitig mit der Beuge des anderen Arms. Im nächsten Moment sank eine schmale Person mit zerrissenen Kleidern an ihm herab.

»ISI!«, schrie Artur.

Sobotta wirbelte herum und ließ die halb bewusstlose Isi los, während Artur wie ein apokalyptischer Reiter auf ihn zuflog und ihn im nächsten Moment schon zu Boden riss. Dahinter ich, der Isi unter den Armen packte und von den beiden ein paar Meter wegzog.

Artur schlug bereits auf Sobotta ein.

Furchtbare Schläge.

Gegen den Kopf, ins Gesicht, auf die Hände, die Sobotta schützend vor sich hielt.

Er schrie, dann aber verstummte er plötzlich, und seine Arme sanken kraftlos herab, während ihn die nächsten Faustschläge mit unverminderter Wucht trafen. Sobotta hatte das Bewusstsein verloren, und Artur war wie im Rausch. Ich sprang auf und warf mich gegen ihn – wir gingen beide zu Boden.

»ARTUR! ARTUR!«

Er machte sich von mir los, was ihm spielend leicht gelang, sprang erneut auf, doch bevor er sich wieder über Sobotta knien konnte, war Isi bei ihm und warf sich ihm in die Arme. Für einen Moment hielt er inne, Isi nutzte den Augenblick und küsste ihn auf den Mund: »Halt mich fest, Artur!«

Verdutzt hielt er Isi, die ihn wieder küsste. Diesmal erwiderte er den Kuss, sein Angriffswille verpuffte in ihren Armen.

Ich kroch zu Sobotta herüber: Er sah schlimm aus. Die Nase war völlig verbogen, die Augen jetzt schon zugeschwollen, die Lippen aufgeplatzt, blutig, Zähne lagen auf dem Boden neben ihm. Aber über seinem Mund bildeten sich blutige Bläschen: Er atmete.

57

Max Sobotta überlebte, und Artur und Isi wurden an diesem Tag ein Paar.

Erst jetzt wurde das ganze Ausmaß von Sobottas Wahnsinn sichtbar, denn er hatte nicht nur Isi überfallen, er war auch für Annas Vergewaltigung verantwortlich gewesen. Nicht etwa Falk Boysen, wie wir alle angenommen hatten. Offenbar hatte er Isi seit Längerem nachgestellt und war mehr und mehr in rasende Eifersucht darüber geraten, dass sie offensichtlich Arturs Freundin war. So wie er zwei Jahre zuvor rasend geworden war, als er geglaubt hatte, Anna hätte sich Falk Boysen hingegeben.

An jenem Tag hatte er also gewartet, bis Isis Mutter mit Gerda, ihrer Schwester, das Haus zum Einkaufen verlassen hatte, um dann an die Tür zu klopfen, die Isi arglos geöffnet hatte. Im Angesicht totaler Kontrolle über Isi hatte er mit seiner Tat auf dem Boysenhof geprahlt und auch angedeutet, dass er ihr keine Gelegenheit geben würde, über alles, was unweigerlich folgen würde, zu sprechen.

Trotz allem kam es nicht zur Anklage.

Wilhelm Boysen verhinderte es.

Denn der Name Boysen musste unter allen Umständen unbefleckt bleiben, strahlend weiß wie die meisten seiner Anzüge. Er wollte weder einen Prozess noch Gerede über die Tatsache, dass er jemanden wie Max Sobotta beschäftigt hatte. Die Sache sollte so schnell wie möglich vergessen werden.

So entließ er die Sobottas und gab ihnen achtundvierzig Stunden Zeit, ihre Habseligkeiten zu packen und für immer zu verschwinden. Dabei verfluchte er die Sündhaftigkeit der Jugend, die Widerwärtigkeit der Begierde und die Triebhaftigkeit der untersten Schichten. Er spie Heinrich Sobotta seine Verachtung geradezu ins Gesicht. Nie wieder wollte er etwas mit ihm zu tun haben, seinen Namen nie wieder hören und niemanden aus seiner verderbten Sippschaft je wiedersehen!

Für Heinrich Sobotta war es ein harter Schlag.

Schon sein Vater war Instmann bei den Boysens gewesen, er selbst hatte als Hofgänger angefangen und war, trotz der Demütigungen des Alltags, stolz darauf, Teil des Boysenguts gewesen zu sein. Ja, in aller Heimlichkeit wähnte er sich sogar als Teil der Familie, wenn er das auch nur einmal in sehr betrunkenem Zustand in einem Wirtshaus gesagt hatte. Jedenfalls hatte er sein ganzes Leben auf dem Gut verbracht, nie etwas anderes getan, nie etwas anderes gewollt. So eiskalt verstoßen zu werden entsetzte ihn, ganz gleich, was sein Sohn getan hatte oder nicht.

Aber es blieb ihm nichts anderes übrig, als das Haus zu räumen, seine Besitztümer auf einen Karren zu packen und in eine ungewisse Zukunft zu fahren, denn bei einer Sache konnte er ganz sicher sein: Kein anderer Bauer, kein anderer Gutsbesitzer im weiten Umkreis würde ihm eine Arbeit geben. Teils, weil sie es sich mit dem Alten nicht verderben, teils, weil sie nicht in den Verdacht geraten wollten, bei ihnen würden Unmoral und Verwahrlosung geduldet.

Heinrich Sobotta wagte nicht, sich gegen seinen Rausschmiss zu wehren, denn Wilhelm Boysen hatte ihm überdeutlich klargemacht, was dann passieren würde, nämlich dass Max Sobotta auf ewig ins Gefängnis käme.

»Ich tue dir einen Gefallen, Heinrich!«, sagte er großzügig. »Damit du siehst, dass ich kein Unmensch bin.«

Heinrich dankte ihm auch noch dafür, obwohl ihm schon da klar sein musste, dass der alte Boysen weniger das Wohl der Sobottas als sein eigenes im Sinn hatte. Er wollte unter allen Umständen einen Skandal vermeiden. Dementsprechend warnte der Alte alle seine Angestellten vor allzu großer Geschwätzigkeit: Sie würden auf der Stelle fristlos entlassen.

So verließen die Sobottas das Gut.

Zuvor jedoch mussten sich alle noch bei Wilhelms Frau, bei Falk und bei der kleinen Helene in aller Form entschuldigen, wobei Wilhelms Frau mit einer Ohnmacht rang, so angewidert war sie von ihren ehemaligen Angestellten. Aber das gehörte eben zu den Mühen eines Gutsbesitzers: Man wahrte die Form. Zeigte allen das, was man nicht lernen konnte: die Haltung der ersten Klasse. Der Einzige, der sich nicht entschuldigte, war Max Sobotta, denn der lag im Krankenhaus. Als er daraus entlassen wurde, waren die Sobottas mittel- und obdachlos. Die Arztkosten hatten ihre Ersparnisse aufgefressen.

Max Sobotta floh über Nacht in den Westen, denn er war sich sicher, wenn Artur ihn noch einmal träfe, würde der Ausgang dieser Begegnung nicht so glimpflich für ihn ausgehen. Eine Annahme, die jeder von uns genau so unterschrieben hätte, und so war sein Verschwinden von den wenigen guten Entscheidungen, die Max Sobotta in seinem Leben je getroffen hatte, die mit Abstand beste.

58

Gottlieb Beese kehrte zurück.

Nicht dauerhaft, aber er ließ sich nun immer mal wieder auch unter der Woche blicken. Dann schwadronierte er vor seinen politischen Kameraden aus dem Stadtrat und gab öffentlich vor, sehr stolz auf seine geschäftstüchtige Tochter zu sein, wenn er auch stets beifügte, dass vor allem Artur und ich für den Erfolg des Unternehmens verantwortlich wären. Und natürlich er selbst – und dieser Umstand ließ ihn bereits große Pläne schmieden.

Als Erstes verbot er die Verbindung von Isis Schwester Gerda zu einem Oberleutnant, der jetzt vollkommen unter ihrer Würde war. Denn sie war ja nicht allein die Tochter des Reichstagsabgeordneten, sondern auch die Tochter eines schwerreichen Unternehmers. Er meinte sich tatsächlich selbst damit, da er sich als Vormund Isis ansah und damit auch als dritten Geschäftsführer.

Gehorsam, wie Gerda war, nahm sie es mit einem Achselzucken hin und ward bald einem Oberst vorgestellt, der, seit Kurzem Witwer, auf der Suche nach einer neuen Mutter für seine drei Kinder war. Diesem Mann sagte man eine große Karriere beim Militär voraus, und so bot ihm Gottlieb Beese seine Tochter mit einer überaus großzügigen Mitgift an. Die er nicht besaß – noch nicht.

Der Oberst jedenfalls war entzückt.

Er war seit geraumer Zeit reichlich klamm, denn ein preußischer Offizier hatte so seine Ausgaben. Es war ihm bei seiner Standesehre verboten, beispielsweise in billigen Restaurants zu verkehren. Ging er in ein Konzert oder in die Oper, so mussten es die teuersten Plätze sein. Gleiches galt für Kleidung, Pferd, Haus, Einrichtung oder Lebenshaltung. Ein Offizier repräsentierte! Sein öffentliches Auftreten musste makellos sein, der Geschmack exquisit: Offiziere waren Preußens Glanz und Gloria! Und so stiegen mit jedem funkelnden Orden, mit jeder Beförderung zwar die Einnahmen, in erster Linie aber die Ausgaben.

Gottlieb Beese verkündete die schöne Nachricht bei einer Gedenkfeier und machte damit die Verlobung öffentlich. Selbstredend ohne Gerda gefragt zu haben. Da spielte es auch keine Rolle mehr, dass sie den Oberst unsympathisch und sein durch Schmisse verunstaltetes Gesicht abstoßend fand: Sie hatte zu gehorchen.

So saß Gottlieb dann eines Abends zusammen mit Isi und Gerda am Tisch, während Isis Mutter das Essen servierte. Er war den ganzen Tag schon auffallend höflich gewesen, zurückhaltend im Ton, hier und da sogar scherzend, um nicht zu sagen: recht vertraut. Jetzt lobte er die Kochkunst seiner Frau und ließ sich gut gelaunt den Teller vollladen.

»Was für ein schönes Heim wir doch haben!«, frohlockte er und sah erwartungsvoll von einer zur anderen. Isi kümmerte es wenig, sie würdigte ihn keines Blickes, während die anderen pflichtschuldig nickten.

»Und unsere Kleine hier wird bald einen Offizier heiraten!«

Gerda lächelte gequält, genau wie die Mutter.

»Freust du dich nicht auch für deine Schwester, Luise?«

»Wenn sie sich freut, dann freue ich mich auch«, gab die lapidar zurück.

»Aber hör mal: Die von Trepkows gehören zu den bedeutendsten Familien in Thorn!«

Isi zuckte mit den Schultern: Es war ihr vollkommen egal.

Beese war verärgert über den Mangel an Begeisterung. Aber er zügelte sich und näherte sich dann dem eigentlichen Thema mit jovialem Ton: »Also, ich kann dir sagen: Die Mitgift ist nicht ohne! Aber Klasse hat nun mal ihren Preis. Sie wird eine von Trepkow sein!«

Isi aß in Seelenruhe weiter und versuchte, das Gewäsch ihres Vaters zu überhören.

»Apropos Mitgift: Deine Partner werden mir die Tage einen Scheck aushändigen müssen.«

Isi verschluckte sich.

Hustete.

Dann starrte sie ihren Vater an.

»Wie bitte?!«

Der erwiderte den Blick ungerührt und erklärte: »Nun, ich bin dein Vater und damit auch dein Vormund. Und als solcher entnehme ich der Firma eine kleine Auszahlung!«

»Niemals.«

»Aber ja doch! Dein Anteil gehört rechtlich gesehen mir! Und ich kann damit machen, was ich will!«

Isi kochte vor Wut, dann aber atmete sie durch und antwortete: »Bitte! Ich mache gleich morgen einen Termin für dich. Mit Artur!«

Beese wurde blass.

Dann schrie er: »ICH VERLANGE MEIN GELD!«

Isi, die seine Wutanfälle schon lange nicht mehr beeindrucken konnten, sagte kühl: »Versuch es!«

Beese warf seine Serviette auf den Tisch und sprang auf: »Wie kannst du Gerda ihren gesellschaftlichen Aufstieg verbauen? Hab ich dich so erzogen? Egoistisch? Selbstsüchtig? PFUI!«

»Du siehst keine Puseratze von mir«, antwortete Isi, die allmählich Gefallen an der Darbietung fand. »Und am besten fährst du morgen direkt wieder zurück nach Berlin: Das Reich braucht dich!«

Beese machte einen wütenden Schritt auf sie zu, während Mutter und Gerda vor Schreck erstarrten. Isi dagegen nicht, denn sie stand ebenfalls auf und stellte sich vor ihn: »Möchtest du mich schlagen?«

Oh, wie es in Gottlieb Beese arbeitete!

Wie er am liebsten seinen Gürtel herabgerissen und wie von Sinnen auf Isi eingeprügelt hätte. Aber er wusste genau, wer ihm dann tags darauf einen Besuch abstatten würde.

So blieb ihm nichts anderes übrig, als in das trotzige Gesicht seiner Tochter zu starren und zu schreien: »RAUS! RAUS! AUS MEINEM HAUS!«

»Was werden dann wohl die Leute sagen?«, fragte Isi kalt. »Die Tochter des Reichstagsabgeordneten zieht zu einem Mann? Beide nicht verheiratet? Der Skandal wäre unbeschreiblich! Und was wäre dann mit Ihrer Karriere, Herr Reichstagsabgeordneter?«

Das war dann doch zu viel: Er ohrfeigte sie.

Erschrak augenblicklich darüber, blickte von einer zur anderen und stürmte aus der Küche. Isi konnte ihn die Treppe hinauflaufen hören, bevor die Tür zum Schlafzimmer hinter ihm ins Schloss knallte.

Morgen früh würde er überraschend abreisen.

Die Pflicht in Berlin rief.

Leider.

59

August Burwitz erlebte den unaufhaltsamen Aufstieg seines Sohnes mit einer Mischung aus Stolz und Demütigung. Da waren natürlich seine Kunden, die ihm allesamt ihr Leid klagten, weil Artur sie alle ruinieren würde, dieser Teufel in Menschengestalt, der sie so gnadenlos aus dem Geschäft drängte, weil er eine Chance erkannt hatte, die sie in ihrer Rückständigkeit niemals zu ergreifen fähig gewesen wären. Sie waren nicht nur von Zukunftssorgen geplagt, sondern auch rasend vor Neid. Dieser Bursche musste doch ein Vermögen verdienen, fluchten sie, dieser Bursche war doch nicht einmal geschäftsfähig! Und trotzdem schien er unantastbar, denn ihre vorsichtigen Versuche, ihn bei der Polizei oder der Verwaltung anzuschwärzen, wurden derart deftig zurückgewiesen, dass sie es danach nicht mehr wagten.

So beschworen sie August, etwas gegen seinen eigenen Sohn zu unternehmen, um ihrer alten Freundschaft willen. Sie zeigten sich im Wirtshaus spendabel, pflichteten August bei jeder noch so dummen Bemerkung bei, weil sie hofften, der alte Wagner würde dafür sorgen, dass sie wieder zur alten Ordnung zurückkehrten, mit ihnen als Profiteuren. Selbst die, die Artur anstellte, stimmten in den Chor der Unzufriedenen ein, denn sie verdienten zwar sehr ordentlich, besser als sonst ein vergleichbarer Angestellter in Thorn, aber eben nicht so viel wie noch vor einem Jahr als selbstständige Unternehmer. Dass sie ihn, August, damals stets im Preis gedrückt hatten, hatte natürlich zu ihrem guten Einkommen beigetragen. Ein Umstand, den sie jetzt versteckt zu halten versuchten.

Anfangs hatte August sich über so viel Aufmerksamkeit und Zuneigung gefreut, aber mit den Monaten schwante ihm dann doch, dass diese Freundlichkeit und Anerkennung möglicherweise noch andere Motive haben könnten. Vielleicht hatte er sich ja doch unter Wert verkauft, vielleicht waren die Leute deswegen so zugewandt, weil sie ihn hinter seinem Rücken verspotteten? Unübersehbar jedenfalls war, dass Artur sich innerhalb kürzester Zeit den Respekt verschafft hatte, der ihm in seinem ganzen Leben verwehrt geblieben war.

Und dann dieser Aufschwung!

Er fühlte unbändigen Stolz auf seinen Jungen, aber da war auch sein eigener, der ihm jeden Tag aufs Neue vorführte, wie offensichtlich falsch er sein Geschäft geführt hatte. Er brauchte nur die Lkws auf der Straße zu sehen, um zu wissen, dass er dumm und sein Sohn schlau war. So dumm, dass nicht allein die Geschäfte der Fuhrunternehmer eingingen, sondern auch sein eigenes!

Über viele Generationen hatten die Burwitz ihr Brot als Wagner verdient. Weil es Pferde und Fuhrwerke gab. Weil es die schon immer gegeben hatte. Doch jetzt wurden sie durch Maschinen ersetzt. Und das bedeutete, dass immer weniger neue Räder, Achsen, Lager und Speichen in Auftrag gegeben würden. Die Pferdekutscher starben aus, und gleich nach ihnen würde es die Wagner treffen.

Im Sommer dann verkündete Artur, dass sie umziehen würden.

Sein Sohn hatte ein Haus gekauft!

Er war noch keine achtzehn Jahre alt und hatte etwas geschafft, was ihm selbst nie gelungen war. Das Haus, in dem sie lebten, war einst von Augusts Urgroßvater gebaut worden. Seit dieser Zeit hatten die Burwitz dort gelebt, ohne Aussicht darauf, dass sich an ihrer Situation jemals etwas ändern würde.

Arturs Haus war wunderschön.

Dennoch mäkelte August auf gallige Art und Weise daran herum. Eine Zeit lang drohte er sogar damit, weiter in der Wagnerei leben zu wollen mit seiner Frau und den Kindern, aber Artur hatte ihn unmissverständlich gewarnt: Die Familie würde umziehen! Oder er würde August in seiner Werkstatt einschließen und darin verrotten lassen.

Spätestens an diesem Punkt war August endlich klar geworden, warum sein Sohn so erfolgreich war: Niemand stellte sich ihm in den Weg, niemand machte ihm Vorschriften, und wenn es Ärger gab, dann räumte er ihn einfach zur Seite. Alles, was August dagegen je zustande gebracht hatte, war sich selbst und andere zu enttäuschen, weil er nun mal ein jämmerlicher Versager war.

Aber August Burwitz hatte noch einen Trumpf in der Hand.

Einen, von dem ihm nicht mal klar war, dass er ihn überhaupt besaß.

Bis er ihn am 12. Dezember 1913 endlich erkannte. An diesem Abend kam Artur nach der Arbeit in das wunderschöne Haus in der Kopernikusstraße 1, hungrig und allerbester Laune. An diesem Abend saßen sie um den großen Küchentisch und aßen Fleisch! Und Gemüse! Es gab sogar Nachtisch und Wein!

Dort verkündete Artur die frohe Botschaft: »Ich habe eben mit Bürgermeister Reschke gesprochen. Er hat einen Weg gefunden, mich vor meinem einundzwanzigsten Lebensjahr für volljährig erklären zu lassen. Ganz gesetzeskonform, ganz legal! Am 4. Januar werde ich achtzehn Jahre alt. Und an diesem Tag werde ich auch geschäftsfähig werden!«

Die Familie jubelte, und Arturs Mutter gab ihm einen Kuss.

»Hast du gehört, Vater?«, rief sie aufgeregt. »Hast du das gehört?«

August saß über seinem Teller und kaute nachdenklich auf seinem Essen herum.

»Im Januar machen wir einen Termin beim Notar, Vater!«, bestimmte Artur. »Dann übertragen wir das gesamte Fuhrgeschäft auf mich.«

Das war der Trumpf, den August in der Hand hielt.

Denn August Burwitz war rein rechtlich gesehen der Besitzer des gesamten Unternehmens. Alle Kreditverträge liefen auf seinen Namen. Alles, was gekauft worden war, sogar das wunderschöne Haus. Er konnte es jederzeit verkaufen, an wen er wollte, und den Gewinn für sich behalten.

Und es gab einen Mann, der wollte, dass August genau das tat.

Einen, der Artur leiden sehen wollte, so wie er gelitten hatte.

Und dieser Mann war Heinrich Sobotta.

Kurz vor Weihnachten klopfte er an die Tür der Wagnerei.

August öffnete ihm.

»Was willst du hier?«, fragte August mürrisch.
»Wie man hört, wird dein Sohn bald ein reicher Mann sein?«
»Und?«
»Ich glaube, *du* solltest besser ein reicher Mann sein!«
August verstand nicht gleich.
Aber er ließ ihn rein.

60

Vater und ich waren nicht umgezogen.

Nicht dass ich es nicht gerne getan hätte, aber Vater hatte schon vor dem Auftreten der ersten Symptome die Schneiderei ungern verlassen, mit Fortschreiten der Krankheit war er immer weniger bereit, die vertraute Umgebung gegen eine ungewohnte zu tauschen. Schon allein das Besichtigen eines anderen Hauses verursachte eine so große Unruhe in ihm, dass es manchmal Tage dauerte, bis er wieder in einem annehmbaren Zustand war.

Ich versuchte es zweimal, dann gab ich auf.

Zu dieser Zeit glaubte ich noch, dass unser Zuhause ihm Kraft und Sicherheit geben würden, denn ich sah ja, welche Pein es ihm verursachte, wenn die Dinge nicht an ihrem gewohnten Platz waren. Zu dieser Zeit glaubte ich noch daran, dass uns trotz seiner Krankheit noch schöne Momente bleiben würden, auch wenn die Gespräche immer wirrer wurden und seine Betreuung mich immer öfter erschöpfte.

Aber dann kam der Herbst mit seinem nassen, oft stürmischen Wetter. Die Spaziergänge blieben aus, und seine Unruhe nahm zu.

Vater begann, von Geld zu sprechen.

Vielmehr von seiner Angst, keines mehr zu haben.

Mittellos zu sein.

Die lähmende Furcht, Rechnungen nicht bezahlen zu können. Die Schneiderei zu verlieren und auf der Straße zu landen. Ich beruhigte ihn, dass genügend Geld vorhanden sei, aber er glaubte es nicht, suchte in der ganzen Schneiderei nach Barem und fand natürlich nichts. Also hob ich Geld von unserem Geschäftskonto ab und versicherte ihm, dass es seines sei. Und dass ich darauf aufpassen würde. Er schien beruhigt, doch wenig später suchte er erneut, worauf ich ihm wieder sein Geld zeigte.

Es nutzte nichts.

Die Ängste wurden so stark, dass sie nicht nur sein Denken beherrschten, sondern auch Teil seiner Erinnerungen wurden. Wie sich schon zuvor verschiedene Geschichten aus seinem Leben zu einer vermischt hatten, wurde das, was er empfand, plötzlich Teil seiner Vita.

So zog er mich eines Tages unter Tränen zur Seite und schluchzte: »Weißt du, Carl, ich war so arm, dass ich auf der Straße gelebt habe. Ich hatte kein Geld mehr und musste hungern!«

»Das ist nicht wahr, Vater. Du warst immer ein erfolgreicher Geschäftsmann! Du hattest eine Schneiderei in Riga! Weißt du noch?«

»Nein, Carl, ich war furchtbar arm. Mein ganzes Geld war weg. Ich musste hungern.«

»Aber, Vater: die Schneiderei in Riga! Du hattest fünf Angestellte! Weißt du noch: der Friedländer! Alle kamen sie zu dir: Deutsche, Russen, Letten, Juden, Christen!«

»Wirklich?«

»Aber natürlich! Du warst der beste Schneider von Riga!«

»Wirklich?«

»Aber ja doch! Weißt du noch, wie viel Stiche du geschafft hast?«

Er überlegte ein wenig und fragte dann vorsichtig: »Sechzig?«

Ich lachte: »Ja genau! Sechzig Stiche! Und erinnerst du dich noch an Mutters Kleid? Burgundrote Seide, acht Reihen Volants. Und dieses Mieder! Man konnte ihre Taille mit bloßen Händen umgreifen! Weißt du noch?«

Er lächelte versonnen: »Dieser kecke *Cul de Paris*.«

»Ganz genau, Vater! Ganz genau!«

»Sie war eine Romanow, nicht wahr?«

Ich zögerte, aber antwortete dann: »Das war sie! Eine Romanow!«
Er lächelte mich an.
»Na, siehst du! Du erinnerst dich wieder! Jetzt ruh dich etwas aus, und ich mache dir einen schönen Kaffee, ja?«
Er nickte und setzte sich.
Als ich aus der Küche zurückkehrte, saß er am Tisch und weinte erneut bittere Tränen.

Der Winter kam, und es wurde sehr kalt. Einen zweiten Ofen konnte ich nicht aufstellen, und selbst wenn der eine, den wir hatten, Tag und Nacht befeuert wurde, war es immer klamm.
Vater begann, ruhelos auf und ab zu gehen.
Er wollte nach Hause.
Ein Gedanke, der seine Tage beherrschte und seine Träume mit einer solchen Sehnsucht befeuerte, dass er mitten in der Nacht aufwachte, sich anzog und die Schneiderei verließ. Als ich daraufhin die Tür verriegelte, kletterte er aus dem Fenster, sodass ich auch die mit Nägeln verschloss: Unsere kleine Schneiderei war zu einem Gefängnis geworden.
Für uns beide.
»Carl?«
»Ja, Vater?«
»Können wir nach Hause gehen?«
»Aber wir sind doch zu Hause, Vater.«
»Bitte lass uns nach Hause gehen!«
»In Ordnung, Vater.«
Ich zog ihn warm an, dann verließen wir die Schneiderei und machten einen langen Spaziergang. Ich nahm ihn an die Hand, und es gab Tage, an denen wir bis zur völligen Erschöpfung unterwegs waren. Wir kehrten zurück, müde und ausgelaugt, doch im nächsten Moment sprang er wieder auf und blickte ziellos umher.
»Können wir nach Hause gehen, Carl?«
»Aber wir waren doch gerade draußen?«
»Bitte, Carl! Ich möchte nach Hause!«

Manchmal gelang es mir, ihn zu beruhigen, manchmal zogen wir erneut los, einen Weg zu finden, den es nicht gab, denn selbst wenn wir bis zu seinem Geburtshaus in Riga gelaufen wären, hätte er es nicht mehr erkannt.

Mitte Dezember, etwa zu der Zeit, zu der sich Artur auf dem Gipfel seines Erfolges wähnte, fielen wir ins Bodenlose. Wir hatten die Schneiderei zu einem unserer langen Spaziergänge nach Hause verlassen, als wir auf dem Rückweg noch einen Abstecher zu Mutters Grab machten. Dort hatten wir auch zuvor immer mal wieder gestanden, in stummer Zwiesprache mit ihrem Stein.
So auch an diesem Tag.
Es dämmerte bereits, mir war kalt, und an den blauen Lippen meines Vaters konnte ich sehen, dass es höchste Zeit wurde zurückzukehren. Aber er wollte nicht, sodass ich annahm, er wäre in Gedanken noch bei Mutter. Bei meinem nächsten Versuch ließ er sich dann von mir fortführen.
»Wir kommen morgen noch mal«, tröstete ich ihn.
Und er antwortete: »Weißt du, wer dort liegt, Carl?«
Ich blickte ihn nicht an und antwortete auch nicht: Er hatte Mutter vergessen.

Noch in derselben Nacht kam das Fieber.
Ob es von unserem Spaziergang war oder von der dauerhaft klammen Umgebung der Schneiderei – ich weiß es nicht. Gesund war das Umfeld jedenfalls nicht, auch wenn wir als Schneider das Frieren ein Leben lang gewohnt waren. Dennoch denke ich noch heute, dass das Fieber vielleicht nicht gekommen wäre, wenn ich im Sommer in ein richtiges Haus umgezogen wäre. Vielleicht sogar mit einer Haushälterin, die Vater sicher besser hätte versorgen können als ich.
Ich rief einen Arzt, der eine schwere Erkältung diagnostizierte und Medikamente verschrieb. Aber das Fieber fiel nicht, und zwei Tage später war es bei fast einundvierzig angelangt. Da erst zog

mich der Arzt zur Seite und flüsterte, dass Vater eine Lungenentzündung habe.

»Sie könnten ihn in ein Krankenhaus bringen lassen«, schlug er vor, doch ich hörte bereits im Unterton seiner Stimme, dass ihm eigentlich etwas anderes vorschwebte.

»Aber?«, fragte ich.

»Behalten Sie ihn hier, Herr Friedländer. Es ist sein Zuhause. Er wird diese Nacht nicht überstehen«, antwortete er traurig.

»Besteht denn keine Hoffnung?«, fragte ich tränenerstickt.

»Es tut mir sehr leid.«

Er packte sein Täschchen und verließ die Schneiderei.

Vater lag hinter dem Paravent auf einem bequemen Lager. Auch wenn ich mir für ihn das Bett eines Königs gewünscht hätte, war ich mir doch sicher, dass es ihm dort gefiel.

Ich saß neben ihm und hielt seine Hand.

Dann und wann wechselte ich die feuchten Tücher auf Stirn, Waden und Handgelenken, dann wieder waren wir ganz für uns, ganz still. Es war, als hätte die Welt da draußen aufgehört zu existieren, wir waren wie zwei Überlebende auf einem Floß, das durch ein lautloses Universum schwebte. Er war so friedlich, schien ohne jede Angst, während sie von mir Besitz ergriffen hatte und ich in aller Demut den Herrgott um ein Wunder bat: *Bitte lass ihn hier! Bitte!*

Die Stunden vergingen, aber ich fühlte keine Müdigkeit.

Nur Furcht.

Ich horchte nach seinem Atem, froh, einen weiteren Zug wahrzunehmen, erschrocken, wenn er einen Moment aussetzte.

Der Morgen graute.

Draußen fiel leise der Schnee.

Ich konnte hinaussehen auf einen gepuderten Viktoriapark. Wie oft hatte sich Vaters Blick dort verloren, wenn er sich von seiner geliebten Amerikanischen aufgerichtet hatte? Wie oft hatte er sich an dem bisschen Grün erfreut, bevor er sich wieder über die Naht gebeugt hatte, um den schönsten Anzug, das schönste Kleid zu schneidern? Wie viel hätte ich dafür gegeben, ihn noch einmal dort arbeiten zu sehen! Ihn zu fragen, an wen er gerade gedacht hatte. Was er sich wünschte?

Jetzt sah er nicht mehr hinaus, und ich konnte ihn nicht mehr fragen.

Er lag nur da.

So blass. So schmal.

Da schlug er noch einmal seine Augen auf: Er lächelte!

»Carl?«

»Ja?«

»Ich habe geträumt, Carl!«

»Was hast du geträumt?«

»Ich habe von Riga geträumt!«

»War es ein schöner Traum?«

»Ja, du warst da. Und Mutter! Ihr beiden. Auf dem Domplatz.«

Ich brach in Tränen aus: »Ach, Papa!«

Ich spürte, wie er meine Hand streichelte: »Du hast ja Papa gesagt!«

»Ja, Papa.«

»Das klingt so schön!«, murmelte er.

»Ich will immer Papa sagen! Hörst du!«

Und mit einem letzten zögerlichen Ausatmen: »Ich bin sehr stolz auf dich, mein Junge ...«

Dann sagte er nichts mehr.

61

Der Himmel stürzte nicht ein an diesem Tag, und ich weiß nicht, warum. Beweinte die Welt nicht den Tod großer Männer? Warum beweinte sie dann nicht meinen Vater? Warum beweinte sie nicht einen Mann, der sechzig Stiche in der Minute schaffen konnte? Der seine Frau und seinen Sohn mehr geliebt hatte als sich selbst? Der niemandem je etwas Böses angetan hatte?

Wieso war er der Welt nichts wert?

Für mich stürzte an diesem Tag der Himmel ein.

Für mich gab es keinen Tag, keine Zeit, keine Welt mehr.

Er war mein Vorbild, mein Leuchtturm, mein sicherer Hafen.

Er war der Mann, der die schönsten Anzüge schneidern konnte, und jetzt war es an mir, ihm seinen zu nähen. Weil der Tod bloß halb so schlimm war, wenn man ihm nur in einem schönen Anzug entgegentrat. Aber die Wahrheit war: Der Tod war schlimm. Und der Anzug, den ich schneiderte, änderte nichts daran, obwohl es der schönste war, den ich je genäht hatte. Er wurde an dem Tag mit ihm begraben, an dem ihm so gut wie niemand die letzte Ehre erwies.

Wie viele Beerdigungen hatte *er* besucht?

Hatte den Schmerz Trauernder durch seine Anwesenheit gelindert, auch wenn er in aller Stille darauf hoffte, dass sie vielleicht seine Kunst loben würden. Zählte deswegen der Trost etwa nicht, den er ihnen gespendet hatte? Waren seine Tränen bei der Totenfeier vor des Kaisers Geburtstag deswegen falsch? Hatte die Ermunterung, die die Witwe durch meinen Vater erfahren hatte, nicht stattgefunden? Hatte sie nicht erleichtert in seinen Armen gelehnt? War das alles nichts wert gewesen?

Niemand war zu *seiner* Beerdigung gekommen.

Nur Artur, Isi, Herr Lemmle und Wassili.

Ja, Wassili.

Der Mann, mit dem Vater immer herumgestritten hatte. Mit dem er um Preise gefeilscht und Beleidigungen ausgetauscht hatte, bis sie sich mit einem freundlichen Handschlag geeinigt hatten.

Der alte Wassili war da gewesen.

Und er hatte am Grab meines Vaters gestanden und geschimpft.

Hatte auf den Sarg hinabgeblickt und ihn in seinem polnisch-deutsch-russischen Kauderwelsch einen Esel genannt, einen Betrüger, und er hatte dabei bitterlich geweint. Er hatte sich den Rotz aus dem Gesicht gewischt und geflucht, und ich kann mich nicht erinnern, jemals eine bewegendere Grabrede gehört zu haben.

Von all den anderen war niemand da.
Denn er war ja bloß ein Schneider.
Ein kleiner Mann.
Der jetzt auf dem jüdischen Friedhof lag, weit entfernt von seiner geliebten Frau, von der er in den letzten Sekunden seines Daseins geträumt hatte.
Ich kehrte zurück in die Schneiderei und erwartete, meinen Vater über seiner Amerikanischen vorzufinden, von wo er mit diesem kurzsichtig anmutenden Gesicht aufblickte, um zu fragen, ob ich vielleicht Hunger hätte? Aber niemand war da, der Platz an der Nähmaschine verwaist, der Raum, trotz der vielen Stoffe, leer. Nichts war mehr, wie es gewesen war, und doch sah alles aus wie immer.
Artur und Isi blieben die ersten Tage bei mir.
Es gab zwar keinen Trost für mich, aber mit ihnen war die Schneiderei wenigstens nicht so verlassen. Wir aßen zusammen, erinnerten uns an Vater, weinten zusammen. Dann tranken wir auf ihn, und der Alkohol linderte den Schmerz, wenn auch das Erwachen am nächsten Morgen voller Trauer und Kälte war. Und Artur und Isi dann und wann turteln zu sehen ließ mich trotz des Schmerzes lächeln.
Dennoch ließ der Schock langsam nach.
Ich begann, mich selbst wieder zu fühlen.
Eine Woche nach der Beerdigung erwachte ich am Morgen, stand auf, öffnete die Tür und sah die Sonne aufgehen.
Die Welt war also noch da.
Vater nicht.
Aber ich schon.

62

Für August Burwitz hätte es kaum besser laufen können.
Der Tod meines Vaters lähmte nicht nur mich, sondern trübte auch den Blick der anderen. Aber hätte Artur andererseits etwas

von dem bemerken können, was da hinter seinem Rücken vor sich ging? Hätte er bemerken müssen, dass sein Vater in diesen Tagen seltsam abwesend wirkte? Weder stritt noch laut wurde, obwohl er jeden Tag betrunken nach Hause kam? Und nicht einmal eines der Kinder oder seine Frau schlug, und das nicht nur, weil Artur es ihm verboten hatte? Abgefüllt mit Schnaps und Bier kannte er normalerweise weder Vorsicht noch Halten.

Im Haus selbst liefen die Weihnachtsvorbereitungen auf Höchsttouren, die kleineren Kinder waren aufgeregt und freuten sich auf viele Geschenke vom Christkind, die größeren halfen ihrer Mutter mit dem Großreinemachen und den Einkäufen, denn dieses Weihnachten sollte etwas Besonderes werden.

August Burwitz verbrachte diese Tage im Wirtshaus.

Obwohl er Heinrich Sobottas Plan zugestimmt hatte, hatte ihn offenbar ein so schlechtes Gewissen gepackt, dass er es mit literweise Alkohol aufzulösen versuchte. War er nicht der Vorstand der Familie? Hatte er sie nicht alle ernährt? Durfte er deswegen nicht alle wichtigen Entscheidungen treffen?

Sobotta dagegen stand vor der Erfüllung seines größten Wunsches.

Er hatte wegen Artur alles verloren.

Jetzt würde er sich alles zurückholen.

Ein paar Tage nach dem Treffen mit August war er zum alten Boysen gefahren. Hatte sich von ihm beschimpfen, Hohn und Wut über sich ergehen lassen. Dann aber hatte er gesprochen: hastig, so konzentriert und zielgerichtet wie möglich. Und ihm schließlich in Aussicht gestellt, unser Fuhrunternehmen für einen äußerst günstigen Preis zu kaufen.

Eine Weile hatte sich der Alte geziert, aber Heinrich hatte das gierige Funkeln in seinen Augen gesehen, denn unser Fuhrunternehmen war in aller Munde. Und natürlich war Wilhelm Boysen bestens informiert: Bankdirektor von Betnick, der uns so partnerschaftlich unterstützte, hatte ihm längst im Vertrauen gesteckt, wie profitabel wir waren.

Schließlich fragte er Sobotta: »Nehmen wir an, ich könnte mich für deine Idee erwärmen. Was willst du dafür?«

»Ich möchte wieder Euer Instmann sein, Herr.«

Erfreut über die geradezu lächerliche Bitte nickte Wilhelm Boysen gespielt nachdenklich und antwortete: »Das ist viel verlangt, Heinrich. Du hast die Ehre der Boysens beschmutzt!«

»Bitte denken Sie nicht daran, was mein Sohn, sondern was meine Familie schon seit Generationen für Sie getan hat! Bestraft nicht alle für den Fehler eines Einzelnen!«

Da stimmte Boysen zu, und Heinrich schüttelte ihm erleichtert die Hände.

»Schon gut«, dankte es ihm Boysen großzügig.

Und Heinrich hatte begonnen, alles Nötige vorzubereiten. Einen Tag für den Verkauf festgelegt. Einen Termin beim Notar gemacht. Eine Stunde für das große Treffen arrangiert, bei dem Wilhelm Boysen zu einem Spottpreis unser Fuhrunternehmen kaufen würde. Und damit auch nichts schiefging, hatte er August am Tag des Verkaufs früher einbestellt, um ihm genug Zeit zu geben, sich zu betrinken.

Endlich war es so weit.

August saß im Wirtshaus an einem Fenster mit Blick auf die Straße, an deren Ende das wunderschöne Haus stand, das Artur für sie alle gekauft hatte.

Er trank.

Und mit jedem Schluck schmerzte der Splitter in seinem Kopf nicht mehr so sehr. Der ihn daran erinnerte, dass er hier etwas so Grundfalsches tat, dass es wohl niemanden geben würde, der dafür Verständnis hätte.

Sobotta trat an seinen Tisch und machte den Blick frei auf den hinter ihm stehenden Wilhelm Boysen: August war ihm nie persönlich begegnet, doch auch im betrunkenen Zustand schüchterte ihn die Erscheinung des Alten ein: der teure Wintermantel, der gepflegte Vollbart und der weiße Hut.

»Das ist der Mann, Herr!«, beeilte sich Sobotta zu sagen.

Boysen grüßte nicht, sondern hob bloß eine dünne Ledertasche hoch, der er ein paar Papiere entnahm. Dann setzte er sich August gegenüber und sah ihn mitleidig an.

»August, das ist Gutsherr Boysen. Ich habe dir von ihm erzählt!«

August blickte ihn mit glasigen Augen an.

Boysen dagegen winkte dem Wirt zu, damit er Augusts Glas neu füllte, und wartete, bis er wieder verschwunden war.

Dann fragte er: »Welchen Preis hast du dir vorgestellt?«

August war sehr elend zumute, aber er antwortete: »Hunderttausend?«

Boysen zischte: »Wohl mondsüchtig, was?!«

Sobotta legte August schnell die Hand auf den Arm und sagte: »Sei nicht dumm, August. Wir brauchen einen realistischen Preis!«

»Allein die Lkws sind schon mehr wert!«, antwortete August kläglich.

Boysen zischte: »Das bringt dir gar nichts, wenn dein Sohn das Unternehmen übernimmt. Also, nenn mir gefälligst einen anderen Preis und verschwende nicht weiter meine Zeit!«

»August«, flüsterte Sobotta hektisch. »Du musst jetzt auch mal an dich denken! Du wirst ein reicher Mann, aber du darfst jetzt nicht dumm sein!«

August nickte abwesend: Da war es wieder! *Dumm.* Er war der dumme August. Jeder wusste das. Er war so dumm, dass er nicht einmal ein reicher Mann werden wollte.

Boysen schien die Geduld mit ihm zu verlieren, nahm einen Füllfederhalter und schrieb auf eines der Papiere.

»Vierzigtausend. Das ist mehr als genug. Hier: Unterschreib! Dann können wir danach zum Notar.«

Er schob ihm den Vertrag über den Tisch.

Ob aus einem Impuls heraus oder auch nur, um Boysen nicht weiter in die Augen blicken zu müssen – August wandte sich ab und blickte aus dem Fenster: Da sah er seine Frau und zwei seiner Töchter auf das neue Haus zugehen. Sie zogen einen großen Tannenbaum hinter sich her, waren bester Laune und lachten. Wie gut sie aussahen, wie schön sie gekleidet waren! Nicht mehr die grauen, schmutzigen Kittel, die sie früher tragen mussten, weil sie sich sonst nichts leisten konnten.

Sie waren fröhlich!

Glücklich!

Und endlich begriff er, dass der Wachwechsel in seiner Familie längst vollzogen worden war. Dass er nicht mehr das Oberhaupt war und es auch nicht mehr sein wollte. Dass er alles in Arturs Hände übergeben hatte und dass es gut war. Dass Artur die Familie anführte und er seinem Sohn nicht in den Rücken fallen durfte. Mochten ihn alle auch für noch so dumm halten, eines wollte er nicht sein: ehrlos.

Da drehte er sich zum alten Boysen um und sagte: »Verschwinde!«

Augenblicklich schoss dem Alten die Zornesröte ins Gesicht: »Was hast du da gesagt?!«

»Verschwinde! Scher dich zum Teufel!«

»August, bist du verrückt geworden?«

August wandte sich Sobotta zu: »Und du auch! Verschwinde!«

Er nahm die Verträge und zerriss sie in tausend Stücke.

Boysen stand auf und bedachte beide mit einem angewiderten Blick: »Alles dasselbe Pack!«

Er drehte sich um und ging.

Heinrich rief ihm nach: »Wartet, Herr! Ich bitt Euch!«

Boysen drehte sich kurz um und sagte nur: »Wenn du noch ein Mal mein Land betrittst, lass ich dich abschießen wie einen tollwütigen Hund!«

Dann war er auch schon draußen, stieg in seine Kutsche und fuhr davon.

August sah ihr lächelnd nach.

Als er wieder aufblickte, landete auch schon Sobottas Faust in seinem Gesicht. Benommen stürzte er zurück in die Bank, während Sobotta nachsetzte und wie von Sinnen auf ihn einschlug, geifernd und schreiend vor Wut. Bald schon hatte August das Bewusstsein verloren, als endlich zwei Männer den tobenden Sobotta von ihm herabzogen und ihn hinauswarfen.

August dagegen trugen sie nach Hause.

Seine Frau legte ihn auf den Küchenboden und versorgte gerade seine Platzwunden, als Artur von der Arbeit zum Mittagessen kam. In seinem Gesicht spiegelte sich nichts als Verachtung, als er seinen Vater dort liegen sah.

»Besoffenes Schwein!«, zischte er nur.

Dann hob er ihn über die Schulter und legte ihn ins Bett.

Als August Burwitz am nächsten Morgen in aller Früh erwachte, ging er hinunter in die Küche und traf dort seinen Sohn bei einer Tasse Kaffee.

»Artur?«, fragte er kleinlaut.

»Was willst du?«, herrschte der ihn an.

»Ich ... ich möchte für dich arbeiten.«

Es gab nicht viele Momente in Arturs Leben, in denen er vollkommen sprachlos war, aber dieser war so einer.

»Ich höre auf zu trinken! Noch heute! Ich schwöre es dir!«

»Ist das dein Ernst?«, fragte Artur ungläubig.

»Ja. Ich möchte für dich arbeiten, mein Sohn. Und es wird keinen besseren Arbeiter als mich geben!«

Und so geschah es dann auch.

63

Silvester standen wir alle drei am Ufer der Weichsel und sahen dem Feuerwerk zu.

Natürlich fühlte ich mich noch betäubt vom Schmerz der Trauer, aber die beiden an meiner Seite stehen zu sehen, die zum Nachthimmel gerichteten Gesichter, in denen sich die bunten Blumen der Raketen spiegelten, war mir ein solcher Trost, dass ich gar nicht anders konnte, als optimistisch in die Zukunft zu blicken. Mittlerweile hatten wir erfahren, wie knapp wir vor dem Aus gestanden hatten, wie wenig gefehlt hatte, alles zu verlieren, was wir uns in den letzten knapp vier Jahren seit dem Thorner Baracken-Bumms erarbeitet hatten. Artur hatte getobt und August in einem Wutanfall auf die Straße geworfen, aber ich hatte später mäßigend auf ihn einwirken können.

»Immerhin hast du noch einen Vater, Artur!«

»Ja, aber was für einen!«

»Er hat es nicht getan, Artur. Und er bereut alles sehr. Du bist jetzt das Familienoberhaupt. Sei großzügig. Verzeih ihm!«

Ein paar Tage hatte Artur darüber nachgedacht und seinen Vater dann wieder aufgenommen. Und der hatte sein Versprechen eingelöst: Er wurde ein großartiger Arbeiter, und er rührte nie wieder Alkohol an.

Mitternacht kam mit viel Getöse.

Und wir fühlten uns unbesiegbar.

Unverletzbar.

Unsterblich.

Als das Feuerwerk seinem Höhepunkt entgegenging, kniete sich Artur plötzlich in den Schnee, nahm Isis Hand und machte ihr einen Heiratsantrag. Sie war mehr als überrascht, ihr erster Blick galt mir, nicht ihm, dann aber lachte sie, kniete sich ebenfalls hin und gab Artur einen Kuss.

»Ja!«

Ein Jammer, dass ich keine Kamera dabeihatte, aber es war so dunkel, dass die Fotografie ohnehin nichts geworden wäre. Dennoch hatte dieser Gedanke etwas Wiederbelebendes: Ich hatte in den letzten Monaten nicht mehr fotografiert. Denn die einzige Fotografie, die ich hätte machen wollen, wäre eine von ihm gewesen, aber ich wollte ihn so in Erinnerung behalten, wie ich ihn in meinem Herzen trug. Es gab einige Fotografien von ihm, als er noch gesund gewesen war oder wenigstens nicht so krank, dass ich es gemerkt hätte, und das waren die Bilder, die ich von ihm behalten würde. Die Bilder seines Endes sollte niemand sehen. Sie würden für immer in mir eingeschlossen sein.

Anfang Januar wurde dann das Fuhrunternehmen auf Artur übertragen, gleichzeitig gab es eine zweite Vereinbarung, die in dem Moment in Kraft treten würde, in dem Isi und ich das einundzwanzigste Lebensjahr erreichten. Dann endlich wären wir auch vor dem Gesetz gleichberechtigte Partner.

Das Geschäft lief sogar in den Wintermonaten gut, und es war kein Ende in Sicht. Im Gegenteil: Anfang Februar trafen wir uns in Isis Büro, weil Artur Neuigkeiten hatte.

»Ich habe gerade mit dem Oberbefehlshaber der fünfunddreißigsten Division gesprochen«, sagte er feierlich. »Und ich kann stolz verkünden, dass wir beauftragt worden sind, für das vierte Pommersche und das achte Pommersche Regiment zu fahren!«

Isi und ich klatschten begeistert in die Hände.

»Wie hast du das geschafft, Artur?«, rief ich.

Der zuckte bescheiden mit den Schultern: »Keine Ahnung. Er hat mich gefragt, nicht umgekehrt. Die haben so viel zu tun, dass sie es mit den eigenen Lkws nicht mehr schaffen!«

»Und die Preise?«, fragte Isi.

»Hat er akzeptiert. Wollte nicht mal handeln!«

»Das gibts doch nicht!«

Artur schüttete uns allen Wein ein und erhob das Glas: »Ein Hoch auf unsere Armee!«

Wir tranken vergnügt.

Dieser Auftrag hatte zur Folge, dass Artur sechs weitere Lkws kaufte und ich den Führerschein machen musste. Übrigens beim selben Prüfer wie Artur mit exakt derselben Prüfungsfrage. Aber um der Wahrheit Ehre zu erweisen: Ich war ein lausiger Fahrer. So lausig, dass Artur desillusioniert seufzte, dass es in ganz Thorn und Umgebung kein einziges Schlagloch, kein einziges Trottoir und keine Straßenböschung gab, über die ich nicht schon geholpert wäre.

Wir hatten so viel zu tun, dass Isi und Artur kaum die Hochzeit vorbereiten konnten, die für den Herbst geplant war, wenn das Geschäft insgesamt etwas nachlassen würde. Ihr Vater verweigerte aus lauter Boshaftigkeit seine Zustimmung, doch nach einem Besuch

Arturs änderte er schnell seine Meinung. Auch für Gerda entwickelten sich die Dinge zum Guten, denn ihr Oberst hatte die Verlobung gelöst, nachdem er erfahren hatte, dass die zu erwartende Mitgift nicht einmal die Hälfte dessen betragen würde, was Gottlieb Beese ihm versprochen hatte. Er war zwar dem Bankrott nahe, aber er hatte seinen Stolz.

Während dieser ganzen Zeit, wie auch schon in den Jahren zuvor, hatte sich niemand von uns mit Politik beschäftigt. Und niemand von uns hatte sich etwas dabei gedacht, dass die Armee im Jahr 1914 so viel zu tun hatte. Wir kannten natürlich die Schlagzeilen, wussten von den Unruhen auf dem Balkan, aber das betraf in erster Linie Österreich-Ungarn. Was sollten wir uns um die sorgen, wenn wir uns um unser Geschäft zu kümmern hatten?

Am 28. Juni 1914 kam dann der Tag, an dem die Politik uns doch einholte. Dabei quittierte ich das Attentat auf den österreichischen Thronfolger gerade mal mit einem Schulterzucken, denn warum sollte mich der Tod eines Prinzen berühren, wenn alle anderen den Tod eines Königs nicht einmal zur Kenntnis genommen hatten? Ich hatte sehr konkrete Vorstellungen davon, wann es jemand verdient hatte, dass um ihn geweint wurde, und der Erzherzog entsprach ihnen eindeutig nicht.

Dennoch war dieser Tag der Anfang vom Ende.

Denn Artur hatte vergessen, uns etwas mitzuteilen. Vielmehr hatte er es für nicht so wichtig gehalten, aber zwei Tage nach dem Tod Franz Ferdinands rief er Isi und mich zu sich und setzte uns ins Bild.

»Es gibt da etwas, das ihr wissen müsst«, begann er, und seinem Gesicht sah ich bereits an, dass es keine gute Nachricht sein würde.

»Ihr erinnert euch ja noch, dass die Lkws vom Reich subventioniert worden sind. Mit viertausend Mark.«

»Und?«, fragte Isi.

»Genau genommen hat uns nicht das Reich die Lkws subventioniert, sondern die Armee.«

»Die Armee?«, fragte ich.

»Was haben die damit zu tun?«, fragte Isi.

»Nun ... mit dieser Subvention sichern sie sich das Recht, im Kriegsfall die Lkws einzuziehen.«

Ich brauchte ein paar Sekunden, um die vollständige Tragweite des Satzes zu begreifen.

»Einziehen? Im Sinne von: requirieren?«

Artur nickte.

»Bist du verrückt geworden?«, rief Isi.

»Ich hielt es für eine Formalie! Als wir vor zwei Jahren begonnen haben, hat doch niemand an Krieg gedacht!«

»Die schon!«, rief Isi wütend.

»Das glaube ich nicht«, wandte Artur ein.

Doch Isi fauchte: »Wenn sie nicht an einen Krieg gedacht haben, warum haben sie dann die ganzen Lkws subventioniert?«

Er schwieg.

»Die Frage ist«, begann ich schließlich, »hätten wir anders gehandelt, Isi?«

Da schwieg auch sie.

»Und jetzt?«, fragte ich schließlich.

»Vielleicht gibt es keinen Krieg«, begann Artur hoffnungsvoll, »Krieg ist dumm. Alle würden verlieren.«

Wir sahen uns an und hofften.

Das Argument erschien plausibel.

»Warten wir's ab!«, sagte ich. »Vielleicht gehts ja gut aus.«

Es ging nicht gut aus.

Am 1. August erklärte Deutschland Russland den Krieg.

Und die Festungsanlage Thorn stand Kopf.

Ausgerechnet Oberst von Treptow erschien vor Isis Haus in der Hohe Straße 6, und es war ihm eine gewisse Genugtuung darüber anzumerken, den gesamten Fuhrpark beschlagnahmen zu können. Mit erhobenem Haupt ignorierten ihn Isi und Gerda, während die Soldaten in die Lkws stiegen und davonfuhren. Verärgert verließ schließlich auch der Oberst den Hof: Er hatte auf Geheule und Bettelei gehofft.

Artur stand während der ganzen Zeit hilflos daneben.

Ich sah ihn die Fäuste ballen, zu gern hätte er sich jeden Einzelnen vorgeknöpft, aber er war wie erstarrt.

Artur, der Unbesiegbare, war besiegt.

Krieg

64

Waren wirklich erst vier Jahre vergangen, seit ein harmloser Komet die Menschheit an ihr eigenes Ende hatte glauben lassen? Seit kein Überlebensversprechen zu albern erschienen war, als dass es nicht ernsthaft in Betracht gezogen worden wäre? Seit man drei jugendlichen Hochstaplern nachgelaufen war, um Pillen oder Gasmasken zu erwerben, die vor dem schrecklichen Untergang bewahren sollten?

Was war nur geschehen?

Was hatte sich in den letzten vier Jahren verändert, dass dieselben Menschen, die praktisch alles dafür getan hätten, dem Tod zu entkommen, sich jetzt auf ihn freuten? In einer Mischung aus jubelnder Neugierde, glühendem Nationalismus und banger Erwartung blähte sich das Reich um ein Vielfaches auf, um über seine Feinde hinwegzufegen. In dieser aufgeheizten Stimmung reichte bereits ein Gerücht, eine niederträchtige Beschuldigung, vollkommen gleichgültig, ob wahr oder nicht, um Hysterie in puren Wahnsinn aufgehen zu lassen.

Sie erschossen Wassili.

Er war der erste Tote.

Jemand hatte ihn beschuldigt, russischer Spion zu sein, und irgendein Leutnant griff energisch und unter dem Applaus der Patrioten durch: Er stellte Wassili vor die Wand meines Zuhauses und befahl seinen Untergebenen zu feuern.

Ein halbes Dutzend Geschosse zerfetzte ihn.

Der Krieg war gekommen.

Aber nicht so, wie die, die ihn in ihrer grenzenlosen Überheblichkeit verursacht hatten, es so blumig voraussagten: nicht mit Schwertern oder Rössern, sondern mit Maschinengewehren, Granaten,

Panzern und Gas. Was der Komet vor vier Jahren nicht geschafft hatte, gelang der Welt nun selbst: Sie explodierte in einer nicht geahnten Supernova in siebzehn Millionen Stücke.

Sehr viel schneller als der Rest Thorns, ja als der Rest des gesamten Reichs, erfuhren wir, was dieser Krieg bedeutete: Innerhalb weniger Minuten standen wir vor dem Nichts. Denn mit den beschlagnahmten Lkws brach zwar unser gesamtes Geschäft zusammen, lösten sich aber die finanziellen Verpflichtungen nicht, die wir in Erwartung einer goldenen Zukunft eingegangen waren. Ein großer Teil des Fuhrparks war nicht abbezahlt, und das Haus, das Artur für seine Familie gekauft hatte, ebenso wenig. Zwar hatten wir alle etwas Geld gebunkert, aber der ganze Rest wurde von der Bank einbehalten beziehungsweise zurückgefordert. Unser Glück war aufgebraucht.

Im August 1914 waren Artur und ich achtzehn Jahre alt.

Offiziell nicht alt genug, um Verträge zu unterschreiben, aber ausreichend alt, um für das Vaterland zu sterben. Vielleicht war es naiv anzunehmen, dass man in einer Festungsstadt wie Thorn, nur wenige Kilometer von der russischen Grenze entfernt, *übersehen* werden konnte, aber wir dachten tatsächlich nicht daran, eingezogen werden zu können. Der Krieg war für uns vollkommen unwirklich, obwohl wir jeden Tag von Soldaten, Kasernen und Kriegsgerät umgeben waren.

Krieg war etwas, womit sich Menschen beschäftigten, die sonst nichts zu tun hatten.

Wir dagegen wollten etwas erschaffen, nicht zerstören. Wir wollten etwas aufbauen, nicht niederreißen. Wir wollten nach oben und nicht im Schlamm irgendeines Niemandslands verrecken.

Ein paar Tage nach der Kriegserklärung erhielten Artur und ich unsere Einberufung. Wir protestierten unter dem Verweis auf das Fuhrgeschäft und die damit verbundene *kriegswichtige* Tätigkeit, wurden dafür aber nicht nur verlacht, sondern auch als Feiglinge und Vaterlandsverräter beschimpft. Man machte uns unmissverständlich klar, was man mit Gesellen wie uns in einem solchen Fall zu tun gedachte, und die Einschusslöcher an der Wand der Schneiderei erinnerten mich daran, dass das keine leere Drohung war.

Es ging alles so schnell, dass Isi und Artur keinen Termin mehr bekamen, um zu heiraten. In der ganzen Stadt ehelichten die Soldaten ihre Liebchen, gaben sich die Freiwilligen und ihre Versprochenen noch schnell das Jawort, bevor sie in Kasernen einrückten oder ins Feld zogen. Es waren so viele, dass kein Pfarrer, keine Kirche mehr Kapazitäten für weitere Wünsche hatte.

Isi kümmerte es wenig.

Am Abend vor unserem Dienstantritt in der Infanteriekaserne saßen wir das letzte Mal in der Schneiderei zusammen, so wie wir es in den Jahren zuvor bei allen wichtigen Entscheidungen, in allen wichtigen Momenten auch getan hatten. Artur hatte noch am selben Tag alles versucht, Isi zu ehelichen, war aber jämmerlich gescheitert.

Da sagte Isi knapp: »Ich brauche weder einen Pfaffen noch einen Ring, um deine Frau zu sein!«

Ein Satz wie ein Paukenschlag.

Und Wink genug für mich, mir ein wenig die Beine zu vertreten.

Ich verließ die Schneiderei.

Es wurde ein sehr, sehr langer Spaziergang.

65

Um sechs Uhr in der Früh hatten wir uns in der siebenundachtzigsten Infanteriebrigade einzufinden, das letzte Mal für lange Zeit in Zivil, jeder mit einem Köfferchen, in dem er seine persönliche Habe verstaut hatte. Die Schlange der jungen Männer reichte von der Kasernen- zur Schulstraße, beide Zuwegungen waren mit wenig Fantasie nach ihren beherrschenden Gebäuden benannt: der Pionierkaserne sowie dem Katholischen und Evangelischen Lehrerseminar.

Nichts an der Bromberger Vorstadt mit ihrer schachbrettartigen Siedlungsplanung war irgendwie fantasievoll, das Militär hatte allem seinen Stempel aufgesetzt. Ich war zuvor nur ein einziges Mal hier gewesen, als ich ein gewisses Mädchen gesucht hatte, das mit einem wertvollen Kleid getürmt war. Ich hätte nicht gedacht, dass ich hierhin zurückkehren würde, und schon gar nicht, damit man mir beibrachte, wie man Feinde tötete.

Wir standen Schlange vor dem mit einem Schlagbaum gesicherten Haupteingang, Artur und ich nebeneinander, vor uns junge Burschen, hinter uns junge Burschen. Aufgeregtes Geplapper, Witzchen, Gelächter, darauf noch mehr Witzchen. Es wurde wild gereimt wie: *Jeder Tritt ein Britt, jeder Stoß ein Franzos, jeder Schuss ein Russ.* Oder: *Wat Nikolaus, du willst den Willem foppen. Na warte man, wir wer'n dir gleich verkloppen!* Es war wie Lampenfieber vor dem großen Auftritt. Vorhang auf für Ruhm, Ehre und Applaus. Was uns wirklich erwarten würde, wusste keiner.

An den Straßenrändern standen die Familien und winkten uns zu, und manch eine Braut steckte ihrem Helden noch schnell ein Blümchen zu, was von den anderen lachend und feixend kommentiert wurde.

Wir näherten uns Schritt um Schritt, wobei mir zum ersten Mal die hohen Mauern auffielen, die die Kaserne einschlossen. Mein ganzes Leben schon war ich an den diversen Kasernen vorbeigegangen, alle hatten sie diese Mauern, und ich hatte mich nie daran gestört, doch jetzt machten sie mir Angst, zumal der rot-weiß gestreifte Schlagbaum sich wie ein weites Maul geöffnet hatte, um Thorns Jugend zu verschlingen. Und anstatt schreiend davonzulaufen, zogen wir lachend, schwatzend, teils auch singend hinein. Vorbei an uniformierten Soldaten mit Pickelhauben und ausdruckslosen Gesichtern.

Ich wandte mich Artur zu, der den ganzen Morgen noch keinen Laut von sich gegeben hatte.

»Denkst du an Isi?«

Er sah mich nicht an, sondern brummte nur: »Hm.«

»Also bitte, ein bisschen mehr Begeisterung! Immerhin seid ihr jetzt Mann und Frau!«

»Hm.«

Verdutzt blickte ich ihn an: Er hatte mir bereits mit vierzehn Jahren eröffnet, dass er Isi heiraten würde, und jetzt, wo sich sein Wunsch in gewisser Weise erfüllt hatte, schien es ihn eher zu bedrücken als zu beflügeln.

»Was ist denn los, Artur? Du scheinst überhaupt nicht glücklich zu sein?«

Einen Moment schien er meiner Frage nachzuhorchen, dann rang er sich ein Lächeln ab und antwortete: »Alles in Ordnung, Carl. Ich bin glücklich!«

Ich gab mich mit der Antwort zufrieden, obwohl ich es ihm nicht ganz abnahm. Vielleicht bedrückte ihn der Krieg oder der Verlust unseres Geschäftes.

Wir passierten den Schlagbaum und mussten uns auf dem großen staubigen Exerzierplatz, um den herum hohe Kasernengebäude standen, aufstellen. Auch das ging nicht ohne Gerede, Gekicher und Gejohle ab, bis Vorgesetzte der Unruhe ein Ende setzten.

Sie schrien uns an.

In einer Lautstärke, die ich noch nie erlebt hatte, die offensichtlich niemand je erlebt hatte, denn alle nahmen unwillkürlich Haltung an und wichen dem Gebelle der Unteroffiziere aus. Zum ersten Mal wurde uns bewusst, dass wir eine vollkommen neue Welt betreten hatten. Unser aller Zuhause lag so nah und doch eine Unendlichkeit weit entfernt – dazwischen nur eine Wand. Aber hier galten vollkommen andere Regeln als draußen. Diese Welt hier war gnadenlos, erbaut auf Befehl und Gehorsam, umringt von unüberwindlichen Mauern, gesehen von niemandem.

Vielleicht waren die Mauern genau dafür da.

Wir lernten, uns militärisch geordnet aufzustellen, aber vor allem trafen wir das erste Mal auf den Mann, der unseren Zug für den Krieg vorbereiten sollte: Sergeant Trommer. Ein sehniger Typ, kantiges Gesicht, mitleidlose blaue Augen. Schon seine ersten Worte hätten mir Warnung genug sein sollen, was uns in den nächsten vier Monaten Grundausbildung erwarten würde.

»Meine Herren!«, brüllte er mit gestützter Stimme. »Sie sind der weinerlichste, unfähigste und traurigste Haufen Muttersöhnchen, den ich je gesehen habe. Aber keine Bange! Ich werde aus Ihnen schon noch richtige Soldaten machen. Sie werden lernen zu kämpfen! Sie werden lernen, Schmerz zu ertragen! Sie werden lernen, Angst zu ignorieren! Aber vor allem werden Sie lernen, Befehle auszuführen!« Er nahm ausreichend Luft, und im nächsten Moment fegte seine Stimme über unsere Köpfe hinweg: »SIE GEHÖREN JETZT MIR! SIE SIND AB JETZT MEIN EIGENTUM! MEIN SPIELZEUG! UND WENN SIE NICHT SPUREN: DAS PAPIER, MIT DEM ICH MIR DEN ARSCH ABWISCHEN WERDE!«

Die meisten von uns starrten ihn mit offenem Mund an. Selbst die Tagelöhner, Arbeiter und Hofgänger, die weiß Gott Deftiges gewohnt waren, waren erstaunt über den unverschämten Ton.

Neben mir stand ein Bursche, der aus Unglauben, vielleicht auch aus Unsicherheit, kicherte. Und es schnell bereute.

Denn Trommer baute sich prompt vor ihm auf und schrie ihm ins Gesicht: »Sie fanden das komisch, Füsilier?!«

»N-nein«, stotterte der Arme.

»NEIN, HERR SERGEANT!«

»Nein, Herr Sergeant!«, wiederholte der Bursche kleinlaut.

»Scheinen ein rechter Witzbold zu sein, was?!«

»Nein, Herr Sergeant!«

»Ich mag Witzbolde! Witzbolde sind komisch! Los, machen Sie doch mal was Komisches!«

Hilflos wanderten die Augen meines Nebenmanns hin und her, aber da war niemand, der ihm helfen konnte.

»Was? Herr Sergeant?«

»Was? Woher soll ich das wissen? Sie sind doch der Witzbold!«

Er schwieg.

»Nichts?!«

Da schüttelte er den Kopf.

»Wie wäre es, wenn Sie um den Exerzierplatz laufen? Sagen wir fünfzigmal? Wäre das witzig?«

Er wagte mittlerweile gar nicht mehr, Trommer anzusehen, und flüsterte: »Ich weiß nicht.«

»Sie wissen es nicht? Na, so was!« Er wandte sich an die vor ihm stehende Truppe. »Na, wer hilft dem Kameraden? Wer fände das witzig?«

Zögerlich gingen ein paar Hände hoch.

»WER NOCH?!«, bellte Trommer.

Die restlichen Arme erhoben sich schlagartig.

Allein ich zögerte, denn ich sah, wie sehr mein Nebenmann unter der Bloßstellung litt.

»Aha!«, giftete Trommer. »Noch so einer! Name?«

»Friedländer, Herr Sergeant!«

»Etwa Jude?«

»Ja, Herr Sergeant!«

Er starrte mich an.

In seinen Augen spiegelte sich nichts als kalte Verachtung.

Dann rief er: »Hundert Runden! Wie finden Sie das?«

Ich schluckte, versuchte aber, den direkt vor meiner Nase stehenden Trommer mutig anzusehen. Bis heute kann ich nicht sagen, welcher Teufel mich in diesem Moment geritten hat, aber ich weigerte mich, meinen Blick niederzuschlagen.

»Zweihundert Runden!«

Jemand hinter mir stieß mir in den Rücken – ich wusste, dass es Artur war, auch ohne mich umzudrehen.

Ich senkte den Kopf.

»Ist das jetzt witzig genug für Sie?«

»Ja, Herr Sergeant!«

»Sehr gut! Sie werden sie nämlich alleine laufen!«

Damit trat er wieder vor den Zug und befahl allen, sich in der Kleiderkammer zu melden. Reichlich ungelenk drehte sich jeder nach einer anderen Seite, was zu einem neuen Schreianfall Trommers führte. Aber schließlich schafften es doch alle in Formation zur Kleiderkammer.

Alle außer mir.

Für mich begann ein langer Lauf in voller Montur.

Samt Koffer.

66

Ich lief drei Stunden und war ein Wrack, als ich endlich meine Stube erreichte. Nicht nur mein Hemd, mein ganzer Anzug klebte an mir, als ich humpelnd eintrat und vorsichtig meine Schuhe auszog: Zehen und Fersen waren mehr oder minder rohes Fleisch. Wo war ich hier nur hineingeraten? Wir hatten so viele Pläne, waren hinaufgestiegen in den Himmel, um dann, ohne jedes eigene Verschulden, in den Vorhof der Hölle hinabgestoßen zu werden. Wie war es nur möglich, dass eine einzige Person so viel Macht hatte, dass sie über das Schicksal von Millionen entscheiden konnte?

»Na? Zufrieden, du Held?«, fragte Artur, der das Bett über mir bezogen hatte.

Außer ihm war sonst niemand mehr auf dem Zimmer. Offenbar hatte Trommer ihn abbestellt, mich einzusammeln, sobald ich mit meiner Extraschicht fertig war. Ansonsten war noch Platz für vier weitere Kameraden auf der Stube. Drei Stockbetten, sechs Spinde, ein Tisch, sechs Stühle. Mehr gab es nicht.

Auf dem Tisch waren säuberlich mehrere grau-grüne Uniformen übereinandergestapelt, dazu ein paar schwarze Knobelbecherstiefel und eine Pickelhaube aus gepresstem Leder. Obenauf lag ein kleines blaues Büchlein mit dem Titel *Der gute Kamerad!*.

»Unsere neue Bibel«, sagte Artur und sprang von seinem Bett herab. »Brav lesen!«

Erst jetzt fiel mir auf, dass er seine Uniform bereits trug: ein Wunder, dass sie eine in seiner Größe vorrätig hatten. Er nahm seine Pickelhaube vom Bett, setzte sie auf und nickte mir zu: »Zieh dich an und pack den Rest in den Spind! In fünfzehn Minuten ist Essen. An deiner Stelle würde ich das nicht verpassen. Ich warte draußen.«

Ich beeilte mich, so gut ich konnte, verzichtete auf die dringend notwendige Wäsche und zog mich um. Die Kleidung passte halbwegs, die Stiefel waren die Hölle: Das Leder war hart wie wochenaltes Brot.

Humpelnd verließ ich die Stube und fand Artur am Ende des Flurs.

Wir musterten uns gegenseitig.

»Sieh nur, was aus uns geworden ist!«, seufzte ich schließlich.

»Der Krieg wird nicht ewig dauern. Und dann werden wir wieder die sein, die wir immer schon waren.«

»Meinst du?«

Artur schwieg.

Zweifelte er? Ausgerechnet er?

Dann aber grinste er breit und sagte: »Ich schätze, da musst du erst noch reinwachsen ...«

»Halt bloß die Klappe!«

»Komm! Wir sind spät dran!«

Ich zögerte und fragte: »Ob ich vorher noch zum Sanitäter gehe?«

Artur seufzte und fragte: »Willst du Trommer wirklich sagen, dass du ein Pflaster gebraucht hast und deswegen nicht essen gehen konntest?«

Einen Moment starrte ich ihn an.

Dann zischte ich sauer: »Scheißkrieg!«

Und humpelte zur Essensausgabe.

Nach dem Essen legten wir den Fahneneid ab, die Köpfe wurden uns geschoren, dann bekamen wir unsere Ausrüstung: allem voran natürlich das Gewehr, das G98, und, für mich vollkommen verstörend, das zugehörige Bajonett. Die Klinge blitzte, und ich wagte nicht, die Schneide zu berühren. Es gab auch eine Pistole, Patronen, Patronentaschen, Feldspaten, Koppel und Gürtel. Dazu einen Tornister, nichts anderes als ein stoffbespannter Holzrahmen, darin Leibwäsche, Strümpfe, Zeltausrüstung, Schuhputzzeug, Feldflasche, Kochgeschirr, Zeltbahn, Gewehrreinigungszeug, das *Krätzchen*, die Feldmütze, die wir anstelle der Pickelhaube trugen, Näh- und Putzzeug und die Eiserne Ration. Das alles war so schwer, dass ich überzeugt war, dass der Feind nicht groß auf uns schießen müsste: Er musste einfach warten, bis wir unter der Last der Ausrüstung zusammenbrachen.

Immerhin gelang es mir, mich in einer kurzen Pause zum Garnisonslazarett zu schleichen, wo ich meine offenen Stellen desinfizieren und verbinden ließ. Der Sanitäter staunte, nicht weil ich wegen meiner Füße seine Hilfe brauchte, sondern weil ich schon am ersten Tag angetreten war.

»Die werden alle in den nächsten Tagen zu mir kommen. Die Stiefel sind am Anfang die Pest. Ich geb Ihnen einen Tipp: reinpinkeln!«

»Bitte?«

»Das macht das Leder weich.«

Er sah nicht so aus, als würde er sich auf meine Kosten einen Scherz erlauben. Ich zog meine Stiefel wieder an: Augenblicklich standen meine Füße vor Schmerzen geradezu in Flammen. Wenn Pisse das Einzige war, das diese Hölle löschen konnte, würde ich es tun. So viel war mal sicher.

Ich hatte die Kameraden aus meinem Zug in ihren jeweiligen Stuben erwartet, doch als ich zurückkehrte, war niemand mehr da. Es blieb mir nichts anderes übrig, als beim Wachhabenden zu fragen, wo ich sie finden konnte. Ich wurde erst von ihm, später dann von Trommer angeschrien: Warum ich mich denn unerlaubt von der Truppe entfernt hätte? Bei Trommer sorgte meine Entschuldigung für nichts als Hohn und Spott, und er beschloss, nicht nur mich zu bestrafen, sondern gleich den ganzen Zug. Was bedeutete: in voller Montur auf den Exerzierplatz.

Marschieren.

So lange, bis jeder offene Füße hatte.

Und alle mich dafür hassten.

Mit herannahender Dämmerung durften wir irgendwann endlich abtreten und unsere Stuben aufsuchen. Dort machten wir uns bekannt, und ich versprach, meine Kameraden nicht mehr mit unüberlegten Handlungen in Mithaftung zu ziehen. Außerdem konnte ich mit dem Hinweis auftrumpfen, wie man steinharte Stiefel weich bekäme. Eigenartigerweise zog es niemand in Zweifel, und so schifften wir alle in unsere Knobelbecher.

Vielmehr sollte ich sagen: alle, bis auf mich.

Ich war derart dehydriert, dass ich mir keinen Tropfen abringen konnte.

»Kein Problem!«, sagte Artur und nahm mir meine Stiefel aus den Händen. »Wir erledigen das gerne für dich, nicht wahr, Jungs?«

»Warte!«, rief ich entsetzt.

Aber Artur wartete nicht.

Und so sah ich hilflos zu, wie meine Stiefel von Kamerad zu Kamerad gereicht wurden, bis der Letzte in der Reihe sie mir feierlich und mit einer eleganten Verbeugung überreichte: »Eure Majestät!«

Angewidert nahm ich sie entgegen, fühlte die Flüssigkeit, die munter darin hin und her schwappte, und nickte leicht: Das hatte ich wohl verdient.

Mein erster Tag war alles andere als glücklich verlaufen, aber morgen würde ich nicht nur die weichsten Stiefel der Garnison, sondern auch die Chance haben, mich neu zu präsentieren.

Trommer und ich hatten einen schlechten Start.

Die anderen und ich dadurch auch.

Ab jetzt würde alles besser werden.

Was ich zu diesem Zeitpunkt nicht ahnte: Dieser erste Tag war schon mein bester.

Mein Abstieg hatte gerade erst begonnen.

67

Der Grund, warum Isi nicht an der Straße gestanden und Artur und mir Blumen zugesteckt hatte, hatte damit zu tun, dass sie noch vor Morgengrauen die Schneiderei verlassen wollte, um den Nachbarn keine Munition für anhaltenden Klatsch zu liefern. Sie hatte daher Artur schnell geküsst und mir, der ich auf der Küchenbank lag, zum Abschied über die Wange gestreichelt. Im nächsten Moment war sie dann wie ein Geist hinausgeschlüpft und ungesehen in die Hohe Straße 6 geschlichen. Dort öffnete sie leise die Haustür, aber bevor sie in ihr Zimmer huschen konnte, bemerkte sie Licht in der Küche.

Einen Moment zögerte sie, dann nahm sie sich mit einem kurzen Seufzer zusammen und wählte den Weg ins Erd- statt ins Obergeschoss, wo sie ihrer offensichtlich schlaflosen Mutter so feinfühlig wie möglich mitteilen wollte, was in der letzten Nacht geschehen war. Als sie dann eintrat, fand sie zwar ihre Mutter am Küchentisch sitzend mit einer Tasse Kaffee vor, aber eben nicht nur sie, sondern auch ihre Schwester Gerda. Beide schienen geweint zu haben, saßen sich gegenüber und blickten überrascht auf, als Isi an den Tisch trat, um feierlich zu sagen: »Ich habe euch etwas mitzuteilen!«

Isis Mutter winkte ab und antwortete nur: »Setz dich erst mal.«

»Äh, gern ... also, ich will euch sagen ...«

»Möchtest du einen Kaffee?«, fragte ihre Mutter.

»Wie? Ja, aber ...«

Ohne weiter zuzuhören, stand ihre Mutter auf und goss aus einer Kanne auf dem Herd Kaffee in eine Tasse. Isi blickte verwirrt zu Gerda, die abwesend mit dem Finger über den Tisch fuhr. Als dann endlich alle Platz genommen hatten, hob Isi erneut an, doch bevor sie eine Silbe über ihre Lippen bringen konnte, sagte ihre Mutter: »Deine Schwester hat geheiratet!«

Isi zuckte zurück, als hätte man ihr einen Eimer kaltes Wasser ins Gesicht geschüttet: »W-was?!«

Sie sah von einer zur anderen, aber beide mieden ihren Blick.

»Wen denn?«, fragte sie schließlich verblüfft.

»Jemanden aus Mocker«, antwortete ihre Mutter.

»Aus Mocker? Wie ...«, sie atmete einmal durch und fragte dann: »Gerda?«

Gerda sah auf.

»Vielleicht sagst du auch mal was?«

Sie nickte, um dann tonlos zu antworten: »Er heißt Walter und ist sehr lieb.«

Mehr schien sie nicht erzählen zu wollen.

Nach einer Weile forderte Isi sie mit einer Geste auf, ihren Bericht vielleicht doch noch mit ein paar Details aufzuhübschen.

Darauf wiederholte Gerda: »Walter ist sehr lieb!«

»Was macht er denn?«, fragte Isi.

»Er betreibt ein Kolonialwarengeschäft.«

»In Mocker?«

»Ja.«

»Und wo habt ihr euch kennengelernt?«

»Auf dem Wochenmarkt.«

Isi seufzte wieder: Das hier würde offensichtlich ein sehr zähes Gespräch werden.

»Und wann?«

»Vor vier Wochen.«

»Das ging aber flott.«

Isi wechselte mit ihrer Mutter Blicke, während Gerda wieder stumm nickte. Erneut drohte der Bericht einzuschlafen. Da half Isis Mutter der Konversation ein wenig auf die Sprünge: »Das ist noch nicht alles.«

Isi wandte sich neugierig Gerda zu: »Nicht?«

Gerda murmelte in ihre Kaffeetasse hinein: »Er ist sechsundvierzig.«

»O Gott, ein Greis!«, rief Isi erschrocken.

Diesmal blickte Gerda sie trotzig an und fauchte: »Na und? Er liebt mich! Und ich ihn!«

»Du bist erst einundzwanzig«, antwortete Isi fassungslos.

»Der Oberst war auch alt!«

»Schon ...«, begann Isi.

»Wo ist da der Unterschied?«

Kurz sah Isi sie erstaunt an, dann beschied sie: »Du hast vollkommen recht. Da gibt es keinen Unterschied!«

Zum ersten Mal in diesem Gespräch schien Gerda ein wenig aufzutauen und lächelte dankbar: »Er ist wirklich sehr lieb!«

Isi stand auf und umarmte sie: »Ich gratuliere von Herzen! Und ich freu mich so für dich!«

»Danke, Isi. Das bedeutet mir viel!«

»Das wird Vater umbringen«, stöhnte Isis Mutter.

»Hoffentlich!«, grinste Isi. »Wie hast du eigentlich seine Einverständniserklärung bekommen?«

Gerda zuckte mit den Schultern: »Gefälscht.«

Isi fasste ihre Schwester an beiden Schultern, hielt sie vor sich und rief entzückt: »Gerda! Ich bin stolz auf dich!«

»Isi, bitte!«, mahnte ihre Mutter.

»Er kann nichts machen!«, rief Gerda entschlossen. »Wenn er widerruft, klag ich das Einverständnis ein.«

»Wenn du Glück hast, wird er versuchen, die ganze Angelegenheit heimlich ausklingen zu lassen«, antwortete Isi.

»Du wirst keine Mitgift bekommen«, sagte Isis Mutter traurig.

»Walter möchte keine«, antwortete Gerda trotzig.

»Das spricht sehr für ihn!«, lobte Isi. »Also dann: Wie heißt du denn jetzt?«

Gerda grinste verschämt: »Kaminski.«

Isi klatschte vergnügt in die Hände. »Ein polnischer Nachname? Das ist ja ganz wunderbar! Ich kann es kaum erwarten, Vater die guten Nachrichten zu telegrafieren! Ist er vielleicht auch Jude? Bitte sag mir, dass er auch Jude ist!«

»Nein, katholisch.«

»Ach, verdammt!«

»Luise, das reicht jetzt!«, mahnte ihre Mutter, aber zu Isis Überraschung entdeckte sie tatsächlich die Andeutung eines Lächelns in ihrem Gesicht.

»Und jetzt?«, fragte Isi.

»Ich ziehe aus. Walter kommt mich gleich abholen.«

Die gute Stimmung war schlagartig dahin.

Isi hatte immer geglaubt, nicht allzu viele Gemeinsamkeiten mit ihren Schwestern zu haben, hatte sie immer für angepasst und langweilig gehalten. Aber beide hatten konsequent ihre Chance gesucht, das Elternhaus zu verlassen, und wie sich jetzt herausstellte, glomm in Gerda tatsächlich so etwas wie Rebellinnenmut. Sie zu verlieren erschien Isi mit einem Male als herber Verlust, jetzt, wo sie begriff, dass sie einander vielleicht doch viel mehr zu sagen gehabt hätten. Mochte sie sich selbst immer wie das schwarze Schaf der Familie gefühlt haben, so war sie offensichtlich doch nicht allein, denn hatte Gerda nicht gerade bewiesen, dass sie ihr Schicksal selbst bestimmen wollte? Wie viel schöner wäre ihre Kindheit verlaufen, hätte Gerda sich ihr früher offenbart? Sie hätte nicht nur eine Schwester gehabt, sondern auch eine Komplizin! Eine Erkenntnis, die ihr die Tränen in die Augen trieb und sie ihre Schwester umarmen ließ.

»Ich wünsche dir alles Glück der Welt! Und viele Kinder!«

Gerda weinte auch, genau wie ihre Mutter.

»Du musst ganz oft zu uns kommen, Isi! Ganz oft!«

Eine Weile hielten sie sich im Arm.

Dann löste sich Gerda und küsste die beiden: »Ich geh jetzt packen!«

Im nächsten Moment schon standen sie allein in der Küche.

Gerdas Schritte verloren sich auf der Treppe.

Dann nichts mehr.

Wie leise es auf einmal war!

Wie leer plötzlich das Haus!

Dann aber, wie um die Stille zu unterbrechen, fragte ihr Mutter: »Was wolltest du uns eigentlich mitteilen?«

Isi schluckte und legte ihrer Mutter die Hand auf den Arm: »Jetzt solltest *du* dich lieber setzen, Mama.«

68

Isi war sich im Klaren darüber, dass ihre Mutter ganz bestimmt schon bessere Tage erlebt hatte als diesen, an dem sie erfuhr, wie ihre beiden Töchter auf recht unterschiedliche Art und Weise ihre Unschuld verloren hatten.

Immerhin schien es ihr ein Trost gewesen zu sein, dass wenigstens die stille Gerda die übliche und einzig geduldete Reihenfolge eingehalten hatte, während Isi eben Isi war. Eine junge Frau, die nicht nach den Regeln anderer spielen wollte, vor allem nicht nach denen der Männer, die in dieser Gesellschaft, wie in vielen anderen auch, die Maßstäbe setzten.

Einstweilen krönte Isi diesen für alle recht überraschenden Tag, indem sie ihrem Vater eine derart freche Depesche telegrafierte, dass Gottlieb Beese bereits am nächsten Morgen in sein Haus stürmte und Zeter und Mordio schrie, dabei aber bloß auf seine Frau und Isi traf und nicht auf die unselige Gerda, die offenbar einen Habenichts geheiratet hatte.

Wenig überraschend schrie er: »Ich werde diese Ehe annullieren lassen!«

Während Isis Mutter es mit Beschwichtigung versuchte, was jedoch nur zu noch mehr Tobsucht führte, nutzte Isi eine Atempause ihres Vaters, um kühl zu sagen: »Du kannst die Ehe nicht annullieren lassen!«

»Ich kann! Und ich werde!«, schrie Beese.

»Du kannst nicht, weil Gerda bereits in anderen Umständen ist.«

»WAS?! DU LÜGST!«

Natürlich hatte sie gelogen, aber die Zeit, und in diesem Punkt war sich Isi vollkommen sicher, würde ihr ganz eindeutig in die Karten spielen: Gerda würde bald schwanger werden.

Daher antwortete sie gelassen: »Nein.«

»Die haben doch erst vor zwei Tagen geheiratet! Wie kann sie da ...?«

Er brach den Satz ab.

Und sah dabei so konsterniert aus, dass Isi sich ein Grinsen nicht verkneifen konnte: »Wenn die Ehe annulliert wird, kommt das Kind als Bastard zur Welt! Und es wird deinen Namen tragen!«

»NIEMALS!«

»Finde dich damit ab! Übrigens: Ich werde bei Gelegenheit Artur heiraten!«

»BEI GELEGENHEIT?«

»Besser früher als später, wenn du verstehst, was ich meine …«

Für einen glücklichen Moment glaubte Isi tatsächlich, ihr Vater würde einem Herzinfarkt erliegen, aber die Adern, die in seine Schläfen und die Mitte seiner Stirn getreten waren, verschwanden ebenso rasch wieder, wie sich seine Gesichtsfarbe normalisierte.

»Raus! Raus aus meinem Haus!«, zischte er schließlich.

»Aber was werden dann die Leute sagen, Herr Reichstagsabgeordneter?«, fragte Isi.

»Du wirst meine Ehre nicht weiter beschmutzen! Das hier ist ein anständiges Haus!«

Isis Mutter ging dazwischen und legte ihrem Mann die Hand auf den Arm: »Gottlieb, so beruhige dich doch! Und sag jetzt nichts, was du später einmal bereuen wirst!«

»Das werde ich ganz sicher nicht bereuen! RAUS!«

»Wenn du darauf bestehst …«

»Allerdings!«

Da wandte er sich seiner Frau zu und schrie: »Und du hast die ganze Zeit davon gewusst!«

»Lass sie aus dem Spiel!«, schrie jetzt auch Isi. »Mama hat damit nichts zu tun!«

Da schnellten beide Zeigefinger vor und zeigten auf Frau und Tochter: »Natternbrut!«

Er hatte es derart pathetisch herausgekeift, als erwartete er im nächsten Augenblick einen Blitz aus dem Himmel, der die beiden zu Asche verbrannte. Doch mit jeder verstreichenden Sekunde ohne göttliche Bestrafung vereiste die Szene zu einem Bild, das ihn mehr und mehr wie einen Schauspieler aussehen ließ, dessen Gegenüber den Text vergessen hatte.

Schließlich nahm er die Arme wieder herunter, strich sich über den Anzug und schritt erhobenen Hauptes aus dem Zimmer: »Wenn ich zurückkehre, bist du verschwunden!«

Kaum hatte er das Haus verlassen, beschwor Isis Mutter ihre Tochter einzulenken. Auf den Vater zuzugehen und ihm ein wenig Verständnis entgegenzubringen.

»Bitte, denk doch an den Skandal, den du damit auslöst!«, rief sie inständig.

»Warum kümmert dich der Skandal, Mama? Sollte dir das nicht vollkommen schnuppe sein?«

»Warum sollte mir schnuppe sein, wie die Leute über dich reden?«

»Weil es mir egal ist, wie die Leute über mich reden. Und dir sollte egal sein, wie sie über dich reden! Du bist besser als die!«

Einen Moment schien es, als ob ihre Mutter in sich hineinhörte, das Ausgesprochene für sich prüfte. Schließlich aber schüttelte sie den Kopf: »Ich hatte ein anderes Leben als du, Luise. Ich hatte nie deinen Mut. Oder deine Ideen.«

Isi sah sie verblüfft an, denn nie zuvor hatte sie ihre Mutter so sprechen hören. Sie war eine stille, geduldige, demütige Frau, die nie den Eindruck gemacht hatte, andere Ansprüche zu hegen, als für den Haushalt und die Kinder da zu sein.

»Jeder hat Mut, wenn er will, Mama!«

Tränen schossen ihrer Mutter in die Augen, liefen ihr über die Wangen, während sie verzweifelt den Kopf schüttelte.

»Alles, was ich je hatte, wurde aus mir herausgeprügelt. Jetzt habe ich nichts mehr!«

Da spürte Isi einen harten Kloß im Hals und empfand eine Scham, wie noch nie in ihrem Leben: Sie hatte ihrer Mutter Wünsche, Hoffnungen und Träume abgesprochen, weil sie in ihrem Hochmut gedacht hatte, ihre Mutter wäre zu schlicht, zu fantasielos, um welche zu haben. Sie hatte bloß die Mutter gesehen, die ein Leben lang zu allem geschwiegen und sich bemüht hatte, es jedem recht zu machen. Den Menschen dahinter hatte sie nie gesehen.

Niemand hatte das!

Und das war die eigentliche Tragödie.

Isi hatte sich stets ihren Schutz gewünscht, doch gerade offenbarte sich, dass ihre Mutter es war, die Schutz gebraucht hätte. Und jetzt, da sie sich gegenüberstanden und um Fassung rangen, schimmerte da plötzlich eine letzte Wahrheit auf und warf ihr Licht auf die wahren Ängste ihrer Mutter: Sie fürchtete sich nicht vor dem Skandal und dem bösartigen Klatsch der Leute, sie fürchtete sich davor, allein mit ihrem Mann in diesem Haus zu leben.

Ohne ihre Töchter.

Ohne irgendjemand, den sie in den Arm nehmen konnte. Ohne ihre drei Mädchen, die Inhalt ihres Lebens waren und gleichsam Beweis dafür, dass ihr ganzes Dasein nicht völlig umsonst gewesen war.

Nichts davon hatte Isi geahnt.

Stattdessen hatte sie in boshafter Freude den Rauswurf aus diesem Haus provoziert und stand jetzt vor einem Menschen, dem sie damit alles, von dem wenigen, was er überhaupt besaß, genommen hatte.

»Mama …«

Sie hatte es fast herausgewürgt, so elend war ihr plötzlich. Schnell warf sie sich ihr in die Arme und drückte sie fest an sich. Und ihre Mutter streichelte ihren Nacken und war nicht böse mit ihr.

»Ich muss dir etwas sagen«, flüsterte sie Isi ins Ohr.

»Ja?«

Sie zögerte und drückte Isi gleichzeitig umso fester.

»Was ist denn los, Mama? Ist es etwas Schlimmes?«

Wieder ein Zögern, dann sagte sie leise: »Ja.«

Der Tag hielt noch weitere Hiobsbotschaften bereit.

69

Unser Tag begann um fünf Uhr in der Früh.

Die Tür zur Stube flog auf, und als Nächstes war da diese Pfeife. Schrill.

Durchdringend.

Ein Geräusch wie eine Ohrfeige, die uns schockartig aus den süßesten Träumen riss und in die Wirklichkeit schleuderte.

Elektrisches Licht: Das Militär hatte es!

Die ungewohnte Helligkeit biss uns in den Augen, während wir schlaftrunken und humpelnd zum Waschraum marschierten. Danach zogen wir uns an, nahmen in der Kantine ein Frühstück zu uns, bevor wir den Rest des Tages Trommer unterstellt waren und bald schon begriffen, dass er nicht übertrieben hatte mit seiner Ankündigung, dass wir ihm *gehörten*.

Wir lernten, was es hieß, ein Soldat zu sein.

Nichts durfte infrage gestellt werden, niemand konnte sich verweigern, ganz gleich, was uns nun einleuchtete oder nicht. Und so lautete die Antwort auf jede Forderung, jeden Anpfiff, jede Beleidigung: *Jawohl, Herr Sergeant!* Befehl war der Hammer und Gehorsam der Meißel, mit denen Menschen behauen wurden, um aus ihnen das Produkt eines übergeordneten Willens zu formen. So wie die Faust, die zuschlug, nicht dachte, schnellten wir vor, weil nichts mehr in unseren Köpfen existierte außer der Gedanke: angreifen.

Wir lernten zu schießen.

Wir lernten, das Bajonett aufzupflanzen und es in gefüllte Kartoffelsäcke zu rammen.

Wir stählten unsere Körper durch Märsche.

Nachtübungen.

Schanzen.

Und während wir liefen, schrie man uns an. Und während man uns anschrie, warfen wir uns zu Boden, sprangen wieder auf, warfen uns zu Boden, sprangen wieder auf, bis unsere Hände vor Erschöpfung zitterten, die Muskeln brannten und uns an sommerlichen Tagen die Lippen aufsprangen, weil wir zu wenig getrunken hatten. Was am ersten Tag noch weich, rund und freundlich war, wurde binnen Wochen hart, kantig und abweisend. Vierzig junge Burschen, erzogen im Glauben an preußische Tugenden wie Aufrichtigkeit, Ehrlichkeit, Bescheidenheit und Zurückhaltung, wurden erniedrigt, niedergebrüllt und mit schmerzenden Sehnen und Knochen liegen gelassen. So wurden wir roh, mitleidlos und rachsüchtig.

Aus Jungs mit Werten wurden Männer, die hassten.

Sergeant Trommer war der Herr des Hasses.

Und die Männer folgten ihm.

Denn niemand wollte so sein wie ich.

Niemand wollte der Schwächste sein. Derjenige, auf den alle warten mussten. Derjenige, der am schlechtesten schoss, am kürzesten marschierte, am schnellsten aufgab. Ich war derjenige, der Schuld daran hätte, wenn sie getötet würden. Weil ich in meiner unendlichen Langsamkeit den Erfolg der Operation und damit die Ehre der Truppe gefährdete.

Trommer schrie, und je lauter er schrie, desto unsicherer wurde ich. Und je unsicherer ich war, desto schlechter wurden meine Leistungen. Und je schlechter meine Leistungen, desto erbarmungsloser die Strafen. Aber Trommer bestrafte nicht nur mich, er bestrafte alle und ließ sie wissen, wem sie das zu verdanken hatten.

Eines Nachts, nach einem besonders harten Drill, waren wir in die Betten gefallen, kaum in der Lage, uns zu rühren. Ich fühlte mich mehr tot als lebendig. Was ich in meiner Erschöpfung unterschätzte, war, wie frustriert die anderen waren, wie wütend. Ihnen war der Ausgang gestrichen worden – meinetwegen. Sie hatten Zusatzdienste leisten müssen – meinetwegen. Sie fühlten sich erniedrigt und aufgezehrt – meinetwegen.

Aber in dieser Nacht wollten sie es mir heimzahlen. Trommer hatte dafür perfekte Voraussetzungen geschaffen. Wegen besonderer Leistungen hatte er dem Einzigen Sonderurlaub bis zum Wecken genehmigt, der zwischen mir und ihnen stand: Artur.

Ich wurde erst wach, als sie auf mich einschlugen. Sie hatten mich so stramm in die Decke gewickelt, dass ich Arme und Beine nicht bewegen konnte. Ihre knochigen Fäuste explodierten ungebremst in meinem Gesicht. Einige hatten ihre Kernseife in Strümpfe gestopft und schleuderten jetzt beides gegen meinen Körper. Es war finsterste Nacht, nicht einmal ihre Gesichter konnte ich erkennen. Und außer dem Geräusch von Schlägen war nichts zu hören. Niemand sprach ein Wort.

Nur ich schrie vor Schmerzen.

Normalerweise hätte das ausgereicht, damit der Wachhabende in die Stube gestürmt wäre, aber in dieser Nacht kam niemand ins Zimmer.

Als Artur mich am nächsten Morgen fand, war mein Gesicht grün und blau geschlagen, mein Körper übersät von Blutergüssen, waren meine Augen zugeschwollen und meine Lippen aufgeplatzt.

Ich war nicht bei Bewusstsein.

Schockiert hob er mich aus dem Bett und trug mich mitten über den Exerzierplatz zum Garnisonslazarett. Da standen die Rekruten an den Fenstern und sahen auf uns herab, auf den wuchtigen Artur, der ein lebloses Bündel in den Armen trug, und alle wussten, was passiert sein musste, aber niemand sagte ein Wort.

Ich auch nicht.

Als ich wieder zu mir kam, befragte mich Staffelkommandeur Oberleutnant von Grohe, was denn mit mir geschehen sei, doch ich krächzte nur: »Nichts.«

»Reden Sie doch keinen Unsinn«, antwortete von Grohe ungehalten. »Sie sehen aus, als wäre eine Garnison Russen über Sie hinweggetrampelt.«

»Bin aus dem Bett gefallen, Herr Oberleutnant!«, antwortete ich mühsam.

Niemand mochte Heulsusen, aber noch viel weniger: Verräter.

Nach einer knappen Woche kehrte ich zurück auf meine Stube.

Wie durch ein Wunder besaß ich noch alle meine Zähne, aber die Nase war gebrochen, das Jochbein auch, ein Trommelfell angerissen, und die Prellungen malten ein Kaleidoskop von Blutergüssen auf meine Haut. Ich war fast schon froh um die Tatsache, dass ich immer noch Ausgangssperre hatte und Isi den Vorfall somit leicht verschweigen konnte. Sie hätte beim Kasernenkommandanten einen solchen Aufstand gemacht, dass ich mich von der gutgemeinten Intervention nie wieder erholt hätte: Demütigung durch Zuneigung. Dann schon lieber ein paar blaue Flecken.

Aber zu meiner heimlichen Freude war ich nicht der Einzige, der etwas abbekommen hatte. Alle, außer Artur, trugen entweder verblassende Veilchen im Gesicht oder atmeten geräuschvoll durch den Mund, weil ihre Nasen auf die doppelte Größe angeschwollen waren.

Als ich in die Stube trat, standen sie auf und gaben mir nacheinander die Hand.

Artur beobachtete sie dabei argwöhnisch, und als mich auch der Letzte begrüßt hatte, sagte er: »Ich glaube, der eine oder andere hat vergessen, wer hier eigentlich der Feind ist. Aber jetzt sind wir wieder alle deine Kameraden. Nicht wahr, Jungs?«

Sie nickten.

»Willkommen zurück, Carl. Ab heute wird ausnahmslos jeder darauf aufpassen, dass du nicht mehr aus dem Bett fällst.«

Auch in diesem Punkt waren alle Arturs Meinung.

Als unser Zug zum Abendessen kommandiert wurde, hielt ich Artur am Arm zurück.

»Ich weiß nicht, wie ich dir je danken soll, Artur.«

Er nickte: »Ich kann dir die Burschen hier vom Hals halten. Trommer nicht.«

»Ich weiß.«

»Du musst kämpfen, Carl. Sonst stirbst du hier drin.«

»Dann muss ich wenigstens nicht an die Front.«

Artur grinste: »Idiot.«

»Selber.«

Er legte seinen Arm um meine Schulter und schob mich zur Tür hinaus.

70

Ich lernte zu hassen, denn nur der Hass hielt mich dort drinnen am Leben. Alles, was draußen wertvoll war, zählte nicht mehr: Glaube, Liebe, Hoffnung. Innerhalb dieser Mauern zählte nur der Hass.

Hass tötete die Angst.

Hass überwand den Schmerz.

Hass besiegte die Erschöpfung.

Hass kurierte Krankheit, Stolz und Demütigung.

Allein Hass würde mir die Kraft geben, die Anstrengungen zu überstehen.

Also kehrte ich zurück, salutierte und hielt dem mitleidlosen Blick des Sergeanten stand.

»Bereit für mehr, Friedländer?«

»Jawohl, Herr Sergeant!«

»Sie kommen mir verändert vor, Friedländer?«

»Jawohl, Herr Sergeant!«

Seine Augen tasteten mein Gesicht ab und suchten nach einer Schwäche, aber das, was mich vorher eingeschüchtert hatte, machte mich jetzt stark: Ich starrte ihn an, so wie er mich anstarrte. Und ich konnte sehen, dass es ihn wütend machte, auch wenn er es nicht zeigen wollte.

Da ließ er mich laufen.

Ich warf mich zu Boden, sprang beim nächsten Befehl auf, warf mich zu Boden, sprang auf. Ich lief, während der Rest des Zuges stillstand und mir dabei zusah, aber obwohl mir die Strapazen alles abverlangten, reichte ein kurzer Blick in ihre Gesichter, um zu wissen, dass ich mir gerade ihren Respekt verdiente. Ich hatte niemanden verraten und ließ mich von Trommer nicht unterkriegen. Heimlich nickte mir der eine oder andere sogar zu.

Fast eine halbe Stunde ging das so, als Trommer langsam unruhig zu werden schien, denn er ließ mich vor den Augen der ganzen Kaserne laufen, und das fiel langsam auf. Da tauchte in einem der

Fenster plötzlich Oberleutnant von Grohe auf und blickte schweigend auf die Szenerie.

Als Trommer ihn entdeckte, schrie er: »Aaachtung! Antreten!«

Ich kehrte keuchend zu meinem Zug zurück und nahm meine Position innerhalb der Gruppe ein.

Trommer stellte sich vor uns und befahl: »Rechts um! Ohne Tritt – marsch!«

Wir setzten uns in Bewegung und verließen das Kasernengelände in Richtung Ulanen-Wäldchen, über die Bromberger Straße hinab zum Weichselufer. Mittlerweile waren dunkle Wolken aufgezogen, und im Westen grollte ein schweres Gewitter heran. Trotzdem befahl Trommer, in der Nähe des Ufers Gräben anzulegen und Stellungen zu schanzen.

Es dauerte nicht lange, da stand Trommer wieder bei mir.

»Was glauben Sie, was Sie da machen, Füsilier?«, schrie er.

»Graben, Herr Sergeant!«

»Sie graben wie ein Mädchen, Friedländer!«

»Jawohl, Herr Sergeant!«

»Wohl noch stolz darauf?!«

»Nein, Herr Sergeant!«

»Dann legen Sie mal einen Zahn zu!«

Er befahl dem neben mir stehenden Kameraden mit einer Handbewegung, zur Seite zu treten. So stand ich allein und hob mit dem Feldspaten Schaufel um Schaufel ein Sand-Erde-Gemisch aus dem langsam größer werdenden Loch.

»Ja, so sind sie, die Juden! Lassen gerne andere für sich arbeiten. Aber nicht bei mir, Friedländer!«

»Jawohl, Herr Sergeant!«

Dann kam der Regen.

Sturzbachartig und eiskalt.

Die Erde unter meiner Schaufel wurde immer schwerer, sie herauszuheben war eine Qual.

»Erster Zug: ANTRETEN!«

Erleichtert, aber ohne es mir anmerken zu lassen, streckte ich mich, warf den Spaten auf den vor mir errichteten Haufen und war gerade im Begriff, aus dem Loch zu steigen, als Trommer schrie: »Sie nicht, Friedländer! Sie gehen, wenn ich gehe! Und ich gehe nicht, weil ein deutscher Soldat niemals weicht! Auch wenn Sie das nie verstehen werden!«

Damit wandte er sich den anderen zu und befahl lautstark: »Zurück zur Kaserne. Waffenpflege auf der Stube. Rechts um. Ohne Tritt – marsch!«

Ich sah ihnen nach, fing auch den Blick Arturs auf, der mir sagte, dass ich nicht klein beigeben durfte. Zum Zeichen, dass ich ihn verstanden hatte, lächelte ich ihm kurz zu.

»WAS IST SO WITZIG, FRIEDLÄNDER?«

»Nichts, Herr Sergeant!«

»Gefällt Ihnen das Schanzen?«

»Jawohl, Herr Sergeant. Recht erfrischend möchte ich meinen!«

Für einen Moment klappte Trommer der Mund auf: Eine solche Unverschämtheit hatte er weder aus meinem Mund noch aus dem eines anderen Rekruten je gehört.

»Aaachtung!«

Ich nahm Haltung an.

Er stellte sich nahe vor mich, fast Nasenspitze an Nasenspitze. Aus unseren Gesichtern tropfte der Regen, aber auch diesmal wich ich seinem Blick nicht aus und bemerkte, wie wütend ihn das wieder machte.

»Jetzt werden wir sehen, wie hart Sie wirklich sind, Füsilier!«

Er befahl mir loszulaufen.

Mit müden Beinen rannte ich über einen immer tiefer werdenden Grund, hörte, wie meine Stiefel im Matsch schmatzten, und spürte, welche Kraft es mich kostete, sie wieder herauszuziehen und die Balance auf dem glitschigen Boden zu halten.

»DECKUNG!«

Ich warf mich zu Boden, fühlte die glibbrige Kälte durch meine Uniform, sprang wieder auf, warf mich zu Boden, sprang wieder auf.

Die Erde weichte weiter auf – meine Schritte wurden immer schwerer. Das würde ich nicht lange durchhalten, wir beide wussten das, aber ich nahm mir vor, nicht aufzugeben. Bald wurde aus dem Rennen ein Gehen, dem Gehen ein Schleppen und dem Schleppen ein Taumeln.

Trommer tauchte neben mir auf und schrie mich unentwegt an.

Auf, nieder, auf, nieder.

Ich rutschte aus, rappelte mich hoch.

Lief ein paar Meter, fiel erneut.

Diesmal riss Trommer mich hoch.

Die Lungen brannten.

Meine Ohren taub von Trommers Stimme.

Das Nächste, was ich wahrnahm, war Schlamm in meinem Gesicht. Ich war gefallen, ohne es bemerkt zu haben, spürte Panik, weil ich mein Gesicht nicht mehr heben konnte und keine Luft mehr bekam. Trommer hatte sich neben mich gekniet und presste unbarmherzig meinen Kopf auf den Boden. Da war der Geschmack von Erde, ich atmete ein, hustete und versank weiter. Mit aller Kraft versuchte ich aufzustehen, aber mein Kopf war wie festgenagelt, während meine Beine haltlos über den Boden zuckten. Meine Sinne schwanden, ich spürte förmlich, wie mich das Leben verließ. Keine Möglichkeit zu entkommen.

»Überall grinst ihr Gesicht, nur in Schützengräben sieht man sie nicht!«

Ein letzter antisemitischer Gruß, direkt ins Ohr gezischt.

Da gab ich meine Gegenwehr auf: Mein Körper erschlaffte. Und für eine süße Sekunde fühlte es sich gut an, nicht weiterkämpfen zu müssen.

Aufzugeben.

Ich würde hier sterben.

Genau wie Artur es vorausgesagt hatte.

Plötzlich ließ der Druck in meinem Genick nach.

Jemand riss mich an der Schulter herum auf den Rücken.

Einen wirren Augenblick lang glaubte ich im Pladdern herabfallender Tropfen und dem Blitzen eines fast schwarzen Himmels das Gesicht von Oberleutnant von Grohe zu sehen.

Er beugte sich über mich.

Sein Mund bewegte sich, aber ich konnte ihn nicht hören.

71

Irgendwann trieb ich aus dem Dunkel auf und berührte einen Traum. Ich trat ein und war in der Schneiderstube, sah die Stoffe in den Regalen, den Zuschneidetisch, die kleine Amerikanische und den Paravent. Papa war dort gestorben, doch jetzt lebte er. Er war zurück und wartete dort.

Ich lief los, aber mit jedem Schritt, den ich auf den Paravent zumachte, rückte er im gleichen Maß von mir weg. Da rief ich nach ihm, aber meine Stimme versank ungehört in Watte. Er war da – ich fühlte es. Und rief nach mir wie ich nach ihm! Wenn ich doch nur diese verdammte Stellwand zwischen uns hätte einreißen können! Wenn ich ihn wenigstens hätte sehen können und er mich! Ich war so verzweifelt, dass mir Tränen die Wangen herabliefen, und als ich endlich aufwachte, spürte ich die vertrockneten Rinnsale immer noch auf meiner Haut.

Es regnete nicht mehr.

Der Tag hinter den Fenstern des Lazaretts war ein eintöniges Septembergrau, von Weitem drangen das leise Bellen der Befehle und das rhythmische *Rapprapprapp* marschierender Stiefel bis zu meinem Bett. Für einen Moment war ich so desorientiert, dass ich immer noch glaubte zu träumen, doch dann trat ein Gefreiter in den Raum und stellte sich vor mein Bett.

»Wieder wach, Kamerad?«

Ich nickte unsicher.

»Hast ganz schön lange gepennt.«

»Wie lange?«

»Knapp vierundzwanzig Stunden.«

»Was ist passiert?«, fragte ich.

Er sah mich erstaunt an und fragte misstrauisch: »Weißt du, wo du hier bist?«

»Pionierkaserne, Garnisonslazarett.«

Ich sah ihn erleichtert durchatmen: »Gut, einen Dachschaden scheinst du nicht zu haben. Ich gebe mal deinem Kommandeur Bescheid.«

Dann war ich wieder allein.

Als Nächstes öffnete Artur die Tür, setzte sich an das Bettende und sah mich nachdenklich an: »Wie gehts dir?«

Ich zuckte mit den Schultern: »Ganz in Ordnung, denke ich.«

Er schwieg einen Augenblick, dann legte er einen Leinenbeutel auf die Bettdecke: »Ich hab dir ein paar Sachen mitgebracht. Zahnbürste, Zahnpulver, Schlafanzug und natürlich: deine Fotografien!«

Erfreut streckte ich ihm die Hände entgegen: »Gib sie mir, bitte!«

Er entnahm einen Stapel und drückte sie mir in die Hand.

»Hast du einen Spind hier?«

»Nein.«

»Dann nehm ich sie besser wieder mit. Wäre schade, wenn sie verloren gingen.«

Zusammen sahen wir auf die Bilder: Arturs halbes Gesicht. Die Huren und der Rattenwirt. Papa über der Nähmaschine. Und immer wieder Isi.

Das schien mir alles eine Ewigkeit her zu sein.

Als wir noch Kinder waren.

»Was macht eigentlich Herr Lemmle?«, fragte ich.

»Er ist nicht mehr da.«

»WAS?!«

Artur nickte: »Ich habe dir ja gesagt, dass er nicht bleibt.«

»Wo ist er denn hin?«

»Ich habe gehört, dass er das Atelier gleich nach Kriegsbeginn geschlossen hat. Wohin er ist, weiß niemand.«

Dank Trommer hatte ich keinen einzigen Tag Ausgang gehabt in den letzten Wochen, sodass ich keinerlei Möglichkeit gehabt hatte, mich von ihm zu verabschieden. Und er sich auch nicht von mir, denn woher sollte er wissen, wo ich stationiert worden war?

Wo mochte er hingegangen sein?

Der rätselhafte Herr Lemmle, der Geheimnisse in seinem Herzen trug, die er mit niemanden teilen wollte oder konnte. Ich hätte sie gerne erfahren und ihm zum Ausgleich meine anvertraut. Doch jetzt war er fort. Gegangen, wie er gekommen war: lautlos.

Ich fühlte eine große Trauer.

Weder Artur noch ich hatten bemerkt, dass jemand ins Zimmer gekommen war, doch jetzt ließen uns die schweren Schritte zusammenzucken und mich instinktiv nach den Fotografien greifen. So rasch es ging, schob ich sie zu einem Haufen zusammen, aber es war viel zu spät: Oberleutnant von Grohe stand bereits an meinem Bett. Ein großer eleganter Mann, dunkle Augen, feine Züge.

Artur war aufgesprungen, nahm Haltung an und salutierte, doch von Grohe winkte mit einer lässigen Bewegung ab und murmelte nur: »Rühren! Soldat.«

Artur nickte und entspannte sich, während von Grohe mich prüfend ansah und fragte: »Wie geht es Ihnen, Füsilier Friedländer?«

»Ganz gut, Herr Oberleutnant. Danke der Nachfrage.«

»Haben Sie sich schon bei Ihrem Kameraden bedankt?«, fragte er und nickte Artur zu.

»Ich habe das Gefühl, dass in meinem Leben kaum ein Tag vergangen ist, an dem ich mich nicht bei ihm hätte bedanken müssen.«

»Er hat mir Meldung gemacht. Daraufhin hab ich nachgesehen. Keine Sekunde zu spät, wie mir scheint.«

Ich schwieg.

»Möchten Sie dazu etwas sagen?«, hakte von Grohe nach.

»Nein, Herr Oberleutnant.«

Von Grohe seufzte.

Artur fragte: »Wird es Konsequenzen für Trommer geben?«

Von Grohe ließ sich mit der Antwort Zeit, dann sagte er: »Nein.«

Ich hörte, wie Artur scharf Luft einsog, doch bevor er etwas sagen konnte, hob von Grohe die Hand: »Kein Wort, Burwitz. Verstanden?«

»Jawohl, Herr Oberleutnant«, presste Artur hervor.

»Der Bataillonskommandant ist sehr zufrieden mit Sergeant Trommer.«

Mehr sagte er nicht – wir verstanden auch so.

Nach einer Weile fragte er mich: »Wie lange haben Sie hier noch?«

»Drei Wochen, Herr Oberleutnant.«

Er sah abwesend aus.

Wie jemand, der am falschen Ort war und darauf wartete, dass einer den Irrtum erkannte und ihn wieder dahin zurückschickte, woher er gekommen war. Nichts an ihm wollte in eine Kaserne passen. Er gehörte zu den Menschen, denen man schon von Weitem ansah, dass sie sich für die schönen Dinge interessierten: für die Kunst, die Musik oder die Literatur. Ich hatte ihn nie laut sprechen gehört, und die Art, wie er Männer wie Trommer ansah, sprach Bände.

»Darf ich?«, fragte er plötzlich.

Er hatte die Fotografien entdeckt und streckte jetzt fordernd eine Hand aus.

»Ich ... ähm ... das ist ...«

Während ich noch nach einer Ausrede suchte, sie ihm nicht zu geben, nahm er sie mir einfach aus den Händen und besah sich jede einzelne. Artur sah mich an und presste die Lippen aufeinander.

»Sind das Ihre, Friedländer?«

Ich schluckte: »Jawohl, Herr Oberleutnant!«

Er sah mich verblüfft an: »Die sind fantastisch!«

Artur und ich warfen uns überraschte Blicke zu.

»Finden Sie, Herr Oberleutnant?«, hakte ich vorsichtig nach.

»Absolut außergewöhnlich. Ich habe so etwas noch nie gesehen!«

Wieder versank er in die Aufnahmen, und es schien, als bewunderte er aufrichtig jede einzelne von ihnen. Dann gab er sie mir zurück: »Ich glaube, ich habe da eine Idee ...«

»Was für eine Idee, Herr Oberleutnant?«, fragte ich neugierig.
»Eine, die Ihnen vielleicht das Leben retten wird.«

72

Nicht nur ihr Stolz verbot es Isi, den Vater anzubetteln, sie zurück in das Haus zu lassen, aus dem sie gerade im hohen Bogen hinausgeflogen war. Es war auch die genaue Kenntnis seines Charakters, der jede Bitte als Schwäche deutete, die man weidlich ausnutzen durfte.

Sie brauchte einen Plan, jetzt, da sie wusste, wie es um ihre Mutter stand.

Mit ungeahnter Offenheit hatte ihr die Mutter ein Geheimnis enthüllt, das sie schon seit Wochen belastete: Sie hatte einen Knoten in der Brust ertastet. Wie lange der schon da war, wusste sie nicht, denn die rigide Erziehung ihrer Eltern hatte sie so tief geprägt, dass Berührungen *unzüchtiger* Stellen mit der bloßen Hand außerhalb ihres Vorstellungsvermögens lagen. Warum sie vor einigen Wochen aber doch ihre Brust abgetastet hatte, vermochte sie nicht zu sagen. Allerdings wurde sie knallrot im Gesicht, als sie davon sprach. Und Isi vermutete, dass diese Berührung weniger medizinischer Intuition, als vielmehr dem Bedürfnis nach Zärtlichkeit gefolgt war. Letztlich war es gleich, was ihre Beweggründe gewesen waren, die Erkenntnis daraus ließ Isi ratlos zurück.

»Was meinst du mit Knoten?«, fragte sie daher.
»Eine feste Stelle. Wie eine sehr kleine Kartoffel.«
»Und?«
»Erinnerst du dich noch an deine Tante Klara?«
Isi zuckte mit den Schultern: »Kaum.«
»Du warst fünf, als sie starb.«
»Mag sein.«
»Sie hatte ebenfalls einen Knoten in der Brust. Und daran ist sie auch gestorben.«

Isi sah sie geschockt an.

Erst jetzt wurde ihr bewusst, wie sehr bestimmte Themen in ihrer Familie ausgeklammert wurden. Vor allem, was den weiblichen oder männlichen Körper betraf oder die Liebe zwischen Mann und Frau. Gottlieb Beese war da keinen Deut anders als dessen Schwiegervater, Isis Großvater. Von ihm hatte sie im Gegensatz zu Tante Klara noch ein sehr klares Bild: ein groß gewachsener, strenggläubiger, hagerer Mann, dem gerne die Hand ausrutschte. Er hatte stets eine Bibel bei sich, kleidete sich sorgsam und trug auf der Straße Zylinder. Vor allem aber erinnerte sich Isi an die Handschuhe, die er immer übergestreift hatte. So als hätte er Angst, sich bei den Menschen, die er begrüßte oder denen er segnend die Hand auf den Kopf legte, anzustecken. Sein Bart penibel geschnitten und frisiert, seine Augen kalt und glanzlos. In seiner Gegenwart hatten sich Isi und ihre Schwestern stets besonders gut zu benehmen, und ähnlich wie ihr Vater suchte ihr Großvater förmlich nach Gelegenheiten, Gewalt gegen die Mädchen auszuüben.

So wie er sie gegen Isis Mutter ausgeübt hatte.

Prügel, Isolation, Unterdrückung, seelische Grausamkeit.

Er hatte alles getan, seine Tochter frühzeitig zu zerbrechen, um sie nach eigenen Vorstellungen wieder zusammenzusetzen, damit sie zu einer jungen Frau heranwuchs, die keinerlei eigene Ideen, Wünsche oder Hoffnungen entwickelte. Jeder sollte sehen, wie man aus einem ziellosen Mädchen mit sorgsamer Strenge eine fügsame, gottgefällige Ehefrau erschaffen konnte.

»Und du glaubst, es könnte dasselbe sein wie bei Tante Klara?«, fragte Isi vorsichtig.

Ihre Mutter schluckte schwer: »Ich glaube es nicht. Ich weiß es.«

»Woher willst du das wissen? Warst du beim Arzt?«

»Nein.«

»Na, siehst du! Vielleicht ist es etwas ganz Harmloses?«

Ihre Mutter schüttelte traurig den Kopf: »Ich habe keine Aufgabe mehr, Luise.«

»Was soll denn das heißen?«

»Das soll heißen, dass ich deinem Vater mehr Kinder hätte schenken sollen. Und weil ich das nicht getan habe, straft Gott mich jetzt!«

»Das kannst du nicht ernsthaft glauben!«

»Bei Tante Klara war es dasselbe. Sie hatte nur zwei Kinder. Und als die erwachsen waren, hat sie den Knoten bekommen.«

»Das ist doch Irrsinn, Mama!«

»Nein, ist es nicht! Großvater hat es gewusst. Und er hat mich immer davor gewarnt, dass das passieren wird!«

»Großvater war ein gemeiner Sadist in einem Talar!«

»Sprich nicht so, Kind! Seine Gemeinde hat ihn verehrt!«

Isi stemmte die Arme in die Hüften: »Jedenfalls hat er nicht viel länger gelebt als Tante Klara!«

»Gestorben im Schlaf. Diese Gnade wird bloß Auserwählten zuteil.«

»Genug!«, befahl Isi. »Wir haben Wichtigeres zu besprechen!«

»Wie du meinst.«

Isi atmete hörbar durch: »Wir müssen zum Arzt!«

»Da muss ich Vater aber erst um Erlaubnis fragen.«

»Nein, das regele ich schon!«

»Aber der Doktor muss bezahlt werden!«

»Das überlass mal mir. Wenn wir wissen, was es ist, sehen wir weiter. Vorerst kein Wort zu Vater. Einverstanden?«

Isi konnte sehen, wie sehr ihre Mutter mit sich rang. Sie hatte nie gewagt zu lügen, auch Heimlichkeiten waren wie Verrat.

»Mama?«, hakte Isi nach.

Da nickte sie unbehaglich.

Isi streichelte ihre Wange, was ihre Mutter mit einem zaghaften Lächeln beantwortete. Fast schien es, als hätte sie Hoffnung gefasst, obwohl sie innerlich die Prophezeiung des Großvaters weiterhin fürchtete. Er war ein Mann Gottes gewesen – wie hätte er in diesen Dingen irren können?

Vorerst blieb es erst einmal bei Isis Auszug.

Aber sie versprach ihrer Mutter hoch und heilig zurückzukehren. Nicht weil sie nicht ohne ihr Elternhaus sein konnte. Sondern weil sie die Frau unterstützen wollte, die ihre Mutter war und die sie gerade erst kennenzulernen begann.

Sie packte ihre Koffer und zog zu den Burwitz, mit denen sie im stillen Einverständnis stand. Es hätte ein Weg der Freude sein sollen, aber sie schleppte sich deprimiert von der Hohen Straße in die Kopernikusstraße, wo Arturs Mutter sie freudestrahlend empfing. Auch ihr Mann August war freundlich. Er arbeitete wieder als Wagner und war damit Hauptverdiener der Familie, hatte sich aber dennoch seinem Sohn in allen Belangen untergeordnet, was eine große Last von ihm genommen zu haben schien.

Ein paar Tage später hatte Artur Ausgang bis zum Wecken und stürmte ebenso sehnsuchtsvoll wie ungeduldig nach Hause. Es kostete ihn sichtbar Mühe, zunächst zusammen mit der Familie zu essen, den jüngeren Geschwistern ausführlich das Leben der Soldaten zu beschreiben und schließlich kurz mit seinem Vater Geschäftliches zu besprechen. Dann endlich konnte er sich mit Isi in ihr Zimmer zurückziehen, doch nur, um dort in ein weiteres Gespräch verwickelt zu werden, obwohl ihm ausschließlich der Sinn danach stand, seiner Braut nahe zu sein.

»Warte!«, lächelte Isi und schob den küssenden Artur von sich. »Wir müssen uns erst unterhalten!«

»Geht das nicht später?«

»Bitte, Artur!«

Artur nickte ungeduldig: »Gut, dann aber schnell!«

Isi setzte sich aufs Bett und sagte langsam: »Meine Mutter hat Krebs.«

Ein Satz, der Arturs flammende Leidenschaft innerhalb eines Wimpernschlages löschte.

»Was?«

»Wir waren beim Arzt. Es gibt keinen Zweifel.«

Artur setzte sich ebenfalls aufs Bett.

Isi sagte: »Normalerweise würde man versuchen, den Knoten zu entfernen, allerdings hat der Arzt auch welche in den Lymphen entdeckt. Er ist sich sicher, dass eine Operation keinen Sinn hat.«

»Und jetzt?«

Sie zuckte mit den Schultern: »Ich weiß nur, dass ich bei ihr sein muss. Verstehst du das?«

»Natürlich.«

»Das Problem ist: Die halbe Stadt weiß, dass wir in Sünde zusammenleben!«

»Wir können jederzeit heiraten, Isi!«

Die winkte ab: »Mir ist vollkommen egal, was die Leute sagen. Aber meinem Vater nicht. Er hat jedem, der es hören wollte, bereits verkündet, dass er seine ruchlose Tochter hinausgeworfen hat. Das hat ihm Ansehen und Mitleid eingebracht.«

Artur dachte einen Moment nach und fragte dann: »Und wenn deine Mutter zu uns käme? Es wäre noch Platz.«

»Das wagt sie nicht. Sie hat nicht die Kraft, einen solchen Weg zu gehen. Es gibt nur eine Möglichkeit, zurück in das Haus meines Vaters zu kommen ...«

»Und die wäre?«

»Er muss mich darum bitten!«

»Das wird er niemals tun!«, rief Artur überrascht.

Isi nickte: »Vielleicht. Vielleicht aber auch nicht.«

73

Später in der Nacht, als alle Lichter gelöscht worden waren, schliefen sie miteinander, und obwohl sie sich sehr nahe waren, wurden sie dennoch nicht eins. Isi fand, dass es dafür sehr gute Gründe gab, schließlich war ihre Mutter krank, Artur drohte die Front, das Geschäft war verloren und ihr Vater zurück.

Aber waren das nicht bloß Ausreden?

Hätte das alles nicht erst recht zu einer Liebe führen müssen, deren Funkenschlag man noch in Russland sah? Und ganz gleich, was sie auch anführte: dass man geduldig sein musste, dass man die Dinge wachsen lassen musste, dass sie sich bei Artur sicher und geborgen fühlte – es ersetzte nicht das Gefühl, das eigentlich hätte da sein sollen. Das Gefühl, das Artur mehr als jeder andere verdient gehabt hätte. Spürte er die winzige Distanz, die zwischen ihnen herrschte? Die sich nicht verkürzen wollte? Fragte er sich, warum das so war?

Er verließ das Haus vor Morgengrauen.

Sie hatte ihn zur Tür begleitet und sah ihm nach: Er durfte nicht sterben in diesem Krieg! Ich durfte nicht sterben in diesem Krieg! Wir waren ihre Familie. Und je länger sie darüber nachdachte, desto stärker empfand sie diesen Umstand als Fluch und Segen in einem: *Wir waren ihre Familie.* War das vielleicht der Grund, warum sie noch nicht mit Artur vor den Traualtar getreten war?

Stattdessen trieb sie einen Plan voran, der sie aus dem Haus in der Kopernikusstraße wieder zurück in die Hohe Straße bringen sollte. Auf ihre beiden älteren Schwestern konnte sie nicht zählen. Zwar hatten sie ihr Mitgefühl bekundet und auch Hilfe versprochen, aber beide dachten sie nicht im Traum daran, sich wegen ihrer Querulantin von einer Schwester mit ihrem alten Herrn anzulegen.

In den nächsten Tagen brachte Isi ihre Spielfiguren in Stellung, suchte nacheinander meinungsführende Thorner Mitbürger auf und sorgte dafür, dass sie mitbekamen, was der Mutter widerfahren war – so sie es nicht schon wussten. Allen voran den evangelischen Pfarrer der Gemeinde, der ihr ganz unchristlich vorhielt, mit ihrem skandalösen Verhalten möglicherweise mitverantwortlich für die Krankheit der Mutter zu sein, zumindest aber damit nicht zu ihrer Heilung beizutragen. Isi kannte den Mann gut und warf sich vor ihm sprichwörtlich in den Staub: Wenn es doch etwas gäbe, womit sie ihren Fehler wiedergutmachen könnte! Wenn es doch nur etwas gäbe, damit Gott ihr verzieh. Oder ihr Vater.

So viel Demut und Selbsterkenntnis gefielen dem Gottesmann, und auf seine altväterliche Art versprach er zu sehen, was sich in ihrem Fall machen ließe. Das war es, was Isi hören wollte, und so küsste sie seine Hände, was sie persönlich als viel zu dramatisch empfand, aber den Pastor entzückte. Und natürlich auch, dass Isi markerschütternd weinte und schluchzte. Wobei sie sich innerlich ganz unbescheiden für die beste Vorstellung ihres Lebens feierte.

Jedenfalls verließ Isi den Geistlichen und suchte anschließend die anderen Bürger auf, die ihr nützlich sein sollten, ließ sich ob ihres Lebenswandels und der unwahrscheinlichen Schande, die sie dem Herrn Reichstagsabgeordneten bereitet hatte, beschimpfen, fütterte die Arroganz und die Heuchelei der Ankläger noch mit demütigenden Selbstanklagen, bis sie am Ende des Tages ihrem Publikum versichert hatte, dass sie zwar moralisch verwahrlost gewesen sei, sich aber jetzt voll der Reue in ihre verzeihende Obhut begeben werde. Das und die Beteuerung, die überfällige Hochzeit nachzuholen, ließ in den Adressaten das Gefühl aufkommen, dass die arme Seele vielleicht noch zu retten war und demnach zurück in die Gemeinschaft geführt werden konnte.

Gottlieb Beese beschäftigte sich derweil mit der Krankheit seiner Frau, die sich als wahrer Segen entpuppte.

Denn er war durch ihr Unglück nicht mehr *nur* ein respektierter Politiker, sondern er konnte jetzt auch Sympathien sammeln, die ihm vorher verwehrt worden waren. Auf eine bockige Art und Weise hatten ihm die Thorner ihre Zuneigung verweigert, möglicherweise aus dem Grund, weil er sie selbst verachtete, so wie er jeden verachtete, der ihm nicht unmittelbar nützlich sein konnte. Jetzt aber überfluteten sie ihn mit Mitgefühl und menschlicher Wärme.

So im Mittelpunkt zu stehen gefiel ihm über alle Maßen.

Er sammelte Beileidsbekundungen und Durchhalteparolen wie Kunstgegenstände und war von ihrer Schönheit manchmal so gerührt, dass ihm die Tränen über die Wangen rollten: Wie viel er den Menschen doch bedeutete! Es war, als wäre er selbst an Krebs erkrankt – nur besser.

Zuweilen war er so von sich selbst ergriffen, dass er den Tröstenden Dinge sagte wie: *Sie ahnen ja nicht, wie das ist mit einer solchen Krankheit!* Oder: *Niemand kann ermessen, wie schwer es ist, der es nicht selbst erfahren hat.* Doch dann raffte er sich zusammen und versprach, sich den Widernissen tapfer zu stellen, und wenn es Gottes Wille sei, seine Frau zu sich zu rufen, dann sei er der Letzte, der dieses infrage stellen würde.

»Der Mensch denkt, und Gott lenkt!«

Ein Satz, der praktisch überallhin passte, ihn in diesem Zusammenhang aber schmückte wie den Offizier das Eiserne Kreuz. Alles, was er jetzt noch hoffte, war, dass seine Frau noch eine Weile durchhielt. Ein langes Leiden würde seine Popularität in ungeahnte Höhen treiben, und über eine Wiederwahl brauchte er sich dann keine Gedanken mehr zu machen, ganz gleich, ob ihn die Boysens noch unterstützten oder nicht.

Diesen Krebs hatte wirklich der Himmel geschickt!

Er war seine Chance, unabhängig zu werden, für immer frei zu sein. Alles hinter sich zu lassen, was einmal gewesen war. Den kleinen Jungen aus einfachen Verhältnissen mit der abweisenden Mutter, die schwer darunter gelitten hatte, dass Gottlieb Beeses Vater ihr seinen Junior zwar angehängt, sie aber dann mit der Inkarnation ihres Fehltrittes zurückgelassen hatte. Die früh gestorben war, geschmäht von allen. Genau wie er von allen geschmäht worden war und nie verstanden hatte, was er je getan hatte, um das zu verdienen. Er, der das Kainsmal des Bastards auf seiner Stirn getragen hatte, bis er alt genug war, endlich fortzuziehen, um in Thorn neu anzufangen. Der gerne jemanden geliebt hätte, aber zu verletzt war, weil *ihn* niemand jemals geliebt hatte.

Das alles war vorbei.

Er war jetzt wer!

Und seine Zukunft könnte nicht rosiger schimmern, denn nach dem Tod seiner Frau würde er erneut heiraten. Und mit ein wenig Glück in höchste Kreise eintreten. Allen, wirklich *allen*, zum Beweis, dass man es schaffen konnte, wenn man nur wollte.

In dieser Hochstimmung empfing er den Pastor, der ihm, nach einigen tröstenden Worten, empfahl, die Tochter wieder aufzunehmen. Gottlieb, eben noch andächtig Kaffee schlürfend, verschluckte sich und hustete derart, dass der Pfarrer glaubte, er müsste einen Arzt rufen.

Dann aber beruhigte Gottlieb sich und beschied: »Nein! Niemals!«

Worauf der Gottesmann erwiderte: »Hat nicht auch Christus Maria Magdalena in die Gemeinschaft aufgenommen?«

Gottlieb Beese schwieg.

Die Allegorie mit Jesus schmeichelte natürlich, auch durfte er sein neu gewonnenes Außenbild nicht durch Hartherzigkeit beschädigen, aber dieses Aas zurückzunehmen, auf dass es ihm jeden Tag mit seiner Widerborstigkeit ruinieren würde? Was hätte der Herr zu einer wie Isi gesagt?

»Ich versichere Ihnen, es wird Ihnen an Zuspruch und Mithilfe nicht mangeln«, lockte der Pastor.

»Die anderen Mitglieder der Gemeinde sind auch dieser Meinung?«, fragte Gottlieb verwundert.

»So ist es! Alle hoffen auf Ihre Güte!«

Er schluckte und suchte verzweifelt nach einer Möglichkeit, diesen Kelch an sich vorübergehen zu lassen, ohne dabei selbst Schaden zu nehmen. Doch da war nichts. Er hätte schreien können, stattdessen aber nickte er ergeben.

»Sie tun das Richtige!«, befand der Pfarrer lächelnd und tätschelte ihm die Hand. »Und denken Sie immer daran: Der Mensch denkt, und Gott lenkt.«

Das war sein Spruch!

Heute lief aber auch alles schief.

Schließlich rang Gottlieb sich ein Lächeln ab: »Gut, wenn alle derselben Meinung sind, dann soll der Herr mich prüfen. Ich will es dankbar annehmen!«

Das brachte ihm weiteren Respekt ein, und Gottlieb tröstete sich damit, dass ihm seine grenzenlose Nächstenliebe vielleicht mal eine Straße einbringen könnte, die nach ihm benannt werden würde.

Ein paar Tage später dann klopfte er an der Haustür der Kopernikusstraße 1, und wie der Zufall es wollte, öffnete Isi.

»Pack deine Sachen und komm zurück!«, befahl Gottlieb harsch.

»Wie bitte?«, fragte Isi.

»Du musst deiner Mutter beistehen!«
»Wirklich?«
»Ja, es ist eine Schande, dass sie dir so wenig bedeutet! Also, was ist jetzt? Kommst du zurück?«
Isi zuckte mit den Schultern. »Wenn du darauf bestehst!«
Er nickte und wandte sich wieder ab: »Die einfachsten Dinge muss man dir erklären. Es ist zum Heulen.«
Damit schritt er erhobenen Hauptes von dannen.
Isi lächelte ihm nach.

74

Noch war niemand von uns hinausgezogen, um die Heimat zu verteidigen. Noch wusste niemand, was Krieg wirklich bedeutete. Bei uns in Thorn war nichts zu hören vom Donnern der Geschütze, vom Pfeifen der Granaten oder dem Rattern der Maschinengewehre. Unsere schöne Festung mit den so beindruckenden Mauern lag weiterhin still und erhaben am Ufer der Weichsel, geradezu absurd nahe an der Grenze.

Daher waren die siegreichen Waffengänge so etwas wie ruhmreiche Legenden aus einem fernen Land, orchestrale Fanfaren, die die erste und zweite russische Armee hinweggefegt hatten. Es gab weder Blut noch Angst noch Ekel, sondern nur Sinfonien beethovenschen Ausmaßes. So war der Krieg für die, die ihn nicht führen mussten. Bald schon würde ich Teil dieser Erzählungen sein, denn Oberleutnant von Grohe öffnete für mich das Tor ins Reich der Lüge.

Die von Grohes waren ein altes Adelsgeschlecht, das nicht nur in Deutschland weitverzweigt war, sondern auch in Österreich. Als junger Mann spielte Oberleutnant von Grohe, damals noch schlicht »Walter« genannt, Klavier, dichtete, malte und besuchte vermutlich jedes Museum zwischen Wien und Berlin. Nichtsdestotrotz hatte ihn sein Vater, Generalleutnant Otto von Grohe, in eine Offizierslaufbahn befohlen, die er sehr widerwillig angetreten hatte, denn, wenn es etwas gab, für das Walter von Grohe nicht geeignet war, dann das Militär. Vermutlich nicht das Einzige, das uns miteinander verband, mit Sicherheit aber war sein Pech mein Glück, denn ohne ihn hätte ich wohl nicht einmal die Grundausbildung überlebt.

In Österreich wie in Deutschland besetzten die von Grohes wichtige, in Teilen sogar herausragende Positionen. So hatte Walter von Grohe eine ganze Reihe Cousins, die ihren Dienst in der Armee taten. Und einer dieser Cousins räumte mir einen Platz frei in einer neu gegründeten Abteilung der K.-u.-k.-Streitkräfte.

Doch zuvor hieß es, Abschied nehmen.

Ich weiß nicht, ob man in Friedenszeiten ermessen kann, was es bedeutete, in einer solchen Situation geliebte Menschen verlassen zu müssen. Wie schwer das Herz wurde bei der Vorstellung, seinen einzigen Freund bald an der Front und seine einzige Freundin wenige Kilometer von der Grenze zum Feindesland zu wissen. Die Russen waren in Ostpreußen eingefallen – was, wenn sie auch in Westpreußen einmarschierten? Sie hatten das größte Heer der Welt, trotz der schweren Verluste konnten sie ihre Reihen mühelos wieder schließen.

Und Artur?

Ein einziger Befehl vorzurücken könnte seinen Tod bedeuten!

Wir umarmten uns vor dem Schlagbaum des Haupteinganges.

»Wer hätte gedacht, dass deine verrückte Fotografiererei dir mal das Leben retten würde«, lächelte er.

»Bitte lass dich nicht abknallen, Artur!«

»Keine Sorge, die erwischen mich nicht.«

Eine simple Feststellung, so gültig wie, dass im Osten die Sonne aufging oder dem Tag die Nacht folgte. Er kannte keine Selbstzweifel und wischte meine mit seiner bewundernswerten Haltung einfach fort. Wenn es einen Soldaten gab, der diesen Krieg überleben würde, dann war er das.

»Schreibst du mir?«, fragte ich ihn.

»Schreiben ist nicht so meine Sache.«

»Schreib mir wenigstens, wohin sie dich schicken.«

»Klar. Und jetzt geh …«

Er hasste Abschiede so oder so, dieser hier jedoch setzte ihm besonders zu. Es war das erste Mal, dass ich Tränen in seinen Augen schimmern sah. Mir kullerten sie da längst schon über die Wangen.

»Jetzt hör auf zu flennen, gibt keinen Grund«, würgte er heraus.

Ich nickte tapfer: »Ja, hast recht! Wir werden uns wiedersehen und dann von vorne anfangen! Wir haben es einmal geschafft, wir schaffen es wieder!«

»So ist es!«

Wir umarmten uns noch mal, dann packte ich schnell meine Koffer und machte mich auf den Weg zum Bahnhof. Klopfte bei den Burwitz, um Isi noch einmal in die Arme zu schließen. Auch dieser Abschied wurde tränenreich, wenn sie sich auch freute, dass ich vorerst nicht an die Front kommen würde.

Sie drückte mich: »Schreibst du mir?«

»Natürlich.«

»Wir drei – für immer. Ja?«

»Ja.«

Sie lächelte, wie nur sie es konnte.

Dann streichelte sie mit einer Hand meine Wange: »Pass auf dich auf, Carl Schneiderssohn. Wenn du dich abknallen lässt, red ich nie wieder ein Wort mit dir, verstanden?«

»Verstanden«, grinste ich.

Sie küsste mich kurz auf den Mund.

»Isi!«, mahnte ich.

»Halt die Klappe und geh jetzt!«

Sie schloss die Tür.

Ich hörte sie dahinter weinen, dann aber verlor sich ihr Schmerz in der Tiefe des Flurs, und ich zog los. Passierte den Stadtbahnhof und erinnerte mich lächelnd an den selbst gebauten Stand, an dem wir unsere erste Kometenpille und später dann die Masken verkauft hatten. Querte die große Eisenbahnbrücke und nahm am Fernbahnhof den Zug nach Berlin. Und von dort ging es weiter mit dem Nachtzug nach Wien.

Müde, aber frohen Mutes stieg ich am nächsten Morgen noch ein letztes Mal um und fuhr die gut zwanzig Kilometer hinaus zum Ziel meiner Reise: Rodaun. Ein idyllisches Örtchen inmitten von Hügeln und Wäldern, eines, in dem die Wiener gerne die Sommerfrische verbrachten. Auch jetzt zwitscherten die Vögel, doch kaum jemand war zu sehen, das alte Schloss Rodaun, oben auf einem der Hügel, wirkte beinahe verlassen.

Die wenigen Passanten, die mir begegneten, warfen mir neugierige Blicke zu: ein einfacher Soldat in feldgrauer Uniform mit Krätzchen und Tornister und zwei Koffern. Über die Liesinger Straße mit ihren einfachen, aber recht schmucken Häusern marschierte ich schnurstracks zu meiner neuen Wirkungsstätte, die nicht nur jeder in Rodaun kannte, sondern auch so gut wie jeder in Wien: das Gasthaus Stelzer.

Ein langes Gebäude im Gründerzeitstil, eine zweistöckige Straßenfront mit großen Fenstern, darauf ein hohes ausgebautes Walmdach mit kleinen Gauben. Ein zweistöckiger Anbau am Ende des Hauses, der als Wintergarten genutzt werden konnte, rundete das Bild ab. Vor dem Krieg hatte sich hier die feine Gesellschaft getroffen – mit dem Tag der Mobilmachung hatte das Militär übernommen und eine Abteilung gegründet, die seitdem das Auge dieses Krieges war: Sie machte Fotografen, Künstler und Autoren zu Komplizen ihrer Lügen.

So war schon das Gebäude, vor dem ich stand und das so harmlos aussah, eine Täuschung, denn hinter dem Haupteingang verbarg sich nicht mehr länger der berühmte Hotelbetrieb, sondern das K.-u.-k.-Kriegspressequartier.

75

Von der einstigen rustikalen Eleganz war im Innern des Betriebes nicht viel geblieben, hier und da erkannte man noch die Überreste des ehemaligen Gasthauses wie die Rezeption oder die kleine

Lobby mit Sitzgelegenheiten. Doch alles Schmückende war entfernt worden: Blumen, bunte Stoffe, livrierte Diener, Zimmermädchen oder Kofferträger suchte man vergebens.

Aber es gab Bilder.

Ganze Serien von gemalten Post- und Grußkarten. Soldatische Motive oder Heimatbilder: heroische Kampfszenen mit den eigenen Männern im Vormarsch, Karikaturen oder Feiertagsgrüße. Daneben Ölgemälde, Skizzen, Impressionen, Aquarelle, Plastiken und Skulpturen.

Die ehemaligen Gästezimmer waren offenbar geräumt und mit großen Zeichentischen versehen worden, die mir sehr vertraut vorkamen, weil sie Papas Zuschneidetischen so ähnlich waren. Und über jedem dieser Tische gebeugt ein Künstler in Uniform und zu meiner Überraschung auch einige Frauen.

Es ging recht ruhig zu, und obwohl ich durch meine deutsche Uniform auffallen musste, beachtete man mich nicht, sondern ließ mich einfach durch die Flure streifen, von wo ich mal in dieses, mal in jenes Zimmer hineinblickte und überall Künstler fand, die mit ihren Bildern beschäftigt waren.

Irgendwann bemerkte mich dann doch ein junger Leutnant, der wohl normalerweise hinter der ehemaligen Rezeption Dienst tat, bei meinem Eintreten jedoch nicht am Platz gewesen war. Mit ein paar schnellen Schritten stand er vor mir und sah mich prüfend an: »Wer sind Sie?«

Der Dialekt nahm der Frage die Schärfe – ohne Zweifel sprachen die Österreicher das klingendere Deutsch.

»Füsilier Friedländer. Ich soll mich bei Hauptmann John melden!«

»Bedaure, davon weiß ich nichts!«

»Ich komme aus Thorn«, antwortete ich in der Hoffnung, dass ich mit dieser Information irgendwie weiterkam. »Siebenundachtzigste, Infanterie.«

Der Leutnant runzelte die Stirn.

Dann nickte er mir zu und befahl: »Kommens mit!«

Wir stiegen in den ersten Stock und erreichten bald ein anderes Zimmer, auf dessen Tür, recht künstlerisch, wie ich fand, *Kommandantur* gemalt worden war. Dort klopfte der Leutnant, trat nach Aufforderung ein, ließ mich aber draußen stehen. Kurze Zeit später öffnete er erneut die Tür und bat mich mit einer Handbewegung hinein.

Vor mir saß an einem Schreibtisch ein Offizier mit grau meliertem Bart, Halbglatze und randloser Brille, der auf eigenartige Weise seine Uniform wie einen Smoking zu tragen schien, als wäre er Gast einer gesellschaftlichen Veranstaltung, die er zwar pflichtbewusst besuchte, der er aber sonst nichts abgewinnen konnte. Er unterschrieb gerade ein Papier, als ich die Hacken knallen ließ und Meldung machte. Es schien ihn zu verärgern, jedenfalls verdüsterte sich sein Blick, und mit einem leichten Kopfschütteln mahnte er: »Machens nicht so einen Bahöö, Friedländer!«

»Jawohl, Herr Hauptmann!«

Er lehnte sich in seinem Stuhl zurück und musterte mich: »So, aus Thorn. Ein Deutscher.«

Ich war nicht sicher, ob er eine Antwort darauf erwartete, und stand weiterhin stramm.

»Wissens, wo Sie hier sind, Füsilier?«

»Jawohl, Herr Hauptmann!«

»Und wissens auch, worum es hier geht?«

»Nein, Herr Hauptmann!«

»Talent! Hier geht es um Talent. Haben Sie Talent?«

»Ich ... ich weiß nicht.«

John nickte nachdenklich, stand auf und stellte sich vor mich: »Nun, von der Sorte haben wir unglücklicherweise einige. Verbindungen sind heutzutage leider wichtiger als Talent. Wen also kennen Sie? Unseren verehrten Kommandanten Oberst von Hoen? Er ist gebürtiger Deutscher.«

»Nein, Herr Hauptmann. Ich bin auf Empfehlung Oberleutnant von Grohes hier.«

»Ah!«

Wie er zu Oberleutnant von Grohe stand, ließ er sich nicht anmerken. Er setzte sich wieder hinter seinen Schreibtisch.

»Nun, dann hoffen wir mal, dass Sie kein allzu schlechter Maler sind. Abtreten!«

Ich rührte mich nicht.

»Was denn noch?!«, fragte er schließlich gereizt.

»Ich kann nicht malen, Herr Hauptmann!«

John hob verwundert die Augenbrauen: »Wie bitte? Nicht einmal das?«

»Nein, Herr Hauptmann!«

»Was könnens dann?«

»Darf ich es Ihnen zeigen?«

John machte eine Geste der Zustimmung, und ich kramte aus meinem Koffer die Abzüge hervor, die schon Oberleutnant von Grohe in den Händen gehalten hatte. John nahm sie entgegen und sah sich einen nach dem anderen an.

»Fotografie«, murmelte er abwesend

Nach einer Weile legte er sie auf seinen Schreibtisch und sah mich an: »Das ist ein interessantes Medium. Wir haben noch keine großen Erfahrungen damit, aber wir bekommen immer öfter Anfragen von Zeitungen. Sie wollen etwas Realistischeres als Zeichnungen.«

Ich nickte heftig: »Fotografien sind sehr realistisch, Herr Hauptmann!«

Er winkte ab: »Ihr Enthusiasmus in allen Ehren, aber Sie haben, wie mir scheint, immer noch nicht begriffen, wo Sie hier sind.«

»Herr Hauptmann?«, fragte ich irritiert.

»Wollen Sie mir eine Frage beantworten, Füsilier?«

»Wenn ich kann, Herr Hauptmann!«

»Wann verliert man einen Krieg?«

»Wenn der Gegner stärker ist, Herr Hauptmann!«

Zum ersten Mal lächelte er ein wenig, dann aber schüttelte er den Kopf und rief: »Sehen Sie! Eben darin liegt Ihr Denkfehler! Krieg findet nicht nur an der Front, sondern auch in unseren Köpfen statt. Alle führen ihn, nicht bloß Soldaten! Und Sie werden diesen Krieg verlieren, wenn Sie glauben, dass der Gegner stärker sein *könnte*. Wenn Sie glauben, dass die Opfer, die sie bringen, nicht reichen *könnten*. Die militärische Niederlage folgt der moralischen. Und genau die versuchen wir hier zu verhindern: Wir gewinnen diesen Krieg! Wir gewinnen ihn mit Nachrichten, Bildern und Fotografien. Sie, Herr Fotograf, werden lernen, diesen Krieg für uns zu gewinnen! Denn der Soldat kämpft Mann gegen Mann. Er sieht lediglich das Stückchen Front vor sich. Da verliert man schnell den Blick für das große Ganze! Sie dagegen erreichen mit Ihren Bildern Hunderttausende. Sie geben den Männern zurück, was sie im erbitterten Kampf vielleicht verloren haben, nämlich nicht nur den Bombentrichter vor, sondern die Heimat hinter sich zu sehen! Das ist Ihre Aufgabe, Herr Fotograf: Sie werden den Menschen mit Ihren Bildern sagen, dass wir gewinnen! Und dann gewinnen wir auch! Verstanden?«

»Ich denke, ja, Herr Hauptmann!«

»Ausgezeichnet! Talentiert und nicht dumm. Was will man mehr?« Er stand auf und geleitete mich zur Tür: »Und jetzt werden wir Sie neu einkleiden, Ihnen Ihre Ausrüstung übergeben, und übermorgen gehts dann ab zur Front!«

»Was?!«, fragte ich entgeistert.

»Ah, und bevor ich es vergesse: Die Maler müssen pro Woche eine Skizze und einmal im Monat ein Bild abliefern. Für Fotografen haben wir noch keine Regeln. Was halten Sie von einer Fotografie täglich?«

»Und was für Fotografien genau?«, fragte ich verwirrt.

»Solche, mit denen wir einen Krieg gewinnen«, antwortete er geduldig, um seufzend anzufügen: »Vielleicht sinds ja doch nicht so schlau, wie ich dachte. Aber schau ma mal: Wenns Ihre erste Woche Front überleben, werden wir's ja wissen.«

Damit schob er mich auf den Flur und schloss die Tür.

Da stand ich nun: bleich wie ein Gespenst.

76

Die Rekruten der Pionierkaserne bekamen am letzten Tag ihrer Grundausbildung Ausgang bis zum Wecken. Auch Artur hatte seinen Abmarschbefehl zum XXV. Reservekorps erhalten und saß jetzt, keine zwei Wochen nach meiner Abberufung nach Österreich, mit seinen Kameraden in einem Wirtshaus zwischen der Pionier- und der Ulanenkaserne. Sie alle einte ein gemeinsames Ziel: die verbliebene kostbare Zeit in Freiheit mit Trinken bis zum Verlust der Muttersprache zu veredeln. So brachte einer der Freiwilligen, bis zum Ausbruch des Krieges Mitglied einer studentischen Burschenschaft in Berlin, seinen Kameraden bei, einen Salamander zu reiben, ein Trinkritual, bei dem man die Gläser auf Kommando auf den Tischen kreisen lassen musste, um sie dann restlos auszutrinken. Anschließend wurde erneut gerieben und dreimal möglichst synchron und geräuschvoll auf den Tisch gepocht.

Artur hielt sich bei dem Besäufnis zurück, dachte an Isi und daran, ob er die letzte Nacht nicht lieber mit ihr als mit den Burschen im Wirtshaus verbringen sollte. Verabschiedet hatten sie sich schon vor zwei Tagen, und obwohl sie spürbar Angst um ihn gehabt hatte und er ihr versprechen musste, wieder zu ihr zurückzukommen, hatte er doch eine Distanz gefühlt, die ihn jetzt davon abhielt, sie noch einmal zu besuchen.

Sie waren ein Paar – und doch waren sie keines.

Er machte sich diesbezüglich nichts mehr vor.

Es fehlte das Feuer, das alles erleuchtete, alles wärmte und für immer brannte.

Irgendwann, im alkoholbedingten Überschwang, rief jemand, dass sie unbedingt noch im *Roten Hahn* einkehren sollten, denn wer wusste denn, ob sie je wieder Gelegenheit haben würden, ein solch berüchtigtes Etablissement zu besuchen? Wenig überraschend gab es eine große Zustimmung, und obwohl Artur keine Lust hatte, wollte er doch kein Spielverderber sein und zog mit der Truppe mit.

An der Tür stand immer noch Otto, und als der Artur freundlich grüßte, waren die Jungens um ihn herum schwer beeindruckt. Artur wunderte sich indes, was ein einzelner Zwanzigmarkschein auch Jahre später noch so an Prominenz nach sich ziehen konnte. Die *Künste der Damen* waren immer noch die große Attraktion des *Hahns*, und Artur hörte, wie die Männer von ihnen schwärmten, einer davon Sergeant Trommer.

Er stand an der Theke, hatte schon mächtig getankt, wollte aber vor seinen ehemaligen Rekruten keine Schwäche zeigen und trank weiter fleißig mit, bedient vom Rattenwirt, dessen Augen immer noch tückisch funkelten. Artur gesellte sich zu ihnen, hörte sich eine Weile Trommers Geschichten an, bevor der dazu überging, Artur in den höchsten Tönen dafür zu loben, dass er der beste Rekrut sei, den er je im Leben gesehen hätte. Dass mit Männern wie ihm kein Krieg gegen wen auch immer verloren gehen konnte.

Artur lächelte und prostete ihm zu.

Irgendwann machte Trommer dann doch schlapp und salutierte schief vor den anderen: Wecken in drei Stunden! Und dass niemand unpünktlich war! Dann verließ er den *Hahn* und Artur, der den ganzen Abend geduldig gewartet hatte, ging gleich nach ihm.

Draußen folgte er ihm bis kurz vor die Bromberger Straße: Es war hier dunkel, menschenleer und nur Trommers betrunkenes Summen einer Melodie zu hören. Artur schloss rasch zu ihm auf, tippte ihm an die Schulter, und als Trommer sich umdrehte, flog eine Gerade derart hart in sein Gesicht, dass er einen glatten Meter rückwärts durch die Luft segelte. Er landete auf dem Rücken.

Artur, ohne jede Eile, beugte sich über ihn und gab ihm den Rest.

Am nächsten Morgen rückten die Soldaten immer noch sturzbetrunken oder zumindest verkatert aus, als Gerüchte aufkamen, jemand habe Sergeant Trommer übel zugerichtet.

»Den hats richtig übel erwischt«, flüsterte einer der Kameraden neben Artur, während sie nach und nach auf die Ladeflächen von Lkws stiegen.

»So ist der Krieg«, antwortete Artur lapidar und packte seinen Tornister zu denen der anderen.

Sie überquerten die Grenze nach Russland bei Alexandrow, die Stadt, die Thorn praktisch gegenüberlag, und sahen russisch-polnische Zivilisten, die ihnen wenig Beachtung schenkten. Es war Krieg, und obwohl sie Feindesland durchquerten, war hier nichts davon zu spüren, wenn ihnen ihre Vorgesetzten auch versicherten, dass die zweite und fünfte russische Armee nicht sehr weit weg waren.

Artur staunte über die Armut, die hier herrschte.

Auch in Thorn hatte es genügend arme Menschen gegeben: Tagelöhner, Feldarbeiter oder Dienstmädchen. Aber selbst die sahen genährt und gepflegt aus verglichen mit den abgerissenen Gestalten, an denen sie gerade vorbeifuhren. Die Grenze zum Deutschen Reich lag nur wenige Kilometer entfernt, aber es war, als wären sie durch die Zeit ins Mittelalter gereist, wo Ochsen Pflüge zogen und Großfamilien zusammen mit dem Vieh in heruntergekommenen, strohbedachten, fensterlosen Häusern lebten. Die Böden: gestampfte Erde, Aborte: nicht existent. Und Wasser in Brunnen, das mit Eimern an Winden hochgedreht werden musste.

Was für ein Unterschied zu Preußen!

Nicht nur Artur, sondern auch Isi und ich hatten uns immer gefragt, warum die russischen Landarbeiter klaglos jede auch noch so schwere Arbeit bei Boysen und den anderen Gutsherren in Thorn angenommen hatten. Ein Blick vom Lkw gab auf alles Antwort, bloß nicht auf die Frage, welche Beweggründe der Einzelne haben mochte, angesichts solch bedrückender Tristesse für dieses Land auch noch in den Krieg zu ziehen. Auch weil dem russischen Adel in absolutistischer Weise *alles* gehörte: Hier entschied Willkür nicht nur über Lohn und Brot, sondern auch über Kerker und exemplarische Hinrichtung. Es gab weder Recht noch Gerechtigkeit – lediglich Hunger und Leid.

Und trotzdem kämpften sie.

Artur ahnte nicht, *wie hart* sie das tun würden.

Es war der 10. November, keiner von den jungen Soldaten auf

dem Lkw hatte je ein Schlachtfeld gesehen. Zwar herrschte Krieg, aber der war woanders, und er war unblutig und siegreich. So dachten sie zumindest. Als einzigen Feind hatten sie bislang Sergeant Trommer ausmachen können, und diesen Punkt hatte Artur mit ein paar Faustschlägen abgehakt. Sie fuhren zu ihren Divisionen und waren trotz aller Nervosität guten Mutes. Sie scherzten und waren siegessicher. In ihren Gedanken malten sie ihr eigenes verlogenes Schlachtengemälde, das man ihnen zuvor blumig beschrieben hatte: glorreiche Sieger in einem stillen Krieg. Niemand hatte auch nur die leiseste Ahnung, wie es tatsächlich sein würde. Auch Artur nicht, der diesen Krieg als eine lästige Pflicht betrachtete. Er, geradezu geboren für den Kampf, war an ihm nur insofern interessiert, als ein schneller Sieg diesen Irrsinn beendete, bevor er sich noch weiter auswachsen konnte. Ehrgeschwätz und nationalistischer Taumel waren ihm vollkommen fremd – er wollte nur zurück, um mit uns wieder das Geschäft aufzubauen.

Dann aber kam der 11. November und der Start der Offensive gegen Lodz.

Eine Weile passierte nichts, aber dann war der Feind da.

Wie aus dem Nichts.

Und es begannen die Kämpfe.

Die Wucht war unbeschreiblich.

Erst jetzt lernten die Rekruten, was Artillerie anrichten konnte. Was Maschinengewehre mit Menschen machten, wenn die sie *bestrichen*. Granaten und Mörser krepierten tausendfach vor ihnen, Splitter sirrten, Dreck flog pilzartig in die Luft, und der Druck der Detonationen nahm ihnen die Luft zum Atmen.

Kein Schutz, nirgends.

Alle schrien.

Der Lärm glich einem Monster, das mit weit aufgerissenem Maul in die Gesichter der Heranstürmenden brüllte. Der Himmel über ihren Köpfen zerbrach in Raserei, die Erde tat sich auf und verschlang das Leben.

Rennen, rennen.

Taumeln.
Weinen.
Still war nur der Tod.
Der glückliche Soldat fiel zu Boden und war gestorben, ganz leise. Die Unglücklichen dagegen wälzten sich mit herausquellenden Gedärmen oder abgerissenem Kinn über den Boden und schrien nach ihrer Mutter.
Blut spritzte, Fleisch brannte.
Nichts von dem, was hier geschah, erinnerte in irgendeiner Form an die Kriege der Großväter. Die begeisterten Erinnerungen an die glorreichen Zeiten. An heranreitende Kürassiere mit vorgehaltenen Säbeln, an *Hurra!* und *Sieg!*.
Hier explodierte die Welt und riss mit sich, was nicht schnell genug aus der Schusslinie gesprungen war. Und nicht einmal das half, wenn im nächsten Moment die nächste Explosion einen in die Höhe zupfte und zerfetzte Gliedmaßen auf die Köpfe der anderen regnen ließ. Und überall der Geruch von Pulver: der Atem des Teufels.
Artur rannte.
Vor ihm tauchten russische Uniformen auf, die er beschoss und die daraufhin verschwanden. Aber er wusste nicht, ob es wirklich so war, denn nichts ergab mehr einen Sinn. Die Dinge hatten schlicht ihre Bedeutung verloren: Menschen, Waffen, Himmel, Erde, Licht, Dunkelheit.
Nichts davon war echt.
Dieser Krieg war nicht echt.
Sein Leben war nicht echt und der Tod bloß ein Geräusch.
Sie hatten zugehört, ohne zu verstehen, waren verschwunden, bevor sie begreifen konnten, dass sie Angst gehabt hatten.
Da war ein Graben – Artur sprang hinein, warf einen Blick über die Brustwehr und sah niemanden mehr, mit dem er losgelaufen war. Auf dem Feld der Ehre lagen Uniformen zwischen den Kratern.
Er war allein.

Ein kurzer Blick in die Kammer seines Gewehres verriet, dass er keine Munition mehr hatte, auch die Patronentaschen waren leer. Vor ihm bog der Graben nach links ab, er hörte schnelle Schritte auf sich zukommen.

Da brachte er das Bajonett in Vorhalte.

Und duckte sich.

77

Innerhalb kürzester Zeit war ich erst deutscher Füsilier, dann österreichischer Pionier geworden. Hatte ich mich schon im Tuch des preußischen Soldaten als lächerlich empfunden, kam ich mir jetzt als Vertreter der K.-u.-k.-Monarchie in doppelter Weise als Hochstapler vor: Soldat *und* Künstler einer fremden Nation. Was mich jedoch am Ärgsten störte, war die gelb-schwarze Armbinde mit der Aufschrift *Kunst*, die ich fortan zu tragen hatte und die meinen Sonderstatus für alle weithin sichtbar machte.

»Muss das wirklich sein?«, hatte ich Leutnant Pichler gefragt.

Und der hatte in seinem unnachahmlichen Dialekt geantwortet: »Geh, was wollens? Is doch eh fesch!«

Wir brachen auf in Richtung Front, doch schon auf dem Bahnsteig fühlte ich die Blicke der anderen Soldaten auf mir brennen. Diese Armbinde degradierte mich zu einem Drückeberger, zu jemandem, der zu fein war für diesen Krieg. So sprach dann auch niemand mit mir, aber offenbar jeder über mich, denn ständig hörte ich in meinem Rücken ein leises gehässiges Gelächter, gefolgt von gemurmelten Witzchen und noch mehr Gelächter.

Es hörte auf, als wir den Zug bestiegen.

Denn während die Soldaten in fensterlose Transportwaggons gepfercht wurden, betrat ich den mit einigen Bequemlichkeiten eingerichteten Bereich für Offiziere. Plötzlich war ich, der Sohn eines einfachen Schneiders, Teil einer Welt, die ich zuvor nur vom Hörensagen gekannt hatte. Einer von denen da oben! Einer von denen, denen alles in den Schoß fiel. Wie Isi mich jetzt als *Carl Offiziersliebling* verspottet hätte!

Ich machte mich mit den Kommandierenden bekannt. Dort wurde meine Tätigkeit mit weit weniger Skepsis oder gar Spott betrachtet, im Gegenteil: Der Großteil der Befehlshaber gab sich sehr interessiert, als ich ihnen von meiner Funktion berichtete.

Wir durchfuhren auf dem Weg nach Galizien die Puszta mit ihren weiten Graslandschaften. Während ich aus dem Fenster meines Abteils starrte, servierte man uns Essen und Wein. Und sogar Nachtisch sowie Cognac und Zigarren, die ausgiebig gequalmt wurden, sodass mich die guten Speisen, die schlechte Luft und das sanfte Geschnaufe der Lokomotive schläfrig machten.

Ich döste ein.

Als ich erwachte, hatte sich das verwelkte Grün der Ebene in frostiges Weiß gewandelt, und am Ende einer fast zwanzigstündigen Reise ging es durch Schnee und Eis die Karpaten hinauf. Die Soldaten marschierten, während die Offiziere und ich auf Pferden saßen.

Irgendwann erreichten wir unsere Division.

Ein Zeltlager, das sich durch ein Tal zog und langsam in die Schatten einer eisigen Nacht versank. Das K.-u.-k.-Reich hatte die Holzhäuser des Dorfes requiriert und die Bewohner in die Ställe und Gärten hinausgetrieben, während der Stab in deren einfachen Behausungen logierte. Dort nahm ich dann auch an einer ersten Besprechung teil und wurde denen, die mich noch nicht kannten, vorgestellt. Auch hier erläuterte ich meinen Auftrag, sah anschließend in erfreute Gesichter.

Fortan war ich der *Herr Kriegsfotograf*, und obwohl allerlei Scherzchen auf meine Kosten betrieben wurden, fühlte ich einen gewissen Respekt, auch wenn ich von Kriegsführung nicht den geringsten Schimmer hatte. Was ich allerdings gut kannte, war das pfauenartige Auffächern von Eitelkeiten und Selbstdarstellungen.

Denn plötzlich nahmen die Herren Offiziere vor meinen Augen Pose an, ohne sich dessen gewahr zu werden. Sie hatten sich um einen Kartentisch gruppiert, aber dort standen sie nicht einfach nur, sondern hatten sich in die barocke Komposition eines Rembrandts oder Rubens verwandelt: Im Licht einer Gasleuchte stand mittig der ranghöchste Offizier, Oberstleutnant von Leitner mit seiner ordenübersäten Uniform, den Finger auf eine Stelle der Karte postierend. An beiden Seiten in absteigender Hierarchie sein Stab, mal interessiert beobachtend, mal grüblerisch den Kopf auf Daumen und Zeigefinger stützend, mal ratlos sinnierend. Das wenige Licht verlor sich nach außen, sodass die am wenigsten wichtigen Offiziere fast vollständig im Schatten standen.

Niemand hatte das Kommando gegeben, aber alle schienen unterbewusst denselben Gedanken gehabt zu haben, als ich dort stand und nichts tat, als sie anzusehen.

Während der Besprechung erfuhr ich etwas über den Verlauf der Front und die prekäre Lage, in der sich die K.-u.-k.-Truppen befanden. Grimmige Sorge galt vor allem der Festungsstadt Premissel, deren Einschließung durch den Feind fast vollzogen war, zum zweiten Mal innerhalb weniger Wochen. Die Diskussion verlor sich im Gewirr des Austauschs taktischer Maßnahmen, gestisch und mimisch mit dem Pathos einer Laienspieltruppe untermalt, sodass ich mich schließlich empfahl und ein einfaches, aber beheiztes Zimmer zugewiesen bekam.

Der nächste Morgen war bitterkalt, und ich konnte nur erahnen, wie unbequem eine Übernachtung im Freien bei diesen Temperaturen gewesen sein musste. Auch schien mir die Verpflegung der Soldaten karg, wogegen ich selbst mit schlechtem Gewissen und gutem Appetit mein Frühstück einnahm: Spiegelei, Brot, Käse, Schinken und Kaffee, von einer der ehemaligen Bewohnerinnen als mir zugeteiltes Dienstmädchen zubereitet.

Dann begann ich meine Arbeit.

Alle Offiziere dieses Abschnittes wurden von mir fotografiert.

Die Aufgabenstellung war leicht, die Anforderungen des Oberkommandos nicht sehr anspruchsvoll: Die Fotografierten sollten möglichst heroisch aussehen: Stolze Offiziere, die ihre Männer zum

Sieg führen würden. In gewisser Weise fühlte ich mich an die ersten Wochen im Atelier Lemmle erinnert, wo die Kunden auch mit ernsten, würdevollen Gesichtern abgelichtet werden wollten, und wie schon in Thorn begann mich diese Arbeit nach wenigen Tagen zu langweilen.

Ich hatte im Haus ein kleines Labor eingerichtet, wo ich die belichteten Glasplatten entwickelte, Abzüge von den Negativen machte und sie auf der Rückseite mit dem jeweiligen Namen beschriftete.

Abends besuchten mich die Offiziere, bestaunten ihre Fotografien und gratulierten mir zu den schönen Aufnahmen. Dabei ließen sie mich wissen, dass in solch harten Zeiten eine solche Fotografie natürlich völlig belanglos wäre, aber immerhin doch eine schöne Idee des Oberkommandos, die die allgemeine Stimmung hob. Dennoch unwichtig. Wenn auch nicht *so* unwichtig, dass nicht jeder Einzelne hätte wissen wollen, wann die jeweils eigene denn veröffentlicht werden würde. Und wie man davon erführe? Ich konnte es ihnen nicht sagen, aber da stets ein *Flascherl* mitgebracht wurde, das wir auf den Sieg leerten, war die Antwort irgendwann auch nicht mehr so wichtig. So endeten die Abende in gleichem Maß unbeschwert, wie die Morgen verkatert begannen.

Auf diese Art hatte ich bereits mehrere Dutzend Fotografien fertiggestellt, als eines Morgens der Großteil der Division zur Front abberufen wurde, deren leises Grummeln und Wummern ich manchmal am Horizont hören konnte. Statt ihrer sollte bald ein neues Kommando die Reservistenrolle einnehmen. Zurück blieb eine Nachhut.

Und ich.

Ein paar Tage später erhielt ich Order, mich in der Kommandantur einzufinden. Dort angekommen setzte mich ein junger Fähnrich in Kenntnis, dass alle Offiziere, die ich fotografiert hatte, im Kampf gefallen waren. Ich nahm die Nachricht entgegen, schluckte erschrocken, eilte dann aber doch zurück in meine Hütte und suchte die Porträts heraus.

Wenn ich mich zuvor um eine Antwort gedrückt hatte, so hätte ich den Männern jetzt sagen können, dass der Zeitpunkt der Veröffentlichung nun nahe war. Ihre Porträts würden bald unter der Rubrik: *Offiziere, die auf dem Felde der Ehre den Heldentod fanden* in diversen Zeitungen erscheinen. Denn das war die stimmungshebende Idee des Armeeoberkommandos: jeden Offizier mit einer schönen Fotografie zu verabschieden.

Ein paar Tage später erhielt ich Befehl, mich wieder in Rodaun einzufinden. Man hatte in aller Heimlichkeit beschlossen, das Projekt nicht weiterzuverfolgen. Im Winter 1914, gerade mal vier Monate nach Kriegsbeginn, hatte die K.-u.-k.-Armee bereits eine Million Männer verloren. Und das Jahr war noch nicht vorüber. Man war daher der Meinung, dass die schöne Idee möglicherweise doch schlechte Stimmung in der Bevölkerung hervorrufen könnte, erst recht, wenn man versuchen würde, alle Porträts zu veröffentlichen.

Hauptmann John hatte eine neue Aufgabe für mich.

78

Die Zeit steht.

Das hier ist nicht real: Es gibt plötzlich kein Gefecht und keinen Lärm mehr. Es gibt gar kein Geräusch mehr, bis auf den eigenen keuchenden Atem.

Jeder Muskel Arturs spannt sich an.

Das Gewehr so fest in den Händen, dass die Knöchel weiß hervortreten. Schnelle Schritte, von denen er weiß, dass sie ihm gelten. Feinde mit den Fingern am Abzug.

Im nächsten Augenblick sind sie da.

Zwei russische Rekruten.

Erstarren.

Drei Männer – bewegungslos.

Einer ohne Munition, aber das wissen die beiden anderen nicht.

Die Russen kleiner als Artur, zierlich. Fast schon kindlich. Zu schmal für ihre Uniform. Blasse Gesichter, aufgerissene Augen, den Mund zu einem erstickten Schrei aufgerissen.

Sie könnten schießen, sind aber zu geschockt.

Auch Artur ist überrascht: Wieso schicken die Russen Kinder in den Krieg? Und doch ahnt er, dass sie alle gleich alt sind.

Artur senkt das Bajonett und tritt auf die beiden zu. Packt sie an den Schultern und schiebt sie weg. So, als ob sie den Verkehr aufhielten. Schreit sie böse an, scheucht sie dann davon. Er hört nichts, spürt seine Stimme nur.

Und sie?

Laufen.

Laufen wie um ihr Leben.

Artur sieht ihnen nach – sein Herz rast.

Dann eine gewaltige Explosion …

… der Lärm der Schlacht war wieder da.

Das Gefecht.

Der Krieg.

Ein turmhoher Schwall Erde bäumte sich wie eine riesige Welle über den Graben: Artur darin, der ungläubig zu ihr hinaufstarrte. Im letzten Moment sprang er zur Seite, fühlte Brocken, Gestein und Dreck auf sich prasseln und sich selbst darin bis zur Hüfte versinken. Mit größter Mühe wand er sich heraus. Er musste hier weg, denn die Burschen würden mit anderen zurückkommen, und dann wäre es für ihn vorbei.

In etwa hundert Metern Entfernung sah er Pickelhauben, die sich flach auf den Boden pressten, um dem Trommelfeuer zu entgehen – dorthin musste er. Den Weg, den außer ihm niemand überlebt hatte, wieder zurück. So sprang er aus dem schützenden Graben, lief, ohne nachzudenken, während um seine Beine Erde vom Beschuss eines Maschinengewehrs aufspritzte und in seinen Ohren Schrapnells pfiffen.

Wie durch ein Wunder erreichte er unverletzt seine Kameraden, aber nur, um kurz darauf zu hören, wie sein Truppführer zum Angriff blies. Dorthin zurück, woher Artur gerade mit unwahrscheinlichem Glück gekommen war. Der Krieg war keine zwei Stunden alt, und schon hatte Artur seine absurde Sinnlosigkeit begriffen: Man lief einfach so lange vor und zurück, bis niemand mehr übrig war.

Tatsächlich eroberten sie an diesem Tag diesen Graben.

Sie hatten unzählige Männer verloren und dafür einen Graben gewonnen.

Das Feuer ebbte mit beginnender Nacht ab und blieb dann ganz aus. Vielleicht weil der Krieg noch so jung war, räumte jeder dem Feind großzügig ein, seine toten Kameraden einzusammeln, um sie hinter der Front zu beerdigen.

Artur war durch den Graben geschritten, um sich im Gelände zu orientieren, und hatte dabei auch die beiden Jungs gefunden, die er am Nachmittag noch verscheucht hatte. Jetzt, wo alles friedlich war, schien ihr Tod nur umso sinnloser. Die beiden waren nicht bereit gewesen für den Krieg, und der Tod musste sie Minuten nach ihrer Begegnung geholt haben, geradeso, als ob er ungehalten darüber gewesen wäre, dass Artur seinen Teil nicht erfüllt hatte.

Später würde er sich an diesen Moment erinnern und sagen, dass ihn die beiden auf seltsame Art und Weise an mich erinnert hätten, sodass er den Ersten über die Schulter geworfen habe und aus dem Graben gestiegen sei, bevor er groß darüber habe nachdenken können. Einer seiner Kameraden hinter ihm schrie etwas, aber da lief er auch schon über das Niemandsland, den toten Rekruten auf den Armen tragend, so wie er mich in der Kaserne auf den Armen getragen hatte.

Niemand schoss auf ihn.

Artur marschierte in aller Seelenruhe bis über die Mitte und legte dort den Jungen vorsichtig ab. Kehrte zurück und trug auch den anderen hinüber. Dort traf er auf zwei russische Soldaten, die den ersten Jungen gerade anhoben, als Artur den zweiten auf den Boden legte. Kurz sahen sie einander an und nickten sich zu.

Zurück bei seinen Kameraden hatte Artur sich bei seinem vorgesetzten Feldwebel zu melden. Der schrie ihn zusammen, drohte mit dem Kriegsgericht, beließ es aber schließlich bei einer Schimpfkanonade, die Artur gelangweilt über sich ergehen ließ.

In der Nacht konnte man die Russen schanzen hören.

Artur wusste, dass sie am nächsten Morgen warten würden. Ein Pfiff zum Angriff, ein weiteres Sperrfeuer, ein weiterer sinnloser Kampf um einen weiteren Graben. Und genauso kam es dann auch. Und genauso ging es weiter.

Mal gewannen die Russen, meistens jedoch die Deutschen, die Tage rauschten in ihrer Brutalität, in ihrer Unerbittlichkeit ineinander über. Man rückte vor, wurde zurückgedrängt, stolperte fluchend über die Leichen, die man in der Nacht zuvor beerdigt hatte und die im Verlauf des schweren Artilleriebeschusses wieder aus ihren Gräbern herausgesprengt worden waren.

Dieses Feld der Ehre hatte kein Dichter je besungen und kein General inbrünstig beschworen. Was eben noch gelebt, Wünsche und Träume gehabt hatte, löste sich im nächsten Augenblick in den schweren, süßlichen Verwesungsgerüchen eines ungewöhnlich milden Novembers auf. Der Soldat verrottete einsam, während seine Lieben in der Heimat auf einen Brief von ihm warteten.

In den nächsten Wochen rückten die Brigaden in Arturs Kampfabschnitt unter schwersten Kämpfen vor, verloren Tausende Soldaten, so wie auch die Russen Tausende verloren. Unter den Eindrücken unendlicher Möglichkeiten, auf grausamste Art ums Leben zu kommen, verloren viele den Verstand, andere stumpften ab oder verfielen der Melancholie. Aber fast allen war eines gemeinsam: Was menschlich an ihnen gewesen war, war aus ihnen herausgekratzt worden wie Unkraut zwischen Pflasterwerk – übrig geblieben war der bloße Stein. Dabei trieben die Formen, mit dem fertigzuwerden, was ihnen Tag für Tag in Augen, Ohren und Nase brannte, zuweilen seltsame Blüten.

So nahm während einer Mittagspause Artur in einer Scheune bei einem Grüppchen Platz und begann hungrig, das Essen in sich hineinzuschaufeln, bis er bemerkte, wie ihn die Kameraden angrinsten und einige mühsam ein Kichern unterdrückten. Artur sah sie erst neugierig an, dann an sich herab, aber er konnte nichts entdecken, was ihre Heiterkeit so erregt hätte. Er saß auf einem Haufen Reisig, unbequemer, als er dachte, aber da alle kicherten und keiner mit der Sprache herauswollte, was denn bloß so komisch wäre, fuhr er mit dem Essen fort.

Bis einer der Burschen neben ihm zwischen seine Füße griff und eine Garbe vom Haufen wegnahm. Jetzt erst sah Artur, dass er auf einem toten Kameraden saß, was zu einem albernen Gegacker derer führte, die ihn auf diesen Platz gelockt hatten. Artur lächelte müde über den Scherz und beendete in Ruhe sein Mahl.

Der Winter kam mit Macht.

Zu den brutalen Kämpfen kam jetzt auch noch eine knochenbrechende Kälte, die aber den Vorteil hatte, dass die Toten im Dauerfrost nicht mehr verwesten.

Anfang Dezember eroberten sie Lodz.

Es klang wie ein Sieg, aber das eroberte Gelände war im Grunde genommen bloß ein zerschossener gigantischer Friedhof, den eine dichte Schneedecke gnädig zugedeckt hatte. Sonst nichts.

Artur wurde versetzt.

Diesmal an die Masurische Seenplatte, von wo aus die russische Armee wieder aus Ostpreußen vertrieben werden sollte. Er wurde innerhalb der neunundsiebzigsten Reservedivision der dritten Kavalleriebrigade zugeteilt, einem Ulanen-Regiment, bei dessen Führungsoffizier er sich mit seinen Kameraden melden musste.

Dort standen sie stramm und erwarteten ihren neuen Vorgesetzten, der bald schon auf einem Rappen sitzend an der Truppe vorbeiritt, in feldgrauer Uniform, schwarzer Tschapka, der Kopfbedeckung mit viereckigem Aufsatz statt Pickel, zwei Meter langer Stahlrohrlanze und Säbel. Er würdigte seine Untergebenen keines Blickes, sondern schien sich ganz auf seine Außenwirkung zu konzentrieren, die offenbar das Bild eines wahren Feldherrn zeichnen sollte, eines mit allen Kriegswassern gewaschenen Anführers, der weder Niederlage noch Zurück kannte.

So ritt er auch achtlos an Artur vorbei, der grimmig zu ihm aufsah und still die Fäuste ballte. Denn sein neuer Vorgesetzter war niemand anderes als ein alter Bekannter: Falk Boysen.

79

Ein einziges Foto ließ meinen Stern im KPQ aufgehen.

Vielleicht weil es so unerwartet war, vielleicht auch weil es einen infantilen Humor bediente, den man dem Militär aus guten Gründen gar nicht zugetraut hatte. Hauptmann John jedenfalls lachte schallend, was übrigens sehr selten vorkam, und schlug mir jovial gegen die Schulter: »Friedländer, das ist ja ein tolles Ding!«

Um der Wahrheit die Ehre zu geben, war dieses Foto jedoch nur dem puren Zufall zu verdanken. Am Tag meiner Abreise aus Galizien hatte ich einen Soldaten beobachtet, der offenbar den Befehl bekommen hatte, das Rohr einer Feldhaubitze zu inspizieren. Statt eine Leiter anzulegen, war der Mann das Geschütz hochgerutscht, bis er ganz oben angelangt war.

Ich war stehen geblieben, hatte meinen Fotoapparat in Stellung gebracht, und um der skurrilen Situation noch die Krone aufzusetzen, hatte ich einen zweiten Soldaten gebeten, ebenfalls das Rohr hinaufzurutschen und mit seiner Feldmütze zu winken. Dann hatte ich auf den Auslöser gedrückt.

Einen Abzug von diesem Bild hielt Hauptmann John dann in den Händen: ein Soldat auf einer Haubitze sitzend, lustig seine Mütze schwenkend, während der andere neugierig in das Rohr hineinblickte. Die Fotografie gefiel nicht nur John, sondern auch dem Leiter der Bildsammelstelle und auch einigen der Maler, dennoch wurde sie nie veröffentlicht. Der Zensurstelle schien der Blick in das Kanonenrohr *zu humoristisch*, aber eine Variante nur mit dem reitenden Haubitzensoldaten wurde für gut befunden, und man hatte vor, sie als Motiv entsprechend weiterzuempfehlen.

»So was brauch 'ma!«, sagte John und erweiterte seinen ursprünglichen Auftrag *Heroische Kriegsbilder* um das Thema, das im Großen und Ganzen mit *Lustiges Soldatenleben* umschrieben werden konnte. Wie dies künstlerisch auszusehen hatte, überließ man ganz mir, und so entstanden jede Menge Fotografien, die auch in diversen Zeitungen und Zeitschriften zu sehen waren, einige sogar später auf durch das KPQ initiierten Ausstellungen: der Frisörbesuch, die Kartenspieler, das verdiente Nickerchen, das lustige Soldatenquartett, Feuerpause in Galizien, Gruppenbild mit Gasmaske, Tanz hinter der Front, überhaupt eine ganze Reihe mit Soldaten und einheimischen Frauen. Zu diesem Zeitpunkt hatte ich nicht den Hauch einer Ahnung, wie diese Begegnungen mit einheimischen Frauen *tatsächlich* abliefen, wenn niemand hinsah. Rückblickend muss ich sagen, dass meine Fotografien den Eindruck, dass der Krieg so eine Art Abenteuerausflug mit Schusswaffen war, nicht nur unterstützten, sondern auch entscheidend formten. Je mehr davon veröffentlicht wurden, desto größer wurde mein Ehrgeiz, auch weiterhin meine Arbeiten einer staunenden Öffentlichkeit präsentieren zu können. Isi und Artur hätten mir schnell den Kopf zurechtgerückt, aber ohne sie wurde ich immer kreativer in der Komposition meiner Bilder und verharmloste vor mir selbst meine grassierende Sucht nach Veröffentlichung und Anerkennung.

Bald schon genügten mir einfache Soldaten nicht mehr, sondern ich wählte die Großen, Gutaussehenden aus, platzierte sie in einem Graben und ließ sie in Formation Handgranaten werfen oder mit dem Maschinengewehr schießen. Vielmehr mussten sie natürlich nur so tun, während ich sie gut auslichtete und entschlossene Gesichter forderte.

Ich experimentierte mit Perspektiven und Positionen, sorgte mich nicht einmal um das, was jedem aufmerksamen Betrachter hätten aufgehen *müssen*, dass nämlich ein Foto, das, wie es schien, mitten in einer echten Kampfhandlung von oberhalb eines Grabens geschossen worden war, nicht echt sein konnte, weil der Fotograf in einer solchen Situation keine drei Sekunden überlebt hätte. Aber es fiel niemandem auf. Jeder schien in den Fotografien das zu sehen, was ich mir für sie ausgedacht hatte. Trauriger Höhepunkt meiner Fälschungen war: *Der Fotograf im Schützengraben*. Nicht ich war dafür abgelichtet worden, sondern ein einfacher Soldat, der so tun sollte, als würde er aus einem Schützengraben einen Angriff fotografieren. Was gleich auf doppelte Art und Weise gelogen war.

Versunken in meine Arbeit und besessen von dem Gedanken, die besten Fotografien des Krieges zu machen, verlor ich den Blick für das, was um mich herum passierte. Ich machte mir nicht einmal Gedanken über die Tatsache, dass ich mit Fortschreiten des Krieges immer länger nach geeigneten *Modellen* suchen musste, denn die großen, gut aussehenden, gesunden Soldaten wurden immer weniger, und an ihrer statt erschienen ausgehungerte, verstümmelte, mental angeschlagene Gestalten, die unvorstellbares Grauen gesehen haben mussten.

Ohne es zu bemerken – oder besser: es bemerken zu wollen –, hatte ich mich in das Auge verwandelt, das blind geworden war für alles, was real war. Und das, was ich einmal hatte sein wollen, nämlich ein Dokumentar der Wirklichkeit, war so tief in mir versunken, dass ich es nicht mehr finden konnte. So wie ich die Tür zu einem Krieg aufgestoßen hatte, der so niemals stattgefunden hatte, hatte ich eine Tür in mir verschlossen, hinter der all das aufbewahrt wurde, was einmal wertvoll gewesen war.

Dann, im Spätwinter oder Frühjahr 1915, begleitete ich eine Gruppe von zivil gekleideten Kriegsreportern, denen siegreiche Soldaten präsentiert werden sollten. Ich kannte einige von ihnen dem Namen nach und traf dort auch das erste Mal auf Alice Schalek, eine der ganz wenigen Kriegsberichterstatterinnen. Aber nicht nur das hatte sie in den Bekanntheitsrang von KPQ-Autoren wie Robert Musil oder Hugo von Hofmannsthal erhoben, sondern auch, dass der berühmte Publizist und Schriftsteller Karl Kraus sich an ihr abarbeitete und kaum einen Artikel oder Vortrag ausließ, um sich über ihren breiigen, verlogenen Patriotismus lustig zu machen. Das KPQ war die Art *Journaille*, die er lautstark verachtete, und so zielte er hauptsächlich auf die, die den Krieg in Worten verfälschten.

Und er zielte messerscharf.

Einer seiner schönsten Aphorismen galt Hofmannsthal, über den er schrieb, *dass man die Presse nach Rodaun verlegt hätte, um dem Herrn von Hofmannsthal mit der Front entgegenzukommen.*

Ich verstehe bis heute nicht, warum Kraus, so klarsichtig wie kein anderer seiner Generation, mir damals nicht die Augen geöffnet hatte, war ich doch genauso angesprochen wie die Autoren. Aber ich war jung, gerade mal neunzehn Jahre alt, vernarrt in meine *Kunst* und ignorant, was ihre Wirkung betraf. Meine Erweckung sollte erst noch kommen. Dafür aber umso schmerzhafter.

In diesen Tagen jedoch sah ich die Schalek mit einem Mann sprechen, der meine ganze Aufmerksamkeit auf sich zog. Denn dieser Mann stand hinter einer gewaltigen Filmkamera, die ich bis dahin nur aus Erzählungen kannte. Kaum war die Schalek verschwunden, lief ich zu ihm und stellte mich vor. Es wurde ein sehr freundlicher Kontakt, und er erläuterte mir alles, was ich wissen wollte.

Und wie bei Herrn Lemmle blitzte dieser Moment in mein Leben und warf ein Licht auf das, was einmal meine Zukunft werden könnte: Film war Fotografie in Bewegung. Meine Begeisterung veranlasste den Kameramann wohl, mir den Tipp zu geben, mit meinem Vorgesetzten zu sprechen.

»Die werden mich nicht weglassen«, antwortete ich enttäuscht.

Doch er schüttelte nur den Kopf und sagte: »Das müssen sie gar nicht. Dein Hauptmann soll mit der Sascha-Filmfabrik sprechen. Wir sind mittlerweile ganz eng mit dem KPQ.«

Ich nickte heftig: »Gut, ich versuchs!«

80

Nach dem Sterben kam die Langeweile.

Armeen, Divisionen, Regimenter und Brigaden wurden weit in den Norden verschoben und in Position gebracht, Stellungen unter größten Mühen ausgehoben, der festgefrorenen Erde mit Pickel und

Spaten förmlich abgetrotzt. Es gab keine direkte Front, aber der Feind war auch nicht weit weg, sodass das Warten begann.

Die Offiziere waren angewiesen, die Mannschaften in Bewegung zu halten, sie unter Spannung zu setzen, dass sie ihre Gedanken nicht plötzlich auf das richteten, was sie in der Heimat verlassen hatten, sondern auf das, was noch Ruhmreiches vor ihnen lag. Doch trotz aller Wachsamkeit, der durchgeführten Manöver und Lagebesprechungen fehlte der Tod als ultimativer Spieleinsatz. Es fehlten die Angst, der Hass, die Hitze weiterzumachen, und bald schon schlich sich die Art Disziplinlosigkeiten ein, die allein die Langeweile gebären konnte: Lagerkoller. Die Männer hatten Mühe, all die unterdrückte Kraft zu kontrollieren.

Seit zwei Wochen tat sich in Arturs Abschnitt nichts.

Er hatte die Zeit genutzt, Briefe an Isi, mich und seine Familie zu schreiben. Briefe mit kargem Inhalt und in einer *Rechtschreibung*, die einen gleichzeitig seufzen und lächeln ließ. Doch trotz aller Knappheit spürten Isi und ich seine große Zuneigung – zwischen den Zeilen. Boysen hatte er darin nicht erwähnt, vielleicht weil er an ihn keine Worte verschwenden wollte, vielleicht aber auch, um Isi nicht unnötig aufzuregen. Allerdings gab es zu diesem Zeitpunkt auch kaum Erwähnenswertes über ihn zu berichten, denn der Ulane war bei seinen Kontrollen und Rundgängen zu sehr damit beschäftigt, eine gute Figur zu machen, als dass er den Männern wirklich krummgekommen wäre.

Inmitten wettergegerbter, verdreckter Männer wirkte Boysen wie ein Bühnenkünstler in Uniform. Selbstredend mied er die Nähe zu den Mannschaften, was möglicherweise klug war, denn die Kameraden um Artur waren allesamt kampferprobt und respektierten nur ihresgleichen. Und die gab es unter Offizieren selten, und Boysen war das glatte Gegenteil.

Dann, nach Tagen des Verharrens in bitterer Kälte, kam ein Oberst, um die Gräben zu inspizieren, und er tat dies in der altväterlichen Gutsherrenart, die Artur von Kindheit an gut kannte. Boysen begleitete ihn durch das Labyrinth der Gänge, und bis auf die Schulterklappen und das übliche Lametta auf der Brust waren sie sich im Äußern wie in ihrer Art recht ähnlich. Hier und da blieb der Oberst stehen, schüttelte den Männern, auch Artur, die Hand und gab ein paar Allgemeinplätze von sich sowie die ein oder andere Durchhalteparole, die die Männer nicht interessierte.

Boysen, immer darauf bedacht, schneidig und geschmeidig in einem zu wirken, half hier und da mit ein paar belanglosen Informationen, bis er am Ende der Kontrolle den Oberst noch auf ein Glas in seinen Kommandobunker einlud. Offenbar wurde dem Oberst in dieser Sekunde bewusst, wie viele Hände er geschüttelt hatte, und so blickte er umher und riet dann laut, in den Gräben doch eine Schüssel mit Alkohol aufzustellen – zur Händedesinfektion.

Der Vorschlag wurde von den Männern mit großer Heiterkeit aufgenommen.

»Meine Herren!«, rief er verärgert. »Mit der Cholera ist nicht zu spaßen!«

Das entfachte einen solchen Lachanfall, dass das wütende Gebrüll Boysens, der die Einhaltung der Disziplin forderte, darin unterging. Peinlich berührt und in seiner Ehre gekränkt marschierte der Oberst aus dem Graben, gefolgt von Boysen, der ihm versicherte, dass ein solches Verhalten Konsequenzen haben würde.

Die jedoch zog der Oberst, denn tags darauf erhielt Boysen persönlich den Befehl, eine Patrouille anzuführen, die das Gelände vor der Stellung weiträumig zu klären hatte. Eine Strafmission für die erlittene Schmach, für Boysen ein Horror, für die Männer unter seinem Kommando eine willkommene Abwechslung im öden Einerlei des Stillstandes.

Boysen schritt durch die Reihen im Lager und wählte sechs Männer aus, darunter auch Artur, vor dem er stutzend stehen blieb: »Kennen wir uns nicht?«, fragte er.

Artur hatte ein gutes Auge für Menschen, die logen, und spürte gleich, dass Boysen längst wusste, wer er war.

»Jawohl, Herr Leutnant!«, antwortete er lächelnd, ohne den Blick von Boysen abzuwenden.

»Was ist so komisch?«, fragte Boysen gereizt.

»Nichts, Herr Leutnant«, antwortete Artur weiter ungerührt. »Freue mich auf die kleine Landpartie!«

Damals auf dem Wilhelmsplatz, nachdem er Isis Hund Kopernikus überfahren hatte und sich Auge in Auge mit einem kampfbereiten Artur sah, hatte Boysen Angst vor ihm gehabt, und auch jetzt wirkte er eingeschüchtert. Aber wie damals versteckte er sich hinter einem arroganten Lächeln und gab Befehl zum Abmarsch.

Artur hätte ihm sagen können, dass es keine gute Idee war, auf einem Pferd durch winterliches, möglicherweise von feindlichen Spähern verseuchtes Land zu reiten, aber er fand auch, dass Boysen durchaus selbst Erfahrungen mit der Realität machen durfte. Zudem war Boysen derart vernarrt in Pferde und gleichsam furchtbar stolz auf seinen prächtigen Hengst, dass er jeden Rat spöttisch weggewischt hätte.

So verließen sie die Stellung, die Mannschaften in weiße Mäntel gehüllt, die sie in der Winterlandschaft praktisch unsichtbar machten, angeführt von Boysen, dessen Gaul kilometerweit auszumachen war. Sie durchkämmten das Gelände systematisch, und gerade als sie umkehren wollten, gerieten sie unter Beschuss.

Ein feindlicher Trupp hatte sie unter Feuer genommen, gut gedeckt durch ein Wäldchen vor ihnen. Sie hätten sich zurückziehen müssen, aber einer der ersten Schüsse hatte Boysens Pferd getroffen, das mit ihm zu Boden gegangen war und ihn eingeklemmt hatte. Der Kadaver schützte ihn zwar vor weiteren Treffern, aber Boysen hatte keine Chance, sich aus dieser misslichen Situation selbst zu befreien.

»Lassen wir ihn liegen!«, zischte einer von Arturs Kameraden.

»Was meinst du, was die mit uns machen, wenn wir hier einen Offizier verrecken lassen?«

»Können wir ihn nicht einfach abknallen?«, schlug der Mann neben ihm vor.

Artur schüttelte den Kopf: »Es reicht, wenn die uns umbringen. Wir müssen das nicht auch noch gegenseitig tun.«

»Wegen dem gehen wir hier alle drauf!«, fluchte ein anderer.

Artur nickte und seufzte.

Dann wies er die Truppe an, das Wäldchen in einer Zangenbewegung links und rechts einzunehmen, während er selbst durch den tiefen Schnee auf das tote Pferd zukroch. Boysen lag still und leichenblass dort, das linke Bein unter dem Pferd, das mit seinem ganzen Gewicht darauf lag. Ab und an schlugen mit dumpfem Geräusch Geschosse in das tote Tier.

»Bin froh, Sie zu sehen, Füsilier!«, zischte Boysen mit schmerzverzerrtem Gesicht.

»Können Sie Ihr Bein bewegen?«, fragte Artur.

»Ein wenig, ja.«

»Dann ist es vielleicht nicht gebrochen«, schloss Artur.

Er begann, unter dem Tier Schnee wegzuschaufeln, und grub sich langsam zu Boysens Fuß vor. Zu den russischen Schüssen gesellten sich jetzt auch die seiner Kameraden, sodass Artur beschloss, es zu riskieren: Er sprang auf, packte den Sattel und hob das Pferd unter größter Kraftanstrengung an.

»RAUSZIEHEN!«, schrie er.

Noch schienen die Russen zu verwickelt in die Schießerei, aber wenn nur einer jetzt zu dem Gaul blickte und ihn dort stehen sah, war es aus mit ihm. Boysen mühte sich, sein Bein herauszuziehen, aber sein Fuß steckte im Steigbügel fest, und so drehte und wand er sich ohne Erfolg im Schnee.

Da bemerkte Artur plötzlich, wie ihn einer der Russen ins Visier nahm. Er hielt das Pferd, starrte in den Lauf und fragte sich, wann er das letzte Blitzen sehen würde, bevor die Kugel mit wuchtigem Aufschlag in seine Brust einschlagen würde.

Ein Schuss.

Haarscharf an seinem Kopf vorbei.

Er hatte das Geschoss deutlich hören können. Warum zielte er auf seinen Kopf? War er sich seiner Sache so sicher?

Boysen wand sich immer noch im Schnee – Artur ließ den Sattel los und fiel auf die Knie, gerade als ein zweiter Schuss brach und über seinen Kopf hinwegflog. Das wäre seine Brust gewesen. Wütend packte er Boysens Bein und riss es samt Steigbügel unter dem Pferd hervor: Boysen fluchte lauthals, aber er war frei.

Artur tastete ihn ab – das Bein war nicht gebrochen.

Dann krochen sie den Weg zurück, sahen weder Freund noch Feind, hörten aber deutlich weniger Geräusche, was darauf schließen ließ, dass nicht mehr alle am Leben waren.

»Wir müssen zurück ins Lager!«, rief Boysen, als sie hinter einem Felsen Deckung genommen hatten.

»Nein!«, antwortete Artur knapp.

»Das ist ein Befehl, Füsilier!«

»Unsere Männer sind dahinten!«

Er ersparte sich den Zusatz, dass sie allein wegen Boysens Unvorsichtigkeit dort waren. Irgendwann verklang der letzte Schuss, und ein paar Momente später kehrten drei von Arturs Kameraden zurück. In ihrer Wut erstatteten sie nicht Boysen, sondern Artur Rapport. Das war nicht nur eine Demütigung, sondern ein schwerer Affront gegenüber dem Leutnant, aber Boysen schwieg.

»Was ist mit Mitteldorf und Rodemeyer?«, fragte Artur.

Die drei schüttelten die Köpfe.

Arturs Lippen wurden zu einem Strich, dann sagte er: »Wir lassen sie nicht hier. Meier? Begleitest du den Herrn Leutnant zurück?«

Boysen schwieg immer noch, während ihn der Obergefreite Meier unterhob und ihn stützend zur Stellung zurückbrachte.

Artur und die beiden anderen sahen ihnen nach.

»Ich hab dir gesagt, wir lassen ihn verrecken, Artur! Ich hab es dir gesagt!«

Der nickte: »Ja, ich weiß. Es tut mir leid.«

81

Der Vorfall, der zwei jungen Soldaten das Leben gekostet hatte, brachte die Kameraden in Rage, doch nicht, weil sie im Kampf gefallen waren oder weil ihr Tod vollkommen sinnlos gewesen war, denn dieser ganze Krieg war vollkommen sinnlos. Nein, es war die anschließende Ausführung einer Order, die kaum sinnbildlicher für die ganze Situation hätte sein können, denn überall in den Gräben standen bereits am nächsten Tag Schüsseln mit Seifenspiritus. Etwa alle zwanzig Meter thronten diese Schalen wie Mahnmale dafür, dass man über die Ratschläge eines Offiziers nicht zu lachen hatte.

Fast schon überflüssig zu erwähnen, dass kein Soldat bei Temperaturen unter minus zwanzig Grad seine Hände in eiskalte Desinfizierung steckte, etwa zwei Wochen vor einer Großoffensive, von der die meisten ohnehin nicht damit rechneten, sie zu überleben. Stattdessen unterliefen die Männer den Befehl auf ihre Art: Sie tippten Zeige- und Mittelfinger hinein und bekreuzigten sich, so als wären sie in eine Kirche getreten. Eine Geste des Widerstands, aber eine, die sie unangreifbar machte und ihnen für die verbleibende Zeit weitere Besuche des Obersts ersparte.

Mit einer Ausnahme.

Etwa eine Woche nach dem Vorfall hatte Arturs Kompanie anzutreten. In klirrender Kälte warteten die Soldaten, bis der Oberst und Boysen aus einem der Zelte herausschritten. Dann ließ der Oberst strammstehen und verlieh dem tapferen Leutnant Boysen das Eiserne Kreuz.

Und nur ihm.

Fortan stolzierte Boysen mit seinem neuen Orden durch die Gräben und begann, sich bei Artur anzubiedern. Zuweilen mit freundlicher Plauderei, meist aber mit Erleichterungen im Arbeitsalltag: Artur musste keine Wache mehr schieben. Nahm an Manövern und Übungen nicht mehr teil, sondern wurde eine Art Adjutant Boysens. Vielleicht auch das ein Grund, ihn in seinen Briefen an uns und vor allem an Isi nicht zu erwähnen, denn selbst der furchtlose Artur hatte Angst davor, was Isi wohl denken würde, wenn sie von seinem neuen Sonderstatus erfuhr.

In jedem Falle durfte er sich verhältnismäßig oft im warmen Zelt aufhalten, in dem Boysen seine militärischen Fähigkeiten lobte und versprach, sich für eine schnelle Beförderung einzusetzen. Vor allem aber beschwor er ihn, die Feldwebellaufbahn einzuschlagen, denn dieser Krieg brauchte Männer wie ihn.

»Und mich«, fügte er lächelnd hinzu. »Sehen Sie nur, was für ein tolles Gespann wir sind: Die Männer vertrauen Ihnen, weil Sie ein geborener Anführer sind, Burwitz! Und ich kann Ihnen die Offiziere vom Leib halten! Jahaaa, glauben Sie ja nicht, dass ich nicht gemerkt hätte, was Sie und die anderen von unserem verehrten Herrn Oberst halten! Aber ich versichere Ihnen, ich habe den Mann im Griff! Und Sie haben die Mannschaften im Griff. Wir Thorner Jungs sind das Holz, aus dem Kriegshelden geschnitzt sind!«

Auf diese oder ähnliche Weise verliefen fast alle ihre Gespräche, bei denen Artur zu Boysens Verwirrung schwieg und ihn nur still musterte. Und je öfter er schwieg, desto blumiger wurden Boysens Versprechungen. Wie um zu zeigen, wie ernst es ihm war, ließ er ihm immer wieder Dinge zukommen, die ein einfacher Soldat so nicht bekommen konnte: eine gute Flasche Wein, Zigarren, vor allem aber erstklassiges Essen, während die Mannschaften mit ihrem Kochgeschirr draußen an der Gulaschkanone Schlange stehen mussten. Das Essen nahm Artur an, die anderen Geschenke reichte er an seine Kameraden weiter und verdiente sich damit auf unaufdringliche Art und Weise ihre Anerkennung.

Am Abend vor dem großen Angriff bat Boysen Artur in die Kommandantur und bot ihm einen Cognac und eine Zigarre an, was Artur beides ablehnte. Eine Weile saßen die beiden dann im Schein einer Gaslaterne zusammen, während draußen kalt der Wind pfiff und die Zeltbahnen geräuschvoll flattern ließ.

Da sagte Boysen feierlich: »Füsilier, morgen wird es ernst!«

Artur sah ihn schweigend an.

»Wir werden die Spitze zweier Stoßkeile sein, die den Feind umschließen und vernichten werden. Ruhm und Ehre stehen bevor, Soldat!«

»Tatsächlich?«, fragte Artur.

Boysen war sich nicht sicher, ob in Arturs Stimme Ironie mitschwang. Er versuchte daher betont jovial, die Distanz zu verkürzen.

»Sorgt Sie etwas, Soldat?«, fragte Boysen.

»Nein«, gab Artur lapidar zurück.

»Haben Sie Angst?«

Artur stand auf und machte Anstalten zu gehen: »Es ist spät, Herr Leutnant. Wenn Sie erlauben, werde ich vor dem großen Tag morgen noch etwas schlafen!«

Auch Boysen war aufgestanden und an Artur herangetreten: »Sie können ruhig sagen, wenn Sie Angst haben, Soldat. Angst ist ganz normal im Krieg!«

»Ist das so?«, fragte Artur zurück.

»Selbstverständlich! Angst ist keine Schande! Wirklich!«, versicherte Boysen eine Spur zu hektisch.

Artur unterdrückte ein Lächeln.

Boysen hatte die kurze Regung in Arturs Gesicht offenbar wahrgenommen und fügte schnell an: »Natürlich ist es einem Offizier untersagt, Angst zu haben!«

»Natürlich.«

Boysen nickte abwesend: »Ja ... nun ja ... Darf ich Ihnen nicht doch etwas anbieten?«

»Nein danke, Herr Leutnant!«

»Und es liegt Ihnen auch nichts auf dem Herzen? Sie können alles mit mir besprechen, Soldat! Nichts davon wird je dieses Zelt verlassen!«

»Nein, Herr Leutnant. Es ist alles in Ordnung.«

Boysen schien enttäuscht zu sein, dann aber raffte er sich zusammen und bot Artur die Hand: »Dann sehen wir uns morgen in alter Frische!«

Artur schüttelte sie.

Boysen hielt sie noch einen Augenblick und lächelte unsicher.

Artur ließ ihn los und wandte sich ab: »Gute Nacht, Herr Leutnant!«

In seinem Rücken hörte er Boysen noch sagen: »Gute Nacht, Soldat! Schlafen Sie gut.«

Dann trat er ins Freie.

Am nächsten Morgen rückten die Truppen vor, und es gelang ihnen, den Gegner über den äußersten Rand der Front in eine prekäre Lage zu zwingen. Die Artillerie setzte den Himmel in Brand und verwandelte gefrorene Erde in glühende Trichter. Artur lief Schulter an Schulter mit seinen Leuten vorwärts, während er aus den Augenwinkeln sah, wie seine Kameraden zu Boden gingen und nicht mehr aufstanden.

Irgendwo hinter ihm schrie ein Pferd, er wagte nicht zurückzublicken. Und schon im nächsten Moment verschwand er in einer Eruption explodierender Erde, unterdrückte die Panik, lebendig begraben worden zu sein, und stieß die rechte Hand hinauf: Luft.

Gott sei Dank.

Er wühlte sich aus der geschlossenen Decke und warf sich in den nächsten Bombentrichter – in letzter Sekunde, denn schon jagten Maschinengewehrsalven über den Rand und ließen Erde auf ihn herabregnen. Trotz all des Lärms, der Schreie und der Detonationen meldete sich plötzlich sein untrüglicher Instinkt: Er saß nicht allein in diesem Krater! Blitzschnell wirbelte er herum, riss gleichzeitig sein Gewehr hoch und krümmte den Zeigefinger: Doch hinter ihm lag niemand anders als Falk Boysen.

Er blutete aus einer Wunde an der Schulter, einer zweiten am Bein und blickte ihn mit dem gehetzten Blick eines sterbenden Tieres an: »Artur! Dem Himmel sei Dank! Bitte hilf mir!«

Artur riss zwei Verbandspäckchen auf und versuchte, die Blutung zu stoppen, was sehr schlecht gelang. Das sah auch Boysen und flehte: »Bitte, lass mich hier nicht krepieren. Bitte!«

Kurz war Artur versucht, Boysen seinem Schicksal zu überlassen, dann aber packte er ihn, warf ihn sich über die Schulter – was Boysen mit schmerzerfülltem Wimmern kommentierte –, kletterte aus dem Trichter und lief zurück hinter die eigenen Linien. Wieder peitschten Kugeln die Erde auf, nahmen ihm die Explosionen den Atem, aber wenig später verließen die beiden den Bereich des Feuers und erreichten den Verbandsplatz.

Dort nahm Artur Boysen von den Schultern: Er lebte.

Ein Sanitäter half ihm, Boysen in ein Zelt zu bringen und dort auf eine Trage zu legen. Ein herbeigeeilter Arzt öffnete die Uniform und zerschnitt die Hose, besah sich die Wunden und nickte zufrieden: »Glatte Durchschüsse! Glück gehabt, Herr Leutnant!«

Der Arzt wies den Sanitäter an, die Wunden zu säubern, zu jodieren und zu nähen, zog dabei gleichzeitig eine Spritze auf und setzte sie Boysen in die Vene.

»Morphium«, sagte er.

Dann verschwand er wieder aus dem Zelt, genau wie der Sanitäter, der losgezogen war, alles Verlangte herbeizubringen.

Boysen sah Artur mit glasigen Augen an und lächelte.

Winkte ihm, als ob er ihm etwas zuflüstern wollte.

Artur kniete sich hin und bot ihm sein Ohr.

Zu spät bemerkte er, dass Boysen seinen Kopf gepackt und ihn zu sich gedreht hatte: Er küsste Artur auf den Mund.

Der sprang zurück und fuhr sich erschrocken mit dem Ärmel über die Lippen.

Dieser Kuss war wie ein Todesurteil.

82

Auch dank meiner Arbeit blieb das wahre Grauen des Krieges in der Heimat weitestgehend unentdeckt. Der Optimismus war groß, die deutschen Jubelmeldungen von der Ostfront, die Hindenburg und Ludendorff für die eigenen Inszenierungen zu nutzen wussten, versetzten alle in hoffnungsvolle Stimmung, dass zumindest die letzte Schlacht gegen Russland bald geschlagen sein könnte. Auf Hindenburgs Wunsch wurde die Schlacht bei Allenstein in Schlacht bei Tannenberg unbenannt, um eine Niederlage des Deutschen

Ritterordens vor fünfhundert Jahren mit diesem Sieg zu überstrahlen. Und es funktionierte auch: Bald schrieben alle nur noch von Hindenburg und Ludendorff, den Helden von Tannenberg.

Nichts an diesem Krieg schien mehr echt zu sein.

Bis auf die Post, die jeden Morgen still und leise durch die Briefschlitze geschoben wurde. Die zum Entsetzen vor allem der Mütter und Frauen dort in der Frühe auf den Fußböden lag und an deren Absender jeder erkennen konnte, wenn es die Nachricht vom Heldentod des Sohnes, Mannes oder Bruders war. Und kurz nach Sonnenaufgang konnte man draußen auf der Straße die Schreie derjenigen hören, deren Männer nicht wieder zurückkehren würden.

Auch Isi starrte jeden Tag in die Diele auf die eingeworfenen Briefe und durchforstete sie mit klopfendem Herzen nach dem einen, der alles zerstören würde. Aber dieser Brief kam nicht, allerdings ein anderer, mit dem Isi beinahe schon gerechnet hatte, nachdem sie auch schon zuvor wenig romantisch Verschnörkeltes von Artur erreicht hatte.

Artur hatte geschrieben.

Liebste,
ich wünschte, ich könte nach Hause – zu dihr. Ich
wünschte, ich müsstte das hier nicht schreiben, sondern
könnte es dihr selbst sagen. Vielleicht hatte es seinen
Grund, das wir nicht geheirattet haben. Vielleicht musste
dass so sein. Du und Carl seit die wichtigsten Menschen für
mich. Aber ich glaube, wir sind nicht füreinander
bestimmt. Ich glaube, wir werden ungklücklich sein, wenn
wir es fersuchen. Und du darfst nicht ungklücklich sein –
niemals! Ich werde dich immer lieben, auch wenn wir
nicht heiratten werden. Und du und Carl und ich werden
immer Freunde sein.
Fiele Umarmungen schickt dir
Artur.

Isi weinte, obwohl sie wusste, dass er recht hatte. Antworten wollte sie ihm nicht, sondern warten, bis er zu ihr zurückkehrte, um ihm zu versichern, dass nichts zwischen ihnen stand und niemals stehen würde. Im Gegensatz zu vielen Soldaten, die ihren Lieben zu Hause aus Rücksichtnahme nicht mitteilten, was sie wirklich fühlten, wollte Artur nicht Teil einer Lüge sein, wie sie das KPQ und auch ich mit meiner Arbeit verbreiteten.

So produzierte dieser Krieg Millionen von Verlierern, aber auch einige wenige Gewinner: Schon im Februar 1915 kristallisierte sich heraus, dass dieser Waffengang für die Gutsherren und Bauern zum Geschäft ihres Lebens werden würde. Denn sie besaßen, was mit jedem verstreichenden Kriegsmonat immer wichtiger wurde, den Zugang zu Lebensmitteln. Und von allen Profiteuren überstrahlte einer alle, weil er schon vor dem Krieg der Mächtigste gewesen war: Wilhelm Boysen.

Auch in Thorn kam es in diesem Frühjahr zu vereinzelten Engpässen in der Versorgung und zur Rationierung von Brot, das erstmalig bloß über Karten bezogen werden konnte. Dennoch machte sich niemand Gedanken darüber, was es bedeutete, wenn jemand wie Wilhelm Boysen Herr über das war, was alle zum Überleben brauchten. Aber sie würden es bald merken.

Die Preise stiegen rasant.

Nicht nur, weil das Militär einen enormen Anteil von allem für sich beanspruchte, auch die Herstellung von Gütern und Lebensmitteln geriet in bedrohliche Schieflage: Maschinen, Pferde und Transportmittel waren requiriert worden und die meisten Männer im Krieg. Was für die zurückgebliebenen Frauen bedeutete, dass sie zusätzlich zu ihren familiären Pflichten auch deren Arbeiten übernehmen mussten. Die Felder mussten nun von ihnen bestellt werden. Russische Tagelöhner gab es nicht mehr.

Für Männer wie Boysen waren diese Misslichkeiten ein klimpernder Geldregen. Nicht nur die Preise stiegen, sondern die Löhne halbierten sich auch. Denn Boysen dachte nicht im Traum daran, den Frauen für gleiche Arbeit gleichen Lohn zu zahlen. Vielmehr bot er ihnen die Hälfte dessen an, was ein Mann bekommen hätte. Sie konnten annehmen, sich eine genauso schlecht bezahlte Tätigkeit in einer Waffenfabrik oder einem anderen kriegswichtigen Betrieb suchen oder hungern. Boysen war es völlig einerlei. Er setzte seine neue Macht nach Gutdünken ein.

Die meisten hatten keine Wahl.

Auch Isi nicht.

Zwar hatte sich der Zustand ihrer Mutter nicht verschlechtert, aber die Sorgen ließen trotzdem nicht nach: Ihr Vater weigerte sich, sie mit seinen Einkünften zu verköstigen, sodass sie Arbeit in der Nähe suchen musste, um da zu sein, wenn ihre Mutter nicht mehr auf die Beine kommen würde. Beide, Beese und Boysen, aber hatten dafür gesorgt, dass niemand in Thorn – außer Boysen selbst – ihr eine Anstellung gab. So kam es, dass Isi Teil des Gutes wurde, wo sie nach dem Willen ihres Vaters und Boysens selbst ein wenig *erzogen* werden sollte. Und dort war alles immer noch so, als wäre dieser Krieg nie ausgebrochen.

Sogar Heinrich Sobotta war als Instmann zurückgekehrt. Zwar war die Ehre der Boysens durch seinen Sohn immer noch beschmutzt, aber für Wilhelm gab es leider keinen anderen, der das Gut so in- und auswendig kannte wie er. Heinrich dagegen war in seiner hündischen Ergebenheit überglücklich, wieder Teil des Boysen-Clans sein zu dürfen, und trumpfte mit exemplarischer Härte, ja Grausamkeit auf, um die Interessen seines Herrn durchzusetzen. Auch schien ihn der Umstand in seinen Gemeinheiten zu beflügeln, dass er es fast ausschließlich mit Arbeiterinnen zu tun hatte: Er ließ sie härter schuften, als er es je bei einem Mann eingefordert hatte, und manchmal amüsierte er sich über ihre Qualen, indem er mit neu erworbenen Landmaschinen an ihnen vorbeifuhr, während sie hinter einem Pferd den Pflug führen mussten.

Auf eine jedoch hatte es Sobotta besonders abgesehen: Isi.

Isi stand für alles, was Artur ihm und seinem Sohn angetan hatte, der verschwunden war und sich nie wieder gemeldet hatte. Isi war der Teufel – und er würde alles daransetzen, sie in die Hölle zurückzuschicken. So ließ er sie die schwersten Arbeiten machen, schrie und tobte, wenn sie an ihnen scheiterte, drohte ihr damit, ihr den Lohn noch weiter zu kürzen, und genoss jede Sekunde, in der er sie demütigte. Was er jedoch unterschätzte, war Isis Widerstandskraft.

Sie fasste schnell einen Plan, sich zur Wehr zu setzen.

Eines Abends, müde, gebeugt und frustriert vom Bestellen der Felder, bat Isi die Frauen, ihr zu folgen, und führte sie um das Haupthaus herum an ein Fenster, von wo sie in den Salon blicken konnten, in dem Papa und ich auch schon zum Tanz aufgespielt hatten. Von dort sahen sie den Boysens beim Abendessen zu, die von ihrem Personal bedient wurden. Es gab alles, was das Herz begehrte, der Duft von Braten, Suppe und Gemüse drang nach draußen und ließ das Wasser in den Mündern zusammenlaufen. Sie konnten auch sehen, wie eine wählerische Helene lustlos in dem Essen herumpickte und es einem fetten Spitz zuwarf.

»Der Hund isst besser als wir!«, zischte Isi.

Ob das Tier sie gehört hatte oder bloß zufällig zum Fenster blickte: Der Spitz sprang auf und lief ihnen bellend entgegen. Im nächsten Moment hatte Helene das Fenster aufgerissen und rief ihrem Vater schnippisch zu: »Papa! Da stehen arme Leute in unserem Garten!«

Isi starrte Helene an, die vorgab, sie nicht zu sehen.

Jetzt war auch Boysen herangetreten und schrie die Frauen an: »Schert euch davon! Aber schnell!«

Damit schloss er geräuschvoll das Fenster.

Die Frauen waren entsetzt.

Sie waren gewillt, alles für ihr Vaterland zu geben, Opfer zu bringen und ihren Männern in nichts nachzustehen. Auch mochten sie nicht hoch in der Thorner Gesellschaft stehen, aber berechtigte dies Männer wie Boysen oder Sobotta, ihnen förmlich ins Gesicht zu spucken? Konnten sie nicht ein Minimum an Respekt erwarten?

Sie verließen das Gut und machten sich auf den Weg nach Thorn.

Bevor sie sich trennten, sagte Isi zu allen: »Wenn unsere Männer wüssten, wie wir hier behandelt werden, sie würden kommen und Krieg bringen. Über dieses Gut!«
Es verfehlte seine Wirkung nicht.

83

Jeder Arbeitstag begann um vier Uhr in der Früh mit einem einstündigen Marsch, anschließend wurde bis zum Sonnenuntergang die Erde gepflügt und für die Aussaat bereit gemacht. Isi nutzte die wenigen, kurzen Pausen dafür, mit einzelnen Frauen über ihr Leben zu sprechen, hörte sich ihre Sorgen an, vergaß aber auch nicht zu betonen, dass sie der Meinung sei, man müsse sich gegen die viel zu niedrigen Löhne wehren, mit denen man kaum die Familien versorgen könne. Nicht wenige der Frauen auf dem Gut hatten viele Kinder, und sie mit ihrer Hände Arbeit kaum ernähren zu können schwelte heiß in ihren Herzen.

»Die sagen, dass wir nicht bezahlt werden wie Männer, weil die das größere Opfer bringen. Aber welches bringt Wilhelm Boysen? Unsere Löhne verdoppeln seinen Gewinn. Welches Opfer bringt er?«

Eines Tages verletzte sich eine der Frauen an der Hand und wurde entlassen. Sie bat unter Tränen, bleiben zu dürfen, aber Sobotta verscheuchte sie wie einen Hund.

Isi sprach es am Abend auf dem Heimweg an: »Friede hat fünf kleine Kinder! Sie hat hart gearbeitet, doch wie hat man es ihr gedankt?«

Mit jedem Tag schürte sie die Wut der Frauen auf diejenigen, die sie so schlecht behandelten. Sie alle arbeiteten hart für ihre Kinder, aber auch für ihre Männer an der Front, damit die Essen hatten, Kleidung, Munition. Sie halfen alle in diesem Kampf: Warum war das nichts wert?

Isi stellte viele solcher Fragen und erntete große Zustimmung. Noch wagten die Frauen nicht, offen zu rebellieren, aber der Widerstand wurde immer greifbarer, lag wie Pulverdampf in der Luft. Es brauchte lediglich einen Anlass, um den Funken überspringen zu lassen.

Sie mussten nicht lange warten.

An einem Morgen, kurz nach Sonnenaufgang, tauchte am Horizont eine Radfahrerin auf. Es gab einige Postboten in Thorn, die meisten waren jedoch eingezogen worden, sodass auch hier Frauen die freien Stellen zu schlechterer Bezahlung übernommen hatten. Sobotta teilte gerade seine Untergebenen in Arbeitsgruppen auf, als hinter ihm die Postbotin klingelte und ihn fragte, ob er die Briefe für die Boysens annehmen wollte.

»Wie käme ich denn dazu?!«, herrschte Sobotta sie an. »Bring die Post gefälligst an die Tür!«

Die Postbotin nickte, aber bewegte sich nicht von der Stelle.

»Was denn noch?!«

»Es ist ... ich ... ich habe noch zwei weitere Briefe hier.«

Augenblicklich war es sehr still geworden.

Es schien, als wagte keine der Frauen mehr zu atmen.

Und wie um ihre schlimmsten Befürchtungen zu bestätigen, zog die Postbotin zwei schmale Kuverts mit dem Stempel *Feldpost* darauf hervor. Kuverts mit nur einem Blatt Inhalt, meist verfasst vom Kommandierenden der jeweiligen Einheit, oft beginnend mit: *Ich habe die traurige Pflicht ...*

Die Frauen senkten schnell die Köpfe, betend, dass nicht ihr Name aufgerufen werden würde.

»Gib her!«, rief Sobotta erbost, als die Postbotin auch nach endlosen Sekunden keine Anstalten machte, die Namen preiszugeben.

Das tat dann Sobotta: »Dewitz, Hartung: vortreten!«

Die Angesprochenen reagierten mit einem erstickten Schrei, während alle anderen aufatmeten und sich gleichsam dafür schämten, erleichtert darüber zu sein, dass es jemand anderes getroffen hatte. Die Aufgerufenen traten vor und griffen mit zitternden Händen nach den Kuverts, die Sobotta ihnen entgegenhielt.

Öffneten sie.

Momente später brachen sie in Tränen aus und mussten von ihren Nachbarinnen gestützt werden. Andere weinten aus Mitleid mit ihnen, was Sobotta schließlich fauchen ließ: »Schluss jetzt! Flennt gefälligst zu Hause! Die Arbeit macht sich nicht von alleine!«

Da trat Isi vor und rief laut: »GENUG!«

Sobotta sah sie überrascht an.

»So lassen wir uns nicht mehr behandeln!«

»Ich behandle euch, wie es mir passt!«, schrie Sobotta zurück.

»NEIN!«

Isi sah sich um und las in den Gesichtern der Frauen die Antwort, die sie sich erhofft hatte. Dann wandte sie sich Sobotta zu und sagte: »Wir legen die Arbeit nieder!«

»WAS?!«

Die Frauen sahen ihn finster an.

Daraufhin schrie Sobotta: »Ihr seid alle entlassen!«

Isi nickte ruhig: »Mag sein, aber wer sät dann aus? Und wenn niemand aussät: Wer wird dann ernten? Sie etwa?«

Sobotta trat auf sie zu und ohrfeigte sie.

Isi dagegen stellte sich erneut vor ihn und spuckte ihm förmlich das nächste Wort ins Gesicht: »Streik!«

Sobotta sah sich um.

Keine der Frauen wankte.

In ihren Augen las er nichts als Hass auf ihn.

Auf Boysen. Auf das System.

Isi hatte Thorns ersten Klassenkampf angezettelt – und sie war bereit, ihn bis zum Letzten durchzufechten.

84

Gespannte Stille.

Die Männer lauern knapp unterhalb des Grabenrandes und erwarten das Signal zum Sturm.

Der Glanz eines neuen Tages durchbricht die Frühnebel.

Gesichter.
Hoffnungsvoll.
Entschlossen.
Willensstark.
Dennoch: Wird es ihr letzter Tag sein?
Ein Leutnant durchschreitet den Graben.
Er beruhigt.
Mahnt zur Stille.
Dann nimmt er die Pfeife in den Mund ...
ANGRIFF!
Die Männer springen heraus: HURRA!
Schnitt.
So hätte es sein sollen.
Aber dann sackten die beiden tödlich getroffen zusammen.
Idioten.
Schon auf dem Papier hatte es sich stimmungsvoll angehört, selbst das Wetter spielte an diesem Tag mit. Es war früh am Morgen, und das Licht hatte jene träumerische Schemenhaftigkeit, die man für Momente wie diesen unbedingt brauchte, um der Seele unverfälschte Emotion zu entlocken.

Stundenlang hatte ich den Männern eingetrichtert, was sie zu tun hatten, wie sie sich aufzustellen und auszusehen hatten. Hatte sie beschworen, sich in die Atmosphäre eines Sturmangriffs hineinzuversetzen, und verlangt, dass sich die Ernsthaftigkeit der existenziellen Bedrohung in den Gesichtern auch entsprechend widerspiegelte. Und dann blieben diese beiden Trottel am Grabenrand hängen und stürzten.

Das allein wäre zu verschmerzen gewesen, man hätte den Sturmangriff trotzdem erzählen können, aber statt still liegen zu bleiben, hatte sich der eine Tote in die Kamera gedreht und gelacht und die andere Leiche offenbar währenddessen eine geeignete Position gesucht, um gemütlich liegen zu können.

»Halt! Aus!«, schrie ich.
Die Männer aber liefen hinaus und schrien *Hurra!*.

Vor uns: verlassene Gräben, zerbombtes Niemandsland, Stacheldrahtverhaue.

Hinter uns: die Artillerie … Ich wirbelte herum und winkte der Batterie hektisch zu, die meine Zeichen – aus fünf Kilometern Entfernung mit dem Feldstecher beobachtend – offensichtlich falsch deutete, denn schon Sekunden später donnerten leichte Feldhaubitzen, deren Geschosse kurz darauf deutlich vor den Männern einschlugen. Trotzdem fielen einige mit großer Geste, während der Rest weiterrannte und *Hurra!* schrie.

»HALT! HALT!«

Ich stand immer noch auf dem Trittbrett meiner Pathé No. 2, einer fünfunddreißig Kilo schweren Filmkamera, die ich mit meinem eigenen Gewicht beim Kurbeln der Bilder ruhig hielt. Aber gerade kurbelte ich nicht – ich winkte, als hätte ich einen schweren Dachschaden.

Endlich schwiegen die Haubitzen.

Die Soldaten hatten mittlerweile das Ende ihrer *Hurra*-Strecke erreicht und standen jetzt etwas ratlos herum. Die Explosionen und Rauchsäulen der Artillerie waren nicht so eindrucksvoll aufgestiegen wie erwartet, sodass ich beschloss, alles mit schwereren Kalibern zu wiederholen, auch wenn das für meine stürmenden Soldaten gefährlicher wäre. Die Explosionen waren das einzig Echte in diesem Film, genau wie die herumfliegenden Splitter, dennoch stand die Inszenierung über allem: Ihr hatten sich gefälligst alle unterzuordnen. Ein Film vermochte so viel mehr als die einzelne Fotografie. Aber nur, wenn die Täuschung makellos war!

»Wos is?«, fragte ausgerechnet der Gefreite, der, immer noch am Grabenrand liegend, in die Kamera gelacht hatte.

Ich presste meine Lippen aufeinander.

Schon stand ein Oberleutnant bei mir und stellte dieselbe Frage: »Wos is, Herr Reschissör?«

»Tut mir leid, Herr Oberleutnant, aber einer der Soldaten hat in die Kamera gelacht!«

»Wos hatta?!«

»Gelacht. Beim Sturmangriff.«

Ich blickte zu dem Gefreiten herüber, als der Oberleutnant auch schon auf ihn zustürmte und schrie: »Sag amal, bist du deppert?«

Es folgte eine lange Schimpfkanonade im breitesten Wiener Schmäh. Es war nicht das erste Mal, dass ich mich fragte, wie ein Volk, das so melodisch fluchen konnte, einen solchen Krieg gewinnen wollte.

Aber das K.-u.-k.-Reich war überzeugt vom Endsieg, genau wie Hauptmann John, bei dem ich vor Wochen vorstellig geworden war, um ihm den Vorschlag zu machen, mich zukünftig für das Medium Film einzusetzen. Ich hatte mir wenig Hoffnung gemacht, aber Glück, auf einen äußerst aufgeräumten John zu treffen, der mittlerweile nicht mehr Hauptmann, sondern Oberst war.

»Schauns, Friedländer, ich hab immer noch meine drei Sterne, aber auf der Goldborte!«

Ich gratulierte und dachte daran, dass ich immer noch Füsilier beziehungsweise K.-u.-k.-Pionier war, ohne jedes Abzeichen, während John gleich drei Ränge übersprungen hatte. Offenbar war man recht zufrieden mit der Arbeit des KPQ.

»Unseren hochverehrten Oberst von Hoen musstens deswegen natürlich zum Generalmajor befördern.«

»Natürlich«, antwortete ich trocken.

Kurz sah er mich forschend an, aber ich setzte mein unschuldigstes Gesicht auf.

»Was kann ich denn für Sie tun?«, fragte er schließlich.

»Sind Herr Oberst mit meinen Leistungen zufrieden?«, fragte ich vorsichtig.

»Sehr sogar!«

»Dann möchte ich untertänigst bitten, Filme drehen zu dürfen!«

Mein Wunsch überraschte ihn sichtlich, und ich war versucht, ihm gleich alle meine Argumente vorzutragen, die ich in Vorbereitung auf dieses Gespräch auswendig gelernt hatte, aber John nickte zustimmend und antwortete: »Sie haben recht, Friedländer. Ich dachte anfangs, dass diese Filmsache bloß was für den Jahrmarkt ist, aber mittlerweile gibt es Tausende Vorführsäle in ganz Europa. Die Menschen sind ganz verrückt nach bewegten Bildern!«

»Ganz erstaunlich, ja!«, pflichtete ich bei.

»Und Sie trauen sich die Sache zu?«, fragte John.

»Unbedingt. Ich habe einen erfahrenen Kameramann bei der Sascha-Film kennengelernt!«

»Ah, daher weht der Wind ...«

Er war aufgestanden und schien für ein paar Momente in Gedanken versunken zu sein. Dann nickte er mir zu: »Ich erwarte höchste Qualität, Friedländer!«

»Natürlich, Herr Oberst!«

»Gut, ich arrangiere alles.«

Und so nahm mich die Sascha-Film freudestrahlend unter ihre Fittiche – was blieb ihr auch anderes übrig? Immerhin trug ich fortan zivil, stand aber im Sold der K.-u.-k.-Armee. In den nächsten Wochen lernte ich den Umgang mit Filmkameras, das gleichmäßige Kurbeln, das Ausrichten der Objektive und das Entwickeln der Filme, die nach jeweils vier Minuten Drehzeit in einen lichtdichten Sack verpackt und im firmeneigenen Labor entwickelt wurden. Um wie viel spannender das alles war verglichen mit den braven Fotografien, die ich im Atelier Lemmle machen durfte!

Dann endlich durfte ich meinen ersten Film drehen.

Und ich wollte den schönsten Sturmangriff, den die Welt bis dahin gesehen hatte, inszenieren. Alles sollte perfekt sein! Es sollte keinerlei Zweifel an meiner Eignung geben, und so waren schon die Vorbereitungen akribisch, weil mir das Schlachtfeld nicht gefiel und es erst mit ein wenig Stacheldraht und zerstörtem Material angepfeffert werden sollte. Ich suchte die Soldaten aus, sprach mit der Artillerie, die im richtigen Augenblick für den nötigen Budenzauber sorgen musste, damit Explosionen und Rauch auch für das passende Gefühl sorgten.

Schließlich wartete ich noch auf das perfekte Licht.

Und jetzt stand ich hier und sah einem Oberleutnant dabei zu, wie er einen Gefreiten zusammenfaltete, während die schöne Morgenstimmung mit dem geheimnisvollen Licht in einen klaren, undramatischen Tag überging.

Endlich kehrte der Oberleutnant zurück und meldete zufrieden: »Wir warant dann so weit, Herr Reschissör!«

Ich nickte unzufrieden.

Dann aber hatte ich eine Idee und ließ vor den Gräbern Strohfeuer legen. Die Artillerie wechselte das Kaliber auf schwer, die Soldaten nahmen Aufstellung im Graben.

Gespanne Stille.

Die Männer lauern knapp unterhalb des Grabenrandes und erwarten das Signal zum Sturm.

Der Rauch eines schweren Gefechts dringt über den Grabenrand und trägt den Geruch des Kampfes in sich.

Gesichter.

Hoffnungsvoll.

Entschlossen.

Willensstark.

Dennoch: Wird es ihr letzter Tag sein?

Ein Leutnant durchschreitet den Graben.

Er ruft: »Gemma, Herrschaften. Und wer diesmal an Schas baut, kummts an die Front – an die richtige, verstehn ma uns?!«

Aber das hört man später im Film nicht.

Dann nimmt er die Pfeife in den Mund ... ANGRIFF!

Die Männer springen heraus: HURRA!

Keiner bleibt zurück, keiner guckt in die Kamera.

Ich kurble und sehe die Soldaten über das Schlachtfeld laufen, Gewehre in der Vorhalte. Rechts und links explodieren schwere Granaten, Erdsäulen wie Kirchtürme steigen beeindruckend in die Höhe, die Luft zittert. Die Männer schreien jetzt nicht mehr *Hurra!*, sondern laufen wie die Hasen.

Es sieht aus wie Krieg.

Ein fantastischer Sturmlauf.

Gänsehautmomente.

Ich hob die Hand und rief laut: »Danke! Das war sehr schön!«

85

Isi hatte ihre Gegner nicht unterschätzt, aber die Wucht des Gegenangriffs überraschte sie doch. Zwar war ihr an diesem Tag gelungen, die Arbeiterinnen hinter sich zu bringen und zusammen mit ihnen das Gut zu verlassen, aber am Morgen des darauffolgenden Tages musste sie einsehen, dass ihr Kampf viel härter werden würde als gedacht: Gendarmeriekommandant Adolf Tessmann hämmerte mit zwei Adjutanten gegen ihre Haustür und begehrte Einlass.

Isi öffnete im Morgenrock.

»Luise Beese?«

»Ja?«

»Sie sind verhaftet! Ziehen Sie sich etwas an!«

Während Isi geschockt das Revers ihres Rockes vor der Brust zusammenraffte, trat ihr Vater Gottlieb dazu und wies den Polizisten den Weg in ihr Zimmer. Isi selbst wurde von den Adjutanten hart an den Armen gepackt und mit nach oben gezogen, wo Tessmann in ihr Zimmer trat und den anderen mit einem Kopfnicken zu verstehen gab, dass sie sich vor der Tür zu postieren hätten.

»Umziehen!«, befahl Tessmann.

»Verlassen Sie sofort mein Zimmer!«, rief Isi erbost.

»Fluchtgefahr!«, lächelte Tessmann und setzte sich auf einen der beiden vorhandenen Stühle. »Und jetzt ein bisschen zügig. Sonst schlepp ich Sie im Morgenrock durch die ganze Stadt!«

Isi blieb nichts weiter übrig, als sich verschämt mit dem Rücken zu Tessmann ein Kleid anzuziehen, während der sie genüsslich beobachtete.

»Sie sind ein Schwein, Tessmann!«, zischte sie.

»Beamtenbeleidigung!«, konstatierte der.

Da drehte sie sich wütend um und fuhr mit dem Ankleiden fort, diesmal jedoch Tessmann trotzig in die Augen blickend. Anfangs lächelte der noch über die Provokation, aber als Isi ihn weiterhin mit Blicken aufspießte, rutschte er auf dem Stuhl herum, als wäre er nur halb bekleidet und nicht sie.

Schließlich sprang er wütend auf und packte sie: »Das reicht jetzt!« Sie wurde abgeführt.

Isis Mutter hatte sich mittlerweile aufgerafft und versuchte, sich zwischen Tessmann und den Ausgang zu stellen. Sie war aber zu schwach und blass, und nach wenigen Momenten schwindelte ihr derart, dass sie sich gegen die Wand lehnen musste und den Weg so selbst freigab.

Isi wurde in Gewahrsam genommen – in derselben Zelle, in der Artur und ich auch gesessen hatten. Nur dass Isi keinen Trumpf mehr im Ärmel hatte. Tessmann erläuterte ihr die Vorwürfe: Rebellion, Anstiftung zur Rebellion, Gefährdung kriegswichtiger Produktionen, Widerstand gegen die Staatsgewalt, Beamtenbeleidigung.

»Ich nehme an, Sie möchten einen Anwalt?«, fragte Tessmann süffisant.

»Den kann ich nicht bezahlen«, gab Isi zurück.

»Sehr bedauerlich. Gut möglich, dass ein paar Jahre Zuchthaus auf Sie zukommen!«

Er grinste.

»Gut möglich, dass der Krieg bald vorbei ist und Artur zurückkehrt. Was glauben Sie, wie er reagiert, wenn seine Liebste im Gefängnis sitzt?«

Tessmanns Grinsen fror ein.

Dann verließ er den Arrest.

Kurze Zeit später besuchte ihre Mutter sie und versprach, für einen Anwalt zu sorgen, auch wenn der Vater dies nicht wünschte.

»Ich habe etwas Geld zur Seite gelegt!«, flüsterte sie.

Isi verbrachte die Nacht in Haft, wurde aber am nächsten Morgen, nachdem der Anwalt vorstellig geworden war, wieder freigelassen. Was zwar ein gutes Zeichen war, aber nicht bedeutete, dass die Anklagen gegen sie fallen gelassen worden waren, wie der Anwalt Isi klarmachte. Im Gegenteil: Die Staatsanwaltschaft war begierig darauf, an ihr ein Exempel zu statuieren.

»Warum haben Sie sich bloß mit Wilhelm Boysen angelegt?«, seufzte der Anwalt. »Die Anklage ist lächerlich, aber in diesem Umfeld bekommt Boysen, was er will. Und es wird Ihnen nichts nützen, unschuldig im Sinne der Anklage zu sein, denn Sie werden einsitzen. Möglicherweise sogar für lange. Und in Thorn, im ganzen Kreis Marienwerder, haben Sie keine Hilfe zu erwarten. Der Einzige, der Ihnen wirklich helfen könnte, ist Ihr Vater. Als Reichstagsabgeordneter hat er einige Möglichkeiten, überregional auf diesen Fall einzuwirken. Aber ich fürchte, er will nicht!«

»Schon gut«, nickte Isi frustriert.

Am Nachmittag sahen einige der Frauen, die mit ihr in den Streik getreten waren, nach ihr. Auch sie hatten Besuch von der Staatsgewalt bekommen, doch im Gegensatz zu Isi hatten die meisten Familie, kleine Kinder, die sie versorgen mussten, ganz davon abgesehen, dass sich keine von ihnen einen teuren Prozess leisten konnte.

»Wir werden morgen wieder unsere Arbeit aufnehmen, Isi«, sagte eine von ihnen.

»Tut das nicht! Es wird nur noch schlimmer werden!«

»Das mag sein, aber wir haben keine Wahl. Und …«

Sie zögerte.

Blicke unter den Frauen.

»Und?«, hakte Isi nach.

»Sie haben versprochen, alle Anklagen fallen zu lassen, wenn wir mit dir brechen. Sie haben es nur auf dich abgesehen, Isi.«

Ihr sank das Herz.

Und auch ein heftiger Streit mit ihrem Vater am Abend konnte sie kaum aufmuntern. Mittlerweile hatte sich der Skandal schon in der ganzen Stadt ausgebreitet, denn dass ausgerechnet die Tochter des Reichstagsabgeordneten in Haft gesessen hatte, war zu guter Stoff, um ihn nicht ausgiebig weiterzutratschen.

»Diese Blamage! Diese unendliche Blamage!«, schrie Gottlieb und sah händeringend gen Himmel, als ob er Trost vom Vater erwartete. »Und immer die Boysens. Unsere Wohltäter!«

»Unsere?«, fragte Isi ironisch zurück.

»Mein Glück ist auch das Glück dieser Familie!«

»Vermutlich war ich deswegen Tagelöhnerin? Vor lauter Glück!«

Gottlieb schrie wütend: »Alles könnte so schön sein, wenn du nicht du wärst! Aber das sage ich dir: Diesmal bist du zu weit gegangen! Diesmal werde ich dir nicht helfen!«

Isi zuckte mit den Schultern: »Das wäre ganz reizend, danke.«

»Spotte nur. Wirst schon sehen, was du davon hast!«

»Tut mir leid, wenn deine hinterhältigen Pläne nie aufgehen. Aber eines kann ich dir jetzt schon prophezeien: Ich werde kämpfen! Und dein Problem wird sein, dass du immer beteiligt sein wirst. Immer! Mir ist es egal, was sie mit mir machen – dir auch?«

Gottlieb funkelte sie böse an.

Unglücklicherweise hatte seine Tochter da einen sehr wunden Punkt getroffen. Er war jetzt wer! Und wenn seine Karriere weiterhin einen so erfreulichen Verlauf nehmen sollte, dann konnte er sich eine kriminelle, um nicht zu sagen: asoziale, Tochter einfach nicht leisten.

An der Spitze musste die Weste stets blütenrein sein.

Wieder klopfte es an der Haustür.

Da Isi keine Anstalten machte aufzustehen, verließ Gottlieb schnaubend den Raum, kehrte wenig später aber mit einem boshaften Lächeln wieder zurück.

»Besuch für dich!«, kündigte er an.

Und die Art, wie er das tat, verhieß nichts Gutes.

Im nächsten Moment trat Falk Boysen ins Wohnzimmer.

In seiner schönen blauen Ulanen-Uniform, die fast so gut saß wie die, die mein Vater ihm einst genäht hatte. Falk indes war sichtlich geschwächt und ging an einem Stock.

Überrascht sprang Isi auf.

»Guten Abend, Fräulein Beese«, grüßte Falk.

»Was machst du denn hier?«, fauchte Isi.

»Genesungsurlaub. Habe ein bisschen was abbekommen.«

Isi verschränkte die Arme vor der Brust: »Nicht genug, wie mir scheint!«

Gottlieb sog entsetzt Luft ein und war im Begriff, sich in aller Form für seine Tochter bei Falk zu entschuldigen, als der lässig die

Hand hob und abwinkte: »Schon gut. Ich kenne Ihre Tochter ja mittlerweile.«

»Was willst du?«

Falk zuckte ein wenig mit den Schultern und antwortete aufgeräumt: »Nur ein wenig plaudern.«

»Verschwinde einfach!«

Falk wandte sich Gottlieb zu und fragte: »Vielleicht haben Sie einen Cognac für uns? Oder einen Kaffee?«

»Selbstverständlich!«, rief Gottlieb, zögerte dann aber, als ihm bewusst wurde, dass Isi sie sicher nicht bedienen würde und seine Frau unpässlich war. Mit zusammengekniffenen Lippen verzog er sich gedemütigt in die Küche, um das Bestellte herbeizuholen.

»Darf ich?«, fragte Falk galant und nickte einem Sessel zu, um sich zu setzen.

»Nein«, entschied Isi.

Falk setzte sich trotzdem.

»Seit wann bist du da?«, fragte Isi.

»Seit ein paar Tagen.«

»Na, bei der guten Kost solltest du bald wieder an der Front sein!«, grinste Isi.

»Hab schon gehört, dass du wieder das Wildkätzchen gegeben hast. Ist dir damals nicht gut bekommen und heute auch nicht. Irgendwie scheinst du nicht schlauer zu werden.«

Isi setzte sich auf das Sofa und antwortete: »Du langweilst mich, Falk. Irgendwie scheinst du einfach nicht interessanter zu werden.«

Falk kicherte amüsiert.

Dann sagte er: »Gut, dann will ich dir einen Vorschlag machen, der vielleicht ein bisschen interessanter ist.«

»Und der wäre?«

»Du wirst alle Aktivitäten gegen meinen Vater einstellen, dich öffentlich für dein Verhalten entschuldigen und jedem versichern, dass mein Vater ein fürsorglicher, gutherziger Patron ist, der für die Seinen nur das Beste im Sinn hat!«

Diesmal lachte Isi.

»Glaubst du denn wirklich, dass ich Angst vor dem Gefängnis habe?«

Falk schüttelte den Kopf: »Ich weiß, dass du keine Angst vor dem Gefängnis hast. Aber vielleicht um Artur?«

Isi saß plötzlich pfeilgerade da und starrte Falk an: »Was hast du da gesagt?«

»Artur ist mein Untergebener. In meiner Kompanie. Möchtest du, dass ich ihn in den Tod schicke?«

»Du lügst!«, schrie Isi.

»Hat er dir nicht geschrieben?«, fragte Falk lauernd zurück.

Isi schwieg – das hatte er. Boysen hatte er nie erwähnt. Weder im letzten Schreiben noch in den wenigen Briefen zuvor.

»Na ja, ist ja auch nicht so wichtig. Du kannst jederzeit nachfragen. Dann wirst du wissen, ob ich lüge oder nicht.«

Isi hörte bereits am selbstgefälligen Ton seiner Stimme, dass er die Wahrheit sagte.

»Schön, ich sehe, wir sind uns einig. Du tust, was ich sage, und Artur wird leben. Im anderen Fall wirst du bald Post bekommen. Aber nicht von ihm!«

Er mühte sich auf und stützte sich wieder auf seinen Gehstock.

»Jetzt, da wir das Geschäftliche besprochen haben, kommen wir doch zum erfreulichen Teil meines Besuchs: Ich werde heiraten!«

Isi hob erstaunt die Brauen: »Weiß die Braut schon davon?«

Falk lachte: »Eins muss man dir lassen: immer amüsant. Ich werde die jüngste Tochter der von Brocks heiraten. Nach dem großen Unglück vom Thorner Baracken-Bumms ist man von meinem Antrag ganz entzückt. Es ist eine solche Ehre für das Mädchen!«

»Warte, bis sie dich kennenlernt.«

»Einerlei. Mein Vater möchte einen Erben, und weil man nie weiß, wie so ein Krieg läuft, bekommt er auch einen.«

»Eine echte Liebeshochzeit!«, spottete Isi.

»Du und dein Vater seid herzlich eingeladen.«

»Nein danke.«

Er lächelte grausam – Isi fühlte sich erinnert an den Tag, an dem er Kopernikus überfahren und auf sie herabgeblickt hatte: *Wir Boysens bekommen immer, was wir wollen.*

»Du wirst kommen. Und dich öffentlich entschuldigen. Das ist der Handel, junge Dame! Und wenn alles ganz genau so läuft, wie meine Familie sich das wünscht, wenn du allen glaubhaft versicherst, dass du zutiefst bereust, dann könnte ich mir vorstellen, dass die Staatsanwaltschaft gnädig mit dir verfährt. Schließich ist dein Vater nun mal ein treuer Freund unseres Hauses, und wir würden ihm ungern Kummer bereiten. Aber nur, wenn wir bekommen, was wir wollen!«

Damit wandte er sich ab und humpelte aus dem Raum.

Isi sah ihm nach: eine öffentliche Demütigung gegen das Leben Arturs.

Das war nicht zu viel verlangt.

Allein: Konnte sie Falk trauen?

86

Arturs Einheit wurde nach Galizien in die Nähe der Stadt Gorlice verlegt, um dem angeschlagenen Bündnispartner Österreich-Ungarn in einer großen Befreiungsschlacht beizustehen. Zu seiner großen Überraschung trug er dort, ebenso wie ich, zwischenzeitlich die Uniform der K.-u.-k.-Armee, um in gefährlichen Ausflügen durch das Niemandsland die Stellungen der russischen Armee auszukundschaften.

Was dann folgte, war die Auslöschung des Gegners durch die deutsche Artillerie. Binnen eines Tages wurden die schlecht befestigten feindlichen Gräben erstürmt, in denen sich Leichen in einer Art und Weise zu Bergen türmten, dass weder Artur noch sonst jemand Freude über diesen Sieg empfinden konnte.

Das hatte nichts mehr mit Kampf fürs Vaterland zu tun, hier waren einfach nur junge Burschen abgeschlachtet worden, die schlecht ausgerüstet und unterernährt waren und nicht einmal Helme, sondern nur Mützen trugen. Zerfetzt von Granaten, Minen und Schrapnells hatten viele nicht einmal Schüsse abgeben können, um sich zu verteidigen. In den folgenden Tagen starben oder gerieten Hunderttausende in Gefangenschaft, und doch wurden die Reihen immer wieder mit neuen armen Teufeln ohne Helme aufgefüllt, die genauso unterernährt und schlecht ausgerüstet waren wie sie.

Die Festungsstadt Premissel, noch im März von Russland dem K.-u.-k.-Reich entrissen, wurde Anfang Juni zurückgewonnen, worauf sich die gesamte russische Karpatenfront weit in den Osten zurückzog. Ein Umstand, der in den folgenden Wochen gewaltige Bewegungen der gesamten Ostfront nach sich ziehen und somit auch Arturs Weg entscheidend beeinflussen würde.

Der hatte in jenen Junitagen zum ersten Mal die Hoffnung, dass dieser Krieg im Osten bald enden könnte. Dass der gesamte Krieg bald enden könnte. Dass er zurückkehren würde, um unser Geschäft neu aufzubauen. Aber da wusste er noch nicht, was das Schicksal für ihn bereithielt.

Denn kurz nach den überstandenen Schlachten wurde er wieder verlegt, zurück in den Norden, zurück in die neu eroberten Gebiete um Ostpreußen herum, in die Nähe der litauischen Festung Kowno, vor der sich jetzt die deutschen Truppen sammelten. Die achte Armee war dort in Position gebracht worden, und als Artur erfuhr, dass er der ersten Kavalleriedivision unterstellt werden sollte, ahnte er nichts Gutes.

Er traf im Hochsommer ein, erhielt von seinem Feldwebel den Befehl, sich umgehend beim Chef seiner Kompanie zu melden. Der residierte in einem hübschen kleinen Haus am Rande eines namenlosen Städtchens, und als Artur eintrat und militärisch grüßte, sah er dort niemanden anderes als den grinsenden Falk Boysen.

»Burwitz, wie schön, dass Sie es einrichten konnten!«

Er stand auf und gab ihm die Hand.

»Wie ich sehe, sind Sie befördert worden, Herr Oberleutnant!« Falk nickte: »Ja, eine schöne Überraschung während meines Heimaturlaubes. Obwohl, so ganz überraschend war es dann doch nicht, schließlich wurde mir davor schon das Eiserne Kreuz verliehen. So etwas bleibt dem *Ober Ost* nicht verborgen.«

»Gratuliere!«, antwortete Artur lustlos.

»Habe sogar geheiratet!«, lächelte Falk, hob seine linke Hand empor und präsentierte einen schlichten goldenen Ring daran.

»Gratuliere erneut!«, gab Artur lahm zurück.

»Sie wundern sich sicher, dass Sie wieder hier sind?«

Artur schwieg.

»Nicht?«, fragte Falk lauernd zurück.

Sie starrten sich beide an.

Es schien, als suchte Falk nach einer Antwort in Arturs Gesicht, nach einem verräterischen Lächeln, einem spöttischen Zug um die Augen, aber Artur blieb unbewegt, wenn er auch nicht den Blick senkte.

Plötzlich lächelte Falk gewinnend: »Warum so ernst, Füsilier? Ich freue mich wirklich, Sie zu sehen! Schließlich haben Sie mir das Leben gerettet.«

»Zweimal«, antwortete Artur ruhig.

»Richtig. Zweimal. Und deswegen habe ich Sie auch angefordert. Sie sind mein Glücksbringer!«

»Stets zu Diensten, Herr Oberleutnant!«

Diesmal konnte Artur die Ironie nur schwer unterdrücken.

»Ach, Burwitz, das habe ich vermisst: Ihren trockenen Humor.«

Falk gab sich jovial, aber seine Augen lächelten nicht, als er Artur ansah und ihm einen Cognac anbot. Artur nahm an, er hatte selbst das Bedürfnis, etwas zu trinken.

»Da Sie in Gorlice dabei waren, wissen Sie ja, dass sich die Front verschoben hat und die Russen dadurch in eine äußerst ungünstige Lage geraten sind. Gut für uns. Pezaßnitz ist gefallen, Kowno wird folgen. Mit ein wenig Glück und Männern wie uns beiden werden wir die russischen Armeen umschließen und vollständig vernichten.«

Artur sah ihn erstaunt an.

Falk kommentierte den Blick mit einem Nicken: »Da staunen Sie, dass ich Ihnen all diese geheimen Kommandosachen mitteile, was?«

»Ja, Herr Oberleutnant.«

»Da können Sie mal sehen, wie viel Vertrauen ich in Sie setze, Burwitz! Denn ich weiß, Sie werden darüber nicht mit Ihren Kameraden sprechen und mich nicht in Schwierigkeiten bringen.«

»Jawohl, Herr Oberleutnant!«

Falk winkte ab: »Ach, lassen Sie doch diese Förmlichkeiten. Wenn niemand dabei ist, nennen Sie mich ruhig bei meinem Namen.«

»Jawohl, Herr Oberleutnant.«

Falk seufzte leise.

Dann aber sagte er: »Ich baue auf Sie, Burwitz! Sie waren für mich da, jetzt werde ich für Sie da sein. Ein Boysen vergisst nie!«

Er gab Artur die Hand.

»Auf eine glorreiche Zukunft, Kamerad!«

»Jawohl, Herr Oberleutnant!«

Artur salutierte und verließ das Zimmer.

87

Obwohl der Sturm auf Kowno noch in ungewisser Zukunft bevorstand, hatte sich eine gespannte Nervosität unter den Soldaten wie ein Virus ausgebreitet. In Artur klang die Begegnung mit Boysen nach. Aller zur Schau getragenen Freundlichkeit zum Trotz war er immer noch skeptisch: Konnte man Falk Boysen trauen?

Das Morphium hatte stark genug gewirkt, um sich Artur als homosexuell zu offenbaren, aber war es auch stark genug gewesen, um alles im Rausch wieder zu vergessen? Denn würde Artur Anklage gegen Boysen erheben, wäre dessen Laufbahn als Offizier nicht nur augenblicklich beendet, sondern die Schande derart groß, dass es für ihn nur noch einen ehrenhaften Weg geben würde, den er dann gehen könnte. Allein ein Gerücht konnte schon seine Karriere zerstören, und Artur hätte sicher genügend Kameraden gefunden, die alles bestätigen würden, was er von ihnen verlangte, unabhängig davon, ob sie Zeugen gewesen wären oder nicht.

Konnte man Boysen also trauen?

Und wenn nicht: Was wusste er noch von diesem Tag?

Von genau diesen beiden Fragen hing Arturs Leben ab.

Er bezog sein Lager, machte sich mit den neuen Kameraden bekannt und erhielt am Abend Nachricht, sich erneut in der Kommandantur einzufinden. Boysen hatte ihn zum Essen eingeladen, und da Artur weder Befehle verweigern konnte noch auf eine gute Mahlzeit verzichten wollte, hatte er angenommen.

Am Ende dieses Abends, nach belangloser Plauderei, hatte Boysen ihm eine Zigarre angeboten, die sie vor der Tür zusammen rauchten. Es war warm, friedlich, eine wunderbare Sommernacht, in der Grillen zirpten und der Himmel von Milliarden Sternen übersät war.

Der Krieg war weit weg.

Und doch allgegenwärtig.

Da sagte Boysen: »Es geht bald los, Burwitz. Von unserer Luftaufklärung wissen wir, dass vor Kowno in einem Waldstück sowie knapp dahinter insgesamt acht vorgeschobene Stellungen der Russen liegen. Vermutlich gut ausgebaut, jedenfalls hatten sie genügend Zeit dafür. Unsere Artillerie wird ihren Widerstand schwächen, aber es wird ein harter Gang werden.«

Artur nickte.

»Ich will nicht, dass Sie dabei sind.«

»Nicht?«

Falk schüttelte den Kopf: »Nein. Ich habe etwas anderes für Sie.«

Artur sah zu ihm herüber und antwortete: »Was?«

Falk erwiderte seinen Blick: »Eine Aufklärungsmission.«

»Und die wäre?«

»Da gibt es eine Brücke am Njemen. Wir sind sicher, dass sie die sprengen werden, sollten unsere Truppen durchbrechen. Und genau da liegt unsere Chance: Diese Brücke ist überraschend schwach besetzt. Ihr Auftrag ist es, den Feind auszuschalten und alle Sprengladungen zu entfernen!«

»Wie viele Männer halten den Brückenkopf?«, fragte Artur.

»Wir haben acht ausgemacht. Zwei Maschinengewehrnester, dazu vier weitere Patrouillensoldaten. Wenn Sie es geschickt anstellen, werden die tot sein, bevor sie auch nur einen Schuss abgegeben haben.«

»Und die Stellungen davor?«

»Sehr schwach. Wir wissen genau, wo ihre Truppen stehen.«

»Woher wollen Sie das wissen?«

»Funkverkehr. Die Russen senden ihre Botschaften immer noch unverschlüsselt. Wir hören alles mit.«

Artur schnaubte erstaunt: Kein Wunder, dass das Deutsche Reich hier einen Erfolg nach dem anderen landete. Dann fragte er: »Wie viele kommen mit?«

»Fünf Männer. Gute Leute. Elite. Erledigen Sie den Auftrag, und ich werde Sie auf einen Feldwebellehrgang schicken. Dann werden Sie ein paar Wochen Ruhe von der Front haben und zukünftig anders eingesetzt werden.«

»Wann?«

»Noch heute Nacht. Sie bekommen von mir Karte und Lage. Sie werden den Njemen in drei Stunden erreichen können. Um 4.45 Uhr beginnen wir unseren Angriff. Bis dahin muss die Brücke uns gehören.«

»Wie kommen wir dort wieder weg?«

»Gar nicht. Unsere Artillerie wird zwischen Ihnen und unseren Truppen die Erde in Brand setzen. Ganz so wie in Gorlice. Wir werden innerhalb eines Tages bei Ihnen sein und die Brücke besetzen. Sie darf bloß nicht gesprengt werden.«

Artur nickte.

»Glauben Sie mir, Burwitz. Verglichen mit Kowno ist das ein Spaziergang. Und trotzdem wird es Ihnen das Eiserne Kreuz einbringen. Ich sorge dafür.«

»Schon gut, nicht nötig.«

»Wie bescheiden. Aber Sie sollten sehen, dass Sie irgendwann mal einen besseren Posten bekommen, denn sonst kommt der Tag, an dem man Ihnen im Niemandsland eine Kugel in den Kopf schießen wird.« Er reichte ihm die Hand. »In einer Stunde gehts los! Viel Glück, mein Freund!«

Boysen überreichte ihm Karte und Kompass und mahnte ihn, die Stunde zu nutzen, den Weg auswendig zu lernen und die Karte nur im äußersten Notfall zurate zu ziehen. Selbst in dunkler Nacht war das weiße Papier wie ein Leuchtfeuer für gegnerische Schützen.

Erst kurz vor Ablauf der Stunde traf Artur an einer alten Scheune ein, die als Treffpunkt für ihre Mission ausgemacht worden war. Dort machte er im fahlen Mondlicht fünf Männer aus, die im hohen Gras zusammenhockten und nervös nach ihrem Gewehr griffen, als sie Arturs Schritte herannahen hörten.

Sie standen auf und salutierten.

Artur erstarrte.

Mit einem Blick erkannte er, dass keiner der Männer vor ihm kampferfahren war. Alle schienen frisch aus der Grundausbildung zu kommen, und in die Angst, die aus ihren Poren aufstieg, hätte man einen Nagel hineinschlagen können.

Boysen hatte nichts vergessen!

Diese Mission war ein Himmelfahrtskommando.

»Was sollen wir tun, Herr Füsilier?«, fragte einer der Burschen zaghaft.

Er hatte nicht mal das Zittern in seiner Stimme im Griff.

»Setzt euch!«, sagte Artur. »Ich muss nachdenken.«

Sie nickten allesamt und hockten sich wieder ins Gras, jeder von ihnen mit einem Blick, der geradezu darum flehte, dass er sie alle wieder heil nach Hause brachte. Für einen Moment spielte Artur mit dem Gedanken, ihnen zu sagen, dass keiner von ihnen lebend zurückkehren werde, entschied sich aber dagegen, denn es war eine Gnade, nicht zu wissen, wann man starb. Und solange es Hoffnung gab, würden sie kämpfen.

Wieder schlug er die Karte auf.

Beschränkte sich auf die Dinge, von denen er annehmen konnte, dass sie echt waren: die Karte und die topografischen Gegebenheiten. Der Njemen. Sonst nichts. Ob es eine Brücke gab? Vielleicht. Aber wenn, war sie mit Sicherheit ganz anders gesichert als versprochen.

Zwischen ihm und dem Fluss lagen ein paar Kilometer, vermutlich mit einer ganzen Reihe von Stellungen. Artur war sich absolut sicher, wenn sie dem geplanten Weg folgten, würden sie schnurstracks in den Gegner hineinlaufen. Sie könnten sich bei erstem Widerstand ergeben, aber es war fraglich, ob die Russen Lust hatten, Gefangene zu machen, und noch viel fragwürdiger, ob die Buben an seiner Seite in der Dunkelheit die Nerven behalten würden. Und desertieren? Mit ängstlichen Grünschnäbeln?

Oh, das hatte Boysen geschickt eingefädelt: Noch bevor er die Gelegenheit haben würde, Gerüchte in die Welt zu setzen, schickte er ihn in den Tod. Und fünf junge Burschen dazu, die dafür sorgten, dass ihm jeder Ausweg abgeschnitten wäre. Mittlerweile war er sich auch vollkommen sicher, dass Kowno nicht angegriffen werden würde. Nicht heute Nacht. Es würden wenige Schüsse fallen – und alle würden sie seiner Gruppe gelten.

Die Karte war der einzige Ausweg.

Hektisch studierte er sie.

Wenn überhaupt, hatten sie lediglich in der Dunkelheit eine Chance. Was auch immer sie unternehmen konnten, sie mussten es vor Sonnenaufgang beendet haben. Er entdeckte zwei Kilometer südlich ein Wäldchen mit einem kleinen Wasserlauf darin. Sie könnten ihm zum nächsten Bach folgen und von dort in östlicher Richtung durch einen tief eingeschnittenen Hohlweg schleichen, der sie vor neugierigen Blicken schützte. Die russischen Soldaten wären mit Sicherheit auch dort, aber das Gelände verhinderte massive Stellungen. Könnten sie nur den Hohlweg erreichen! Er war wie das Nadelöhr zum Fluss: viel zu klein für Truppenbewegungen, aber groß genug für ein paar stumme Schatten. Sollten sie entgegen seinen Erwartungen dort Wachen abgestellt haben, müssten sie mit dem Bajonett gegen sie arbeiten. Oder mit den bloßen Händen. Schüsse würden ihre Mission schneller beenden, als sie begonnen hatte.

Schnell packte er die Karte wieder ein und sagte: »Zuhören, denn ich sage es nur ein Mal: Wir überleben das hier nur, wenn ihr genau tut, was ich jetzt sage. Schwärzt eure Hände, Gesichter und, ihr beiden Blonden da, auch die Haare. Wir werden wahrscheinlich kämpfen müssen: Hat jeder sein Seitengewehr dabei?«

Sie nickten scheu und blickten auf das an ihrem Gürtel hängende Bajonett.

»Gut, schwärzt das auch. Abschnallen! Auch das Gewehr. Ihr nehmt nur die Pistole und das Seitengewehr mit. Sonst nichts.«

Sie legten ab.

»Herr Füsilier?«, flüsterte einer.

»Ich bin Artur.«

Der Junge nickte: »Ich heiße Michael … Womit schwärzen wir uns?«

Artur seufzte: Sie wussten wirklich gar nichts. Er fischte eine Dose Schuhcreme aus seiner Tasche.

Dann zogen sie los.

Sie erreichten das Wäldchen, und Artur signalisierte ihnen mimisch: ab jetzt kein Wort mehr …

Sie schleichen.

Es ist stockduster.

Artur sucht einen Weg und wittert den Feind.

Bald schon kann er leise Stimmen hören.

Russisch.

Hier und dort glimmt Glut von Zigaretten auf: keine Gräben.

Gut.

Wind kommt auf, Bäume rascheln.

Flügelschlagen.

Ein Kauz.

Das Trippeln von Mäusen.

Seine Sinne sind so geschärft, dass er mehr sieht, als eigentlich möglich ist.

Mehr riecht.

Mehr hört.

Selbst die Haare an Kopf und Armen nehmen Schwingungen auf, die er zu einem Bild verarbeitet.

Die Russen sind unaufmerksam, scherzen. Einige trinken.

Rechts und links mit Sandsäcken gebaute Stellungen, ein schmaler Weg dazwischen.

Artur stellt sich vor, unsichtbar zu sein.

Zu schweben wie ein Geist.

Ein Schatten zwischen Schatten.

Ein Windhauch, und sie treiben wie die Samen eines Löwenzahns durch die Dunkelheit auf die andere Seite der Stellungen.

Da: der Wasserlauf.

Sanftes Plätschern.

Gut.

Leises Schmatzen der Stiefel in der Feuchtigkeit.

Der Bach ist nicht mehr weit: springendes Wasser.

Neue Stellung.

Wieder unsichtbar werden.

Dann, wie aus dem Nichts, steht ein Soldat vor ihm: öffnet die Hose zum Pinkeln. Zieht an einer Zigarette. Artur kann den Wodka riechen, den Urin. Der Mann dreht sich zu ihm, sieht in Arturs schwarzes Gesicht.

Die Kippe fällt aus dem Mund.

Artur hält ihn fest, während die Klinge bereits tief zwischen seinen Rippen steckt. Der Mund des Mannes steht offen, Artur löst die Hand vom Seitengewehr und legt sie ihm auf die Lippen. Behutsam bettet er ihn auf den Boden, sein Blick starrt bereits ins Leere.

Artur zieht das Bajonett aus ihm heraus.

Mondlicht bricht durch die Wipfel, zwischen Blut und Schuhwichse blitzt der Stahl.

Jemand ruft.

Artur dreht sich zu seinen Leuten um: schnell, schnell!
Wieder Rufe.
Sie jagen jetzt den Bach herab, ihre Schritte sind überlaut.
Schüsse brechen!
Die Jungs schreien!
Nicht!
Artur beschleunigt: da, der Hohlweg.
Er jagt hinein, während die Maschinengewehre rattern.
»Artur!«, schreit einer.
Michael.
Pistolenschüsse: Die Burschen erwidern das Feuer. Wie können sie nur so dumm sein!
»Ar...«
Nichts mehr.
Artur rennt.
Hinter sich hört er nichts mehr.
Er folgt dem Bach.
Nach einer Weile öffnet sich der Hohlweg plötzlich, vor ihm hohes Schilf!
Er rennt hinein, kämpft sich vor.
Nach Minuten steht er am Ufer des Njemen.
Endlich dreht er sich um.
Er ist allein!
Im Osten glimmt ein neuer Tag. Artur sieht auf seine Uhr. 5.12. Eigentlich müsste der große Angriff schon längst laufen. Aber es gibt keinen Angriff – natürlich nicht. Es gibt nur fünf tote Jungs und ihn, der nicht mehr zurückkann.
Der Fluss.
Dahinter: Feindesland.
Er trifft eine Entscheidung, springt in den Fluss und schwimmt auf die andere Seite.
Ab jetzt ist er fahnenflüchtig.

Riga

88

Das Gut war hell erleuchtet, elektrisches Licht überall.

Im Innenhof vor dem Haupteingang waren lange Tischreihen und Bänke aufgebaut worden, die Boysens sparten an nichts: Das Essen war überbordend, Bier und Schnaps flossen in Strömen. Jeder sollte wissen, wenn der Herr eine Hochzeit ausrichtete, dann eine, über die man noch Jahre später sprechen würde. Und kein Krieg der Welt würde daran etwas ändern.

Drinnen im Salon die feine Gesellschaft: Wein, Sekt, Porzellan und Silberbesteck. Eine Kapelle, die munter aufspielte, und am Kopf des Saales das Brautpaar: Falk und ein verschüchtertes junges Ding, das zwar stolz lächelte, aber kaum jemandem dauerhaft in die Augen sehen konnte. Links und rechts davon die Boysens und die von Brocks, davor alle, die in Thorn etwas zu sagen hatten: Bürgermeister Reschke, Polizeikommandant Tessmann, die Abgeordneten des Rates, die Geschäftsleute und der Reichstagsabgeordnete Gottlieb Beese nebst seiner Tochter Luise.

Isi hasste jede Sekunde, die sie hier verbringen musste. Gleich würde sie vor die Gäste treten, um vor Falk im Staub zu kriechen. Und gleich anschließend noch einmal im Hof, wohin Falk die ehemals streikenden Frauen eingeladen hatte.

Die Musik verstummte – Wilhelm Boysen schlug mit der Gabel gegen sein Glas und hielt eine kleine Rede. Ihm nach tat es der Jüngere der von Brocks, der seit dem Selbstmord des Majors Familienoberhaupt war. Dann erhob sich Falk und dankte seinen Gästen für die vielen guten Wünsche, machte ein paar Scherzchen, die die Versammelten erheiterten. Schon schien er sich setzen zu wollen, richtete sich aber wieder auf und rief: »Ach, fast hätte ich es vergessen: Es gibt da jemanden, der euch allen ebenfalls etwas zu sagen hat!«

Natürlich hatte er es nicht vergessen, er kostete lediglich den Moment aus.

Isi erhob sich und wandte sich den neugierig Lauschenden zu.

»Meine Damen, verehrte Herren, auch ich möchte mich den guten Wünschen anschließen und mich für die herzliche Einladung bedanken. Bedenkt man, dass ich vor Kurzem noch einen Streik auf diesem Gut angezettelt habe, ist das nicht selbstverständlich. Daher möchte ich die Gelegenheit nutzen, mich bei den Boysens zu entschuldigen. Die Familie war immer sehr edelmütig, genau wie sie es jetzt mir gegenüber ist. Erheben Sie daher mit mir Ihr Glas! Trinken wir auf das Wohl der Familie Boysen und auf das liebreizende Hochzeitspaar!«

Isi sah in die überheblich lächelnden Gesichter, die ihr jetzt ironisch zuprosteten, genau wie Falk es tat. Dann trank sie ihr Glas in einem Zug aus und hätte es am liebsten auf den Boden geschmettert. Der Wein wirkte schnell, und das schwebende Gefühl, das sich vom Magen in alle Richtungen ausbreitete, nahm ihr ein wenig den Ekel vor der Situation.

Falk stand auf und sagte: »Vielen Dank, Fräulein Beese. Wir sind Christen, und schon der Herr hat uns gelehrt, seinen Nächsten immer die Hand zu reichen. Ich bin froh, dass Sie Ihren schweren Fehler eingesehen haben, und so will ich Ihnen im Namen meiner Familie großmütig verzeihen.« Er wandte sich den Gästen zu. »Wir Boysens haben einfach ein zu weiches Herz, nicht wahr?«

Es gab Schmunzler und Applaus und die anschließenden Versicherungen, dass Falk ein Ehrenmann sei und die Situation mit äußerster Finesse gelöst habe. Klasse konnte man eben nicht lernen – sie war tief verwurzelt im Stammbaum einer über Jahrhunderte gewachsenen Familie.

Falk forderte Musik und Tanz, bekam beides und führte Isi dann nach draußen, damit sie dort ihren Fehler ihren Mitstreiterinnen und allen anderen, die gekommen waren, erneut eingestehen konnte. Sie tat es und blickte dabei in die Gesichter der Frauen, die sie in diesen Arbeitskampf geführt hatte: Es war noch schlimmer, als sie es sich vorgestellt hatte. Im Gegensatz zur feinen Gesellschaft gab es hier keinen Applaus. Im Gegenteil. Einige der Versammelten beschimpften Isi als unpatriotisch, verwöhnt oder unverschämt. Allen voran Heinrich Sobotta, der sichergehen wollte, dass Falk ihn auch wahrnahm, während seine Frau neben ihm schwieg. Sein Zweitältester war Hofgänger geworden und beeilte sich, seinem Vater nachzueifern.

Isi indes verschwand vom Gut, ohne sich bei irgendjemandem zu verabschieden, und weinte fast den gesamten Heimweg lang vor Wut und Scham. Der Streik war rechtens, und doch hatte sie damit nichts erreicht, außer vor allen anderen gedemütigt zu werden.

Sie musste von hier fort.

Mutter würde es verstehen, sie hatte immer alles verstanden, aber wäre es wirklich anständig, sie hierzulassen? Hatte sie nicht auch ein Recht darauf fortzugehen? Wenigstens die letzten Monate ihres Lebens frei zu sein, weit weg von ihrem Mann? Doch wie sollten sie das anstellen? Ohne Geld? Ohne Rücklagen? Mit der Aussicht auf zusätzliche Kosten für die Arztbehandlung? Denn egal, was sie tat, hier in Thorn würde ihr niemand helfen. Nicht einmal ihre Schwestern, die sich hinter ihren Ehemännern versteckten.

Sie musste mit Mutter sprechen. Einen Plan fassen. Eine Richtung festlegen und sich nicht beirren lassen. Es würde Möglichkeiten geben ... Gab es die nicht immer?

Doch es kam nicht mehr zu diesem Gespräch.

Als sie zu Hause ankam, wurde sie erneut festgenommen.

Fluchtgefahr.

Wenige Tage später eröffnete die Staatsanwaltschaft den Prozess gegen sie: Es wurde ein sehr kurzer.

Falk Boysen nutzte seinen verbliebenen Urlaub, um gegen sie auszusagen. Auch ihr Vater sagte gegen sie aus. Und die Frauen, die sich am Tag des Aufstands noch hinter sie gestellt hatten, sagten ebenfalls gegen sie aus. Isi konnte es ihnen nicht verdenken: Sie hatten selbst miterlebt, wie die Boysens sie in die Knie gezwungen hatten.

Das Urteil war hart: zwei Jahre, vier Monate.

Zuchthaus.

Mildernde Umstände gab es keine.

Noch im Gerichtssaal wurde sie abgeführt und sah, wie Falk Boysen ihrem Vater die Hand schüttelte.

89

Nichts ahnend hockte ich in einem Wiener Kino und fragte mich, wie die Besucher wohl meinen ersten Film aufnehmen würden. Zusammengekauert in einer der letzten Reihen starrte ich zum Eingang, während meine Blicke von einem zum anderen huschten: Junge, Alte, Väter, Mütter, Paare, manchmal auch Kinder. Was würden sie empfinden im Angesicht dessen, was ich so aufwendig produziert hatte? Würde die Dame mit dem auffälligen Hut und dem vor Aufregung leichenblassen Gesicht ohnmächtig werden? Würde der junge Mann, der so nervös an seiner Krawatte zerrte, aufspringen und sich gleich nach der Vorstellung freiwillig melden? Und würde der Alte mit Monokel, grauem Backenbart und dem Vatermörderkragen seinen Enkeln erzählen, wie es damals bei ihm gewesen war?

Wie würden sie auf das reagieren, was ich gefilmt hatte? Und wie könnte ich, unter Berücksichtigung ihrer Reaktionen, zukünftig Szenen verbessern? Was war nötig, um den Film zu drehen, der *alle* entflammte?

Schon zuvor hatte ich in diversen Sälen gesessen, das Publikum beobachtet und vor allem eines festgestellt: Film war Emotion. Aufgeregt waren alle, wenn sie einen Vorführraum betraten, aber erst wenn sie mit dem Erlöschen des Saallichtes die Wirklichkeit hinter sich ließen, um in die Tiefen der Fiktion abzutauchen, wurden sie Teil einer Erzählung, die ihnen zuflüsterte, was sie gerade sehen sollten, was in aller Regel weit über das hinausging, was sie tatsächlich gesehen hatten. Doch wie brachte man Menschen dazu, etwas zu sehen, was gar nicht da war?

Die Antwort darauf war so banal, dass sie mich in gleicher Weise erschreckte wie beeindruckte: Man blendete Schautafeln ein. Sahen die Menschen etwa einen Tross Soldaten, marschierend, auf Lkws sitzend oder im Pferdewagen Lasten hinter sich herziehend, so erntete man Applaus, manchmal sogar Jubelstürme, wenn vorher eingeblendet wurde: *Frische Truppen auf dem Weg zur Front.* Während dieselbe Szene etwa mit der Einblendung *Abzug aus Lodz* allerhöchstens gespannte Erwartung auf das Folgende generierte.

Die meisten der stummen Bilder waren selbsterklärend, aber sie konnten mit mal schlichten, mal witzigen, mal scharfen Worten emotional aufgeladen werden, wobei sich das, was man sah, zu dem verwandelte, was man sehen sollte. Brennende Städte im Feindesland waren somit Opfer des zerstörerischen Willens der Gegner und sorgten für Empörung. Im Gegensatz dazu halfen eigene Ärzte nicht allein der jeweiligen Zivilbevölkerung, sondern auch den verletzten Soldaten des Feindes und wurden damit zu Ehrenmalen der Zivilisation und Christlichkeit. Kriegsgefangene behandelte man vorbildlich und demonstrierte damit selbst im härtesten Kampf den Respekt vor dem Gegner. Gefallene Helden wurden in geschmückten Gräbern beerdigt, wenn auch selten mehr als drei oder vier, denn man wollte niemanden beunruhigen. Den Stolz auf die wackeren Männer untermalte dann eine entsprechende Einblendung.

Und doch gab es nichts, was so wirkungsvoll war wie Musik!
In einer Welt ohne Ton war sie der Schlüssel zur Seele.

Viele der großen Vorführsäle leisteten sich einen Pianisten, der die Szenen musikalisch begleitete, und zu beobachten wie unheilbeschwörende, dräuende Melodien die Menschen in Angst und Schrecken, manchmal sogar in Panik versetzten, wie sie heftig atmeten oder gar aufschrien, während unbeschwerte, heitere Klänge augenblicklich zur Entspannung, ja zu lautem Lachen führten, war für mich die größte Faszination. Bilder emotionalisierten, aber in Verbindung mit Musik hatten sie die Wirkung einer Droge.

In einem solchen Saal saß ich, als die Lichter ausgeknipst wurden.

Schon schwebten erste Pianoakkorde durch die Dunkelheit.
Vor uns auf der Leinwand: ein Graben! Darin meine wackeren Truppen: entschlossene Gesichter, umweht vom Rauch des Schlachtfeldes. Dunkles Tremolo kündigte Großes an.
Die Spannung im Saal ist mit Händen zu greifen.
Ein Leutnant geht die Reihen ab, spricht aufmunternd zu seinen Männern: *Für Kaiser, Volk und Vaterland!*
Damen halten sich erschrocken die Taschentücher vor den Mund, in Männergesichtern glänzt pure Kampfeslust.
Dann der Sturmangriff.
Granaten explodieren, Soldaten stürmen – es gibt Rufe aus dem Dunkeln, Frauenhände, die gehalten werden, offene Münder im Angesicht der tödlichen Gefahr. Dann hämmert das Klavier heroische Durakkorde: *Die Stellungen des Feindes werden überrannt!*
Jubel und Applaus!
Vivat-Rufe!
Die Musik dimmt ab, fröhliche Töne folgen: *Nach dem Sieg die Stärkung!*
Truppen beim Essenfassen und Feixen in die Kamera.
Erleichtertes Lachen, wieder Applaus.
Auch die Gefangenen werden versorgt! Soldaten in russischen Soldatenuniformen erhalten einen schönen Teller Suppe und lächeln dankbar.
Anerkennendes Nicken der anwesenden Männer: Krieg ist furchtbar, aber kein Grund, sich unzivilisiert zu benehmen. Dem besiegten Gegner begegnet man mit Größe und Großzügigkeit. Niemand bemerkte, dass einer dieser *Besiegten* eben noch einen deutschen Soldaten gespielt hatte.
Zum Abschluss ein schön geschmücktes Grab: *Oberstleutnant Draxler ging voran! Wir werden ihn nie vergessen!* Einige Herren tupften sich verstohlen die Augen. Große Trauer über die erbrachten Opfer.
Als die Lichter wieder angingen und die Leute den Saal verließen, war der Oberstleutnant in aller Munde. Nicht nur die Wir-

kung des letzten Bildes war verblüffend: Der Krieg war plötzlich persönlich geworden. Da war jemand gestorben, der einen Namen hatte.

Ein echter Mensch!

Oberstleutnant Draxler.

Und je länger man den Menschen zuhörte, desto blumiger, ja waghalsiger wurden die Behauptungen: Er hatte für alle gekämpft, gelitten und war in den Armen seiner Kameraden gestorben. Ein Held war er. Edelmütig. Gut aussehend. Gebildet. Ja, einer gab sogar vor, ihn gekannt zu haben, und konnte dem staunenden Publikum versichern, dass alle getroffenen Annahmen vollkommen richtig seien und seiner Person doch nicht gerecht würden. Es hätte nicht viel gefehlt, und jemand hätte behauptet, dass er am dritten Tag wiederauferstanden wäre, aber so weit ging die Verehrung dann doch nicht. In jedem Fall war der Oberstleutnant ein Vorbild für jedermann. Plötzlich hatte dieser Krieg zwar kein Gesicht, aber einen Namen!

Oberstleutnant Draxler.

Und schon rief der junge Mann, der sich zu Beginn noch nervös die Krawatte gerichtet hatte, dass er sich freiwillig melden würde! Dass der Oberstleutnant ihn inspiriert hätte, seiner wahren Bestimmung zu folgen! Dass es jetzt kein Zögern mehr geben könne, denn das wäre Verrat am Vaterlande! Es gab Applaus und Glückwünsche, und dem Gesicht des Burschen war anzusehen, wie stolz er war. Ich war mir sicher, dass er nie zuvor in seinem Leben eine solche Anerkennung genossen hatte, und sie hier, von völlig Fremden, zu bekommen gab ihm sichtbar das Gefühl, etwas Besonderes zu sein.

Ich kann gar nicht sagen, wie erstaunt ich war.

Wie überrascht!

Denn es gab keinen Oberstleutnant Draxler.

Nicht einmal einen Mann dieses Namens, jedenfalls nicht in der Einheit, mit der ich gedreht hatte: Oberstleutnant Draxler war eine Erfindung des KPQ.

Fiktion.

Aber ob die Wirkung nun beabsichtig war oder purer Zufall: Für mich war gerade klar geworden, dass Filme Helden brauchten.

Gesichter.

Namen.

Krieg, Schmerz und Tod waren nicht beschreibbar, Menschen aber schon. Sie konnten Stellvertreter für etwas sein, alles begreifbar machen.

Menschen wie Oberstleutnant Draxler.

Ich kehrte zurück nach Rodaun und fand einen Brief von Isi in meiner Stube.

Ich riss ihn auf und las nur: Gefängnis.

90

Die ersten Meter auf der falschen Seite der Front waren die schlimmsten.

Eben noch hatte Artur zu denen gehört, die das russische Territorium jenseits des Flusses mit Waffengewalt erobern wollten, jetzt streckte es sich unendlich vor ihm aus: fremde Erde, die hinter dem Horizont noch Tausende von Kilometern weiterging.

Und er: allein.

Nass, in einer Uniform, die den sicheren Tod bedeutete, in einer Umgebung, die ihn nicht verstand und die er nicht verstand. Den Fluss zu überqueren war leicht, festzustellen, dass man heimatlos und ungeschützt war, schwer. Mit klopfendem Herzen bahnte er sich seinen Weg durch das Schilf und erreichte bald weites Land, ohne zu wissen, in welche Richtung er sich wenden sollte. Die Sonne war mittlerweile aufgegangen, sollte ihn auch nur ein einziger Späher in einem der Wälder oder Felder vor ihm entdecken, konnte er sein Ziel in aller Ruhe ins Visier nehmen, um ihm bei Gelegenheit eine Kugel durch den Kopf zu jagen.

Als Erstes musste er die Uniform loswerden.

Und er durfte nicht bei Tag gehen.

Aber wohin überhaupt?

Artur hatte den Entschluss, mit diesem Krieg, der ganz bestimmt nicht seiner war, Schluss zu machen, innerhalb von Sekundenbruchteilen treffen müssen. Über die Konsequenzen hatte er sich keine Gedanken machen können. Wo konnte er jetzt hin? Auf keinen Fall zurück zu den eigenen Truppen – er wäre niemals sicher vor Falk Boysen, der ihn mit hoher Wahrscheinlichkeit wegen Befehlsverweigerung gleich an Ort und Stelle erschießen lassen würde.

Blieb Russland.

Aber wie sollte er überleben, wenn er nicht einmal Russisch sprach? Wilna lag in relativer Nähe, aber was nutzte ihm das? Er kannte dort niemanden, wusste nicht, wie er dort Unterschlupf finden sollte, ohne aufzufallen. Er könnte weiter nach Norden, ans Meer ... Es durchfuhr ihn wie ein Blitz: Riga!

Wie oft hatte mein Vater von Riga geschwärmt! Wie oft hatten wir heimlich lächelnd die Augen verdreht, wenn er mal wieder davon anfing. Aber viel entscheidender war: Von ihm wusste Artur, dass es dort viele Deutsche und Deutschstämmige gab.

Vermutlich hielten die nicht viel von Deserteuren, aber sie hielten mit Sicherheit noch viel weniger von russischer Herrschaft. Riga war eine Möglichkeit – vielleicht sogar die einzige. Artur schöpfte Mut: Mein Vater würde ihm das Leben retten, genau wie er Isis gerettet und mir meines ermöglicht hatte.

Er lief los, erreichte bald ein kleines Wäldchen und suchte sich im dichten Unterholz ein Versteck. Dort verschlief er den Tag, und als es endlich dämmerte, machte er sich auf den Weg, sich am Nordstern orientierend. Nach einigen Stunden schimmerte Licht in finsterer Nacht, und kurz darauf konnte er ein kleines Dorf ausmachen, an das er sich vorsichtig heranschlich. In gleich mehreren Gärten fand er Wäsche an Leinen, die dort trocknete. Er stahl ein Hemd, eine Hose, eine Jacke und eine Unterhose. Er entdeckte auch ein paar frei herumlaufende Hühner, lockte eines an, schnappte es sich und drehte ihm in einer Bewegung den Hals um. Dann schlüpfte er zurück in die Nacht und war verschwunden wie ein Geist.

Am frühen Morgen, nachdem er sich ein Versteck gesucht und das Huhn verspeist hatte, legte er sich gerade hin, als er das Wummern von schwerer Artillerie hörte. So gewaltig, dass er wusste, dass der Sturm auf Kowno begonnen hatte. Sie griffen an, vierundzwanzig Stunden später, als Boysen es angekündigt hatte.

Er schlief ein und erwachte am Mittag.

Das Donnern der Kanonen war lauter geworden. Er schlich an den Rand des Wäldchens und sah russische Truppen auf sich zukommen. Was sich in Gorlice und Tarnów angekündigt hatte, bestätigte sich nun: Offenbar zog die russische Armee die Front zurück.

Jetzt jagten ihn alle: die Russen und gleich dahinter die Deutschen.

Er musste schneller sein als sie.

Oder sterben.

91

Aus welchen Gründen man Isis Haftstrafe abgeschwächt hatte, haben wir nie herausfinden können. Ihr Vater war dafür nicht verantwortlich, obwohl es ihm in seiner Funktion als Reichstagsabgeordneter ein Leichtes gewesen wäre, sich für sie einzusetzen. Vielleicht hatte der Richter ein Einsehen oder lediglich Respekt vor der edlen *Abstammung* des prominenten Fräuleins, in jedem Fall blieb Isi das Zuchthaus erspart, was harte körperliche Arbeit und unmenschliche Konditionen bedeutet hätte.

Die Strafe wurde in Festungshaft umgewandelt, was normalerweise allein Offizieren zustand, aber vereinzelt auch bei Zivilisten angewandt wurde. Da Thorn eine einzige Festung war, legte man schließlich die Wilhelmskaserne als Ort ihrer Unterbringung fest, innerhalb der Stadtmauern und gut kontrollierbar. Isi bezog ein relativ komfortables Zimmer im obersten Stock eines rückwärtigen Verwaltungsgebäudes, das sie halbwegs behaglich einrichten konnte. Sie durfte lesen, wurde angemessen verpflegt und hatte, wenn sie es beim Kasernenkommandanten beantragte, sogar Ausgang.

Das KPQ hatte mir Urlaub genehmigt, und nach fast einem Jahr meine alte Heimat wiederzusehen verursachte zwar keine nostalgischen Gefühle, aber dennoch freute ich mich über das vertraute Bild. Ich besuchte Papas Grab, erzählte ihm alles, was in der Zwischenzeit passiert war, und versprach, auf die Gelegenheit zu warten, bei der ich ihn und Mama wieder zusammenführen konnte. Es war Krieg, und niemand wusste, wie er ausgehen würde. Vielleicht sorgte er sogar dafür, dass die Eisen Preußens gesprengt werden würden.

Am Mittag besuchte ich die Burwitz, aß mit ihnen und ließ mich auf den neuesten Stand bringen: über Isis Prozess und natürlich Artur, von dem sie allerdings eine Weile nichts mehr gehört hatten.

Dann endlich machte ich mich auf den Weg, beantragte Visite, die mir auch gewährt wurde, und meldete mich am Ende eines langen Ganges bei der Wache an. Der Soldat klopfte, öffnete und ließ mich eintreten, dann verschloss er die Tür wieder hinter mir.

Isi hatte am Fenster gestanden und auf die Wallstraße geblickt, die parallel am Kasernengelände vorbei zum Leibitscher Torplatz führte. Von hier aus hatte man auch eine schöne Aussicht auf den Grützmühlenteich und den Grüngürtel, in dem er lag. Man konnte sogar die Stelle sehen, an der Kopernikus begraben worden war. Als sie mich hereinkommen hörte, lief sie mir entgegen und warf sich mir förmlich in die Arme, küsste und drückte mich unter Tränen: »Carl! Endlich! Ich bin so froh, dass du da bist!«

Ich hielt sie, bis sie ruhiger wurde, und setzte mich dann zusammen mit ihr an den Tisch, auf dem eine Vase mit Blumen stand.

»Hab ich selbst gepflückt!«, lächelte sie und wischte sich ein letztes Mal über die Augen.

»Was ist passiert?«, wollte ich wissen.

Isi setzte mich über alles in Kenntnis, den Streik, die Ungerechtigkeit, die Demütigung und schließlich auch Falks falsches Spiel.

Ich schwieg eine Weile, dann seufzte ich: »Ach, Isi, immer alles auf eine Karte, was?«

»Du bist aber jetzt nicht gekommen, um mir Vorwürfe zu machen?«, rief sie ärgerlich.

Ich schüttelte den Kopf: »Nein, du spinnst zwar ein bisschen, aber ich könnte nicht stolzer auf dich sein!«

Sie lächelte und streichelte meine Wange: »Ach, Carl, mein Carle ...« Mit einem Blick wie damals in der Scheune am Kosackenberg, als ich Fotografien von ihr gemacht hatte.

Schnell fragte ich: »Hast du etwas von Artur gehört?«

Sie nahm die Hand wieder zurück und schüttelte traurig den Kopf: »Nein.«

»Hat er dir geschrieben?«

»Ja.«

Sie zeigte mir seinen Brief, und ich las ihn seufzend. Schon als wir eingezogen worden waren, hatte ich gespürt, dass es mit den beiden nicht zum Besten gestanden hatte.

»Glaubst du, Falk könnte ihm etwas antun?«, fragte Isi.

Ich runzelte die Stirn: »Artur? Dem tut niemand etwas an. Nicht mal eine Million Russen.«

»Ich hoffe, du hast recht. Er hat lange nichts mehr von sich hören lassen. Ich habe ihm schon zweimal geschrieben, aber er meldet sich nicht.«

»Er wird kommen, sobald er hört, was hier los ist. Und dann sollte dein Vater besser in Berlin sein.«

Isi lächelte.

»Jetzt müssen wir erst mal dafür sorgen, dass du hier wieder rauskommst«, kam ich zum eigentlichen Anlass meines Besuches.

»Ich fürchte, ich werde die ganze Zeit absitzen müssen. Es gibt in Thorn niemanden, der für mich eintreten würde.«

Ich nickte: »Vielleicht gibt es doch einen ...«

»Wer sollte das sein?«

»Ich habe da eine Idee, aber ich kann nichts versprechen, in Ordnung?«

Sie nickte: »Es geht mir nicht so schlecht hier. Ich kann schreiben und lesen ... Hier, sieh nur!«

Sie hielt zwei Briefe und ein paar Zeitschriften hoch.

»Was ist das?«

»Ich habe Clara Zetkin geschrieben.«

»Wer ist das?«, fragte ich neugierig.

»Eine Frauenrechtlerin. Sie tritt für Gleichberechtigung und das Frauenwahlrecht ein. Und vieles mehr. Das hier ist die Zeitung, die sie herausgibt.«

»*Das* haben sie dir durchgehen lassen?«, staunte ich.

Isi grinste: »Die kriegen mich nicht klein! Das verspreche ich dir!«

»Niemand kriegt dich klein, Isi«, lächelte ich.

Ich stand auf und küsste sie auf die Wange: »Ich bin noch ein paar Tage hier.«

»Du musst mich jeden Tag besuchen, Carl!«

»Natürlich.«

Wir verabschiedeten uns.

Dann eilte ich aus der Kaserne und machte mich auf den Weg quer durch die ganze Stadt. Nur kurz blieb ich am Neustädtischen Markt stehen und starrte auf das verschlossene Fotoatelier Lemmle. Im Inneren befand sich nichts mehr, und von außen erinnerte bloß der Schriftzug mit dem Namen des Geschäfts daran, dass dies einst der Ort gewesen war, an dem ich meine ersten Schritte in ein neues Leben getan hatte. Jetzt war Herr Lemmle fort – und das Geschäft wirkte zwischen all den anderen Häusern wie etwas, das hier sowieso nie hingehört hatte.

Ich lief hinaus in die Bromberger Vorstadt, bog in die Kasernenstraße, in der ich vor fast einem Jahr mit Artur und den anderen Burschen Schlange gestanden hatte, um in den großen Krieg zu ziehen. Am Schlagbaum verlangte ich, Oberleutnant von Grohe zu sprechen. Zu meiner Überraschung gab es mittlerweile Telefon, und der Posten meldete mich an.

Der Kasernenhof war voll von jungen Rekruten, die sich von den Unteroffizieren anschreien ließen, und unwillkürlich hielt ich

Ausschau nach Sergeant Trommer, den ich aber nicht entdecken konnte.

»Bildet er nicht mehr aus?«, fragte ich die Wache.

»Ist ehrenhaft entlassen worden«, antwortete der junge Mann lakonisch. »Hatte einen Unfall oder so etwas und ist seitdem nicht mehr wehrfähig.«

Ich nickte.

Wenig später kam mir Oberleutnant von Grohe entgegen und begrüßte mich herzlich: »Friedländer, wie geht es Ihnen?«

»Sehr gut. Das habe ich alles Ihnen zu verdanken, Herr Oberleutnant.«

»Kommen Sie! Machen wir einen Spaziergang. Ich muss mal raus aus der Kaserne.«

Kurz darauf flanierten wir durch den städtischen Försterhain in Richtung Weichsel. Das Wetter war ausnehmend schön, und ich berichtete von Grohe von meiner Arbeit beim KPQ.

»Sie werden ja noch mal richtig berühmt, Friedländer!«, freute er sich über meine ersten Filmversuche. »Ihren Film über Gorlice habe ich sogar gesehen!«

»Das war alles gefälscht, Herr Oberleutnant.«

»Wirklich? Alles? Und dieser Oberstleutnant Draxler?«

Ich zuckte mit den Schultern. Ertappt!

Er sah mich erstaunt an, dann brach er in schallendes Gelächter aus: »Das ist ja ganz wunderbar! Herrlich!«

Sein Lachen war ansteckend, und so stimmte ich ein.

»Aber die Explosionen sahen toll aus, Friedländer! Wirklich echt!«

»Danke, Herr Oberleutnant. Die waren auch echt. So ziemlich das Einzige an dem Beitrag.«

Der Fluss tauchte vor uns auf, und bald schon erreichten wir sein Ufer.

Dort standen wir und blickten aufs Wasser.

»Was kann ich denn für Sie tun, Friedländer? Oder ist das hier wirklich nur ein Höflichkeitsbesuch?«

»Nein, es gibt da tatsächlich etwas …«

Ich berichtete in kurzen Worten von Isi und den Umständen ihrer Haft.

Er hörte zu, dann seufzte er: »Sie sind ein Querulant, Friedländer, wissen Sie das? Und wie alle Querulanten sind Sie umgeben von anderen Querulanten. Wie ihr großer Freund.«

»Artur?«

Ich schwieg lieber.

»Was Ihre Freundin betrifft: Das wird nicht leicht.«

»Ich weiß.«

»Ich werde mal versuchen, ein paar Strippen zu ziehen. Aber in Gottes Namen: Sie soll sich so lange ruhig verhalten.«

»Danke. Ich werde es ihr ausrichten.«

Wir kehrten zurück.

Er in seine Kaserne und ich in das unscheinbare Haus am Viktoriapark mit der Nummer 24: Die Schneiderei *Friedländer & Sohn*. Mein Herz wurde schwer, als ich aufschloss und eintrat. Nichts hatte sich verändert, niemand hatte etwas gestohlen. In den Regalen lagen noch die Stoffe, am Fenster stand noch die kleine Amerikanische. Sogar der Paravent war noch da, und für einen Moment glaubte ich, Papa könnte dahinter auf mich warten, aber das Lager, auf dem er gelegen hatte, war leer.

Genau wie die Küche.

Und sein Platz am Fenster.

Ich setzte mich und brach in Tränen aus.

Ich hätte alles dafür gegeben, noch einmal mit ihm zu sprechen. Mir noch einmal seine alten Geschichten anzuhören.

Riga.

Ob ich es je selbst sehen würde?

Jemand klopfte an die Tür, erstaunt ging ich nach vorne und öffnete. Es war eine von Arturs Schwestern, die mich traurig ansah und mit brechender Stimme sagte: »Artur wird vermisst.«

Ich schluckte und schüttelte den Kopf: »Das kann nicht sein!«

Sie nickte: »Doch. Mama weint. Sogar Papa weint.«

»Was ist denn passiert?«

»Die schreiben, er hätte einen Geheimauftrag bekommen. Davon ist er nicht zurückgekehrt!«
Ich presste die Lippen wütend aufeinander.
Boysen.

92

Es wurde für Artur ein abenteuerlicher Wettlauf mit den feindlichen Armeen in seinem Rücken. Es gab Tage, an denen er nichts aß außer Beeren und Kräutern, aber zuweilen hatte er auch Glück, wenn er auf Dörfer traf, deren Bewohner aus Angst getürmt waren. In diesen Nächten schlief er ausgemergelt und vollkommen erschöpft in fremden Betten und war nicht dem Wetter und den empfindlich kühlen Nächten ausgesetzt. Dort fand er auch Kleidungsstücke und nützliche Dinge wie Schnüre, ein scharfes Messer oder eine kleine Axt.
Eine Nacht Ruhe.
Doch schon in der nächsten Nacht lief er weiter.
Immer weiter.
Fast zwei Wochen dachte er an nichts, träumte er von nichts, alles in ihm ordnete sich nur einem Ziel unter: überleben. Er hatte uns versprochen zurückzukommen, und das bedeutete zunächst fortzulaufen. So lange, bis er eines Nachts am Horizont endlich die Lichter von Riga schimmern sah. Es hätte ihm eine Freude sein müssen, aber gleichzeitig entdeckte er, dass die Russen eine Verteidigungslinie entlang der Düna und im Vorfeld der Stadtmauern errichtet hatten. Hier endete der Rückzug der russischen Armeen, er musste also ein weiteres Mal die Front durchbrechen, bevor die herannahenden Truppen ihn wie eine Laus zerquetschten.
Erhöht stehend konnte er den Fluss träge dahinziehen sehen, der in sanften Bögen hinter den Festungsmauern Rigas verschwand. Vereinzelte Lichter verrieten ihm die Positionen der russischen Truppen, an denen sie nur sehr schwach standen. Sie wussten, dass die

Deutschen kommen würden, aber sie hatten noch Zeit, ihre Stellungen waren nicht überall massiv ausgebaut worden. Und vor dem Fluss konnte er überhaupt niemanden ausmachen.

Artur nutzte die Dunkelheit und war bald am Wasser angekommen, lief am Ufer entlang und lauschte in die Nacht. Dann tauchte er ins kalte Wasser, setzte halb treibend, halb schwimmend dreihundert Meter zur anderen Seite über und machte dort schnell Stimmen aus. Der einzige Vorteil, den er hatte, war, dass niemand mit einem einzelnen Mann rechnete. Also rieb er sich mit Uferschlamm ein und kroch bäuchlings die Böschung hinauf, langsam, den Stimmen der Finsternis nachhorchend.

Hielt inne und fluchte lautlos: Gräben.

Sie hatten sich eingeschanzt.

Artur hörte Geflüster, auch leises Gelächter aus der Erde aufsteigen.

Etwa eine Stunde verharrte er in völliger Bewegungslosigkeit, fühlte, wie der Schlamm in seinem Gesicht trocknete, verkrustete und langsam abbröckelte. Später verstummten die Stimmen, und nach einer Weile kroch er vorwärts und erreichte schneller als gedacht den Grabenrand.

Er lauschte.

Stille.

Dann ein Geräusch: ein Schnaufen, gefolgt von einem kleinen Schmatzen.

Die Wache schlief.

Artur umfasste mit den Fingern den Grabenrand, und mit einem schnellen Satz hatte er ihn übersprungen, um gleich darauf bäuchlings weiterzukriechen.

Niemand schlug Alarm, niemand schoss eine Leuchtkugel in die Luft.

Etwa dreißig Meter entfernt entdeckte er einen weiteren Graben, der von links auf ihn zulief, aber noch nicht fertiggestellt war. Er kroch jetzt auf allen vieren und hatte bald ein Maisfeld erreicht, in das er hineinsprang und das er rasch durchquerte. Hinter den vordersten Linien machte er eine Reihe von Verbänden aus, denen er jedoch leicht ausweichen konnte.

Dann plötzlich lauerte niemand mehr.

Vor ihm erstreckten sich Felder, er sah sogar eine Weggabelung mit einem Hinweisschild, auf dem er Waldenrode, Schloss Rodenpois und Hinzenberg lesen konnte. Er wählte Letzteres, weil es mit gut dreißig Kilometern am weitesten von Riga entfernt war und er sich dadurch genügend Puffer zur russischen Armee erhoffte.

Er rannte los, wollte noch vor dem ersten Morgenlicht so viele Kilometer wie möglich zwischen sich und die Front bringen. Das Land war flach und fruchtbar, das Getreide stand hoch, überreif, dennoch hatte man es nicht geerntet. Es gab also Arbeit, dachte Artur, was gut für ihn war, denn welcher Bauer konnte schon während der Erntezeit auf einen kräftigen Arbeiter verzichten? Vor allem, wenn die meisten bei den Truppen waren.

Ein paar Stunden folgte er dem Feldweg, bevor sich der Horizont im Osten von Dunkelblau zu Grau zu färben begann. Das Land erwachte aus seinem Schlaf, und bald hörte er nicht weit vor sich das Rumpeln eines ihm entgegenkommenden Fuhrwerks und die Stimme eines Bauern, der sein Pferd antrieb. Zügig sprang er von der Straße und wählte seinen Weg querfeldein, geschützt von Bäumen und hochstehendem Gras.

Auf einer Anhöhe blickte er zu seiner Rechten über eine weite Ebene und auf den Weg, den er verlassen hatte. Zu seiner Linken lag ein kleines Gehöft, dazwischen ein Wäldchen. Ein Pfad, gerade mal breit genug für ein Fuhrwerk, verband beides miteinander.

Der Bauernhof bestand aus einem Holzhaus mit kleinem Gemüsegarten, einem kleinen Stall und einer kleinen Scheune. Ein paar Hühner, eine Gans, eine Ziege und ein Hund streunten herum. Vor dem Haus lagen vier kleine Felder, sechs, vielleicht sieben Morgen groß: Roggen, Mais, Weizen. Bis auf den Mais alle überreif.

Das Haus selbst war in einem schlechten Zustand: Löcher im Dach, Lehmwände, die an einigen Stellen zerlöchert waren. Die

Scheune sah noch viel schlechter aus. Wer immer dort wohnte, kümmerte sich nicht um seinen Besitz.

Die Tür öffnete sich, eine Frau trat ins Freie, auf ihrem Arm ein kreischender Säugling. Sie lief hinüber zur Scheune, kehrte mit einer Sense zurück, trat dann an das Weizenfeld, legte das Kind auf eine Decke und versuchte, das Korn zu mähen, was ihr mehr schlecht als recht gelang. Da das Kind mittlerweile wie am Spieß schrie, gab sie nach ein paar Minuten auf, nahm es wieder hoch und gab ihm die Brust. Oder versuchte es, denn der Säugling verweigerte offenbar die Nahrung.

Artur spürte ihre Verzweiflung und beobachtete, wie sie mit dem Kleinen zurück in die Scheune rannte, nach ein paar Minuten auf einem Pferdefuhrwerk herausfuhr und ihr Zuhause über den Waldweg verließ. Vermutlich in die nächste Stadt zu einem Arzt, wobei sich Artur direkt fragte, wovon sie den bezahlen wollte, denn das winzig kleine Gut würde sie lediglich ernähren, wenn nichts, aber auch gar nichts schiefliefe. Und von seiner Warte sah es gerade aus, als würde hier so ziemlich alles schieflaufen, was schieflaufen konnte.

Wer war sie?

Und wo war ihr Mann?

Artur verließ die Anhöhe, lief rasch dem Bauernhof entgegen und trat dort zielstrebig in die Stube. Die Zimmer waren aufgeräumt und sauber, wenn auch spartanisch eingerichtet. Eine kleine Kochstelle mit einem gusseisernen Ofen, der mit Holz befeuert wurde. Ein Geschirrschrank, Tisch, Stühle. Es gab ein Schlafzimmer mit Bett und Kleiderschrank. Eine Kommode.

Helle Abdrücke auf dem Boden. Ganz so, als hätte dort einmal etwas gestanden. Artur vermutete, dass die Frau einen Teil ihrer Möbel hatte verkaufen müssen. Er sah in die Kommode und fand dort Briefe in kyrillischer Schrift, dem Stempel nach Feldpost. Eine krakelige Handschrift, von der Artur vermutete, dass sie vom Ehemann der Frau stammen könnte. Dann ein weiterer Brief, in Maschinenschrift. Ebenfalls von der Armee. Auch ohne den genauen Inhalt zu verstehen, wusste Artur, dass es eine Todesmitteilung war.

Die Frau war Witwe.

Ein kleines Kind.

Ein Hof, den sie nicht allein bewirtschaften konnte.

Mit der Abenddämmerung kehrte die Witwe mit ihrem Säugling zurück und stieg mit großen Augen vom Kutschbock: Das Weizenfeld war zu einem guten Stück abgemäht worden, das Korn fort. Geschockt legte sie eine Hand auf den Mund: Jemand hatte sie bestohlen! Dann hörte sie ein Geräusch in ihrem Rücken und sah einen großen Kerl, verschwitzt, aber mit freundlichem Gesicht, der ihr zuwinkte und dann mit dem Finger auf die Scheune zeigte. Sie war hier allein, schreien würde ihr nichts nutzen, und Artur sah, wie ihre Augen mal zur Scheune, mal zum Fuhrwerk flogen, bevor sie sich rasch umwandte, auf den Kutschbock sprang und dem Pferd die Peitsche gab. Sie wendete in Panik, fuhr schon wieder auf das Waldstückchen zu, als sie Artur plötzlich neben der Kutsche rennend entdeckte. Mit einem Satz saß er neben ihr und nahm ihr sanft, aber bestimmt die Zügel aus der Hand nahm.

Da gab sie auf und ließ sich von ihm zur Scheune fahren.

Beide stiegen ab, während sie mit gesenktem Kopf hineintrat, überzeugt davon, dass jetzt etwas geschehen würde, was so vielen Frauen im Krieg passierte, aber zu ihrer Überraschung sah sie dort den geernteten Weizen.

Artur deutete auf das löchrige Dach und sagte: »Das werde ich reparieren.«

Sie sah ihn ratlos an.

Artur zeigte auf den Weizen und fragte: »Hast du einen Dreschflegel?«

Keine Antwort.

Da lächelte er und deutete mit dem Finger auf sich: »Artur.«

Für einen Moment wusste sie nicht, ob sie ihm wirklich trauen konnte, dann aber nickte sie und deutete ebenfalls mit dem Finger auf sich: »Larisa.«

93

Ich musste zurück, ohne dass ich positive Nachrichten für Isi gehabt hätte, und so wurde unser Abschied voneinander tränenreich. Von Grohe würde sich einsetzen, aber es war Krieg, und der Vorwurf der Rebellion wog schwer. Was Artur betraf, so erfuhren wir nur, dass außer ihm noch fünf weitere Kameraden vermisst wurden.

Noch während ich Isi das letzte Mal für sehr lange Zeit umarmte, versuchte ich, sie davon zu überzeugen, dass *vermisst* nicht dasselbe wie *gefallen* war, doch sie ließ sich diesmal nicht beruhigen, denn sie war sich sicher, dass Artur allein einen solchen geheimen Auftrag bestimmt überstanden hätte, aber mit den anderen … Isi weinte und ich mit ihr, denn im tiefsten Inneren gab ich ihr recht: Artur war unbesiegbar, aber nicht, wenn er noch fünf Mann an der Backe hatte. Ich verließ sie somit in düsterer Stimmung, doch während auf mich neue filmische Aufgaben warteten, sollten sich für Isi in den kommenden Wochen und Monaten die Dinge weiter verschlechtern.

Über längere Zeit war der Zustand ihrer Mutter stabil geblieben.

Offenbar verlief der Krebs nicht so aggressiv wie befürchtet, besser noch: Plötzlich sah es danach aus, als gäbe es sogar Hoffnung auf Heilung. Der Knoten in ihrer Brust schien nicht weiterzuwachsen, und überdies hatte ihre Mutter das Gefühl, dass er ein wenig geschrumpft war. Ihr Leben begann, sich Woche für Woche zu normalisieren. Sie konnte wieder regelmäßig das Haus verlassen, auf dem Markt einkaufen oder sich angeregt mit Leuten unterhalten, nachdem sie zuvor eine ganze Weile unter Schwindel und Kreislaufschwäche gelitten hatte. Ja, sie konnte sogar einige Veranstaltungen ihres Mannes Gottlieb besuchen, der die Gelegenheit nutzte, jedem mitzuteilen, dass seine Frau allen ein Beispiel sein sollte. Mit purem Deutschsein hatte sie sich aus der schwierigsten Situation befreit und gegen ihr Schicksal aufgelehnt.

Bei einer dieser Reden behauptete Gottlieb sogar, seine Frau sei der lebende Beweis dafür, dass Gott in diesem heiligen Waffengang auf unserer Seite wäre. Daher habe er beschlossen, mit ihr eine Reise durch die Frontgebiete zu tun, um jeden Soldaten an diesem Wunder teilhaben zu lassen, damit auch der unbedeutendste Rekrut verstehen würde, dass man alles gegen einen übermächtigen Feind erreichen konnte, wenn schon eine kleine Frau den Krebs besiegte.

Isis Mutter brachte diese Rede große Anerkennung ein, und obwohl ihr nicht wohl bei den Lobhudeleien und Behauptungen ihres Mannes war, genoss sie doch die vielen guten Wünsche und Einladungen zu gesellschaftlichen Ereignissen, wo sie als *Frau Reichstagsabgeordnete* vorgestellt wurde, die vielleicht sogar einmal als die neue Elisabeth von Thüringen in die Geschichte eingehen könnte. Isi wurde bei all diesen Veranstaltungen nicht erwähnt, und sprach ihn doch mal jemand auf seine jüngste Tochter an, so antwortete Gottlieb mit Leichenbittermiene, dass der Mensch denke und der Herr lenke.

Im Herbst 1915 plante Gottlieb dann tatsächlich eine *Tour de Front*, die in erster Linie ihm selbst zu dienen hatte: Alle Besuche sollten von der Presse begleitet werden, sodass er mit ein bisschen Glück in wenigen Monaten zu den bekanntesten Männern des Reiches gehören würde. Unglücklicherweise musste er einen Teil des Ruhmes seiner Frau überlassen, aber er war sich sicher, dass es sie eines Tages doch noch erwischen würde, und dann würde alle Aufmerksamkeit auf ihm ruhen.

Es kam anders.

In der Nacht vor der Abreise zu ihrem ersten Truppenbesuch erwachte Isis Mutter mit höllischen Schmerzen. Der herbeigerufene Arzt untersuchte sie eingehend und konnte anschließend den breiten Optimismus nicht ganz nachvollziehen. Der Tumor war weitergewachsen, warum Isis Mutter geglaubt hatte, er wäre geschrumpft, war ihm ein Rätsel. Außerdem verkündete er den beiden, dass die Patientin nicht mehr reisefähig sei und er befürchte, dass ihr leider insgesamt auch nur noch wenig Zeit bleibe. Er überreichte Gottlieb ein Opiat gegen die Schmerzen, das einzig Gute, was er Isis Mutter noch tun konnte.

Als er ging, war Isis Mutter geschockt und Gottlieb wütend.

Sein ganzer Plan: dahin.

Seine Hoffnung, berühmt zu werden: dahin.

Sein groß angekündigtes Wunder: dahin.

Der Rest blamabel.

Seine Hand krampfte sich um das Fläschchen mit dem Schmerzmittel: Jetzt musste er jedem mitteilen, dass seine große Reise ausfiel. Dass seine Frau nicht die neue Elisabeth von Thüringen war. Dass ein einfacher Soldat daher nicht an ihrem Vorbild wachsen konnte. Wenn sie nur ein bisschen länger durchgehalten hätte, hätte er, und da war sich Gottlieb vollkommen sicher, sogar den Kaiser kennenlernen dürfen. Oder wenigstens dessen Frau Auguste.

Das war jetzt alles dahin!

»Gottlieb!«, rief seine Frau mit schmerzverzerrter Miene. »Bitte gib mir von der Medizin!«

Gottlieb setzte sich zu ihr ans Bett, legte eine Hand auf die ihre und fragte: »Welche Medizin?«

»Das Schmerzmittel!«

Da sah er sie streng an und sagte: »Mein geliebtes Eheweib: Diese Krankheit hat dir der Herr gesandt. Und daher sind auch ihre Schmerzen gottgewollt. Dir das Mittel zu geben würde bedeuten, mich gegen seinen Willen zu erheben. Und wer bin ich, dass ich mich dem Herrn entgegenstellen könnte?«

»Gottlieb, bitte!«

Er lächelte ihr zu und rückte ihr die Decke zurecht: »Der Mensch denkt, der Herr lenkt. Schlaf jetzt ein wenig. Und bete! Wenn es sein Wunsch ist, werden die Schmerzen vergehen. Wenn nicht, dann nicht.«

Damit stand er auf, verließ das Zimmer und löschte das Licht.

94

Artur schlief in der Scheune. Am nächsten Morgen ging er mit dem ersten Licht hinaus aufs Feld und mähte den Weizen. In rhythmischen, langen Bewegungen trennte die Sense die Halme von ihren Wurzeln, während er mit jedem Schwung einen halben Schritt vortrat, hinter ihm Larisa, Garben bindend, um diese anschließend mit einer kleinen Karre in die Scheune zu bringen. So arbeiteten die beiden ohne ein Wort, und doch verstanden sie sich auf eine schweigsame, zurückhaltende Art und Weise. Selbst der Säugling, ein kleines Mädchen, verhielt sich ruhig und lag friedlich neben ihnen auf einer Decke: Sein Fieber vom Vortag hatte nachgelassen, und auch sein Appetit war zurückgekommen.

Gegen Mittag verschwand Larisa im Haus, aus dem sie eine halbe Stunde später wieder heraustrat. Laut rief sie seinen Namen.

Sie hatte gekocht.

Vornehmlich Kartoffeln und Zwiebeln, aber es gab auch ein wenig gebratenen Speck. Artur musste sich zusammenreißen, um nicht wie ein wildes Tier über seinen Teller herzufallen. In den letzten Tagen hatte er so wenig gegessen, dass er sogar den Hunger überwunden hatte, aber jetzt, bei diesem herrlichen Duft, wurde ihm beinahe schwarz vor Augen. Larisa beobachtete ihn amüsiert, wie er das Essen in sich hineinschaufelte, und legte nach, als der letzte Bissen von seiner Gabel verschwunden war.

Artur nickte ihr lächelnd zu und betrachtete sie heimlich, wenn er glaubte, dass sie es nicht sah: Sie musste ein paar Jahre älter sein als er, hatte hohe Wangenknochen und schöne blaue Augen. Sie war bei Weitem nicht so hübsch wie Isi, und auch das Freche fehlte ihr. Dafür aber strahlte sie Wärme und Mütterlichkeit aus, und instinktiv fühlte man in ihrer Nähe, dass sie ein gutes Herz hatte.

Doch würde sie es ihm erlauben zu bleiben?

Es war September, der Winter stand vor der Tür und würde hier oben wenigstens so hart sein wie der in Thorn. Ohne eine Bleibe hätte er nicht die geringste Chance, ihn zu überleben. Genauso wenig wie sie, wenn er ihr nicht half, die Ernte einzubringen und den Hof zu führen. Sie brauchten einander, aber was war mit den anderen? Was, wenn die Nachbarn, die Bekannten und Menschen, denen sie ihre Waren verkaufte, herausfanden, dass hier ein neuer Mann war? Einer, der weder Russisch noch Lettisch sprach, sondern Deutsch? Wie lange würde es dauern, bis Soldaten hier auftauchten? Oder die Polizei? Was mit ihm dann geschehen würde, wusste er, aber was war mit ihr?

Wäre sie wirklich bereit, dieses Risiko einzugehen?

Den Rest des Tages hielten sie weiterhin stumm Ernte, bevor er am Abend, nach dem Essen, wieder Quartier in der Scheune bezog. Diesmal aber brachte sie ihm eine Decke und eine kleine Öllampe.

Am nächsten Morgen zeigte sie ihm den Brunnen, der recht versteckt hinter dem Haupthaus stand, und drückte ihm ein Stück Kernseife und ein Handtuch in die Hand. Artur roch an sich, und zum ersten Mal hörte er sie lachen. Ein schönes, lautes heiteres Lachen. Er stimmte ein: Er hatte es so was von nötig!

Als er vollständig sauber und reichlich zitternd vom eiskalten Wasser wieder in seine Kleidung schlüpfen wollte, kehrte sie mit frischen Sachen zurück, offenbar die ihres gefallenen Mannes. Artur probierte sie an und verursachte damit einen zweiten Lachanfall, denn an ihm wirkten Hemd und Hose wie die eines Schuljungen. Sie sagte etwas auf Lettisch, was Artur nicht verstand. Da winkte sie nur ab und zog lächelnd mit den frischen Klamotten davon.

Am Ende des Tages hatte Artur den Weizen eingeholt und in der Scheune verstaut. Den Dreschflegel hatte er schon gefunden – morgen würde er das Korn von den Halmen schlagen. Eine Arbeit, wenigstens genauso hart wie die des Einholens.

Ihm taten die Knochen weh, aber auf eine gute Art und Weise. Er arbeitete wieder, tat etwas Sinnvolles, und das fühlte sich nach dem ganzen Töten gut an. Der Hof war klein, dachte Artur, aber hier konnte man etwas aufbauen. Man konnte mit Fleiß und Sparsamkeit etwas erschaffen, alles, was kaputt war, reparieren. Es zu neuem Glanz führen.

Schläfrig blickte er in die tanzende Flamme seiner kleinen Öllampe: Es war schön, wieder Pläne zu schmieden.

Wieder Mensch zu sein.

Er schlief ein und erwachte vor dem Morgengrauen.

Draußen hörte er aufgeregte Stimmen.

Er sprang auf und spähte durch die Holzwände der Scheune: Soldaten.

Sie diskutierten mit Larisa.

Schrien.

Larisa kassierte eine harte Ohrfeige.

Die Soldaten deuteten auf die Scheune.

Larisa nickte und brach in Tränen aus.

95

Die Schreie ihrer Mutter waren bis draußen vor die Tür zu hören. Es war ein Sonntag, Isi hatte Ausgang genehmigt bekommen und stand vor dem verschlossenen Hauseingang. Da niemand öffnete, nahm sie den Weg über den rückseitigen Hof, eilte über die Kellertür ins Haus und stürmte die Treppen hinauf ins Schlafzimmer ihrer Eltern, wo sie ihre Mutter im Bett vorfand, ihr Gesicht vor Schmerzen ganz aufgelöst.

»Um Gottes willen, Mama!«, schrie Isi, setzte sich schnell zu ihr und nahm sie in den Arm. »Was ist denn nur?«

»Es tut so weh!«, presste die hervor.

»Wo ist dein Mann?«, fragte sie harsch und vermied es bewusst, ihn Vater oder gar Papa zu nennen.

»Ich weiß es nicht. Er bleibt nicht gern hier.«

»Kannst du aufstehen?«

»Ich weiß es nicht, Kind.«

Sie half ihrer Mutter auf die Beine. Wankend und blass stand sie da, während Isi ihr das Nachthemd auszog und sie gründlich wusch. Anschließend zog sie sie wieder an und führte sie nach unten.

»Wo willst du mit mir hin?«, fragte ihre Mutter.

»Wir gehen zum Arzt!«

»Der war doch schon hier. Er kann nichts mehr für mich tun!«

Isi schüttelte den Kopf: »Er kann dir wenigstens Mittel gegen die Schmerzen geben!«

»Aber ...«

Sie brach ab.

Isi sah sie aufmerksam an: »Was aber?«

»Nichts, Kind.«

»Mama!«

»Er hat mir etwas verschrieben, aber Vater will es mir nicht geben.«

Isi presste wütend die Lippen aufeinander.

»Los! Mitkommen!«, befahl sie.

Sie traten hinaus auf die Hohe Straße, bogen in die Tuchmachergasse und liefen, bis sie fast den Neustädtischen Markt erreicht hatten. Hier hatte der Hausarzt seine Praxis, hier schob Isi ihre Mutter hinein, trat nach ihr ins Vorzimmer, wo eine besorgte Helferin aufsprang und ihre Mutter ins Sprechzimmer bugsierte. Dort half ihr der Doktor auf eine Liege.

»Wir brauchen ein Schmerzmittel!«, sagte Isi.

»Was ist mit dem, das ich Ihnen gegeben habe?«, fragte der Arzt.

»Wir brauchen dringend ein neues!«

Er stand auf, ging zu einem Glasschränkchen, entnahm ihm ein weiteres Fläschchen und gab es Isi.

»Vorsicht mit der Dosierung. Nicht mehr als zwanzig Tropfen. Und nicht öfter als zweimal am Tag.«

Isi nickte und steckte das Fläschchen ein: »Die Rechnung bitte an meinen Vater.«

»Sehr wohl.«

Sie verließen die Praxis.

Isi brachte ihre Mutter zurück ins Bett, träufelte zwanzig Tropfen auf einen Löffel und reichte ihn der Mutter.

Es wirkte erstaunlich schnell.

Die Züge ihrer Mutter entspannten sich.

Sie wurde schläfrig und lächelte ihrer Tochter sogar zu: »Danke.«

Isi nickte: »Schon gut. Die Flasche nehme ich mit. Morgen komme ich wieder und gebe dir mehr.«

Damit verließ sie das Haus und kehrte in die Kaserne zurück.

Doch schon am nächsten Tag fand sie alle Türen verschlossen vor. Auch die zum Keller. Drinnen hörte sie ihre Mutter schreien. Isi warf einen Stein gegen das Schlafzimmerfenster im ersten Stock, und nach einer Weile öffnete ihre Mutter, um ihr mitzuteilen, dass Isis Vater sie eingesperrt habe.

»Reiß das Betttuch in Streifen, bind sie zusammen und seil das Ganze ab zu mir!«

Mittlerweile hatten einige Schaulustige vor dem Haus angehalten und sahen neugierig zu, wie Isi das Fläschchen an das Tücherseil band und ihre Mutter es nach oben zog. Und zwei Minuten später wieder zu ihr hinunterschickte.

Zufrieden steckte Isi das Schmerzmittel ein: Da musst du schon früher aufstehen, du Scheißkerl, dachte sie und kehrte wieder in die Kaserne zurück.

Als sie am nächsten Tag zu ihrer Mutter wollte, ließ sie die Wache vor ihrer Tür nicht hinaus.

»Was soll das?«, fauchte Isi.

»Tut mir leid, Fräulein Beese, aber ich habe meine Anweisungen!«

»Was für Anweisungen?«

»Ihr Ausgang ist bis auf Weiteres gestrichen worden.«

Er schob sie zurück in ihr Zimmer und schloss die Tür.

Da stand sie dann – das Fläschchen mit dem rettenden Schmerzmittel in den Händen. Und ihr war, als könnte sie die Schreie ihrer sterbenden Mutter bis in die kleine Kammer hören, aus der sie jetzt nicht mehr entkommen konnte.

96

Bis in den frühen Abend hatte sich Artur im angrenzenden Wäldchen versteckt, hatte die Szenerie auf dem Hof beobachtet, bis die Soldaten abgezogen waren. Viel hatte nicht gefehlt, dass die Männer ihn gefunden hätten. Ein loses Brett auf der Rückseite der Scheune verhalf ihm zur rechtzeitigen Flucht, wobei er geistesgegenwärtig Decke und Lampe mitgenommen und damit sein verräterisches Lager aufgelöst hatte.

Lange waren sie nicht geblieben.

Waren ebenso schnell wieder verschwunden, wie sie aufgetaucht waren, und hatten eine ratlos wirkende Larisa auf dem Hof zurückgelassen. Schließlich war sie mit der Sense ins Roggenfeld getreten und hatte versucht weiterzuernten.

Hatte sie ihn verraten?

Er hätte es ihr nicht einmal verübeln können, dass sie keine Lust hatte, einen Feind zu verstecken: Sie war allein und hoffte, sich und ihr Kind irgendwie durch den Winter bringen zu können.

Zwei Stunden beobachtete er den Hof, aber die Soldaten kehrten nicht zurück. Dann verließ er seinen Posten und durchkämmte systematisch das Wäldchen auf der Suche nach heimlichen Spähern, fand aber niemanden.

Auch in den weiten Ebenen hinter dem Wald waren weder Truppen noch Soldaten auszumachen – sie waren weg. Artur fragte sich, was zum Teufel das alles zu bedeuten hatte, konnte sich aber keinen rechten Reim auf das alles machen.

Mit der Dämmerung schlich er zurück.

Spähte durch ein Fenster des Hofes und entdeckte Larisa in der Stube an einem Tisch sitzend und Kleidung stopfend. Schließlich gab er sich einen Ruck und trat hinein. Sie sprang erschrocken auf, dann aber entspannten sich ihre Züge, und sie sagte nur: »Artur!«

Er sah es in ihren Augen: Sie hatte nichts gesagt.

Als ob sie seine Gedanken gelesen hätte, packte sie ihn bei der Hand, zog ihn nach draußen in die Scheune, zeigte auf den Weizen, redete unentwegt, während ihre Hände dazu die entsprechende Geschichte malten. Schließlich glaubte er, verstanden zu haben: Die Soldaten beanspruchten die Hälfte der Ernte für sich. Sie würden wiederkommen und sich ihren Teil holen.

Und so passierte es dann auch.

Sie kehrten ein paar Tage später zurück und nahmen sich mehr als die Hälfte der Säcke mit dem Mehl, das Artur in der Zwischenzeit aus dem Weizen gedroschen hatte. Als sie abzogen, trug Artur ein paar Weizensäcke, die er im Wald versteckt hatte, wieder in die Scheune. Die Russen hatten gelogen und er sie betrogen – es glich sich aus.

Sie ernteten den Roggen.

Die Nächte waren mittlerweile kalt geworden, nicht mehr lange, und es würde Frost geben. Eines Abends bat Larisa Artur ins Haus, und von da an schlief er auf dem Boden in der Küche.

Als auch der Mais eingebracht war, fiel über Nacht der erste Schnee.

Larisa signalisierte, dass sie einen Teil der Ernte auf dem Markt verkaufen wollte, und bat Artur, sie zu ihrem Schutz zu begleiten. Der runzelte die Stirn, doch sie machte ihm pantomimisch klar, dass er mitkommen müsse, dabei aber auf keinen Fall sprechen dürfe.

Sie beluden das Fuhrwerk mit dem Getreide. Larisa nahm auch eine Kiste mit der Kleidung ihres gefallenen Ehemannes mit, die sie wohl gegen andere tauschen wollte. Dann schnappten sie sich den Säugling und fuhren durch das winterliche, friedliche Land auf den Markt nach Hinzenberg, ein kleines, sehr ländlich wirkendes Städtchen, das seinen bescheidenen Aufschwung der Eisenbahn verdankte, die hier seit gut dreißig Jahren Zwischenstation machte auf ihrem Weg von Riga nach Wolmar.

Artur hielt die Zügel und bemühte sich, seine Blicke nicht allzu sehr zwischen den einfachen Ständen und den ärmlich angezogenen Einheimischen wandern zu lassen. Aber zu seiner Beruhigung beachtete ihn ohnehin kaum jemand: weder die wenigen

Soldaten noch die einfachen Leute, die ihn offensichtlich für einen Bauern aus dem Umland hielten.

Sie hielten – Larisa sprang vom Fuhrwerk und verschwand mit der Kiste zwischen den Marktfrauen und Landmännern. Hier und da hörte Artur deutsche Wortfetzen, unterdrückte aber den Impuls, sich den Menschen zuzuwenden. Da sprach ihn jemand auf Russisch an: Artur gab ihm mimisch zu verstehen, dass er stumm sei und auch nicht hören könne, und so zog der Mann wieder ab.

Irgendwann kehrte Larisa mit neuen Klamotten und einem Käufer für Korn und Mais zurück, einem kleinen schmerbäuchigen Kerl mit wässrig blauen Augen, pelzbesetztem Wintermantel und Lammfellmütze. Er besah sich die Ernte auf dem Fuhrwerk, zückte ein ganzes Bündel Scheine und bot Larisa ein paar davon an. Offenbar ein Preis, den sie nicht akzeptieren wollte, denn sie geriet in Wut, während er arrogant grinste und etwas sagte, von dem man annehmen durfte, dass es nichts als Spott war.

Artur hatte er bis dahin nicht beachtet, aber als Larisa aufhörte zu schimpfen und grimmig mit dem Kinn zum Fuhrwerk wies, da drehte auch er sich um und blickte hinauf zu einem Hünen, der ihn am Revers seines Mantels packte und ruckartig zu sich hinaufzog, bis sie Nase an Nase waren. Artur starrte ihm wütend in die Augen.

Der Händler rief erst empört, dann ziemlich ängstlich Larisas Namen und noch einiges anderes, was Artur nicht verstand, wobei er sich sicher war, dass es sich ausschließlich um Flüche und Verwünschungen handelte. Als das nicht zu helfen schien, schrie er herum, zappelte, aber Artur hielt ihn in der Luft, während sich mittlerweile andere um sie gruppiert hatten, die meisten mit einem breiten Grinsen im Gesicht. Er schien unter den Bauern der Gegend nicht gerade beliebt zu sein, jedenfalls machte niemand Anstalten, ihm zu helfen.

Dann jedoch verstummten plötzlich die Stimmen. Die Bauern hielten inne, und niemand lachte jetzt noch über den Streit der beiden. Alle starrten nur, wie der fette Händler auch, über Arturs Schultern hinweg auf etwas, was sich hinter seinem Rücken formiert hatte.

Artur ließ den Mann los und drehte sich um.

Vor ihm stand offenbar der Kommandant der Soldaten. Für einen Offizier, Unteroffizier oder Feldwebel erschien er Artur zu ungepflegt. Hinter ihm fünf seiner Männer, von denen zwei mit ihren Gewehren auf ihn zielten.

Er schrie etwas auf Russisch, das Artur nicht verstand.

Trat ein paar Schritte auf ihn zu und tippte ihm mit dem Zeigefinger auf die Brust: »*Что происходи?*«

Da war Mordlust in den Augen des anderen – er wartete nur darauf, dass Artur ihm einen Grund gab, ihn zu töten. Ganz gleich, wie geringfügig er auch sein mochte.

»*Открой рот, крестьянин!*«

Er schien ziemlich in Rage.

Artur schwieg: Hier ging es also zu Ende.

Er war nicht einmal wütend darüber.

Larisa trat dazu und erklärte wortreich etwas, von dem Artur annahm, dass es das Märchen vom Taubstummen war. Ein netter Versuch, wenn es auch das Unvermeidliche nur um Minuten hinauszögern würde. Der russische Kommandant starrte Artur weiterhin in die Augen, und es schien seinen Zorn nur noch weiter zu befeuern, dass er keine Angst zeigte. Seine Uniform saß genauso schlecht wie die Schirmmütze auf seinem Kopf, und er hatte sich wie ein Bandit eine Pistole hinter das Koppel gesteckt, die Artur längst im Auge hatte: Er würde hier nicht alleine sterben. Dieser Kerl würde mit ihm gehen.

Plötzlich schlug Larisa zu.

Und zwar schlug sie Artur.

Der war vollkommen überrascht von ihrer Ohrfeige und blickte sie geradezu empört an. Doch Larisa geriet jetzt so richtig in Fahrt und knallte ihm noch eine, riss sich ihre Fellmütze vom Kopf und schlug damit auf Artur ein. Was immer sie dabei schrie, war sicher nichts Freundliches, aber es brachte erst den Kommandanten, dann die Soldaten zum Lachen. Larisa zeterte immer weiter und drosch unablässig fluchend auf ihn ein. Auch die, die von ihnen abgerückt waren und einen Kreis um sie gebildet hatten, amüsierte der inszenierte Streit zwischen Eheleuten. Artur verstand, ging vor seiner vorgeblich wütenden Frau in Deckung und bat schließlich kniend vor ihr um Gnade – pantomimisch.

Der Kommandant nickte grinsend und befahl seinen Männern, den Wagen abzuladen: Sie requirierten die Vorräte.

Artur kniete immer noch im Schnee, während Larisa ihm eine Hand auf die Schultern legte und mit einem Blick zu verstehen gab, dass er auf seine Füße sehen solle. Er trug immer noch die Stiefel seiner Truppen. Niemand hatte hier darauf geachtet, tatsächlich klebte auch genügend Schnee daran, aber es hätte nur einen aufmerksamen Soldaten gebraucht, und alles wäre vorbei gewesen.

Schwerer Schneefall setzte ein.

Der Kommandant stand mit seinen Männern mittlerweile vor einer Spelunke, bestellte Wodka und zahlte mit einem Sack Mais. Ihrem Mais. Dann sah er zu Artur herüber, grinste, hob sein Glas zum Gruß an und trank.

Der Winter war da.

Der Krieg verschwand unter einer dichten weißen Decke.

97

Isi schrieb Briefe an ihre Mutter und verzweifelte, weil sie ahnte, dass sie keinen von ihnen würde lesen dürfen. Täglich sprach sie beim Kasernenkommandanten vor, bis der genug davon hatte und ihren Stubenarrest verschärfte: Sie hatte jetzt nicht einmal mehr bewachten Hofausgang. Dann versuchte sie es mit ihren Türwachen, schäkerte kokett und auch nicht ohne Wirkung, denn die jungen Männer sprangen gern auf die scheinbaren Avancen des hübschen Fräuleins an, bis sie tatsächlich einen dazu brachte, in seiner Freizeit das Haus in der Hohen Straße aufzusuchen, um ihrer Mutter das Schmerzmittel zu geben. Unglücklicherweise wurde der Mann erwischt, und nur wegen seiner bedeutenden Abstammung erfolgte keine Strafversetzung an die Front, sondern lediglich in eine andere Stadt. Ihn und auch die anderen Wachen ersetzten Männer des Landsturms, weit in den Vierzigern und gegenüber den Reizen eines jungen Mädchens unempfindlicher.

Andere Briefe durfte sie versenden und empfangen, musste aber höllisch aufpassen, dass die Zensur sie nicht einbehielt. Arturs Mutter hielt sie so ein wenig auf dem Laufenden. Isi erfuhr, dass ihre Mutter in der Stadt seit der Absage der großen *Tour* nicht mehr gesehen worden war, dafür aber ihr Vater, der nicht müde wurde, seiner Umwelt mitzuteilen, wie tapfer und mutig sich seine Frau ihrem Schicksal entgegenstemmte. Und wie sehr sie ihn damit beeindrucken würde.

Frau Burwitz schrieb, dass die Kirchengemeinde für Gottlieb Beese und seine Frau betete und nicht wenige Mahlzeiten kochte, die er gerne entgegennahm, ohne die Wohltäter dabei ins Haus zu lassen.

Tatsächlich ließ er niemanden ins Haus, nicht einmal den Herrn Pfarrer. Als der sich darüber empörte, gestand Gottlieb ihm unter Tränen, dass sein geliebtes Weib sich unter der bösartigen Krankheit sehr verändert habe. Zu Gottliebs großer Beschämung habe seine Frau Gott abgeschworen, sich in gewisser Weise selbst exkommuniziert, was zur Folge habe, dass sie niemanden mehr sehen wolle – und schon gar keinen Pfaffen.

Der Pastor hatte dem untröstlichen Gottlieb daraufhin Mut zugesprochen und ihn beschworen, seine Frau wieder auf den rechten Pfad zu führen. Allerdings auch deutlich gemacht, was passieren würde, wenn es ihm nicht gelänge: »Wenn sie aber wirklich in die Hölle will, dann soll sie dorthin. Wer Gott die Schuld für sein Schicksal gibt, hat das Paradies nicht verdient.«

Gottlieb hatte versprochen, alles dafür zu tun, die arme Seele doch noch zu retten. Aber, schrieb Frau Burwitz, die Stimmung hatte sich bald schon gegen Frau Beese gerichtet. Das gute Essen blieb aus, und das Mitleid, das man ihr bis dahin entgegengebracht hatte, galt jetzt ihrem tapferen Ehemann, den man an ihrer statt zu sich ins Haus lud und dort verköstigte.

Isi hätte schreien können.

Es gab nichts, was sie hätte tun können, niemanden, der ihr half. Und zu wissen, dass sie hier bloß am Fenster stehen konnte, während ihre Mutter vor Schmerzen schrie, ließ ihr Herz heiß werden vor lauter Hass: Männer wie ihr Vater regierten Thorn, sie regierten Preußen, das Deutsche Reich, die ganze Welt. Sie bestimmten die Regeln, die Religion, die Politik, verfälschten Tatsachen, machten Karriere, und wenn gar nichts mehr half, begannen sie Kriege und stürzten die Welt ins Chaos: Kaiser, General, Kanzler, Pfarrer, Vater.

Doch was war mit ihr? Was war mit all den Frauen, die in ihren Schatten starben, so leise, dass man nicht mal wusste, dass sie überhaupt gelebt hatten? Zählten sie nicht? Nichts?

Eines Morgens ertönte gegen Viertel nach zehn die gut sieben Tonnen schwere *Tuba Dei* des St.-Johannes-Doms: Totenglocken. Sie schlugen, wenn jemand Bedeutendes gestorben war. Oder jemand Bedeutendes eine Botschaft senden wollte. Jemand wie der Herr Reichstagsabgeordnete.

Isi stand vom Tisch auf, trat ans Fenster und blickte hinab auf den Kasernenhof, wo sie einen Zivilisten heraneilen sah, auf dem Weg zur Kommandantur. Da wusste sie, welche Nachricht sie in den nächsten Minuten erreichen würde, und so war es dann auch: Ein Offizier machte ihr seine Aufwartung und verkündete den Tod ihrer Mutter.

Sie nahm es gefasst entgegen, erleichtert darüber, dass die Leiden ihrer Mutter zu Ende gegangen waren. Dass sie endlich ihren Frieden gefunden hatte. Sie trug dem Offizier auf, die Nachricht zu übermitteln, dass sie ein schwarzes Kleid zu tragen wünsche und deswegen eines in Auftrag geben müsse. Man kam dem Wunsch nach, ließ sie aber nicht aus der Kaserne: Eine Schneiderin kam zu ihr ins Zimmer und nahm Maß.

Isi fragte: »Wie lange wird das dauern?«
Die Schneiderin antwortete: »Vielleicht eine Woche.«
»Das geht nicht. Ich will es zur Beerdigung tragen.«
Die Schneiderin schwieg.
Mied ihren Blick.
»Was?«, fragte Isi barsch.
»Ich ... Sie sollten mit dem Herrn Kommandanten sprechen, Fräulein Beese.«
»Was gibt es da zu besprechen?«, hakte Isi nach.
Doch die Schneiderin schwieg und nahm weiter Maß.

Später, als sie fort war, teilte ihr die Türwache mit, dass sie keine Ausgangserlaubnis für die Beerdigung bekommen würde. Ihr Vater fürchtete einen Skandal.

Isi wischte sich vor Wut ein paar Tränen aus den Augen. Ihr Vater fürchtete also einen Skandal – wenn sie ehrlich war, er hätte ihn auch bekommen. Dennoch war diese letzte Gemeinheit eine zu viel: Sie würde einen Weg finden, ihn zu vernichten. Sie würde ihr Gefängnis verlassen und dann alles daran setzen, ihn zur Verantwortung zu ziehen.

Draußen begann es, heftig zu schneien – die Festungsstadt verwandelte sich innerhalb von Stunden in ein weißes Wunderland.

Der Winter war da.

Aber unter der hohen Schneedecke lauerte Krieg.

Isis Krieg.

98

Die Bestandsaufnahme war mehr als ernüchternd: Sie hatten etwas Weizen, Roggen und Mais. Vielleicht genug, um den Winter zu überleben, aber ganz sicher nicht genug, um danach noch etwas aussäen zu können. Darüber hinaus besaßen sie ein Schwein, eine Ziege und ein paar Hühner. Noch. Doch ohne Nahrung würden sie auch die schlachten müssen.

Er versuchte, Larisa mit Händen und Füßen klarzumachen, dass sie etwas unternehmen mussten, aber die schüttelte nur traurig den Kopf: Es gab nichts, was sie unternehmen konnten. Sie drückte den Säugling nur noch fester an sich und sank vor dem Küchentisch auf einen Stuhl. Artur presste wütend die Lippen aufeinander: Die Menschen hier hatten über so lange Zeit gelitten, dass sie sich nicht einmal vorstellen konnten, sich zu wehren.

Dann aber starb das Kind.

In einer Zeit, in der Menschen zu Millionen auf den Schlachtfeldern verreckten, war der Tod von Larisas Tochter eigentlich nichts Besonderes, aber natürlich erschütterte er die Mutter bis in die letzte Faser ihres Seins. Noch in der Nacht nach ihrem Besuch auf dem Markt in Hinzenberg hatte die Kleine Fieber bekommen. Ohne Geld für einen Arzt oder Medikamente verglühte das Kind förmlich in ihren Armen. In ihrer Verzweiflung hatte Larisa ein Huhn geschlachtet, um aus den Knochen wenigstens eine kräftige Suppe zu kochen, doch das Fieber wollte nicht fallen.

Drei Tage und drei Nächte hielt sie das schreiende Kind auf dem Arm, versuchte, das Fieber mit kalten Wickeln zu senken, aber zu allem Überfluss kam auch noch ein grausam klingender Husten dazu. In der vierten Nacht gelang es ihr, ihre Tochter in den Schlaf zu wiegen. Die plötzlich einsetzende Stille war so wohltuend, dass sie und Artur ebenfalls gleich einschliefen.

Als Larisa am Morgen erwachte, lag die Kleine bleich, kalt und steif neben ihr. Sie schrie so laut, dass Artur sofort zu ihr stürzte, aber ein Blick genügte, um zu wissen, dass hier keine Hilfe mehr möglich war.

Larisa dagegen klagte sich selbst an: Warum hatte sie nicht bemerkt, dass das Kind im Begriff war zu sterben? Warum hatte sie geschlafen? Sie war doch die Mutter! Untröstlich, wie sie war, konnte Artur nichts tun, außer den Säugling an einer besonders schönen Stelle zwischen den Bäumen in festgefrorener Erde zu begraben. Ein kleines Kreuz mit seinem Namen markierte den Ort: *Elizabete*.

Die Zeit danach war schwer.

Vollkommen eingeschneit, in einer stillen weißen Welt fernab jeder Menschenseele, lebten die beiden auf wenigen Quadratmetern und mit nichts, was Larisa vom Grübeln abgehalten hätte.

Dann aber, während eines Schneesturms, stand Artur auf, holte Papier und Bleistift aus einer Schublade und forderte Larisa auf, ihm Lettisch beizubringen. Genau wie er ihr Deutsch beibringen wollte. Zunächst winkte sie wirsch ab, aber er blieb hartnäckig, und so begannen die beiden ihre ersten Stunden in der Sprache des jeweils anderen. Für Larisa wurde es tatsächlich der Weg aus ihrer Dunkelheit zurück ins Licht.

Viele Wochen vergingen.

Dann kam der Hunger.

Sie hatten verbraucht, was ihnen geblieben war. Es gab weder Korn noch Mais, die Hühner waren weg, allein Ziege und Schwein standen noch im Stall. Bald würde das Frühjahr kommen, und sie hatten nichts, was sie hätten aussäen können, und niemanden, der ihnen etwas leihen würde. Alle litten, und in Zeiten wie diesen war sich jeder selbst der Nächste.

An einem schönen Spätwintertag griff sich Larisa das Gewehr, das sie von ihrem gefallenen Mann geerbt hatte, und machte sich auf den Weg durch den tiefen Schnee in den Stall.

Artur folgte ihr, doch als sie schließlich die Waffe durchlud und auf das Schwein zielte, legte er seine Hand auf den Lauf und schob ihn zur Seite.

»Ko tas dod?« fragte er. *Was bringt das?*

»Wir überleben«, antwortete Larisa auf Deutsch.

Artur schüttelte den Kopf: »Und nach dem Schwein?«

Sie schwieg.

»Ich denke schon eine Weile über etwas nach, was uns vielleicht retten kann.«

»Worüber denn?«

»Es geht nur mit deiner Hilfe.«

Sie runzelte die Stirn: »Und was soll ich tun?«

»Sie haben uns bestohlen, jetzt werden wir sie bestehlen.«

Lange blickte sie ihn an und sagte nichts – aber Artur kannte sie gut genug, um zu erkennen, dass sie im Begriff war, alle Skrupel über Bord zu werfen.

Schließlich nickte sie entschlossen: »Gut.«

Mit anbrechender Dunkelheit spannten sie ihr Pferd vor das Fuhrwerk und hofften im Schutz der Dunkelheit auf den Überraschungseffekt einer wirklich dreisten Gaunerei.

Die Front war vor Riga zum Stehen gekommen, deutsche wie russische Truppen hatten sich eingegraben und belauerten sich. Sie mussten versorgt werden, sodass sich um die Stadt herum Nachschubeinheiten gebildet hatten, meist beschlagnahmte Bauernhöfe, deren Ställe und Scheunen genutzt wurden, um Brot zu backen oder Nutztiere zu schlachten.

Genau zu einem dieser Höfe mussten sie.

Es hatte wieder zu schneien begonnen, und die Dunkelheit auf dem Land konnte einen glauben machen, dass man sein Augenlicht verloren hatte. Trotzdem steuerte Larisa das Fuhrwerk vollkommen sicher über den verschneiten Weg an Waldenrode vorbei und nahm mühelos eine Abbiegung, die Artur nicht einmal wahrgenommen hatte.

Dann, endlich, tauchte vor ihnen ein schwach flackerndes Licht auf.

Ein Lagerfeuer.

Darum die Schemen wachender Soldaten.

Sie hockten oder standen in dem u-förmigen Innenhof eines für hiesige Verhältnisse großen Bauernguts.

Larisa lenkte Pferd und Wagen im weiten Bogen über ein verschneites Feld bis an den rückwärtigen Teil des Hofs heran. Dort stiegen sie ab, hörten durch den Schneefall dröhnendes Männerlachen und betrunkenen Gesang. Es musste wenigstens ein halbes Dutzend Soldaten sein, das sich dort am Feuer wärmte und eine Flasche kreisen ließ. Vom Haupthaus erstreckten sich zu beiden Seiten Scheunen und lange Ställe in die Tiefe, aus denen man das friedliche Gegrunze von Schweinen oder Gegacker von Hühnern hören konnte.

Artur bat Larisa, beim Fuhrwerk zu warten, dann schlich er sich an einen der grob gemauerten Ställe heran und suchte nach einer Möglichkeit einzusteigen, doch alles war fest verschlossen. Die einzigen Tore befanden sich auf der Seite des Innenhofes, wo die Stallwache sich gerade betrank. Da war die Luger in seinem Hosenbund, aber Schüsse hätten sofort den Rest der Einheit, die wahrscheinlich im Haupthaus schlief, geweckt.

Es gab nur eine Möglichkeit, in den knapp drei Meter hohen Stall zu kommen, und die führte über das Dach. Artur stieg hinauf, schob den Schnee herunter, bis er auf eine Strohdecke stieß, die er mit einem großen Messer auftrennte, bis ihm schwallartig warme, nach Scheiße riechende Luft entgegenwehte, in die er sich hinabfallen ließ.

Der Stall war übervoll mit Schweinen.

Viele Dutzend schoben sich durch das Dunkel und nahmen kaum Notiz von ihm. Durch das Holztor schimmerte das Licht des Feuers, raue Stimmen, tanzende Schatten. Artur packte sich eines von den kleineren Schweinen, stieß ihm schnell und sicher das Messer ins Genick. Es quiekte laut, aber er hielt ihm rasch die Schnauze zu.

Für einen Moment glaubte er, dass die Soldaten aufmerksam geworden wären, dann aber hörte er wieder raues Gelächter und jemanden, der ein Lied anstimmte.

Das Schwein aber war zusammengesackt – eilig stemmte er es hoch und warf es durch die Öffnung im Dach. Draußen konnte er Larisas Schritte durch den Schnee knarzen hören.

Schon packte er sich ein anderes Tier.

Noch eines.

Und noch eines.

Dann kletterte er wieder aus dem Stall, verschloss die Öffnung mit dem herausgeschnittenen Stück Strohdach und warf dann, wieder unten stehend, Schnee hinauf, um sämtliche Hinweise auf den Einbruch zu tilgen.

Als die Sonne wieder aufging, hatte unentwegter Schneefall jede weitere Spur verwischt. Ein strahlender Tag kündigte den nahenden Frühling an. Bevor Artur das erste Schwein vom Fuhrwerk heben konnte, trat Larisa an ihn heran, legte ihre Arme um seine Schultern und flüsterte: »Du hast mich gerettet!«

Da lächelte er nur und sagte: »Wir fangen gerade erst an!«

Sie küssten sich.

99

Es regnete, als Isi aus der Haft entlassen wurde.

Und das schon seit Wochen, mit kurzen trockenen Perioden grauen, kühlen Wetters, bevor es erneut begann zu regnen. Niemand konnte sich daran erinnern, schon einmal einen solch miesen Sommer erlebt zu haben, wenn diese Tristesse auch zu Isis Stimmung passte. Vierzehn Monate, dreiundzwanzig Tage, sechs Stunden. Eingesessen wegen nichts und lediglich freigelassen, weil meine Fürsprache bei Oberleutnant von Grohe und dessen familiäre Verbindungen ins Reich eine Begnadigung erwirkt hatten.

Thorn war nicht mehr die Stadt, die sie kannte. Alles erschien ihr grauer, die Fassaden, die Straßen, ja sogar die Menschen, die in ihnen lebten. Viele Geschäfte der Breiten Straße hatten geschlossen, an ihren Schaufenstern klebten jetzt patriotische Plakate, die dafür warben, Kriegsanleihen zu zeichnen. Andere Läden waren noch geöffnet, aber Kundschaft sah Isi darin keine. Von all der Geschäftigkeit, der florierenden Wirtschaft, der Betriebsamkeit auf den Straßen war so gut wie nichts mehr geblieben. Immerhin die Straßenbahnen fuhren noch, wenn auch betrieben von Frauen. So wie Frauen überhaupt das Stadtbild prägten, die meisten in der Tracht der Witwen und Trauernden. Die einzigen Männer, die sie sah, waren alt oder Rekruten in Ausbildung für den Krieg.

Sie schleppte ihren Koffer die Hohe Straße hinauf, mied das Haus mit der Nummer 6, weil sie nicht wusste, ob sie ihrem Vater bei der ersten Begegnung nicht die Spitze ihres Regenschirms ins Auge rammen würde. Auch das wunderschöne Haus in der Kopernikusstraße 1 konnte ihr kein Obdach bieten, weil die Familie Burwitz nicht mehr darin lebte. Eine Weile hatten deren Ersparnisse noch ausgereicht, aber Anfang des Jahres hatte die Reichsbank die Begleichung der Lkw-Kredite eingefordert. Der ehemals so dienstfertige Direktor von Betnick war jetzt gar nicht mehr zuvorkommend, sondern bestand trotz der Umstände auf die Rückzahlung. Offiziell mit der Begründung, dass Artur als vermisst galt, wahrscheinlich aber gefallen war und man seinem Vater August nicht zutraute, das Fuhrgeschäft zu altem Glanz zu führen, geschweige denn die Raten weiterhin bedienen zu können. Doch inoffiziell wurde gemunkelt, dass Falk Boysen sich eingemischt und von Betnick dazu gedrängt habe, die Burwitz endgültig zu ruinieren. Offensichtlich hatte er sich in den Kopf gesetzt, den Namen der Familie aus dem Gedächtnis der Thorner zu löschen.

Somit übernahm die Bank das Haus, während die Burwitz zurück in die Werkstatt ziehen mussten. Es war ein Schock für alle, denn in den armseligen Zimmern der Wagnerei, in denen überall unschöne Erinnerungen lauerten, wurde ihnen überdeutlich bewusst, was sie in der Kopernikusstraße unwiederbringlich verloren hatten.

Isi klopfte an die Haustür.

Arturs Mutter öffnete: Sie war innerhalb eines Jahres so gealtert, dass Isi erschrak. Dennoch war die Begrüßung sehr herzlich und Isi froh, dass diese Familie, trotz ihrer Trennung, zu ihr hielt. Arturs Schwestern waren auf verschiedene Rüstungsbetriebe verteilt worden, wo sie unter miserablen Arbeitsbedingungen das Familieneinkommen aufbesserten, während August noch in der Werkstatt arbeitete und die Räder und Achsen der Bauern der Umgebung reparierte. Auch ihn hatte der boysensche Bannstrahl getroffen, den er nur mit lächerlich niedrigen Preisen zu unterlaufen in der Lage war. Isi brauchte keine Minute, um festzustellen, dass die Familie in großer Armut lebte, wobei es ihr damit auch nicht schlechter ging als dem überwältigenden Rest der Bevölkerung. Wer keine Ersparnisse aus guten Zeiten hatte, den traf der Krieg hart.

»Es sind die Engländer«, sagte Frau Burwitz. »Diese Seeblockade bricht uns noch allen das Genick.«

Die Auswirkungen des Krieges waren schon im letzten Jahr spürbar geworden, aber in diesem Jahr hatte sich die Lage noch einmal verschärft. Hatte man am Anfang noch verhalten über die Preissteigerungen und den fleischlosen Tag pro Woche gestöhnt, sonst aber darauf gehofft, dass der Krieg bald vorbei sein würde, so waren seitdem die Preise weiter gestiegen, die Löhne gesunken, und aus einem fleischlosen Tag pro Woche waren vier geworden.

Für die, die sich Fleisch leisten konnten.

Den Armen ging es schon vor dem Krieg mies, jetzt aber hatte sich ihre Versorgungslage drastisch verschlechtert. Immer öfter gingen sie mit Hunger ins Bett und wachten mit Hunger, aber ohne Hoffnung auf, dass der neue Tag besser werden könnte.

»Nur den großen Bauern gehts noch gut«, sagte Frau Burwitz. »Allen voran natürlich den Boysens. Der alte Wilhelm bestimmt mittlerweile alles. Wirklich alles.«

»Hast du etwas von Artur gehört?«, fragte Isi.

»Nein, Liebes. Er gilt immer noch als vermisst!«

»Das heißt, man hat seine Leiche nicht gefunden?«

Arturs Mutter seufzte: Sie hatte die Aussicht auf ein Wiedersehen aufgegeben, und die bange Erwartung, die in Isis Stimme mitschwang, riss in ihr eine schlecht verheilte Wunde wieder auf.

»Wir müssen den Tatsachen ins Auge sehen, Isi. Artur kommt nicht mehr zurück.«

Isi schluckte, dann aber schüttelte sie den Kopf: »Du hast geschrieben, dass man fünf seiner Kameraden gefunden hat, ihn aber nicht. Jetzt glaube ich nicht mehr daran, dass Artur tot ist.«

»Ach, Kind. Ich wünschte, es wäre so.«

»Vielleicht ist er in Gefangenschaft geraten?«

»Vielleicht …«, antwortete seine Mutter matt.

Isi schwieg einen Moment.

Dann zischte sie wütend: »Dieser Krieg! Dieser elende, verdammte Krieg!«

Frau Burwitz nickte deprimiert.

»Wenn Frauen hätten bestimmen dürfen, hätte es diesen Krieg niemals gegeben!«

»Schon recht, Liebes.«

»Wenn wir wählen könnten! Wir würden mit einem Schlag alles verändern!«

»Aber wir dürfen nicht. Und wir werden es auch nie.«

»Doch, wir werden. Die Zeit kommt, glaub mir.«

Frau Burwitz schwieg.

Dann lächelte sie Isi an und sagte: »Komm, ich zeige dir, wo du schlafen kannst.«

Isi fand ihren Platz in einem Bett neben der Ältesten, Martha, einem schweigsamen, blassen Mädchen mit großen dunklen Augen. In einer Kommode konnte sie die wenigen Habseligkeiten, die ihr noch geblieben waren, verstauen, und anschließend half sie Arturs Mutter bei der Zubereitung des Abendessens: Bratkartoffeln mit Zwiebeln.

»Hast du Kontakt zu den anderen Frauen hier?«, fragte Isi beiläufig.

Frau Burwitz wandte sich ihr zu und sah sie lange an.

»Was?«, fragte Isi irritiert.

»Nein, Luise, nein!«

»Was denn?«

»Hast du nicht lange genug eingesessen?«

Isi zögerte mit der Antwort, flüsterte dann aber: »Wir müssen etwas tun, Johanna! Von alleine wird sich nie etwas ändern!«

»Ich warne dich! Wenn du uns in Gefahr bringst, wenn du eines meiner Mädchen aufhetzt, werfe ich dich aus dem Haus!«

»Johanna, bitte!«

»Nein! Du hast gesehen, was sie mit dir gemacht haben! Sie werden dasselbe mit uns tun. Versprich mir, dass du nichts anstellst, was dieser Familie weiteres Unglück bringt.«

Sie hatte mittlerweile Tränen in den Augen, und in ihrem Gesicht spiegelte sich die Angst.

Isi nickte: »Ich werde euch nicht in Gefahr bringen, ich verspreche es. Aber eines solltest du nicht vergessen: Männer wie Falk oder Wilhelm Boysen brauchen keinen Grund, um dich zu vernichten. Nur weil du dich vor ihnen versteckst, heißt das nicht, dass sie dich nicht sehen.«

Darauf schwieg Frau Burwitz.

Und sagte auch später beim Abendbrot nichts, als alle heimgekommen waren und hungrig um den Tisch saßen. Als August eintrat und Isi freundlich grüßte, begannen sie ihr karges Mahl. Niemand wurde satt, auch die Mädchen nicht, obwohl August und Johanna ihnen mehr gaben als sich selbst. Isi beschloss, die Stimmung wenigstens ein bisschen aufzuhellen, und erzählte von ihrer Haft, von den jungen Soldaten, die ihr nicht widerstehen konnten und gegen alte Männer ausgetauscht werden mussten. Die Mädchen amüsierte das sehr, auch Arturs Mutter konnte sich ein Lachen nicht verkneifen, während August seltsam abwesend blieb. Er hatte sich offenbar erkältet, sein Husten klang scheußlich.

Nach dem Essen beschloss Isi, noch ein wenig spazieren zu gehen, nur weg aus der Culmer Vorstadt, die sie von Minute zu Minute mehr deprimierte. Am Neustädtischen Markt entdeckte sie ein Zelt, in dem es am Nachmittag ein Puppentheater gegeben hatte. Jetzt war es verschlossen.

Sie spähte durch einen Spalt ins Innere: Bänke waren dort aufgestellt, und vorne stand ein einfaches, selbstgebautes buntbemaltes Bühnenbild mit Vorhang. Dort erspähte sie auch an einer der Zeltbahnen ein Plakat mit der Aufschrift *Puppentheater* und blieb an den leuchtend roten Buchstaben hängen.

Artur hatte sie mal Püppchen genannt – es hatte ihr nicht besonders gefallen, weil er sie damit hatte aufziehen wollen. Und Clara Zetkin hatte ihr in ihren Briefen von den Suffragetten in London berichtet und dass ein Politiker den Aufstand der Frauen als Puppentheater verspottet hatte.

Puppentheater.
Da lächelte sie plötzlich, denn sie hatte eine Idee.

100

Zum ersten Mal in meinem Leben las ich ein Drehbuch.
Oder eher einen ersten Entwurf dazu, noch nicht sehr ausgefeilt, aber geheimnisvoll genug, um mich zu faszinieren. Im Winter und Frühjahr war ich Oberst John monatelang mit meinen Ideen auf die Nerven gegangen, die KPQ-Filme emotionaler zu drehen, den Geschichten Gesichter und Namen zu geben. Hatte meine Erfahrungen mit Oberstleutnant Draxler bunt ausgeschmückt und war trotzdem nicht durchgedrungen.

Dann aber, im Mai 1916, hatte John mich überraschend zu sich gebeten und mir das Angebot gemacht, für eine Produktionsfirma namens PAGU Berlin und das Deutsche Reich einen Film als Kameramann zu drehen: *Das Tagebuch des Dr. Hart.* Er gab mir das Skript und erklärte mir meinen Auftrag: Ich sollte passende Drehorte für den Film finden, an dem voraussichtlich ab dem kommenden Jahr gearbeitet werden würde.

So setzte ich mich zwei Wochen darauf in den Zug nach Osten und war der festen Überzeugung, ich würde nun die Wirklichkeit verlassen, um wenige Stunden später in der Welt der totalen Fiktion wieder auszusteigen. Tatsächlich aber war es genau umgekehrt: Ich verließ die Fiktion und landete in der Hölle. Und in dieser Hölle war es ein Kleidungsstück, eine zufällige Begegnung, die mir zur Lebensgabelung wurde und mich letztlich zurückführte zu dem, was ich immer hatte sein wollen: das Auge der Welt.

Was war geschehen?

Das Tagebuch des Dr. Hart sollte ein Film werden, der zeigte, wie selbstlos und aufopferungsvoll deutsche Ärzte im Krieg waren, unabhängig davon, ob sie Freund oder Feind zu versorgen hatten. So war auch der titelgebende Dr. Robert Hart – selbstredend ein Mann mit exquisiten Manieren und von vorbildlichem Engagement – allein der Menschlichkeit verpflichtet. Kurz vor Kriegsausbruch verbringt er seine Sommerfrische in Bad Oos, wo er die charmante polnische Gräfin Bransky, die attraktive Ursula von Hohenau und auch den etwas verschlagenen polnischen Diplomaten Graf Bronislaw kennenlernt. Als der Krieg beginnt, geht es für ihn in den Osten.

An diesem Punkt sollte meine Recherchearbeit einsetzen.

Ich unterstrich in dem Skript die erwähnten Spielorte und notierte sie mir auf einem Zettel: Dörfer plus Landbevölkerung, einen Brunnen, eine Kirche, eine Mühle, Gefechtsfelder, eine Hütte, ein Feldlazarett oder ein Verbandsplatz und vor allem: Schloss Bransky. Ich hatte mich ganz in das Drehbuch vertieft, mir war, als hätte ich die großen Feste in Bad Oos gesehen, die schönen Kleider, die Fracks, die Musik, die Kerzen, alles war so lebendig geworden, dass ich mir vollkommen sicher war: Schloss Bransky musste das schönste Schloss des Ostens sein.

Leider war es im Drehbuch nicht genau verortet worden und Russisch-Polen verdammt groß, aber ich war mir sicher, dass dieses herrliche Schloss so bekannt wäre wie Neuschwanstein und ich nicht lange würde fragen müssen, um es zu finden. Dass ich selbst noch nie davon gehört hatte, schrieb ich meiner preußischen Schulbildung zu, die von jeher keinen Wert auf die Vermittlung von Kenntnissen über Polen gelegt hatte. So war es eben in Thorn, wo sich Polen und Deutsche jedes Jahr Scharmützel um den Geburtstag von Kopernikus lieferten, der in Wirklichkeit jedoch Pate stand für die tiefe Wunde der Polen, vor gut hundert Jahren zwischen Österreich-Ungarn, Preußen und Russland aufgeteilt worden zu sein. Ich war so blind, nicht einmal das märchenhafte Ende des Drehbuchentwurfs kam mir komisch vor, wo der Beginn einer neuen wunderbaren Freundschaft zwischen Polen und Deutschen ausgerufen wurde. Heute weiß ich, dass das Land zwar von russischer Besatzung erlöst wurde, aber selbstredend nicht frei war, denn im wirklichen Leben hatten es ja die Deutschen erobert.

So kam ich als ein junger, verblendeter Filmenthusiast in Brest-Litowsk an, bereit, Schloss Bransky zu finden. Ein Schloss, das es selbstverständlich nicht gab, da es eine Erfindung des Autors war. Und so ließ dieser mich, der ich mich mit Erfindungen eigentlich bestens auskannte, wie einen Idioten davon träumen.

Schon die Einfahrt in den Restbahnhof von Brest-Litowsk ließ meinen Mut sinken: Die Stadt war in großen Teilen dem Erdboden gleichgemacht worden, weil die Festung für die Russen von hohem Prestige gewesen war. Sie aufzugeben war ihnen eine solche Schmach, dass sie bei ihrem Rückzug kurzerhand alles sprengten und den Rest verbrannten. Als die Deutschen Brest-Litowsk kampflos übernahmen, war da kaum etwas geblieben, und von den ehemals gut fünfzigtausend Einwohnern irrten nur noch wenige Zivilisten durch einen verrußten Trümmerpark aus Stein, Stahl und Glas.

Durch traurige Ruinen marschierte ich bepackt wie ein Muli mit Fotoapparat, Stativ, Köfferchen mit unbelichteten Glasplatten, in K.-u.-k.-Uniform samt gelber Binde zur örtlichen Kommandantur und meldete dort meine Ankunft.

Ein Major von Bühling empfing mich, einer dieser Karrieristen, hinter dessen jovialen Umgangsformen sich die Verachtung allem Niederen gegenüber verbarg. Er erkundigte sich gelangweilt nach meiner Arbeit beim KPQ und lächelte schließlich mitleidig mit gerümpfter Nase: »Füsilier, ich habe einen Krieg zu gewinnen. Und schlage mich obendrein noch mit Partisanen herum, die einfach nicht verstehen wollen, dass wir sie längst besiegt haben. Wenn also noch etwas anliegt? Meine Zeit ist äußerst knapp bemessen.«

Ich hatte schon bei meinem allerersten Auftrag in den Karpaten so meine Erfahrungen mit Offizieren gemacht, die sich allesamt für unersetzlich hielten, also salutierte ich zügig und fragte ihn, schon im Gehen begriffen, nach Schloss Bransky, was mich heute noch ärgert. Jedenfalls bog er sich vor Lachen, als ich ihm erklärte, welchen Ort ich meinte, und entließ mich mit dem gut gemeinten Rat, ja beim KPQ zu bleiben, denn bei meinen Fähigkeiten würde ich den offenen Kampf gegen einen richtigen Gegner sicher keine zehn Sekunden überleben.

Seine Arroganz und meine Naivität verfluchend verließ ich wütend die Stube und machte mich – beschämt von meiner eigenen Dummheit, gedemütigt von einem Idioten – auf den Weg zum Stadtrand, wo deutsche Reserveeinheiten die Gegend sicherten.

Da sah ich *sie*.

Eine junge Frau mit einem blonden dicken Zopf, grünen Augen und sinnlichem Mund im schwindenden Licht eines schönen Juniabends zwischen den Häuserresten an einer von Granaten zerbombten Kreuzung. Auf seltsame Art und Weise schön, wenn auch nicht so auffallend, dass jeder x-beliebige Soldat ihr hinterhergepfiffen hätte. Da stand ich also mit meinem ganzen Kram, rührte mich nicht mehr und starrte sie an.

Und nicht nur sie, sondern auch das Kleid, das sie trug.

Ein ausgeblichenes rotes, altmodisches, geradezu aus der Zeit gefallenes Kleid, nichts, was eine moderne Frau heutzutage tragen würde. Es sah eher wie etwas aus, was ihrer Mutter, vielleicht sogar der Großmutter gehört haben könnte. Vermutlich hatte sie das Stück aber einfach irgendwo aufgetrieben, denn in zerstörten Städten wie diesen konnte man nicht wählerisch mit dem sein, was man trug.

Doch das war es nicht allein, was mich so erschütterte.

Dieses Kleid, und da war ich mir vollkommen sicher, war die Kreation meines Vaters. Die Art und Weise, wie die Knöpfe gesetzt waren, die Ausarbeitung der Taille und des *Cul*, der Schnitt der Tournüre, Falten, Bindeschnüre, Aufsätze, Nähte: Ich hätte Papas Kleider unter Millionen anderen erkannt.

Vielleicht stammte es aus seiner Zeit in Riga, vielleicht hatte er es noch vor meiner Geburt in Thorn angefertigt. Auf welche Weise auch immer: Es war in ihren Besitz gelangt, und es stand ihr so gut, als hätte Papa es bloß für sie gemacht. Oder für mich, denn je länger ich sie anstarrte, desto mehr verliebte ich mich in sie. Ach was: Ich stand in Flammen! Ausgerechnet ich!

Der Zauderer.
Der Bedenkenträger.
Der Vorsichtige.
Sie war es! Sie musste es sein! Sie und nur sie!
Da zog sie weiter, und ich eilte ihr stolpernd nach.
Wer war sie?
Wohin ging sie?
Wie konnte ich sie für mich gewinnen?
Meine Gedanken drehten sich wie Propeller, bis mir ganz schwindelig davon wurde und ich mich darauf konzentrierte, nicht von ihr bemerkt zu werden. Was mir wie durch ein Wunder auch gelang: Entweder war sie taub oder so in Gedanken, dass sie ihre Umwelt gar nicht wahrnahm. Glück für mich, denn ich trug die Uniform des Feindes. Wie viel Sympathie mochte sie mir wohl entgegenbringen, nachdem meinesgleichen ihre Heimat in Schutt und Asche gelegt hatte?

Sie ging zügig die Straßen entlang und verschwand schließlich in einem der wenigen Häuser, das bis auf ein ausgebranntes Dach und zerbrochene Fensterscheiben noch stand. Da eilte auch ich davon, meldete meine Ankunft bei der Reserveeinheit und fragte dort einen Gefreiten nach einem Schneider.

»Warum, willst du dir etwa 'ne Generalsuniform machen lassen?«, fragte der.

»Ist ein geheimer Auftrag. Ich muss aussehen wie ein Zivilist.«

Er nickte, hakte nicht weiter nach und gab mir den Namen eines Polen, der auch für die deutschen Truppen Schneideraufgaben übernahm. Ihn suchte ich noch am selben Abend in seiner Werkstatt auf, die er im Keller eines ansonsten zerstörten Hauses eingerichtet hatte. Dort fand ich Hemd, Hose und Jacke, die mir halbwegs passten, und bezahlte in Rubel.

In jener Nacht träumte ich von Papa.

Und von dem burgundroten Kleid, das er für Mama gemacht hatte. In dem sie ausgesehen hatte wie eine Romanow. *Wie eine Romanow, mein Junge!* Und dem Grafen, der sie vom Fleck weg hatte heiraten wollen. *Aber sie hätte dich nie verlassen, nicht wahr? Natürlich nicht, mein Junge.*

Er zwinkerte mir zu, und ich verstand.

101

Im Frühjahr sah man Artur das Pferd, einen leidlich kräftigen Brabanter, vor den Pflug spannen und den Acker aufreißen, während Larisa hinter ihm die groben Klumpen kleinschlug, bevor beide dann die Saat in den Boden einbrachten. Tagelang arbeiteten sie sich so vorwärts, härteste Arbeit, die sie am Ende des Tages mit schmerzenden Muskeln und Knochen vor den Ofen trieb, um sich daran zu wärmen.

Doch in Wirklichkeit bewirtschafteten sie die Felder nur zum Schein.

Sie waren Diebe geworden.

Schmuggler.

Vielleicht auch Schauspieler.

In jedem Fall aber Liebende.

Und sie hatten beschlossen, sich nie wieder zum Opfer machen zu lassen, auch wenn dies eines Tages bedeuten konnte, gehängt zu werden. Aber, und in diesem Punkt hatte sich vor allem Larisa gewandelt, sie wollten weder unschuldig noch mit hungrigem Magen sterben.

Nicht so wie ihre Tochter.

Was ihren frechen ersten Coup betraf, so hatte sie dieser Erfolg in ihrem neuen Weg nur noch bestärkt, denn niemand hatte nach ihnen gefahndet. Was vermuten ließ, dass ihr Einbruch nicht bemerkt oder von den Soldaten aus Angst vor den Offizieren nicht gemeldet worden war, denn die reagierten auf derartige Schlampereien gerne mit exemplarischen Erschießungen.

Eines der erbeuteten Schweine hatten sie gegen Saatgut tauschen können, die anderen hatten sie geschlachtet und das Fleisch eingepökelt. Nun suchten sie nach einem Weg, es unauffällig auf einem Schwarzmarkt zu verkaufen, der weit genug entfernt war, dass niemand ihnen auf die Schliche kommen und sie aus Neid und Gier denunzieren konnte.

»Scheiß auf dieses Land!«, hatte Larisa zu Artur gesagt und ihn geküsst. »Ich hab es satt, nur eine dumme Bäuerin zu sein!«

Artur hatte gelächelt und fast schon erstaunt festgestellt: *Ich liebe sie! Das gibts doch nicht: Ich liebe sie wirklich!* Wie Isi auch, nur dass diese Liebe bedingungslos erwidert wurde und damit ungeahnte Tiefen erreichte: Larisa war ihm Freundin, Gefährtin, Vertraute. Eine Frau, kein Mädchen. Eine, die ihn liebte wie er sie. So hatte sich auch für ihn in der kurzen Zeit vieles verändert.

Die ersten Wochen waren wie im Rausch vergangen.

Sie konnten kaum genug voneinander bekommen und rissen sich manchmal sogar während der Arbeit auf dem Feld die Kleidung vom Leib, weil sie es nicht mehr bis ins Haus schafften. Alles war so leicht geworden und der Krieg so weit weg, was sie günstigen Umständen zu verdanken hatten, denn um die Versorgung der Menschen um Riga zu erleichtern und gleichsam für eine höhere Produktivität zu sorgen, hatte man knapp die Hälfte der gut vierhunderttausend Einwohner der Stadt evakuiert und zur Rüstungsarbeit ins Zentrum des gewaltigen Landes verlegt, was eine monatelange logistische Höchstleistung nach sich zog. Die Armee musste sich um vieles kümmern – Artur und Larisa gehörten nicht dazu. Es war, als wären sie von der Welt vergessen worden.

Und sie waren bereit, diesen Umstand weidlich auszunutzen.

Artur hatte Larisa gefragt, ob es nicht jemanden gebe, dem sie vertraue, und tatsächlich war da ihr Cousin Lauris. Er bewirtschaftete einen Hof hinter Hinzenberg, und es ging ihm wie allen anderen Kleinbauern auch. Der Hunger war täglicher Begleiter seiner Familie, die schon zwei tote Kinder zu beklagen hatte.

Sie luden ihn ein.

Tasteten ab.

Deuteten an.

Und stellten schließlich fest, dass Vorsicht gar nicht nötig gewesen wäre, denn Lauris war Feuer und Flamme von der Idee, eigene Schmuggelwege für einen Schwarzmarkthandel zu installieren, um seine Familie vor Armee und Adel zu retten.

Er reiste nach Riga.

Und kehrte in einer kalten Nacht im April zum Hof der beiden zurück. Zusammen mit Artur packte er das gepökelte Fleisch in ein altes Fass, wuchtete es auf sein Fuhrwerk und bedeckte es anschließend mit Holzscheiten und Abfällen. Dann sprangen sie beide auf die Kutsche, während Larisa Artur am Arm hielt und küsste: »Du musst zurückkommen, Artur! Du musst!«

Der lächelte: »Keine Angst, mir wird nichts passieren.«

In seinem Hosenbund steckte seine Luger.

Sie fuhren durch die Nacht und erreichten nach etwa einer Stunde einen kleinen See, der Riga vorgelagert war, stoppten und trugen das Fass bis fast ans Ufer, bevor sie im angrenzenden Gebüsch Schutz suchten.

Dort warteten sie.

Die Nacht war sternenklar, Mondlicht bleichte die matten Farben der Landschaft gespenstisch aus. Endlich hörten sie ein leises Plätschern und sahen bald darauf zwei Männer mit Schiebermützen in einem Ruderboot, das sich langsam dem Ufer näherte.

Artur packte seine Pistole und entsicherte sie.

Dann nickte er Lauris zu, der das Fass aus dem Gebüsch herausrollte und die beiden Fremden, für Artur nur gesichtslose Schemen, begrüßte.

Langsam hob er die Luger an.

Zielte.

Noch verhielten sich alle ruhig, es gab keine hektischen Bewegungen, keine plötzlichen Kommandos. Einer der beiden hatte das Fass umgekippt und kontrollierte die Ware, um dann seinem Kompagnon zuzunicken.

Der griff unter seinen Mantel.

Artur spannte den Hahn.

Einen Augenblick war alles still – dann nahm Lauris einen Packen Scheine entgegen und schüttelte den beiden die Hand. Als er sich wieder auf den Rückweg machte, trat Artur aus dem Gebüsch und gab den beiden damit zu verstehen, dass Lauris nicht alleine gewesen war. Und es auch niemals sein würde.

Sie nickten ihm schweigend zu, dann hoben sie das Fass in ihr Boot.

Erleichtert atmete Artur durch: Sie waren auf einen dauerhaften Handel aus und hatten nicht den schnellen Gewinn gesucht. Der Bedarf in der Stadt war groß, und mit dieser ersten Lieferung hatten sie tatsächlich ein geheimes Tor hinter die Stadtmauern Rigas öffnen können.

Jetzt brauchten sie nur noch Ware.

Viel mehr Ware.

102

Wie viele Geschichten hatte Papa über Mama erzählt? Wie oft hatte er sie wiederholt und war dabei selig durch den Tempel seiner Erinnerungen gewandelt? Allein eine war nie dabei gewesen: die ihrer Eroberung! Zeit seines Lebens hatte er einen Minnegesang nach dem nächsten auf sie angestimmt, doch eine Sache hatte er mir nie anvertraut, nämlich, wie er sie im allerersten Moment ihres Kennenlernens angesprochen hatte. Mit einem Kompliment? Oder hatte er nach der Uhrzeit gefragt? Dem Weg? Oder das Wetter gelobt? Nur in einer Sache war ich mir sicher: In romantischen Angelegenheiten war mein Vater wie eine Einmannarmee gewesen, die jede noch so uneinnehmbare Festung mit Liebesschwüren sturmreif schießen konnte.

Wie also hatte er um sie geworben?

Alle seine bunt geschmückten Rückblicke beschrieben die beiden als Paar, aber *wie* waren sie eines geworden? Einmal mehr wünschte ich mir, ich hätte mit ihm sprechen, mir einen Rat holen oder mir wenigstens diese eine Geschichte anhören können. Ich wusste nichts über das Kennenlernen meiner Eltern, sehr wenig darüber, woher meine Mutter gekommen und wer ihre Familie war. Und da wir schon dabei waren: Warum gab es keine einzige Hochzeitsgeschichte meiner Eltern? Papa war zu dieser Zeit recht wohlhabend: Er hätte diese Hochzeit doch sicher wie einen Staatsakt gefeiert? Und warum war er eigentlich nicht in Riga geblieben? Warum hatte er sein Geschäft gegen die elende Schneiderei in Thorn getauscht?

Viele, viele Fragen und keine Antworten.

Papa und ich hatten uns stets selbst genügt, sodass ich nie auf die Idee gekommen war, mehr über Mama erfahren zu wollen als das, was er mir so facettenreich immer aufs Neue beschrieb. Dabei gab es wirklich große Lücken in seinen Rückblicken! Plötzlich war mir, als fehlte mir ein Teil meines Lebens, über den ich zuvor nicht eine Sekunde nachgedacht hatte.

Aber all diese Überlegungen waren wenig hilfreich bei der Frage, wie ich eine junge Frau für mich begeistern konnte, ohne dabei auf das überschäumende Selbstvertrauen Papas oder die freche Verwandlungskunst Isis zurückgreifen zu können. Zudem sprach ich weder Russisch noch Polnisch, was, wie ich annahm, essenziell gewesen wäre, um sie wenigstens kennenzulernen. Aber eine Möglichkeit blieb mir doch: die Fotografie. Die funktionierte, so hoffte ich, auch ohne Worte.

Also packte ich schon am frühen Morgen meine Ausrüstung zusammen, schleppte sie zu dem Haus, in dem sie am Vortag verschwunden war, und baute dort alles wieder auf, in der Hoffnung, dass, wenn jemand wie ich an einem Ort wie diesem auftauchte, sie das vielleicht neugierig machte. Ich stand dort sehr lange, ohne dass irgendjemand auf mich aufmerksam wurde, weil schlicht und ergreifend niemand unterwegs war, sodass ich erst schlechte Laune, dann Hunger *und* schlechte Laune bekam.

Am Mittag endlich tauchte sie auf.

Wieder in diesem roten Kleid.

Schon von Weitem bemerkte ich ihre interessierten Blicke und freute mich bereits darüber, dass mein genialer Plan im Begriff war aufzugehen, als sie sich plötzlich abwandte und den Weg ins Haus über die Trümmer abzukürzen suchte. Ehe ich darüber nachdenken konnte, was ich ihr in welcher Sprache wie sagen wollte, winkte ich ihr hektisch zu, sodass sie tatsächlich zu mir kam.

Neugierig sah sie mich an.

Und ich sie.

Dann stotterte ich verlegen: »H-hallo!«

Sie antwortete nicht, sondern sah mich neugierig an.

»Darf ich dich fotografieren?«, fragte ich schließlich hilflos.

Sie blickte an mir herab, sah aber nur einen Zivilisten, der um den Arm die gelbe *Kunst*-Armbinde des KPQ trug, damit ihn nicht irgendein übereifriger deutscher Soldat für einen Spion hielt und erschoss.

»Presse!«, erklärte ich und zeigte auf die Binde.

»Gazeta?«, fragte sie zurück.

Ich nickte: »Ja genau. Also, so ähnlich. Aber: ja.«

Wirres Gestammel meinerseits, recht peinlich, wie ich fand, aber immerhin: Ein Anfang war gemacht. Und ich konnte sehen, dass *Presse* für sie nicht dasselbe wie *Feind* war. Die Gunst der Stunde nutzend dirigierte ich sie vor meine Kamera, machte ihr gestisch deutlich, dass ich eine Aufnahme von ihr machen wollte, und freute mich, als sie nickte und tatsächlich etwas lächelte. Ich schoss ein Porträt von ihr und fragte, ob ich noch ein Foto machen dürfe, was sie wieder bejahte. Diesmal wählte ich eine erhöhte Position und einen engeren Bildausschnitt, sodass sie wie ein Engel der Hoffnung aus einer Trümmerwüste zu mir hinaufblickte: Mein Herz raste plötzlich, weil ich mir einbildete, sie würde nur *mich* sehen.

So wie ich nur *sie* sah.

Das schnöde Klicken des Auslösers beendete diesen Moment der Nähe. Befangen lächelte ich und sagte: »*Spasiba!*«

Mehr Russisch konnte ich nicht, aber sie antwortete ebenfalls mit einem Lächeln: »*Pozhaluysta.*«

Sie hatte eine dunkle und rauchige Stimme, und ihr *Pozhaluysta* war das schönste Wort, das ich je in meinem Leben gehört hatte. Sie hatte offenbar die Gabe, Worte in Musik zu verwandeln, wenigstens für mich, der alles an ihr geradezu orchestral fand. Ich deutete mit Händen und Füßen auf Kamera, Glasplatten und einen Ort am Horizont und versuchte, irgendwie zu erklären, dass ich die Fotografien entwickeln und ihr dann bringen wollte. Ehrlich gesagt hatte ich wenig Hoffnung, dass sie mein Gezappel verstand, aber sie lachte und nickte, und ich hörte auf, Verrenkungen zu machen.

»Carl!«, sagte ich daraufhin und deutete mit dem Finger auf mich.

»Masha«, antwortete sie mit gleicher Geste.

Dann zog sie davon, und während ich ihr nachsah, sagte ich zu mir, wenn sie sich umdrehte, dann würde sie mir die Tür zu ihrem Herzen öffnen. Dann gäbe es eine Zukunft für uns. Wenn sie sich umdrehte, dann wäre sie die Richtige! Wenn sie sich nur umdrehte! Nur das.

Kurz bevor sie das Haus erreicht hatte, blieb sie stehen.

Ich weiß noch, dass ich flüsterte: »Dreh dich um! Bitte!«

Da drehte sie sich um.

Lächelte kurz.

Und verschwand schnell im Eingang.

Ich stand da, hatte vor lauter Glück die Luft angehalten und versprach ihr feierlich, dass ich alles für sie tun wollte, sogar diesen Krieg stoppen, wenn es nötig wäre.

Einfach nur, weil es sie gab.

103

Ich kehrte zur Einheit an den Stadtrand zurück, wo noch viele intakte Häuser standen, die den Soldaten zugeteilt worden waren. Ungeduldig, benommen und mit einem Karussell im Bauch, das mich betrunken schwanken ließ zwischen kitzelndem Glück und dem unbestimmten Gefühl, mich gleich übergeben zu müssen, machte ich mich an meine Glasplatten.

Glücklicherweise verfügte ich, wie sonst nur Offiziere, über ein eigenes Zimmer, in dem ich auch eine kleine Dunkelkammer eingerichtet hatte, um meine Glasplatten und Papierabzüge zu entwickeln. Ursprünglich natürlich nur von möglichen Filmmotiven, wie dem vermaledeiten Schloss Bransky. Jetzt allerdings verschwendete ich keinen Gedanken mehr an meinen Auftrag und war fest entschlossen, den Umstand, dass mich niemand kontrollierte und sich hier auch sonst weit und breit kein Mensch für einen K.-u.-k.-Soldaten interessierte, weidlich auszunutzen.

Endlich hielt ich die Abzüge in den Händen und fand vor allem das Trümmerfoto so besonders, dass ich davon noch einen zweiten Abzug für mich machte. Da ich sonst nichts zu tun hatte, außer auf den nächsten Morgen zu warten, lag ich den Rest des Tages auf meinem Bett und sah mal die eine, mal die andere Fotografie an und dachte an sie.

Masha.

Nach einer unruhigen Nacht stand ich früh auf, sprang in meine Klamotten und lief zu ihr. Diesmal hatte ich Glück, denn nur wenige Minuten nach meiner Ankunft tauchte sie aus dem Haus auf, offensichtlich auf dem Weg in die Stadt. Als sie mich sah, lächelte sie und kam zu mir.

»*Privet*, Carl.«

Ihre Stimme gurrte so verführerisch, dass ich den Moment verpasste, sie zu begrüßen. Stattdessen schlug ich ein wenig zu hektisch eine schmale Kladde auf und gab ihr die beiden Bilder, die ich darin versteckt hatte. Sie nahm sie neugierig entgegen und betrachtete sie aufmerksam. Und je länger sie das tat, desto mehr erkannte ich, dass sie sich selbst noch nie auf einer Fotografie gesehen hatte. Jetzt blickte sie auf das, was ich in ihr sah. Konnte sie erspüren, wie besonders ich sie fand?

»Für dich!«, sagte ich und schob die Fotografien zurück, die sie mir wiedergeben wollte.

»*Spasiba*, Carl!«

Sie gab mir zu verstehen, einen Augenblick zu warten, eilte zurück ins Haus und kam ohne die Bilder wieder zurück. Dann machte sie eine Geste, die ich als Bitte auffasste, sie auf ihrem Weg zu begleiten. So liefen wir dann stadteinwärts, immer die einzige für das deutsche Militär frei geräumte Straße entlang, Schulter an Schulter, uns dann und wann verlegen anschauend. Kurz vor der Stelle zwischen den Häuserresten, an der ich sie das erste Mal gesehen hatte, blieb sie stehen und gab mir die Hand: »*Do svidaniya*, Carl!«

Ich nahm ihre Hand und hielt sie länger als nötig, und Masha ließ mich gewähren.

»*Do svidaniya*, Masha!«

Sie lief los und bog in die Trümmer ab, während ich ihr nachsah. Kurz drehte sie sich noch mal um und winkte mir zu. Glücklich, aber auch ein wenig frustriert über das kurze Zusammensein, kehrte ich zur Division zurück, fest entschlossen, sie am nächsten Tag wiederzutreffen.

Auch am nächsten Morgen stand ich früh auf, wartete, bis sie aus den Trümmern auftauchte, begrüßte sie verliebt, bevor wir dann zusammen in die Stadt gingen. Wir schauten uns öfter an als am Vortag. Doch irgendwann verabschiedete sie sich wieder von mir und verschwand.

Den Rest des Tages verbrachte ich in der Division, starrte ihr Bild an und fragte mich, was ich noch tun könnte. Es fiel mir nichts ein, außer vielleicht noch weitere Fotografien von ihr zu machen. Genau das tat ich, doch als ich schließlich in meiner Dunkelkammer die neuen Aufnahmen entwickelte, war zu meiner heimlichen Enttäuschung kein besseres dabei als das, das sie als Trümmerengel stilisierte. Mir war, als hätte ich bereits mein Pulver verschossen, auch wenn sie die Aufnahmen entzückten und sie mir offenkundig schöne Dinge sagte, die ich nur mit dem Herzen verstand.

Als ich mich das nächste Mal wieder auf den Weg zu ihr machen wollte, suchte mich die Ordonnanz Major von Bühlings auf und bat mich, bei seinem Chef vorstellig zu werden. Ich konnte dem Leutnant gegenüber meinen Unmut kaum verbergen, gehorchte aber, denn ich war sicher, dass von Bühling mir genügend Probleme bereiten konnte, wenn er nur wollte. Obwohl es eilig erschienen war, ließ er mich in der Kommandantur eine halbe Stunde warten, um mich im anschließenden Gespräch zu fragen, was ich eigentlich noch in der Stadt zu tun hätte.

»Oder haben Sie Schloss Bransky noch nicht gefunden?«, fragte er süffisant.

Er hatte einen Briefbeschwerer in Form eines Elefanten auf seinem Schreibtisch, den ich ihm gerne an den Kopf geworfen hätte, stattdessen lachte ich über seinen Scherz und antwortete, dass ich an einer geeigneten Reiseroute arbeitete. Und darüber hinaus noch einige Aufnahmen von Brest-Litowsk und dem einen oder anderen Soldaten machen würde – für Zeitschriften oder eine Ausstellung in Wien.

»Fotografieren Sie eigentlich bloß einfache Soldaten oder auch höherrangige Persönlichkeiten?«, fragte er beiläufig.

Da ich sofort begriff, wer mit *Persönlichkeiten* gemeint war, wusste ich jetzt auch, warum ich tatsächlich einbestellt worden war.

»Ich fotografiere alles, Herr Major.«

»Nun, vielleicht ergibt es sich ja einmal, Füsilier Friedländer.«

»Natürlich, Herr Major. Wenn Sie nicht zu beschäftigt sind?«

»Ich bin immer beschäftigt«, antwortete er und gab mir mit einem Wink zu verstehen, dass das auch für diesen Moment galt und ich abtreten durfte.

Draußen lief ich mit wenig Hoffnung los, Masha noch zu erwischen, aber zu meiner Überraschung hatte sie auf mich gewartet und begrüßte mich mit einem Lächeln. Wir zogen los, aber diesmal beschloss ich, wagemutiger zu sein, und griff nach ihrer Hand … Sie ließ es zu. Mit klopfendem Herzen ging ich mit ihr in die Stadt, bis zu der Stelle, an der wir uns bisher immer verabschiedet hatten. Sie sah mich an, fast erwartete ich, dass sie sich vielleicht zu einem Kuss herüberbeugen würde, dann aber drehte sie sich doch um und eilte über die Trümmer davon.

Zum ersten Mal fragte ich mich, was sie eigentlich den ganzen Tag so tat. Wohin ging sie? Brest-Litwosk war vor seiner Zerstörung sicher wunderschön gewesen und hatte viel zu bieten gehabt, doch jetzt? Warum durfte ich nicht bei ihr sein?

Traf sie sich etwa mit einem anderen?

Der Gedanke brachte mich auf: Sie trug keinen Ehering, aber das bedeutete ja nicht, dass ich der Einzige war, der in sie verliebt sein konnte. Ein nagendes Gefühl der Eifersucht machte sich in mir breit, und ehe ich michs versah, schlich ich ihr nach, hielt Abstand und folgte ihr wie ein Geist.

Ich sah sie mit abgerissenen Gestalten sprechen, die sie irgendwohin zu schicken schienen, dann traf sie einen Mann, dem sie offenbar Geld gab, woraufhin er einen Kohlensack unter den Steinen hervorzog und ihn ihr überließ. Schwarzmarktgeschäfte, dachte ich beruhigt. Sie wollte nicht, dass ich ihre Quellen kannte, denn trotz allem war ich kein Russe, sondern Deutscher.

Ein Besatzer.

Sie trug schwer an dem Sack und verschwand, als ich sie für ein paar Sekunden aus den Augen verloren hatte. Ratlos stand ich da. Wohin konnte sie gegangen sein? Hier gab es über Hunderte von Metern nichts als Trümmer, Häuserskelette, Steine, Scherben. Da konnte man sich doch nicht in Luft auflösen?

Nach einer Weile entdeckte ich einen versteckten Eingang unter einer Ruine. Eine Minute stand ich davor, lauschte, hörte aber keine Geräusche von innen – dann schob ich die gesplitterte Holztür auf und trat ins Halbdunkel einer nach unten führenden Treppe.

Auf Zehenspitzen schlich ich hinab und gelangte im Keller an eine weitere Tür, die ich vorsichtig öffnete: Jetzt konnte ich Stimmen hören! Männerstimmen. Aber auch das unverwechselbare Gurren Mashas. Ich zögerte, gab mir schließlich aber einen Ruck, schlüpfte hinein, zog die Tür hinter mir zu und wurde eins mit der Dunkelheit.

Es war kühl hier drin.

Gänsehaut lief mir über die Arme.

Vor mir, am Ende des Ganges, flackerte gelbes Licht aus einer offen stehenden Tür. Von dort drangen auch die Stimmen zu mir, die umso aufgeregter klangen, je näher ich ihnen kam.

Der Türrahmen.

Drinnen Diskussionen.

Vorsichtig riskierte ich einen Blick.

Zuerst sah ich lediglich zwei Öllampen, dann vier oder fünf Schatten, die sich in der Nähe der tanzenden Flammen zu Menschen verwandelten, um gleich darauf wieder schemenhaft ins Zwielicht zurückzugleiten.

Plötzlich trat Masha vor und mit ihr ein großer unrasierter Kerl, der auf sie einredete. Ich hatte keine Ahnung, worum es ging, aber der Mann schien aufgebracht zu sein und packte sie grob am Oberarm, während er energisch weitersprach. Sie dagegen machte einen abweisenden Eindruck, und was immer sie ihm sagte, es schien das Gegenteil von dem zu sein, was er von ihr hören wollte. Schließlich traten auch noch zwei andere Männer aus dem Dunkel – Masha war plötzlich umringt, und die Drohung, die von den Kerlen ausging, war körperlich zu spüren.

Da senkte sie den Kopf und gab nach.

Die Männer nickten erleichtert, wobei immer wieder ihr Name und weitere Worte fielen, die wie Bestätigungen oder Gratulationen klangen. Einer der Männer reichte den anderen eine Flasche Wodka, alle tranken daraus, auch Masha. Die Männer brachten einen Toast aus, wobei ich nur *Russkiy* verstand und annahm, dass es etwas Patriotisches gewesen sein musste. Die eben noch angespannte Stimmung löste sich und wich fast schon fröhlichem Geplauder. Der Mann, der Masha eben am Arm gepackt hatte, beugte sich herab und zog den Kohlensack hervor.

Er drehte ihn um und schüttete den Inhalt auf den Boden.

Kohlen.

Und gleich danach Pistolen, Handgranaten und Munition.

Partisanen.

Masha war im Widerstand.

104

Auch Isi war im Widerstand, doch sie war gewarnt: Eine zweite Inhaftierung würde für sie nicht so glimpflich verlaufen wie die erste. Zuchthaus wäre die Folge, aber nur wenn sie Glück, schützende Fürsprache und keinen Ankläger hatte, der aus ihrer Opposition den Vorwurf kommunistischer Spionage konstruieren würde. Denn wenn Machthaber in Kriegszeiten etwas wirklich fürchteten, dann war das umstürzlerische Agitation im Auftrag oder zugunsten einer feindlichen Macht. Die Strafe dafür war bei allen Kriegsparteien gleich, und nur die Tatsache, dass man sich im Allgemeinen davor scheute, eine Frau an einen Pfahl zu binden und zu erschießen, würde sie unter Umständen davor bewahren.

Und dennoch war Isi entschlossen, Ungerechtigkeiten, Leid und Elend nicht mehr hinzunehmen, und hatte sich schon während ihrer Festungshaft Gedanken darüber gemacht, wie sie ihren Beitrag zur Beendigung des Krieges leisten konnte, ohne sich selbst dabei sinnlos zu opfern.

Sie hatte die SPD-Zeitschrift *Die Gleichheit* abonniert, bewunderte deren Herausgeberin Clara Zetkin und hatte mit ihr eine ganze Weile im regen Briefaustausch gestanden. Isi kämpfte für das Wahlrecht und den besseren Schutz für Frauen, brach den Kontakt zu Zetkin aber ab, als die ihr vorgeschlagen hatte, in die von Rosa Luxemburg gegründete Spartakusgruppe einzutreten. Sie war lange genug Unternehmerin gewesen, um zu wissen, dass nicht alle gleich sein mussten, sondern dass es vollauf genügte, wenn alle die gleichen Rechte hatten. Vor allem jenes, anständig und mit Respekt behandelt zu werden.

Demnach stellten sich für sie drei Fragen: Wie konnte sie agitieren und trotzdem unter dem Radar der Obrigkeit bleiben? Wie konnte man unter dem Radar der Obrigkeit bleiben und trotzdem Menschen erreichen? Und wie konnte man diese Menschen für sich gewinnen, wenn jedes Wort, jede Aufforderung, jeder Wunsch nach Freiheit in den eigenen Untergang führen konnte?

Rosa Luxemburg hatte für eine einzige Rede über ein Jahr im Frauengefängnis Barnimstraße gesessen. Was, dachte Isi, würde mit der Dame geschehen, wenn man ihr die Vorbereitung einer Revolution nachweisen würde?

Isi hatte vierzehn Monate, dreiundzwanzig Tage und sechs Stunden Zeit gehabt, sich zu fragen, wie sie sich geschickter mit der Obrigkeit anlegte, als einen vollkommen wirkungslosen Streik anzuzetteln, der sie nicht nur ihrer Freiheit beraubte, sondern auch bei allen ihr wohlgesinnten Frauen eine solche Angst entfachte, dass die nicht mehr wagten, sich zur Wehr zu setzen. Darauf hatte sie keine Antwort gefunden, bis zu dem Moment, als sie auf dem Neustädtischen Markt das Zelt entdeckt hatte.

Puppentheater.

Der geradezu grotesk lächerliche Versuch, die Zivilbevölkerung mit *Unterhaltung* vom Krieg abzulenken.

Nun, dachte Isi, sie sollten ihr Puppentheater bekommen. Noch am selben Abend war sie in die Werkstatt geeilt, in der August noch ein paar abschließende Arbeiten vornahm und dabei unaufhörlich hustete.

»Du musst mir helfen, August!«

Er sah sie überrascht an und fragte: »Wobei?«

»Ich brauche ein paar Handpuppen. Kannst du mir zeigen, wie man sie macht?«

»Handpuppen?«

»Ja. Gesichter aus Holz. Vielleicht mit kleinen Körpern darunter. Aber so, dass ich hinter einem Tuch meine Hand hineinstecken und die Puppen führen kann. Es wäre toll, wenn sich der Mund bewegen ließe.«

»Das geht mit einem Gelenk.«

»Kannst du mir zeigen, wie man so etwas herstellt?«

August richtete sich auf und wischte sich die Hände an einem Tuch ab.

»Ich habe keine Zeit für so etwas. Du siehst doch, wie es uns geht, Isi.«

Sie nickte: »Ich mache das nicht, weil mir langweilig ist, sondern weil ich etwas verändern will. Und ich glaube, mit meiner Idee geht das.«

»Welcher Idee?«, fragte August interessiert.

Isi erklärte es ihm.

Eine Weile schwieg August, während Isi sich fragte, ob er nicht gleich in schallendes Gelächter ausbrechen würde. Früher hätte er Isi nicht einmal ausreden lassen, sondern wäre ihr wirsch über den Mund gefahren, bevor er sie aus der Werkstatt geworfen hätte. Früher, als er noch der Ernährer der Familie war und gedacht hatte, Wagner gäbe es für immer, und sein Sohn wäre ein verdammter Narr. Das aber war lange her, und der Narr, das hatte er ihr einmal versichert, war bloß einer: er selbst.

»Was denkst du, August?«, fragte Isi vorsichtig.

Er seufzte und antwortete: »Ich weiß nicht, Isi. Ich wünschte, Artur wäre hier. Der wüsste es.«

»Ich wünschte auch, dass er hier wäre. Aber eines kann ich dir versprechen: Er würde die Idee gut finden.«

Er sah sie lange an.

Dann sagte er: »In Ordnung. Sag mir, welche Puppen du brauchst. Der Winter kommt bald. Und vielleicht bringt deine Idee ja etwas ein.«

Isi umarmte ihn: »Danke!«

August lächelte: »Schon gut. Was ich für die Familie tun kann, das tue ich. Auch wenn es nicht mehr viel ist.«

Wie sehr er sich verwandelt hatte, dachte Isi. Aus dem ewig schlecht gelaunten, großmäuligen, unbeherrschten Säufer war ein gutmütiger Familienvater geworden, der nicht trank, nicht schlug und sich selbst gering schätzte.

Seit dem Auszug aus der Kopernikusstraße hatte er das Haus kaum mehr verlassen, kein Interesse mehr daran gezeigt, andere Menschen zu treffen oder mit ihnen zu sprechen. Tatsächlich aber war es der Tag der Vermisstenmeldung seines Sohnes, an dem er offensichtlich beschlossen hatte, langsam zu verblassen und still und leise vor den Augen aller zu verschwinden. Von diesem Moment an hatte er, von jeher schweigsam, so gut wie ganz aufgehört zu reden.

Nur nachts konnte man ihn im Schlaf undeutlich murmeln hören, wenngleich ein Name immer wieder klar und deutlich auftauchte: Artur. Im Schlaf sprach er mit ihm, vertraut, zugewandt, während ihm die Tränen über die Wangen liefen. Es schien, dass er in seinen Träumen nachzuholen versuchte, was ihm zu Arturs Lebzeiten zu sagen nicht gelungen war.

August machte sich direkt am nächsten Tag an die Bearbeitung der Puppen, schnitzte nach Isis Anweisungen aus gleich großen Holzscheiten die Puppengesichter und Körper heraus, die nicht *niedlich* aussehen durften. Auch die Proportionen durften nicht harmonisch sein: Die Gesichter mussten übergroß, die Münder riesig, die Körper dagegen klein sein. Und einigen sollte etwas *Dämonisches* zu eigen sein. In jedem Fall wollte Isi, dass die Zuschauer weder das Stück noch die Puppen vergessen würden.

Während der Wochen, in denen August eine ganze Reihe von Puppen baute, regnete es. Es war kalt und feucht, was Augusts Gesundheitszustand von Tag zu Tag verschlechterte.

Bald musste er Aufträge absagen, weil er die harte Drechselarbeit nicht mehr leisten konnte. Er bekam Fieber, verlor an Gewicht, spuckte Blut, aber an den Puppen arbeitete er bis zuletzt.

An dem Tag, als er starb, war Isi bei ihm.

Johanna hatte eine Arbeit in einer Munitionsfabrik annehmen müssen, um den Verdienstausfall der Familie ein wenig aufzufangen, sodass Isi sich um den Haushalt und August kümmerte. Zwei Tage lang lag er in einem Delirium, aus dem er nicht mehr aufwachte. Isi saß an seiner Seite und hielt seine Hand, als August noch einmal *Artur* flüsterte.

Dann starb er.

Und zum ersten Mal sah er wirklich friedlich aus.

105

Ich ging nicht zu ihr, obwohl ich nichts mehr ersehnte. Nächtelang hatte ich davon geträumt, sie in den Armen zu halten, zu küssen und Pläne für den Tag zu schmieden, an dem dieser Krieg enden würde. Ich wollte sie mitnehmen, sie Isi vorstellen und, ja, auch Artur, der niemals tot sein konnte, sondern sich sicher irgendwo versteckt hielt, um nach dem letzten Kanonendonner wieder aufzutauchen. Ich wollte sie mitnehmen und heiraten. Und wir alle würden glücklich sein.

Jetzt jedoch lag ich auf meinem Bett, starrte die Decke an und wusste nicht, was ich tun sollte. Die Pflicht gebot es, sie von Bühling zu melden. Man würde sie festnehmen, verhören und aufhängen, nachdem sie alles preisgegeben hatte, was sie wusste. Aber wie könnte ich sie Folter und Tod aussetzen? Unmöglich.

Ich könnte weiterziehen!

Die Augen verschließen und Schloss Bransky finden, die Mühle, den Brunnen und was es sonst noch für diesen Film brauchte. Mich umdrehen und mir dabei einreden, dass schon nichts passieren würde, dass die Partisanen nichts anstellen würden, dass Masha den Krieg überlebte und später einen Bauern oder einen Soldaten heiratete. Dass ich sowieso nicht in dieses Land gehörte und mein verrücktes Verliebtsein nichts als ein Strohfeuer war, das sich in der Entfernung leicht löschen ließe, bis ich eines Tages kopfschüttelnd darauf zurückblicken und mir sagen würde, nur meine Jugend und Einsamkeit hätten zu dieser Verwirrung führen können.

Ich könnte gehen und Carl Schneiderssohn sein ... und wusste im gleichen Moment, dass ich das nicht mehr sein wollte, nicht mehr sein konnte! Dass ich weder Isi noch Artur je wieder in die Augen blicken könnte, wenn ich zurückfiel in meine alte Rolle und den Weg des geringsten Widerstands wählte. Wie sehr ich sie doch vermisste! Wie sehr ich mich danach sehnte, sie wieder in die Arme schließen zu können!

Ihnen zu Ehren und dem, was sie mich gelehrt hatten, traf ich meine Entscheidung: Ich würde Masha nicht verraten und auch nicht weggehen. Ich musste wissen, ob es eine Chance für uns beide gab oder ob sie mich nur benutzte. Wollte nicht voreilig wegwerfen, was vielleicht meine Bestimmung sein könnte. War sie nicht gegen die Männer angegangen? Vielleicht liebte sie mich ja auch und hatte sich geweigert, mich zu hintergehen? Vielleicht hatte sie die Männer gebeten, mich aus der ganzen Sache herauszuhalten? Vielleicht war ich aber auch nur der größte Dummkopf, den die Welt je gesehen hatte? So oder so: Ich wollte es herausfinden.

Am nächsten Morgen wachte ich erneut früh auf und machte mich auf den Weg zu ihr. Sie schien auf mich zu warten, jedenfalls stand sie bereits an der Straße und winkte mir freundlich zu. Es fiel mir schwer, nicht im Grün ihrer Augen zu versinken, aber was immer sie mir gerade sagte, es klang ein wenig vorwurfsvoll, vielleicht weil ich gestern nicht erschienen war. Dann aber strahlte sie mich an, nahm meine Hand und führte mich stadtauswärts, bis hinter der Trümmerwüste erste Bäume und Wiesen auftauchten. So weit waren wir beide noch nie zusammen gegangen.

Der Tag war schön, weiße Schäfchenwolken schlichen über einen weiten blauen Himmel, und inmitten der Natur, der singenden Vögel und des Raschelns der Blätter schien es keine Geschütze mehr zu geben, keine Gewehre, keine Geräusche, die hier nicht hingehörten. Wir machten halt an einem kleinen idyllischen Tümpel, über dem Libellen surrten, und legten uns nebeneinander ins Gras der Uferböschung.

Konnten wir nicht einfach hierbleiben?

Nie wieder zurückkehren in diese Welt voller Wut und Trauer? Einfach hierbleiben, wo es nur Sonne, Wasser und ewiges Leben gab? Ich spürte ihre Hand an meiner und ergriff sie: Wie sehr ich sie küssen wollte! Doch ich rührte mich nicht, war wie gelähmt von der Vorstellung, sie könnte nicht mich meinen, sondern wollte nur den feindlichen Soldaten ködern, der den Zielen der Partisanen dienen sollte.

Da richtete sie sich auf und küsste mich.

Mein Herz raste, gleichzeitig schwirrten die vielen Gedanken auseinander und verschwanden im Sonnenlicht. Da war nichts mehr: nur sie. Ich wollte nur sie, alles andere war mir egal.

»Masha!«

Sie strich mir mit ihrer Hand über die Wange. Ich war ein Naivling, vor Kurzem noch der Fiktion von Schloss Bransky auf den Leim gegangen. Aber verstand ich nicht genug über Inszenierungen, um zu wissen, dass sie nicht mit mir spielte? Ich war verwirrt, ich war klar, ich war nichts von beidem und alles zusammen.

Sie zog sich aus, dann mich.

Später lagen wir einfach nur da, beide nackt, erschöpft und ineinander verschlungen die Haut des anderen einatmend. Wir schliefen ein, erwachten einander im Arm haltend, schliefen erneut ein. Als die Sonne langsam an Kraft verlor und aufkommende Schatten unsere Körper auskühlten, schlug ich die Augen auf und sah in ihre katzengrünen, die mich schon eine ganze Weile zu betrachten schienen.

Da flüsterte ich: »Ich glaube dir, Masha. Du bist echt, du musst es einfach sein. Ich will nur mit dir sein! Wir sind keine Feinde. Lass die anderen Feinde sein, wir wollen nur Masha und Carl sein. Wir kehren der Welt den Rücken, sie hat es nicht anders verdient. Und wenn der Krieg vorbei ist, laufen wir davon. Oder bleiben hier. Ganz egal. Ich will da sein, wo du bist.«

Sie lächelte die ganze Zeit, während ich sprach.

Küsste mich.

Dann stand sie auf und gab mir ein Zeichen: Sie wollte mir etwas zeigen, und so folgte ich ihr zurück in die Stadt, zurück zu der Ruine, in der sie lebte. Sie nahm meine Hand und führte mich zu einer ramponierten Tür, durch die wir in ihre Wohnung traten. Eigentlich nur zwei Zimmer ohne fließend Wasser, Bad oder Küche. Dennoch war sie gemütlich eingerichtet, Teppiche lagen auf dem Boden oder hingen an Wänden. Es gab einen Kohleofen, auf dem man auch kochen konnte, ganz ähnlich dem, den Papa und ich immer genutzt hatten. Sie entzündete zwei Petroleumlampen, die ein sanftes gelbes Licht machten. Tageslicht gab es nur über ein kleines verschmiertes Fenster.

Im Nebenraum stand ein altes Bett, auch sonst gab es wenig: einen alten Schrank, einen Tisch, drei Stühle. Und eine Kommode, auf der tatsächlich drei gerahmte Fotografien standen. Zwei davon waren die, die ich von ihr gemacht hatte. Eine dritte zeigte eine Familie. Darauf Masha, vielleicht fünfzehn Jahre alt. Daneben wohl ihre Eltern und ihre Brüder, zwei junge Männer, von denen ich einen wiedererkannte: Es war der unrasierte Partisan aus dem Kellergewölbe. Der andere war etwas jünger.

Sie zeigte auf die beiden jungen Männer und sagte: »*Brat!*«

Dann auf den Alten: »*Otets!*«

Und die Frau an seiner Seite: »*Mat'!*«

Ich nickte und übersetzte in Gedanken: *Bruder, Vater, Mutter.*

Tränen schimmerten plötzlich in ihren Augen.

»Was ist mit ihnen passiert?«, fragte ich.

Sie schluckte und sagte etwas auf Russisch – nichts davon verstand ich.

Da hielt sie einen Arm über den Kopf und deutete gestisch einen Galgen an. Mit dem Zeigefinger zeigte sie auf ihren Vater und auf den jüngeren Bruder.

Sie waren beide gehängt worden.

Masha nickte und sagte leise: »Von Bühling.«

106

Artur und Lauris hatten sich in den letzten Wochen zwei weitere Bauernhöfe vorgenommen, waren wie Schatten in der Nacht in die Ställe gestiegen und hatten gerade so viel mitgenommen, dass es nicht weiter aufgefallen war.

Es war erstaunlich, wie sorglos das russische Militär mit seinen Ressourcen umging, vielleicht weil sie das Gefühl hatten, sich, wann immer sie es für nötig hielten, an der Bevölkerung schadlos halten zu können, vielleicht aus purer Schlamperei oder aber weil der eine oder andere möglicherweise ebenfalls ein lukratives Geschäft am Laufen hielt und daher keinerlei Interesse an einer Untersuchung hatte.

Für Artur, Larisa und Lauris jedenfalls entwickelte sich alles recht erfolgreich. Die Anfragen aus der Stadt wurden immer umfangreicher, und Lauris drängte darauf, vom Erlös ihrer ersten Lieferung noch zwei weitere Schweine zu kaufen und sie von einem Eber bespringen zu lassen. Trotz aller Geschäftstüchtigkeit zeigte Artur zunächst wenig Begeisterung. Klauen war einfacher als züchten. Schließlich baute er aber doch im Wald hinter dem Maisfeld einen neuen Stall, den er geradezu in den Boden eingrub und außerdem mit Zweigen tarnte, sodass er kaum zu sehen war.

Sie kauften die Säue, die beide trächtig wurden.

Und für einen Moment glaubte sogar Artur, dass Lauris' Plan etwas für sich hätte. Mit etwas Glück würden sie im Sommer zwanzig oder mehr Ferkel besitzen, was für den Winter viel Fleisch versprach. Dem Risiko einer Diebestour mussten sie sich so vielleicht nicht mehr ganz so häufig aussetzen.

Allein: Es funktionierte nicht.

Denn kaum hatten sie die Schweine in den neuen Stall verfrachtet, da tauchte ein Soldatentrupp auf dem Hof auf und durchsuchte das Gelände. Nicht lange, und sie fanden die Tiere, die sie einfach mitnahmen. Zudem verpassten sie Artur eine solche Tracht Prügel, dass er blutend und mit geschwollenem Gesicht auf dem Boden liegen blieb, während ihn ein russischer Unteroffizier einen vaterlandslosen Gesellen und Betrüger beschimpfte. Artur ließ alles über sich ergehen, denn sich gegen die Soldaten und die Requirierung zu wehren, hätte ihm allenfalls eine Kugel im Kopf eingebracht.

Schließlich kündigten die Soldaten an, die Abgaben für den Winter zu erhöhen, denn offensichtlich ging es dem Paar auf diesem Hof ja immer noch so gut, dass sie in der Lage waren, bei anderen Vieh zu kaufen.

»Es ist immer dasselbe: Ihr Bauern bescheißt, wo ihr nur könnt!«, fluchte der Soldat, spuckte vor Artur auf den Boden und verschwand.

Somit war ihr Versuch, das Geschäft halbwegs ehrlich zu führen, mit einem Totalverlust geendet.

»Wir sind selbst schuld«, sagte Larisa später. »Alle haben Angst, alle wollen überleben. Die verraten dich für eine Kopeke.«

Artur zuckte nur mit den Schultern: »Dann bescheißen wir eben. Genau wie der Soldat gesagt hat.«

Doch das erwies sich als zunehmend komplizierter, denn je weiter das Jahr voranschritt, desto schwieriger wurden die Raubzüge. Hoch im Norden waren nur die Winter wie gemacht für Gaunereien, die Sommer dagegen mit ihren endlos weißen Nächten boten dem heimlichen Besucher keinen Schutz gegen wachsame Blicke. Vieh zu stehlen war die eine Sache, aber wie sollte man es abtransportieren, wenn ein Fuhrwerk auf Hunderte von Metern zu sehen war und man keine Möglichkeit hatte zu entkommen, wurde man erst einmal entdeckt? Sie beschlossen daher, einen letzten Einbruch zu wagen und ihre Ausflüge dann erst wieder im späten Herbst, nach der Ernte, zu starten.

Mittlerweile hatten sie einen guten Überblick, von welchen Höfen aus die Front versorgt wurde, und Lauris hatte einen gefunden, den sie noch nicht heimgesucht hatten und der obendrein noch größer war als die, die sie bereits kannten. Auch lag er günstig an einem Waldrand, sodass sie dort das Fuhrwerk verstecken konnten. Alles war fast zu schön, um wahr zu sein, doch als sie weit nach Mitternacht dort ankamen und den Hof inspizierten, stellten sie fest, dass er enorm gut bewacht war. Es gab keine Möglichkeit, einzusteigen und unentdeckt zu bleiben.

Eine Weile warteten sie noch im Dickicht, aber die Soldaten tranken weder, noch wagte einer ein Nickerchen: Das erste Gut, auf dem die Disziplin der Wachen nicht zu wünschen übrig ließ. Seufzend nickte Artur Lauris zu. Sie mussten abbrechen.

Artur kehrte auf den Hof zurück und trat müde in die gute Stube: Larisa saß am Tisch und starrte erschrocken drein. Ihr gegenüber ein Offizier, der seine Pistole lässig auf den Tisch gelegt hatte und Artur fast schon amüsiert ins Gesicht blickte.

»Wie war die Nacht?«, fragte er. »Erfolgreich?«

Artur schwieg.

In seinem Hosenbund steckte die Luger, aber er wäre nicht schnell genug und selbst wenn: Das hier war ein Offizier. Starb er, würde man sich mit Sicherheit für seinen Mörder interessieren.

»Sie sind gut«, sagte der Soldat. »Wirklich gut!«

Er sprach Lettisch – einer von hier, der in der russischen Armee auf eine Karriere hoffte.

»Verzeihung, ich habe mich nicht vorgestellt: Porutschik Jānis.«

Artur nickte: ein Leutnant. Ziemlich alt, über vierzig Jahre. Damit konnte er unmöglich aus einer der dynastischen Familien sein, die ihre Schützlinge höher ein- und schneller aufsteigen ließen. Hier war nur jemand, der mit dem erlangten Offizierspatent adlig geworden war. Offensichtlich ohne Förderer in der Armee oder möglicherweise in Ungnade gefallen.

»Und Sie?«

»Artur.«

»Wissen Sie, was ich mich gefragt habe, Artur?«

Da Artur keine Anstalten machte, ihm zu antworten, fuhr er fort: »Ich habe mich gefragt, wie ein dreckiger kleiner Bauer wie Sie zwei Schweine kaufen kann, wo wir doch beide wissen, dass Sie, bei dem, was wir Ihnen lassen, eigentlich schon tot sein müssten. Und wie ich mich das so gefragt habe, dachte ich mir, dass so ein dreckiger kleiner Bauer, der zwei Schweine kaufen kann, irgendetwas am Laufen hat. Also habe ich den dreckigen kleinen Bauern beobachtet und gesehen, was er so macht. Und wie gesagt: Sie sind gut!«

»Was wollen Sie?«, fragte Artur.

Jānis musterte ihn: »Was ist das für ein Akzent? Deutsch?«

»Meine Familie kommt aus dem Baltikum.«

Jānis nickte, dann zuckte er gelangweilt mit den Schultern: »Ich könnte Sie hier und jetzt erschießen. Und auch Ihre hübsche Frau. Aber was bringt mir das?«

Artur musterte den Mann: Er war sehr bemüht, gebildet zu wirken, wollte nach oben, war aber nicht weit gekommen. Es wunderte Artur nicht: Man roch förmlich seine niedere Herkunft. Er würde niemals in die Ränge des Erbadels aufsteigen.

Jānis stand auf, nahm die Pistole und richtete sie auf Artur: »Ab jetzt werden Sie für mich arbeiten.«

»Für Sie?«

»Die Hälfte Ihrer Einnahmen. Die andere können Sie sich mit Ihrem Verwandten teilen.«

»Das geht nicht im Sommer.«

Augenblicklich verfinsterte sich das Gesicht des Leutnants: »Sie werden liefern! Oder ich werde mit meinen Männern kommen und Sie am nächsten Baum aufknüpfen. Und Ihre hübsche Frau darf dabei zusehen.«

Artur starrte ihn an: Es war das zweite Mal, dass er Larisa als *hübsch* bezeichnet hatte.

Ihn beschlich ein ungutes Gefühl.

107

Eine Weile hatten wir noch stumm dagesessen.

Ein betretenes, schreckliches Schweigen, das wir nicht zu durchbrechen vermochten. Masha hatte Tee zubereitet, den wir tranken, ohne uns anzuschauen, und schließlich leise geweint. Spürte ich zuvor noch dieses nagende Gefühl der Ungewissheit, welche Rolle Masha in dieser Geschichte spielen sollte, so war mir jetzt klar, was sie, vor allem aber ihr Bruder, von mir verlangten: von Bühling! Ihm galt die Rache der Partisanen, und ich konnte es ihnen nicht einmal verübeln. Selbstgefällig, kalt und grausam gehörte der Major zu den Menschen, die gerne Exempel statuierten, und so hatte ich eine Ahnung, wie traumatisch diese Hinrichtung für alle Zuschauer gewesen sein musste. Ohne Zweifel hatte er nicht nur Mutter und Tochter gezwungen, bei der Hinrichtung dabei zu sein, sondern auch alle Zivilisten, derer er nur habhaft werden konnte. Allein dem Bruder war wohl vorher die Flucht gelungen und damit die Erinnerung an ein abscheuliches Schauspiel erspart geblieben.

Masha nicht.

Doch wo war die Mutter? Ich wagte nicht, sie das zu fragen. Sie war nicht da, und das konnte nichts Gutes bedeuten.

Als es dunkel wurde, verabschiedete ich mich von ihr, sie nickte still, begleitete mich aber nicht bis an die Tür. Ratlos schlich ich zurück zu meiner Einheit, betrat das Haus, in dem ich eines der Zimmer bewohnte, und traf im Eingang einen Gefreiten, der dort herumzulungern schien und rauchte. Beides ein völlig ungewöhnlicher Vorgang, denn hier wohnten außer mir nur Offiziere, und dass Mannschaften gerade hier herumstanden und rauchten, war ziemlich gewagt bei einem Kommandeur wie von Bühling, der, wenn er davon wüsste, die Ordnung mit drakonischen Maßnahmen wiederherstellen würde.

Also sagte ich zu dem Soldaten: »Lass dich bloß nicht erwischen!«

Und schob mich an ihm vorbei, die Treppe hinauf. Er hingegen beachtete mich kaum und rauchte in Seelenruhe weiter.

Nach einer unruhigen Nacht erwachte ich am Morgen und fragte mich, was ich jetzt tun sollte. Ich hatte von Schloss Bransky geträumt, hätte längst unterwegs sein müssen, um meinen Auftrag zu erfüllen, stattdessen war ich schon viel zu lange in Brest-Litowsk. Irgendwann würde das KPQ telegrafisch nach mir fragen, und dann wäre es besser, wenn nicht von Bühling darauf antwortete.

Von Bühling.

Wenn es jemand verdient hatte, die volle Härte eines Krieges zu erleben, den er nur vom Schreibtisch aus kannte, dann war er es. Männer wie er schickten, ohne mit der Wimper zu zucken, junge Burschen in den Tod, was ihnen blitzende Orden auf der medaillenbewehrten Brust und stets einen kräftigen Schub die Karriereleiter hinauf einbrachte. Was wäre, wenn so jemand General werden würde? Oberbefehlshaber der Armee? Würde es unter einem Falken jemals Frieden geben?

Jemand sollte ihn aufhalten, dachte ich.

Ihn wegschicken.

Oder ihn umbringen.

Überrascht stellte ich fest, wie schnell ich zum Verschwörer geworden war, wie wenig es gebraucht hatte, bis ich mit dem Gedanken spielte, die eigenen Leute zu verraten. Ich verließ mein Zimmer und dachte darüber nach, was richtig war. Unten auf dem Treppenabsatz konnte ich eine ganze Reihe ausgetretener Zigaretten sehen, die der Gefreite gestern offenbar noch geraucht hatte, was mich fassungslos machte: Der bettelte ja geradezu darum, an die Front versetzt zu werden.

Ich verließ den Divisionsbereich und fand Masha in ihrer kleinen Wohnung vor. Kurz nach mir trat ihr Bruder ein, begleitet von einem weiteren Mann, der vermutlich einer der Partisanen war, die ich im Keller nur undeutlich hatte erkennen können.

Masha saß auf einem Stuhl und wagte kaum aufzusehen, als ihr Bruder mich auf Russisch ansprach. Schon wollte ich die Hand heben, um ihm deutlich zu machen, dass ich nichts von dem verstand, was er mir sagen wollte, als der Mann neben ihm mit der Übersetzung begann.

»Wie ich höre, hast du meine kleine Schwester verführt?«

Ich schwieg betreten.

»Ihr Deutschen denkt wirklich, dass euch alles gehört!«

Immer noch schwieg ich – was hätte ich auch darauf antworten können? Dann jedoch wurde sein Ton versöhnlicher: »Masha sagt, dass du ein guter Mensch bist. Bist du ein guter Mensch?«

»Ich weiß es nicht«, antwortete ich ausweichend.

Er sah mich lange an, dann übersetzte der andere: »Von Bühling ist kein guter Mensch.«

Ich nickte.

»Hilf uns, ihn zu beseitigen.«

Der Satz stand lange im Raum.

Obwohl ich selbst schon darüber nachgedacht hatte, erschreckte mich die Realität der Forderung. Wie unschuldig waren doch

Gedankenspiele im Vergleich zum konkreten Entschluss, der über Leben und Tod entschied!

Wieder sagte Mashas Bruder etwas, wieder wurde es für mich übersetzt.

»Ich habe nichts gegen dich, Carl. Aber du musst eines wissen: Es gibt keine Zukunft für dich und meine Schwester, solange von Bühling lebt. Du willst sie? Dann gib mir ihn! Das ist unser Vertrag!«

»Wenn ich von Bühling töte, werde ich hingerichtet!«, antwortete ich heftig.

»Du musst ihn nicht töten. Du musst ihn mir nur bringen.«

Ich runzelte die Stirn.

»Dir bringen?«

Mashas Bruder nickte.

»Du bist Fotograf, lock ihn heraus! Fotografier den großen Feldherrn, während er durch unsere zerstörte Stadt geht und auf die Ruinen zeigt! Sag ihm, du bringst dieses Foto in allen Zeitungen unter! Jeder soll sehen, was für ein Anführer er ist! Er wird nicht widerstehen können!«

Ja, dachte ich, er würde nicht widerstehen. Mashas Bruder hatte von Bühling ziemlich gut durchschaut.

Da streckte er mir die Hand entgegen.

»Haben wir einen Handel? Dein Glück für sein Leben?«

Ich zögerte, dann aber ergriff ich seine Hand.

»Wenn du mich betrügst, Carl, wirst du sterben. Von Bühling wird sowieso sterben, aber du wirst vor ihm tot sein.«

Die Luft vibrierte förmlich vor seiner Entschlossenheit, seinem Hass, seinem tiefen Bedürfnis nach Rache, und ich war mir sicher, dass er entweder von Bühling oder mir bis in den untersten Ring der Hölle folgen würde. Dieser Mann lebte nur noch für den Moment, in dem er den Major zur Strecke bringen konnte. Nichts anderes interessierte ihn mehr.

Nicht einmal sein eigenes Leben.

108

In was war ich da nur hineingeraten?

Ich, der ewig Verzagte, war *ein Mal* meinem Herzen gefolgt, hatte voller Überzeugung zugegriffen, als ich glaubte, das Schicksal hätte mir zugezwinkert. Hatte für diesen unwiderstehlichen, herrlichen, überschwänglichen Moment alle Vorsicht fahren lassen, mich frei und schwerelos gefühlt, nur um einen Wimpernschlag später inmitten einer Katastrophe zu landen.

War das die Strafe dafür, dass ich nicht akzeptieren konnte, dass ich niemals jemand anderes sein würde als Carl Schneiderssohn? Wurde aus einem Narren ein Genie, bloß weil man ihm versichert hatte, dass er eines wäre? Wer, außer einem Narren, hätte je an eine solche Wandlung geglaubt?

Wenn ich jetzt fortlief, entkam ich vielleicht Mashas Bruder, aber Masha würde ich nie wiedersehen.

Ich wäre dazu verurteilt, ewig an sie zurückzudenken und mir vorzustellen, was gewesen wäre, wenn ich nur den Mut gehabt hätte, um sie zu kämpfen.

Denn bei einer Sache war ich mir trotz der desaströsen Lage sicher: Einen Moment, wie ich ihn mit ihr erlebt hatte, würde ich nie wieder erleben. Vom Blitz getroffen zu werden und zu wissen, dass man nicht tot, sondern endlich lebendig war. Wenn ich sie gehen ließe, würde nichts diese Wunde schließen können.

Wenn ich blieb, musste ich von Bühling in den Tod locken oder selber sterben. Wenn er mich erwischte, würde ich standrechtlich erschossen, zuvor jedoch so lange gefoltert werden, bis ich auch Masha verraten würde. Und die wiederum ihren Bruder und die Partisanen. Wir würden alle zusammen sterben.

In der Einsamkeit meines kleinen Zimmerchens suchte ich nach einem Ausweg, aber zur Ruhe kam ich nicht. Schlussendlich packte ich meine Kamera, die unbelichteten Glasplatten und stieg die Treppe hinab nach draußen. Das Einzige, was mir immer geholfen hatte, die Dinge so zu betrachten, wie sie waren, war die Fotografie. Das Suchen und Finden der Motive, die Bilder, die mir erklärten, was ich da eben wirklich gesehen hatte. Es war, als könnte ich die Welt erst verstehen, nachdem ich ein Bild von ihr gemacht hatte.

Draußen hielt ich Ausschau nach Menschen, die hier lebten, deren Gesichter ich fotografieren wollte, um später darin zu lesen. An einer Straßenecke fand ich einen Alten, der einen großen Karren zog, in dem nichts anderes als Steine gestapelt waren. Mit seinem ausgemergelten Körper stemmte er sich gegen das Gewicht und zog den Wagen langsam vorwärts. Ich bat darum, ihn fotografieren zu dürfen, wartete am Straßenrand auf den Augenblick, in dem er, seinen Karren ziehend, in die Kamera sehen und sein Gesicht vor Anstrengung verzerrt sein würde.

Vor einer ausgebrannten Kirche fand ich zwei alte Mütterchen beim Sammeln von Brennholz, später einen deutschen Soldaten, dessen Stiefel derart glänzten, dass es geradezu in einem absurden Kontrast zu der ihn umgebenden Zerstörung stand.

Die ganze Stadt suchte ich nach Motiven ab, doch ehe ich michs versah, ehe ich mir dessen bewusst wurde, stand ich vor dem Stadtpalais eines einst reichen Russen, das jetzt die Kommandantur war und in der von Bühling über die Einheiten herrschte. Ganz gleich, was ich mir von meinem Streifzug erhofft hatte, er hatte mich hierhin geführt.

Ich baute meine Kamera auf, obwohl ich wusste, dass es nichts gab, was es zu fotografieren lohnte. Hantierte mit Sucher und Perspektiven herum und wusste doch, dass ich nur Zeit schindete. Ich suchte verzweifelt nach dem richtigen Weg, einem, der nicht mit der Frage endete, ob von Bühling kein Interesse an Fotografien von sich hätte. Ob er im Reich nicht groß herauskommen wollte, das Gesicht sein, das man mit der Eroberung von Russland verbinden würde?

Schon sahen mich die beiden Türwachen interessiert an, während ich so tat, als würde ich die Kommandantur fotografieren. Wie lange konnte ich hier herumhantieren, bevor ich mich verdächtig machte? Minuten schlichen dahin, in denen ich mit mir rang und mit meinen Ängsten kämpfte.

Hochverrat oder Flucht.

Ich musste mich endlich entscheiden und war doch wie gelähmt.

Da trat von Bühling aus dem Haus, begleitet von seiner Ordonnanz, die seine Aktentasche trug. Halb überrascht, halb amüsiert kam er zu mir und fragte: »Was treiben Sie hier, Friedländer?«

»Ich ... ich bin auf der Suche nach schönen Motiven!«

»Tatsächlich?«

Schon dieses eine Wort klang aus seinem Mund so überheblich, dass ich kaum wagte, ihn anzusehen.

Sag es, dachte ich. Sag: Ich möchte Sie fotografieren, Herr Major! Schnell! Die Gelegenheit kommt nicht wieder! Sag es! Und ich spürte, wie mir die Worte auf der Zunge verendeten, wie ich sie ausspucken wollte, während sich mein Mund nur umso fester verschloss.

Ich konnte es nicht!

Carl Schneiderssohn konnte es nicht!

Ich sah Isi vor mir, wie sie mit dem Kopf schüttelte, mich streng ansah.

Von Bühling aber nickte mir freundlich zu: »Aber gut, dass ich Sie treffe! Was halten Sie davon, mich zu fotografieren?«

Offenbar blickte ich so verblüfft drein, dass er lachte: »Herrgott, Friedländer! Sie sehen ja aus wie 'ne Kuh, wenn's donnert!«

»Jawohl, Herr Major!«

Von Bühling grinste seinen Adjutanten an: »Hören Sie, er findet auch, dass er wie eine Kuh aussieht. Hoffentlich fotografiert er besser als eine!«

Pflichtschuldig lachte der Leutnant, bevor sich von Bühling wieder mir zuwendete: »Was denken Sie? Morgen? Sagen wir elf Uhr?«

»Selbstverständlich, Herr Major! Vielleicht machen wir ein paar Aufnahmen in der Stadt? Nach dem Motto: Der Feldherr und seine Eroberung?«

Von Bühling sah mich prüfend an, und es kostete mich alle Kraft, die Augen nicht niederzuschlagen.

»Ausgezeichnete Idee, Füsilier. Aber Porträts machen wir auch!«
»Natürlich! Alles, was Sie wollen! Sie werden berühmt! Sie werden schon sehen!«
»Ja«, antwortete von Bühling lauernd. »Das werden wir sehen.«
Dann nickte er seinem Leutnant zu, und die beiden gingen weiter.

Ich sah ihnen nach, dann packte ich rasch meinen Kram zusammen, marschierte zurück in meine Unterkunft und legte dort alles ab. Eigentlich glaubte ich nicht an Schicksal, aber in diesem Moment dachte ich, dass es doch so etwas geben musste. Dass es eine Bestimmung gab, der wir nicht entkommen konnten, auch nicht von Bühling. Sein Schicksal war der Tod. Meines, ihn verursacht zu haben.

Wieder stieg ich die Treppen hinab, vor der Tür lagen neue Zigarettenkippen, aber ich hatte keine Zeit, darüber nachzudenken, und rannte zurück zu Masha. Dort stieß ich die Tür auf und fand sie vor ihrem Kohleofen, auf dem sie sich gerade Tee kochte. Erschrocken wirbelte sie herum, dann aber entspannten sich ihre Gesichtszüge, und sie fiel mir in die Arme.

Sie küsste mich.

Und redete aufgeregt darauflos.

Sie konnte gar nicht mehr aufhören, es brach förmlich aus ihr heraus. Obwohl ich nichts verstand, fühlte ich doch eine große Aufrichtigkeit in ihren Worten. Ja, ich hatte sogar das Gefühl, dass sie mich um Verzeihung bat, denn an einem bestimmten Punkt ihrer Rede sprach sie so eindringlich, dass ihr die Tränen in die Augen traten. Mir war, als wollte sie mich wegschicken, als sollte ich fortlaufen, solange ich noch konnte.

Hatte sie das gesagt?

Was hatte sie gesagt?

Ich erfuhr es nicht mehr, denn schon in der nächsten Sekunde peitschten Schüsse durch die Stille, Männer schrien, das Geräusch von springenden Stiefeln im Trümmerfeld. Wieder Schüsse.

Stille.

Plötzlich rissen zwei Soldaten die Tür auf, stürmten hinein und zielten mit dem Gewehr auf mich und Masha.

»Keine Bewegung!«, schrie einer.

Jetzt erst konnte ich sehen, dass es Soldaten aus meiner Einheit waren.

Erstarrt blickten wir in die Läufe, während die beiden nur darauf zu warten schienen, uns eine Kugel in den Kopf zu jagen.

Endlose Minuten vergingen.

Wieder wurde die Tür geöffnet, Major von Bühling trat ein.

»Guten Tag, Herr Friedländer!«, grüßte er genüsslich. »Jetzt sehen wir uns ja doch früher als geplant!«

Ich hielt Masha immer noch eng an mich gedrückt. Sie wandte ihren Kopf ab, aber ihre Arme umschlossen mich nur umso fester.

»Ist das Ihre kleine Freundin?«, fragte er, während er sich in aller Seelenruhe die dünnen Lederhandschuhe von den Fingern zupfte.

Hinter ihm trat ein weiterer Soldat ein – es war der Gefreite, der so unverfroren im Hauseingang geraucht hatte. Von Bühling hatte mich beobachten lassen, die ganze Zeit schon!

»Na dann, abführen! Alle!«

Uns wurden die Hände auf dem Rücken gefesselt, dann stieß uns einer der Soldaten zur Tür hinaus. Draußen sahen wir Mashas Bruder zwischen Trümmern liegen, eine Blutlache färbte das Grau rot. Ein paar Meter weiter lag der Mann, der mir übersetzt hatte, ebenfalls tot. Ich hörte Masha aufschluchzen, wollte mich zu ihr umdrehen, als mir der Gewehrkolben eines weiteren Soldaten klarmachte, dass ich voranzuschreiten hatte.

Meinem Ende entgegen.

109

Der nächste Diebstahl war ein geradezu absurder Spaziergang.

Jānis hatte die Nachtwachen abgezogen, und als Artur und Lauris in den frühen Morgenstunden das Gehöft erreichten, mussten sie nicht einmal über die Dächer einsteigen, sondern konnten ganz bequem ein paar Schweine über das Stalltor in den Anhänger laden. Da sie schon einmal da waren, nahmen sie auch noch ein halbes Dutzend Hühner mit, die sie aber, im Gegensatz zu den Schweinen, am Leben ließen.

Schon am nächsten Morgen war Jānis auf dem Hof aufgetaucht, hatte die geschlachteten Tiere inspiziert und, wie von Artur erwartet, angekündigt, dass er bei der nächsten Lieferung nach Riga dabei sein wollte.

Artur und Lauris hatten ihm daraufhin einen falschen Zeit- und Treffpunkt genannt und das Geschäft auf bewährte Art ohne ihn durchgezogen.

Kaum war die Nacht vorüber, tauchte Jānis auf, diesmal wutentbrannt, und hielt Artur ohne viel Federlesens die Pistole gegen den Kopf.

Der aber blieb ganz ruhig und zog ein Bündel Rubel aus der Hosentasche: »Dein Anteil!«

Jānis nahm das Geld, während in seinem Gesicht die reine Gier flackerte: Er würde nicht schießen. Und so steckte er die Waffe schließlich auch wieder ein und zählte die Scheine. Ein Vielfaches von dem, was er monatlich an Sold bekam. Wenn er denn Sold bekam, was längst nicht immer gewährleistet war.

»Wenn der Krieg zu Ende ist, wirst du ein reicher Mann sein!«, antwortete Artur kühl und ahnte bereits, dass Jānis das Kriegsende nicht abwarten würde: Er wollte Artur unbedingt loswerden – Lauris ließ sich besser steuern. Und er hatte Familie.

»Das nächste Mal bin ich dabei!«

Artur schüttelte den Kopf: »Unsere Leute misstrauen dem Militär …« Nach einer kurzen Kunstpause fügte er sarkastisch an: »Weiß auch nicht, warum.«

»Dann bekomme ich einen höheren Anteil: Fünfundsiebzig Prozent!«

»Sechzig!«, antwortete Artur.

»Siebzig!«, schloss Jānis. »Und ich lasse euch am Leben!«

Artur verzog lächelnd den Mund: »Wenn du uns umbringst, wird dein Anteil hundert Prozent von nichts sein!«

Jānis sah Artur wütend an.

Dann aber sagte er: »Übermorgen habe ich etwas für euch. Aber du musst dich vorher mit den Örtlichkeiten vertraut machen. Es ist etwas kompliziert.«

Artur schwieg.

»Morgen früh wirst du dorthin fahren. Verstanden?«

Er gab ihm die Wegbeschreibung und nannte ihm den Namen eines Mannes, den er zu kontaktieren hatte. Sie starrten einander feindselig an, dann setzte sich Jānis auf sein Pferd und ritt davon.

Artur sah ihm lange nach.

Am nächsten Morgen hatte Larisa gerade die Ziege gemolken und war schon im Begriff, wieder ins Haus zu gehen, als sie den galoppierenden Hufschlag eines Pferdes hörte und sich umwandte: Jānis. Irritiert machte sie ein paar Schritte auf ihn zu, hielt aber inne, als sie sah, wie er sie vom Pferd aus taxierte.

»Na, was haben wir denn da?«, grinste er und sprang ab. »Ein schönes, saftiges Bauernmädchen.«

Larisa wich einen Schritt zurück, sah sich unwillkürlich um, aber Artur war am Morgen mit dem Karren losgeritten – sie war allein auf dem Hof.

»Was willst du hier?«, fauchte sie ihn an.

»Na, was wohl?«, fragte er zurück.

»Wenn du jetzt verschwindest, werde ich Artur nichts sagen!«, zischte sie, sah aber in Jānis' Augen, dass ihn das kaum beeindruckte. Unverhohlen starrte er auf ihre Brüste und knöpfte sich das Jackett auf.

»Artur? Hm, ja, ein harter Brocken. Muss man schon sagen. Aber man wird sich um ihn kümmern.«

»Was meinst du?«, fragte Larisa erschrocken.

»Sie erwarten ihn. Und dann wird man sich ein bisschen mit ihm unterhalten …«

»Artur wird nicht reden.«

Jānis nickte, warf sein Jackett zu Boden und machte Anstalten, sich die Hose aufzuknöpfen: »Ja, das denke ich auch. Aber wenn Artur erst mal weg ist, wird Lauris nicht mehr so eine große Klappe haben. Aber was reden wir vom Geschäft? Wir wollen uns jetzt erst einmal etwas vergnügen!«

Mittlerweile stand er vor ihr.

Sie schlug ihm so hart ins Gesicht, dass sein Kopf zur Seite flog und er sich anschließend Blut aus dem Mund wischen musste.

Trotzdem grinste er.

Dann schlug er zu: mit der Faust. Larisa wurde förmlich von den Füßen gerissen, ging zu Boden und sah Sternchen vor den Augen tanzen. Benommen nahm sie wahr, dass er über sie getreten war, ihr die Bluse vom Leib riss, ihre Brüste betatschte, um ihr dann den Rock hochzuzerren und über den Kopf zu werfen.

Verzweifelt versuchte sie, sich aufzurichten, taumelte, versuchte es erneut und erwartete gleichzeitig, dass er jeden Moment in sie eindrang.

Doch nichts geschah.

Stattdessen war da plötzlich ein Röcheln.

Sie warf den Rock zurück und drehte sich um: Jānis stand dort, hinter ihm Artur, der seinen rechten Oberarm um den Hals des Leutnants gewunden hatte. Mit der linken Hand verwandelte er seinen Bizeps in einen Schraubstock, und sosehr sich Jānis auch mühte, so wenig würde er diesem Griff entkommen können.

Schwankend kam sie auf die Beine und stellte sich vor den Soldaten, blickte ihm in sein rot geschwollenes Gesicht, in die hervortretenden Augen, während Artur hinter ihm das Leben aus ihm herauswürgte.

Schon wurde seine Abwehr schwächer.

Fielen seine Hände herab.

Wurde sein Blick glasig.

Larisa stand still und starrte ihm ins Gesicht, bis er endlich tot war.

Dann erst ließ Artur ihn los.

Sie standen einander gegenüber, die Leiche des Offiziers zwischen ihren Füßen.

»Jetzt werden sie kommen!«, flüsterte Larisa.

»*Es zinu*«, antwortete Artur ruhig.

Ich weiß.

110

Die Kommandantur hatte einen Keller für Menschen wie mich.

Eine aus Stein gehauene Treppe führte am blanken Fels hinab zu einem geradezu verschwenderischen Weinkeller, mit unendlich vielen Regalen, in denen staubige Flaschen lagerten, vermutlich die größten Kostbarkeiten Europas, die einst einem Fürsten gehört haben mochten, jetzt aber in von Bühlings persönlichen Besitz übergegangen waren. Nicht nur die Villa hatte elektrisches Licht, der Keller hatte es auch, und durchschritt man ihn, so fand man im hinteren Teil ein weiteres Zimmer, das vermutlich mal als Vorratsraum gedient haben mochte, jetzt aber fast leer und damit meine neue Unterkunft war.

Ein Tisch und zwei Stühle, mehr gab es nicht. Dazu das Licht einer einfachen Glühbirne, die viele kleine Schatten auf die unregelmäßigen Felswände warf. Dort saß ich auf meinem Stuhl und starrte die schwere Eichentür an, hinter der ich die beiden Wachen vermutete, die mich hierhin geführt hatten. Es war so still, dass mein Atem das einzig hörbare Geräusch war.

Tief unter der Erde gab es keine Zeit, keinen Tag, keine Nacht, und ich hätte nicht sagen können, wie lange ich hier bereits saß. Man gab mir Zeit, über das nachzusinnen, was ich getan hatte, und über das, was mir unweigerlich bevorstand. Immer wieder dachte ich an Masha und fragte mich, wo sie war und was man ihr antun würde, verbot mir gleichsam die Antworten darauf, weil sie so sehr schmerzten.

Es gab keine Hoffnung für sie.

Und für mich auch nicht.

Endlich hörte ich einen Schlüssel im Schloss, und im nächsten Augenblick öffnete sich die Tür: Von Bühling trat ein. Ein angenehmer Duft hob sich mir in die Nase. Der Major war frisch rasiert, seine Fingernägel maniküt, das Haar geschnitten und mit Pomade gescheitelt. Wider Willen musste ich zugeben, dass er ein gut aussehender Mann war, einer von der alerten Sorte, die in Frack oder Uniformen aussahen, als wären sie darin geboren worden. Alles an ihm war elegant, gepflegt, und wahrscheinlich ließen die Damen der guten Gesellschaft reihenweise ihre parfümierten Spitzentücher vor ihm fallen, in der Hoffnung, er höbe sie auf und führte sie von da aus gleich vor den Traualtar.

»Wie geht es Ihnen, Füsilier? Alles zu Ihrer Zufriedenheit?«, fragte er jovial.

»Was?«, fragte ich irritiert zurück.

Er lächelte: »Darf ich Ihnen etwas bringen lassen? Ein Wasser vielleicht?«

»Nein danke.«

»Gut. Nur weil wir unter diesen Umständen zusammensitzen, bedeutet das nicht, dass man seine Manieren vergessen muss, nicht wahr?«

»Wo ist Masha?«, fragte ich bestimmt.

»Die ist im Moment nicht so wichtig. Zunächst wollen wir uns ein wenig mit Ihnen befassen. Sie stammen aus Thorn?«

»Ja.«

»Wie sind Sie dann zur K.-u.-k.-Armee gekommen?«

Ich erklärte es ihm in kurzen Worten.

Er schnaubte ungläubig: »Wie konnten Sie nur auf diese russische Spionin hereinfallen?«

»Sie ist keine Spionin!«, rief ich wütend.

»Natürlich ist sie das. Eine verdammt gerissene dazu. Im Gegensatz zu Ihnen!«

»Ich bin auch kein Spion!«

Von Bühling sah mich prüfend an: »Wenn Sie kein Spion sind, warum sitzen wir dann hier?«

»Das ist alles nur ein Missverständnis«, gab ich schwach zurück.

Von Bühling lächelte überlegen: »Dann war Ihr Treffen gestern mit den meistgesuchten Partisanen der Gegend auch nur ein Missverständnis?«

»Ich hab mich nicht mit ihnen getroffen. Die waren da.«

»Warum waren die da?«

»Sie ist keine Spionin! Das Ganze war nur ein dummer Zufall!«

»Halten Sie mich für einen Idioten?«

»Nein, Herr Major!«

»Dann hören Sie auf, meine Intelligenz zu beleidigen. Und Ihre gleich dazu. Die waren da, weil Ihre kleine Freundin eine Verschwörerin ist.«

»Sie ist unschuldig, Herr Major.«

»Tatsächlich? Was macht Sie das glauben?«

Ich schwieg, denn wie hätte ich ihm erklären können, was mit mir passiert war? Wie hätte ich ihm von dem Kleid berichten sollen, von Papa, von dem Moment, als mich der Blitz traf und die leuchtende Erkenntnis, dass Masha die Frau war, mit der ich zusammen sein wollte? Wie hätte ich das alles erklären können?

Von Bühling musste mir meine Gedankengänge angesehen haben, denn plötzlich fragte er amüsiert: »Jetzt sagen Sie nicht, Sie haben sich in sie verliebt?«

Zögernd nickte ich.

»Ach, kommen Sie, Friedländer! Sie sehen ein Mädchen auf der Straße und laufen ihr nach wie ein junges Hündchen?«

»Jemand wie Sie versteht das nicht.«

Ich spürte, wie seine Blicke mein Gesicht prüften, wie sie nach Zeichen einer Lüge suchten, aber nichts finden konnten. Da fragte er: »Hatten Sie schon mal eine Freundin?«

»Was hat das damit zu tun?«

»Beantworten Sie die Frage!«

»Nein«, gab ich zögernd zu.

Amüsiert hob er die Brauen: »Wirklich?«

»Ja.«

Seinem Gesicht war anzusehen, wie lächerlich er mich fand. Ihn, den weltgewandten Verführer, der niemals die Kontrolle verlor und kühl seine Vorteile vorauszuberechnen wusste, musste jemand wie ich geradezu entzücken. Ein vertrauensseliger Träumer und dummer Junge, dazu geboren, Menschen wie ihm zu dienen. Oder eben zu sterben. Und im Anbetracht der Umstände bestätigte ich gerade all seine Vorurteile.

Vergnügt nickte er: »Gratuliere! Ihre Erste war gleich ein Volltreffer!«

Am liebsten hätte ich ihm ins Gesicht gespuckt, aber ich fühlte mich so niedergeschlagen und so nackt, dass mir jede Kraft dazu fehlte.

»Nun, etwas Positives gibt es doch«, begann er mit neuem Ernst. »Dank Ihrer unfreiwilligen Hilfe haben wir ein ganzes Partisanennest ausgehoben.«

Ich schwieg.

»Sie haben in kurzer Zeit geschafft, was wir in Monaten nicht zu leisten vermochten. Dafür gebührt Ihnen nicht nur mein Dank, sondern auch der des Reiches. Ich kann Ihnen daher anbieten, Sie im Morgengrauen, ohne jede Öffentlichkeit, erschießen zu lassen und Sie anschließend auf dem Soldatenfriedhof zu begraben. Ihre Familie wird nur erfahren, dass Sie auf dem Feld der Ehre den Heldentod gestorben sind. Sie können dann immer noch sehr stolz auf Sie sein.«

Ich blickte in seine kalten blauen Augen und dachte verwirrt, wie selten es war, dass jemand mit dunklen Haaren solche Augen hatte.

»Diese Großzügigkeit meinerseits hat natürlich ihren Preis!«

»Sie meinen: außer dem meines Lebens?«

Er ging auf die hörbare Ironie nicht ein.

»Sie werden ein Geständnis unterschreiben. Dass Sie Teil einer Verschwörung gegen mich und den Kaiser waren. Dass Sie in Ihrer grenzenlosen Naivität auf eine gewiefte Spionin reingefallen sind und Ihre Taten zutiefst bereuen.«

»Sie ist keine Spionin. Genauso wenig wie ich!«

Von Bühling zischte: »Es geht hier um Ihre Ehre, Mann! Das ist nun wirklich wichtiger als diese russische Hure!«

»Wie können Sie es wagen?!«, schrie ich so laut, dass augenblicklich die Eichentür geöffnet wurde und ein Soldat nachsah, was sich hier drinnen abspielte. Von Bühling gab ihm mit einem kleinen Wink zu verstehen, dass er alles unter Kontrolle hatte: Die Tür fiel wieder ins Schloss.

Mit verständnisvoller Miene und in beruhigendem Ton sagte er: »Du meine Güte, Sie hats ja wirklich erwischt. Hören Sie, auch wenn Sie jung und von Sinnen sind, müssen Sie eines begreifen: Sie können hier noch sauber aus der Sache rauskommen. Ich biete Ihnen die Möglichkeit, als Ehrenmann aus dem Leben zu scheiden. Wären Sie Offizier, würde ich Ihnen sogar eine Pistole dalassen. Aber Sie müssen mir schon etwas entgegenkommen!«

Ich schwieg und sah ihn mit aller Verachtung an, zu der ich nur fähig war.

»Friedländer«, begann er erneut, »ich habe nichts gegen Sie, das müssen Sie mir glauben! Und ich nehme es auch nicht persönlich, dass Sie mich wissentlich oder unwissentlich fast ums Leben gebracht haben. Ich nehme solche Dinge nie persönlich! Wir sind im Krieg, und im Krieg passiert so etwas eben. Wo kämen wir denn hin, wenn wir da alles persönlich nehmen würden? Also, unterschreiben Sie das Geständnis, und ich werde dafür sorgen, dass Ihr Name rein bleibt!«

Ich sah ihm an, dass er jedes Wort genau so meinte, dass er keinen Groll gegen mich hegte und mir tatsächlich nichts nachtrug. Ich sah all die blasierte Gelassenheit, mit der er diesen Fall zu den Akten legen wollte, auf dass ich eines Tages Teil einer Anekdote wäre, die er nach dem Krieg cognacschwenkend vor einem Kaminfeuer zum Besten geben würde. So stand ich dann mit dem Mut eines Mannes auf, der nichts mehr zu verlieren hatte, nahm Haltung an und salutierte: »Herr Major ... Sie können mich am Arsch lecken!«

Ich ließ die Hacken knallen und setzte mich wieder.

Kurz durchflackerte Wut sein Gesicht, durchzogen die makellose Fassade haarfeine Risse. Dann jedoch fing er sich, nickte, stand auf und klopfte gegen die Tür. Augenblicklich wurde ihm geöffnet.

Er sagte zu der Wache: »Morgen früh wird er gehängt. Bereiten Sie alles vor!«

Damit fiel die Tür wieder ins Schloss.

III

Artur hatte seine Erfahrungen gemacht mit Offizieren, denen man nicht trauen konnte, und so hatte er in der Nähe des Hofs gelauert, nur um festzustellen, dass sich seine Ahnung bewahrheitet hatte. Jānis anschließend umzubringen war nur folgerichtig, doch jetzt lebten sie in großer Ungewissheit.

Wen hatte er in die Sache eingeweiht?

Wer wusste von dem Hof?

Dem Schmuggel?

Eigentlich hätte Artur jede Wette gehalten, dass Jānis, gierig, wie er war, auf eigene Rechnung gearbeitet hatte: Er war einfach nicht der Typ, der gerne teilte oder Mitwisser duldete. Aber er hatte Männer beauftragt, ihn, Artur, zu foltern und umzubringen.

Was hatte er diesen Männern gesagt?

Oder hatte er ihnen nur Geld geboten, ohne sich zu erklären?

Alles war möglich.

Noch über Jānis' Leiche hatte Larisa ihn geküsst und gesagt, dass sie stolz auf ihn sei, und wenn es bedeute, dass sie deswegen in den Tod gehe, dann werde sie es mit Freuden tun.

»Hol unser Geld. Nicht alles, aber genügend.«

»Was hast du vor?«, fragte sie.

»Vielleicht kann ich uns retten.«

Sie hatte das Geld geholt, und Artur war mit Jānis' Leiche verschwunden.

Als er zurückkehrte, begann das Warten.

Artur schätzte, dass sie, wenn Jānis' Männer seinen Namen kannten, einen, vielleicht zwei Tage hätten, bevor diese auf dem Hof auftauchen würden. Also führte er Larisa in den Wald, um ihr das Schießen beizubringen. Geduldig hatte sie sich von ihm die Repetierfunktion zeigen lassen, das Anvisieren über Kimme und Korn, das Ausatmen, bevor man den Abzug betätigte.

Dann hatte er mit Kreide ein Männlein auf einen Baumstamm gemalt und Larisa etwa zwanzig Meter davor postieren wollen. Doch die war kommentarlos weiter nach hinten marschiert, hatte durchgeladen, gezielt und dann den fünfgeschossigen Ladestreifen in der rasend schnellen Abfolge eines Wilddiebs durch den Lauf gejagt, dabei den Kopf des Männleins in gut fünf Sekunden fünfmal getroffen. Danach hatte sie Artur das Gewehr kommentarlos in die Hand gedrückt.

Die beiden hatten sich sekundenlang angestarrt.

Dann waren sie förmlich übereinander hergefallen, wild küssend zu Boden gegangen, bevor sie sich in einer Heftigkeit liebten, die an die einsamsten Winternächte erinnerte, in denen allein die Hitze ihrer Leidenschaft sie warm halten konnte.

Anschließend gaben sie sich ein Versprechen: Sollte es zum Kampf kommen, würden sie sich nicht dem Gegner ergeben, sondern bis zur vorletzten Patrone kämpfen.

Die letzten beiden dann sollten ihnen selbst gelten.

Der erste Tag verstrich.

Und auch ein zweiter.

Obwohl es reichlich Arbeit auf dem Hof gab, unternahmen sie nichts, außer um das Haus herumzuschleichen und angestrengt in den kleinen Weg, der durch das Wäldchen führte, hineinzuhorchen.

Aber sie hörten nichts.

Kein wütendes Trommeln galoppierender Hufe und keine einreitenden Soldaten, auf die sie sofort das Feuer eröffnet hätten, noch bevor sie gewusst hätten, wie ihnen geschähe.

Langsam begannen sie, Hoffnung zu schöpfen.

Hatte ihr Manöver funktioniert?

Oder Jānis ohne Absicherung gearbeitet?

Eine Woche verging, als sie langsam ungeduldig wurden. Keiner der beiden sehnte den Tod herbei, aber auf ihn warten zu müssen wurde zur Quälerei. Da trug Artur Larisa auf, in Hinzenberg vorsichtige Erkundungen einzuholen.

Am Morgen fuhr Larisa los.

Den ganzen Tag hantierte Artur ohne rechten Sinn und Verstand auf dem Hof herum, in Gedanken bei ihr und seiner Sorge, dass ihre Fragen möglicherweise jemanden misstrauisch machen könnten. Was, wenn sie nicht zurückkehrte?

Was, wenn er sie in den Tod geschickt hatte?

Am späten Nachmittag war sie endlich wieder da, die üblichen Einkäufe auf der Ladefläche des Fuhrwerks, die sie gemeinsam hineintrugen, während Artur aus ihrem Gesicht die Antworten auf seine Fragen zu lesen suchte.

Sie kochte Tee, dann setzten sie sich an den Tisch.

»Sie haben den Täter aufgehängt!«

Artur sah sie stirnrunzelnd an.

Sie sprach mittlerweile ein verblüffend gutes Deutsch, jedenfalls besser als er Lettisch, aber jetzt glaubte er, dass ihr grammatikalisch einiges durcheinandergeraten war: *Er* war doch der Täter.

Sie lächelte: »Du hast richtig gehört. Sie haben ihn bereits gehängt. Sie haben Jānis' Leiche gefunden. Und einen Gauner, der seine Geldbörse eingesteckt hatte. Mit dem Geld, das ich dir geben sollte. Hat vor lauter Glück im Hurenhaus die Puppen tanzen lassen. So sind sie auf ihn gekommen.«

Artur nickte.

»Er hat behauptet, er hätte den Mann nicht umgebracht, sondern bloß die Leiche gefunden. Und die Geldbörse eingesteckt. Sie haben ihm nicht geglaubt.«

Wieder nickte Artur.

Nachdenklich.

Larisa schien seine Gedanken zu erraten: »Sie hätten ihn sowieso hingerichtet. Er wurde wegen Wilderei gesucht.«

»Und Jānis' Untergebene?«

»Nichts. Niemand hat irgendeinen Verdacht gegen uns. Ich hatte den Eindruck, als wären die meisten froh, dass sie ihn los sind.«

»Und das Pferd?«, fragte Artur erleichtert.

»Sie suchen nach keinem. Sie wollten einen Täter, um die Ordnung wiederherzustellen. Und sie haben einen bekommen. Alles andere war ihnen nicht wichtig.«

Artur hatte die ganze Woche darüber nachgedacht, ob er Jānis' Pferd irgendwo aussetzen sollte, es aber nicht übers Herz gebracht, weil dieser Rappen so schön, so schlank, so stolz war. Schließlich hatte er ihn behalten. Und wenn die Soldaten gekommen wären, wäre es ohnehin egal gewesen, wenn man ihn bei ihnen gefunden hätte.

»Das heißt niemand sucht nach uns?«

»Nein!«

Artur lächelte.

Sie küsste ihn: »Glaubs nur, Liebster! Wir haben es geschafft!«

So war es entschieden.

Sie behielten das Pferd.

Und es wurde die schlechteste Entscheidung, die Artur in seinem Leben je treffen sollte.

112

Eine Weile noch saß ich am Tisch und sagte mir, dass Isi meine Reaktion sicher gefallen hätte. Dass sie mich angegrinst und auf ihre unnachahmliche Weise aufgezogen hätte: *Sieh mal einer an,*

Carl Schneiderssohn! Artur dagegen hätte mich bestimmt einen Trottel genannt oder einen Idioten, aber an seinem Unterton hätte ich bemerkt, welchen er Respekt vor mir gehabt hätte.

Keinen der beiden würde ich nun wiedersehen.

Mein Herz wurde schwer und sank wie ein Kiesel in die kalte Dunkelheit eines tiefen Sees: Ich war gerade mal zwanzig Jahre alt und sollte in weniger als vierundzwanzig Stunden sterben. Und Masha? Von Bühling war der Überzeugung, sie hätte mich in diese Situation gebracht, aber was, wenn es umgekehrt war? Ohne mich würde sie nicht gehängt werden! Ohne mich wäre die Verschwörung nie so weit gediehen, dass ein Anschlag auf von Bühling möglich erschienen wäre. Masha hatte Besseres verdient, sie musste doch genug haben von Tod und Leid, hatte ein neues Leben beginnen wollen – ohne Gewalt. Zu gern hätte ich gewusst, was sie mir kurz vor unserer Verhaftung hatte mitteilen wollen. Zu gern hätte ich ihr erklärt, dass es mir leidtat, sie in diese Situation gebracht, aber nicht, sie kennengelernt zu haben. Niemand sollte so jung sterben, auch ich nicht, dennoch wollte ich ihr sagen, dass ich keinen besseren Grund wusste, als es ihretwegen zu tun. Wenn ich doch nur noch ein Mal mit ihr sprechen könnte! Sie würde mich verstehen.

Sie würde alles verstehen.

Man brachte mir ein warmes Gericht, das Beste, was ich seit Ewigkeiten gegessen hatte, und mir wurde bewusst, dass es meine Henkersmahlzeit war. Später, als das Geschirr abgeräumt wurde, fragte der Soldat vor der Tür, ob ich geistlichen Beistand wünschte: Ich verneinte, bat ihn aber um Briefpapier und einen Stift, denn ich wollte wenigstens Isi schreiben und mich von ihr verabschieden.

Das tat ich auch. Ich wog jeden Satz ab, denn ich wusste, dass sonst die Zensur den Brief herausfischen und ihr nicht zustellen würde. Also beließ ich es dabei, ihr zu schreiben, dass ich, wenn sie meine Worte erreichten, bereits tot sein würde und sie mich in guter Erinnerung behalten sollte. Und dass meine letzten Gedanken Artur, Papa und ihr gegolten hatten.

Endlose Stunden verbrachte ich auf dem Stuhl sitzend, bis mir schließlich die Augen zufielen und ich über dem Tisch in einen unruhigen Schlaf zusammensank, voller unheilvoller Albträume, die mich immer wieder aufschrecken ließen, nur damit ich feststellte, dass alles noch genau so war wie vorher auch: ein Tisch, zwei Stühle, eine Glühbirne. Und eine unsichtbare tickende Uhr.

Ich schlief ein, schreckte hoch, schlief ein.

Irgendwann trat ein Gefreiter ein und brachte mir Frühstück, was mich mehr als verwunderte.

»Wie spät ist es?«, fragte ich ihn.

»Kurz vor sieben Uhr«, antwortete er.

»Können Sie diesen Brief für mich aufgeben?«

Er schüttelte den Kopf: »Machen Sie das bitte mit dem Herrn Major aus.«

Damit verließ er meine Zelle.

Ich nippte an einem Kaffee, biss in ein belegtes Brot und dachte darüber nach, warum ich noch nicht tot war. Von Bühling schien sich entschlossen zu haben, mir noch ein paar Minuten extra zu geben, ob um mich zu quälen oder aus heuchlerischer Freundlichkeit, vermochte ich nicht zu sagen. In jedem Fall konnte ich nicht gerade behaupten, dass ich mich über die Verzögerung freute. Mittlerweile war ich einigermaßen gefasst, und ich wollte die Sache einfach nur noch hinter mich bringen.

Nach einer ganzen Weile öffnete sich wieder die Tür, doch statt dass der Gefreite gekommen wäre, um das Tablett mit den Resten meines Frühstücks abzuholen, trat von Bühlings Ordonnanz ein, neben ihm ein Unteroffizier.

»Mitkommen!«, befahl der Leutnant knapp.

Zögernd erhob ich mich, spürte, wie flau mir plötzlich war, wollte mir aber vor diesen beiden keine Blöße geben, sondern verließ meinen Raum aufrecht, dem Leutnant folgend, den Unteroffizier im Nacken. Wir stiegen hinauf ins Erdgeschoss, verließen die Kommandantur aber nicht, sondern nahmen die Treppe in den ersten Stock, von Bühlings Büro entgegen.

Dort angekommen öffnete der Leutnant die Tür, bedeutete mir einzutreten und verschloss sie hinter mir wieder. Vor mir sah ich von Bühling hinter seinem Schreibtisch sitzen, offenbar im angeregten Plausch mit einem Uniformierten, der sich mit meiner Ankunft erhob und zu mir umdrehte: Oberst John.

Ich war sprachlos!

So erstarrt, dass ich nicht einmal bemerkte, wie John auf mich zutrat und mir seine Hand entgegenstreckte.

»Geh, Friedländer, was machens denn für Sachen?«

»Herr Oberst!«, rief ich überrascht. »Was ... was tun Sie hier?«

Erst jetzt erwiderte ich den Händedruck.

John gab mir ein Zeichen, dass ich mich auf den freien Stuhl vor von Bühlings Schreibtisch zu setzen hätte, dann nahm auch er wieder Platz.

»Oberst John ist wegen Ihnen hier, Füsilier!«, erklärte von Bühling. »Auch für mich ist dieser Vorgang höchst ungewöhnlich.«

Ich sah von Bühling an, wie befremdet er von dem Umstand war, dass ein so hochgestellter Offizier wie John wegen eines einfachen Soldaten wie mir vorstellig geworden war. Aber geübt in makelloser Fassade wahrte er die Form.

»Um Ihre Frage zu beantworten, Friedländer«, begann John. »Major von Bühling setzte das KPQ telegrafisch darüber in Kenntnis, dass er den Füsilier Friedländer wegen Hochverrats hinzurichten gedenke.«

»Es ist eine Frage der Höflichkeit, den Verbündeten in Kenntnis zu setzen, wenn es einen seiner Soldaten betrifft.«

John nickte ihm aufmunternd zu: »Vorbildlich, lieber Major. Sehr vorbildlich!«

Von Bühling lächelte freundlich.

»Ich habe dem Herrn Major gesagt, dass ich nicht auf meinen besten Mann zu verzichten gedenke, es sei denn, die Beweise gegen ihn sind unumstößlich. Also frag ich nun Sie, Friedländer: Sind Sie Teil einer Verschwörung, wie der Herr Major es Ihnen vorwirft?«

»Nein, Herr Oberst!«

John nickte erleichtert: »Dachte ich's mir doch. Wissens, Herr Major, der Friedländer ist nicht der Typ für so etwas.«

»Bei allem Respekt, Herr Oberst. Wir haben ihn praktisch in flagranti erwischt.«

»Stimmt das, Friedländer?«

»Nein, Herr Oberst. Ich habe mich in ein russisches Mädchen verliebt, das, wie sich erst später herausstellte, die Schwester eines Verschwörers war. Wir wollten niemandem etwas Böses, wir wollten uns nur sehen!«

Oberst John seufzte: »Weiberg'schichten. Immer dasselbe mit diesen jungen Burschen ...«

Er wandte sich von Bühling zu. »Herr Major, hat dieses russische Mädchen den Füsilier denn der Verschwörung bezichtigt oder nicht?«

Von Bühling zögerte, dann schüttelte er den Kopf: »Nein, Herr Oberst.«

Mein Herz tat einen Sprung: Masha!

John hakte nach: »Ich nehme an, dass sie sehr intensiv befragt wurde?«

Wütend ballte ich die Fäuste: diese Tiere!

»Das wurde sie, Herr Oberst.«

»Und trotzdem nichts?«

»Nein, Herr Oberst!«

John nickte zufrieden: »Ausgezeichnet, lieber Major. Damit wäre die Unschuld meines Füsiliers wohl bewiesen.«

»Ich bin da nicht ganz so optimistisch, Herr Oberst!«, beharrte von Bühling. »Ihr Eintreten für diesen Soldaten in allen Ehren, aber Geständnis oder nicht: Er ist schuldig und wird hingerichtet, so wie es das Gesetz verlangt.«

John sah ihn ruhig an und antwortete dann: »Sehens, Herr Major, Füsilier Friedländer ist zwar Deutscher, aber er dient dem K.-u.-k.-Reich. Er ist somit mein Soldat, nicht Ihrer. Und ich bestehe darauf, ihn mit nach Österreich zu nehmen, um ihn dort auf geeignete Weise zu bestrafen. Ich darf annehmen, dass Sie mir diesen Wunsch nicht verweigern, oder, *Herr Major*?«

Die Botschaft war klar: Oberst John ließ sich nichts sagen von Major von Bühling, der nicht verbergen konnte, dass ihn diese kleine Kränkung getroffen hatte. Er sah kurz zu mir herüber und schien seine Optionen zu überschlagen: Er konnte verzichten oder seinen Willen durchsetzen und den Zorn eines hohen Offiziers heraufbeschwören, dessen Beziehungen ins Deutsche Reich unklar waren. Dass er in seiner Position welche hatte, davon war allerdings ohne Zweifel auszugehen.

Im nächsten Moment lächelte er John gewinnend an und antwortete: »Ganz, wie Sie wollen, Herr Oberst! Es ist Ihr Soldat. Verfahren Sie mit ihm, wie Sie das für richtig halten.«

John stand auf und reichte von Bühling die Hand: »Ein Ehrenmann vom Scheitel bis zur Sohle! Sie werdens weit bringen, Herr Major! Sehr weit!«

»Zu freundlich!«, erwiderte der. »Darf ich Sie nach der Hinrichtung zu einem Essen einladen?«

»Mit dem größten Vergnügen, Herr Major!«

Entsetzt starrte ich beide an: Sie schüttelten sich die Hände wie die besten Freunde, während ich von einem zum anderen blickte und wusste, dass ich nur etwas sagen durfte, wenn ich angesprochen wurde, dass ich Johns Zuneigung riskierte, wenn ich gegen die Etikette verstieß, aber meine Lippen bewegten sich bereits, bevor mein Verstand mich daran hindern konnte.

»Was für eine Hinrichtung?«, rief ich entgeistert.

Von Bühling sah mich kalt an, Oberst John seufzte: »Sie müssen verzeihen, Herr Major. So sind die Künstler! Bringen sich in Schwierigkeiten und wissen nie, wann sie den Mund zu halten haben! Aber wenn ich sie alle wegen Insubordination einsitzen ließe, dann hätte ich bald keine mehr!«

»Sie haben mein vollstes Mitgefühl, Herr Oberst!« Dann wandte sich von Bühling mir zu und sagte: »Um Ihre Frage zu beantworten: Die Hinrichtung betrifft Ihre kleine Freundin.«

»Aber sie ist unschuldig!«, platzte ich heraus.

John legte mir die Hand auf die Schulter und schob mich zur Tür: »Genug jetzt, Friedländer! Sie strapazieren selbst meine Geduld!«

Von Bühling aber tippte John an den Arm und sagte: » Herr Oberst, ich hätte da eine Bitte!«

John wandte sich ihm zu: »Nur zu, Herr Major!«

»Der Füsilier Friedländer versprach mir eine Fotografie. Ich darf annehmen, dass er sie mir nicht verweigert?«

John runzelte die Stirn: »Aber natürlich nicht! Ihr Wunsch wird ihm Befehl sein!«

»Ihr Wort darauf, Herr Oberst?«

»Selbstredend, Herr Major!«

Von Bühling nickte zufrieden, zog seine Handschuhe über und ließ uns mit einer Geste den Vortritt. Wir verließen zusammen mit von Bühlings Ordonnanz und noch einigen anderen Offizieren aus dem Stab die Kommandantur. Während die Offiziere Pferde bestiegen, die man ihnen bereitgestellt hatte, begleitete mich ein Unteroffizier in meine Unterkunft, aus der ich meine Fotoutensilien samt Stativ holte, um gleich darauf mit ihm in die Stadt zurückzukehren.

Auf dem ausgedehnten staubigen Vorplatz des Bahnhofsgeländes hatte sich eine große Menschenmenge versammelt, bestehend aus Soldaten der Reserveeinheiten, die in militärischer Ordnung Abteilungen bildeten, sowie abgerissenen Einheimischen, die lose herumirrend kaum die Köpfe zu heben wagten. Die Mitte des Platzes wurde von drei großen Eichenbalken dominiert, an deren Querträgern drei Schlingen befestigt waren, während sich im Hintergrund die ausgebrannten Säulengänge und Wehrtürme des einst malerisch schönen Bahnhofhauptgebäudes wie tot aus der Erde erhoben.

Von Bühling und Oberst John standen zuvorderst in angeregter Unterhaltung, die restlichen Offiziere in respektvollem Abstand dahinter, als ich mit Stativ und Kamera an sie herantrat.

»Da sind Sie ja!«, rief von Bühling und blickte dann John an. »Wollen wir beginnen?«

»Wie Sie wünschen, Herr Major!«, antwortete John.

Ein kurzes Nicken, und von Bühlings Leutnant löste sich aus dem Pulk der Offiziere.

»Was für eine Fotografie wünschen Herr Major?«, fragte ich unsicher.

Von Bühling antwortete nicht, sondern blickte nur seiner Ordonnanz nach.

Dann sah ich, wie die Offiziere ein Spalier bildeten, durch das drei Delinquenten, die Hände auf den Rücken gefesselt, traten, begleitet von einigen Mannschaften, die zu ihrer Bewachung abgestellt worden waren.

Masha!

Sie ging zwischen zwei Männern, möglicherweise jenen, die ich im Keller gesehen hatte, die Augen auf den Boden gerichtet. Sie sah mich nicht, bis sie, wie die anderen auch, hinter drei Schemeln Aufstellung genommen hatte.

Da trafen sich unsere Blicke.

Es durchschlug meine Augen, mein Herz, meinen Verstand.

Der Schmerz breitete sich blitzartig und lichterloh brennend aus, nahm mir Atem und Stimme. Ohne es zu bemerken, wankte ich ihr entgegen, nur um im nächsten Moment die Hand Johns an meinem Oberarm zu spüren.

Er hielt mich eisern fest und flüsterte mir leise zu: »Friedländer, ich bitt' Sie! Seien Sie stark! Für sie!«

Unfähig, mich zu rühren, hielt ich ihren Blick und nahm nur wie durch Watte wahr, dass von Bühling mit ein paar knappen Gesten Befehl gab, die drei auf die Schemel zu stellen und ihnen die Schlingen um die Nacken zu legen.

Erst jetzt wurde mir bewusst, dass ihnen nicht einmal der Tod durch einen Henker gewährt worden war, der innerhalb eines Wimpernschlages den sicheren Genickbruch herbeiführte. Die Verurteilten würden als abschreckendes Beispiel für alle an ihren Hälsen aufgeknüpft werden, bis der Tod nach endlosen Minuten des Erstickens eintrat.

Masha stand dort auf dem Schemel, zitterte, sah zu dem Balken hinauf, an dem ihr Strick befestigt war, als ob sie hoffte, er würde, einem Gottesurteil gleich, auseinanderbrechen und sie verschonen.

Dann sah sie wieder zu mir.

Und ich zu ihr.

Mittlerweile war es ganz ruhig geworden auf dem Platz.

Von Bühling nickte einem Soldaten zu, der daraufhin von links nach rechts an den Verurteilten vorbeiging und ihre Schemel wegtrat: Die Körper sackten augenblicklich durch, die Füße dreißig Zentimeter über der Erde.

Verzweifelt versuchten die drei, sich aus der Schlinge zu winden, und zogen sie dadurch nur umso fester. Auch Masha kämpfte gegen den Tod an, ihr Körper bäumte sich auf, die Beine strampelten durch die Luft, aber der Strick hielt sie unbarmherzig an ihrem schlanken Hals in der Schwebe.

Ersticktes Röcheln.

Knarzendes Seil.

Dumpfe Töne.

Mashas Bewegungen wurden langsamer, während sich ihr Mund verzweifelt öffnete und schloss. Ich wollte vorlaufen, aber John hielt mich mit einer Kraft fest, die ich ihm nicht zugetraut hätte, und so starrte ich nur zu ihr hinauf, während sie in den letzten Momenten ihres Lebens noch einmal zu mir hinabblickte.

Dann erschlaffte ihr Körper, ihr Kopf sank zur Seite.

Sie drehte sich langsam mal nach links, mal nach rechts.

Stille.

Die Welt hatte aufgehört zu sein.

Für sie wie für mich.

Reglos stand ich dort, nahm erst nach etlichen Wiederholungen Johns Stimme wahr, der mich angesprochen hatte.

»Friedländer? Hören Sie mich?«

Ich sah ihn verwirrt an.

»Die Fotografie!«, mahnte er.

»Was für eine Fotografie?«, fragte ich zurück.

Von Bühling trat vor mich und sagte: »Sie schulden mir eine, Füsilier!«

Damit wandte er sich um und stellte sich vor die drei Gehängten.

»Ich wäre dann so weit!«, rief er auffordernd.

Ich starrte ihn an – über seinem Kopf baumelte die tote Masha. Meine Masha.

»Nein!«, zischte ich.

John trat an mich heran und sagte leise: »Machens jetzt diese Fotografie, Friedländer, damit Sie hier endlich wegkönnen!«

»Nein!«, antwortete ich.

Von Bühling kam zurück und blickte John an: »Sie gaben mir Ihr Wort!«

Jetzt erst wurde klar, warum er John ein Versprechen abgenötigt hatte: Er hatte ihn in die Falle gelockt. Das Wort eines Offiziers war bindend, es zu brechen geradezu unvorstellbar!

»Friedländer!«, zischte John.

Ich schüttelte trotzig den Kopf.

John nickte von Bühling kurz Verständnis erwartend zu, dann zog er mich zur Seite: »Es scheints Ihnen nicht klar zu sein, in welchem Dilemma wir uns befinden! Wenn der Herr Major auf die Idee käme, im KPQ nachzufragen, dann würde er erfahren, dass ich gar nicht mehr der Leiter der Künstlergruppe bin, sondern Major Sobicka. Genau genommen sind Sie also nicht mehr mein Soldat! Also, wenns dieses Bild jetzt nicht machen, dann wird der Major Sie hängen, da garantier ich Ihnen aber für, und ich werde wegen Ihnen nicht mein Gesicht verlieren! Machens jetzt diese Fotografie, sonst machens gar nichts mehr!«

Er schob mich vor.

Wie betäubt baute ich die Kamera auf das Stativ, dirigierte von Bühling so, dass er Masha verdeckte, was er aber bemerkte, woraufhin er einen Schritt zur Seite trat. Dann blickte er John an und rief: »So geht man bei uns gegen Partisanen vor! Ich darf damit rechnen, dass Sie das auch so veröffentlichen, *Herr Oberst*?«

Diesmal war es von Bühling, der Johns Titel besonders betonte und sich damit für die Kränkung zuvor revanchierte, denn nun hatten sich die Machtverhältnisse verkehrt, und dem Österreicher blieb gar nichts anderes übrig, als steif zu antworten: »Selbstverständlich, Herr Major.«

Endlich wurde die Versammlung aufgelöst.

John nahm die Einladung zum Essen an, während ich zurück in mein Zimmer geführt wurde.

Mir wurde mitgeteilt, dass ich Brest-Litowsk sofort zu verlassen hätte. Ein Soldat half mir beim Packen und führte mich anschließend zurück zum Bahnhof.

Der Vorplatz war leer.

Es war niemand mehr da.

Und auch der Galgen war bereits wieder abgebaut worden.

Der Soldat führte mich zum Gleis und setzte mich in den erstbesten Zug, der die Stadt verließ.

In meinem Abteil sah ich aus dem Fenster auf die Trümmer der Stadt. Und zum ersten Mal in meinem Leben erkannte ich darin wirklich das Zerstörerische, Brutale und Unwiederbringliche. Nicht das ästhetische Motiv, keine versteckte Botschaft, sondern nur Tod, Leid und Schmerz.

Zwei Jahre lang hatte ich Bilder gemacht, aber keines davon verstanden.

Ich war nie an der Front gewesen, hatte nie eine Explosion beobachtet, die ich nicht selbst in Auftrag gegeben hatte, und der Tod begegnete mir allenfalls als friedliches weißes Kruzifix auf einem sonnenbeschienenen Friedhof. Doch unter dieser Erde lagen das zerrissene Fleisch, die gebrochenen Knochen und zerstörten Seelen. Unter dem Heldenkreuz verfaulte eine ganze Generation, deren Hoffnungen und sprühender Optimismus von alten Männern zu Angst, Ekel und Entsetzen verwandelt worden waren.

Knochenmänner.
Die oben wie die unten.
Ich weinte ohne Unterlass.

113

Als der Regen endete, begann die Katastrophe: Die Kartoffelernte war zur Hälfte verfault, nachdem schon die Getreideerträge zuvor mangels Arbeitskräften und Dünger um das gleiche Maß eingebrochen waren. Die dringend benötigten Schätze der Kornkammer Preußens erreichten die fernen Städte kaum mehr. Die britische Seeblockade und ein beeindruckendes Verwaltungschaos hielten die Nation in ihrem Würgegriff, sodass den Menschen nichts anderes übrig blieb, als das zu essen, was einst Futter für die Schweine gewesen war: Steckrüben. Aus der Kartoffel, dem Armeleuteessen meiner Jugend, wurde plötzlich ein begehrtes Lebensmittel, das sich nur noch die leisten konnten, die teuer dafür bezahlten. Abgesehen von den Steckrüben standen einem Erwachsenen amtlich zugeteilte zweihundertsiebzig Gramm Brot, fünfunddreißig Gramm Fleisch einschließlich Knochen, fünfundzwanzig Gramm Zucker, elf Gramm Butter und ein Viertel Ei pro Tag zu. Wenn etwas davon überhaupt zu erwerben war.

Vor allem aus den großen Städten pilgerten die Menschen aufs Land, um mit Hamsterkäufen ihr Überleben für den Winter zu sichern. Das Kriegsernährungsamt veranlasste schließlich die Beschlagnahmung aller Steckrüben, um das große Sterben, vor allem in den Städten, wenn schon nicht zu verhindern, so doch wenigstens zu verlangsamen. Es gab also Steckrübensuppe, Steckrübenauflauf, Steckrübenkoteletts, Steckrübenpudding, Steckrübenmarmelade oder Steckrübenbrot – doch im Gegensatz zu der Kartoffeleintönigkeit meiner Jugend sättigten die Rüben niemanden.

Einem jedoch ging es so gut wie nie: Wilhelm Boysen.

Natürlich waren auch seine Ernten vom Regen betroffen, aber

wenn er seine Abgaben an das Militär geleistet hatte, konnte er für den Rest jeden Preis verlangen und tat es auch. Nicht nur von den Hamsterkäufern aus der Stadt, sondern auch von den Thornern. Jeder hatte zu zahlen, mit Ausnahme derer, die ihm nutzten und die er für seine Zwecke brauchte, wie Polizeikommandant Adolf Tessmann oder Reichstagsabgeordneter Gottlieb Beese. Und wenn ihm das Geld, das man für sein Getreide aufbringen konnte, nicht genug war, verfütterte er das Korn an Rind und Schwein, denn die brachten bei einem späteren Verkauf deutlich höhere Renditen als hungernde Menschen.

Auch die Familie Burwitz litt Hunger, erst recht nach Augusts Tod und dem Verlust seines Einkommens. Demnach war Johanna nicht nur skeptisch gegenüber Isis Bühnenidee, sie lehnte sie rundweg ab und forderte sie auf, lieber ihren Teil zum Überleben der Familie beizutragen. Isi beschwor Johanna, auf sie zu vertrauen, und nutzte den verregneten August und September, ihr Puppentheater zu bauen, mit den Spielpuppen zu arbeiten, die alle in der Familie einfach nur furchtbar fanden, und vor allem: Sie schrieb ihr erstes Bühnenstück.

Im Oktober dann, als sich die Ernährungssituation zuspitzte und selbst die glühendsten Nationalisten unter der Last eines nicht enden wollenden Krieges stöhnten, besorgte sie sich im Rathaus eine Sondergenehmigung für ihre Idee: Puppentheater für Puppen. Das jedenfalls sagte sie dem Beamten im zuständigen Büro und erntete ein amüsiertes Lachen.

»Was spielen Sie denn da, junges Fräulein?«, fragte er sie.

Isi zuckte nur mit den Achseln und antwortete: »Ach, nur so Sachen für Frauenzimmer. Ich glaube nicht, dass Sie das interessieren würde.«

»Tut es nicht, junges Fräulein. Aber wenn es Ihnen gelingt, meine Olle aufzuheitern, kriegen Sie von mir jede Genehmigung.«

Isi strahlte ihn an und dachte: *Wenn du wüsstest, du Ochse!*

Und so eröffnete sie ihr erstes Thorner Puppentheater nur für Frauen.

Mit großem Witz und bissigem Humor schilderte Isi darin den Alltag in Thorn anhand der rührend-dramatischen Geschichte zweier armer Liebender, die nicht zueinander finden durften, weil ihre Familien es nicht zuließen. Es war eine Art preußisches *Romeo und Julia*, wo nicht Feindschaft, sondern das Einkommen über eine Ehe entschied, dennoch mit vielen Wendungen, aber ohne den Tod der beiden jungen Liebenden zum Schluss. Stattdessen setzte sie auf Humor und schloss mit einem glücklichen Ende: Der junge Mann, der das Mädchen hatte heiraten wollen, gründete mit großem Erfolg ein Fuhrunternehmen, und als der alte Offizier, den das Mädchen hatte heiraten müssen, in einem Duell wegen einer geradezu lächerlichen Ehrverletzung erschossen wurde, war der Weg endlich frei für die Liebe.

Es gab donnernden Applaus und großen Jubel.

Was aber noch viel wichtiger war: Die Frauen hatten Isi nur zu gut verstanden. Nicht nur die Liebesgeschichte hatte sie berührt, sondern auch der dargestellte Thorner Alltag: Er kam daher wie eine Karikatur, die ihnen aber auf bittersüße Weise klarmachte, dass sie exakt ihre Lebenswirklichkeit widerspiegelte. Mehr als einmal war ihnen deswegen das Lachen im Hals stecken geblieben, und sie verließen das Zelt mit der geheimen Botschaft, dass es auf diese Art einfach nicht weitergehen durfte.

Sie versprachen, für das Stück zu werben.

Und das taten sie dann auch: Jeden Tag kamen neue Frauen, die sehen wollten, was die anderen so euphorisch lobten. Und jeden Tag stand Isi am Eingang des Zeltes und nahm einen kleinen Obolus als Eintritt entgegen.

Es dauerte nicht lange, da tauchten die ersten neugierigen Männer auf, die nur *mal reinschauen* wollten, aber von Isi strikt abgewiesen wurden. Genauso wie die Frauen, denen sie nicht traute, wie Frau Bürgermeister Reschke, Frau Direktor Lauterbach oder andere, von denen sie wusste, dass sie Thorns Elite angehörten. Ganz gegen ihre Natur blieb sie in diesen Momenten sehr charmant und entgegnete den herausgeputzten Gattinnen, dass das Stück einen solch freizügigen Boulevardcharakter mit vollkommen unangemessener Sprache hätte, dass es einer Dame von Rang einfach nicht zuzumuten wäre. Das war doch eher etwas für die einfache Frau, für das Dienstmädchen oder die Arbeiterin, neben denen man dann auch hätte Platz nehmen müssen, denn Logen gab es in dem Zelt natürlich nicht. Das reichte in aller Regel, dass die Damen verzichteten und mit erhobenen Köpfen davonrauschten.

Eine aber ließ sie doch herein: Gertrud Granderath, Trudi gerufen. Dabei gehörten die Granderaths zum Thorner Geldadel, Geschäftsleute, die es im Zuge des enormen Aufschwungs vor dem Krieg zu erheblichem Reichtum gebracht hatten und jetzt zwar unter dem Zusammenbruch der Wirtschaft litten, aber so satte Polster hatten, dass sie sich kaum Gedanken über die Zukunft machen mussten.

Doch trotz Trudis Herkunft konnte Isi nicht anders, als sie direkt ins Herz zu schließen. Vom ersten Augenblick an vertraute sie ihr: Die propere Trudi sah zwar aus wie jemand, der viel Geld hatte, benahm sich aber wie eine Kellnerin im *Roten Hahn*. Sie sprach laut und lachte rau wie ein Seemann, alles an ihr war ausladend, außer dem Hütchen auf ihrem Kopf, das puppenklein auf einer gewaltigen Menge Haar saß.

So hatte Isi sie hineingelassen und war nach zehn Minuten in ihrer Einschätzung bestätigt worden, dass von Trudi keine Gefahr ausgehen würde: Versteckt hinter der mannshohen bunten Theaterkulisse mit der fenstergleichen Aussparung, umrahmt von einem roten Vorhang, hinter dem sie ihre Puppen führte, hörte sie Trudi so laut röhren, dass alle anderen schon allein ihretwegen in Gelächter ausbrachen.

Nach dem Stück hatte sie ihr mit Lachtränen in den Augen derart heftig die Hand geschüttelt, dass Isi dachte, ihr würde gleich die Kleidung vom Leib rutschen: »Du bist richtig! Ich will sofort wissen, wenn es etwas Neues gibt!«

Ein Zwanzigmarkschein im Klingelbeutel hatte ihre Begeisterung entsprechend unterstrichen.

All das spornte Isi an, eine weitere Geschichte aufzuführen, was sie dann auch tat. Ihr zweites Stück hieß *Die Hindenburgknolle*. Was wie Spott über die ungeliebte Steckrübe klang, war in Wirklichkeit eine Abrechnung mit dem Krieg, den so viele mit dem Leben bezahlt hatten und noch bezahlen würden. Denn nach der Missernte brach der Winter ein, und er wurde einer der kältesten, brutalsten seit Menschengedenken, selbst für eine Gegend, die harte Winter gewohnt war. Zum Hunger kam jetzt noch eine eisige Kälte, gegen die sich kaum jemand wehren konnte, weil Kohle und Holz knapp und damit, wie vieles andere auch, unbezahlbar geworden waren.

In diese Stimmung hinein zeigte Isi ihr neues Programm.

Erzählt wurde die Geschichte einer Familie, die sich mit harter Arbeit und gegen alle Widerstände emporgearbeitet hat und dann in Misskredit gerät, weil die Tochter des Hauses sich offenbar mit dem Sohn eines reichen Großgrundbesitzers eingelassen hat. Wenn auch nicht freiwillig. Was dem Mädchen aber niemand glaubt, und so verlässt es unter Schimpf und Schande die Stadt. Als der Krieg dann alles zerstört, was die Familie sich aufgebaut hat, sorgt der Sohn des Großgrundbesitzers dafür, dass auch noch der männliche Spross der Familie in Gefahr gerät, indem er ihn in ein Himmelfahrtskommando befiehlt. Den Schluss wiederum gestaltete Isi versöhnlich: Der tot geglaubte Sohn kehrt aus dem Krieg zurück und rettet die Familie vor dem Untergang.

Wie auch im ersten Stück entdeckten die Zuschauerinnen deutliche Parallelen zur Realität, mischten sich Fakten und Fiktion zu einem explosiven Gemisch. Denn jeder im Publikum wusste, wer mit dem Großgrundbesitzer gemeint war, auch wenn er im Stück einen anderen Namen trug. Über Wochen spielte Isi im ausverkauften Zelt und schürte damit die Unzufriedenheit der Frauen mit dem Leben, das man ihnen aufgezwungen hatte.

Auch Trudi war da gewesen, um sich *Die Hindenburgknolle* anzuschauen, und hatte Isi danach zugeraunt: »Endlich traut sich mal eine!« Dabei hatte sie breit gegrinst, ihr wieder einen Zwanzigmarkschein zugesteckt und war pfeifend davonflaniert.

Isi hatte ihr lächelnd nachgesehen: Sie mochte das Fräulein Trudi.

Bald schon trafen sich die ersten Frauen in kleinen Gruppen, um über die Zustände in Preußen zu diskutieren. Sprachen offen aus, dass sie arbeiteten wie die Sklavinnen, ihre Männer, Brüder, Söhne und Väter in einem sinnlosen Krieg verloren und dennoch nichts zu sagen hatten. Nicht einmal wählen durften sie!

Noch schmorte der Aufstand im Verborgenen, aber ohne dass Isi agitieren musste, hatte sie es geschafft, dass eine Frau nach der anderen es satthatte, sich herumkommandieren, schlecht behandeln oder mundtot machen zu lassen. Was ihr bei ihrem offenen Streikversuch nicht gelungen war, gelang ihr jetzt versteckt – im Kleid eines einfachen Puppentheaters.

Ein Vorfall kurz vor Weihnachten verursachte dann einen ersten lauten Aufschrei der Empörung: Vor den Toren Thorns, halb auf dem Weg zu den Boysens, wurde im Schneesturm eine junge Frau erfroren aufgefunden. Wie viele andere auch war sie in den letzten Monaten stark abgemagert und hatte den Weg zum Gut mit dem Leben bezahlt.

Ein Knecht hatte sie gefunden, als er über ihren vom Schnee bedeckten Körper gestolpert war. Ohne diesen Zufall hätte man das Mädchen möglicherweise erst zur Schneeschmelze entdeckt. Der Mann hatte den Leichnam zurück in die Stadt getragen, wo ein Arzt den Tod durch Erfrieren feststellte, nach einer hungerbedingten Entkräftung.

Sie war gerade mal zwanzig Jahre alt gewesen, und als man in ihrem Zuhause nachsah, fand man dort in der ungeheizten Wohnung einen toten Säugling, ebenfalls erfroren. Ihn hatte die junge Frau in ihrem verzweifelten Versuch, Lebensmittel bei den Boysens zu erbetteln, retten wollen.

Wilhelm Boysen tat alles, um den Vorfall klein zu halten, in der *Thorner Zeitung* gab es nur eine knappe Meldung darüber, aber die Nachricht hatte sich dennoch in Windeseile herumgesprochen.

Wochenlang brach sich der Zorn über diesen Vorfall immer wieder Bahn, denn nicht nur die junge Frau hatte ihr Kind verloren, anderen war es genauso gegangen, wenn auch nicht unter diesen dramatischen Umständen. Die allgemeine Sterblichkeit von Säuglingen und Kleinkindern war angesichts klirrender Kälte und grassierender Mangelernährung in ungeahnte Höhen geschossen. Zudem gab es auch weiterhin fast täglich Post vom Heldentod der Männer, was in den Stuben der Hinterbliebenen alle Hoffnung sinken ließ.

Wilhelm Boysen, sehr um sein makelloses Ansehen besorgt, war mehr und mehr in Bedrängnis geraten, als Gottlieb Beese ihm den rettenden Ausweg anbot.

Er suchte den Alten auf und unterbreitete ihm einen gerissenen Plan, der beiden zugutekommen sollte. Gottlieb wollte im Rat die unmöglichen Verhältnisse anprangern, das Versagen des Staates. Er wollte einen Sturm der Entrüstung entfachen und dann mit folgender Nachricht triumphieren: Er, der Abgeordnete der Herzen, hatte ihn, den Gutsbesitzer der Herzen, dazu gebracht, seinen Leuten in diesen harten Zeiten beizustehen. Ihnen gütiger Vater zu sein und den Bedürftigen Kohle und Nahrung aus den eigenen Beständen zur Verfügung zu stellen.

»Sie werden ein Held sein!«, rief Beese erfreut.

»Aber nicht zu viele Vorräte!«, mahnte Boysen.

Gottlieb nickte: »Selbstverständlich nicht. Ich werde mich dafür einsetzen, dass man Ihnen ein Denkmal baut!«

Der Gedanke gefiel Boysen sehr, und so stimmte er zu, in der Annahme, den Lehrer immer noch wie eine Marionette führen zu können.

Er irrte.

Denn mochte man Gottlieb auch berechtigterweise alle denkbaren Schlechtigkeiten unterstellen, dumm war er nicht. Im Januar 1917 war sein Reichstagsmandat offiziell abgelaufen, aber zu seiner heimlichen Freude zunächst um ein Jahr verlängert worden, denn keiner der Etablierten wollte in Kriegszeiten eine Neuwahl, die linke Kräfte möglicherweise so stark gemacht hätte, dass man unehrenhaft aus diesem Krieg hätte ausscheiden müssen.

Doch Gottlieb wusste von einem Freund im Außenministerium, dass der geplante U-Boot-Krieg des Reichs die USA in diesen Krieg verwickeln könnte. Im Gegensatz zu vielen anderen ahnte er, dass es in diesem Fall wohl kein gutes Ende für Deutschland nehmen würde.

Daher machte er sich seit geraumer Zeit Gedanken, wie er am besten für die Zukunft vorbauen konnte. Wenn dieser Krieg vorbeigehen würde, gäbe es sicher neue Wahlen, und dann sollten sich die Menschen erinnern, wer *immer* für sie da gewesen war. Wenn er in den wenigen Jahren seines Wirkens als Abgeordneter etwas begriffen hatte, dann, wie Politik funktionierte: Man musste Opfer bringen, um erfolgreich zu sein. Natürlich keine eigenen.

Boysens Kalamitäten waren ihm daher ein Geschenk des Himmels.

Ende Februar 1917 dann, anlässlich der jährlichen Feierlichkeiten zu Kopernikus' Geburtstag, erteilte Gottlieb Beese dem ahnungslosen Wilhelm Boysen eine Lektion in moderner Politik, von der Boysen sich nie wieder erholen würde. Vor großem Publikum griff er Boysen scharf an, machte ihn praktisch allein für die Notlage verantwortlich und bezichtigte ihn, als Einziger auf schamlose Art und Weise vom Krieg profitiert zu haben. Er nannte ihn unpatriotisch, egoistisch und grausam. Zählte auf, wie viele Menschen in den letzten Monaten gestorben waren, plusterte die Zahl gehörig auf, denn wer Emotionen schüren wollte, hielt sich nur ungern an Fakten, und verwies schließlich auf das junge hübsche Mädchen, das seinetwegen erfroren sei. Ein junges hübsches Mädchen! Das ihr ganzes Leben noch vor sich hatte!

Boysen saß wie versteinert auf dem Ehrenpodium und starrte Gottlieb entsetzt an. Niemals hatte je jemand gewagt, so mit ihm umzuspringen, und jetzt, wo es passierte, war er geradezu wehrlos. Das Volk aber tobte: Boysen war der Teufel! Hatte er sie nicht alle ausgenutzt? Sie alle darben lassen, während er es sich auf seinem schicken Hof gut gehen ließ? Legte darüber nicht auch Isis Stück Zeugnis ab?

»GENUG IST GENUG!«, schrie Gottlieb.

Noch mehr Jubel!

Endlich einer, der die Wahrheit offen aussprach!

Leichenblass und in der irrigen Hoffnung, die Wogen glätten zu können, stand Boysen auf und versprach kleinlaut und Beeses Plan gemäß, Kohlen und Nahrung aus seinem persönlichen Besitz bereitzustellen.

Doch er machte es nur schlimmer.

Gottlieb sprang vor und schrie: »ALMOSEN! NICHTS ALS ALMOSEN! NACHDEM ER UNS MONATELANG AUSGEPRESST HAT!«

Die Stimmung wurde derart rau, dass der Alte, um seine Unversehrtheit fürchtend, zum Schluss fast alle seine Vorräte verlor.

Wilhelm Boysen war erledigt.

Die Versorgung des Volkes erst einmal gesichert.

Und Gottlieb ein strahlender Held!

Er badete förmlich im Jubel der Menschen, ließ sich als deren Retter feiern und erntete überall so viel Zustimmung, dass er sich über eine Wiederwahl, sollte sie denn irgendwann mal anstehen, keine Gedanken mehr machen musste: Er war Thorns neuer ungekrönter König!

Ironischer Höhepunkt der allgemeinen Verzückung war, dass ausgerechnet Bürgermeister Reschke vorschlug, ihm bald ein Denkmal zu setzen. Oder wenigstens eine Straße nach ihm zu benennen.

Boysens Macht war gebrochen – Gottlieb sah ihm lächelnd nach, als er zitternd vom Podium schlich und heimlich verschwand. Er brauchte den alten Mann nicht mehr. Finanziell unabhängig, politisch auf dem Zenit, in den Augen der Thorner kurz vor der Heiligsprechung.

Er war ganz oben angekommen!

Unten jedoch, unter all den begeisterten Zuhörern und Zuhörerinnen, stand auch Isi und sah zu ihrem im Triumph badenden Vater hinauf. Sie hatte geschworen, ihn zu Fall zu bringen, und endlich wusste sie, wie.

114

Mir war alles vollkommen gleichgültig geworden.

Seit meiner Rückkehr aus Brest-Litowsk hatte ich kaum gesprochen, hatte zuvor meinen Auftrag für die PAGU so schlampig erledigt, dass auch die wenig Lust verspürt hatte, mich noch einmal anzufordern. Die besten Bilder, die ich zu dieser Zeit machte, waren nichtssagend, der Rest in absteigender Qualität unorientiert, unscharf oder unnötig. Ich hatte jeden Sinn für Ästhetik verloren, und es kümmerte mich wenig, dass auch die vielen schreibenden, malenden und filmenden Kameraden sich fragten, warum ich es riskierte, aus dem sicheren Schoß des KPQ hinausgeworfen zu werden.

Monatelang lebte ich wie ein Geist.

Dann aber lief ich an einem regnerischen Tag im Oktober durch ein graues Wien und stand plötzlich vor einem Plakat, das eine große Kriegsausstellung im Kaisergarten des Prater bewarb. Zunächst verzog ich nur angewidert den Mund, doch schließlich trieb es mich doch dorthin.

Über einen Promenadenweg, der die großen geschlossenen Hallen miteinander verband, konnte man durch den Krieg hindurch lustwandeln. Obwohl diese Schau vom KPQ organisiert worden war und ich mich mit Inszenierungen nun wirklich gut auskannte, war ich doch verblüfft über die hinterhältige Perfektion, mit der erklärt wurde, warum wir gewannen und die anderen im Unrecht waren.

Spätestens im Angesicht der Trophäenhalle musste einfach jeder Optimismus und Siegeswillen verspüren. Dort wurde ausgestellt, was das K.-u.-k.-Reich vom Feind alles erbeutet hatte, von Kleinstwaffen bis zur schweren Artillerie. Sogar eine weiße Flagge wurde präsentiert, mit der der Feind angeblich um Aufgabe gefleht hatte. Und als besonderer Bonus: der Königsthron der Serben! Welch ein demütigender Denkzettel für das Volk, das diesen Krieg *verschuldet* hatte!

Heimlicher Höhepunkt der Ausstellung aber waren: echte Schützengräben. Dort konnte auch die Dame von Welt hineinsteigen, sich über Handgranaten, Minenwerfer und Maschinengewehre informieren und im engen labyrinthischen Gewirr lebensrettender Erdkanäle den wohligen Schauer des Krieges auf sich wirken lassen.

Was man nicht anfassen konnte, wurde mit Dioramen oder Fotografien veranschaulicht, nicht wenige davon von mir. So war also auch ich, ohne es zu wissen, Teil dieser Ausstellung geworden. Im Angesicht meiner eigenen Arbeit und bei Lektüre der Berichte über die Ruhmestaten der unschlagbaren Armeen der Achsenmächte, die vorgeblich Millionen von Gefangenen gemacht hatten, sich aufopfernd um ihre Verletzten kümmerten und selbst im Chaos des Waffenganges noch genügend Zeit aufbrachten, sich der Gräberpflege der Gefallenen zu widmen, erwachte ich plötzlich aus meiner Depression und spürte seit Monaten wieder ein Gefühl: Wut.

Auf mich.

Auf diesen Krieg.

Auf das KPQ.

Hauptmann John hatte mir an meinem ersten Tag erklärt, dass unsere Arbeit helfen würde, diesen Krieg zu gewinnen. In Wahrheit aber sorgte unsere Arbeit dafür, dass dieser Krieg überhaupt geführt werden konnte! Krieg war keine Fiktion, die Männer starben zu Millionen, schlimmer noch: Sie verreckten. Das KPQ war nichts als ein großes Theater, in dem Männer wie ich das Schauspiel vom guten Krieg aufführten! Vom edlen Soldaten! Vom unbezwingbaren Verteidiger der wahren Kultur!

Wie vom Donner gerührt stand ich dort in der größten bebilderten Lüge, die die Menschheit je erschaffen hatte, und fand endlich wieder zu mir zurück: Masha war tot. Meine Schuld daran würde mich den Rest meines Lebens begleiten, aber ich hatte die Wahl: daran zu zerbrechen oder dagegen anzukämpfen.

Ich entschied mich für Letzteres.

Sie wollten Kriegsbilder – sie würden sie bekommen.

Monatelang fuhr ich von Frontabschnitt zu Frontabschnitt, fotografierte, was niemand sehen wollte, und entwickelte dabei eine neue Ästhetik, die sich zwischen ungeschminkter Realität und dem albtraumhaften Wahnsinn eines Hieronymus Bosch bewegte.

Im Hochgebirge der Alpen über Triest erlebte ich während der achten und neunten Isonzoschlacht ein solches Elend, eine solche Sinnlosigkeit, dass ich nicht wusste, wie ich diesen Krieg ohne Psychose überstehen sollte. Vor allem die achte Schlacht, die nur drei Tage dauerte, mit insgesamt fünfzigtausend Toten und Verwundeten, war an Irrsinn kaum zu überbieten: All die Menschenleben für ein paar Schützengräben Raumgewinn. Nicht dass die Schlachten davor und danach anders gewesen wären, allein, hier war ich Augenzeuge dieses Höllenritts geworden. Tagsüber das Gemetzel, nachts die Schreie der Verletzten, bis sie entweder von selbst verstummten oder vom Donner neuer Angriffe übertönt wurden.

Aber auch andernorts wurde erbittert gekämpft.

Galizien, der Südwesten Russlands und Rumänien waren ein einziger riesiger Friedhof. Wenn auch nicht so fürsorglich gepflegt, wie das KPQ in seiner Ausstellung hatte glauben machen wollen. Leichen verwesen dort, wo sie gestorben waren, gefressen von Ratten, Vögeln, Käfern und Fliegen.

Da waren von Flammenwerfern verbrannte Menschen, deren Geschlecht man nicht einmal mehr erkannte, die Körper in einer starren Boxerstellung verkrümmt, die die Hitze verursacht hatte.

Frauen, auf dem Boden liegend, ihre Kinder in den Armen haltend, mit aufgerissenen Mündern und verätzten Lungen vom Giftgas, das Zivilist wie Soldat vernichtete.

Einmal fand ich einen toten Soldaten hinter seinem Gewehr liegend. Es war, als zielte er immer noch über Kimme und Korn auf einen Gegner, der längst verschwunden war. Seine Uniform war dreckig, aber intakt, doch unter seinem Helm alles Fleisch verfault: ein Totenschädel, der grimmig das Niemandsland vor ihm verteidigte.

Der Tod war überall.

Ich konnte ihn sehen, riechen, schmecken.

Den Lebenden ging es nicht besser. Da waren Verletzungen, die so unvorstellbar grausam waren, dass ich kaum wagte, sie durch den Sucher anzusehen. Da war ein Mann ohne Gesicht. Es waren unendlich viele Männer ohne etwas: Männer ohne Beine, ohne Arme, aber diesem hatte eine Granate Ober- und Unterkiefer sowie die Nase weggerissen. Er hatte noch Stirn, Augen und Kinn, dazwischen ein Loch, sodass er im Profil aussah, als hätte ein Waldarbeiter einen Holzkeil aus einem Stamm geschlagen.

Das Herzzerreißendste jedoch waren nicht die Verstümmelten, sondern die, die einen Nervenschock erlitten hatten. Junge Burschen, denen die Alten von Ehre und Ruhm und einem fairen Kampf Säbel gegen Säbel vorgeschwärmt hatten. Feine, sanfte Kerle, die nichts ahnend mit einer solchen Brutalität konfrontiert worden waren, dass im trommelfellzerfetzenden Lärm der Schlacht ihr Verstand vor Angst und Entsetzen zersplittert war. Gefangene eines wie Espenlaub zitternden, sich manchmal wild schüttelnden Körpers, bis sie irgendwann aus Erschöpfung starben.

All jene fotografierte ich.

Die Welt sollte sehen, was ich sah. Sie sollte sehen, wie dieser Krieg war, und ihn sofort stoppen. Sie sollte wütend werden!

Empört!

Außer sich – genau wie ich.

Im Sommer 1917 hatte man dann endgültig genug von mir.

Major Sobicka, der Oberst John als Leiter der Künstlergruppe abgelöst hatte, warf mich raus. Nicht nur aus dem KPQ, sondern gleich aus der K.-u.-k.-Armee

In Berlin suchte man allerdings händeringend nach erfahrenen Fotografen und Kameramännern: Ende Januar war hier die BUFA gegründet worden, die auf Ludendorffs Geheiß bald in Universum Film AG, UFA, umbenannt worden war. Sobicka bot sich somit ein eleganter Weg, mich loszuwerden, ohne mich an die Front schicken zu müssen.

So kam ich an meinen nächsten Auftrag.

Riga.

115

Während für mich der Krieg mit Mashas Tod begonnen hatte, war er für Artur mit Jānis' Ableben zu Ende gegangen. Zumindest glaubte er das. Niemand suchte sie, niemand verdächtigte sie, niemand verfolgte sie. Larisa und er erlebten einen stillen Winter, während sich nicht weit vor ihrer Haustür und ohne ihr Wissen ein Sturm zusammenbraute: Unzufriedenheit, Mangel und Hunger formten in der russischen Bevölkerung den Willen, das System zu ändern, die Gegebenheiten nicht mehr hinzunehmen und sich endlich gegen das Unrecht aufzulehnen. In den großen Städten litten die Menschen am meisten, während gleichzeitig die Bereitschaft, das Vaterland zu verteidigen, ins Bodenlose fiel. Es gärte in der Bevölkerung, und der harte Winter schürte den Hunger. Das Land war am Boden, die Menschen waren verzweifelt und vor allem: kriegsmüde.

Die russische Armee befand sich in einem Zustand der Auflösung, was sich nicht nur in überhandnehmenden Disziplinlosigkeiten und zahlreichen Desertionen zeigte, sondern auch im Unwillen, auf das eigene desperate Volk zu schießen, wie sie es noch beim Aufstand von 1905 getan hatte. Es brauchte nicht mehr viel zu einer Revolution, was das Deutsche Reich mit geschickter Diplomatie und viel Geld ausnutzte: Im Winter 1917 bereitete sich dank deutscher Hilfe ein kleiner gedrungener Mann mit rotem Haarkranz auf seine triumphale Rückkehr nach Russland vor, der den Krieg im Osten entscheidend beeinflussen würde: Lenin.

Das, was Artur und Larisa also für einen wundersamen winterlichen Frieden hielten, in dem ihre kleinen Raubzüge so leicht wie nie geworden waren, war in Wirklichkeit nur ein kleiner Spalt, um den herum krebsartig die Wut wucherte. Jahrhunderte der Unterdrückung, Ignoranz und Grausamkeit hatten den Willen weißglühend geschlagen, sich dies alles nicht mehr gefallen zu lassen.

Die beiden aber glaubten, von der Welt vergessen worden zu sein, und existierten doch nur im Auge eines aufziehenden Sturms.

Sie blieben allein und liebten sich.
Und so wurde in langen Nächten aus zwei Seelen: eine.
Und aus einer: drei.

Im März 1917, mit den ersten Schneeschmelzen, ereigneten sich also zwei Dinge gleichzeitig: Larisa wurde schwanger, und die erste russische Revolution brach aus, verpuffte jedoch gleich wieder, ohne dass die grundsätzlichen Probleme gelöst wurden. Der Zar und seine Familie waren zwar inhaftiert worden, Adel und Offiziere aber kehrten auf ihre Positionen zurück, denn Russland stand immer noch im Krieg, und ohne Führung war eine Verteidigung des Vaterlandes nicht möglich. Doch die einfachen Soldaten, mittellosen Bauern, Arbeiter und Leibeigenen hassten die hohen Herrschaften nach wie vor in gleicher Weise, wie die sie verachteten.

Artur dagegen fühlte ein ungekanntes überberstendes Glück. Eine Weile noch gingen er und Lauris ihren *Tätigkeiten* nach, dann aber kam der Sommer, und er genoss die Zeit mit ihr. Es ging ihnen vergleichsweise gut, die Felder waren bestellt und Soldaten kaum noch zu sehen. Eine Weile spielte Artur sogar mit dem Gedanken, seine frechen Diebstähle auch im Sommer durchzuführen, so mühelos waren sie im Zuge der Revolution und der damit einhergehenden Auflösungserscheinungen geworden, dann aber lehnte er sich zurück und entspannte sich: warum ein Risiko eingehen?

Währenddessen hatte der neue russische Ministerpräsident Alexander Kerenski die Disziplin mühevoll wiederherstellen können, aber die große Sommeroffensive, die seinen Namen trug und Russlands Kriegsglück wenden sollte, verwandelte sich in eine Katastrophe. Brutale Kämpfe und entsetzliche Verluste entfachten neue Wut auf das alte System und brachten die Bolschewiki ein weiteres Mal in Stellung. Sie lauerten auf ihre Chance, und es würde nicht mehr lange dauern, da würden sie sie auch bekommen.

Larisa dagegen, mittlerweile kugelrund, erwartete das Kind Mitte Dezember. Eine alte Frau aus Hinzenberg, die auf geradezu unheimliche Weise immer richtiglag und daher den Beinamen *Ragana*, Hexe, trug, hatte ihr einen Jungen prophezeit.

Einen Namen hatten sie schon: Kārlis.

So kam der August, ohne dass Artur ahnte, was sich vor seiner Nase zusammenbraute. Das Deutsche Reich holte zum großen Schlag aus und zog seine Truppen im Nordosten zusammen.

Sie setzten an zum großen Sprung.

Riga.

116

So amüsant Fräulein Trudis Auftritte stets waren, hatten sie in Isi doch etwas Schmerzliches ausgelöst, denn sie machten ihr bald bewusst, wie einsam sie war. Schon vor ihrer Haft hatte sie außer Artur und mir kaum andere Freunde oder Freundinnen, danach dann gar keine mehr. So gab es immer öfter Momente, in denen sie sich jemand Vertrautes gewünscht hätte, jemanden, mit dem sie Sorgen und Nöte besprechen, aber auch Schönes hätte teilen können. Jemanden wie die unerschrockene, nur zwei, drei Jahre ältere Trudi, die Isi sich sehr gut als Weggefährtin vorstellen konnte.

Und tatsächlich freundeten sich die beiden an: Sie begannen, sich auch außerhalb des Theaters zu treffen. Dabei zeigte sich, dass Trudi nicht nur derb sein konnte, sondern auch mitfühlend und intelligent war, sodass ihre Gespräche vor Witz und Ironie funkelten und sie beide oft in lautes Gelächter ausbrachen.

Aber manchmal war das Schicksal ein launisches Scheusal, und so kam es, dass es ausgerechnet Trudi war, die Isi mit ihrem neuen Stück bis ins Mark hinein verletzte.

Verletzen musste.

Schuld daran war – wie so oft – ihr Vater Gottlieb.

Sein Triumph über Wilhelm Boysen diente ihm nicht nur zur Pflege seines aufgeblähten, im Grunde aber vollkommen ausgehöhlten Selbstwertgefühls, sondern war vor allem Teil eines Plans, der ihn steil die Karriereleiter hinaufklettern lassen sollte. Jetzt, wo sein Stern im ganzen Kreis Marienwerder hell strahlte, wollte er sich alles holen, dessen er nur habhaft werden konnte. Eine Weile bangte Bürgermeister Reschke ziemlich um sein Amt, aber Gottlieb hatte viel höhere Ziele, als bloß ein großer Fisch in einem winzigen Teich zu sein.

Für ihn war nur eine Stadt groß genug, und das war: Berlin. Einen Fuß hatte er als Reichstagsabgeordneter bereits hineingesetzt, jetzt galt es, die Zukunft zu gestalten, denn irgendwann würde dieser Krieg enden und Millionen Männer würden tot sein. Millionen, die ihm nicht mehr in die Quere kommen konnten. Alles, was er dazu noch brauchte, war Geld.

Oder einen Adelstitel.

Letzterer schien unerreichbar, denn obwohl er einiges vorweisen konnte, blieb der Adel doch lieber unter sich. Jedenfalls der, der zu höheren Weihen berechtigt hätte. Die niederen Ränge wären schon möglich gewesen, aber die Tore in den Hochadel wären ihm damit genauso verschlossen wie ohne einen Titel.

Daher also: Geld.

Gottlieb dachte an eine erneute Heirat.

Und als ihn dann die Unternehmerfamilie Granderath zu Tee und Gebäck einlud, da witterte er seine große Chance, denn die Granderaths hatten Geld und vor allem eine unverheiratete Tochter: Gertrud, genannt Trudi. Deren gesellschaftliches Auftreten ließ zwar zu wünschen übrig, aber sie war jung, üppig, und ihr Vater würde sie, wenn er es nur geschickt genug anstellte, mit einer derart unanständig hohen Aussteuer versehen, dass er sie auch genommen hätte, wenn sie nur ein Bein und ein Glasauge gehabt hätte.

So zog Gottlieb bei seinem ersten Besuch, bei dem er sich nur mit Herrn Granderath traf, alle Register.

Sein Freund im Außenministerium verwandelte sich des Wohlklanges wegen schnell in den Außenminister selbst: Artur Zimmermann, ein strammer Ostpreuße und erster Nichtadliger auf diesem Posten, etwas, was sich Gottlieb sehr gut für sich selbst vorstellen konnte. Natürlich war ihm auch Reichskanzler von Bethmann Hollweg bestens bekannt, wobei er auslieβ, dass er *allen* Deutschen in seiner Funktion als Kanzler bekannt war. Dazu kamen eine ganze Reihe hochgestellter Persönlichkeiten aus dem Reichstag, die wie er ihren Dienst fürs Vaterland leisteten.

Das alles verfehlte bei seinem Schwiegervater in spe seine Wirkung nicht. Und so wurde aus der Einladung zum Tee gleich eine zum Abendessen, bei der er dann auch Trudi offiziell kennenlernte. In der Folge ging er bei den Graneraths ein und aus und suchte auffällig die Nähe zu Trudi, mit der er lange Spaziergänge unternahm. Und er wusste sie zu beeindrucken. Bald schon träumte sie von Berlin, von rauschenden Bällen und schillernden Persönlichkeiten.

Als ihm die Zeit reif schien, hielt er bei ihrem Vater um ihre Hand an.

Zu Gottliebs Entzücken stimmte Theodor Granerath zu.

Währenddessen feilte Isi an ihrem Stück, das nur noch wenig mit aktueller Politik zu tun hatte und nur bedingt mit den heimischen Ungerechtigkeiten, obwohl es sich mehr als angeboten hätte: Die Zeitungen in der ersten Jahreshälfte 1917 waren voll mit Berichten von Arbeiterstreiks, Hungerdesastern und über die Überlegungen des Kaisers zur Abschaffung des Dreiklassenwahlrechts Preußens. Das alles musste jetzt warten.

Zuerst würde sie ihren Vater zur Strecke bringen.

Als dann das Aufgebot für die Hochzeit bestellt wurde und Trudi ihr freudestrahlend mitteilte, dass sie bald schon *Frau Reichstagsabgeordnete* werden würde, da wusste sie, dass sie schnell handeln musste, bevor er für sie unerreichbar wurde.

Die Hochzeit sollte im August stattfinden, und alles, wirklich alles, was Rang und Namen hatte, war dazu eingeladen, außer natürlich den Boysens und Isi selbst. Etwa eine Woche davor aber wollten die beiden nach guter Tradition einen Polterabend feiern, bei dem ordentlich Geschirr zerbrochen werden sollte, auf dass es der Ehe Glück brächte.

Da wusste Isi, was zu tun war.

Doch ihren Plan umzusetzen, würde bedeuten, dass sie jemanden ihrer Rache wegen opferte, der das nicht verdient hatte: Trudi.

Schweren Herzens beschloss sie dennoch, ihre einzige Freundin anzulügen, und beruhigte ihr schlechtes Gewissen damit, dass sie Trudi eine albtraumhafte Ehe ersparen würde. Dennoch schmerzte sie der Entschluss wie Trudi später dessen Ergebnis.

Sie trafen sich, und Isi machte Trudi einen Vorschlag, von dem sie wusste, dass sie ihn nicht ablehnen würde.

Sie fragte: »Was hältst du davon, wenn ich zu eurem Polterabend ein Stück aufführe?«

Trudi war begeistert: »Wirklich?! Das wäre ja fantastisch! Bitte etwas Lustiges!«

Isi nickte: »Aber natürlich. Es wird das Lustigste, was ich je gemacht habe! Aber du darfst niemandem etwas sagen: Es soll eine große Überraschung werden!«

»Ich werde schweigen wie ein Grab!«

»Sag meinem Vater nicht, dass ich komme. Du weißt, wir haben kein gutes Verhältnis.«

Trudi hob drei Finger und antwortete feierlich: »Ich schwöre es!«

»Gut, ich verschwinde auch gleich nach dem Auftritt, dann habt ihr das Fest wieder für euch allein.«

»Willst du dich nicht mit ihm versöhnen, Isi?«, fragte Trudi mitfühlend.

Isi schüttelte den Kopf: »Lass nur, Trudi. Das geht schon in Ordnung!«

Da nickte sie, dann legte sie gerührt ihre Hand auf die Isis: »Du bist so eine gute Freundin! Ich danke dir!«

Isi schluckte.

Sie würde endlich bekommen, was sie wollte.

Und fühlte sich dabei so schlecht wie nie.

117

Lauris rauschte am Vormittag des 2. September mit seinem eigenen Pferd und Fuhrwerk auf den Hof und versprach Artur einen Raubzug, der sie alle reich machen würde. Noch in der Nacht zuvor hatte er mit einem einfachen Soldaten gezecht, der ihm im Zustand übler Trunkenheit verraten hatte, dass die Armee ihre Nachschubfarmen um Hinzenberg herum aufgegeben hatte und die Wachen an die Front beordert worden waren. Das alles war so schnell vor sich gegangen, dass sie nur die geschlachteten Tiere hatten mitnehmen können, die lebenden dagegen zurücklassen müssen. Der Soldat war daraufhin – auch das ein Geheimnis einer promillereichen Nacht – desertiert.

»Ich komme zurück!«, hatte er vollmundig angekündigt. »Aber als Bolschewik, und dann werde ich alle zur Rechenschaft ziehen, die uns das hier angetan haben.«

Zu Lauris' Enttäuschung war Artur nicht ganz so begeistert wie er selbst. Seit den frühen Morgenstunden des Vortages war er in Sorge. Sie hatten in der Ferne gewaltigen Artilleriebeschuss gehört, so heftig, dass Artur annahm, die Deutschen hätten damit einen Angriff eingeleitet. Lauris aber beruhigte ihn und sagte, dass sie dazu erst einmal die Düna überqueren müssten, und das wäre – ohne eine einzige bestehende Brücke – nur sehr schwer zu schaffen.

»Wir können uns die ganzen Vorräte und das Vieh schnappen, Artur. Einfach alles. Schweine, Rinder, Hühner. Wir müssten nie wieder raus und klauen!«

Die Versuchung war da.

Artur blickte die schwangere Larisa an, die aber nur abwinkte und sagte: »Mach dir keine Sorgen um mich. Holt euch, was ihr kriegen könnt. Heute schaffen es die Deutschen sicher nicht mehr über den Fluss. Und bis sie da sind, haben wir das ganze Fleisch eingepökelt und versteckt.« Sie schlang ihre Arme um seinen Hals. »Und dich verstecken wir bis dahin auch noch.«

So war es also entschieden.

Mit zwei Fuhrwerken verließen sie den Hof.

Gegen Mittag fragte Larisa sich, ob der Kanonendonner näher kam, aber ein flüchtiger Blick über das Land zeigte nichts Verdächtiges, sodass sie wieder zurück ins Haus ging, um die Mittagspause für ein kleines Schläfchen zu nutzen: Ihr Bauch glich bereits jetzt einem Heißluftballon, und ihre Füße waren ständig geschwollen.

Sie erwachte erst am späten Nachmittag, als sie von draußen wilden Hufschlag heranfliegen hörte. Aufgeschreckt sprang sie auf und trat auf den Hof, als vor ihr ein Trupp Soldaten einritt.

Deutsche.

Erschrocken hob sie die Hand vor den Mund: Sie hatten es wirklich über die Düna geschafft! In kürzester Zeit übergesetzt und Riga offenbar schon umzingelt. Das hier schien ihr keine Einsatztruppe zu sein, denn der Offizier, der sie anführte, trug nicht die grau-grüne Uniform kämpfender Einheiten, sondern ein wunderschönes Blau mit gelb-roter Gardelitze, blauer Mütze mit rotem Besatzstreifen und breiten Epauletten.

»ABSITZEN!«, befahl er knapp.

Seine Männer gehorchten aufs Wort.

Er selbst ließ sich von einem Adjutanten vom Pferd helfen, trat an Larisa heran, warf dann einen Blick über den ganzen Hof und seufzte schließlich theatralisch: Das alles schien nicht besonders viel wert zu sein.

»Durchsuchen!«, rief er.

Dann trat er vor Larisa und fragte: »Wo sind deine Vorräte?«

Larisa gab sich verständnislos.

»*Aktsii?!*«

Larisa schüttelte den Kopf.

»Na ja, wir werden sehen ...«

Kurze Zeit später kam einer seiner Männer und führte den Rappen heran, den Artur im Stall hinter dem Maisfeld versteckt hatte.

»Major Boysen! Melde gehorsamst: Keine Vorräte gefunden, dafür aber den hier!«

Boysen tätschelte den Hals des Pferdes, wobei sein Blick ganz versonnen wurde: Was für ein wundervolles Tier!

»Wo hast du den her?«, fragte er Larisa.

Er zeigte auf das Pferd.

Die Frage wäre auch zu verstehen gewesen, wenn sie nur Russisch oder Lettisch gesprochen hätte, dennoch gab sie sich weiter unwissend und zuckte mit den Schultern.

Boysen lächelte überlegen und rief: »Stellt alles auf den Kopf! Wer so ein Pferd besitzt, der hat noch mehr!«

Seine Männer schwärmten aus, einige davon direkt ins Haus, wo sie wie die Barbaren alles umkippten und auseinanderrissen. Sie fanden das Gewehr, auch einiges von Artur, aber sonst nichts von wirklichem Wert.

Boysen bekam Meldung davon und trat merklich unzufrieden wieder vor Larisa: »Wo ist der Rest?«

Larisa sah ihn trotzig an.

Daraufhin zog er sich aufreizend langsam die Handschuhe von den Fingern, um sie dann hart ins Gesicht zu schlagen.

»Ich frage nicht noch mal, du russische Hure!«

Sie spürte etwas Blut auf der Zunge und einen unangenehmen Schmerz auf den Lippen, aber mehr noch als das: glühenden Zorn über die erlittene Demütigung. Die alte Larisa hätte alles über sich ergehen lassen, den Blick gesenkt und sich selbst dann nicht gewehrt, wenn die Männer beschlossen hätten, sich an ihr zu vergehen. Aber die alte Larisa war mit ihrer Tochter gestorben und die neue Larisa an Arturs Seite zu einer Frau herangewachsen, die sich weder herumschubsen noch von einem Feind einschüchtern ließ. Sie hatte gesehen, was möglich war, wenn man sein Leben wie Artur lebte, und sie wollte, dass er wusste, dass er eine stolze, unbesiegbare Frau an seiner Seite hatte, die alles für ihn und ihre Familie tun würde.

»Brennt alles nieder!«, rief Boysen, ohne den Blick von Larisa zu wenden.

Sie starrte ihn so hasserfüllt an, dass Boysen, vorübergehend irritiert, plötzlich erstaunt ausrief: »Du verstehst jedes Wort, nicht wahr?«

Larisa schwieg, doch ihr Gesichtsausdruck schien sie erneut zu verraten.

Boysen beugte sich zu ihr vor und flüsterte: »Na, wen haben wir denn hier? Etwa eine Spionin?«

Er trug einen Dolch an seinem Koppel, das hatte sie bereits gesehen, als er von seinem Pferd gestiegen war, doch würde sie ihn schnell genug greifen können?

»Wo ist dein Mann?«

Die Frage überraschte sie – Boysen sah es sofort.

»Vielleicht warten wir hier auf ihn? Ich wette, er hat uns eine Menge zu erzählen!«

Alles durfte passieren, nur nicht, dass Artur den Deutschen in die Arme lief! Also entschied sie sich, und zwar blitzschnell: Sie spuckte Boysen ins Gesicht, und als der sich angewidert mit dem Ärmel über die Wange streichen wollte, griff sie nach dem Dolch, zog ihn heraus und stach zu. Boysen jedoch hatte instinktiv ihre Bewegung wahrgenommen und sich bereits zur Seite gedreht, als Larisas Hand vorschnellte. Dennoch erwischte sie ihn am Rippenbogen, aber die Klinge drang dort nicht besonders tief ein, sondern glitt ab und steckte im nächsten Augenblick in der Holzwand ihres Hauses. Bevor sie sie wieder herausziehen konnte, rammte Boysen ihr den Ellbogen ins Gesicht: Sie stürzte nach hinten und landete auf dem gestampften Boden vor dem Haus.

Ihre Hand war leer, das Messer lag zu Boysens Füßen.

Der befingerte seine Rippen und sah mit einer Mischung aus Überraschung, Empörung und hochschießender Wut, dass Blut auf den Kuppen schimmerte. Rasend zog er mit der anderen Hand seine Ordonnanzwaffe aus der Pistolentasche, trat über Larisa und schoss ihr zweimal ins Gesicht.

Einen Moment stand er noch entrüstet über ihrer Leiche, dann aber entspannten sich seine Züge: Kontrolle. Ein Offizier war überlegen, hatte auch in brenzligen Situationen immer ein Vorbild zu sein. So steckte er betont lässig die Pistole wieder ein, packte den Rappen am Zaumzeug, stieg auf sein Pferd und rief den anderen zu: »NIEDERBRENNEN!«

Er ritt davon, während Haus und Felder in Flammen aufgingen.

Nur Larisa lag ganz still auf dem Boden.

118

Die Stimmung hätte kaum besser sein können, was nicht allein dem freudigen Anlass geschuldet war, sondern vor allem dem guten Essen, das die Granderaths, trotz der großen Not im Land, gegen viel Geld hatten organisieren können.

Trudi nahm viele, viele Glückwünsche entgegen, und sie amüsierte sich über die Tatsache, dass sie auf einmal so viele Freundinnen hatte, denn noch zur Schulzeit war sie aufgrund ihres lauten Wesens den anderen Mädchen reichlich suspekt gewesen. Trotzdem freute Trudi sich, dass sie alle gekommen waren, auch wenn sie nur allzu gut wusste, dass ihr keine von ihnen wirklich wohlgesonnen war.

Sie war sehr glücklich damit, dass sie mit Gottlieb Beese einen so guten Fang gemacht hatte, und war im Vorfeld nicht müde geworden, jeder einzelnen ihrer neidgrünen Kameradinnen zu erzählen, dass sie nach Berlin gehen und in Zukunft mit dem Außenminister oder Kanzler speisen würde. Da machte es auch nichts, dass die ganzen unverheirateten Backfische hinter ihrem Rücken lästerten, ihr Zukünftiger wäre ein Greis, im Gegenteil: Trudi nahm es als Bestätigung dafür, dass sie mit ihrer Wahl ins Schwarze getroffen hatte und ihre Zukunftsaussichten blendend waren.

Sie hatten das größte Lokal in Thorn angemietet, das Gasthaus *Deutsche Krone* in der Brückenstraße, zwischen Neustädtischem und Altstädtischem Markt, das vor dem Krieg ständig ausgebucht gewesen, in dem ein Fest nach dem anderen gefeiert worden war und das jetzt kaum noch Gäste begrüßen durfte. An normalen Tagen waren mittlerweile ganze Teile des großen Restaurants mit Tüchern abgedeckt, während Stellwände den Raum künstlich verkleinerten, damit sich die wenigen, die es sich noch leisten konnten, nicht vollkommen verwaist darin vorkamen.

Jetzt aber war alles herausgeputzt, jeder Tisch eingedeckt, und im großen Saal, hinter dem Speiselokal, wartete noch die besondere Überraschung, die die Braut allen Gästen versprochen hatte.

Während Trudi also im hinteren Teil des Speiseraums mit den Damen und Töchtern der Gesellschaft Hof hielt, stand Gottlieb im Frack bei den Ehemännern und Großvätern vorne an der Theke, rauchte zufrieden Zigarre und prostete Theodor Granderath zu, *dem lieben Theo*, wie er seinen zukünftigen Schwiegervater nach der Bekanntgabe der Aussteuer fast schon zärtlich nannte. Nach der Eheschließung würde er ein gemachter Mann sein: Berlin war jetzt so nah! In zehn Jahren könnte er Minister sein. Wenigstens aber Staatssekretär. Oder vielleicht auch Direktor einer großen Verwaltung wie der Reichsbahn. Die Möglichkeiten waren schier endlos.

Einzig das schlechte Benehmen seiner Zukünftigen machte ihm Sorge. Er würde sie wohl oder übel eine ganze Weile schwanger halten müssen, damit sie gar nicht erst die Gelegenheit haben würde, ihn in der feinen Gesellschaft zu blamieren. Vielleicht starb sie ja im Kindbett? Verlockende Vorstellung.

Doch was immer auch die Zukunft bringen würde, heute würde erst einmal gefeiert: Er, der kleine Lehrer, der selbst von der eigenen Mutter verachtete Bastard, hatte es geschafft! Dieses Gefühl war so unbeschreiblich, dass ihm die Tränen in die Augen schossen.

»Aber was ist denn nur, mein lieber Gottlieb?«, fragte Theodor Granderath besorgt.

Gottlieb wischte sich die Tränen verschämt zur Seite und antwortete: »Ach nichts, ich bin nur so glücklich, mein lieber Theo! Ich hätte nicht gedacht, dass ich das nach dem Tod meiner geliebten Frau je wieder sein könnte!«

Das ließ selbst die deutschnationalen Männer, die um ihn herumstanden, nicht kalt, und jeder drückte ihm mitfühlend die Hand.

»Ich danke euch so sehr, meine lieben Freunde!«

Sie bestellten Schnaps und tranken auf Gottliebs und Trudis Wohl.

Dann wurde aufgetischt, und viele *Oohhs* und *Aaahs* sprangen von Tisch zu Tisch, während alles bis auf den letzten Bissen verspeist wurde. Endlich erhob sich Trudi, schlug mit einer Gabel gegen ihr Kristallglas und bat in die entstandene Stille: »Sehr verehrte Damen, sehr verehrte Herren, liebe Gesellschaft, bitte folgt mir jetzt in den Saal!«

Es gab erregtes Gekicher und neugieriges Geflüster, als alle aufstanden und im Saal Platz nahmen, wo für die Damen bereits Stühle im Halbkreis um Isis Puppentheater aufgestellt worden waren.

Freudige Ausrufe überall!

Viele hatten von dem Puppentheater gehört, wenn auch dank Isis strenger Einlasspolitik keine je einem Stück beigewohnt hatte. Aber jetzt waren sie alle voller Vorfreude auf die Vorstellung.

Nur einer nicht.

Gottlieb.

Ihm war, als stünde dort kein Puppentheater, sondern ein bunt bemaltes Tor zur Hölle, hinter dem seine garstige Tochter lauerte. Und das war ganz sicher keine gute Nachricht. Weder für ihn noch für die Granderaths.

»Na, jetzt bin ich aber gespannt!«, zwinkerte ihm Theodor zu.

Und Gottlieb dachte nur: *Das ist nicht gut. Das ist gar nicht gut.*

Stille senkte sich über die sitzenden Damen und die dahinter stehenden Herren.

Der Vorhang öffnete sich – das Spiel begann.

Es zeigte einen Lehrer in seinem Bemühen, seine drei Töchter unter die Haube zu bringen. Obwohl fast mittellos und zudem noch geizig wie ein Schwabe, träumte er sich selbst in die feine Gesellschaft, aber seine Töchter verliebten sich nur in arme Teufel. Er tobte und zeterte, und den armen profilierungswütigen Lehrer so strampeln zu sehen ließ das Publikum herzhaft lachen.

Dann aber versickerte die gute Laune von Minute zu Minute, denn der witzige Buffo des Stücks verwandelte sich in einen gemeinen Schläger, der Frau und Kinder verprügelte und sie für sein Leid verantwortlich machte. Vor allem seine Jüngste schien er als eine einzige Schande zu empfinden. Um sie zu strafen, ließ er ihren Hund töten.

Doch im Gegensatz zu ihm gelang es der Tochter, ein Geschäft aufzubauen, und plötzlich wurde sie erfolgreich. Er dagegen versuchte, ihr Geld zu stehlen, und warf sie, als der Krieg sie mittellos gemacht hatte, kaltherzig aus dem Haus. Mithilfe des Sohnes eines Großgrundbesitzers sorgte er schließlich dafür, dass sie inhaftiert wurde.

Dann aber schien auch ihm das Glück endlich hold zu sein: Er ergriff eine politische Karriere. Seine Ehefrau aber erkrankte an Krebs, und weil er sie hasste, verweigerte er ihr die Schmerzmittel, schloss sie in ihrem Zimmer ein und ließ sie dort unter schlimmsten Schmerzen krepieren. Der Tochter versagte er daraufhin die Teilnahme an der Beerdigung und weinte dann am Grab seiner Frau Krokodilstränen.

Niemand lachte mehr.

Alle folgten entsetzt dem Stück.

Gottlieb hatte sich bereits seit geraumer Zeit vorsichtig umgesehen, aber er stand so ungünstig, dass er keine Chance hatte, unauffällig zu verschwinden.

Das Finale: Der Lehrer vernichtet seinen alten Mentor, den Großgrundbesitzer, mit einer hinterhältigen Falle und wirbt dann um die Tochter eines reichen Händlers, denn er braucht dringend Geld für seine ehrgeizigen Ziele. Die zukünftige Familie hält er für provinzielle Idioten, lieber heute als morgen will er ihnen den Rücken kehren.

An dieser Stelle fühlte Gottlieb die Blicke des lieben Theos auf sich brennen, doch wagte er nicht, zu ihm herüberzusehen.

Nach der Eheschließung schubst er seine frisch angetraute Gemahlin vor eine Straßenbahn und reist triumphierend nach Berlin ab.

Der letzte Teil war natürlich eine Erfindung Isis, wenn auch eine Volte, die sie ihrem Vater zutraute. Es hätte ihrer nicht mehr gebraucht, denn Trudi saß schon davor leichenblass in der ersten Reihe, genau wie die anderen geschockten Damen, die ihre Finger entweder in ihre Spitzentücher oder Handtaschen krallten.

Da trat Isi hinter dem Theater hervor, verneigte sich vor dem stummen Publikum und sagte laut: »Mein Name ist Luise Beese. Und das ist die Geschichte meiner Familie.«

Trudi stand als Erste auf und wandte sich ihrem Verlobten zu. Alle blickten jetzt Gottlieb an.

Ekel, Abscheu, Hass.

Gottlieb ertrank förmlich darin und wusste, dass er daraus nie wieder würde auftauchen können.

»Haben Sie dazu etwas zu sagen, Herr Beese?«, zischte Theodor Granderath.

Gottlieb versuchte, den Blicken auszuweichen, allein, sie trafen ihn von allen Seiten, und so sprang er plötzlich vor, stieß seine Nachbarn harsch zur Seite und drängte rücksichtslos aus dem Raum.

Trudi brach in Tränen aus und drehte sich wieder zurück zur Bühne.

»Bitte verzeih mir, Trudi!«, sagte Isi traurig.

Eine Antwort bekam sie nicht.

Einige der jungen Damen spendeten der geschassten Braut Trost, andere sah Isi noch hämisch grinsen, als sie die allgemeine Unruhe nutzte, um durch den Hinterausgang leise zu verschwinden.

119

Es war, wie Lauris es versprochen hatte: Niemand bewachte mehr die Ställe, und schon an ihrem ersten Halt wartete mehr Beute auf sie, als sie hätten transportieren können. Beide waren sie euphorisch, luden die toten Tiere auf die Fuhrwerke und banden die Rinder hinten an, die sie nicht zurücklassen wollten.

Doch dann sahen sie die Truppen kommen.

Russische Truppen.

Nur ihrem ungeordneten Rückzug hatten sie es zu verdanken, dass sie nicht von ihnen erschossen wurden, offenbar hatten sie reichlich damit zu tun, sich selbst zu retten.

Artur unterdrückte ein Gefühl der Panik: Larisa!

Er spannte seinen Brabanter aus und sprang auf.

Lauris versprach, sich um alles zu kümmern, und rief: »Mach dir keine Sorgen! Ich bringe alles in Sicherheit!«

Artur hatte das schon nicht mehr gehört, sondern war längst auf dem Weg nach Hause. In seiner Verzweiflung begann er, laut zu beten: *Lieber Gott, ich werde alles tun, was du willst, wenn es Larisa und dem Kind nur gut geht! Lass sie nicht für meine Sünden büßen! Ich flehe dich an!*

Erst nach zwei Stunden erreichte er das Wäldchen, doch schon aus der Entfernung sah er Rauchsäulen über den Wipfeln aufsteigen. Auf dem Boden waren frische Hufspuren auszumachen. Im wilden Galopp bog er in den Waldweg und erreichte schließlich den Hof.

Alles war schwarz.

Scheune und Stall Aschehaufen, in denen nur noch ein paar Balken glimmten. Die Felder verbrannt, im Haus züngelten hier und da noch kleine Flammen.

Larisa.

Er sprang ab, stürmte zu ihr, zuckte zurück, als er ihren Kopf sah. Dann warf er sich neben sie, umarmte ihren mächtigen Bauch und weinte, außer sich vor Schmerz. Wie hatten sie sie zugerichtet! Was hatten sie nur getan? Ihr süßes Gesicht.

So hielt er sie und flehte sie an, zu ihm zurückzukommen, aber je länger er sie hielt, desto kühler wurde ihre Haut.

Lange blieb er an ihrer Seite, dann aber ließ er sie los.

Es war zu spät.

Alles war zu spät.

Wankend kam er auf die Beine und sah sich um: Da war ein Messer zwischen den verkohlten Resten ihres Hauses, Blut an der Klinge. *Sie hat sich gewehrt!*, dachte er voll eines unbändigen Stolzes auf sie. Sie hatte den Offizier, dem dieses Messer gehört hatte, tatsächlich erwischt. Da schloss sich seine Faust eisern um den Griff: Er würde den finden, der das getan hatte, und würde ihn richten!

Es gab nichts mehr sonst, was er noch tun wollte, aber diesen letzten Dienst würde er seiner Frau erweisen: Sie hatten das Pferd gestohlen. Fand er den Rappen, fand er den Mörder seiner Frau und seines Kindes.

In den Resten der Scheune entdeckte er eine fast intakte Hacke, mit der er ein Grab aushob, gleich neben dem ihres ersten Kindes. Larisa dorthin zu tragen, ihren leblosen Körper mit dem zerschossenen Gesicht in das Grab zu legen und zuzuschütten war schlimmer als alles, was er in diesem Krieg gesehen hatte. Zwei verkohlte Bretter bildeten zusammen ein Kreuz, das er schließlich in die frische ausgeworfene Erde rammte: *Larisa, Elizabete und Kārlis. In ewiger Liebe.*

Die Nacht war mittlerweile hereingebrochen, als Artur den Hof auf dem Brabanter wieder verließ. Vor dem Wäldchen fand er die Spuren des Reitertrupps, folgte ihnen zur nächsten Abzweigung und dachte bitter, dass sie ursprünglich wohl diesen Weg hatten nehmen wollen, der zurück nach Riga führte. Sie waren bloß zu früh abgebogen.

Zwei Stunden später konnte er am Horizont die Lichter eines Nachtlagers entdecken. Er sprang vom Pferd ab und verscheuchte es: Nichts brauchte er jetzt noch, nur den Kopf desjenigen, der ihm alles genommen hatte.

Er kam bis auf zweihundert Meter an das Lager heran, dann konnte er in der Dunkelheit die aufgestellten Wachen ausmachen: Ab hier gab es vorerst kein Weiter für ihn.

Er legte sich ins Unterholz und lauerte auf seine Chance.

Am frühen Morgen zogen die Truppen weiter.

Sie waren in Regimentsstärke unterwegs, Kavallerie und Infanterie. Im Laufe des Tages hatten sie erste Berührungen mit dem Feind, Kämpfe, die, je näher sie Riga kamen, umso erbitterter ausgetragen wurden. Die Deutschen trieben ihre russischen Gegner vor sich her und auf die Stadt zu. In ihrem Schatten folgte Artur, bis er auf die ersten deutschen Gefallenen traf. Verwundert stellte er fest, dass seine ehemaligen Kameraden jetzt Stahlhelme statt Pickelhauben trugen. Irgendwann in den letzten beiden Jahren musste es sich wohl beim Oberkommando herumgesprochen haben, wie sinnlos Hauben aus Leder in einem Krieg aus Eisen waren. Dem unglückseligen Soldaten vor ihm, der genau Arturs Größe hatte, hatte es nichts genutzt: Ein Kopfschuss unterhalb der Helmlinie hatte ihn getötet. Kurz entschlossen tauschte Artur die Kleidung mit dem Toten und nahm ihm schließlich die Erkennungsmarke vom Hals: *Anton Reimann, 6. Mai 1895, 2. Garde-Pionier-Bataillon.*

Artur Burwitz war tot – Anton Reimann geboren.

Als die Truppen am Abend Riga erreichten, war Artur wieder Teil von ihnen. Sie drangen kampflos in den Osten der Stadt ein und bezogen dort Stellung. Niemand fragte, wer Artur war, niemand runzelte die Stirn angesichts des wohlgenährten Gefreiten unter den vielen ausgemergelten Steckrübengesichtern. Er trug die richtige Uniform, kennen musste man ihn nicht.

So richteten sie sich ein für die Nacht und stellten Wachen auf. Morgen, spätestens übermorgen würde die Stadt endgültig fallen.

Artur hatte genügend Zeit, sich umzusehen.

Bewegte sich unauffällig im Schatten.

Und fand, was er suchte: seinen Rappen.

Vor einem hübschen bürgerlichen Haus war er angebunden worden. Für einen Moment spielte Artur mit dem Gedanken, dort hineinzugehen, aber vor der Tür standen zwei Wachen, und er hätte nicht gewusst, wie er seinen Besuch sinnvoll begründen konnte. Stattdessen trat er an das Pferd heran, tätschelte ihm den Hals und lächelte dann den Wachen zu: »Was für ein tolles Tier!«

Die nickten ihm zu.

»Wem gehört er?«, fragte Artur, so beiläufig er konnte.

Einer der Soldaten antwortete: »Major Boysen.«

Der Name traf ihn wie ein Hieb in den Magen.

Es kostete ihn alle Kraft, äußerlich unbewegt zu bleiben, den

Rappen weiterhin zu streicheln, um dann gelassen wieder kehrtzumachen: »Gute Nacht, Kameraden!«

»Gute Nacht!«, rief der andere ihm nach.

Boysen.

Boysen.

Boysen.

Seine Fäuste waren so stark zusammengeballt, dass die Knöchel knackten, und er brauchte lange, um sich von dem Schock zu erholen.

Später erbat er sich Papier und einen Bleistift, suchte sich in seinem Quartier eine stille Ecke mit etwas Licht und schrieb einen langen Brief.

An mich und Isi.

Darin brachte er alles zu Papier, was ihm bis dahin widerfahren war, verklausulierte es aber so, dass die Zensur nicht misstrauisch würde, wir aber dennoch verstehen konnten, um was es ging. Schließlich beendete er den Brief mit dem Satz, dass zum Schluss die Gerechtigkeit siegen würde. Und dass nur Gott in seiner unendlichen Weisheit alles verzeihen würde.

Nur Gott würde alles verzeihen.

Er nicht.

120

Den Polterabend hatte Isis Vater wahrlich keine Sekunde zu früh verlassen. Nach dem ersten Schock war die Rotz und Wasser heulende Trudi zwischen den sie tröstenden Damen der Gesellschaft hochgefahren und hatte derart laut »GOTTLIEB!« durch den Raum gebrüllt, dass selbst der liebe, aber jetzt untröstliche Theo und seine zechenden Kameraden an der Theke vor dieser Furie zurückwichen.

Wie eine Panzerfregatte pflügte Trudi durch das Gästemeer, feuerte donnernd den Namen ihres Ex-Verlobten durch die Säle, aber, wohin sie auch kreuzte, sie fand ihn nicht. Was für Gottlieb ein großes Glück war, denn in ihrer Wut hatte sie bereits nach diversen Vasen gegriffen und sie durch den Raum fliegen lassen, wo sie an den Wänden förmlich explodiert waren.

Später marschierte sie mit Teilen der Gesellschaft zur Hohen Straße 6, hämmerte dort gegen die Haustür, aber niemand öffnete. Irgendwann zog sie dann ab, in der Annahme, Gottlieb hätte sich möglicherweise schon nach Berlin abgesetzt.

Das hatte er aber nicht.

Er saß in der guten Stube seines Zuhauses, versteckt vor seiner Ex-Verlobten. Als endlich Ruhe einkehrte, schlich er zum Wohnzimmerschrank und öffnete eine große Klappe, hinter der eine gut sortierte Bar zum Vorschein kam. Daraus zog er eine Flasche Cognac, entkorkte sie und goss sich eine ordentliche Menge in einen Schwenker, die er in einem Zug austrank.

Wieso war die Welt nur so ungerecht?

Wieso gönnte sie ihm nicht seinen kometenhaften Aufstieg?

Wieso bevorzugte sie immer nur die, die sowieso schon alles hatten?

Er schenkte sich erneut ein, während er darüber nachdachte, was noch zu retten war. Lange musste er sich da nicht das Hirn zermartern, denn in einer Gesellschaft, in der vor allem der Schein gewahrt werden musste, stand er vollkommen nackt da, und alles, was seine boshafte Tochter in ihrem Spiel zum Besten gegeben hatte, war mit Sicherheit innerhalb eines Tages in ganz Thorn bekannt.

Niemand würde ihn mehr wählen.

Niemand ihm verzeihen.

Nicht einmal Lehrer würde er noch sein können.

Er war erledigt.

Wieder goss er nach.

Er musste fortziehen, doch wohin? Einzig Berlin fiel ihm als sinnvolle Lösung ein, aber Berlin war riesig, laut, und wenn sein Mandat erst ausgelaufen wäre, stünde er ohne Einkommen da, denn in Berlin kannte ihn in Wahrheit kaum jemand, und einen Niemand wählte niemand.

Frustriert warf er den Schwenker in die Ecke und trank aus der Flasche.

Der Alkohol wirkte schnell und stark.

Bald schon durchfluteten ihn abwechselnd Wut, Trauer, Entschlossenheit, Defätismus und schließlich nur noch Selbstmitleid. Eine neue Flasche öffnend stieg er in den ersten Stock und fingerte im Schlafzimmer seinen Revolver aus der obersten Schublade seiner Kommode. Damals, als er gedacht hatte, Luise hätte ihn bei den Boysens so unmöglich gemacht, dass er alles verlieren würde, hatte er ihn auch schon in den Händen gehalten. Jetzt stand er schon wieder ihretwegen hier, doch dieses Mal war alles viel schlimmer, denn den einzigen Mann, der ihm jetzt noch hätte helfen können, hatte er selbst den Wölfen zum Fraß vorgeworfen: Wilhelm Boysen.

Er trank auch die zweite Flasche aus und war sturzbetrunken.

Aber selbst in diesem Zustand peinigte ihn der Schmerz des eigenen Unterganges. Seine Frackjacke hatte er bereits ausgezogen, das Hemd hing ihm aus der Hose, und die Schuhe hatte er schon unten im Wohnzimmer verloren. Oder auf der Treppe – im Schlafzimmer waren sie jedenfalls nicht.

Schlingernd ging er hin und her und dachte über Lösungen nach, die es nicht gab, betrachtete zärtlich seine Waffe, hielt sie sich gegen den Kopf, nahm sie wieder herunter: Er musste nur den Finger krümmen, und alles wäre vorbei.

Wie hypnotisiert sah er in den Lauf seines Revolvers.

Da stolperte er vorwärts.

Blieb mit dem kleinen Zeh am Bettpfosten hängen.

Jaulte auf.

Griff mit einer Hand nach seinem verletzten Fuß.

Hielt mit der anderen den Revolver.

Hüpfte auf einem Bein.

Kippte nach vorne.

Und drückte ab.

Der Schuss krachte durch die ganze Hohe Straße.
Bald schon klopften aufgeschreckte Nachbarn gegen die Haustür, und als niemand öffnete, brachen sie sie auf und suchten Gottlieb im Haus.
Sie fanden ihn im Schlafzimmer.
Mit einem gebrochenen Zeh und einer Kugel im Schädel.

Für Isi bedeutete der Tod ihres Vaters eine weitere Lektion in preußischer Gesellschaftskunde. Denn der ehrenvolle Freitod wusch Gottliebs Sünden wieder weiß, während das Schmutzwasser über Isi schwappte. Hatte sie den armen Mann zu dieser Tat getrieben? Keiner verlor mehr ein Wort über das, was Gottlieb, sondern nur noch über das, was Isi angerichtet hatte. Plötzlich wurden Stimmen laut, die Isis im Stück erhobene Vorwürfe in Zweifel zogen: Was war überhaupt wahr daran? Wenn der Schluss ihres Stücks frei erfunden war, wer sagte denn da, dass der Rest nicht auch erlogen war? Zumindest aber aufgebauscht? Waren diese kleinen Familienstreitereien überhaupt Grund genug, eine bevorstehende Hochzeit zu ruinieren? Und die unbescholtene Familie Granderath zu demütigen?
Und erst die arme Braut!
Die war ja praktisch Witwe!
So trug Trudi fortan auch schwarz.
Nach anfänglicher Missstimmung gegenüber ihrem Verlobten beklagte sie jetzt, dass sie nicht mit Gottlieb nach Berlin hatte ziehen können, um dort ein Leben in Glanz und Gloria zu führen. Und schnell wurde ihr klar, wem sie das zu verdanken hatte: Isi.
Die hatte alles kaputt gemacht.
Jetzt würde sie es ihr heimzahlen.
Denn sie kannte ja auch Isis andere Theaterstücke.
Und konnte man das erste Stück noch großzügig als Persiflage werten, so war *Die Hindenburgknolle* eindeutig zersetzender Natur, ein aufrührerisches Stück, durchaus majestätsbeleidigend, in jedem Fall aber hetzerisch und revolutionsfördernd.

Gottlieb war also kaum unter der Erde, da traf Isi der volle Zorn einer enttäuschten Braut, und so wurde der Boden unter ihren Füßen sehr schnell heiß: Polizeikommandant Adolf Tessman ließ nach ihr fahnden. Und das, wusste Isi, konnte nicht gut für sie ausgehen.

Eine Weile suchte sie Schutz bei ihr Schwester Gerda, die den Kolonialwarenhändler geheiratet hatte, aber Tessmann war auch dort aufgetaucht, sodass Isi die Fluchtwege ausgingen: Familie Burwitz wurde ebenfalls überwacht und Eva, ihre andere Schwester, hatte sich geweigert, ihr zu helfen. Schließlich schlüpfte sie in der Schneiderei unter, aber sie wusste, dass es nicht lange dauern würde, bis man sie fasste.

Dann, eines Nachts, brannte es in der Hohen Straße: Gottliebs Haus stand lichterloh in Flammen. Und während helle Aufregung herrschte, die Feuerwehr ausrückte und Dutzende Schaulustige sich versammelten, verschwand hinter ihnen eine junge Frau mit einem Koffer und kehrte nie wieder nach Thorn zurück.

121

Die russischen Soldaten taten mir leid.

Nicht zum ersten Mal in diesem Krieg hatten ihre Offiziere einen bevorstehenden Angriff entweder unterschätzt oder billigend in Kauf genommen, dass ihre Leute in Stücke gerissen werden würden. Und da sie ihre Funksprüche immer noch nicht verschlüsselten, war das Oberkommando ihnen stets einen Schritt voraus.

Dabei wäre die Düna ein gutes natürliches Hindernis gewesen, dessen Überwindung jeder Angreifer mit einem entsetzlichen Blutzoll hätte bezahlen müssen, aber schlecht ausgerüstet und allein gelassen von ihren Verbänden, hielt die russische Armee nur kurz stand, dann schon bauten die deutschen Truppen drei Pontonbrücken, über die die Neunzehnte, Zweihundertzweite und Zweihundertdritte übersetzen konnten. Der Sturm war damit frühzeitig entschieden, auch wenn es an bestimmten Stellen noch zu erbitterten Auseinandersetzungen kam, die Tausenden auf beiden Seiten das Leben kosteten. Verglichen mit anderen Schlachten des großen Krieges verlief diese aber glimpflich.

Ich hatte darauf bestanden, mit den kämpfenden Truppen vorzurücken, was mir aber von dem verantwortlichen Offizier verboten worden war, weniger aus Sorge um mein Leben, als vielmehr weil es sonst möglicherweise keine schönen Siegerfotografien gegeben hätte, und diesen Ärger wollte sich der wackere Mann gerne ersparen. Stattdessen folgte ich der vierzehnten Königlich-Bayerischen im sicheren Abstand bis zum Fluss Kleine Jägel, wo sich die Truppen aufteilten.

Ich blieb bei General Niemann, einem schlanken, ordenbehangenen grauen Mann in den Sechzigern, der Riga von Osten her angreifen würde, wobei selbstredend nicht er persönlich das tun würde, sondern seine Soldaten. Im Offizierszelt herrschte gute Stimmung: Riga würde fallen. Die Russen befanden sich auf dem ungeordneten Rückzug oder waren umstellt.

In den Morgenstunden nahm ich noch ein paar Fotografien von Niemann und seinem Stab auf, heroische Feldherrenbilder, dann aber schlich ich mich mit einer kleinen Einheit davon. Wir passierten die schöne Seenlandschaft Lettlands und erreichten bald schon ein kleines Wäldchen, hinter dessen Baumwipfeln ich lichten Rauch aufsteigen sah. Einen Moment war ich versucht, dort hinein abzubiegen, aber der uns leitende Oberleutnant trieb zur Eile an. Am Abend wollten wir zu den anderen aufschließen und am nächsten Tag Riga endgültig einnehmen.

Und zum ersten Mal seit unendlich langer Zeit dachte ich nicht an Tod und Zerstörung. Ich dachte an Papa und an die Schneiderei Friedländer am Domplatz.

Mit dem ersten Sonnenlicht traten alle Truppen in der Nähe des Bahnhofs Alexandertor an, unter ihnen auch ein gewisser Anton Reimann, Gefreiter, in dessen Rocktasche ein langer, an mich adressierter Brief steckte und den niemand gefragt hatte, in welcher Einheit er bislang gekämpft hatte. All jene, die den Sturm bis dahin überlebt hatten, wurden schlicht zu neuen Zügen und Bataillonen zusammengesetzt und ihren Offizieren unterstellt. Ein gefährlicher Moment für jemanden wie Artur, der unerkannt bleiben wollte, aufgrund seiner Größe aber in der ersten Reihe stehen musste, während die Offiziere zusammenstanden und die Lage besprachen.

Boysen lachte offenbar über einen Scherz und fasste sich dabei mit schmerzverzerrter Miene an die Rippen. Es folgten ein paar abschließende Worte, dann ließ er seinen Blick die Reihe der Angetretenen entlang wandern. Artur wandte unauffällig sein Gesicht ab, in der Hoffnung, dass Boysen nicht genauer hinsah. Und der blieb sich treu: Das Soldatenvolk interessierte ihn allenfalls als Staffage für den eigenen großen Auftritt. So ließ er sich von seinem Adjutanten in den Sattel helfen und gab Befehl abzurücken.

Die Einheiten teilten sich auf.

Ihr Zugführer, ein recht junger Feldwebel, erklärte ihnen, dass die Kameraden in drei Stoßrichtungen gegen die Altstadt vorgingen: Nördlich von ihnen im Petersburger Stadtteil über dem kaiserlichen Garten, Güterbahnhof und Trabrennbahn, südlich von ihnen über den Moskauer Stadtteil am Flussufer der Düna entlang und schließlich die Einheiten, denen auch Artur angehörte, über die großen Einfahrtsstraßen Suworow, St. Marien und Alexander. Man war im Allgemeinen guter Hoffnung, dass es keine Feindberührung mehr geben würde, mahnte aber dennoch zur Wachsamkeit: Versprengte Truppen und einzelne Maschinengewehrnester konnten im Häuserkampf großen Schaden anrichten. Bei schwereren Auseinandersetzungen würde die Artillerie vor der Stadt eingreifen, wenn man auch hoffte, dass das nicht nötig wäre, denn in der Hitze des Gefechts traf die auch schon mal die eigenen Leute.

Artur war das alles gleichgültig.

Er hielt nur Ausschau nach Boysen und hoffte auf die eine Gelegenheit, ihn allein zu erwischen. Zunächst aber marschierten die

Fußsoldaten los, während die berittenen Offiziere in gebührendem Abstand folgten.

Sie marschierten versetzt über die Suworow stadteinwärts. Mehrstöckige Häuser, menschenleere Straße.

Gespenstische Stille.

Die ganze Stadt wie ausgestorben.

Nur dann und wann bewegten sich Gardinen in den oberen Stockwerken: Zivilisten, die ängstlich auf die Straße blickten und sich gleich wieder in ihre Zimmer zurückzogen.

Anfangs krampften sich noch Soldatenhände um Gewehre, schritten die Männer geduckt voran, den eigenen aufgepflanzten Bajonetten folgend. Dann löste sich langsam die Anspannung: Die Russen waren fort! Niemand war zurückgeblieben, um eine vollkommen sinnlose Schlacht zu schlagen. Schon sahen sie am Ende der Straße die säulenbewehrte Oper zwischen Bäumen stehen.

Der Feldwebel winkte den Offizieren zu – Boysen gab dem Rappen die Sporen und preschte an den Mannschaften vorbei. Offenbar konnte er jetzt gefahrlos voranreiten, um seine Truppen triumphal in die Altstadt zu führen.

Doch kaum hatte er die Spitze erreicht, knatterte ein Maschinengewehr los: Salven peitschten die Straße hoch, trafen den Rappen und die vorderen Mannschaften.

Dann brach die Hölle los.

Die Deutschen feuerten zurück, standen in der Straße aber wie auf einem Präsentierteller. Geschosse rissen Löcher in Körper und Häuserwände, Scheiben klirrten.

Schreie überall.

Jeder suchte Schutz, während das Maschinengewehr zwischen ihnen hindurchmähte und Soldaten wie Halme niedersenste. Die, die noch konnten, liefen vor dem Feuer davon, aber nur einer ihm entgegen: Artur.

Er hatte Boysen unter seinem Pferd hervorkriechen und in eine schmale Gasse laufen sehen. Kurz darauf erreichte er sie selbst und stürzte sich hinein. Geschosssalven ließen Mauerstaub auf ihn herabrieseln, Querschläger schossen pfeifend und sirrend durch die Gasse.

Dann wurde es ruhig – der Schütze hatte sich umorientiert.

Keine dreißig Meter vor ihm konnte er Boysen sehen.

Wie ein Hase lief er Haken schlagend durch die Gasse – Artur setzte augenblicklich nach.

An der nächsten Kreuzung hetzte Boysen nach rechts, dann wieder links auf die Alexanderstraße zu, die parallel zur Suworow verlief. Artur hinter ihm, den Abstand rasch verkürzend. Erreichte Boysen die Alexanderstraße vor ihm, wäre er gerettet, denn dort patrouillierten ihre eigenen Leute. Schon sahen sie beide die Abbiegung in die Alexanderstraße – Artur war bis auf fünf Meter herangekommen, ohne dass Boysen ihn in seiner wilden Flucht bemerkt hätte.

Im nächsten Moment stürzte Boysen aus der Gasse heraus in die Alexanderstraße.

Hinter ihm fast auf Armlänge Artur.

Sie standen im Feuer.

Geschosse schlugen in den Boden und gegen Häuser, hinterließen hässliche Löcher, während beide sich Schutz suchend zu Boden warfen. Überall lagen Tote auf den Straßen, Blut färbte Staub rot. Eine Maschinengewehrsalve jagte die Straße hinauf und verfehlte beide nur äußerst knapp.

Da war ein Modeladen mit einem großen Panoramaschaufenster auf der rechten Seite – Boysen sprang auf und warf sich gegen die verschlossene Glastür, die daraufhin in tausend Stücke sprang. Dort, zwischen den Scherben, wie durch ein Wunder unverletzt, lag er einige Atemzüge innehaltend. Erleichtert drehte er sich zur Tür: Hier drinnen konnte er das Ende des Angriffs abwarten.

Hier war er sicher.

Er blinzelte.

Und wie durch Zauberei stand da plötzlich im Gegenlicht des Eingangs die Silhouette eines deutschen Soldaten.

Ohne Hast trat er ein.

Im Morgengrauen wurde ich einer Nachhut zugeordnet, die den Sturmtruppen folgen sollte. Deprimiert sah ich die Männer abrücken und hoffte nur, dass ich nicht ihre Leichen würde fotografieren müssen, wenn wir erst die Altstadt von Riga erreichten. Man hatte ihnen gesagt, dass keine Gefahr mehr vom Feind drohe, aber wenn ich eines gelernt hatte in diesem Krieg, dann, dass nur die Lüge wahr war. Mittlerweile wusste jeder, dass es in einem Gefecht nur einen sicheren Platz gab, und der war in direkter Nähe der Kommandantur: Wo ein General, da keine Bombe.

Zu meinem großen Ärger war mir befohlen worden, mir einen erhöhten Standpunkt über der Altstadt zu suchen, um dort bei Ankunft Niemanns und seines Stabs entsprechende Bilder zu machen, die man im Reich propagandistisch nutzen wollte. Was, wenn man mir keine Möglichkeit geben würde, den Domplatz aufzusuchen? Das zu sehen, was Papa sein ganzes Leben in seinem Herzen getragen hatte? Selbst wenn die Schneiderei nicht mehr existierte, was mehr als wahrscheinlich war, wollte ich alles drumherum fotografieren, um es mit den Bildern in meinem Kopf abzugleichen.

Endlich rückten auch wir ab.

Als Einziger war ich nicht bewaffnet, dennoch musste ich weder das Stativ noch den Koffer mit den unbelichteten Glasplatten schleppen. Nur die Kamera hielt ich, den Rest trugen die Soldaten, die mich viele Dinge fragten, vor allem, wen ich schon alles fotografiert hatte. Ludendorff? Hindenburg? Den Kaiser? Ich verneinte und hätte am liebsten geantwortet, dass mir nur *ein* Bild der Genannten gefallen hätte, nämlich das im offenen Sarg, aber ich verkniff es mir.

Plötzlich hörten wir in einiger Entfernung das Knattern von Maschinengewehren, gefolgt von der Erwiderung deutscher Karabiner. Meine Gruppe reagierte erschrocken, blickte nervös um sich, doch hier war es vollkommen ruhig: menschenleere Straßen, das Licht eines schönen Morgens, der stille Schatten über Bürgersteige und Holzfenster warf.

Wieder einmal starben andere.

Irgendwo in den Straßen von Riga.
Zahlen in einer Statistik.
Ich winkte dem Gefreiten mit dem Stativ und dem Obergefreiten mit den Glasplatten zu.
»Da lang!«, befahl ich.
Und lief bereits dem Feuer entgegen.
Der Unteroffizier, der unseren kleinen Zug befehligte, rief mich zurück, aber ich drehte mich nicht um und gab vor, ihn nicht zu hören. Dann bog ich in die nächste Gasse, und meinem Trupp blieb nichts anderes übrig, als mir zu folgen.
Die Schüsse kamen näher.
Doch dann tauchte plötzlich die Altstadt vor mir auf.
Zu meiner Rechten waren die großen Ausfahrtsstraßen St. Marien, Suworow und Alexander. Vor mir die Oper, dahinter der Dom.
Der Dom!
Mein Zug hatte mich mittlerweile eingeholt und Unteroffizier Schmidt mich am Arm gepackt: »Sind Sie verrückt geworden, Mann?«
Ich schüttelte den Kopf: »Nein.«
»Sie kommen sofort mit! Das ist ein Befehl!«
Ich wandte mich ihm zu und fauchte: »Sie befehlen mir gar nichts, Unteroffizier!«
Er war verunsichert.
Mittlerweile war ich zwar Obergefreiter, stand damit aber natürlich immer noch deutlich unter dem Rang eines Unteroffiziers. Aber als Mitglied der UFA genoss ich nun mal gewisse Vorrechte. Und vor allem: einen direkten Draht zur Kommandantur.
»Bitte seien Sie vernünftig!«, bat Unteroffizier Schmidt jetzt schon viel konzilianter. »Wir haben Befehl, Sie sicher in die Stadt zu bringen. Wenn die Sie abknallen, weiß ich nicht, was mit uns passiert ...«
Wieder blickte ich zu den Ausfahrtsstraßen.
Dann nickte ich Schmidt zu: »Gut, zum Dom!«
Damit konnte der Unteroffizier wohl leben, jedenfalls legte er keine weiteren Proteste ein. Wir liefen durch die Gassen der Altstadt: eng zusammenstehende Häuser, Fachwerk, einige recht schief

von der Last der Jahrhunderte, andere wild romantisch wie in einem Märchen. Liebliche Gassen, dann wieder, schöne, aber verdreckte Straßen, in denen viele Geschäfte standen, fast alle allerdings geschlossen, einige mit Brettern vernagelt.

Dann endlich der Domplatz.

Und der Dom.

Groß, aber verglichen mit katholischen Bauwerken doch recht schmucklos. Heimat der evangelisch-lutherischen deutschen Gemeinde Rigas. Eine Mischung aus barockem Turm, gotischem und romanischem Lang- und Querschiff. Um den Dom herum ein großzügiger gepflasterter Platz.

Ich lief die Häuser entlang, die Platz und Kirche einrahmten, und fand die ehemalige Schneiderei sofort. Sie war jetzt ein Modehaus, aber ich kannte die Beschreibungen Papas und wusste, dass es nur dieses Geschäft sein konnte.

Das große Panoramaschaufenster, auf dem nun ein anderer Name stand. Ich aber las: Schneiderei Friedländer.

Fünf Untergebene! Fünf! Kannst du dir das vorstellen?

Die größte Schneiderei von Riga?

Ganz genau!

Ich trat vor das Schaufenster, sah mich als dreizehnjährigen Jungen im Spiegelbild.

Weißt du, wie viele Stiche ich früher geschafft habe?

Wie viele?

Sechzig Stiche in der Minute!

So viele?

Nicht einer weniger!

Ich blickte hinein – das Geschäft war leer. Gähnende Leere. Ohne den Schriftzug auf der Scheibe hätte man nicht gewusst, was hier einmal gewesen war.

Aber ich wusste es!

Deine Mutter, mein Junge deine Mutter! Sie sah aus wie eine Romanow! Wie eine Romanow!

Sie war sehr schön, nicht wahr?

Ach, Junge, was du wieder redest! Sie war unbeschreiblich schön! Alle haben sie bewundert! Einmal hat ihr ein echter Graf den Hof gemacht! Ein echter Graf! Kannst du dir das vorstellen?

Ich sah hinein und hörte seine Stimme. Und antwortete in Gedanken: *Ja, Papa, ich kann mir alles vorstellen!*

Im nächsten Moment explodierte der Dachstuhl eines Hauses rechts von uns.

Steine und Schindeln flogen über den Platz, zerbarsten auf dem Pflaster um uns herum, die wir bereits auf dem Boden lagen.

»Artillerie!«, schrie Unteroffizier Schmidt. »Weg hier!«

Wir sprangen auf und liefen davon, während hinter uns weitere Granaten auf die Stadt herabregneten.

Einen kurzen Augenblick glaubte Falk Boysen, einen Geist zu sehen. Bis ihm dann klar wurde, dass Artur tatsächlich vor ihm stand: Da hätte er alles dafür gegeben, *nur* einem Geist begegnet zu sein. Er war so geschockt, dass er sich nicht einmal rühren konnte, als Artur über ihn trat, ihm die Ordonnanzwaffe aus dem Lederetui zog und sie wegwarf.

»Befördert worden?«, fragte Artur.

»Was ... wieso ... wie ...«

»Wie das möglich ist?«, half Artur aus.

Boysen nickte verschreckt.

Artur antwortete nicht, sondern beugte sich herab, packte Boysen so hart am Revers seiner blauen Uniform, dass die goldenen Knöpfe von ihr absprangen wie Frösche aus einem Tümpel. Mit einem Ruck stellte er ihn auf die Füße.

»Ich bin froh, dass Sie durchgekommen sind, Artur. Wirklich! Sie waren immer mein bester Soldat!«

Artur verzog den Mund und antwortete: »Offenbar nicht gut genug!«

Dann rammte er Boysen seine Faust in den Magen.

Der klappte nach vorne zusammen, röchelnd.

Artur gab ihm Zeit, sich davon zu erholen.

»Ich verstehe ja, dass Sie aufgebracht sind«, stöhnte Boysen schließlich, »aber glauben Sie mir: Ich hatte keine Ahnung, dass Sie auf dieser Brücke in eine Falle laufen würden!«

Artur schlug ihm wuchtig mit der Faust ins Gesicht – Boysen taumelte zurück und fiel über einen Stuhl.

»Fünf Jungs sind tot, die nichts mit der Sache zu tun hatten!«

Boysen rappelte sich auf und schrie: »Ich hatte keine Wahl!«

Artur schlug erneut zu – diesmal flog Boysen geradezu durch den Raum und landete hart auf dem Rücken.

»Man hat immer eine Wahl!«, rief Artur.

Wieder ließ er ihm Zeit, sich zu erholen.

Dann zerrte er ihn hoch: Boysen blutete heftig aus dem Mund, und als er ihn öffnete, konnte man sehen, dass ihm zwei Schneidezähne fehlten: »Genug!«

»Wirklich?«, fragte Artur höhnisch.

»Ich befehle es Ihnen! Sonst wird das Konsequenzen haben!«

Artur rammte ihm seine Stirn ins Gesicht: Boysen spuckte weitere Zähne, ihm schwanden die Sinne.

»Hör auf, Artur. Ich habe einen Fehler gemacht. Ich gebe es zu!«

»Im Krieg werden Fehler gemacht, Herr Major. Und für manche wird man eben bestraft!«

»Ich mache es wieder gut, Artur! Ich schwöre es!«

Artur zog Boysen ganz nah vor sein Gesicht: »Wirklich? Machst du meine Frau wieder lebendig? Mein Kind?«

»Artur …«

»Du wirst ihnen jetzt folgen, du Dreckschwein.«

Boysen versuchte, sich aus dem Griff zu lösen, sie wanden sich beide, bevor Artur ihm wieder derart heftig mit der Faust ins Gesicht schlug, dass er meterweit zurücktaumelte und kurz vor der Schaufensterscheibe auf dem Boden liegen blieb. Blutige Atembläschen bildeten sich über seinen Lippen, zur Gegenwehr war er nicht mehr fähig, als Artur sich über ihn kniete.

»Bitte, Artur!«, flehte Boysen murmelnd. »Ich habe Frau und Kind!«

»Die hatte ich auch!«, schrie Artur.

Dann legte er seine Hände um seinen Hals. Boysen versuchte, sich zu befreien, aber selbst wenn die Schläge zuvor ihm nicht die meisten Knochen im Gesicht gebrochen hätten, hätte er sich nie herauswinden können. Stattdessen öffnete sich sein Mund, und seine Augen traten aus den Höhlen, während Artur zudrückte und spürte, wie er das weiche Fleisch gegen die harten Halswirbel presste.

Er war so konzentriert in seiner Rache, dass er das Geräusch der heranjagenden Granate nicht hörte. Als er es dann doch tat und aufblickte, explodierte sie fast im selben Augenblick vor der Schaufensterscheibe.

Die Druckwelle riss ihn von Boysens Körper.

Scherben sirrten wie fliegende Messer durch die Luft.

Dann war plötzlich alles ruhig.

Irgendwann hatte sich die Artillerie eingeschossen und die wenigen russischen Widerstandsnester vernichtet. Den gefallenen deutschen Soldaten hatte das nichts genutzt, es waren neunundzwanzig, dazu dreiundvierzig Verletzte. Meine Gruppe hatte nichts abbekommen, der eine Häusertreffer ganz in unserer Nähe war der einzige geblieben, ein Ausreißer.

Später dann waren Niemann und sein Stab gekommen und hatten sich von mir fotografieren lassen, wobei ich sehr überzeugend vortrug, dass sie sich auf einer Anhöhe mit dem Rücken zur Kamera aufstellen sollten, um auf die Stadt hinabzublicken. Frei nach dem Motto: *Seht, was jetzt alles uns gehört!* So konnte ich wenigstens einen kleinen Sieg feiern, denn keiner der hohen Herren war auf den Fotos zu erkennen, und der Fokus lag tatsächlich auf der wunderschönen Altstadt.

Unvermeidbar dagegen waren die Aufnahmen der großen triumphalen Einmärsche: Soldaten in Reih und Glied, im Gleichschritt mit herausgeputzten Uniformen. Ich hasste diese Art Fotos, aber ich tröstete mich mit der Tatsache, dass die, die daran teilnahmen, nicht totgeschossen worden waren.

Danach wurde ich zu den Offizieren in ein beschlagnahmtes Palais geladen, wo großzügig Essen und Trinken aufgefahren worden war, aber ich schlich mich unter dem Vorwand davon, dass ich noch Fotoarbeit zu erledigen hätte. Das war nicht einmal gelogen, wenn es auch nicht die Arbeit war, die von mir erwartet wurde.

Ich besuchte Feldlazarette.

Dort machte ich die Bilder, die niemals gezeigt werden würden. Amputierte, Blutende, Zerstörte.

Dazwischen vollkommen erschöpfte Ärzte und Schwestern, die in ihren wenigen kurzen Pausen mit leerem Blick an Bäumen lehnten oder über einem Tisch eingeschlafen waren. Ich fotografierte junge Burschen, die mir optimistisch den Daumen entgegenreckten, und andere, die im Wundfieber nach ihrer Mutter riefen. Und viele weiße Tücher, unter denen die lagen, die nichts mehr sagen konnten.

Das hier war der andere Krieg.

Der, für den sich niemand interessierte, der immer für sich selbst stand, weit weg von den Truppen und Triumphen. Hier wurden die zusammengeflickt, deren Narben sie später einmal zu Aussätzigen machen würden. Die, mit denen man nichts mehr zu tun haben wollen würde, weil sie jeden Einzelnen an die vielen *Hurras!* erinnerten, die man ihnen in die Schlacht nachgerufen hatte. Krüppel, seelisch wie körperlich, Apostel der eigenen Schuld.

Dann, bei meinem Besuch des dritten oder vierten Lazaretts mit Hunderten von Verletzten, sah ich eine Schwester von Bett zu Bett gehen, wobei sie die Erkennungsmarken ihrer Patienten kontrollierte. Offenbar schien sie jemanden zu suchen, was mir so seltsam vorkam, dass ich ihr entgegenging. Ich fragte mich, ob sie vielleicht einen Angehörigen vermisste. Jemanden, der ihr lieb und teuer war. Ich dachte, es könnte ein schönes Bild werden, wenn sie ihn lebend fand. Bei all dem Leid konnte ich etwas Positives gebrauchen, etwas, was der Seele guttat.

»Hallo, Schwester?«

Sie blickte erst zu mir, dann auf meine Fotoausrüstung, die sie zu verwirren schien.

»Ja?«, fragte sie vorsichtig zurück.

»Ich würde gerne eine Fotografie von Ihnen machen.«

»Von mir?«

»Warum nicht? Sie leisten Ihren Dienst – ich finde, das darf man auch würdigen.«

Sie sah an sich herunter: Ihre Kluft war blutbespritzt.

»Ich sehe schrecklich aus!«

Sie meinte nicht nur ihre Kleidung, sondern auch ihre Verfassung, denn sie war blass, mit Ringen unter den Augen und wirrem Haar unter dem weißen Häubchen. Und wusste das auch.

»Es ist wirklich perfekt so. Glauben Sie mir!«

Sie schien unschlüssig zu sein: »Vielleicht sollte ich erst den Oberarzt fragen …«

»Sie scheinen jemanden zu suchen?«, fragte ich schnell zurück. Ich wollte nicht, dass ein genervter Arzt mir das Bild verdarb.

»Ja, stimmt.«

»Einen Verwandten?«

Sie schüttelte den Kopf: »Artur Burwitz.«

Ich starrte sie an.

Unfähig, ein Wort herauszubringen.

Das konnte doch nicht sein? Oder doch?

»Artur Burwitz?«, würgte ich schließlich heraus.

»Ja. Kennen Sie ihn?«

»Wer sucht ihn?«, fragte ich.

»Ein Major Boysen. Er liegt in einem anderen Lazarett.«

Boysen.

Artur.

Er lebte!

Aber wenn Boysen ihn suchte, konnte das nichts Gutes bedeuten. Er hatte schon mal versucht, Artur umzubringen. Und jetzt versuchte er es ein zweites Mal, dessen war ich mir vollkommen sicher.

»Soll ich Ihnen helfen, Schwester?«

»Gerne, Obergefreiter ...?«

»Meier!«, antwortete ich schnell.

Sie nickte mir zu.

Ich blickte durch den Raum, versuchte, die Gesichter aller, die keinen Kopfverband trugen, auf einen Schlag mit Arturs Zügen abzugleichen: nichts. Dann lief ich los und nahm mir die vor, die flach in ihren Betten lagen: nichts. Schließlich die, die schliefen: nichts.

Blieben die mit Kopfverbänden oder Gesichtsverletzungen.

Ich eilte die Betten entlang, drehte aber schnell wieder ab, wenn ich sah, dass die Verletzten darin zu klein waren. Oder zu schmächtig.

Zum Schluss blieb nur noch einer.

Groß, muskulös, das Gesicht vollkommen verbunden. Arme und Beine auch, eines davon in Gips.

Zu meiner Linken sah ich die Schwester herannahen – ich langte vor zum Hals des Patienten: Wenn es Artur war, würde ich die Marke abreißen und versuchen, sie mit der seines Bettnachbarn auszutauschen, der offenbar in tiefem Schlaf lag.

Ich zog sie hervor, drehte sie um und las: *Anton Reimann, 6. Mai 1895, 2. Garde-Pionier-Bataillon.*

Im nächsten Moment stand schon die Schwester neben mir und fragte: »Und? Ist er das?«

Ich zeigte ihr die Marke und antwortete: »Nein.«

Sie nickte.

»Was ist mit dem Mann?«, fragte ich.

»Wollen Sie nicht wissen, Obergefreiter Meier. Wirklich nicht. Wenn er es überlebt, müssen wir ihn nach Berlin verlegen. Hier können wir nichts mehr für ihn tun.«

Sie ging weiter und kontrollierte den Rest der Verletzten.

Ich stand da und blickte auf den Mann im Bett.

Auf unerklärliche Weise fühlte ich etwas.

Eine Verbundenheit.

Und Trauer.

Jedenfalls legte ich meine Hand auf seine und drückte sie kurz.

Dann drehte ich mich um und ging.

122

Über ein Jahr dauerte dieser Krieg noch an.

Vierzehn weitere Monate, in denen sich die Jungen umbrachten und die Alten verhungerten. In Russland gab es eine weitere Revolution, und diesmal setzten sich die Bolschewiken um Lenin durch. Zu meinem Entsetzen wurde ich nach Brest-Litowsk befohlen, um dort den Separatfrieden des Reichs mit dem ehemaligen Feind im Osten zu dokumentieren.

Masha war überall.

Schon meine Ankunft im ausgebrannten Bahnhof drückte mich zu Boden, und lange Zeit stand ich einfach nur in der Halle und fürchtete mich, auf den Vorplatz hinauszutreten.

Später besuchte ich all die Orte, an denen wir Zeit miteinander verbracht hatten, aber es war nichts von ihr geblieben. Im Haus, in dem sie gewohnt hatte, wohnte jetzt eine kleine Familie. Nur zwei Bilder waren mir von ihr geblieben: das Foto, das sie als Engel in den Trümmern zeigte, und der Anblick ihrer Hinrichtung, die mich in meinen Träumen quälte.

Wenigstens blieb mir Major von Bühling erspart, offenbar war er abberufen worden. Die Friedensverträge von Brest-Litowsk wurden feierlich unterzeichnet, und jeder wusste, was dies bedeutete: Die frei gewordenen Truppen wurden nach Westen beordert. Ludendorff war wie besessen vom Endsieg, und nichts und niemand hinderte ihn daran, noch mehr Menschen abzuschlachten.

Mittlerweile waren die USA in den Krieg eingetreten.

Und mit ihnen eine Heimsuchung, wie es sie seit dem Mittelalter nicht mehr gegeben hatte. Alles begann mit Albert Gitchell, einem jungen Hühnerfarmer irgendwo in einem entlegenen Eckchen von Haskell County in Kansas. Anfang März hatte er sich freiwillig gemeldet und fand sich mit sechsundfünfzigtausend anderen Rekruten im Camp Funston ein, dem größten Ausbildungscamp der USA.

Anfang März erkrankte er an Grippe.

Bis dahin und noch eine Weile länger hatte er in der Küche gearbeitet und genügend Zeit gehabt, seine Kameraden bei jeder Essensausgabe unwissentlich anzustecken.

So stachen die Rekruten Mitte März 1918 mit fünfundzwanzig Fregatten in See, wenigstens eine davon mit dem tödlichen Virus an Bord. Gesunde Männer stiegen aufs Schiff und verließen es, in Europa angekommen, entweder tot oder schwerst krank.

In drei Wellen wütete die Grippe, eine schlimmer als die vorherige, und entvölkerte binnen kürzester Zeit ganze Landstriche. Wie zu Zeiten der Pest gab es nichts, was sie aufhalten konnte: kein Stacheldraht, kein Schützengraben und keine Artillerie. Sie tötete derart aggressiv, dass Menschen innerhalb eines Tages daran starben. Ihre Gesichter, Ohren und Lippen färbten sich blau, die Lungen lösten sich förmlich auf, bevor die Infizierten blutspuckend erstickten oder der Kreislauf final zusammenbrach.

Man nannte sie die *Spanische Grippe*, weil sie im neutralen Spanien in den Zeitungen beschrieben wurde, während die Kriegsparteien sie ihren Soldaten verschwiegen. Ihr fielen mehr Menschen zum Opfer, als der gesamte Krieg bis dahin gefordert hatte: Manche sprachen von fünfundzwanzig Millionen. Andere von fünfzig.

Ludendorff, Hindenburg oder den Kaiser tötete sie nicht.

Im November 1918 endete dann alles.

Der Krieg.

Die Monarchie.

Nur das Sterben nicht.

Ich kehrte nach Thorn zurück, sah auf das abgebrannte Haus in der Hohen Straße 6 und ließ mich von den wenigen verbliebenen Alten mit Klatsch versorgen, sodass ich mir einigermaßen ein Bild machen konnte. Polizeikommandant Tessmann, den es immer noch gab, hatte überall nach Isi suchen lassen, aber sie war wie vom Erdboden verschluckt.

Ich ging zur Wagnerei, doch niemand öffnete: Arturs Familie war der Grippe zum Opfer gefallen, bis auf die Älteste, von der man, wie bei Isi, nicht wusste, wo sie abgeblieben war.

Vollkommen deprimiert trat ich in die Schneiderei und blickte um mich: Alles war immer noch so, wie ich es verlassen hatte. Alles war fort. Nur der Paravent im hinteren Teil des Raums war noch da. Dort war Papa gestorben, und beim Anblick seines Lagers brach ich in Tränen aus.

Den Rest des Tages verbrachte ich damit, alles auf Vordermann zu bringen, zu entstauben, zu putzen, den Ofen anzuwerfen. Mit Beginn der Dämmerung saß ich dann am Fenster und blickte hinaus auf den kleinen Viktoriapark, so wie Papa es immer gemacht hatte, wenn er seinen Gedanken nachgehangen hatte. Zufall oder nicht – ich trat dabei auf die lose Bodendiele, unter der wir damals unser Kometengeld versteckt hatten. Ich bückte mich und hob sie an.

Zu meiner Überraschung war der Hohlraum nicht leer.

Ich fand ein paar meiner Fotografien, die ich Isi geschenkt hatte, und eine ganze Reihe beschrifteter Papierbogen. Auf dem Deckblatt stand: *Die Hindenburgknolle. Von Luise Beese.*

Ich las das Stück und dachte an Isi.

Wo sie wohl war?

An einem kalten, aber sehr schönen Dezembermorgen besuchte ich Papas Grab und flanierte auf dem Rückweg ziellos durch ein fast menschenleeres Thorn. Die Festung war unversehrt, doch ohne Menschen, ohne Soldaten wirkte sie wie verflucht.

Ich nahm den Weg an der Stadtmauer vorbei und erreichte den schiefen Turm von Thorn. Vor knapp fünf Jahren war ich das letzte Mal hier gewesen, mit einem blauen Kleid unter dem Arm für Frau Direktor Lauterbach. An diesem Tag lernte ich Isi kennen, und dann kam der Komet, und mit ihm wurde unsere kleine Welt plötzlich riesengroß.

Ich blickte die etwa fünfzehn Meter hohe Bastei hinauf und dachte an den Kreuzritter, an dessen verbotene Liebe der Turm erinnerte. Und daran, dass es hieß, jeder könne sich selbst prüfen, indem er sich an den Turm lehnte und dann vorbeugte. Alle, die fielen, waren als Sünder entlarvt.

Ich lehnte mich an und fiel nach vorne in den Schnee.

Kurz vor Nikolaus klopfte es an meine Tür. Zu meiner Überraschung stand dort eine ehemalige Nachbarin mit blauer Schirmmütze und großer Ledertasche, in der jede Menge Briefe steckten.

»Hallo, Carl!«

»Frau Wedemeier!«, antwortete ich mit einem Lächeln. »Sind Sie unter die Postboten gegangen?«

»Ja, ist ja sonst keiner mehr da.«

Ich nickte betrübt.

»Aber du hast es geschafft, Carl!«

Darauf schwieg ich.

»Ich habe hier einen Brief für dich. Der liegt schon eine ganze Weile bei uns auf dem Amt, aber ich ...«

»Ja?«, fragte ich neugierig.

»Du wirst das sicher ganz fürchterlich dumm finden ...«

»Was denn?«

Einen Moment zögerte sie.

»Weißt du, als ich den Brief gesehen habe, da wollte ich ihn nicht einfach bei euch einwerfen. Ich wollte ... Ich dachte, wenn du zurück bist, dann gebe ich ihn dir persönlich. Verstehst du?«

»Ehrlich gesagt: nein.«

»Es sind so viele im Krieg geblieben, Carl. Alle haben ihre Söhne verloren. Ich auch. Und als ich den Brief gesehen habe, da dachte ich, dich sollen sie nicht auch noch holen. Ich dachte, wenn ich ihn behalte, dann kommst du zurück. Das klingt sicher dumm, nicht?«

Ich lächelte: »Es hat funktioniert!«

Sie nickte und gab mir den Brief, überall auf dem Papier klebten blassbraune Blutflecken.

»Danke, Frau Wedemeier!«

Sie lächelte mir noch einmal zu, dann ging sie.

Drinnen betrachtete ich den Brief genauer: Die Schrift kannte ich genau, doch als ich ihn umdrehte und den Namen des Absenders las, schossen mir sofort die Tränen in die Augen: *Anton Reimann, 2. Garde-Pionier-Bataillon.*

Der Mann im Lazarett.

Artur.

Ich riss ihn auf und erfuhr so, was geschehen war.

Große Unruhe erfasste mich: Wenn Artur überlebt hatte, dann war er jetzt vielleicht in Berlin. Das jedenfalls hatte die Schwester damals gesagt. Aber wo? Vielleicht ließ sich seine Spur über eines der Krankenhäuser aufnehmen?

Einem Impuls folgend lief ich zur losen Diele und zog erneut Isis beschriebene Blätter und die Fotografien hervor: Vielleicht hatte sie mir eine Nachricht hinterlassen? Ich war sicher, dass sie das Stück nicht ohne Grund hier platziert hatte. Also las ich es noch einmal Wort für Wort, hielt dann und wann inne und fragte mich, mal bei dem einen, mal bei dem anderen Dialog, ob er einen Hinweis enthielt, aber sosehr ich mich auch anstrengte: Ich fand nichts.

Da fiel mein Blick auf die Fotografien: Die meisten waren Porträts von ihr, darunter auch das, was wir in der Scheune aufgenommen hatten, wo sie als ätherisches Wesen aus dem Licht aufgetaucht war. Ein Bild jedoch zeigte uns alle drei, und ich erinnerte mich daran, dass Herr Lemmle es im Atelier gemacht hatte. Darauf waren Artur, Isi und ich. Ein Schnappschuss aus glücklichen Zeiten: Wie jung wir waren!

Wie hoffnungsvoll und optimistisch.

Drei, die nichts trennen konnte.

Nun, der Krieg hatte es gekonnt.

Ich drehte es um und las zu meiner Überraschung etwas in Isis Handschrift darauf: *Komm! Tausend Küsse, I.*

Ich war irritiert: Komm? Wohin? Ich drehte die Fotografie wieder um und sah in unsere Gesichter, als wir unsterblich waren.

Da erst entdeckte ich in unserem Rücken ein Bild an der Wand. Eines, das vor dem Krieg in jeder guten Stube hängen musste, in jedem Amt und in jeder Schule: Ich sah in das Porträt des Kaisers.

Das mit einem Bleistift umrahmt worden war.

Sie war in Berlin.

Artur vielleicht auch.

Lange brauchte ich nicht, dann stand ich mit einem Koffer im Eingang der Schneiderei und blickte ein letztes Mal zurück: *Adieu, Papa!*

Dann schloss ich ab.

Danke

All denen, die mir bei diesem Roman geholfen haben.

Historisches ist immer mit immensem Rechercheaufwand verbunden, und so erspare ich uns allen einen seitenlangen Quellennachweis und möchte mich bei Bettina von der Höh, Günter Hinkes, Bibliothekar beim Statistischen Bundesamt, und, was das Militärhistorische betrifft, bei Ernst Mettlach bedanken, deren Input von großer Hilfe war.

Lars Schultze-Kossack, meinem Agenten, der in schwierigen Momenten immer die richtige Lösung findet.

Und natürlich auch meinen Erstleserinnen: Romy Fölck, Sibylle Spittler, Martina Schmidt und Angelique Mundt, deren Anregungen und Kritik dem Text gutgetan haben.

Last, not least: Sonni Schäfer. Für die vielen Gespräche, die vielen Ideen und die vielen Aufmunterungen. Für all das und noch vieles mehr.

Von Andreas Izquierdo sind bei DuMont außerdem erschienen:
Das Glücksbüro
Der Club der Traumtänzer

Zweite Auflage 2020
© 2020 DuMont Buchverlag, Köln
Alle Rechte vorbehalten
Umschlaggestaltung: Lübbeke Naumann Thoben, Köln
Karte in der Umschlagklappe: © Rüdiger Trebels
Satz: Fagott, Ffm
Gesetzt aus der Garamond und der Scala
Druck und Verarbeitung: CPI books GmbH, Leck
Gedruckt auf säurefreiem und chlorfrei gebleichtem Papier
Printed in Germany
ISBN 978-3-8321-6498-0

www.dumont-buchverlag.de